KB169804

이 세상 만세

장편소설

이 세상
만세

김원우

까치

저자 김원우(金源祐)

1947년생. 소설가. 1977년 등단 이후 최근까지 30여 종의 저작물을 지어 책으로 펴냈다. 소설집으로는『무기질 청년』,『장애물 경주』,『세 자매 이야기』,『아득한 나날』,『벌거벗은 마음』,『안팎에서 길들이기』,『객수산록』등과, 장편소설로는『짐승의 시간』,『가슴 없는 세상』,『일인극 가족』,『모노가미의 새 얼굴』,『모서리에서의 인생독법』,『돌풍전후』,『부부의 초상』,『운미 회상록』등이 있다. 동인문학상, 대산문학상 등을 수상했다.

이 세상 만세

저자 / 김원우

발행처 / 까치글방

발행인 / 박후영

주소 / 서울시 용산구 서빙고로 67, 파크타워 103동 1003호

전화 / 02·735·8998, 736·7768

팩시밀리 / 02·723·4591

홈페이지 / www.kachibooks.co.kr

전자우편 / kachisa@unitel.co.kr

등록번호 / 1-528

등록일 / 1977. 8. 5

초판 1쇄 발행일 / 2018. 7. 25

값 / 뒤표지에 쓰여 있음

ISBN 978-89-7291-670-3 03810

이 도서의 국립중앙도서관 출판예정도서목록(CIP)은 서지정보유통지원시스템 홈페이지(http://seoji.nl.go.kr)와 국가자료공동목록시스템(http://www.nl.go.kr/kolisnet)에서 이용하실 수 있습니다. (CIP제어번호 : CIP2018021766)

차례

제1장

낙엽처럼

1

여태껏 휴대전화조차 안 지니고서도 그럭저럭 바쁘게 소일하는 장영감은 아까부터 하마나 하마나 하고 기다린다. 오른쪽 머리맡의 장롱 모서리에다 붙박아둔 자명종 시계가 한시 바삐 울어야 하건만 엔간히도 꾸물대고 있어서이다. 안구건조증으로 뻑뻑해진 눈시울을 잠시만 거북이 눈처럼 게으르게 치떠도 또박또박 제 예리성을 끌고 하염없이 맴돌아쌓는 초침을 비롯하여 두 개의 녹색 야광침이 3시 50분께를 오죽 잘 일러주련만, 그 하찮은 거동도 당최 귀찮고 공연한 조급증 같아서 망설여지는 것이다.

'만성의 수면부족증이 새벽마다 고상고상하는 찜부럭을 종자처럼 만만하니 데리고 사는 게지.'

아니래도 졸졸거리다가 이내 찔끔거리기도 하는 그 시원찮은 밤오줌 때문에 벌써 두 번이나 일어났다가 드러누웠으므로 진작에 덧들고만 잠이 새카맣게 내빼버린 지도 오래되었다. 덩달아 이런저런 잔걱정과 생각거리들도 제풀에 가뭇없이 사그라져서 이제는 오로지 눈꺼풀을 뜰까 말까 하는 그 잔다란 감질만 한사코 일구고 있는 참이다.

7

다행히도 양쪽 종아리만 다소 무지근할까, 수면시간의 길이보다는 그 질에 따라 등줄기와 허리의 배기는 정도가 각각 다르다 싶은 나른한 무력감, 맥 빠지는 어지럼증, 어깻죽지와 옆구리의 뻐근한 둔통도 어느새 희미해졌다.

하기사 온종일 엉덩이 씨름으로 소일하다가 두세 시간씩 교탁 앞에 서서 바장이는 선생들에게 흔하다던, 그 꾸불꾸불하고 울퉁불퉁한 자드락길 같던 다리의 외양을 바로 편 정맥류 시술도 벌써 수삼 년 전에 받았고, 한동안 숙지막하더니 근자에 다시 도졌는지 문득문득 푹푹 쑤시다가 아리기 시작하면 온몸이 후줄근하니 젖어버리는 족저근막염까지 지니고 있지만, 아무리 몸가축을 잘해도 지병이나 중병은 덮쳐오는 팔자처럼 곱다시 당하고 사는 수밖에 없다는 씁쓸한 체념에 겨워 살고 있긴 하다.

'지 물건도 쓸수록 임자의 나잇살을 닮는가, 늑장이 두어 발이나 늘어졌네.'

가물가물 드넓은 초원의 한쪽 귀퉁이께에서 까만 점 같은 것이 휙휙 몰아쳐대는 바람 소리와 함께 달그락 달그락거리며 다가오다가, 이내 말발굽이 땅거죽을 일정하게 박차대는 그 기상 독촉음은 의음(擬音)이 분명한데도 들을 때마다 아득해지는 기분을 저절로 추스르게 만든다. 지금 당장 떨치고 일어나버리면 그만이라는 생각과, 그래도 파발마의 기척은 듣고 나서 기침해야지, 아무려면 짐승보다 사람이 상전 아닌가 하는 망설임이 사이도 좋게 갈마든다. 옴족증이 차츰 가팔라지고 있다.

'이것도 낙인가.'

어느 순간 때가 되었다는 듯이 으슥한 곳에서 뚜벅뚜벅 한 걸음씩

8

말발굽을 떼어놓는 소리가 여리게, 그러나 너무나 가지런하게 들려온다.

따각따각 따각 딱따각 따각따각 따각.

효과음 제작자가 집음기를 바투 들이댄 게 아니라 이것은 인공음이라고 일러주는 듯하다. 아마도 녹음하면서, 그래 봤자 두가리나 약뚜껑 같은 도구의 전두리로 나무 바닥을 일정한 속도로 짓찧는 그접촉 음파를 모았다가 재생했을 테고, 거기다 음감을 살리느라고 음량을 적당히 증폭시키는 편집 과정도 거쳤을 게다.

그러나 마나 말발굽 소리는 이내 자박자박 잦아지며 멀리서 한결같은 보폭으로 다가온다.

'이처럼 단조로운 음색과 음량의 조절만으로도 나름의 이야기, 요새 말로는 서사지, 그걸 흉내내고 있다 이거야. 별것도 아닌 길짐승의 행차가 꼴에 큰일이나 한다고 설치네. 소리에도 이야기가 있다? 소리가 아니라 그 시늉음일 테지만. 과연. 소음에도 온갖 뜻이야 있을 테지. 말 없는 촛불도 뜻이 많다는데. 평생토록 그것을 시제(詩題)로 삼은 양반도 있을걸.'

아악, 찌직, 쿵, 털털털, 히잉히잉.

'다 뜻이 분명하고 이야기가 꾸물대고 있는걸. 새기기 나름이지.'

곧장 말발굽 소리에 속도감이 따라붙는다. 숨을 웬만큼 고른 파발마가 이제는 속보에 나섰다는 시위다.

궁금해서 일찌감치 영한사전을 뒤적여봤더니 말 걸음도 그 속도에 따라 예닐곱 개나 달리 쓴다고 되어 있고, 한한(漢韓)자전에는 측대보(側對步) 같은 아리송한 말도 지어놓고 있어서, 이제사 또 하나 깨쳤다 하고 형광 필기구로 밑줄도 그어두었다.

집사에서 권사로 승격하는 절차에도 그동안 교회 안팎에서 치른 봉사시간의 상대적 우열을 잣대로 들이댄다던 집사람의 단언에 따르면 깨닫는 복만큼 귀한 은총이 없다더니, 엔간히 맞는 이치 같다. 그래도 '물러가게 하리라 하셨다 하라 하시더니'라는 성구(聖句)가 도무지 아리송하다고 건짜증을 일구는 것을 보면 김 권사에게 아직 치매기가 덮칠 여지는 없는 듯해서 그나마 천만다행이다.

'그건 그렇고 여신도에게만 권사 직위를 내리는 이유가 뭘까. 신심이 장년의 남자 신도보다 월등히 갸륵하니 봉사에 박차를 가하라는 격려로? 율법에 그것까지 규정되어 있을 리는 만무하고 교파별로 내규를 만들었을까. 장로직은 남자가 독식하기로 하고. 봉사에도 질적 양적 구별은 있어야 할 테니까.'

장 영감은 그새 깜빡 노루잠이 들었나 하고 부리나케 손을 뻗어 자명종 말대가리의 숨구멍을 꾹 누른다. 바람소리와 함께 말의 질주음은 순식간에 허공으로 사라지고 만다.

하마터면 새벽잠이 유독 깊은 지어미의 심기를 덧들일 뻔했다. 옷장 겸 이불장이 한쪽 벽을 온통 채우고 있는 그 밑자락에 두툼한 전기장판을 사시장철 깔아놓고 그 위에다 푹신한 요때기까지 포개고서 수시로 허리 찜질을 하며 사는 안주인의 잠자리에는 더러 여울여울한 숨결이 한 아궁이나 옹글게 지펴지고 있는데, 대체로 가을 끝자락부터 한겨울 내내 그럴 때가 많다.

꼭 두 뼘쯤 떨어진 이부자리 속에서 두어 시간이나 뒤치락거리다가 그 아궁이 쪽을 말똥말똥 쳐다보면 가끔씩 입술 사이로 푸푸거리는 내자의 숨소리가 한가로운 간이역 언저리를 떠올리게 한다. 그러다가도 칙칙거리거나 씩씩거리는 추임새도 곁들여지면 장 영감의 연상은 저절로 제 나래를 펼친다.

'전기밥솥도 밥이 뜸 들 때면 꼭 저러지. 가마솥 뚜껑 밖으로 주춤주춤 흘러내리는 밥물이 아궁이 속으로 뚝뚝 떨어지면 솔가리가 시나브로 사르다 말다 거물거리고.'

어떻게 살아왔던 간에 환갑도 연전에 찾아먹은 이 집사람에게는 당연히 유감이 많다. 우선 가정용 냉장고로는 그 용량이 제일 큰 것 하나 말고도 김치 냉장고까지 크고 작은 놈을 두 개나 모셔두고, 그 속에다 무슨 먹거리든 잔뜩 쟁여놓아야 성이 차는 그 큰 손에는 늘 질려서 어안이 벙벙해진다.

'남자나 여자나 늙을수록 껄끄러운 욕심만 사나워진다더니.'

꼭 그래서만은 아니지만 혹시라도 월급봉투를 통째로 맡겼다가는 이내 쪽박 차고 거리에 나앉는 신세가 되기 싫어 다달이 일정액의 가용을 집사람 통장으로 송금해온 지도 어언 40년이 되어가는 판이다. 그 짓에 꼼짝없이 코가 꿰어서 그토록 하기 싫은 대학 접장 노릇을 무던히도 버텨왔다.

'흡사 입 짧은 트집쟁이 노익장이 아무 음식 앞에서나 목이 멘다고 타시락거리듯이.'

하기야 따지고 보면 어느 월급쟁인들 허위허위 안 살아왔을까만, 장 영감이야말로 하루하루를 오로지 참고 견디며, 아파도 아프다는 소리 한번 못 내지르고 배겨낸 자중자애와 근검노작(勤儉勞作)의 장본인이었다.

'사귀어보면 별나지도 않더란 말이 저절로 터져나올 터이건만 다들 그렇코럼 독불장군이라고 따돌려대니 난들 어쩌라고. 내 꼴란 주제에 무슨 신념 따위가 많아싸서. 그런 무지렁이들과는 말 섞을 짬도

아예 안 만들었고, 그럭저럭 혼자 배돌며 살아보니 그것도 의외로 오붓하니 편하던걸 뭐.'

그래서 그랬을 테지만, 다행히도 취직 보증이라도 좀 서달라고 나서는 친인척조차 없었다. 보험은 당최 수선스럽다고, 방정맞아서 거슬린다고, 푼돈 모아 목돈도 안 돌려주면서 횡액을 미리 대비하라니 그게 도대체 무슨 이치냐고 제자 앞에서 일갈했더니, 주위의 방청자들이 하나같이 전염이나 된 듯 머리를 절레절레 내저었다.

그래도 생활고, 급전, 여비, 등록금, 학비, 후원회비, 희사금, 불우이웃돕기 성금 같은 나발을 앞세우고 잊을 만하면 기만 원에서 기백만 원까지 뜯어가는 멀쩡한 갈취 전문의 백수들이 꼬박꼬박 나타났다. 그 정도의 생돈이야 '하느님이 보우하사' 나라에서 사는 천행 때문에라도 마땅히 내야 하는 세금이려니 하고 마음을 돌려세웠다.

그러다가 어느 해 연말, 웬 자선단체에서 제멋대로 약정 금액까지 정해서 기부를 간청하길래, '왜 나한테다 번번이 그 날벼락을 떠안기는가, 내 이름이 그렇게나 만만한가, 작년에도 이번만이라더니 이게 무슨 거머리 같은 행팬가, 아주 상습적이야, 구걸이 벼슬이네, 온 나라가 거지 귀신이 들렸구먼, 어느 세습 왕조 국가처럼 시방 고난의 행군 중인가, 굶는 것도 무슨 자랑이네'라며 학교의 비품인 전화송수화기를 내동댕이쳐서 깨부수어버리는 해프닝까지 벌였다.

그러면서도 속으로는 여기저기 그렇게나 흔전만전 널어놓았다는 연구기금이 어째 나만 살살 피해 다니나, 돈복하고 무슨 원수가 졌나, 내 자식들은 어째 그 자잘한 장학금 한번을 못 타오니 이런 불공정 경쟁을 경제학이나 사회학에서는 무슨 소외현상이라고 할라나라고 툴툴거리기를 그치지 않았다.

'나 같은 검약가의 밥풀을 떼먹으려고 덤비다니, 참으로 모질고 뻔뻔하다. 이제부터 내 지갑에 손재수는 없다. 다시는 이 만연한 구걸 풍조에 섭슬리지 않을 거다. 두고 봐, 실천하고 말 테니.'

우리는 당최 말귀가 어두워서 탈이야 하고 청처짐하니 있다가 먼저 일어서버리면 저희들이 무슨 낯으로 통사정할까 하고 단단히 별렀더니, 신기하게도 그후부터는 손을 벌리는 뻔뻔이들이 얼씬도 하지 않았다. 그런 성질 때문이 아니라 진작에 팔자가 그렇게 짜여 있었던지 뜯어가는 건달이 없으니 그렇게나 많다는 불우이웃조차 안 비쳤고, 허튼소리 한마디라도 건네면서 그의 투정과 시름을 들어주려는 사람도 안 나섰다.

'원래 세상이란 끼리끼리 뭉쳐서 서로 편하게 살자는 것이지, 좋은 게 좋다는 원만주의 일색으로. 이쪽이 배도니까 그쪽도, 오냐 너 혼자 잘났다 그러고 저만큼 떨어져버린 게지. 그쯤이야 나도 알지, 벙어리도 세월 가는 줄은 안다는데.'

그 외톨이 신세를 먼저 꿰찬 양반도 그의 마누라쟁이 김 권사였다.

"베풀어야 사람이 꿰지, 그 뻔한 이치를 어째 모를까. 일편단심 한쪽으로만 생각을 공글려서야 대성은커녕 소성도 어렵지, 그렇고말고. 책에서야 뭣이 답답해서 한가롭게 그 은총을 일러줄까."

언젠가부터 예의 그 이중 삼중의 구전법(口傳法) 문장을 아무리 여러 번씩 뜯어읽어도 도무지 알아먹을 수가 없어서 답답해 미치겠다고, 듣기로는 이 난해한 한글 가락이 중국어를 섣불리 옮겨놓아서 그렇다니까 차제에 치매 예방도 겸해서 영어판의 그 흠정성서를 대조하며 베껴보겠다던 아내의 대꾸는 과연 무소부지였다.

"베풀어? 뭘? 설혹 베풀 게 있다 한들 짬이 나야 말이지. 인정주의란 말도 있으니 남이 하는 대로 그냥 문문이 살라고? 그런 상팔자를 타고났으면 오죽 좋을까. 어째 이 동네 사람들은 남들과 물어뜯고 인정 운운하며 부대끼고 살아야 사는 것 같다고 하는지 알 수가 없네."

"말귀가 저렇게나 어둡네, 부대끼지 말라니까."

"허참, 누구 말귀가 바로 뚫렸는지."

늘 해오던 대로 말은 그렇게 삐딱하니 받았어도 속내는 적잖이 켕겨서 장 영감은 울꺽거렸다.

간신히 정년을 채우고 집구석에 들어앉으려니까 그의 내자는 별러온 듯 다짐을 받으려 들었다.

"그토록 지 곁을 안 주고, 남들을 죄다 소 닭 쳐다보듯이 대해놓고서는 이제 와서 무슨 인덕을 바래요. 해코지 안 당하고 살아온 것만도 자랑 삼을 일이지. 이건 타박이 아니라 들은 말을 그대로 옮기는 것이니까 단단히 새겨두었다가 매일 매시마다 실천해보세요."

"말이야 알아듣지, 청력도 아직은 멀쩡하고. 불혹(不惑)이란 말대로 남의 말을 우습게 알아서 탈이지."

"이순(耳順)을 넘기면 어디서 부르든 빠지지 말고, 누가 뭐래도 삐치지 말고, 어떤 말에도 따지지 말아야 그나마 사람 행세하며 산다는 말 들어봤어요? 빠삐따, 된소리라 외기도 쉬워요. 곰곰이 생각해봤더니 여간 요긴한 게 아니더라고요."

한동안이 지나서 어린 학생들을 가르쳤다기보다도 글을 읽어가며 그 뜻을 새겨가는 요령을 일러준 사람답게 장 영감은 그만의 독해력을 발휘했다.

'모임에 빠지지 마라는 소리는 외로움을 지 스스로 사서 탈 거야 있냐는 말인 것 같은데, 차라리 주색에 빠지면 곤란하다는 금언으로 소화해야 하지 않을까 싶어. 그럴 힘도 없어서 한이고 탈이지만. 술 마시고 여자 좋아할 기력만 있고 그럴 짬, 그만한 돈이 넘쳐나면 무슨 걱정이 따로 있을까. 하기야 늙마에라도 빠질 데야 오죽 많아. 아집, 원망, 자책서껀. 참 체념, 투정, 욕심 같은 것도 있긴 하겠네.'

연구실을 비워주면서 5천여 권의 책을, 그중에서도 전공서적을 우선적으로 골라내서 이제부터는 이쪽으로의 관심을 될수록 끊고 살란다고 다짐하며 미련 없이 버렸지만, 아직도 읽을거리는 부지기수라서 어떤 책이라도 다음에, 내년쯤에나, 나중에 날 잡아서 하고 마냥 밀쳐두고 있는 판이라 적잖이 보대끼는 게 사실이다.

'이런 하찮은 집착마저 과연 헌신짝처럼 홀가분하니 내팽개칠 수 있을까. 첫머리부터 이 몸은 부적격잘세, 매사에 그렇듯이.'

'두 번째는 삐치지 말라고? 토라질 일을 안 만들기가 쉽나. 마땅찮은 게 어디 한둘이라야 말이지. 이때껏 옷가지 하나, 신발 한짝도 내 마음에 차는 걸 입어보고 신어본 적이 없다면 말 다 했지. 그게 아니라 만사를 삐딱하게 보지 마라는 소리 같아. 헌데 사람은 말할 것도 없고 세상이 온통 하루가 다르게 삐딱해지고 있는 것이 훤히 보이는데 모른 체하라니. 그렇다면 예전에는 세상이나 사람이 온전했냐고 대들 테고, 틀림없이 할 말이 궁할 테니 국으로 잠자코 있으란 말인가 봐. 딴은 그렇네, 이 주제에 삐딱해본들 누가 눈이나 껌뻑할까. 공연히 내 시간이나 축낼 테지.'

'마지막으로 제발 따지지 말라고. 따따부따해서 나아진 게 뭐 있냐는 거지. 그래도 딱딱거릴 일이 없는 데야 거기가 무릉도원이거나 천당일걸. 그런 한갓진 구석에서 세월을 낚아본들 무슨 재미가 있을까. 이 세속계는 한 올이 어긋났다고, 아 다르고 어 다르니 그 말은 틀렸다고 시비를 가려내자는 그런 만년 트레바리일 뿐인데 어째. 명색 문화, 예술이란 걸 만든 에너지도 결국 그런 차이를 발겨내자는 것이고, 그 짓도 안 하면, 그런 생리도 안 타고났으면 짐승처럼 따분해서 하품을 하고 앉았거나 시쳇말로 멍이나 때리고 있을걸. 차라리 따분해하지 말아라라면 말이 안 될 것도 없겠네. 고독, 영혼 같은 말이 허황한 줄이야 진작에 깨쳤지만, 가축이나 맹수, 심지어는 애완견이나 고양이 따위를 잠시만 쳐다봐도 저것들한테도 무슨 얼이나 넋 같은 게 있을까 싶어지던데. 따지지 말고 오로지 미물을 닮아라? 차라리 일찌감치 죽어버리라지.'

'설마 이제야 무엇에 온 정신을 맡긴들 돌처럼 서늘하고 단단해빠진 이 내 마음이야 쉽사리 흔들릴까. 이르는 바대로 종심(從心)의 나이가 바싹 코앞에 닥쳤는데. 한참이나 삐딱한 세상을 곱게 바로 세워서 보라니. 나는 안 볼란다, 일부러 눈 딱 감고 안 봤으니 섶이 뭔지도 모른다 하고 저만치 물러서 있기가 말처럼 쉽나. 그쪽이나 이쪽이 서로 집적거리지 않는 것만도 다행이거니 하고 짐짓 무르춤해지기사 하지. 따따부따 따져서 하나라도 나한테 득 될 게 없다는 거야 누가 몰라. 그러니 그렇게나 명명백백한 시비를 뒷짐이나 지고 우두커니 지켜보고 있으란 말인데, 역시나 따분해서 자꾸 집적거리게 되는 걸 어쩌라고. 출신이야 어떻든 수양이 태부족인 사람을 가르치려고 해봐야 무슨 뾰족수가 날까. 서로 민망할 뿐이지. 교육이란 것도 별무소용이더라고. 될 성 부른 것은 안 가르쳐도 지가 깨치고 나서대. 그런 어린 것을 내 눈으로 더러 봤는걸. 세상이야 시끄럽든 말든 유덕자(有德者)는 안거(安居)라는 말도 있으니 이토록 꼼짝 않고 칩거해 있는 소행만으로도 무덕자 소리는 안 듣고 이럭저럭 살아가지 싶거늘.'

2

버릇대로 거의 한 시간 반이나 신문 속의 점점 커져가는 사진들을, 읽기보다 보기 위주로 만들려는 그 정리벽과 배치감각을 힐끔거리면서 굵은 글자와 잔글씨를 뜯어읽다가 장 영감은 문득 붉은 숫자가 새겨진 디지털 벽시계를 가만히 훔쳐본다. 뻣뻣해지는 고개를 처들고 돋보기 너머로 눈알을 홉뜨는 이 시각도 대체로 정해져 있다. 세월을 성급하게 줄여가는 늙은이처럼 벽시계는 12분이나 빠르다. 시계도 중국제여서 성능이 처음부터 시원찮았지만, 전력도 그 흐름이 고르지 않거나 힘이 너무 세서 바로잡아놓아도 1년쯤이 지나면 꼭 10분 이상씩 빨리 내뺀다.

시간이야 어떻게 굴러가든 나뭇잎을 미련 없이 떨궈쌓는 가을의 막바지라서 어스름이 빠르게 걷혀가고 있다. 15층짜리부터 22층짜리까지의 공동주택 열여덟 채가 저마다 높디높게 키재기를 하고 있지만, 그 집채들 사이를 비집고 들어앉은 직선형 공간에는 시시각각 명도를 달리하는 무채색이 어룽거린다. 뿌옇거나 허옇거나 희끄무레하거나 거무스레하거나 새까맣다. 저녁 식후에 한 시간쯤 텔레비전으로 뉴스를 시청할 때면 거기에는 어김없이 불투명한 검은 색지가 덧발라져 있는 식이다. 그런데 먼동이 터올 때면 가끔씩 발그레한 홍시 빛깔에 투명한 셀로판지가 붙박이는 경우도 있긴 하다. 봄이나 여름 한철에 가뭄이 들면 특히 그렇다. 지금이야 무서리와 안개가 번갈아가며 대기를 눅눅하게 적시고 있는 철이므로 끄무레한 기운이랄 게 도무지 안 비치는 침침한 여명이 주춤주춤 달려든다.

역시나 말발굽 소리는 그 울림의 정도에 따라 어떤 색채의 농담까지 들려주는 듯하다. 물론 느꺼움이 그렇다는 소리일 뿐 더 이상의 표현은 불가능하거나 과장일 텐데도 자꾸 저게 뭔가라는 생각이 눈앞에 매달린다. 아까부터 거실에는 절간의 법당 뒤에서나 도사리고 있는 적막 같은 기운이 넘실댄다. 이런 기척 없음 속에 혼자서 착 가라앉아 있으면 왠지 짠해지면서 가슴이 서늘해진다. 그래서 이 시각만 되면 뒤숭숭해지고 만다.

칩거는 스스로 사회생활을 기피하면서 누구의 간섭도 받지 않고 일상을 깜냥대로 누리겠다는 소신의 체현이다. 남이야 뭐라거나 말거나 옹색을 누리겠다는 이 작정이 늙었다는 증거일 테다. 물론 장영감은 성정대로 칩거한다 어쩐다는 내색을 누구에게 비친 적도 없다. 어느새 칩거 후 세 번째 가을을 덧없이 흘려보내고 있지만, 그새 눈에 띄게 달라진 변화는 입성을 아무렇게나 걸치고 뒹굴다가 그 차림새대로 바깥출입도 하는, 스스로도 벌써 '살포시 맛이 가버렸나' 하는 변덕이다.

아파트 단지의 정문을 벗어나자마자 곧장 8차선 간선도로를 건너야 하지만, 걸어서 10분 남짓, 만보기로 1,200보쯤 기록되는 곳에 마련해둔, 누구의 본을 받아 '무색계'라는 현판이라도 매달 주변머리조차 없어서 속으로 '무욕 무념의 독서실이다'는 그곳까지도 슬리퍼를 끌고, 반바지에 땀으로 얼룩진 반팔 티셔츠 바람으로 나다니게 된 것이다. 그래도 남의 눈은 의식하느라고, 또 다소의 익명성으로 자신의 채신을 감싸기 위해 오리 주둥이처럼 기다란 챙이 달린 헝겊 모자를 푹 눌러 쓰고 출퇴근함으로써 마누라쟁이로부터 핀잔도 적잖이 들었다.

'망신살을 입었나. 기일 게 뭐 있다고. 패션 테러리스트를 베껴먹으며 살기로 작정을 했나. 헝겊 허리띠 매는 옳은 반바지라도 두어

벌 사든가, 고무줄 땀바지가 웬 말이야. 나이를 거꾸로 먹고 사나 보네. 무슨 천둥벌거숭이도 아니고.'

　장 영감은 보푸라기가 잔디처럼 고른 소위 '플리스' 트레이닝 바지에 두툼한 점퍼를 걸치고, 역시나 둥근 테두리 달린 등산모를 바짝 눌러 쓴 다음 현관문을 나선다. 대로를 건너면 이내 포장길이 구불구불 이어진 주택가가 한쪽으로만 몰려 있고, 그 건너편에는 주말농장용 남새밭과 고정 신도수가 만 명에 육박한다는 샬롬 교회의 대리석 건물에 딸린 주차장 겸 공터가 나온다. 그 길을 빠른 걸음으로 5백 보쯤 걸어가면 근년에 둘레길이라고 조성해둔 '그린 웨이'가 산도 아니고 들도 아닌 숲속을 오르락내리락한다. 그 끝자락에는 각종의 운동기구가 비치되어 있고, 그 너머에는 여름이면 다육식물을, 가을이면 국화를 도소매하는 화훼 상가가 마을버스 길과 맞물려 있다. 왕복에 두 시간쯤 걸리는 이 새벽의 도보 행정이 장 영감에게는 일상의 유일한 낙이자 그나마 세상과의 좁다란 통로로서, 그래도 이럭저럭 살아가고 있다는 흔적이다.

　산행 중에는 오며가며 여러 사람을 만나게 되지만, 누구와도 눈인사나마 나누지 않는다. 최근의 희한한 풍속으로 그럴 수밖에 없는데, 새벽에 오히려 미세먼지가 더 많다는 정보에 따라, 그것도 지상 2미터 안팎에서 그렇다니까 사람의 머리통 언저리에서 탁한 스모그가 집중적으로 스멀거린다고 중년부인들은 눈만 간신히 내놓는 마스크에 아망위까지 덮어쓰고 있고, 남자들은 나이에 상관없이 다들 산행용 벙거지를 뒤집어씀으로써 신수와 신분을 반쯤 위장하고 있어서이다. 뿐만 아니라 다이어트 중이지 싶은 젊은 여자들이나 허릿살 빼기에 신경 쓰는 듯한 중년 사내들까지도 귀에다 이어폰을 꽂고서 저마다의 익명성을 고려해달라고 아예 저만치서부터 눈길을 피하며 곁을 획획 지나간다.

'알고 지내기를, 눈인사 나누기조차 지레 밀막고 사는 풍조라니. 겹겹으로 포개 지어놓은 아파트 속의 공동체 살림도 결국은 몽따고 지내자는 시위가 아니고 무엇인가.'

둘레길 초입에는 남천촉, 화살나무, 말발도리 같은 관목이 산길에 한결 운치를 덧대준다. 이내 구절초 군락지가 나오면서 언제 보아도 그 이파리가 싱그러운 단풍나무, 키 큰 낙우송, 잎사귀 넓은 상수리나무, 봄에만 야릇한 냄새를 풍기는 밤나무, 한겨울에도 싯누런 낙엽을 매달고 있는 떡갈나무들이 어슷한 산자락에 빼곡해서 바로 등 뒤의 매연 천지를 저만큼 따돌려놓는다. 제법 가파른 자드락길을 2백 보쯤 오르다 보면 숨이 차오른다. 연이어 완만한 산골짜기에 접어들고, 거기서부터 본격적으로 평평한 산책길이 펼쳐진다.

벌써 열흘 전부터 장 영감의 화두는, 문어체로써의 '가느냐 마느냐 그것이 문제로다'와, 한때의 동료였던 석학 고 아무의 꿍꿍이수작이, 도대체 그 진의가 무엇일까이다. 이제는 고 아무가 보낸 청첩장과 함께 동봉한 사신의 문면을 워낙 샅샅이 해석해본 뒤끝이라 소리 내어 외울 수도 있다.

─장공, 그새 너무 격조했소. 정년 동기 고가요. 제번하고, 인편에 듣기로는 중병도 무사히 잘 추스르고 화색이 날마다 달라지는 경지에 이르렀다니 어찌 이처럼 기쁜 일이 달리 있겠소. 소생의 심사가 실로 거뜬해지지 않을 수 없소. 정말로 천만다행이오. 소생의 근황은 늘 그만하니 무사분주한 편이지만, 고혈압, 당뇨,

통풍 같은 지병을 그럭저럭 땜질하며 지내는 쪽이요. 노인은 누구나 문자 그대로 동병상련 아니겠소. 그래도 배운 도둑질이라고 일주일에 두 차례씩은 놀이 삼아, 목운동 삼아 일컬어 공개강좌를 소생의 사랑채에다 벌여놓고 있긴 하오. 말이 씨 된다고 재직 중에 공언한 말빚을 갚는 셈치고 있소. 동봉하는 청첩장은 소생도 이번에 자부를 보게 되었다는 기별일 뿐이니 괘념치 마시오. 마침 예식장이 서울이기도 해서 장공의 안부가 유독 떠올랐소. 대사를 치르고 나면 서로 안부나 주거니 받거니 하는 자리를 만들어볼까 어쩔까 엄두를 낼 요량이니 그때 다시 연락하리다. 모쪼록 건강한 몸과 정신으로 천수를 누리길 바랄 따름이오. 이만 총총, 불비례.

석학 고 아무는 두세 달에 한 번씩 그동안 모아두었던 우편물을 종이 상자에 꾸려서 부쳐주는 조교에게 전화로 물어봐서 장 영감의 우거지 주소를 알아냈던 모양이다. 그거야 어쨌든 보따리를 싸들고 연구실을 벗어난 이후로는 '칩거할란다'는 핑계로 그쪽 사람들과는 담을 쌓고 지내며, 한쪽에서 전화를 걸지 않으면 상대방에서도 안부 따위를 알아보는 허튼 수작은 체면상 자제하게 마련인지라 장 영감은 예의 '무색계'에 비치해둔 일반 전화기의 통화 회수를 하루 단위로 기억하다가, 올해부터는 멀어져가는 기억력을 시험하기 위해서라는 명분을 앞세우고 일주일 동안 걸고 받은 한두 통의 전화 내역을 더러 더듬어보기도 하는 편이었다. 물론 일주일 내내 전화통이 한 번도 울지 않은 적도 비일비재했지만 말이다.

자칭 타칭 '고박'이라던 그 양반은 한 학기에 한 번쯤이나 복도에서, 또 교직원 식당이나 느티나무 밑의 주차장 같은 데서 우연찮게 맞닥뜨릴까 말까 할 정도로 바쁜 지체였다. 그처럼 신출귀몰한 양반인데도 교내의 어떤 변화나 소식, 곧 총장이 전권을 휘두르는 대학본부의 여러 동정, 기획, 시책 따위에는 그의 입김이 두루 미치고 있다는 것이 대번에 드러나곤 했다. 동료 중 하나가 부지불식간에 고박을 언급하고 잠시 겸연쩍어 좌우로 고개를 돌리면 그가 바로 등 뒤에서, 아, 물론 본인의 졸견에도 일장일단이야 있다마다라며 좌중의 의뭉스런 심사를 두리번거리고 있는 듯한 그런 위인이었다. 그의 전공도 두루뭉술했는데, 고박의 신원에 대해서라면 자기도 할 말이 남만큼은 있다는 어떤 고참 접장도 막연하게, 동양철학 전반이라고 하면 대충 안 맞을란가라면서도 얼른, 아, 해박하다마다, 타의 추종을 불허한다고 봐야지라며 주위의 멍한 동조를 기다리곤 했다. 다른 소식통에 따르면 그의 세부전공이 교육철학이라고 했고, 더러는 사서삼경 중의 『맹자』에 특히 달통할 뿐만 아니라 여기로 한시 짓기에도 조예가 남다른 만큼 『시경』도 누구 못잖게 꿰차고 있으며 『소학』의 편찬 고증에 관한 한 고박에게 학위를 준 대만의 모 대학에서도 주자와 함께 그를 거명하는 데 주저하는 법이 없다고 했다.

인구에 회자하는 청산유수란 말에 약간의 조롱기가 묻어 있다면 그의 강의에 대한 품평으로는 좀 부적절한 용어라 즉석에서 정정해야 옳지만, 어떤 학문이든 그것이 교양의 수준을 일단 벗어나면 천방지축, 기고만장을 불러와서 현실과 점점 멀어지고 마는 실례를 흔히 보게 되는데, 그런 의미에서도 인문학은 단어의 실가(實價) 그대로 사람과 글이 서로를 가르치고 다독여서 세상을 바로 꾸려가려는 그런 자성(自省)의 수단일 뿐이라는 고박의 현하의 변 앞에서는 모든 수강생들이 혀를 내두른다고 했다. 교육대학원의 야간수업에서 그 수강생은 8할 이상이 초중고등학교 교원이고, 나머지는 교사 자격증 취득을 위한 임용고시 준비생들이라고 알려져 있는데, 역시 그들은 학부생들과 달라서 고박의 강의를 듣자마자 열렬한 신도가 되고 만 다는 것이었다.

신언서판이란 말대로 고박의 풍채도 나무랄 데가 없었다. 언제 봐 도 반질반질한 기름기가 도는 단감색 안면, 풍요로운 뺨을 새파랗게 물들이고 있는 면도 자국, 살이 두두룩하니 올라붙은 우뚝한 코만으 로도 세칭 그의 '카리스마'는 인문대와 사범대가 함께 나눠 쓰는 5층 짜리 길쭉한 붉은 벽돌 건물의 연구실 상주자 중에서도 단연 압도적 이었다. 특히나 굵은 빗질 자국이 선명한 그의 올백 머릿결은 멀리서 도 표가 나고, 가까이 다가오면 눈도 맞추기 전에 짙은 머릿기름 냄 새와 함께 은은한 향수 냄새까지 훅 끼쳐서, 나이 먹을수록 옷 갈아 입기도 귀찮아하는 통에 고약한 체취와 더불어 구취까지 풀풀 풍기 면서 돼먹잖은 자기자랑만 늘어놓는 식자 명색들로 하여금 즉석에서 느끼는 바가 있게 만들었다.

실로 그는 만사에 모범이고, 어른으로서 귀감임을 학생들은 물론 이려니와 동료인 대학 접장들에게까지 온몸으로, 일거일동으로 보여 주는 귀물(貴物)이었다. 맞춤하게도 그의 소속은 사범대의 교육학과 였는데, 임용을 저울질할 당시는 인문대 철학과의 '몇몇 찌꺼래기 같 은 지킴이들'이 그의 출중한 학력과 활달한 성품에다, 한때 영남권에 서는 다섯 손가락 안에 들었다는 대유학자인 그의 백부의 선성(先聲) 때문에라도 그를 일단 기피 인물로 따돌렸다는 풍문은 사실이지 싶 었다. 이태 남짓 시간강사로 불우를 곱씹으며 캠퍼스를 홋홋이 거닐

때도 눈에 보이는 임야건 전답이건 죄다 그 댁 세전지물이라는 어느 종가의 예비 상속권자처럼 조금도 기죽는 낌새가 없었다고 하니, 그 당시 장 모야 교원으로 임용되기 전이라 미처 못 봤어도 그 헌걸스러운 풍채가 선히 그려지는 것이었다. 풍문에 따르면 그즈음 마침 모 중앙지 신춘문예를 통해 시조시인으로도 등단하여 나름의 독보적인 운문 장르를 짬짬이 열어갔으며, 만판으로 남아도는 여유시간을 이용하여 상대방의 두부 호구(護具)를 박살낼 듯이 두드려대는 검도와, 혼자서 바람벽을 향해 털북숭이 공을 사정없이 꽂아대는 스쿼시 운동에 정진했다는데, 두 운동 다 그의 욕구불만을 어느 정도 해소하는 데는 꽤나 일조가 되었을 게 틀림없다. 호랑이가 범을 알아본다고 그의 정체와 본심을 일찌감치 눈여겨봐두었다가 그 일시적 긴장까지 풀어준 양반이 40대 초반부터 평생 직책인 총장 자리를 선대로부터 물려받은 당시의 대학본부 기획실장 김 모였음은 만인주지의 사실이었다.

장 영감의 독서실 무색계는 '오페라 헤어 갤러리'와 유치원생 및 초등학교생 전문의 '모차르트 멜로디'라는 피아노 교습소 등이 치킨집, 칼국수집과 어깨를 비비고 있는 상가 건물의 이층 구석 자리에 틀어박혀 있다. 이층을 과점하고 있는 또다른 세입자는 간판대로라면 거창하게도 '하나님의 목적을 펼쳐가는 온누리 교회'인데, 평일에도 전도사들의 출입이 연락부절이다. 계단과 복도를 밟아대는 그들의 발소리를 듣고 있으면 인간의 행동거지가 얼마나 요긴하며 한편으로는 부질없는가를 절감하면서 장 영감은 잠시나마 허탈해진다.

그런저런 남의 사정이야 어떻든 장 영감은 오전 여덟 시쯤부터 오후 여섯 시까지 꼬박 거기서 뭉그적거리는 셈인데, 점심으로는 감자나 고구마를 전자레인지로 쪄 먹는다. 기껏 일상에 변화를 준다고 해 봤자 감자와 고구마를 한 개씩 동시에 쪄 먹는 일인데, 그러고 나면 이것도 저것도 아닌 맛만 보고 난 것처럼, 흡사 소속은커녕 신원도 알 수 없는 정체불명의 사람과 장시간 무슨 말인가를 장황하게 주거 니 받거니 했건만 시간이나 축내고 말았다는 그런 기분에 휩싸이곤 했다. 감자 맛이나 고구마 맛이나 거기서 거기지 별건가 할지 모르나, 그 수분이나 당도도 품종에 따라서 엄청나게 다르므로 중병 수술 후 오로지 섭생에 전념해오는 장 영감에게는 그 먹거리가 조상의 음덕 보다 더 요긴하고 귀한 것은 사실이다.

아무튼 낮 동안 그의 칩거지를 주소로만 아는 사람도 이제는 얼굴 도 아슴아슴하지만 한때의 제자였다고 스스로 밝힌 이모 조교뿐인데, 등기우편물이랍시고 배달부가 문패도 없는 205호실 쇠문짝을 탕탕 탕 두드렸을 때는 마침 고구마를 먹고 난 직후여서 책상 위에 다리를 올려놓고 잠시 눈을 붙이고 있던 참이었다. 이게 무슨 변수인가 하고 그는 저절로 조마조마해지는 심정을 애써 바로잡으며 그 네모반듯한 사각 봉투를 받아들었다. 개봉 중에도 글을 깨치고 난 후 처음으로 편지를 받는 사람처럼 설레기까지 해서 장 영감은 슬그머니 틀니에 베물리는 쓴웃음을 내버려두었다.

이내 청첩장에 껴묻어온 예의 그 '내용'을 온전히 파악하고 나자 대뜸, 내가 이 고박한테 무슨 신세진 일은 없을걸, 우리야 태생이 원 래 시원찮아서 남을 도와줄 주제도 못 되려니와 그쪽도 기골부터가 남한테 무슨 청탁을 들이밀 틀거지는 아닌데, 이제 와서 왜 이 별 볼일 없는 사람한테 이럴까 하는 생각부터 떠올렸다. 그 훤한 신수에 얄따란 쇠가죽 가방이나 들고 다녔더라면 모모한 재벌 총수의 상담

역 변호사 같더니만.

곰곰이 따져보니 고박의 신세를 톡톡히 진 사례가 속속 불거졌다. 대체로 그런 회상의 요긴한 대목도 예의 그 무색계 속에서는 가뭇없다가도 새벽의 산책 중에 늘 어김없이 떠올라서 좀 기이했다.

우선 부르는 사람에 따라 안식년이기도 하고 연구년이기도 한 그 명문화된 시혜를 그 좀 이상한 전통이 여러 가지 '형식'으로 많던 대학에서는 줄잡아 10년쯤이나 지나야 찾아먹을 수 있을까 말까 했다. 학교 운영자가 신청자를 선별해서 낙점하는 관행 때문에 다들 그러려니 하는 또다른 '제도'가 맹위를 떨치고 있었는데, 그것은 아주 얄망궂은 권위주의적 발상의 한 사례일 뿐이었다.

'목구멍이 포도청이란 말도 있으니 참아야지 어째, 몸담고 있는 데서 자꾸 두덜거려봐야 누워서 침 뱉기잖아, 절이 보기 싫으면 당장 중질을 그만두랬다고 자네 주제에 그럴 용기도 없으면서 제발 좀 잘난 체하지 말고 국으로 가만히 좀 있어, 참는 사람에게 복 있나니 같은 말도 괜히 나돌았겠어.'

그래도 잘 만들어놓은 규정을 좇자는 게 사람의 심리고 도리 아닐까, 아니다, 그래야 사리에 맞잖나라고 해야 옳겠네 같은 온갖 잡생각을 뒤적거리면서 장 영감은 두 번째로 그 '특혜'를 찾아먹기 위해 당해년도부터, 곧 6년간 결강 한번 없이 봉직한 그 해 가을부터 꼬박꼬박 신청서를 디밀었다. 규정이 그렇게 못 박혀 있었으므로 연구 과제를 적시하고 그 목적과 성과와 파급효과 따위를 일정한 서식으로 꾸며 제출한 것이었다.

아마도 최종 낙점자의 선별안을 도와주는 대학 '본부'의 여러 보직자들은 하나같이 어째 이처럼 눈치는커녕 염치까지도 없는 막바우가 여태 우리 학교에 재직하고 있나 했을 테지만, 장 영감은 오히려 그런 미련퉁이 같은 인상이라도 몇몇 주요 보직자들에게 심어줄 요량으로 스스로도 '가당찮은 만행'을 학기마다 저질렀던 셈이었다. 물론 그때마다 누구는 학과장 말고도 다른 과외의 보직을 3년이나 맡고 나서야 겨우 10년 만에 낙점을 받았다고 했으며, 우연히 점심 때 캠퍼스 담벼락 너머의 한 추어탕집에서 바로 옆자리의, 이공학부 소속이지 싶은 어떤 동료의 체념 섞인 말로는 12년이나 지났는데도 기별이 없어서 연구년이 무엇인지도 모르고 산다고도 했다. 누구라도 그랬을 테지만, 낙점이 그를 피해갈 때마다 씁쓰레했고, 언제까지 이처럼 불퉁거리며 사나 하는 무력감은 지독한 것이었다. 지내놓고 보니 그처럼 시룽거릴 때가 그래도 좋은 시절이었다.

그러려니 하고 뭉개고 지내는데 어느 해 겨울 들머리께 장 영감에게도 그 연구년이라는 유급 휴가기간이 이듬해 3월부터 1년간 주어졌다는 통보가 개인 우편물함 안에 하얀 '봉투' 형식으로 단정히 넣어져 있었다. 아직도 그 부분에 관한 한 장 영감의 기억력은 초롱불처럼 말똥말똥한 편인데, 첫 연구년 이후 9년 만이었고, 신청서를 제출한 지 여섯 번째 만에 맞는 경사로써 당연히 예외적인 시혜였다. 하도 의아해서 제 발로 까마득한 '상부'에서 굴러온 듯한 그 복덩이의 정체에 대해서 한참이나 머리를 굴려보고, 몇몇 인편에 알아봤더니 당시에 학교 내 서열로는 세 번째인 교학처장 고박의 선처가 최종 낙점자의 단안에 상당한 힘을 실어주었을 것이라고 했다. 믿을 만했고, 그럴 수밖에 없는 인맥의 구도도 훤히 떠올랐다.

해가 바뀌고 그 이듬해 2월쯤엔가 이제부터 본격적으로 연구년을 만끽하려는 채비로 마음자리가 잔뜩 설레고 있는 판에 이번에는 장

교수의 우편물함에 색다른 사각 봉투 하나가 들어 있었다. 열어보니 고박이 학교의 출판부에서 펴낸 저작물『주희의 생애와 교육사상』이었다. 장 교수도 한때는 자신의 저서가 나오는 족족 문단의 선후배들에게 돌리기도 했으나, 대학에 몸담고부터는 그 후져빠진 관행이 왠지 껄끄럽고, 우편료까지 처들여서 보내봤자 읽지도 않고 내동댕이칠 게 뻔해서, 그래도 책을 받고 싶어하는 그 뻔뻔스런 허영기가 거슬려서 가급적이면 증정본 따위를 우편물로 부치는 번거로움을 일체 피하고 있던 터였다. 아무러나 귀한 책을 받았으니 장 교수는 흥감했고, 자신의 신둥부러진 불찰이 되돌아 보였다. 울컥하는 기분에 휩싸여 고박의 연구실로 전화를 걸었으나 받지 않았다. 교학처장실로도 전화를 넣어봤지만 역시 부재중이었다. 세상이 바쁘게 돌아가는 줄이야 알지만, 명색 대학 접장조차 그처럼 숨 돌릴 짬도 없이 돌아친다면 당사자의 성품이나 시간 관리벽을 한번쯤 뭐라 할 수도 있지 싶었다.

'그러나 마나 고박을 따르는 수많은 추종자의 저의야 짐작이 가지만, 그 경배열을 적당한 선에서 수위 조절하는 것도 스승의 만부득이한 재량권이잖나. 하기야 이 시대라고 해서 문인(門人)을 못 거느릴 이치는 없지 싶지만, 어째 좀 낡았달까, 시대착오 같은 행태잖나. 이런 생각이 오히려 시대역행적이라면 할 말이 없다마는.'

그런저런 생각을 엮어가면서도 빠른 시일 안에 그와 마주치면 빈말이라도 덕분에 큰 혜택을 받게 되었다고, 공돈처럼 아주 요긴하게 잘 쓰겠다고 인사를 하려고 벼르고 있는 판인데, 고박은 좀처럼 보이지 않았다. 예의 그 호저, 주희의 바쁜 생애와 다방면에 걸친 학문적 업적을 기린 양장본 책의 면지에도 친필의 기명 같은 관행을 무시하고 굵은 닥나무 심이 얼른거리는 문종이를 오려서 고무도장으로 새겼지 싶은, '그동안의 후의에 감사하며 배전의 편달' 운운하는 파란 잉크의 부전지를 풀로 붙여두고 있었다. 모 교수, 모 선생님 같은 기명 뒤에다 '혜존' 같은 글자를 정성들여 적기에는 천하의 자존심이 도저히 용납할 수 없어서 그랬는지, 아니면 천성이 소탈해서 그런지, 혹시 천생 악필이어서 그 흔적을 남기지 않으려고 그러는지, 어차피 모든 책은 결국 쓰레기로 버려질 것이므로 그때 자신의 필적이 겪을 모진 수모에 면피권을 주려는 원모사려까지 발동시켰는지 도대체 종잡을 수 없었다.

'글은 거칠었지. 근거 없는 소리를 하는 것도 아니고, 허황한 문맥은 하나도 안 보이건만 어딘가 촘촘하지 않고 모심기한 논바닥처럼 듬성듬성했다는 인상만 남아 있어. 하기사 책도 워낙 흔해지고 꼭 그만큼 저술 행위도 수월해지고부터 명주바닥같이 결이 고르고 치밀한 글은 사라지고 말았으니 어째. 이제사 어떤 책으로든 빽빽한 문맥을 다시 보기는 영영 날 샜다고 봐야지. 그러고 보면 그 문종이 부전지도 책을 소납(笑納)하는 즉시 떼버리라는 고박 나름의 웅숭깊은 배려였을 거야.'

그러다가 또 새 학기가 막 시작되려던 무렵의 어느 날 퇴근 때였다. 이미 해가 떨어져서 인문관 건물의 출입구는 인적이 드물었고, 외등이 새카만 여백뿐인 하늘에 함초롬히 걸려 있었다. 고박이 바로 그 출입구 계단을 성큼성큼 올라오고 있어서 장 교수는 그 짙은 머릿기름 냄새부터 맡으려고 잠시나마 코를 킁킁거렸다. 역시 검도로 단련해서 그렇지 않나 싶게 고박은 허리도 꼿꼿했고, 가파른 계단을 오르는 보폭도 활달했다. 이차선 차도에서 바로 올라오도록 만들어놓은 그 열두 개짜리 계단은 꽤 가팔랐으므로 더러 숨이 가빠지기도 하는데, 고박은 하체 근력도 워낙 차돌처럼 딴딴하지 않나 싶었다.

아무튼 대학본부에서 늦도록 밀린 업무를 보다가 퇴근 채비차 연구실에 들르는 모양이었다. 장 교수가 도리를 차리느라고 그와 눈을 맞추면서 입을 떼려 하자, 검도 유단자가 먼저, 아니, 연구년 중에 뭣하러 학교에 나옵니까, 어디 멀리 으슥한 데 처박혀서 푹 쉬시다 오든지 하지, 일 년 동안 책은 아예 덮고 잡책에다 단상이나 몇 자씩 끼적거리며 놀아야지, 내남없이 놀 줄 모르는 것도 큰 병폐라, 어쩌구 같은 얼레발을 늘어놓았다.

다들 금기시하는 말을 고박은 그처럼 수월하게 지껄였고, 실은 백 번 지당한 권유이기도 했다. 퇴실 때는 늘 후줄근하니 축축 처지는 장 교수도 그때는 안식년 수혜자답게 우정 생기를 내며, 그 참, 여기보다 더 으슥한 벽지가 이 세상에 어딨냐고, 있으면 좀 가르쳐달라고, 아니래도 작정하고 제대로 쉬려고 차제에 일 년쯤 집과도 내왕을 끊고 여기서 죽치려 한다고 둘러댔다. 명강의자답게 고박은 점잖은 내색과 음성으로, 그런다고 무슨 연구 성과가 뚝 불거지게 나오까, 안 그럴 거로, 누구는 연구 한두 번 해봤나, 그러니 주말마다 꼬박꼬박 서울로 올라가 사모님께 문안인사도 드려야 연구도 잘 되고 스트레스도 덜 받을 거로 같은 우스개도 덧댔다.

뒤이어 무슨 말끝에 고박은, 자잘한 논문 한두 편 써본들 아무 짝에도 쓸데없는 거 잘 알면서 연구 업적이니 뭐니 그런 데 매달릴 거 없지 뭐, 옳은 책을 지어야지, 한창 나인데 평필은 와 안 휘둘러, 드는 솜씨에 한 살이라도 젊을 때 그거 안 하면 영영 못하고 말 거로, 문학평론 쪽은 특히 더 그럴 거 아인가배, 안고수비(眼高手卑)란 말이 괜히 있었을라고, 시시한 기 훤히 비치기 시작하면 평을 하고 말고 할 기 머 있나, 같은 말도 넙죽넙죽 주워섬겼는데, 이 몸도 그쪽 전공쯤은 웬만큼 꿰차고 있다는 조였디.

그런 안하무인의 말본새도 상대방의 짱배기를 기다란 죽도로 사정없이 깨부수는 검도 유단자의 구변이라서 그런지 밉지도 않았고, 교만한 티도 없었다. 물론 그 말밑에는 두 대화자만이 쉬 통할까 다른 연구실 임자들은 무슨 소리인가 하고 궁금해할 내용이 깔려 있다.

간략한 설명을 덧붙이면 장 교수도 한때는, 그러니까 마흔 줄을 걸터넘기 전까지는 명색 내로라하는 문학평론가로서 이 땅의 여러 선후행 작가들의 작품을 품평한 '날카로운' 독후감을 적바림한 적이 있었고, 부박하기 짝이 없는 그쪽 저서도 두 권이나 펴낸 바 있었다. 그 이후에 학술논문류를 주제별로 묶은, 비록 그 형용은 본격적이지만 '이름도 없는' 네 종류의 저작물에 비하면 전자의 그것들은 다소 유치하기 짝이 없는 것이었다. 당연하게도 하늘이 도우사 대학 접장이 되고서는 그 천직을 슬그머니 거둬들였다. 고박은 너 여기서 잘 만났다는 듯이 장 교수의 그 경력을 새삼스럽게 어르고 있는 셈인데, 그 밑바닥에는 자신도 명색 시조시인으로 문단의 말석에 이름은 걸쳐놓고 있으니 그 사정쯤이야 모를 게 뭐 있냐는 자부를 은근슬쩍 내비치고 있는 꼴이기도 했다.

또 하나의 대화 내용은 이런 것이다. 주지하다시피 연구실적에 상당한 성과를 내고, 그것이 연봉 책정 같은 여러 인사고과에 크게 반영되므로 다들 2백 자 원고지로 1백 장 안팎의 논문 집필에 열중하느라고 어슷비슷한 주제를 재탕, 삼탕으로 우려먹는 그 어리석은 '자기표절'에 매달리지만, 그 따위 '잔머리 굴리기식' 관행에 물들지 말고 장기적인 '큰 공부'에 경주하라는 고박의 그 해학 좋은 격려는, 장 교수가 제출한 예의 그 연구년 신청서의 양식을 눈여겨봤다는 간접적인 언질이었다.

이제라도 찬찬히 머리를 굴려보면 어렵잖게 죄다 떠올릴 수 있을 텐데, 여섯 차례나 작성한 장 교수의 그 연구 계획서는 매번 달랐다. 왠지 그런 조로 하소연이라도 해봐야 될 것 같아서 그랬지만, 막상 수혜자가 되고 나니 그런 상상은 전적으로 터무니없는 혼자만의 푸념이었다. 왜냐하면 낙점을 도와주는 보직자들이나 최종 결정권자가 그런 양식상의 요식 행위를 주목이라도 했을까에 이어 설혹 꼼꼼히 들여다본들 제대로 알 수나 있었을까, 『논어』의 문답에도 보이듯이 전공이 다르면 아무리 똑똑한 직계 수하라도 엉뚱한 소리나 하고 말 텐데 하는 의심이 속속 들고일어나서였다.

그러나 고박은 그것을, 그러니까 매번 다른 주제의 연구거리를 들먹이고 있는 장 교수의 꽁생원처럼 답답한 '소행'을 익히 알 뿐더러 심지어는 기억할 수도 있다는 언질을 말마디마다에 심어놓고 있는 것이었다. 가령 '친일문학론의 근거와 그 허실', '일제강점기하의 소설에 나타난 제국주의의 이해도', '동반자문학의 지형도와 그 공과' 같은 연구거리가 그것이었다.

평소에 얼핏얼핏 그런 연구 과제를 머리로만 그리다가도 결국 이렇게 어영부영 밥그릇이나 축내며 정년을 맞을 테지 하는 강박에 쫓겼고, 그 요식행위를 작성할 때만이라도 누군가에게 다급하고 갑갑한 심정을 털어놓고 있는 셈이었다. 물론 그런 간절한 심사에는 신청자의 어떤 성의와 절박한 사유 같은 것이 낙점의 주무자들 눈에 띄길 바라는 요행수가 녹아 있었지만, 막상 서류 심사에 그런저런 객관적 안목이 통할 리도 만무했고, 그렇다고 해서 특정 보직자의 두둔을 살여지가 있는 것도 아니었다. 그야말로 복불복으로, 평소에 본교의 대학교원으로서 보인 다소곳한 품성에 대한 낙점자 자신만의 지극히 개인적인 호오의 감정이 가부를 판가름할 게 뻔했다.

그새 안개가 지상 가까이로 내려와서 꾸물대고 있다. 붉고 노란 낙엽이 황토 길바닥에 지천이다. 그동안 가로수로 심어놓은 은행나무들이 이제는 제법 튼실한 가지를 뻗대고, 소복소복한 이파리 무리를 사선의 곁가지마다에 촘촘하니 피어 올리더니만 또 한해 살림을 마감하고 있다. 장 영감은 연방 오고가는 산행인들에게 길을 내주지만, 그들이 안중에도 없다. 그러나 평소에 수상쩍다고 느낀 상념은 끈질기게 따라붙는다. 노인의 상념은 일쑤 집요해서 그렇다. 가령 이 새벽에 애완견을 부둥켜안고 도보운동을 하는 사람들은 자신의 병적인 동물애호증을 과시하는 것일까, 아니면 인간관계의 단절도 견딜 만하다는 시위일까 같은 상념도 그중 하나다. 다른 양반들도 그런지 어떤지 알 수 없으나, 옛일을 되돌아보며 후회와 자탄을 일삼는 이 착잡한 심사도 자못 끈질기다는 깨우침도 투병 중에야 얼핏얼핏 떠오르더니만 칩거 생활에 이력이 붙으면서는 더욱 절감하게 되었다. 사소한 세상살이의 문리나 이치 같은 것일 뿐이지만 이런 것이야말로 요긴한 인생훈이라 부를 만하다.

'그러다가 흐지부지 인사도 못하고 말았지, 아마. 고박도 교학처장을 두 번인가 연임하고 나서 바로 연구년을 찾아먹었으니까. 그때 중국의 한복판이라며 중경(重慶)인지 어딘가에서 일 년 이상 방문교수로 갔다는 말도 풍문으로만 들었고. 그때 점심으로 추어탕이라도 한 그릇 샀더라면 이렇게 찜찜하니 보깨지 않아도 될 일이건만. 사

람이 어째 그토록 미련했을까, 차일피일에 아주 명수라니까. 이러다
가 아무 일도 못하고 말지, 벼르던 제사에 물 한 그릇도 못 떠놓는다
더니만.'

3

청첩장 하단에 굵은 활자로 부기해둔, 화환이나 축의금은 정중히
사양하고, 그 성의만은 오래도록 잊지 않겠다는 다짐의 곡절은 무엇
일까. 문면대로라면 그 진의야 의심할 것이 없다 하더라도 평상시 혼
주의 처신과 성품을 되돌아보면 반드시 무슨 사정이 있을 것 같기도
하다. 사돈 될 양반이 하객들의 푼돈 생색내기를 탐했다가는 구설수
에 올라 공연히 더 큰 손재수를 입을지도 모르는 지체거나, 또 그에
상당하는 재력가란 말인가. 이런 짐작은 비근한 관행에 비춰볼 때 당
연한 것이지만, 그렇다고 이제사 한낱 명예교수에 불과한 고박조차
기천만 원 이상일 하객들의 십시일반까지 마다할 정도로 형편이 넉
넉하다면 우선 숱한 문하생을 거느리고 있는 현대판 대유학자인 교
육철학계의 원로로서 격에 어울리지 않는다. 널리 알려져 있는 대로
오늘날의 대학 교수들은 대개 다 이재에 밝은 속물 중 상속물로 살아
가기에 바쁘고, 좋다 나쁘다 할 것도 없이 집사람들도 영악한 살림꾼
이게 마련이어서 착실한 재산을 굴리곤 한다. 사람마다 각양각색인
팔자야 어떻게 돌아가든 오늘날의 이 수선스러운 시절 자체가 한때
의 그 떳떳했던 궁유(窮儒)를 허섭스레기로, 아무도 그 가치를 알아
주지 않는 골동품으로 취급하는 세태이다. 그러니 고박 특유의 그 탁
트인 처세술이 서로간의 주고받기에 불과한 축의금 따위를 물리치고

오로지 하객의 여러 면면과 그 머릿수만을 의식함으로써 잔치의 진정한 품위를 챙기겠다는 말인가. 일리가 없지는 않다. 예식장이 마침 서울의 남산 꼭대기에 정좌한 일류급 호텔이니 과연 그럴듯한 명분이 아닐 수 없다. 그러나 학교발전기금이란 명목을 달고 거의 반강제적으로 모든 교직원의 월급에서 1퍼센트씩, 더러는 자진해서 5퍼센트까지도 받치겠다는 성의를 '말없이' 수용하던 그 쪼잔한 직장의 신실했던 구성원 중 한 사람치고는 그 발상이 어딘가 어중되지 않나. 고박 자신도 그동안 내켰든 마지못했든 5만 원이나 10만 원짜리 축의금을 숱하게 냈을 테니 의당 돌려받아야 하고, 되돌려줄 명단도 미리 챙겨서 갚을 날만 기다리는 것도 이 땅에서 살아가는 낙이며 보람이 아닌가.

그때가 언제쯤인지 아슴아슴하다. 그 시기는 어떤 장면의 '내용상' 딱히 중요하지도 않다. 돌아가는 사정이 그랬으니 그쪽보다 이쪽의 처신부터 먼저 짚어야 순서가 맞을 듯하니 말이다.

어느 해 연말의 오후였다. 출입문짝을 늘 반쯤 열어놓고 그 틈에다 걸상을 괴어놓고 있는 장 교수의 연구실 속으로 누가 들어서며, 교수님, 안에 계세요라고 물었다. 젊은 여자의 목소리라서 그나마 부드럽게, 그럼 있다마다 어쩌구 지껄이며 방 임자가 구석자리에 파묻혀 있다가 한가운데의 가리개용 책장과 장방형 탁자를 돌아 나오니 뜻밖에도 낯이 익은 수강생이었다. 반질거리는 갈색기가 완연한 붉은 얼굴, 짙은 눈썹, 커다란 입, 네모반듯하게 각진 큰 얼굴 따위도 워낙 특징적인 데다 옷까지 치렁치렁하니 꼭 겹으로 입는 그 이색적 패션 감각 때문에 장 교수는 늘 속으로, 어쩌다가 피가 저렇게 섞였을까, 영판 아메리카 원주민 처녀를 그대로 베꼈네 하는 학생이었다. 그 외

모 때문일 리는 만무하지만, 다른 기구한 사연이 있었던지 그 학생은
만학도였다.

만학도란 제도는 그 명칭이 시사하는 대로 공부할 시기를 놓친 서
른 살 안팎의 '사회인들' 구제책으로 대입 수능고사를 안 치르고도
편입생 선발에 준하는 서류 심사와 면접 전형으로 입학시키곤 했는
데, 그것도 교육부의 월권적 간섭에 따라 각 과별로 정원의 일정한
비율만, 예컨대 매년 50명만 뽑을 수 있는 한국어문학과의 경우에는
한 학년에 5명을 초과할 수 없다든지 하는 규정으로 묶어놓고 있었
다. 그러나 마나 그 좋은 구제책도 덜 알려져서 그런지 매학년마다
두세 명의 충원에 그치고 말며, 그런 학생은 출석부에도 '만학도'라고
명기되어 학업 성적의 평가에도 상당한 관리 내지 배려의 대상으로
일정한 가산점을 주도록 되어 있었다. 개중에는 그런 규정 따위야 어
찌 됐던 그동안 속앓이처럼 쓰다듬기만 한 향학열을 유감없이 발휘
하여 그야말로 출중한 정진과 뛰어난 학업 성취로 단숨에 학사 학위
를 취득해가는 늦깎이도 드물지 않았다.

어쨌거나 그 인디언 처녀의 내실 목적은 예상외로 성적이 나쁘게
나왔다며, 그 근거를 묻고, 그에 따라 학점 정정을 받고 싶다는 것이
었다. 학부 교과목은 어느 것이라도 마찬가지로 소위 '오픈 북' 시험
을 두 시간에 걸쳐 종강날 치르고, 그것도 대체로 다섯 문제를 칠판
에 적어주고 나서 그중 두 문제만 임의로 골라서 시험지 한 장의 앞
뒷면을 적절한 문맥으로 메꿔보라는 게 장 교수의 학업 평가법이었
다. 난생 처음의 그런 주관식 학력평가 시험에 공연히 우쭐해지는지
어떤 고령의 만학도는 담배를 피워도 되느냐고 묻기도 했다. 그때만
하더라도 지금처럼 대학 내의 모든 건축물 벽에다 '금연 빌딩' 같은

딱지를 붙여놓고 흡연을 죄악시하지는 않았으므로 시험 출제자는 알아서 하라고, 옆자리 학우에게 방해가 안 되겠냐고, 저쪽 창가로 뚝 떨어져서 그러라고 했고, 덩달아 음료수도 마실 수 있느냐고 물어서, 얼마든지 그러라고 손짓하면서 속으로는 그거야 오늘날의 교권이 하라마라고 할 수도 없는 논외의 사안이잖나, 『대학』은 물론이고 『소학』까지 통달했다는 고박의 교육철학적 견해는 어떤지 알 수 없지만 이라고 중덜거리면서 장 교수는 학기말 시험장 실내를 지겹게 어슬렁거렸다.

아무튼 박해빠진 평점의 근거를 알아보겠다는 수강생의 요구는 정당한 권리 행사였으므로 장 교수는 시험지철을 갖고 와서 '인디언 처녀'의 답안지를 펼쳐놓았다. 연필 글씨로 작성한 그 답안지에는 곳곳에 밑줄이 그어져 있었고, 붉은 수성 펜으로 '어휘 부적', '논리 미달', '이해 부족' 같은 평가가 씌어져 있었다. 아마도 그 다음 장에는 '횡설수설 만발', '오문', '비문', '의미 난해', '엉터리', '허튼소리', '불요' 같은 단평 옆에 어김없이 물음표와 함께 감점을 표시하는 2, 3, 5 같은 숫자도 병기되어 있었을 것이다. 장 교수는 그중의 밑줄 하나를 손짓하며, 이것은 전후 맥락을 잘못 알고, 또 말이 안 되는 문맥이라고 지적했을 게 틀림없다. 따라서 만학도이므로 두 단계나 상향 조정한 그 평가에 아무런 하자가 없었고, 인디언 처녀의 학업 성취 정도는 명명백백한 것이었다. 그러므로 학점 정정 따위의 과외 업무는 장 교수의 직업의식상 있을 수 없는 실수 추인이자 망신살이었다.

그런데 담당교수의 그런 지적을 제대로 알아들은 기색도, 그렇다고 타당하다는 승복의 고갯짓도 없던 인디언 처녀는 갑자기 그 붉은 바탕의 얼굴색을 황토색으로 바꾸며 눈물을 방울방울 떨어뜨렸다.

순박한 인디언 처녀의 그런 미태는 과연 볼 만한 것이었고, 잠시나마 연구실 주인의 가슴을 뭉클하니 적시기에 족할 정도였다. 그 황당한 기운을 이내 수습하고 나자 왠지 장 교수는 조마조마해졌고, 자신이 무슨 혐의를 덮어쓴 용의자인 듯 무언가에 마구 복대기고 있는 심사를 주체할 수 없었다.

이상하게도 학업 평가, 후줄그레한 옷을 겹겹으로 걸친 인디언 처녀, 밀폐된 연구실 같은 부대조건들이 동정을 바라는 그 최루 '연기'에 실감을 잔뜩 덧붙여주고 있어서 장 교수는 장학생이냐고, 지난 학기에도 장학금 수혜자였냐고 물어볼 참이었다. 그러니까 이 답안지의 학점만 두어 단계 올려서 정정해주면 학비의 일부 면제에 도움이 될 듯하냐고, 그렇다면 달리 생각해볼 여지가 없지도 않다는 의중을 비치고 싶었던 것이다.

그런데 아메리카 인디언 처녀는 탁자 위에 놓인 '크리넥스' 종이상자를 손짓하며 써도 되겠냐고 연구실 주인에게 허락을 구했다. 그거야 소모품이고, 실은 어느 아줌마 대학원생이 빈손으로 오기 뭣해 가져온 것이라서 그러라고 손짓했다. 왠지 그때부터 장 교수는 가슴이 쿵쿵거렸다. 인디언 처녀는 연구실 주인의 손짓이 미처 끝나기도 전에 그 흰 휴지 한 장을 쏙 뽑아서 그때까지 그렁그렁한 두 눈자위와 흘러내리는 눈물 자국을 훔치더니만, 곧장 익숙한 손동작으로 두세 번씩이나 그 부드러운 화장지를 빼내 콧물까지 소리 내어 풀어댔다. 그제서야 연구실 주인은 어떤 직각이랄까 통찰 같은, 불교에서 흔히 쓰는 돈오(頓悟)라고 하는 자각에 이르렀다. 더 이상 학점 시비를 따질 필요가 없어진 셈이었다.

인디언 처녀는 방학 중인데도 둥글둥글한 용수철이 달린 두툼한

'대학노트' 한 권과 두어 권의 책을 굳이 가슴팍에다 끌어안고 다니다 방금 그것들을 탁자 위에다 부려놓고 그처럼 섦은 울음을 자연스럽게 '연기했을' 뿐이었다. 그러니 연구실 주인은 학비를 어떻게 마련하느냐, 매 학년에 재학생의 1할쯤, 그러니까 다섯 명 안팎이 반액과 그 이하의 각종 장학금 수혜 대상이 되는데 거기에 들 수 있느냐 따위를 물어볼 필요가 없어진 것이다. 인디언 처녀는 오로지 대학생으로 '활약'하는 자신의 제반 동선, 동작, 행태 자체에 겨워 지내며 그런 자기과시벽에 매몰되어서 그것을 한때의 낭만으로 즐기는 만학도였고, 그런 자위적 '추억거리 만들기'가 그녀의 때늦은 학창생활에 보람이자 활력이 된다면 굳이 그 '겉멋 부리기'에 철두철미하게 봉사하는 대학에서의 지식 전수 행태를 낭비라고 폄훼할 것도 없었다.

'지금도 그 얼굴이 선하네, 저런 단풍처럼 빨갛게 타오르더니만. 그때 벌써 과년의 나이였을걸. 그날은 물론이고 그후 한동안씩이나, 그때 이쪽 무르팍에다 그 인디언 처녀가 제 얼굴을 의도적으로 파묻거나 그 탁자 모서리에 엎드려서 흐느꼈더라면 그 곡경을 어떻게 수습했을까 하고, 그 생각만 해도 진땀이 줄줄 흐르더니만. 성씨도 엄인가 염인가 그랬지.'

장 영감의 상념은 자연스럽게도 그후의 우연찮은 목격담으로 이어진다. 이글이글 속으로 타 들어가는 잉걸불같이 곱게 물들은 화살나무의 이파리 무더기가 그 회상에 괄한 불길을 지피고 있다.

그후 한 해쯤이나 지난 어느 봄학기였지 싶지만, 그 광경은 실내에서 벌어진 동영상이어서 계절 감각은 확실하지 않고, 무시해도 좋다. 그날따라 장 교수는 밤늦게 연구실에서 뭉텅이 식빵을 뜯어 먹으며, 인스턴트 커피 두 스푼에다 끓인 물과 우유를 1 대 3의 비율로 타서 만든 미지근한, 자칭 '건강식 카페 라테'를 홀짝거리는 것으로 저녁 끼니를 때웠으니 그때가 밤 여덟 시경이었다. 이래저래 지치기도 해서 시름없이 퇴실 채비를 마치고 느직이 걸어서도 15분이면 닿는 그의 숙소인 12평짜리 전세 아파트로 걸음을 떼놓았다. 긴 복도가 이어지다가 꺾어지면 강의실용 비품의 운반 때문에 일부러 그렇게 지었지 싶은 계단 없는 비탈길이 나온다. 학기 중에는 그 시각에도 비탈길은 늘 이용자들로 빼곡하다. 강의실이 그쪽으로 몰려 있어서 그렇기도 하지만, 교육대학원생을 위한 야간강좌가 항상 두어 과목은 있게 마련이고, 학부생들의 동아리 활동이나 외부 강사의 특강 같은 각 과별 행사가 속속 이어져 오기 때문에 5층짜리 건물 전체가 불야성이기 때문이다.

그런데 그 비탈진 내리막길을 한 차례 꺾어서 내려오려니까 이제 막 강의를 끝낸 듯한 한 무리의 수강생들에게 에워싸인 고박이 널찍한 층계참을 벗어나고 있었다. 그 수강생들은 장년의 남학생부터 중년의 여학생까지 형형색색이라고 할 만했는데, 그들이 대개 다 초중고등학교 교사들이거나 교원 자격증을 따려는 교육대학원 재학생들인 만큼 고박의 그 교실은 달변으로 유명짜한 어떤 전도사의 신앙 간증 집회를 방불케 하는 것이었다.

아무려나 남의 공적인 동선을 우연히 염탐하고만 죄밑 같아서 장 교수는 우정 시선을 딴 데다 두느라고 쑥스러웠지만, 그렇다고 자신의 걸음을 멈춰세우거나 뒤로 물릴 수도 없는 노릇이었다. 그러니 그 무리와 일정한 거리를 유지하면서 느럭거리는 행보에 잔뜩 신경을 곤두세울 수밖에 없는 처지인데, 문득 예의 그 아메리카 인디언 처녀가 그 속에 섞여서 걸어가다가 용케도 장 교수의 미행을 알아챘는지 힐끔 고개를 뒤쪽으로 돌렸다. 장 교수는 어쩔 수 없이 그 눈길을 좀 의뭉스럽게나마 맞받아낼 수밖에 없었다. 어떤 동작이나 말도 자제하면서 오로지 표정만으로 한 시퀀스 내내 소위 '내면의 연기'에 몰입해야 하는 명배우가 아니더라도 그런 처지에서야, 아, 자네도 진학을 했네 그래, 자알 했네, 한 살이라도 덜 먹었을 때 부지런히 배우고 익힌다는 데야 누가 뭐라겠나, 또 매사에 반거들충이처럼 찔벅거리는 이 동네만의 오달진 풍토에 학력 만드는 일 말고 달리 무슨 재미난 일이 있겠나, 모쪼록 정진하게, 자네가 나를 학점에도 인정에도 야박한 대학 접장으로 기억하듯이 나도 자네의 외모는 물론이고 순진한 속셈까지 일일이 다 외우고 있다네 같은 눈인사와 고개짓을 드러내기는 어렵지 않았다.

이윽고 또 한 차례의 층계참에 이르렀고, 거기서도 이미 고모 선생의 강의를 들은 바 있는 한 무리의 다른 교실 수강생들이 삼삼오오 떼를 지어 몰려나와 꾸뻑꾸뻑 인사를 건네는 한편 위층에서 내려오는 고박 일행과 뒤섞일 판인데, 그 기회에 아메리카 인디언 처녀는 다시 고개만 돌려서 비탈길을 올려다보며 장 교수의 눈길을 찾았다. 장 교수가 잘못 보지 않았다면 그녀의 그 의식적인 주시에는 타고난 순박한 얼굴이나 외양, 그 후줄그레한 옷차림 때문에라도 어떤 교태 같은 것은 '일언반구도' 묻어 있지 않았다. 그냥 캠퍼스라는 분위기에 파묻혀서 '무엇이라도' 배우는 이 복된 시간을 즐기며 또 자랑하고 싶은 일념만은 남다르다는, 생색내고 싶은 그런 치기가 두드러져 있을 뿐이었다. 그 자태는 나무랄 것이 아니라 나이에 어울리지 않는 현시욕에 해당하는 것이라서 잠시 동안의 조롱거리일 수는 있었다. 물론 그런 비아냥 내지 야유에도 그 억척스러운 배움의 열기에 대한 경외가 반 이상 배어 있다고 해야 할지 모른다.

하기야 내남없이 많든 적든 다 갖고 있는 그런 현시욕은 시방 낙오자 한 명 없이 어떤 '미션'을 가뜬히 마치고 나서 다음 행선지로 나아가고 있는 저 수행자 무리의 교주인 고박도 바로 그 유형을 대표하는 인물이 아니고 무엇인가. 그러고 보니 그의 강의실에서 막 빠져나온 서른 명 남짓의 무리는 더러 지친 걸음걸이가 눈에 띄긴 해도 어떤 성심 어린 기색이었고, 서너 걸음 앞선 우두머리의 수행원 몰꼴들도 겸허하고 절도가 넘쳐났다. 아마도 고박은 그때 그 복도에서 장 교수의 뜬금없는 출현과 그 좀 어색한 미행을 몰랐거나 눈치 챘더라도 사정이 그랬으니까 짐짓 모른 체했을 것이다.

그후부터 장 교수는 퇴실 시간을 의식적으로 조정해야 했고, 강의실 쪽 복도를 피하고 연구실이 몰려 있는 쪽으로 뚫린 통로를 이용할 수밖에 없게 되었다. 가급적이면 교주 고박은 물론이려니와 그 추종자 무리에게도 자신의 어정쩡한 퇴실 자태를 들키지 않으려는 고심 때문이었다.

그래도 가끔씩 그 '면학 고행길'에 나선 교주와 수도자 일행의 풋풋한 열기가 장 교수의 눈에 밟히는 데는 어쩔 수 없었다. 그러다가 어느 날 문득 피리를 불며 아이들을 동굴로 몰아가는 초능력의 사나이를 그린, 독일의 어떤 동화가 떠올랐다.

'작자가 그림 형제였을걸. 동화치고는 제법 기발했나? 기상천외하다면 그 은유를 못 읽은 게 되고. 저 많은 수강생들이 어린아이들처럼 추종자가 될 테지만 피리 부는 사내의 그 가락이야 한결 같지 않을까. 공자와 맹자의 여러 지엄한 분부를 아무리 탁월하게 해석한들 그게 단조로운 피리 음색을 능가할 수 있을까. 오늘날의 지식은, 또

그 전수는 결국 피리 소리와 그 가락을 따르는 행렬이 아니고 무엇이 겠는가.'

아무리 조심해도 개 눈에는 뭣만 보인다더니만 그후에도 몇 번인 가 여러 추종자들에 둘러싸인 고박의 헌걸스러운 자태가 장 교수의 먼눈에 붙잡히곤 했다. 그 장소도 인문관의 출입구 로비거나 각 층마 다 널찍하니 베풀어놓은 강의 대기용 공간이나 인쇄물 복사실 주변 따위였고, 그때마다 고박은 어딘가를 향해 바쁜 걸음을 성큼성큼 떼 놓고 있었다. 어떤 사명감을 타고난 선교사형 내지 사자형(使者型) 인물은 언제라도 쉴 틈을 스스로 만들지 않는 모양이었다. 물론 낮과 밤을 가리지도 않았다. 야간수업이 시작될 해거름녘이기도 했고, 낮 에도 그를 따르는 무리는 한결같이 소대원 수준을 넘어서고 있어서, 아니 점점 불어나는 것 같아서 경이롭기도 했다.

지방대학으로서는 역시 기문(奇聞)이었는데, 정년이 가까워질수록 고박의 강의는 한결 세련의 도를 더 더해가는 듯 그 인기나 성망도 자자해지는 추세였다. 더불어 고박의 인품에 대한 칭송담과 그 강의 의 구체적인 내용에 대한 풍문은 장 교수의 귀를 솔깃하게 열어놓을 수밖에 없도록 만들었다.

이를테면 어떤 과목의 강의라도 그의 언변은 조리가 번듯한 데다 그 막힘없는 말씨 자체가 흡사 장강이 흘러가는 기세다. 이런 품평도 결코 과찬이랄 수 없는 것이, 학력과 상관없이 누구라도 이해할 수 있게 하는 그이의 설명력은 요령부득의 장광설로 청중의 한숨을 유 도하는 눌변들이 참고로 할 만하기 때문이다. 새삼스럽게 덧붙이기 도 좀 그렇지만, 말은 답답할 정도로 못해도 문장은 웬만큼 쓰는 교 수도 있게 마련이고, 글은 도무지 어수선하니 문맥을 제대로 못 잡아가는 양반도 말솜씨는 청산유수인 경우도 없지 않다. 물론 두 경우 다 대학 사회가 층하를 두지 않고 보듬어야 함은 말할 나위도 없는 사안이다.

그거야 어쨌든 고박만의 그 뛰어난 설명력은 주로 사마천의 『사기』에 근거한 역사적 사례에서 자유자재로 끌어다 씀으로써 신뢰감을 더해줄뿐더러 그 비유가 즉석에서 어떤 깨우침을 이끌어내기에 충분하다고들 했다. 일리가 있는 지적이긴 한데, 시대를 초월한 비유가 과연 얼마나 실감이 날지 헷갈리긴 한다. 하기사 『주역』을 아직도 교본으로 삼는 사주쟁이를 역학자로 떠받드는 소행이야 전적으로 자유재량권에 속하지 싶고, 그런 발상이 대학 사회라고 해서 통용되지 못할 것도 없긴 하다. 말이 조심스러워져야 할 대목인데, 모든 학문의 진위 여부도 당대가 단정적으로 판가름하기는 적잖이 켕기는 부분이 있는 게 사실이고, 그런 의미의 연장선상에서 냉철하게 말한다면 지식인의 모든 발언은 한시적으로만 유효한, 그러니 길게 본다면 일종의 사기 행각일 수도 있으므로 고박의 근거 많은 비유 수집벽은 이해할 만한 여지도 없지는 않아 보인다.

또 다음의 사례조차 그이만의 장기이자 단점이기도 할 텐데, 판서 습벽이 그것이다. 더욱이나 일부러 그러지 않나 싶게 한자를 마구 휘갈겨 써버릇하는 그 행서체는 얼핏 보기에는 멋들어지고, 대개의 한문 필체가 그렇듯이 도무지 무슨 글자인지 알 수 없으니 배우는 사람으로서 선생에게 감히 시정해달라고 하소연하기도 뭣해서 딱하기 짝이 없다. 수강생들이 대개 다 행서를 모르기도 하려니와 한학 전반에 대한 소양이 태부족해서 그렇지만 받아쓰기를 할 수 없는 사정에 대한 배려는 있어야 할 것이다. 노골적으로 말하면 권위주의에 대한 기

탄없는 지적인데, 실은 그런 현학 취향은 학자들이 즐기는 일종의 도락거리일 뿐이니 그러려니 하면 그뿐이다. 물론 그 개인적 취향을 공개적으로 과시한다는 것은 지탄받을 소지도 없지 않으나, 다른 차원의 논란거리이긴 하다.

누구라도 쉽게 짐작할 수 있겠듯이 식자라면 혼자 있을 때 '나도 잘 모르겠다'는 말을 자주 하게 되는데 공개적인 자리에서는, 특히나 가르치는 입장에 서면 몰라도 모른다는 말을 못하게 되고 만다. 아니 체신상 할 수 없게 되어 있고, 부지불식간에 다 아는 체하는 타성에 젖게 된다. 배우는 사람 앞에서 선생이 잘 모르겠다는 말을 한다는 것은 자기모순이기 때문이다. 그래서 만부득이 다 안다는 일종의 포즈랄까, 제스처를 취하게 되는데 그것은 이해하기 나름이고, 양해사항이기도 하다. 어떤 분야에 관한 한 기중 앞서는 전문가라도 '다 안다'는 것은 근본적으로 거짓말일 테니 말이다. 따라서 선생들이 흔히 다 아는 체하는 버릇조차 위선 운운한다면 딱히 틀린 말도 아니다.

말이 나왔으니 고박 특유의 미덕 하나는 꼭 짚고 넘어가야겠는데, 강의가 끝나기 전에는 반드시 오늘 공부한 골자를 정리해주는 보습법이 그것으로써 모든 수강생이 그 정리벽을 통해 지적인 연상작용의, 또는 암기의 유효성에 대해 자극을 받는다는 사실이다. 하나라도 더 외우게 하는 그 주입식 교육은 과연 교육자다운 교수법이긴 한데, 암기하려는 노력, 그 부질없는 되풀이에 들이는 땀과 열정, 요컨대 참고 견디는 수고가 삶의 길이고, 공부의 요체임을 가르친다는 점에서 상찬감인 듯하다.

고박의 그 훌륭한 교수법을 지척에 두고서도 실천에 게을렀던 것은 이쪽의 불민과 같잖은 자만 탓이 아니라 머리 나쁜 인종의 타고난 한계 때문이었을 것이라는 장 영감의 자탄과 혹독한 반성도 물론 예의 그 아리송한 청첩장을 받고 나서부터이다.

'재주가 메주거든 남의 본이라도 그때그때 그대로 따르며 살았어야 옳았거늘. 구변이 없다는 핑계로 남의 재주를 베껴먹을 엄두도 못냈으니, 그런 엉터리가 어딨나. 무슨 같잖은 똥고집만 한사코 부렸던 게지. 그러니 주제꼴에 들은 풍월로 천학비재란 말만 자위 삼아 읊어대며 어영부영 살아온 셈이지. 비단옷 입고 밤길 걷는다더니 돼먹잖은 자부심만 처쟁이고설랑, 한심한 위인하고선.'

장 영감의 자성은 끝이 없다. 역설적이게도 이런 씁쓸한 후회가 결실의 계절인 가을이라서 더 실감이 난다는 느꺼움도 오롯하다. 인적이 가뭇없는 법당 뒤에서만 어슬렁거리다가 이제사 겨워 탑돌이를 해쌓는 참배객들 사이를 비집고 나선 기분이다. 그래도 여전히 불상의 그 너그러운 존영은 차마 우러러볼 엄두가 안 난다.

'학문이든 글이든 그것들의 실속이야 나중 일이고, 그 허울만큼은 불상처럼 일단 기림을 받아야 하거늘. 그러나 마나 고박의 신실한 추종자 같았던 그 얼굴 붉은 처자는 그후 어떻게 되었을까. 기간제 교사 같은 임시직이라도 얻었으려나. 때늦은 인연이라도 굴러와서 시집이라도 갔으면 그런 다행이 없을 텐데. 흔히 그런 혼인 팔자도 공부복처럼 늦게 트여서 남부럽잖게 잘 살기도 한다더라만. 한 점수라도 더 받겠다고 그처럼 애살을 부리는데도 매몰차게 내쳐버렸으니 그 심통은 대관절 무슨 억하심정이었던가. 이처럼 뻔히 알면서도 입으로 그 못남을 툭 털어놓지 못하고 있으니 참으로 낭패다. 무엇이든 정정은 그렇게나 쉬운 일이거늘. 성질이든 제도든 어차피 뜯어 고치며 살게 마련인 것을. 당사자가 얼마나 서운해 했을까. 학점을 두어 계단쯤 상향 조정해준들 누가 가타부타 따질 일도 아니었건만. 그 순박한 얼굴에 웃음꽃을 활짝 피워올린다면 진짜 가관이었을 텐데.'

귀갓길에 오른 지도 반시간쯤이나 지났으므로 장 영감의 우그러진 쪽박 같은 심신도 다소나마 펴졌다. 왠지 여유로워진 것이다. 청첩장의 문면에서 노골적으로 밝힌 고박의 근황, 곧 일주일에 두 차례씩 치른다는 그 강의는 명예교수로서 대학 강단에 선다는 것이 아니라 그의 추종자들이 앙청해서라기보다 그런 추대 형식을 알게 모르게 사주했달까, 그런 분위기에 양쪽이 다 휩쓸려서 마지못해 베푼다는 조의 '사랑방 설법'일 게 분명하다.

'배달민족은 원래 배우겠다는 일념을 발휘하는 데는 탁월한 기량을 타고났으니.'

고박이 평생 봉직한 그 대학의 캠퍼스에서 승용차로 불과 20분 남짓 걸리는 교외에다 지은 한옥 여벌집에다 '일신재(日新齋)'를 열었다는 낭보는 지역신문에도 대서특필로 실린 바 있었다. 마지막 강의를 일주일쯤 앞둔 시점에 명사 동정난의 인터뷰 기사로. 나날이 새로워져야 한다는 뜻의 그 '일신'은 말할 나위도 없이 고박의 전공인 예의 그 『대학』에서 따온 것으로, 한번 듣고 나면 꼼짝없이 그의 신도가 되고 만다는 수강생들에게는 더할 나위 없는 면학 최음제일 것이었다. 적어도 동양철학 전반에 관한 한 고박의 달변이 감당 못할 고전은 없을 테니까. 두어 달에 걸쳐 『논어』의 해설을 받아쓰기한 수강생이 어떻게 『맹자』나 『중용』을 연이어 듣지 않을 수 있겠는가.

'요즘은 "대세"와 "팔로어"란 말이 유행인가 본데, 물살이란 것이 원래 급류로 변하면 곧장 여울목으로 콸콸 쏟아지는 이치와 똑같지 않나. 저 바람 든 낙엽도 떼 지어 다니는 것이 꼭 한 본이고. 저처럼 바람 따라 살갑게 몰려다니는 그 추종자들 중에서도 장차 고박 같은 현달이 속속 속세에 현신하고, 그들이 저마다 신봉자를 거느리며 온 누리를 배움의 전당으로 만들면 이 얼마나 복된 세상인가. 추수주의의 본색이 바로 그것일 텐데.'

장 영감은 어째 그 환한 세속계가 점점 더 아득하게 멀어진다는 느낌만 되뇐다.

이토록 일신이 옥죄이는 판에 무슨 배짱으로 고박을 대할까. 괴리란 말이 서로 등지면 남이란 뜻일진데 하물며 이 혈혈단신 같은 주제가 감히 탑돌이에 나설 엄두를 내다니. 근대 유학의 개조(開祖)라는 주자의 맥을 잇는 고박은 아무래도 '사람 수집벽'이 넘쳐나는 모양인데, 스스로 그것을 알면서도 모른 체하며 즐기는지 어떤지 알 수 없어서 안타까울 뿐이다.

제2장

민들레 며느리

한 국어사전에 따르면 노년기를 초로기와 노쇠기로 나누고, 전자는 45세에서 50세까지로, 후자는 65세에서 75세까지로 각각 못 박고 있다. 한국동란을 기점으로 잡더라도 그새 평균수명이 거의 20년 이상 늘어난 '인종적 현상'을 감안하면 아무래도 초로기를 55세에서 65까지로, 노쇠기를 75세부터로 잡아야 하지 않을까 싶지만, 사전은 어떤 종류의 것이라도 일단 '따지지 말고 믿어라'고 강변함으로써 스스로 권위를 세우는 책인 만큼 승복하지 않을 수 없긴 하다. 설마 상당한 의학적 근거도 없이 그처럼 갱년기와 노년기의 경계를 나잇살로 딱 부러지게 갈라놓았을 리는 만무할 테니 말이다.

그렇긴 해도 모든 사전은 우리 눈앞에 뻔히 펼쳐진 만물, 만사, 만태, 만념, 만연(萬緣) 등의 근원과 갈래와 경과를 알아가는 단순한 기초자료에 불과하다. 그러므로 대개의 지식이 한시적으로만 통설로 인정받고 있는 것처럼 무작정 사전의 정의나 해설을 신봉했다가는 판장원이나 겉똑똑이로 따돌릴지도 모른다. 요컨대 사전이든 지식이든 참고용으로 반쯤만 믿는 체하며 살아가야 건성꾼이나 벗쟁이라는 지탄을 면할 수 있다는 소리다. 물론 나잇살이 말하는 대로 자기 주관을 바로 세우고 세상과 사람을 엄정히 직시해야 낭패를 다소 적게 겪을 테고, 남보다 딱 한 걸음쯤만 바싹 더 다가서서 본 바대로 옳은 의식이나 판단을 끌어낼 수 있어야 부분적으로나마 또렷한 '세계상'을 지닐 수 있게 될 터이다. 어차피 누가 사람을, 더불어 세상까지를 바로 알고 있느냐는 그 줄자의 길이에 따라서 각자 나름대로 잘 살아가는 방도가 나서긴 할 테니까.

규정대로 예순다섯 살에 정년퇴직한 명색 대학 접장 출신의 장 영감이 최근에 겪은 사례도 예의 그 사전 같은 통설과는 제법 어긋나는 그런 것이었다. 다들 알다시피 '공해'란 유행어가 심드렁히 사라지고 나서 어느새 지면(紙面)에서나 구두로나 '미세먼지'가 자욱해지더니 그것의 수치까지 엉터리 일기예보보다 더 섬겨야 하는 세상이 되고 말았으니 알조 아닌가.

장 영감도 어쩔 수 없이 주거지 인근의 야산 자드락길을 꼬박꼬박 산책하던 일과를 미련 많게 접고, 아파트 단지의 고샅에 오뚝하니 눌어붙어 있는 한 헬스클럽을 찾게 된 것은 만부득이한 일상의 일대 변혁이었다. 마누라쟁이가 기관지를 공연히 혹사시키는 '매연'을 사서 마시지 말고, 실내의 '청정공기' 속에서 한 시간 이상씩 걷기운동을 하라며, '계산하기도 편하게' 세 달에 9만9천 원짜리 회원권을 끊어주었으니, 그 어련무던한 배려를 감히 퇴짜 놓을 수는 없는 노릇이었다.

사전대로라면 역시 노쇠기에 막 접어들었지 싶은 김 감사를 만난 곳도 바로 그 헬스클럽에서였다. 헬스클럽이라고 해봤자 지하 1층을 독점하고 있는 여느 대중목욕탕만 해서 회원들의 운동복 수납장이 기역 자로 울을 친 휴게실에서 음료수를 팔며, 그 너머에 운동기구들이 드문드문 널려 있고 한쪽 구석에는 샤워 시설을 갖춘 규모였다.

어깨와 가슴팍이 곰처럼 두꺼운 장년의 '실장' 하나가 휴게실을 지키는 관리인이었다. 박 실장은 4층짜리 그 장방형 상가건물의 공동주인 중 여자 쪽 인척으로 헬스클럽을 헐값에 세 얻어 운영하고 있는데, 김 감사 같은 회원들에게 휴게실에서 깡통 맥주와 봉지 땅콩과 반건조 오징어 따위를 팔아대며 버는 맞돈 부수입도 꽤 짭짤한 모양이었다. 그러니까 2층의 한쪽 구석에다 개설한 '여성 전문 요가 강습소'의 전담 강사 겸 소장이 박 실장의 부인이고, 그쪽 오후반에 등록한 장 영감 마누라쟁이에게 부부 화합을 도모하는 차원에서 지하의 '남성 전용 헬스클럽' 회원권을 강매하는 것은 여러모로 그럴듯한 구도였다.

낯이 익자 김 감사는 자연스럽게 장 영감을 '선생님'이라고 호칭해서, 그 흔한 '사장'이란 지칭어를 남발하지 않는 것만도 오감했고, 그의 눈썰미와 학력과 살아온 내력을 웬만큼 짐작하게 만들었다. 사람을 알아보는 그런 눈어림이야 어쨌든 이마가 정수리까지 훤하게 터를 넓혀가고, 뒷머리는 늘 더부룩하니 더펄거리는가 하면 당나귀처럼 밋밋하니 기다란 코가 인중을 덮을 듯이 내리뻗어 있는 것 말고는 이렇다 할 특징도 없는 외양이, 저토록 평범한 얼굴로 무엇을 제대로 감사할까 싶어서 참으로 어설픈가 하면 좀 덜 짜인 구색이라는 게 장 영감의 소회였다.

그러나 하루걸러 한 번씩 헬스클럽에 들르는 장 영감에 비해 김 감사는 강단도 좋게 매일 출근하며, 그것도 주로 오후 다섯 시쯤서부터 한두 시간씩 아주 다부지게 '몸을 만든다'고 했다. 그토록 착실히 '만든 몸'으로 휴게실의 의자에 앉아 텔레비전 화면을 주시하면서 캔 맥주를 하나나 두 개씩 반드시 '까는' 일정도 빠뜨리지 않는다니까,

보기에 따라서는 과연 감사라는 생업과도 엔간히 들어맞는 구성이다 싶었다.

장 영감은 은근히 궁금해서 박 실장에게, 어디서 무슨 감사를 본다는가요라고 물어보았더니 지체 없이, 한때 감사를 살았다는가 봐요, 여의도에 있는 무슨 기술개발공사라던가, 정부가 물주고 자기가 낙하산 타고 내려갔을 때는 웬 건달 앞잡이 같은 정치인이 사장 자리를 꿰차고 있었다고, 그 멍청하니 시끄러운 사장이 그렇게나 꼴도 보기 싫어서 저 인간보다는 한 살이라도 늦게 죽어야지 하고 맹세하며 살았는데, 최근에사 그 소원을 풀었다고, 그 말을 씩씩거리며 길게 늘어놓더니 공연히 흥분해서 '깡통'을 다섯 개나 까대요라고 했다.

하루는 마침 수요일이라서 마누라쟁이 김 권사가 밤 예배를 간답시고 일찌감치 고구마와 미숫가루와 토마토를 저녁상으로 차려놓았길래 그 음식 같잖은 건강식을 개밥 먹듯이 후딱 때우고 나서 장 영감은 서둘러 슬리퍼를 끌고, 아파트 단지의 정문과 코를 맞대고 있는 헬스클럽의 지하 계단 밑으로 기어들어갔다. 여름 들머리여서 그때는 아직 해도 덜 떨어진 저녁 여섯 시쯤이었다. 역시나 휴게실에서는 김 감사가 또래의 회원 두어 사람과 함께 캔 맥주를 '까고' 있다가 장 영감에게 눈인사를 건네며, 어서 땀부터 빼시고 나서 한잔 하십시다라고 붙임성 좋게 말을 걸었다.

장 영감은 좋은 낯으로 어서 많이 드시라는 손짓을 해보이고는 잽싸게 옷을 갈아입고, 넙적한 두꺼운 비닐 주렴을 걷고 빨려들다시피 '체력단련 무풍지대' 속으로 뛰어 들어갔다. 한동안 러닝머신 위에서 뛰다가 걷다가 하기를 20분, 자전거 페달 밟기를 20분, 팔다리와 몸통과 무릎을 한껏 흔들고 구부렸다 펴기를 20분 하느라고 낑낑거렸다. 땀이 팔뚝과 가슴팍으로 방울져 흘러내렸다.

국어사전의 표제어 '노쇠기'는 아무래도 수정이 불가피하지 않나 싶었다. 그러는 중에도 휴게실에서 들려오는 김 감사 일행의 '생중계 방송'이 속속 귓전을 울려대는 데는 속수무책이었다.

"술이라도 안 마시면 너무 골치 아파, 오래 살고 싶어서가 아니라 니까. 맛없는 술이라도 땡길 때 마시며 살자고 운동하고 몸을 만든다 니까. 꼴 보기 싫은 놈들보다 하루라도 더 오래 살고 싶다더니, 그래 서 운동 안 하고는 못 배긴다더니 그 말은 왜 빠뜨려요. 저것 봐, 저게 무슨 지랄이야, 새파라니 젊은 놈이 지 애비뻘 동무를 똘마니들처럼 둘러세워 놓고설랑 받아쓰기 시키고 있잖아. 저놈 연세가 시방 몇이 야, 스물일곱 살에 어물쩍 세습 군주에 올랐지, 아마. 왜 어물쩍이야, 저희 부자들 딴에는 준비가 착실했다는 거 아냐. 그거야 아무튼 지 애비 잘 만나, 아니지, 지 할배 덕으로 저러니 저 후져빠진 경치를 정치학자들은 와 무어라고 딱 부러지게 이름을 못 붙여, 놀고 처먹는 것들하고선. 요즘 말로는 개념이 없다고, 내남없이. 저런 쓰레기 같 은 꼴만 안 보면 무슨 걱정. 비싼 술을 왜 마셔. 남아 있는 시간도 많잖은데. 받아쓰기하는 저 불쌍한 것들이야 무슨 죄가 있냐고, 다 지 처자식 때맞춰 멕여살릴라고, 몸 안 다치게 건사하느라고 저러는 거지. 저게 도대체 무슨 말이 되냐고, 저게 보기 좋다고? 에라이 똥 같은 놈들. 종북? 친북? 와 친김이라고 하지, 남북이야 방위잖아. 활 짝 열어놓고 살아도 답답해서 미치겠다고 다들 아우성인데 저렇게나 처닫아놓고서 우짜겠다는 거야. 한때 대원군을 남인이네 노론이네 하는 앙숙 패거리들이 친이대감이라고 불렀다니까 친김대감이 어때 서, 어감도 나쁘지 않구마는 머."

장 영감의 머릿속에는 뭔가가 거물거물하니 얼른거렸다. 우리의
세속계란 이처럼, 굳이 김 감사를 들먹이지 않더라도, 알면 알수록
너무 이상하고 한통속이라 재미없었다. 연방 하품이 나올 정도로 따
분해지고, 방금 나온 장면과 너무나 두동지는 화면이 줄줄이 이어지
는 엉터리 영화가 멀리 있지도 않았다. 그런데 더 밉광스럽게도 그
한심한 풍경을, 이제는 말씨가 달라진 다른 '인종들'이 제 나름대로
떠들어대니 한사코 들어보라고 떠다미는 판이었다. 그것도 이야기조
차 제대로 못 꾸려가는 방화야 말할 잡이도 아니니까 접어둔다 하더
라도, 아무리 맑은 정신으로 뜯어봐도 장면마다 시시하기 짝이 없건
만 제 잘난 멋에 사는 떼거리 관객을 단숨에 수백만 명씩이나 끌어모
은다는 그런저런 '명화'까지 설치니 가관이 아닐 수 없었다. 도대체
그 얼토당토 않는 '장면'을 좋지 않냐고 모든 매체가 한 목소리로 떠
벌리는가 하면, 단단히 '물'을 먹었거나 무슨 '설'에 감염이나 된 듯
기어이 우러러봐야 할 대상으로 삼으라고 설치는 판이니. 당연히 별
의별 사이비 종교가 창궐할 수밖에. 이쪽에서는 무슨 엉터리 종교 재
단이 여객 화물선도 운영하며 수학여행 가는 어린 학생들도 수장시
키고, 저쪽에서는 촌스러운 한복 차림의 중년 여자가 뾰족한 입맵시
도 어설프게 달싹거리며 조선말치고도 어색하다 못해 강짜나 부리듯
이 '김정은 동지께서는' 운운하는 화면도 마찬가지였다.

그런 물신숭배족을 양산하는 제도와 매체를 가려내기는 어렵지 않
았다. 앞질러 말하면 이런 풍토에서 자란 납작한 '머리들' 탓이었고,
그들이 꾸려갈 앞날이 걱정스러웠다. 적어도 말이 되는 '장면'을 만들
려면 더러 멀리서나 가까이서, 또 가끔씩은 위에서나 아래서도 찍어
야 할 텐데 우리는 당최 그쪽으로 눈을 못 굴려서, 정면에서만 바라

보겠다니 답답하고 상투적이라서 지루하기 짝이 없었다. 바로 그 '정면 주시'가 늘 탈이었다.

고집스럽게도 정면에서만 세상과 사람을 쳐다본단 말이야. 고집은 결국 달리 생각할 머리가 없다는 말이고, 굴리지도 않는 머리를 그냥 시늉으로 목덜미 위에 얹어놓고 허수아비처럼 건들거리고 있는 꼴이니 두뇌가 나쁜 인종이란 말이지 뭔가. '고집이 가당찮다'는 말이 '돌대가리다'의 완곡어법이지 별거야. 원래 푼수들은 말버릇 속에 숨은 해학기를 발겨내는 머리가 없지, 그럴 수밖에. 푼수가 말귀 어둡고, 눈치도 없고, 제 말만 매미처럼 맴맴거리는 굴퉁이들 아닌가.

뒤이어 텔레비전 화면에는 고위 관료들이 줄느런히 앉아서 무슨 현안 때문에 합동 기자회견을 하고 있는 모양인지 '깡통' 술판의 씩둑꺽둑이 점입가경이었다. 그중에서도 김 감사의 소견을 간추려내기는 그 어투나 음색을 무시하더라도 아주 쉬웠다.

"쟤들 아주 무서워요. 인간이 아니라 피도 눈물도 없는 괴물에 가깝다고나 할까 그래. 행시(行試) 출신들은 원래 인정사정도 없이 오로지 승진에만 혈안이 되어 옆눈질 가리개 한 말처럼 헉헉거리며 무작정 앞만 보고 뛰어가요. 천상천하 유아독존에 똥자루 같은 자만심과 가소로운 야망으로 똘똘 뭉쳐진 별종입니다. 당해보면 아주 무섭습니다. 서민, 대중, 민초, 시민단체, 재벌 총수, 대기업 임원, 자영업자, 쟤들 눈에 그런 거 안 보입니다. 그 즉석에서 웃기지 말아 하고 속으로 돌아앉아버리고 말아요. 희한하게도 그렇게 머리가 돌아간다니까. 쟤들이 한번 안 된다면 법도 꼼짝 못합니다. 오로지 지들 승진시키는 상관 하나한테만 죽는 시늉을 할까, 나머지는 청와대 주인조차도 잘 모르신다고, 위법일 수 있다고 곱상하게 대듭니다. 어물쩍거리다 보면 5년이사 눈 깜짝할 사이에 지나가잖아요. 같이 일하다 보면 이 인간이 도대체 똑똑한 건지 꼴통인지 분간을 못 하겠어서 내 머리만 쥐어뜯다가 말아버리는 적이 한두 번이 아닙니다. 아, 시험을 잘 치는 머리가 따로 있다는 거야 잘 알지요. 그래도 그렇지 지 상관 앞에서는 그렇게나 비단 같은 인간이 일을 시킬 때 보면 말귀도 못 알아듣는 바위가 되었다가 한순간에 남이야 아프거나 말거나 허벅지서껀 장딴지를 마구 콕콕 찔러대는 송곳으로 돌변합니다. 어째요, 말이 안 통하는데. 그래도 사표 낼 처지도 안 되고 실력도 없으니 행시 출신자 똥이 굵다고 아첨을 떨어야지요.”

그쪽 세상도 알 만했다. 그 많다는 규제를 푼다 만다한 지가 언제부터인데 아직도 국회의원들의 생떼거리 탓만 둘러대고 있으니 핑계로만 먹고 사는 관료들의 반지빠른 말전주꾼 기질이야 누가 모를까. 쉽게 말해서 이 땅의 모든 위정자는 억지스러운 고집불통으로서 착한 행인들의 길을 막고 나서는가 하면 그 생계를 훼방놓는 뭇따래기라는 소리다. 굳이 행시 출신자들만 매도할 게 아니라 공무원 명색은 죄다 여린 서민의 일상생활에 헤살꾼이라는 성토였다.

그러나 마나 김 감사의 진짜 얼굴은, 물론 짐작이긴 하나, 그 모나지 않는 형용만큼이나 수월하니 다가와서 다행이었다. 행시 출신은 아닌 공무원으로, ‘낙하산’을 탔다니까 어느 부서의 총무과장 정도로 관계에서 물러난 양반에다, 당연히 연금 수령자일 테니 술값 따위야 늘 꼬불쳐두고 살아가는 신분일 것이었다. 그의 세태관도 진작에 일목요연하게 드러난 셈이다. 따라서 신문이 영일 없이 전해주는 그 상식적인 정보보다는 그의 세상 읽기가 꼭 한 걸음쯤 앞선 듯싶지만 몇 번더 마주치다 보면 이내 그 꿍꿍이 속내도 훤히 비치고 말 터였다.

그런데 함께 한잔하자던 그날, 장 영감이 휴게실로 나오니 김 감사는커녕 박 실장도 안 보이고, 말간 고요만이 훤한 실내에서 멀뚱거렸다. 샤워기 물세례 밑에서 땀을 씻어내는 그 사이에 '몸을 만든' 술꾼들이 내빼버린 성싶었다.

'아무리 빈말이라도 그렇지, 술을 하자고 먼저 말을 꺼내놓고 양해도 없이 파투를 내다니. 말을 저렇게나 헤프게 하는 작자가 무슨 감사를 교본대로 옳게 할까. 열 시쯤에나 귀가할 마누라쟁이의 간섭을 받지 않고 막걸리를 두어 사발쯤 마시기에는 딱 좋은 날인데.'

이래저래 아쉽기 짝이 없었다. 역시 공무원 출신은 예전 버릇을 아직도 못 뜯어고치고 서민들의 일상을 제멋대로 헝클어뜨리는 재주가 비상했다. 직업근성이 원래 인간의 고유한 본성을 시시각각 바꿔버린다는데, 유독 행시 출신자들만 아부도 하고 호통도 치는 이중인격자들일까.

그럭저럭 3주쯤 지나자 헬스클럽 출입에도 꾀가 나기 시작했으나, 무엇이든 낭비라면 딱 질색인 억척보두답게 장 영감은, 이제부터는 돈이 아까워서 나간다, 동기부여에 돈만큼 요긴한 게 어딨어, 돈이 끼어들지 않으면 만사가 삐꺽거리고 말지 하는 셈속으로 '청정공기' 속에서 소처럼 느릿느릿 어정거렸다. 그런 구실 찾기도 온몸운동의 효과라기보다는 생돈 지출이 만들어준 생떼거리였다.

그러던 중 한번은 자전거 페달이나 슬슬 밟아야지 하며 딱딱한 안장 위에 올라앉았더니 이내 다른 회원들이 저쪽 러닝머신 코너에서 다가와 옆자리를 메웠다. 뜻밖에도, 장 선생님, 아직 정정하십니다 어쩌구 말을 붙인 양반은 역시 김 감사였다. 또다른 회원은 전철 무임승차권인 소위 '어르신 교통카드'를 작년에 받았다는, 사전대로라면 이제 막 노쇠기에 접어든 소속 불명의 '젊은 오빠'였다. 그래도 불특정 다수의 여윳돈을 모아 투자할 데를 찾는다는, 펀드 매니저란 말 들어보셨지요, 한때 그거도 잠시 했어요라던 세칭 금융업계 출신답게 테두리 없는 두툼한 안경알이 제법 잘 어울려서 일단 신뢰감은 가는 사람이었다. 하기사 요즘 세상에는 지 주검조차 몇 년 동안이나 저승과 이승에 반반씩 걸쳐놓는 조희팔 같은 멀쩡한 사기꾼이 지천이라니까, '이유 없는' 불안과 '근거 많은' 불만을 차곡차곡 내면화시키고 있는 장 영감에게는 누구라도 일단 요주의 인물일 수밖에 없기도 했다. 특히나 자나 깨나 돈타령에 돈독이 오른 위인들이 그랬다.

세 노인이 나란히 안장 위에 앉아서 앞만 보고 페달을 밟아대는 장면이 딴에는 어색하다 싶은지 김 감사가 불쑥, 장 선생님은 약주를 영 안 좋아하시나 봐요라고 물었다.

한때는 양주라면 아무 거라도 맥주잔에다 '알 박아' 돌리는 폭탄주를 열두 잔도 마신 모주꾼이었으나 정년을 세 학기 앞두고 위장에 큰 탈이 나서 개복수술(開腹手術)을 한 후부터 술은 삼가한 지가 세 해쯤 된다고, 최근에야 겨우 막걸리를 한 통씩 사다 집에서 김치전을 안주 삼아 마신다고 이실직고할 수는 없는 일이었다. 유명 인사들은 간경화다, 신장암이다, 전립선 비대증이다로 지 병 자랑을 지상(紙上)에다 잘도 떠벌리던데, 그것도 무슨 특종이랍시고 뽑아대는 기자들이나 조명날 게 뻔한 제 탈난 몸까지 '팔아대는' 당사자들이 다 한통속으로 꽹과리보다 더 시끄러운 도섭쟁이 같아서 장 영감은 제 일신에 관해서는 함구 제일주의로 살아가는 터였다. 하기야 학생들을 가르친답시고 반평생 내내 말재기처럼 쓸데없는 말을 너무 많이 했다는 자격지심도 우심해서 장 영감은 가급적이면 자신의 과거를 꽁꽁 묻어두고 사는 지체이긴 했다. 그렇거나 말거나 한 동네에 사는 노익장들이 그 정도의 관심을 가져주는 것만도 감지덕지라는 투로 평소의 소신을 밝히는 데 주저하지는 않았다.

"어쩌다 내키면 약주랍시고 막걸리나 한 통 사다 꿀떡꿀떡 들이키는 게 고작이지요. 한때는 술맛이 그렇게나 좋더니만 이제사 좋은 시절 다 지나갔다고 봐야지요. 게다가 혼자서 술을 따를 때마다 술맛이 싹 다 떨어지는 것은, 그 막걸리 통이 플라스틱이라서 말이지요. 세상이 달라졌으니 주전자에 퍼담을 수는 없다 쳐도 병에다 모양내서 팔면 오죽 좋으련만, 지가 공들여 만든 물건을 그렇게나 하치로 굴리니, 머리가 너무 나쁜 거 아닌가 모르지요. 남들은 기껏 포도주를 와인이라며 몇 년씩 묵혔다가 온갖 수선을 다 떨어대는 걸 뻔히 보면서 그러니, 세상에 지 물건을 삼류로 포장하는 멍청이들은 우리 인종밖에 없을걸요."

양쪽 두 노인들이, 어, 이것 봐라, 꽤 깔끔한 통념 비판자에다 딴에는 상식 파괴자 아닌가라는 듯 장 영감을 힐끔 쳐다보면서 자전거 페달의 회전 속도를 늦추었다.

이윽고 푼돈은 안중에도 없을 한때의 임시직 투자 전문가가 나긋나긋 지껄였다.

"막걸리야 머 말 그대로 막술이지요. 이문도 워낙 박하고, 슈퍼에서 요즘 그거 한 통에 얼마 받나요, 천 원쯤 아닌가요. 병에다 담았다가 공병을 회수해본들 세척비도 꽤 들걸요. 지역마다 막걸리 도가가 그런 세척 설비를 갖출 자금 여력이 있을라나. 그런저런 사정을 다 감안하다 보니 원가는 엄청 뛰고, 출고가나 판매가를 차츰차츰 끌어올렸다가는 소주나 맥주한테 즉각 치이고, 이래저래 승산이 없지요.

플라스틱 병이야 그냥 내다버리면 재활용 쓰레기로 깔끔하게 처리되고, 전통주든 막걸리든 수요가 안 따라주면 사정없이 도태의 길로 곤두박질칠 수밖에요."

역시 큰돈을 만져본 위인들은 세상사를 일도양단하는 변별력에서 탁월했다.

요즘에는 다들 말도 잘 둘러대고, 그 말마다 앞뒤가 안 맞는 줄도 모르면서 술술 씨부렁거리는 일가견들이 흔해빠졌지만, 용기와 포장을 개선해서 술맛이 당기도록 해보라는 투정을 따돌리고 원가와 수요부터 따지며 전통주 따위야 죽어도 싸다고 조지는 논조 아닌가. 좀 괴꽝스럽게 들리긴 해도 딱히 틀린 말 같지는 않았다. 그렇긴 해도 소주나 맥주가 막걸리보다 반드시 더 비싸야 한다는 발상도 어느 한쪽만 편드는 불공정 거래이지 싶었다. 아무래도 금융업계 출신들은 말의 갈래잡기에서도 일방적이고 무책임한 고질이 배어 있는 성싶었다. 돈이란 게 어차피 있고 없는 것으로 결판이 나는 요사스러운 마물이니까.

김 감사가 자전거 손잡이에서 손을 떼고 페달을 느직이 밟아대며 말했다.

"허기사 막걸리 한 통이란 말도 한참 이상하게 들리네. 플라스틱이니 한 팩이라기도 우습고, 병은 아니니 한 병 두 병이랄 수도 없고. 주세 많이 거둘라고 소주 일색의 세상을 만든 것도 엔간히 속없는 짓이었지. 너무 재미없잖아. 인자사 국민 소득 배증으로 막걸리야 후져빠졌지. 요즘 말로하면 튀는 개성도 안 보이고."

주세 때문에 막걸리를 푸대접했다고? 이건 또 무슨 발상인가 하고 장 영감은 자신의 아주 투미한 머리로 찬찬히 따져보려는데, 남의 큰

돈만 노리는 젊은 오빠가 잽싸게 화제를 돌려세웠다.

"감사님은 술 좀 덜 마셔야 해요. 자식 잃었다 뭐다 해대며 소주를 한 자리에서 네 병씩 까면 그 연세에 골병 안 들고 배깁니까. 술 앞에 장사 없습니다, 색 잎에는 비아그라 덕분으로 하룻밤 억지 장사도 생긴답디다만."

장 영감은 화들짝 놀라는 시늉으로 페달 밟기를 멈추고, 아니, 참척(慘慽)을 보셨다니, 어쩌다가 허어, 시방 그 고충을 술로 때우신다고요라며 말을 줄였다.

"아, 아닙니다, 저 친구가 공연히 흥감을 떨어서 그렇지, 자식이야 아직 멀쩡하고 친손주 새끼 하나를 두 눈 번히 뜨고서도 영영 잃어버린 거 한 가지라서 술이 달다마다 하며 세월을 낚고 있지요."

"어허, 손주라면 더 큰일이지요. 그 어린 것이 무슨 희귀병을 앓았단 말씀이에요?"

"하이고, 희귀병이나 돼서 의학이 반쯤 땜질해주는 걱정이었다면 돈이든 정성이든 한껏 쏟아붓는 재미라도 누려봤을걸. 이건 머, 젊은 것들한테 된통 사기를 당한 기분이랄까, 자식이고 머고 다 보기 싫고, 만정이 다 떨어져서……측은한 인생에 비감한 심정이라더니 우리가 지금 딱 그 짝입니다."

김 감사가 말을 마치기도 전에 펀드 매니저 출신이 벌떡 일어서며, 또 민들레 며느리 탈출긴지 망명기를 늘어놓으시려고요라더니 휴게실 쪽으로 총총걸음을 떼놓았다. 김 감사는 덜렁거리는 연두색 주렴 쪽을 향해, 김 이사, 어디 가, 가지 마, 세무사 이 사장한테 전화해, 술 한잔하자고라고 주워섬겼다.

뒤이어 두 노인은 벽 쪽에다 나지막한 쇠막대기를 둘러놓고서 체력단련 중 잠시잠시 거기다 엉덩이를 걸치고 쉬라는 난간 쪽으로 다가갔다. 한 동네에서 등을 붙이고 살아가는 유지들임에 틀림없지만 각자가 어느 구석에서, 이를테면 다세대주택의 3층이든 아파트촌의 15층이든 일단 부양(浮揚) 가족으로 숨어서 살아가는 처지이므로 그 나날의 행방이 날벌레처럼 묘연할 수밖에 없는 이웃사촌이 서로의 옆구리가 닿을 듯 붙어 앉았다.

장 영감이 이웃사촌의 한 많은 사연을 듣겠답시고 팔꿈치를 무릎 위에 괴고 상체를 숙이자, 손등으로 이마와 목덜미의 방울땀을 연방 훔쳐내는 김 감사가 눈에 회상을 쓸어들이며 웅얼거렸다.

"그 어린 것을 헐벗겨서……이제 겨우 만 네 살인데. 아, 며느리년이 지난 정월에 말이지요, 꽤 추웠어요, 영하 7도 운운했으니, 1월 7일 한밤중에 서울역에서 공항철도를 타고서는, 그쪽에는 한여름이라며 손주새끼를 반팔 티셔츠에 반바지 차림으로 데불고 시무룩하니 떠나가 버리더라고요. 저가 항공인지 먼지 그놈의 비행기는 꼭 한밤중에만 뜨나보대요. 도무지 무슨 말을 붙일 짬도 안 주니, 남도 아니고 서로 같은 말을 쓰며 사는데 말이지요, 속이 이렇게 쓰릴 수도 있는지……."

"그쪽이 어느 나랍니까?"

"호주예요, 멜번으로요, 멜버른은 우리식 발음이고, 그쪽은 꼭 멜번이라는데 거기는 우리와 기후가 정반대라니까."

"그러니 조기유학을 시키려고 보냈는가 본데 자부 성미가 엔간하네요, 결단력이 뛰어난 건지 사람이 독한 건지."

"허어 참, 조기유학? 걔는 조기교육조차 애를 경망스런 망종으로 만드는 장본이라며 절대로 안 시키겠다고 했어요. 지 자식 세대는 어차피 아흔 살 너머까지 살 텐데 일 년이나 삼 년 빨리 영어를 배우고 구구단을 외우는 게 무슨 의미가 있냐고, 성급한 우리나라 부모들이 하나같이 반미치광이라고, 아무리 지 자식이라도 능력이나 소질 개발 이전에 여러 사람과 섞여 살 수 있는 인성부터 길러줘야 하건만 월권이 심하다고. 경쟁? 지라고, 제발 이길 생각하지 말라고. 일류대학? 안 가도 좋은 게 아니라 가지 말라고 하겠다고. 내 자식을 내 멋대로 키우겠다는 소리가 아니라 지가 나쁘다고 생각한 세상에 발을 맞추고 그 제도를 따르라고 강요하면 그게 명색 부모로서 할 짓이냐고, 지는 그럴 수는 없다고 차근차근 말하는 그런 애였어요. 참으로 억장이 무너지는 경운데 지가 무슨 힘이 장사라고 바위에다 머리로 금을 낼 심사니……."

대번에 눈시울이 뜨거워지던 여러 화면들이 선명히 떠올랐다. 대학 재학 중 반체제 운동을 하다가 현재는 수사기관의 쫓김을 당하며 사는 한 젊은 부부의 삶을 속도감 좋게 그린 미국 영화의 한 캐릭터가 장 영감의 안전에 얼쩡거리기 시작한 것이었다. 시드니 루멧인가 하는, 장면마다 찬찬한 손길과 눈비음을 차곡차곡 심어놓던 그 미국 영화감독은 기성체제에 핍박 받고 살아가는 한 독종의 여성 캐릭터를 담담하니 그려가면서, 미국의 심부(深部)가 실상은 이렇다, 동정까지는 필요 없다, 어느 쪽을 성원하든, 지금 우리가 살아가고 있는 이 세상이 썩었다고 투정하든 말든 나는 상관 않는다라는 육성을 들려주고 있었다. 그새 제목을 잊었지만 꽤 잘 만든 영화였다.

"호오, 눈알이 아주 제대로 박힌 자부를 얻으셨구먼요 머. 그런 복 아무나 못 받습니다. 매일 업어줘야겠네. 손주 장래는 옛말 그대로 맡아놓은 당상이네요."

김 감사는 잠시 장 영감을 곁눈질하면서, 어째 이토록 세상 물정을 아전인수 격으로 해석하고, 그것도 입에 발린 상투적인 말을 함부로 지절거리는 얼치기가 명색 대학 접장 노릇을 했을까, 그 밑에서 배운 학생들도 학력 콤플렉스로 엔간히 고생했겠네, 제 고집대로 사는 우리 집 며느리의 행태도 결국은 유감 많은 이 학벌사회에 엿 먹이는 소행머리지 별건가, 들먹은 주제들이 사날도 좋다 같은 빈정거림이 그 별난 거적눈 언저리에 수북이 고여 들었다.

"허어 참, 몰라도 너무 모르시네."

장 영감은 즉각, 누가, 내가요라는 눈빛에 이어 아직도 같잖은 자존심은 살아 있어서, 이 무식한 술꾼이 얻다 대고라는 속을 짐짓 감추는 일방 아무렇게나 지껄였다.

"하기사 우리는 아는 게 너무 뻔해서 신문의 경제면은 단 한 자도 무슨 말인지 모르겠대요. 이런 지가 벌써 오래 전부터예요. 경제지표, 경기 동향, 미시경제 운운하는 전문가들은 죄다 점쟁이보다 더 지 멋대로 떠드는 거짓말쟁이 아닌가 싶고요."

"세계경제야 거꾸로 돌아가든 말든 걔들은, 우리 며늘애와 손주새끼는 영영 안 돌아와요, 생이별이지요. 참 생이별은 부부간에나 쓰는 말이라니까 생결별이거나 절연이지요."

"허어, 무슨 생결별까지나, 이민 간 거네요. 공무원 연금 받겠다, 자주 내왕하시고 살면 되겠구먼 머. 비행기 삯이야 어딜 가나 어차피 깨지는 거고."

"나 참, 아무리 남의 사정이라고 해도 말을 너무 쉽게 하시고, 세상을 한참 모르고 사시나 본데……."

"그야 그렇다 치고 자제분은 머해 먹고 살길래 지 처자식을 이민

보내고설랑……."

"말을 다하기로 들면 길어지지만 어쨌든 일어서십시다."

김 감사는 새삼스럽게 장 영감의 안면을 슬쩍 훔쳐보고 나서, 어디가서 술이나 한잔하지요, 막걸리 한 통이야 제가 살게요, 한 통? 그 말맛 한번 정 떨어지네, 이 동네 술집은 내가 웬만큼 다 아는데 마땅한 데가 한 군데도 없으니 참네, 동네마다 줄 서는 음식점이 꼭 하나씩은 있다는데 어째 동네 복까지 지지리 없어서, 팔자가 이렇다니까해쌓다니 아예 친구로 삼을 듯이 말했다.

"저는 전철 무임승차하는 쥐띱니다. 장 선생님은 돼지띠라면서요? 지방대학에서 강의하시며 장기간 주말부부로 사셨다니까 잘 아시겠지만……."

장 영감은, 아니, 어떻게 제 신원을 그렇게나 소상히 아느냐는 눈짓을 지어 보이자 김 감사는, 내가 비록 한 살 아래고 이렇게 날마다 술만 마시고 살아가는 것 같아도 당신 머리꼭지에 올라앉아 있다는 듯이 성큼성큼 휴게실 쪽으로 걸음을 떼놓았다.

곧장 수납장을 활짝 열어놓고 챙겨 입은 김 감사의 복장은 의외로 팥죽색의 통 좁은 반바지에다 흔히 갈매빛이라는 심록(深綠)의 티셔츠에 얼금얼금 구멍이 뚫린 지푸라기 색깔의 마직 중절모 차림이었는데, 어느새 감쪽같이 막 쉰 줄에 접어든 무슨 제조업체 사장이 골프채라도 휘두를 기세로 변신해 있었다. 역시 옷만큼은 나이보다 20년 이상 젊게 입어서 노년기의 생체 리듬을 단숨에 돌려세워놓을 필요가 만만했다. 세상은 바야흐로 급변하고 있으며, 그것도 평균수명의 신장이 풍속 일체를 향해, 대세도 몰라, 따분하잖아, 늙다리처럼 꾸물거리지 말고 길이라도 비켜줘봐라며 극성이었다.

김 감사는 지상으로 나서자, 저 밑에 순댓국집으로 가서 2만 원짜리 중짜 순대나 한 접시 시키면 어떤가요라고 했다. 장 영감은, 뭐 좋도록 하자고, 나야 아무거나 잘 먹는다는 조로 손을 내저었다.

이제 대학 '물'은 누가 성큼 나서도 정수(淨水)할 엄두를 못 내는 탁한 웅덩이가 되어 있다. 단적으로 대학 입시제도만 들먹이더라도 학부형들의 형편과 수험생마다의 입맛을 다 맞추느라고 온갖 지저분한 음식 찌꺼기를 다 섞어서 끓인 꿀꿀이죽이 되고 말았다. 누가 숟가락질을 하더라도 배탈이 나게 되어 있는 것이다. 장 영감은 쉰내가 하늘을 찌르는 그 바닥의 한낱 청개구리로서, 인터넷을 아무리 뒤져도 안 나올 고리타분한 자기 소신만 들려주느라고 허둥거렸던, 한때나마 스스로 한낱 무지렁이 같은 밥벌이꾼일 뿐이라고 자처했었다. 그래서 말귀가 그나마 어둡지 않았다면 어폐가 심하겠으나, 전통시장 속에 들어앉아 있는 예의 그 순댓국밥집까지 1킬로미터 남짓을 걸어가면서 김 감사가 들려준 제 자식 자랑이 그렇게 낯설지는 않았다.

김 감사는 슬하에 1남 2녀를 두었는데, 셋 다 시집 장가를 보낸, 혼인 적령기를 무작정 뒤로 물려가면서도 영일 없이 바쁘게 살아가는 골칫거리가 집집마다 꼭 하나씩은 껴묻어 있는 이런 시절에 복 많은 노인이었다. 더욱이나 맏자식인 아들놈은 학원 과외수업 따위를 어디서 받아볼 엄두도 내지 않던 숫보기였으나 대입 수능고사에서 전국 석차가 2백 등 안에 든 모범생이었다. 잘 됐다고, 사람이 어느 자리에서나 행세하고 대접을 받아가며 살려면 모름지기 법률을 전공해야 한다고, 어느 대학이든지 법대로 가서 재학 중이든 졸업하고든 행시에만 붙으라고, 애비의 평생소원을 니가 단숨에 풀어달라고 통사정을 했다. 아들놈은 법이란 잣대로 사람을 오엑스로 나누는 그런 이분법적 세계에 종사하기는 싫다고 막무가내였다. 중학생 때부터 『삼국지』, 『수호전』, 『서유기』, 『금병매』 같은 허황한 책만 붙들고서는 일쑤 밥때도 잊어버리는 아들놈이 이상하긴 했다.

"무주공산에서 지 혼자 왕질하겠다는 유비는 거의 팔푼이잖아요. 고우영이도 쪼다 유비라고 얼마나 똑 부러지게 해석했습니까. 어째 그런 엉터리 이바구를 내로라하는 작가들마다 어슷비슷하게 베껴내서 멀쩡한 어린것들을 반쯤 어리석은 또라이들로 만들어버리는지. 아무래도 내 생각이 맞지 싶은데, 삼국지든 수호지든 고우영이가 해학을 끼얹어가며 기중 낫게 해석했지 않습니까. 더 이상은 부질없달까 불요불급한 낭비지요."

"아, 그야 출판사들도 해보라고 들쑤시고 인기 작가들도 돈벌이에 환장하면 옳고 그른 게 제대로 눈에 보이겠습니까. 그런 맥락으로 읽어야지요. 그뿐이지 더 이상 별다른 의미야 있을 리 만무하지요. 도자전 주인이 부엌칼 팔면서 사람을 죽이든 돼지를 잡든 그것까지 챙길 수야 있나요."

"아무리 그래도 그렇지 소위 자기 색깔이란 것도 없이, 또 옛날 한문도 제대로 모르면서 우루루 달려들어 남의 글을 마구 베껴내서야 발간 상놈의 짓거리라고 욕먹어도 사지요. 명색 유명짜한 식자에 소설가라는 양반들이."

고전일수록 시대에 발맞춰 정색한 패러디를 얽어내야 그나마 의역(意譯)의 묘미를 살릴 수 있지 않냐는 말을 그렇게 돌려세우고 있는 듯싶었으나, 그것까지 아는 체하며 중역(重譯)을 덧붙일 수는 없는 노릇이라 장 영감은 슬그머니 평소의 소회를 내놓았다.

"번역보다 번안을 잘해보라는 주문 같은데, 그게 쉽진 않습니다. 그런 실력들도 없지 싶고, 그렇게 번안을 해봐야 출판사들이 장사가 안 된다고 손사래를 칠 게 뻔한대요. 또 글 잘 쓰는 인기 작가들은 우리의 시장 판도를 잘 알아서 돈이 안 되는 그런 번안에 머리를 쥐어짜지 않을 겁니다. 모르지요, 내 짐작이 그렇다는 소리지요."

"어차피 삼국지라는 이름만 이마에 붙이고 팔아먹자고 덤비는데 번역을 하든 번안을 하든 장사야 밑져야 본전 이상일 거 아닙니까. 작가든 출판사든 손해 안 볼 게 뻔한데, 모를 소리네. 땅 짚고 헤엄치기일 텐데."

"그렇지 않을 겁니다. 익히 알다시피 우리 풍토는 남의 뒷북만 치면서도 지가 옳세라고 고함이나 칠까 꼬리를 사리는 법이 없습니다. 이른바 추수주의고, 워낙 시장도 비좁아 터졌고, 배운 것도 짧고, 살림살이들이 대대로 협착해서 당장 코앞에 떨어진 콩고물만 주워먹느라고 그렇습니다. 멀리 보는 눈이 없지요. 결국 이거나 저거나 다 똑같은 소립니다만, 딴 일이야 있을 리 만무지요. 이제 살 만해졌는데도 그러니 풍토성이랄 수밖에 없을 겁니다. 베끼기가 쉽다는데 좋은 번안을 누가 내놓겠다고 생고생을 사서 하겠습니까."

"그야 그렇다 치고 또 좆심이 그렇게나 장하다는 서문경이도 그게 과장투성이에 말이나 되는 소립니까. 무슨 쇠몽둥이도 아니고, 한마디로 뻥이지요. 처음부터 끝까지, 사람으로 치면 정수리부터 발뒤꿈치까지 허풍으로 뒤발하고서는 빈말이나 지껄이는 허릅숭이지요. 그런 개똥구라를 사실의 기록이니 머니 떠들어대는 말시비야 백해무익할뿐더러 하등에 써 잘 데 없는 덩더꿍이 짓거리잖아요."

"그것도 말을 제대로 하기로 들면 길어지지만, 그 당시 글쓰기 양식이 그런 풍을, 허황한 과장이지요, 그걸 식자나 서민이 고루 즐겼달까 은근히 존중했달까 그랬다는 건데, 그걸 관습 차원에서 그대로 우려먹는 거지요. 별로 도움이 된다, 안 그렇다 하고 따따부따하는 것은 또다른 문제고요. 중인부언이지만 아까 무주공산이라고 하셨는데 대체로 맞는 말입니다. 삼국지 속에는 주인도 백성도 일상도 없습니다. 구체성이 희박하다는 소립니다. 그래서 그 텅빈 공간만 서로 질세라 땅따먹기 놀이를 하고 있습니다. 사실을 전한다는 구실을 앞세우고서 실은 싸움박질만 신나게 그리느라고 막상 속살을 옮길 지면이 없어지고 말았습니다. 수선스럽지요. 그것이 또 재미있다는 것이고요. 그러니 위증이지요. 요긴한 것을 다 빼버렸으니까요. 그것을 재미있다 훌륭하다는 것은 엉성한 눈금의 줄자로 그나마 길이를 안 재고 무게를 달겠다는 소립니다. 말 갈래를 서로 잘못 잡아서 오해하고 있는 것이지요."

"알 듯 말 듯 한데 우리 머리로는 당최 어렵네요."

"어렵다면 어렵겠지요. 남의 말을 귀담아듣고 이해의 폭을 열어놓지 않으면 말하는 사람도 어쩔 수 없어요. 그렇다고 바람벽에다 대고 미친 사람처럼 마냥 지절거릴 수도 없는 노릇이고요."

"그거야 그렇다 치더라도 어릴 때부터 남의 나라 장단에 놀아나는 꼴이니 한숨이 터질 수밖에요."

"대대로 내려오는 한문의 힘이 워낙 좋으니 그럴 수밖에요. 머리도 바꿔야 하고, 옳게 가르치지 않는 이상 삼국지든 서문경이든 우리나라에서만 앞으로도 30년 이상 인기를 누릴 겁니다. 한마디로 한심한 작태에 덜 떨어진 풍속이지요. 더 따지는 것도 챙피한 일입니다. 막상 중국 본토에서도 시들하다는데 우리만 이러니 남의 전통을 이웃

나라의 어리석은 백성이 기리는 꼴이라 참 장하다 싶긴 하지요. 우리 관광객을 꼬실려고 지역마다 삼국지 풍물이랍시고 온갖 치장을 해대는 중국 본토의 정성이야 돈 벌려는 수작이니 머라 할 것도 없구요."

김 감사는, 이것 봐라, 역시 대학 접장 출신이라 발상도, 들은풍월도 차원이 다르네 정도의 호기심이 발동하는 낌새였다. 장 영감의 최근 화두는 우중(愚衆)에도 질이 상중하로 나눠지지 않을까 하는 것인데, 그 수준에 따라 부화뇌동의 적극성 정도가 달라지리라는 것이다.

"그런데 우리 자식놈은 그 뺑이 묘한 발상 아니냐고, 우리는 왜 그걸 못 만들었냐고, 뜻글자에는 틀림없이 세상 밖에서 떠도는 그 무엇을 붙잡아내는 비결이 있지 않겠냐고, 그러니 죽어도 중문과엘 가야겠다고 나자빠지는 겁니다. 아, 세상에 어이가 없어서. 부자간에도 말이 너무 안 통하니까 나중에는 골치가 아파서 니 배짱 꼴리는 대로 하라고, 장차 반드시 후회할 날이 오고 말 테니 그때 이 애비를 떠올릴 생각만 하지 마라고 신신당부하고 말았습니다."

그 아들자식은 똑같은 시험을 두 번씩 치르는 못난 것은 아니었으므로 6년 만에 학사와 석사를 따고 나서, 퇴근 때마다 지아비가 귀 너머로 들을까봐 그러는지 꼭 한두 번씩 '너무 한심한 공무원' 운운하면서도 동사무소에서 공익근무요원으로 병역을 때우더니 박사학위 과정도 국내에서 마칠 채비였다. 그래서 중국어도 외국어 아니냐, 그러니 대만 사범대나 북경대로 유학을 가거라, 거리도 멀쟎은데 유학비야이 애비가 어떻게 마련해서 다달이 보내주마, 거기서 학위를 따와야너네 모교 은사나 지도교수도 한수 꿀릴 테고, 장차 취업에도 가산점이 붙을 것 아니냐고 간섭했더니, 그렇쟎다고, 지는 소심한 데다가 앞으로 공부할 것과 읽을거리들이 벌써 정해져 있어서 그쪽 선생들이 이래라 저래라 코치하면 헷갈려서 죽도 밥도 안 된다고 막무가내였다. 과연 국내 박사도 3년 반 만에 따내자 여러 선생들이 앞다투어 추천해서 대전으로, 춘천으로, 광주로, 대구로 고속버스를 타고 다니며 사학과의 필수 과목인 '한문강독'을 시간강사로 몇 학기씩이나 맡기도 했다. 그러는 중에도 중문과나 한문교육학과의 교수 요원 채용에는, 그 대학이 서울에 있든 지방 소재이든 꼬박꼬박 지원했으나 번번이 미끄러지기를 벌써 서너 해째라고 했다. 이제 그 아들놈은 마흔 살이 내일모레고, 최근에는 서울 소재의 모 대학 연구 교수로 임용되었는데 그 직책이 비정규직이나 마찬가지라서 박봉이지만, 부모한테 손을 벌리지는 않는다고 자랑했다.

역시 피는 못 속인다, 그 똑똑한 아들의 전공 분야 속에 철철 넘쳐나는 허황한 과장법을 아비가 한 수쯤 더 낮게 구사하고 있다는 생각을 간추리며, 장 영감은 김 감사의 그 큼직큼직한 당나귀 상을 빤히 쳐다보며 물었다.

"자제가 세부전공을 머로 잡았답니까?"

"석사는 당송팔대가 중 누구의 칠언율신지 뭣인지를 전공했다는 것 같고, 박사는 백화문학(白話文學)으로는 기중 어렵다는 홍루몽을 연구했다나 봅디다. 지 말로는 중국문학은 머시든 공부해가며 가르칠 수 있다고 장담이사 하지요. 지 자랑이 아니라 요즘 대학에서 그 정도야 뺑칠 것도 없이 술술 엔간히 해낼 테지요."

장 영감은 속으로, 여기도 인종이 다른 양반이 있구나 같은 자신의 상투어를 되뇌며, 나야 어떤 과장이나 호들갑을 떨 줄 모르니 직언가로 오해와 손해를 자초하며 살지, 아무려나 이쪽의 솔직한 경험담을 들려줘서 나쁠 거야 없겠네 하고 털어놓았다.

"교수로 임용 되고 말고는 전적으로 운입니다. 학위야 어디서 땄던 다 고만고만하고, 오히려 실력이 너무 출중하면 그것도 탈이지요. 주로 인간성을 많이 보는데 겉으로야 그걸 어떻게 압니까. 대학마다 면접시간도 똑 부러지게 정해져 있고, 총장인들 공자도 아닌데 머리 굵은 박사 나부랭이들의 인성을 어떻게 바로 알아봅니까. 또 교수 요원 후보자들이야 다 학벌도 떡 벌어졌고, 성질들도 매끄럽고 허허거리고 다소 모자라는 구석도 있고 머 그렇지요. 그래도 반 이상은 또라이들이라고 보면 틀림없어요. 그러니 운수를 타박해야지 기죽을 거야 없지요. 팔자가 아직 대학 접장으로는 좀 더 기다려야겠다고 밀쳐내는 데야 용빼는 재주가 나서겠습니까."

"지도 그런 줄은 잘 알대요. 아직 운이 안 풀린다고."

플라스틱으로 엮은 돗자리를 깔고 책상다리로 앉는 순댓국밥집은 빈 좌석이 반 이상이었다. 먹음직한 순대와 돼지머리고기가 반반씩 섞인 안주 접시를 놓고 두 노인은 건너편의 막걸리 양재기와 소주잔에 번갈아가며 술을 따랐다. 김 감사의 구변은 술집 같은 공공장소에서도 거침이 없었다. 어째 그런 입담이나 술집 분위기조차 예의 그 백화소설의 한 대목 같기도 해서 장 영감은 슬며시 쓴웃음을 짓다 얼른 거두었다.

젊은 김 박사는 어느 해 늦가을에 지방의 모 대학에서 '중국의 구어(口語) 소설'을 특강해달라기에 득달같이 달려갔다. 두어 시간 떠들고 나서 뒤풀이 자리가 있었는데, 거기서 아무 말도 없이 가만히 앉아 있는 한 노처녀를 만났다. 나이가 자신보다 한 살 아래라서 인연이 묘하다 싶었고, 얼굴이 빨개서 아주 촌스러운가 하면 순박해 보이기도 했다. 치마도 인디오처럼 헐렁한 데다 얼룩덜룩 뜨개질한 스웨터 차림이었다. 고교 출신이라서 그랬지 않을까 싶은데 평소에, 어디든 4년제 대학만 나온 처녀면 나는 오케이다라던 김 박사 모친의 평소 며느리 자격론이 하필 그때 떠올랐던 것도 의미심장했다. 저만치 홀로 떨어져 함초롬히 피어난 민들레꽃 같은 그 노처녀는 교육대학원 재학 중인데도 자신의 무식을 잘 알아서 그랬을 터이나, 이렇다 할 말도 없이 빙긋이 웃다가 어느 순간 그 반웃음을 말끔히 거둬버리곤 했다.

평생토록 자전(字典)을 끼고 살아야 할 김 박사는 귀경하자마자 인터넷과 백과사전과 식물도감 따위를 뒤적거리며 민들레의 생태학을 주마간산식으로 섭렵했다.

민들레는 키 작은 풀로 햇빛을 좋아하며 겨우 땅바닥에 눌어붙어 있는데, 논두렁 곁이나 민틋한 들판이나 호젓한 길가에서 저 홀로 오뚝하니 꽃을 하나씩만 꽃대 위에 매달고 피어난다. 자생력도 강해서 추운 겨울도 꿋꿋하게 견뎌내는 풀이다. 그런데 참으로 희한하게도 그 줄기를 꺾으면 하얀 유액이 비치고, 그것을 손등의 사마귀에 바르면 효험을 볼뿐더러 그것을 약제화한 것이 바로 암포젤엠이라고 불리는 위장약이기도 하다. 요컨대 부스럼과 위장을 다스리는 데 상당한 약효가 있음은 과학적 근거가 충분하다. 이처럼 인간의 몹쓸 질환에 소중히 쓰이는 그 귀한 풀이 다소곳하다니 자연의 섭리는 얼마나 겸손하고 또 오묘한가. 그 종류도 많아서 지구상에 대략 4백 가지쯤이 널리 퍼져 있다고 할뿐더러 국내에만도 큰민들레, 메민들레, 민민들레, 탐라민들레, 고무민들레, 노랑민들레, 북녘민들레 등 수십 종이 지금도 그 자생지를 넓혀가고 있다. 그러니 그 왕성한 번식력에도 일정한 경의를 표해야 옳지 않겠는가. 게다가 민들레의 꽃말이 신탁

(神託)이라는 사실도 무슨 계시 같지 않은가. 아무리 하찮은 풀이라 한들 근거도 없이 그런 엄청난 꽃말을 지어 붙였겠는가.

"멀쩡한 애가 그렇게 단숨에 돌아버리데요. 참 어이가 없어서. 요즘 세상에 무슨 얼어죽을 사랑 타령인지 나 원 참. 나중에는 사전에 있는 말이다 어떻다 해대며 난데없이 민들레만큼 귀한 약풀은 이 세상에 다시없다고 지 여동생들한테 설을 풀고 하길래 지 엄마도 나중에는 지쳐서 알아서 하라고, 언제는 니 같은 불효막심한 놈이 부모 말을 귀담아듣기나 했냐면서 한숨을 쉬고 말대요."

김 박사 아비는 며느릿감을 보자마자, 도대체 사람을 편하게 해주는 여자가 무슨 말이냐, 그게 머리도 모자라고 재주 하나도 없이 무능하다는 소리 아니냐, 여우는 못 될망정 곰은 면해야지, 나중에 후회할 거면 지금 막설하라고 다조졌다. 아들놈은 즉각, 제가 언제 군말했습니까, 두고 보세요, 인간성이 착한데 어떡해요, 사람이 달라요, 저는 말만 앞세우는 빤드러운 애들은 싫거든요라며 결혼을 서둘렀다. 하다못해 약사 자격증이라도 가진 며느릿감을 염두에 두고 있었던 예비 시아비는 난생처음 낙담이 이런 것인가 하는 생각만 곱씹을 수밖에 없어서 속이 탔다.

5층짜리 다세대주택의 2층 구석에 박힌 15평 한 칸 집을 1억2천만 원에 분양 받아 살림을 차려주었더니 딱 11개월 만에 볼때기가 복숭아처럼 발갛고 토실토실한 손주를 낳았다. 올바른 인간들은 무슨 일이든 정해진 시간을 지킬 줄 알아서 주위 사람들로 하여금 함부로 군소리를 못하게 만들었다. 별것도 아닌 것 같아도 제 할 일을 제때 해치우는 그것만으로도 사람의 근본은 저절로 드러났고, 그 우열도 양쪽으로 확연히 갈라졌다. 그런 자식과 숨을 고르며 사는 며느리의 빨간 얼굴이 그렇게나 대견스러울 수 없었다.

그런데 장가들고부터 아들자식의 그 착한 심성이 좀 달라졌다 싶더니 지 새끼를 보자 완연히 수상해지기 시작했다. 손주가 보고 싶어 마누라쟁이를 대동하고 아들네가 아니라 며느리 집에 가보면 세칭 자연식을 한답시고 그러는지 우유, 계란, 치즈, 고구마, 양파, 당근, 푸성귀 같은 것만 여기저기 보일까 냉장고 속이 텅텅 비어 있었다. 냉동고 속에는 비닐로 낱개 포장한 콩 박은 맞춤떡만 소복했다.

마누라쟁이가 불쌍해 죽겠다고 옆구리를 찔러대서 김 감사는 준비해간 '봉투'를 며느리에게 건넸더니, 한번 받기 시작하면 자꾸 바라게 돼서 안 된다며 극구 사양했다. 아들놈도 이번만 받으라고 해야 할 텐데 시부저기 자리를 피해버렸다. 김 감사로서는 탈 안 날 공돈을 그토록 매몰차게 밀쳐내는 인간들을 그때 처음 당하는 셈이었다. 명절이나 생일 때도 시집간 딸네들 내외서껀 일가친지들이 다 모여서 한우 갈비찜, 시금치와 돼지고기를 많이 넣고 버무린 잡채, 도라지, 비름, 노각, 무, 미나리 따위를 갖추갖추 무쳐놓은 오색 나물 같은 진수성찬을 먹고 나면 한동안씩 대형 텔레비전 화면 앞에서 턱을 떨어뜨리고 있게 마련인데, 아들놈 내외는 시무룩해 하면서 후딱 일어설 낌새로 몸부림을 쳤다.

손주가 걸음마를 떼놓기 시작할 때쯤에서야 아들 내외가 왜 그토록 텔레비전과 원수를 졌는지 시어미가 발밭게 밝혀냈다. 살림을 따로 내주자마자 아들 내외를 '수수께끼처럼 알 듯 말 듯 한 애들'이라고 단정한 시어미의 전언에 따르면 소위 '먹방'이라는 것, 카메라를 들이대면 회식자들마다 엄지손가락을 쿡쿡 찔러대며 맛있다, 담백하다, 비리지 않다, 구수하다 어떻다 해대는 그 천박한 '장면'이 너무 보기 싫다는 것이었다. 내남없이 다 사람의 입은 시궁창보다 더 더럽지 않냐고, 식욕을 아무데서나 과시하는 것은 부끄러운 짓인데 그것을 삼갈 줄 모르니 얼마나 상스럽냐고, 사람으로서 천박한 것도 모르니 이게 도대체 옳은 정신머리로 사는 나라냐고, 그런 꼴을 보고 있으면 욕지기가 나오면서 돌아버리겠다고, 파랗게 성깔을 부리더라고 했다. 요즘처럼 먹거리 지천인 세상에서 '고상 떨고 있네'라고 욕할지 모르나, 애써 장만한 음식 앞에서 경건하지는 못할망정 다소곳이 제 먹성을 감출 줄도 알아야 사람답지 않냐는 것이었다. 더욱이나 여러 사람이 보는 자리에서야 더 말할 나위도 없을 텐데 다들 제 치부 까발리기에 경쟁을 일삼으니 여기가 '동물의 세계'와 무엇이 다르냐는 원성이었다. 더불어 명색 연예인 부부가 어린애들이나 미성년자인 자식들과 함께 나뒹굴고, 심지어는 개나 고양이 같은 길짐승까지 설쳐대는 그런저런 저질의 오락 프로들은 도대체 누구의 '눈과 의식'을 즐겁게 하느라고 그러는지, 그게 '무엇을 파는 건지나 아는 소행인가'고 따지는 데는 막상 선뜻 대꾸할 말이 안 나서더라고 했다.

"자제가 똑똑한 건지 며느리가 독한 건지 둘 다 소위 의식 있는 내외인 건 분명하네요. 하기사 우리가 이제 겨우 먹고살 만해졌다고 시건방이 지나쳐서 겸손할 줄도 모르고, 이래저래 참 덜 떨어지고 점점 더 유치찬란한 백성이 돼가고 있는 것은 사실이지요. 다들 몽따고 있지만 그동안 알게 모르게 인종이 달라진 겁니다. 보다시피 정치판이든 노동 현장이든 교육계든 어디 할 것 없이 다 지 잘났다고 악만 바락바락 지르는 꼬락서니가 오죽 가관인 줄도 모르고 지내지 않습니까. 아무튼 자부가 지 자식을 여기서는 못 키우겠다고 보따리를 싸들고 이민을 간 모양인데 그거 쉽잖은 결단입니다. 그러려니 해야지요, 이제 와서 어떡하겠습니까. 칭찬은 못할망정 타박할 것까지는 없는 일이지요."

"호주는 어린 학생들 점심을 집에서 도시락으로 싸오게 하고, 사먹지 못하도록 규제하나 봅디다. 직장인이든 노동자든 다들 종이 같은 데다 제 점심을 싸들고 다닌다대요. 임금 체계도 경력이사 감안해도 사무실의 책상 지킴이든 건축 현장의 등짐꾼이든 얼추 비슷하다 그러고요. 여러 사정이 뒤섞여 있기사 하지만 우리는 이제 지 자식 지 서방 점심도 못 챙겨주게 생겼잖습니까. 억지로 할래야 할 수도 없게 됐잖아요. 그랬다가는 당장 별나다고 따돌리는 판이니 정말로 너무 희한한 나라를 만들었잖습니까. 며눌애는 이제 이 땅과는 영 작별했어요. 안 올 거예요, 이 나라가 너무 보기 싫다는 데야 어쩌겠습니까, 그러니 망명한 거지요."

"걱정하지 마세요. 광복되면 돌아올 테지요."

"광복? 없어진 나라가 어떻게 다시 살아납니까. 이런 엉터리 나라에서는 지 자식을 못 키우겠다니 걔한테는 조국 같은 게 없어진 거지요. 명색 같잖은 조국일망정 남의 나라한테 빼앗겼으면 천우신조로 되찾을 수나 있지요, 그렇잖겠습니까. 아들놈도 몇 년 더 버텨보다가 이 애비하고도 절연하고 망명길에 오를 게 뻔해요. 지 힘으로 바락바락 애써봐도 안 되는 이런 나라에서 더 개겨봐야 머하냐 이거지요. 그놈은 그래도 머리가 있으니 호주가 아니라 남극쯤에서라도 제때 밥이야 먹고 살겠지요. 그걸 미리 생각하면 정말 서글퍼서 억장이 무너지고 고달파서 만정이 다 떨어져요. 이처럼 딱한 신세가 이 바닥에서 나 말고도 있기나 할런지. 이래저래 술만 늘 수밖에요."

듬직한 체구에 걸맞게 표정에서는 과장이 한 움큼도 안 비치고,

침통과 숙연기가 점점 무르익어가는 김 감사가 좀 안타까워서 장 영감은 짐짓 물었다.

"자부가 왜 하필 호주로 망명길을 잡았답니까, 거기에 무슨 연고라도 있는 모양이지요?"

"걔 이모 내외가 거기서 개척교회 목사로 활약하나 봅디다."

장 영감은 대뜸, 이건 또 무슨 말도 안 되는, 허풍스러운 사연인가 하는 표정 연기를 들이밀며 물었다.

"아니, 거기서까지 개척교회를 펼치다니, 호주는 기독교 국가일 텐데요. 어, 가만 있어봐, 영국 국교로 성공회인지 먼지 하는 그 세력이 아주 짱짱할 텐데. 우리 한인 목사가 무슨 선교 활동을 떨칠 틈새시장이 있을라나. 한번 알아봐야겠네."

"그쪽에도 한인 동포들이 많아서 포교하고 개척할 여지는 많은가 봅디다. 한인 목사가 꾸려가는 교회도 여러 개가 서로 교인 쟁탈전을 치열하게 벌인다니까 가당찮지요. 한인들이 시방 민들레 홀씨처럼 세계 방방곡곡을 날아다니며 뿌리를 내리느라고 맹활약 중이라고 보면 얼추 맞을 겁니다."

"허어, 금시초문이네요. 죽을 때까지 배울 것 천지라더니."

그날 밤 열 시쯤 귀가한 장 영감이 마누라쟁이에게 술김을 빌려, 당신은 왜 내 별 볼일 없는 신원을 여기저기다 외고 다녀라고 따졌더니, 기독교 신심이 돈독할뿐더러 이때껏 체질이 안 따라줘서 포도주조차 한 방울도 못 마셔보고 살아낸 김 권사는 잠시나마 아닌보살 기색으로 초로기의 지아비 얼굴을 힐끔 훔쳐보았다.

"아, 내 또래 웬 영감이 자기 자부와 손주가 민들레 홀씨처럼 훌쩍 날아서 호주로 살러 갔다고, 이제 영영 안 돌아오는 망명길에 나선 셈이라고 떠벌리면서 자식 자랑이 늘어졌던데 머. 꼭 사기 당한 기분이라며 앞으로 술이나 한껏 마시며 살아야 할란갑다고, 또 머, 난생처음 비감이란 게 이런 건가 싶다고 중얼거려쌓대. 너무 원통하다, 자식 키운 보람도 없어서 하루에도 몇 번씩 가슴을 쥐어뜯는다 어쩐다고 엄살도 늘어졌고."

"술 핑계도 가지가지네. 그 집 마나님은 호주댁 며느리 생겼다고, 우리 집 손주 새끼는 이제부터 서울시민이 아니라 세계시민 됐다고 좋아하던데. 별꼴이 만발이네. 그 영감쟁이가 좋은 술 친구 하나 만들었구먼 뭐."

"그 김 감사란 영감이 자식 자랑만 하며 살다가 이제 아들과 손자까지 잃을 판이야. 그야말로 생이별이지. 그 자식 자랑이 듣기 싫어 며느리가 여기서는 도저히 못 살겠다고 호주로 내뺀 거야. 시애비란 인간은 막상 그것도 모르고 아무한테나 지 자식 자랑만 하고 싶으니 답답한 노릇이고."

"왜 당신도 아들 잘 됐다고, 그 대학 박사를 아무나 따냐고, 과연 장하다고 박수도 좀 쳐주고, 며느리는 아무래도 학력 콤플렉스가 심했나 보다고 역성을 들어주지 그랬어요."

"허어 참, 나까지 이북처럼 진달래 꽃다발을 들고 한 목소리로 칭송 찬양 대열에 합세하라고? 공무원 출신들은 어딘가 나사가 좀 빠진 거 같애. 아무런 능력도 없이 자리만 지키고 앉았으면 월급이 꼬박꼬박 나오는 직장에서 오래 있다 보면 그냥저냥 바보가 돼서 입에 걸리는 거라고는 자식 자랑뿐인 게지. 세상을 어떻게나 지 멋대로 읽는지, 얽거든 검지나 말랬다고 똑똑한 체할라면 자식 자랑이라도 좀 삼가든가."

장 영감은 문득, 참으로 희한한 조홧속 하나를 깨쳤다는 상념을 되작이며, 넉살이 좋달까, 도무지 서슴거리지도 않던 김 감사의 그 과장벽을 어디서부터 오독하기 시작했나 하고 자신의 아둔한 머리를 한동안 굴려갔다.

제3장

배신자의 씨앗

세상이 급변하고 있다는 징후는 숱하다. 누구나 지쪽이 다급해서 전화를 걸어놓고서도 대뜸, 왜 휴대폰을 안 받아, 벌써 나잇살이나 먹었다고 당신 먼저 깜빡깜빡하면 큰일 아냐라고 대드는 사례도 그중 하나다. 집사람의 그런 지청구에 당장 어벙벙해지면서 우물쭈물 거짓말을 둘러대봐야 체면만 사나워진다. 결국 부부 사이에도 적반하장이 제멋대로 통하고 있다는 증거가 아닌가. 따져보면 전화를 받기 싫다는데 아침부터 웬 잔소리에 설레발이냐고 해야 옳건만, 신호음을 죽이면서 소위 '진동'으로 돌려놓고 있는 속내를 털어놓아도 제 밑이나 까발리고 유세하는 꼴이다. 그러니 앞으로는 아무쪼록 분부대로, 남들이 하는 대로 따르겠습니다 조로 고분고분하니 꼬리부터 내릴 수밖에 없는 시속인 것이다. 엉터리 시속일망정 통하고 있으니 세상이 한참 달라지고 만 게 아니고 무엇인가.

뿐만이 아니다. 원래 처가 세배는 앵두 따서 가도 늦지 않고, 처족 조문은 삼우(三虞) 전에만 말치레로 때워도 그만이다고, 세시풍속에 밝던 한때의 직장 상관의 술자리 면모도 떠올릴 수 있는데, 친족을 아주 만만한 약졸로 봐서 친할배와 외할배의 서열도 없어지고, 아예 그 구별조차 흐릿하게 만드느라고 할배에 접두어도 집어넣지 않는다고들 하니 알 만하지 않는가.

　모름지기 사람은 세상의 구색에 발을 맞춰가며 살아가는 게 순리이고 또 도리임은 더 이상 따져봐야 중언부언일 뿐이다. 그렇긴 해도 평생토록 거짓말만 줄기차게 씨부렁거리면서 호의호식하는 같잖은 유명인사들이 부지기수이건만, 그중에는 허공에다 대고 '전지전능하신'과 '대자대비하신' 같은 생판 거짓말을 평생토록 입초시에 달고 사는 직능인들도 앞줄에 모셔야 할 텐데, 그들도 '효도' 앞에서는 곱다시 승복하는 풍조가 아직은 세상의 이치로 통하지 않을까. 먹고살 만해지자부터 정직, 겸손, 신의, 절제 같은 세상살이의 근본을 라면 봉지처럼 구기박지르고 있으니 머잖아 부모 모시기는커녕 장례 지내기조차 거추장스럽고 성가시다며 쓰레기 버리듯이 분리수거를 거쳐 나라에서 관리하다가 종내에는 그 의식 일체가 용도 폐기에 이를지 모른다.

　이상의 적바림은 한때 금융인으로 호구를 때웠던 중늙은이 김가가 경비실의 책상 앞에 잠자코 앉아서 자신의 복대기는 속내를 천착해본 것이다.

　부음 기별을 받은 새벽부터 아무리 울화를 다스리려고 해도 연방 괴어오르는 끌탕을 어찌해볼 수가 없어서 마냥 씨무룩했다. 오전 중에만 해도 벌써 집사람의 독촉 전화를 세 번이나 받았고, 그때마다 부어터진 심사를 제대로 털어내지 못한 처지임에도 휴대폰을 내팽개치기는커녕 '진동음'이 후딱 울리기를 학수고대하고 있으니 이런 낭패가 달리 또 있단 말인가.

　경비실의 디지털 벽시계는 어느새 'PM 4 : 45'로 바뀌어 있다.

　말이 좋아서 상호신용금고다 저축은행이다고 허풍을 떨지만 실은 급전(急錢)을 돌려주고 빚꾸러기의 휴대폰에다 빚단련 '팔찌'를 채우는 한낱 대부업체일 뿐이고, 좀 더 거칠게 말하면 지역마다 떼돈을 굴리는 사채업자에게 땅 짚고 헤엄치기식 여별 대부업종을 허가해준 셈인데, 거기서 하수인 노릇을 끝으로 명색 공식적인 직장생활을 마감한 전직 '여신 담당 이사' 김가는 매사에 성질을 죽이고 꾹 참는 편이다. 세상의 이치는 그래야 이긴다는 세칭 '최종적 승부수'를 그의 전 직장들이 소상히 가르쳐주어서이다. 참고 기다리면 돈의 덩치가 저절로 불어나서 결국에는 그 압력에 못 이겨 제때 숨이라도 쉬고 살려는 채무자가 빌고 나서는 이치야 누가 모를까만, 그는 '돈이 왕질 한다'는 그 묘리를 현장에서 새록새록 터득했으므로 속이 앵해질수록 미련스럽게 꼼짝도 않고 제 자리에서만 뭉그적거리기를 일삼아온 것이다.

그러나 예전이든 지금이든 은행돈을 홍어 밑천쯤으로 우습게 알고, '나는 모르겠다'라며 나자빠지는 배짱들도 이 땅의 방방곡곡에는 수두룩하다. 대기업체 사주야 '노는 물'이 워낙 크고 청정수라서 그럴 수도 있다 하지만, 담보물건 대신에 보증인을 한두 사람 세워야 하는 이른바 신용대출자 중에도 그처럼 통 큰 빚꾸러기가 드물지 않다.

지금 지 에미가 한 많은 인생을 마감했는데도 기별할 휴대폰 전화번호도 남기지 않고, 어딘가에서 줄기차게 살살거리며 떠돌아다니고 있을 문가도 평생 남의 돈을 빌리는 생업을 날개 삼아, 채권자의 빚 독촉쯤이야 엉덩이로 깔아뭉개고 살아온 위인이니 말이다.

그러고 보니 김가는 작년 초에 꼭 두 달 동안 서울 시중의 한 보험회사에 임시직으로 들어가서 고객들의 신용정보를 분별, 미수금을 적당한 선에서 상계한 후, 재보험회사에 떠넘기는 이른바 '앓는 이

빼기' 업무에 종사한 적도 있다. 그때도 전남편, 이모부, 외간여자, 고모, 기둥서방, 동창생, 선후배, 계주(契主) 등등의 빚을 곱다시 덤터기 쓴 간 작은 만만쟁이들 앞에서 그는, 나도 한때 이토록 딱했으니 엔간히도 미련했지 하고 억울감을 달래버릇했다. 그전에도 세칭 펀드 매니저랍시고, 목돈을 굴리려는 알부자들에게 일단 저희 회사로 나오셔서 상담을 받으시라는 권유원으로 몇 개월씩 자문료를 벌어 썼으므로 자칭 '돈바닥에서 머리도 몸도 돌만치 돌았다'라고 자위하는 어정뱅이이긴 했다. 이제는 '어르신 교통카드'를 애용하며 허구한 날 서울 인근의 야산, 예컨대 북한산, 청계산, 아차산, 금단산 등지를 일주일에 꼭 두 번 이상씩 헤매며, 끼때마다 팔순 넘은 장모와 두 살 밑인 집사람의 눈칫밥 얻어먹기에 급급한 신세였다.

그나마 지난여름에, 그것도 한 달째 불볕더위가 극성스럽던 7월 하순에 명색 소설가인 대머리 전가가 고향 까마귀랍시고, 덥제, 우예 지내노, 올해 더부는 참말로 해도 해도 너무 하네, 세상이 기후부터 먼저 바뀐 거는 틀림없지 싶어, 이카다가도 가을이나 진짜로 올란가 몰따, 우옛기나 페일언하고 니 알바해서 용돈 좀 벌어 써볼래? 빌딩 경비일이다, 열두 시간 근무에 주일마다 번갈아 낮밤을 바까가미 경비실에서 가만이 엉덩이씨름만 하면 된다, 시급으로 4천 원이 채 안되는데 우리 나이에 손 놓고 노이 머하노, 일손 놓고 집구석에 처백히 있으만 팍팍 질거 늙는다, 심심해서 엉덩이에 못이 백인다 싶우만 운동 삼아 복도하고 계단만 빗자루로 쓸고 봉걸레로 한분씩 밀어주만 된다, 해볼래? 하고 너스레를 자욱하니 떨어대서 대뜸 세끼 집밥 눈치를 이참에 반쯤이나 덜어볼까 싶었다. 그때도 잡목이 우거진 예의 야산 자드락길을 등산화로 삐대고 있던 판인데, 와 전화도 제

때 안 받노, 바쁜가, 설마 남의 살 위에서 땀 흘린다고 그라는 거는 아이겠지라는 핀잔을 듣고서는, 그 좋은 알바를 자네가 하지 어째 이 우둔한 얼띠기한테다 선심을 쓰나, 세상 인심이 이래 푹하니 아무리 덥다 캐도 한동안 더 살아봐야 될따라는 비아냥이 저절로 입에 걸렸었다.

전가는, 그렇잖아도 내친김에 이 경비 일을 두어 달 더해서 목돈을 거머쥐는 대로 시베리아 횡단 철도를 타고 가며 회색 곰털 모자나 두어 개 사서 번갈아 쓰고 동유럽 일대를 한 달쯤 배낭여행으로 돌아다닐 작정을 세워두고 있는 참인데, 칠순 안팎의 문인들이, 시인과 수필가들은 왠지 말이 겉돌아서 빼고 여류소설가까지 세 명 끼워넣은 한 다스쯤의 노익장 글쟁이들이 몽고로 단체여행을 가겠다고 해서, 그 일행 중에서는 지가 제일 젊어서 얼마 되지도 않는 공동경비를 챙기는 '총무'로 따라가야 하겠기에 이런 통사정이라고 했다. 한때의 직장 동료가 옳은 사람을 구할 때까지만 책이나 읽고 글이나 쓰라고, 독서실 삼아 출근해달라고 짓조르는 통에 맡았다고, 오늘까지 일한 내 수당도 니꺼라고 과외의 선심까지 내거는 통에 김가는 차마 거절하기가 난감했다. 마땅한 핑계거리도 쉬 떠오르지 않았고, '저 푸른 초원' 같은 지평선 위에서 엉덩이를 까고 똥도 누며, 밤에는 파오 두 채 사이에다 캠프파이어를 피워놓고 '무수히 쏟아지는 별빛과 때 묻지 않은 원시 자연'을 보고 오겠다는 죽마고우의 소원을 안 들어주었다가는 남은 평생 내내 말밥에 오르내리지 싶었다.

아무리 무식한 전직 은행원 출신이라 해도 소설가라면 상투어를 가급적 안 쓰고 살아야 그나마 품위가 살아오를 것 같은데, 전가는 독설가답게 한때 '썩을 놈'과 '썩을 년'과 '썩을 세상'을 남발하더니 요즘에는 '다 떨어진 것이'가 전용어였다. 이를테면 '다 떨어진 건물이다', '그 다 떨어진 사장이', '다 떨어진 인생아이가', '인자 지도 다 떨어졌지 머, 임기가 다 됐는데 우짤기고', '반이나 떨어졌어도 우리 나이에' 따위가 그것이었다.

경비실이라고 해봐야 노래방과 이발소와 안마시술소가 들어앉은 지하 1층에 지상 6층짜리 건물의 현관 맞은편에서 연방 열렸다 닫혔다 하는 엘리베이터의 출입자를 볼 수 있도록 유리 창문을 뚫어놓은 다섯 평 남짓한 움막이다. 그래도 책걸상, 철제 캐비닛, 청소용구를 꽂아두는 불그죽죽한 플라스틱 자배기, 벽걸이식 텔레비전 선반대, 등받이를 펴면 곧장 간이침대로 바뀌는 소파까지 갖춰져 있다. 한쪽 구석의 칸막이 속에는 싱크대도 있어서 라면을 끓여먹는가 하면 고양이 세수도 할 수 있다. 예의 대머리 전가는 제2의 직업근성을 발휘한답시고, 다 떨어진 이런 경비실을 요새는 탕비실이라 카네, 물 끓일 준비를 한다고? 옛날식으로 점잖게 휴숙청이라고 하면 좀 부드럽고 좋아, 잠시 쉬고 하룻밤 묵으며 신세진다 이기지, 좋은 말 애끼서 머 할라꼬, 한자 교육 안 시킨 것도 무슨 유세다, 썩어빠진 교육행정이라며 툴툴거렸다.

구독료를 일 년만 내면 그 다음 해는 무료로 넣어주는 신문이야 세 종류를 샅샅이 훑는 성싶지만, 텔레비전만큼은 세계 기행물이나 역사, 동물, 자연 따위의 다큐멘터리물만 어쩌다가 본다는 전가는 밤 근무나 낮 근무 동안 내내 노트북 컴퓨터를 켜놓고 온갖 정보를 게걸스럽게 포식하는 한편 오로지 자청해서 '골 때리는' 소설쓰기에만 정진을 거듭하는 눈치였다. 김가가 아는 한 전가는 직장복이 너무 좋은 팔자를 타고나서, 비록 그 상호만은 덜 알려졌어도 창업 후 은행돈을 한번도 빌려쓰지 않았다는 한 제약회사에 근무하다가 그 전주(錢主)가 설립하고 나중에는 남의 것도 인수, 합병까지 한 육영재단에서, 서울과 경기 일원에 중고등학교 교정만 세 개나 가진 그 법인체에서 교편을 삽은 게 아니라 재무 일체를 관리하는 '살림'을 살다가 정년퇴직한 이력의 소유자였다. 그 한가한 직책에 신물을 커다 보니 하 심심해서 독학으로 '이야기 지어내기' 기술을 습득, 소설가로 등단, 입신한 입지전적인 인물이기도 했다. 모르긴 해도 등단 후 이때껏 '주문생산'을 받아본 적은 없고, 오로지 '시장생산'에만 매달린 덕분에 벌써 저작물만, 그것도 장르가 각각 다른 소설책을 세 권쯤 펴낸 바 있었다. 이를테면 단편소설집, 장편소설 따위가 그것인데, 그중 압권은 아무래도 개항기 조선조의 풍속도를 다룬 420여 쪽의 대장편 역사소설일 것이다. 그런 인쇄물들도 소비자의 반응을 바로 묻느라고 어느 책이라도 대략 5백만 원 안팎의 생돈을 출판업자에게 디밀고 펴내는 통칭 자비출판이었다고 하니 '이야기 지어내기' 작업의 출간 의욕도 과연 노름 밑천처럼 아무리 쏟아부어도 아깝지 않은 모양이었다.

서로가 모진 세파를 오로지 근검절약으로 헤쳐온 내력이 워낙 뻔하니만큼 가급적이면 각자의 전문 분야로까지 화제가 번지지 않도록 조심하는 편이지만 아직도 신문을 경제지까지 합쳐서 두 종류나, 그것도 사설마저 샅샅이 읽어가며, 도대체 무슨 말이야, 목 멘 자살이라는데 넥타이를 언제 어디다 걸어놓았다는 소리야, 발로 뛰어서 취재한 게 아니라 경찰들 말만 받아쓰기 했네, 이런 게 눈도 코도 없는 기사야 같은 투정을 꼬박꼬박 지껄이는 전직 은행원 쪽이 현역 대머리 소설가보다는 유식하다고 해야 '가치중립적 평가'라고 할 수 있으련만, 전가는 중학교 동기생에게, 신문 기사는 행간을 읽어야지, 요리조리 다 피하고 여론 눈치나 보는 글줄이 니 눈에는 안 비치나, 그런이까 기사라는 꼬라지가 꼭 기생오래비 한가지 아이던가, 맨들 맨들한이, 한 달 전에 두 달 전에 왔던 그 각설이가 똑같은 분바르고 늘 듣던 그 장타령을 풀어놓는 기지. 그 잘난 대통령감들이 떠벌리는 말장난하미, 그 철면피들은 정말 지업대라고 싸잡아 타박하는 데 지치는 법은 없었다. 김가는 그런 소설가 '앞에만 서면 작아지는' 자신의 체신이 사나워서 역시 생업을 잘 골라잡아야 한다는 철리를 떠올리며 때늦은 후회를 곱으로 삭이곤 했다. 하기사 전가는, 인문학이 푸대접 받는다, 독서를 너무들 안 한다고 개탄하는 식자 나부랭이들이 더 책을 안 사고, 아예 읽어버릇 안 한이 더 말할 기 머 있노, 그런 엉터리 설만 씨부리며 오늘날에는 지성이 죽었다, 권위자가 없다 카는데도 석좌교수는 더 많아졌슨이 자가당착도 유만부동 아인가베라고 이 땅의 소위 지성계 전반을 혹독하게 조져대는 판이었다.

김가는 지방의 한 사립대학 경제학과 졸업생에 불과했지만, 국군의 간성(干城) 아르오티시 장교로 복무한 이력만으로도 내로라하는 대기업체 두 군데서 서로 오라고 붙잡은 지체였다. 손바닥에 침을 튀겨서 정해주는 대로 결정해야 할 판인데, 한 국책은행의 인사 담당 이사가 그의 훤칠한 키를 올려다보며, 허어, 그 잘난 재벌기업 자회산들 급전이 아쉽고 마감시간이라도 닥치면 우리 공장에 와서 손이야 발이야 빌고 온갖 쓸데없는 말만 늘어놓잖아, 여기서까지 그런저런 소리 할 거 없지 머, 무슨 말인지 알끼구마는, 그런이 전역 날짜 받는 대로 신변정리하고 우리 금고에 와서 도장이나 찍을 준비하는 기 어떠까 몰라, 향후 5년만 향토 근무하고 그후는 서울에서 일하도록 조치할 테이까, 내 장담을 믿거나 말거나 그거야 김 중위 자유지만서도 소신은 있을 거 아이가, 심장 꼴리는 대로 하는 기지 머, 알아서 단디 작정하소라며 설레발을 떨었다. 직장운이란 그처럼 맥없이 한쪽으로 쏠려서 자작지얼(自作之孼)에 걸려버리는 일생일대의 희비극이었다.

지폐 헤아리기, 고객 접대법, 전표 점검 요령, 화장실에 갈 때도 도장만큼은 윗도리 주머니에 챙기기 같은 은행의 기초업무 연수를 한 달 만에 끝내고 발령 받은 첫 부임지가 향토의 요지 중앙 지점이었다. 거기서 지점장이 걸핏하면, 지 계장, 여 한분 와볼래라고 불러 쌓는 두 살 밑의 여자가 왠지 눈에 들었다. 뜯어볼수록 여행원 중에서는 기중 돌돌하고 성미도 그런대로 서그럽다 싶지만 인물도 한참이나 빠지고 좀 억센 듯해서 청처짐하니 물러서 있어야 할 판인데, 하루는 초중고등학교 교장실과 교무실 방문을 통한 저축액 배가 캠페인의 세부사항을 지점장 임석하에 의논하고 있자니 지 계장이 다소곳하게, 시방 말씀하신 그 공립여중의 교장 선생님이 바로 제 이모님이라고 해서 김 대리는 속으로 적이 놀랐다. 며칠 후 마감시간이 닥쳤을 때 김 대리는 지 양이 마침 입출전표를 갖고 왔길래 이때다 싶어, 그런이까 문대주가 지 양 이종사촌오빠가 되네라고 했더니 이 번에는 근무이력으로는 고참 쪽이 은근히 놀라며 의혹과 신뢰의 눈 꼬리를 늦추지 않았다.

그후부터 스물여섯 살 먹은 여행원이 신입행원 김가에게 갖다주는 커피만 유독 따끈따끈하고 그 양도 많은 것 같아지기 시작했다. 두어 달이나 지나서 김가가 먼저 고참 행원의 섬섬옥수를 거머쥐었더니 지 양은 편모슬하에 살며 여동생만 하나 있는데, 자신이 동생의 의대 학비를 향후 3년은 더 대줘야 해서 혼인은 당분간 생각할 여지도 없다고 조를 뺐다. 장차 장모를 모시고 살아야 할 것 같고, 자식들에게는 외갓집도 없는 '결손가정'을 안겨야 하는 부실도 혼인의 장애물로는 벅차서, 이래저래 양연(良緣)은 아니지 싶었다. 그러나 달리 생각해보면 학교운, 직장복, 처덕 같은 평생의 나침판은 힘껏 노력한다고 뜻대로 이뤄진다기보다 그 바늘의 향방은 태어나기 전부터 이미 정해져 있을지도 모른다는 체념이 슬슬 고여들었다. 설마 악연이기야 할까라는 부질없는 군걱정 앞에서는 한번 부닥쳐보지 뭐라는 만용도 떠들고 일어나서 좀 심란하고 설레기도 했다.

학벌이든 직장이든 혼인이든 그런 불가역적 결정에는 당사자의 복심보다는 외부의 어떤 '희롱'이 상당한 영향력을 행사하지 않나 싶기도 하다. 물론 살아보니 터득한 세상의 이치가 그렇다는 것이고, 한창 피가 끓는 시절에는 그런저런 일화의 쇄도에 일방적으로 부대끼면서도 허허거리기에 바쁜 미약한 존재가 바로 인간이라는 피조물인 셈이다.

요컨대 시방 화두의 골갱이는 조심조심 살아가면서 자신이 저지른 모든 언행에 전적으로 책임을 지며 살아야 한다는 인생의 철리를 금융업이라는, 흔히 쓰는 문자투대로 인류 역사상 매춘업 이상으로 오래된 이 직업을 통해서도 배울 수 있다는 것인데, 의외로 일가친지들에게 빚을 함빡 떠안기고 나서 한동안 종적을 감춰버리는 작자들도 부지기수여서 꼼바리 은행원이 어느 순간부터 곱다시 빚물이꾼 신세로 돌변할 수도 있다는 말이다. 그러니 예의 그 '희롱'은 바로 그런 맥락에서도 어떤 책임을 강요함으로써 이해당사자의 조마조마한 번민을 촉구하며, 어떤 결단을 내리도록 성마르게 추썩이고, 보람이든 낭패든 맛보라고 권면한다. 거꾸로 말하면 무책임한 알건달들이 고의로 저질러버리는 '금융사고'를 합법적으로 처리함으로써 누리는 반사이익의 실체가 서민 경제와 나라 살림의 현황이고, 돈거래를 도와주는 금융인은 그 즙을 빨아먹는 한낱 북승이에 지나지 않는다. 돈이라는 한낱 단순한 숫자에 그토록 꼼꼼쟁이로서 덤비니 그쪽 출신은 하나같이 세상 물정과는 한사코 겉도는 생무지나 다름없는 것이다.

그러나 마나 지가 급할 때만 허둥지둥 찾아와서, 벨일 없제라며 만만하답시고 죽마고우의 발부리에다 말뚝부터 박아대는 이 대머리 전가가 요즘 따라 도통 연락도 없고, 지금은 휴대폰도 안 받는다. 오전 중에 '머하노, 문가 모친이 별세했다 칸다, 전화 좀 해라'라고 문자도 때렸건만 여태 종무소식이다.

일주일 동안 내내 잘 구운 양고기와 시큼한 양젖을 질리도록 포식한 덕분에 굵고 기다란 황금색 똥을 꼭 여섯 무더기만 공해 없이 더넓은 그 대지 위에다 싸놓고 왔다면서, 일행이 소설가들답게 생게망게한 소리는 할 줄 몰라서 죽이 제대로 맞더라고, 그래서 귀국하는 즉시 파오 속 노숙자 계모임을 다달이 열어 저녁을 먹기로 했다는 자랑을 늘어놓더니만, 그후 한 달이 지났는데도 여태 코끝도 비치지 않는다. 일주일 치 지 일당까지 합쳐 지난달 25일에 거금 130만 원이 통장으로 들어왔으니 이번에는 김가가 족발 한 접시에 소맥주라도 취하도록 사야 도리일 텐데 말이다.

힐끔 노안으로 쳐다본 경비실의 정면 이마에 내걸린 벽시계의 빨간 디지털 글자는 여전히 다급하게 깜빡거린다.

'말로만 자위를 해서 머하나, 오자매 손을 빌려야 제맛이지. 도대체 무기는 놔두고 어디다 쓰는 건가, 그것도 무슨 전시용인가. 공갈 때리기로 승패를 가리겠다고? 싸움도 안 하고 승패가 어떻게 나. 어느 쪽이든 먼저 정색하고 도대체 진심이 뭐냐고 물어나 보지 그래. 그래야 바다 건너의 두 대국도 속으로 어, 이것들 봐라며 뜨끔할 거 아냐. 전쟁을 겁내는 군대를 어디다 써먹으려고. 무슨 고대 유물처럼 고이 모셔두기만 하면 그만인가. 저들끼리 계급장 놀이나 하라고 그 귀한 세금을 쏟아붓는다는 게 말이 되냐고. 여기저기서 뺨이나 얻어 맞고, 창피한 줄도 모르는 위정자들은 결국 참말 한번 못하고 살아온 허룹숭이라고. 여러 소리 할 거 없이 우리가 졌다고 물러서고, 한데 뭉쳐서 살다가 어느 순간에 갈아엎어버리는 게 한결 빠른 길일지도 몰라. 핵 앞에서야 꼬리를 내리고 기어야지 어째. 미국도 알아서 하라는 눈치 같잖아. 나라를 살릴라거든 체제부터 바꿔라고 권면하지 않는 이상 협상이고 정상회담이고 다 쓸데없는 개나발이야. 물론 바꿀 리가 있나. 지들 백두 혈통의 목숨이 걸려 있는데. 미국도 참 어수룩한 나라야, 우리와 전생에 무슨 악연으로 얽혀서 저 생고생을 가로막고 나서나.'

김가의 신문 숙독벽은 언제라도 한심 천만한 세상에 대한 메마른 성토로 넘쳐난다. 하지만 모든 성화는 당장 발등에 떨어진 '도리 챙기기' 같은 일상사 앞에서는 그 열기가 곧장 시르죽게 마련이다. 세상은 어차피 남이고, 남의 돈이나 마찬가지인 것이다. 어쨌든 마지막 인륜대사가 코앞에 닥쳤지 않나.

'김 주임의 등짝을 두드리며, 자네는 일찍부터 그 미친놈 친구지만 인자는 말 그대로 진짜 내 친정 조카사우 아이가, 다시는 그놈 말 듣지도 말고 믿지도 말고 제발 멀리하거래이, 으이라던 그 할마씨가 두 남자한테 평생을 시달리다가 죽어서도 저렇게 눈도 못 감고 있는 판인데. 신문은 팔방미인으로서 이런 불상사에는 어떤 제목을 달아

붙일까.'

불효막심한 알건달, 평생 돈을 빌리러 떠돌아다닌 인생, 영원한 채무자, 제 엄마의 부음조차 손사랫짓으로 저만큼 내물리는 날탕.

신문지 뭉치를 미련 많게 재활용 쓰레기로 분리, 처분한 경비원 김가는 문득 답신이라도 왔는가 하고 휴대폰의 전면을 긁어본다. 여전히 맹탕이다. 점점 더 하얗게 세어가는 머리털처럼 그는 급무일수록 끈적끈적 흘러가는 시간에, 살같이 내빼는 세월에 맡길 수밖에 없다고 체념한다. 기왕의 그 빡빡하던 은행 업무가 사람을 초 쳐서 애만 달여놓은 덕분이다.

누군들 이런 어이없는 죽음 앞에서 체념 말고 또다른 심경을 떠올릴 수 있기나 할까. 부음을 듣고 나면 다들 무정한 세월과 괘씸한 인정머리와 짐짐한 후회막심에 치여서 속수무책으로 눈만 껌뻑거리며 야단받이로 자족할 수밖에 없지 않을까. 어떤 생업에 평생을 받쳤더라도 늙음, 노환, 숙명 같은 우주적 상수와 인간성, 재물운, 자식복 같은 세속적 변수의 대비는 또 얼마나 부질없는 짓거리인가.

그렇거나 말거나 발인 일시를 통상 관례대로 내일 아침 여덟 시로 잡아놓았다니 문상은 오늘 중으로 가야 하고, 반드시 전가를 동무해서 가자면 서로가 말이라도 몇 마디 맞춰봐야 할 거 같아서이다. 더욱이나 경비 업무도 좀 당겨서 끝내야 할 타이므로 밤 당번인 고무래 정(丁)씨에게 한 시간쯤 일찍 내려와달라고 7층의 옥탑방에다 통기를 해뒀는데도 머리통만 끄덕거리던 그 백발의 개띠 영감이 여태 얼씬도 않는다. 이래저래 김가는 사나운 일진 때문에 안달이 펄펄 끓는다.

이미 출근 중에, 운동 삼아 30분이나 좋이 걸어서 올림픽 공원을 막 관통하고 나서 잠실대로를 건너려는 찰나에 집사람으로부터, 왜 또 전화를 제때 안 받아, 짜증나게, 난들 큰이모한테 원한이 없는 줄 알아, 엄마 낯을 봐서라도 나까지 누구한테든 손가락질 안 당하려고 이러지, 이것저것 따지지 말고 당신도 조문하라고 엄마가 신신당부야, 부조금은 엄마가 우리 몫까지 낫게 한다니까 따로 봉투 챙기지 말래, 경비실에 도착하는 대로 근무시간을 좀 당겨봐라는 하명을 받은 터였다. 성깔을 가까스로 죽이고 나서 점심으로 싱크대에서 끓인 거무레한 메밀국수를 간장 국물에다 적셔 먹고 있는데 또 휴대폰이 울었다. 집사람은 무슨 현장중계라도 하듯이 다짜고짜로 지아비에게, 당신도 그 서출인지 개빽다군지 하는 연주 배다른 남동생을 알고 있었다며라고 따지고 들었다.

"알다마다 그게 언제쩍 일인데. 잊을라고 머리를 얼마나 흔들며 살았는데 이제 와서 나를 무슨 내통자처럼 닦아세우면 어떡하냐고, 다들 말하는 꼬라지가 더럽게 싸가지 없네."

집사람도 딱딱거리는 데는 결코 지지 않았다.

"왜 나한테 성을 내고 그래. 연주가 지 오래비 연락처를 모른다고 그렇게나 통통 뛰고 있는데 당신은 왜 가만히 있었냐고 그러는 거야. 이제는 여기저기 수소문해서 말을 놓았더니 경찰 출신이라는 그 서출이 대번에 형님은 요새 팔공산 속에 들어앉아서 도 닦고 있을 긴데요 이러더라는 거야. 그러면서 그 동생이라는 개빽다구가 전화로 그때 은행에 근무하던 일가 김 아무개는 요즘 뭐하냐고 묻더라고, 그 양반이 내 박봉을 차압한다 만다 캐서 한때 따로 국밥집 앞에서 언성 높이며 대판으로 싸웠다고 그랬다는 거야. 그래서 연주는 그 서출한 테다 연락해보라는 말도 없이 왜 당신이 시치미를 뚝 따고 있었냐고 그러는 거야. 지 혼자서 초상을 치게 생겼으니 답답해서 그럴 수도 있는 거잖아. 오해한 내막이 그럴싸하게 맞아돌아가는데 왜 나한테 다 고함부터 지르고 난리야. 누가 머리는 억수로 나쁘고 목청만 큰 경상도 남자 아니랄까봐."

"알아들었어, 그 장개석(蔣介石) 장가 말이군. 그놈이 문대주 보증을 섰지. 보증을 섰으니 대출금을 문가 대신에 갚으라고 했더니, 난 모른다고 나자빠지데. 명색 형사랍시고, 그때 벌써 계급이 경산지 경원지 그랬어. 그 완장을 찼다고 나한테 왜 대출을 해줬냐고 걸고넘어지더라고. 어이가 없어서, 내가 무슨 힘이 있나, 곱다시 물어줬지. 문가나 장가나 돈 앞에서는 배 째라고 칼까지 집어주는데 어째. 두 번 다시 그 두 놈 이름을 내 입에 올리면 내가 성을 갈겠다고 다짐하며 살았는데."

"어허, 시방 옛말 다해서 뭣해. 연주는 그 장간지 하는 이복동생을 찾아보라고, 왜 그 귀띔도 형부는 안 해줬냐 이거야. 그래서 섭섭하다고, 인자 지 오빠한테 기별은 갔지 싶으니 됐다고, 너무 답답하고 황당하고 억울해서 나한테 또 당신한테라도 이렇게 하소연이나 하고 있다며 펑펑 울더라고. 언짢아할 거 없어, 골내지 마. 우리 경상도 여자들은 목석이라고 가슴에 피멍도 안 드는 줄 알아? 글이든 말이든 돌이나 나무에 새겨봐, 누천년 동안 지워지지도 않는다고. 화 풀어."

"병 주고 약 주고 별 지랄을 다 떠네."

"왜 또 욕이야."

"아, 시끄러, 조문은 갈 테니 다시 전화하지 마."

그 내막은 이랬다. 김영삼 정권이 막판에 이르러 그 아들을 잡아넣네 마네 하는 시절이었으니 벌써 지난 세기 말이었다. 그때 김가는 10억 원대의 부실 대출 사고를 지역신문에서 먼저 알고 터뜨린 대구의 한 지점으로 내려와 신임 지점장을 보좌하는 차장급이었으므로 서울의 가족과는 떨어져서 세칭 주말부부로 사는, 은행 소유의 직원 전용 아파트에서 주로 아침만 빵으로 때우는 호젓한 독거 생활을 영위하고 있었다.

하루는 문가가 은행으로 찾아와서 대출을 꼭 좀 받아야겠다고, 그때 돈으로는 거금인 1천만 원을 빌릴 수 없냐고 했다. 돈을 빌리러 온 주제임에도 그는 좀 시건드러지게, 혼자서 객지 생활 할라니 고생이 많을 끼다, 우야든동 몸을 단디 챙겨라, 우리 중간 이모님은 잘계시제, 제발 좀 잘 모셔도고, 그 이모가 청춘에 홀로 되고 고생 참 많이 했다, 다행히도 두 동생들이 다 똑똑하고 제 앞가림들을 잘해서 일등 신랑감을 골라잡았으니 정말 고맙지, 마누라 사별은 돌아서면 웃어도 지아비 일찍 여의는 거는 애간장이 다 탄다 카는 말이 정말일 끼다, 성경에도 과부 홀대하지 마라 캤다니 동서고금이 그 서글픈 자국 앞에서는 일찌감치 두 손 모우고 잘 받들어 모시라고 신신당부한 기지라고 떠벌였다. 한쪽이 같잖아서 시쁘게 여기는데도 이종사촌 매제의 안색을 살피는 문가의 행태에는 어떤 궁기도 비치지 않았다.

남의 걱정일랑 하지 말고 니 앞가림이나 잘하라는 말을 입술에 걸어두고서는, 보증인만 확실하면 대출이야 받을 수 있다고 지나가는 말로 곱게 대꾸했다. 그러자 초중등학교 동기생이기도 한 문가는 제발 '편리'를 좀 봐달라고, 보증인으로 둘도 없는 단짝 친구인 자네 이름을 빌려 쓰면 안 되겠냐고 정색을 했다. 그럴 수는 없게 되어 있다고, 이쪽 신원이 드러나면 어떤 은행에서도 '대출 불가' 통보가 떨어질 것이라고 잘라버렸다. 심지어는 보증인으로 자기 부모 이름과 도장을 질러도 대출 담당자가 일일이 전화로 확인하고, 법적으로도 그렇게 하도록 되어 있다고 덧붙였더니, 문가는 웃지도 않고, 우리집 할마씨 이름이야 팔 수 없지, 우리 엄마가 내 밑에 생돈을 얼매나 많이 꼬라박았는데, 인자는 나도 낯짝이 있지라고 술술 남의 사정 더듬듯이 지껄였다.

지내놓고 보니 문가는 어디서나 삼가야 하는 자신의 약점과 상대방의 고충 따위를 지레 까놓는 대범하고 솔직한 말재주가 남달랐다. 방금 지껄인 자기 말이 어디서부터 뒤죽박죽으로 얽혀서 앞말이 뒷말과 싸우는지를 모르는, 좀 이상한 떠버리였다. 그냥 되뇌기만 하고, 그 뜻에는 관심도 없는 이른바 '말은 앵무새'라는 별명을 달고 다녀도 부당하지 않을 성싶은 뻥쟁이였다. 평생토록 신문 한쪽도 천연히 읽는 모습을 본 적이 없는데도 문가는 세상의 구색과 판세에 대해서는 모르는 게 없었고, 천연덕스럽게 예의 그 '바른 소리'를 남 먼저 잘했다. 부끄럼도 타지 않고, 내 불효야 이루 말로 다 못하지라고 선선히 자신의 치부를 실토하는 중에는 잠시라도 눈웃음을 말끔히 거두고 멍하니 과묵 '포즈'로 돌아가기도 했다. 그런 '모드' 앞에서는 누구라도 잠시나마 숙연해질 지경이었다.

아무튼 김 차장은 문가 자네의 빚보증을 쓸 마음은 추호도 없다는 은행인다운, 이끗을 좇는다기보다 망외의 손해만큼은 안 보고 살련다는 속내까지 슬몃슬몃 비치는 데 소홀하지 않았다. 그런 내색도 꽤 넘치지 않는다는 듯이 문가는 대번에 보증인만 확실하면 '자네 은행'에서 대출은 쉽게 내줄 수 있겠네라고 다짐조로 물었다. 묘하게도 말꼬투리가 잡혀서 꼼짝도 못하게 된 형국이었다. 그러라고, 서류만 확실하게 꾸려와보라고, 대출 심사에는 올려주겠다고 반쯤 승낙하고 나니, 돈 갈급증에 몸이 단 동기생은 눈웃음을 뿌리면서 이번에 외가의 선산 자락 밑으로 6차선 고속도로가 뚫릴 판인데, 보상금을 시가의 반만 받아도 우리집 할마씨 몫이 제법 떨어진다고, 하나뿐인 외삼촌 학비를 우리 엄마가 댔으니 당연히 그 공을 벌충해야 도리를 지키는 게 아니겠냐고, 김칫국 먼저 벌컥거리는 소리 같애도 세상 물미라는 것이 원래 묵은 놈이 물 키게 되어 있지 않냐고, 우리집 할마씨를 잘 구슬려서 그 굴러온 호박 같은 목돈을 울궈내 화랑 사업을 해보겠다고 장광설을 풀어놓았다.

허물어져가는 낡은 한옥 '똥집' 같은 거야 대구 시내 한복판에도 흔해빠졌고, 고집만 센 늙은 집주인을 잘 구슬리면 헐값에 인수를 하든지 전세로 임대해서 인테리어를 차분하게 꾸며놓고 전시장을 열면 화가와 반반씩 갈라먹게 되어 있는 화상 수입이 꽤 쏠쏠하다는 것이었다. 세상은 바야흐로 예술의 시대라서 돈을 알차게 투자할 데라곤 그림밖에 없다고도 했다. 이제는 분뇨 수거차를 리스로 들여와 운영하는 세칭 청소업종은 동업자가 찌그렁이만 부리고, 또 공무원들이 이래라저래라 간섭이 심해서 접어버릴란다고, 들을수록 긴가민가해지는 소리도 씨월거렸다. 김가의 처족으로는 아내의 외삼촌 한 분과 그 밑으로 막내이모가 하나 계시고, 각각 영천과 청송 인근에서 포도 농사와 사과밭을 매고 있다는데 선산 운운하니 얼토당토않는 수작이었으나, 화랑, 리스, 낡은 한옥, 인테리어 같은 첨단적인 세태어가 자유자재하게 제 날개를 펼치고 있어서 나름의 설득력이 없지는 않다. 더욱이나 국내외를 막론하고 현찰 거래가 원칙인 그림 매매 거간 업종은 세금 걱정을 할 필요가 원천적으로 면제된 희귀업일뿐더러 그림값 '박치기'에는 쌍방의 믿을 만한 입회인이 반드시 지켜보는 게 통상 관례라고 둘러대기도 해서, 당장에는 상당한 수준의 사실화를 방불하게 하는 디테일이 꽤 살아 있네라는 느꺼움을 쉬 물리치기는 어려웠다. 돈의 계수만 밝히는 은행원이라고 해서 설마 그림을 보는 눈이 없겠으며, 그 감상의 여운조차 나름대로 못 챙기겠는가.

그때 대출금의 보증인으로 지방 경찰청의 수사과에 있다는 장 아무개의 이름이 올라 있었던 것은 사실이었다. 누구냐니까, 문가는, 내 이복동생이다, 우리집 할마씨가 문가 씨 아이다고, 호적에는 절대로 못 올린다고 그쪽 모자를 싸잡아 바락바락 조져서 지 에미 성을 물려받았는데 얼굴은 내하고 영판 한 본이다, 이발소 갔더니 가위질 하던 영감쟁이가 두 형제 두상이 한판에서 찍어냈다면서 제발 서로 사이좋게 양보하고 보듬어주며 살아라 카더라는 일화도 주워섬겼다.

문가의 그런 '구색 갖추기'와 부산스러운 말잔치에 관한 한 무슨 하자를 찾아내기가 쉽지 않았다. 경찰 공무원보다 더 확실한 보증인으로는 판검사 정도를 거명할 수 있겠으나, 알다시피 그들은 천직상 또 체면상 남의 뒷배를 봐줄 수는 없게 되어 있다. 손재수를 당하려면 그렇게 허구렁에 빠져들게 되어 있는 것이 인생의 막간극인지도 몰랐다. 대출금 만기 상환일이 닥치는 데도 문가는 코빼기도 비치지 않았다. 속이 바싹바싹 졸아붙고 입술에 허연 꺼풀이 일어나서 밥 넘기기도 힘드는 판인데, 대출금을 받자마자 부리나케 내뺀 인간은 종무소식이었다. 김 차장은 아내 편에다 황 교장에게 염탐해보라고 했더니 그쪽도 제발 그 날강도 같은 당신 자식을 좀 찾아봐달라고, 또 무슨 사고를 쳤는지 위태위태해서 잠도 못 잔다면서 울먹거린다고 했다.

이제는 월급이라도 제때 받자면 보증인 장 형사를 불러서 무리꾸럭이 노릇을 맡으라고 강다짐을 놓는 게 은행원의 행동강령이자 그게 또 정해진 순서였다. 김 차장은 점심까지 제 돈으로 대접하며 장 형사의 반응을 살폈더니, 문가가 지 선친의 묏자리를 잘못 써서 사업이든 뭣이든 될듯 말듯 도무지 운이 안 풀리는 것 같다고, 차제에 이장하는 김에 화장까지 마쳐서 공원묘원에다 납골함으로 모시겠다고, 그 밑에 돈이 좀 들어가게 생겼으니 동생도 인감도장을 찍어야 사람살이의 도리가 아니겠냐고 했다는 것이었다. 김 차장으로서야 당연히 금시초문의 남의 조상 뒤치다꺼리였으나, 제 친모 밑에서 따로 자란 서출 남동생의 도장을 받아내려면 그만한 구변은 팔아야 했을 것 같았다. 그러면서 문가는 제 이복동생에게, 우리 엄마가 좀 낫게 배우고 똑똑한 체하며 살아야 사는 것 같다는 주의라서 자네 모친께 정말 죽을죄를 졌다고, 그 피눈물 나는 구박을 어떻게 참아냈는지 나는 안다고, 그 모질어빠진 소행을 내가 대신 사과할 테니 제발 용서하라고 울먹이는 통에 두 형제가 한동안 먹먹해지면서 눈물까지 글썽였다고 했다.

그러나 마나 지금에사 옛날의 그런 가정사는 하등에 무용지물이며 두 형제가 대출금을 갚아야 할 것 아니냐고, 채무 변제에 따르는 은행의 통상 규정을 장황히 들먹였더니 장 형사는, 문간지 먼지 하는 그 배다른 형이 법적으로든 의학적으로든 지금 당장 사망했다는 서류를 디밀어도 자기는 알 바 아이다고, 민사재판을 하려면 얼마든지 그러라고, 이쪽도 믿는 구석이 있다고 오히려 대들었다. 아마도 그 믿는 구석이란 제 모친에게 몹쓸 행짜를 부렸을 황 교장에게 창피주기인 듯싶었고, 그런 떠벌림을 피하자면 변제액이 나올 '구멍'이야 뻔하고 그것까지야 알 바 없다는 것이 형사로서 장가가 파악한 세상 이치였다. 김 차장은 친구에게 속은 제 불찰이 분한 데다 생돈을 뜰

겨야 해서 가슴을 쥐어뜯고 있었으나, 하소연할 자리가 없는 게 아니라 채무자는 종적이 묘연한 데다, 그놈 모친에게까지 봉이 잡힌 제 무지렁이 꼴을 실토하자니 차마 입이 떨어지지 않았다.

당연한 귀추대로 한쪽만의 일방적인 다짐이, 앞으로 죽을 때까지 내 앞에서 얼씬거리지도 마라는 절교가 선언되었으나, 말재기꾼 문가의 화려한 '사업'이라기보다 그 사기성 짙은 '구상극'은 풍문으로나마 간단없이 들려왔다. 중국 본토의 현대화가들이 '집단창작'으로 그린 반사실화를, 그런 명화 중에는 의외로 가짜, 짝퉁, 모작, 대작(代作) 등이 유달리 많고 실제로도 그런 공공연한 위작이 진품보다 훨씬 나은데 바로 그 진위를 분별해서 국내에 풀어먹이겠다고, 이제는 동업자라면 체머리부터 흔들려서 죽이 되든 밥이 되든 혼자서 시내버스 속에 붙이는 통칭 '옥외광고' 사업에 전념할란다고, 시방 시골마다 지천인 빈집을 두어 채 빌려서 과일 보관용 저온 창고업을 국내 최초로 개시하게 되었다고, 돈 많은 '군대 시절 친구'가 펀펀히 놀리고 있는 세전지물인 나대지에다 10톤짜리 트럭, 고가 사다리 달린 이삿짐차, 삽차, 농산물 운반용 화물차, 불도저, 굴착기, 관광용 리무진 버스 등등의 대형 차량들 주인에게서 월세 받는 주정차사업을 벌여 땅주인의 절세를 도와주겠다는 등등의 요란한, 그러나 어딘가 허술하고 삐꺽거려서 사람이 들어가 살 수는 없지 싶은 '간이주택' 같은 청사진을 누구 앞에서나 선거철의 입후보자 홍보 가두방송처럼 외고 돌아다닌다는 것이었다.

나중에는 이것도 저것도 정 안되면 개인택시나 몰겠다고 떠벌린다는 풍문도 들려왔다. 누가 그것도 경력 연한이 상당해야 하는데라고 토를 달자 문가는 대뜸, 경력? 말도 마라, 내가 고등학교 2학년 여름

방학 때 친구 아버지 차로 우리 동네 초등학교 운동장를 서너 바퀴 돌아보고 나서 그 길로 경주까지 쌩쌩 날아갔슨이 참 간이 엔간히도 부었지, 인자사 가만히 생각해보면 일찌감치 차 몰고 돌아댕기는 그 멋에 취한 기 오늘날 내 신세를 이래 조진 사단이었지 싶어, 그거야 다 지나간 사연이고 운전경력이야 우리 나이에 나만치 되는 인간도 드물 거로, 요즘 세상에 차 없이 무슨 사업을 벌리노, 이 차 저 차로 내 차 바꾼 것만도 몇 번인데, 아, 개인택시 운전면허증이야 현찰 박치기로 즉석에서 소지자한테서 매수해야지, 간단하다, 그런 명의 변경이 내 전공이다라고 으스댔다고 했다.

그 모든 풍이 남들의 허황한 입담을 어디서 주워듣고, 그럴듯하다 싶으면 다른 자리에서 즉각 써먹는 순발력이랄까 응용력에서는 탁월한 재능이 있다기보다도 그 허황한 장기에 스스로 도취되어 겅중거리는 생리로 살아가는 위인이었다. 물론 그런 허풍의 원죄는 세상의 구조를 옳게 알지도 못하면서, 하기야 누군들 그것의 실체를 제대로 알까만, 그 알량한 '오해력'으로 세상의 만사와 만물과 만연(萬緣) 따위를 너무나 만만하게 본다는 것이다. 한마디로 정신적으로 정상이 아닌 것만은 분명한데, 그 근원은 아무래도 보잘것없는 돈벌이나마 확실한 생업을 다문 한 달이라도 꾸려본 적이 없이 살아온 '허송세월'에서 찾아야 옳을지 모른다. 아무리 똑똑한 인간이라도 생업을 제대로 붙잡지 못하면 이내 지각망나니로 주저앉고, 그럭저럭 한 세월 살다 보면 자신도 모르게 실없쟁이로 또 허릅숭이로 변하고 마는 딱한 정경이야 우리 모두의 일가친지들 중에서 흔히 볼 수 있으니까. 어쨌거나 문가의 그 허풍스런 기행은 낙천적인 성정까지 불러와서, 여느 직장인들과는 달리 어떤 스트레스도 받지 않고, 건강 검진 따위를 모르고도 아무런 탈 없이 사는 체질을 누리기에 이르러 있다는 사실은 강조해둘 만하다. 그래서 일찌감치 '제발 내보다 먼저 죽기나 하든지'라는 제 모친의 한탄까지 불러일으켰지만 말이다.

다시 한번 곰곰이 앞뒤를 따져보면 문가의 그런 허담증은 '새로운 정보'에 대한 겉멋으로써의 호기심과 그것을 적당히 버무려서 써먹어보려는 과도한 현시욕의 발로였지 않았나 싶기도 하다. 정신은 멀쩡한데도 마음이 들떠서 허황한 말을 태연히 잘 지껄이는 그런 사람을 예로부터 '웅천'이라고 지칭했다니 비단 문가만 그렇겠는가.

구색이 맞을까 말까 한 이바구들을 술술 지어내는 명색 소설가들도 진정한 '창작'과 남의 말을 따서 잠시 요긴하게 써먹는 풍자 내지는 흉내내기를 과연 제대로 이해하고 그러는 것일까라는 의문이 은행원 출신으로서의 꼼꼼쟁이 김가에게는 여전히 풀리지 않는 숙제거리다. 엉뚱한 비유라고 타박할지 모르나 떼인 돈 1천만 원의 위력은 이처럼 실로 어마어마한 것이다. 여전히 세상살이와 인생살이의 비밀을 군맹무상(群盲撫象)조로 더듬으며 허위허위 살아가는 한 경비원에게조차 평생 화두를 안겨주었으니까.

문가가 그 수많은 채권자들 앞에서 번번이 쏟아낸 변명으로써의 그 지어낸 이바구들은 물론이고 제 모친에게까지 들이민 다음과 같은 '해명'을 어떻게 읽어야 제대로 이해한 것이 될까.

지방의 한 사립대학 경영학과에 적을 걸어놓고서 다섯 번이나 등록금을 받아갔으면서도 막상 은행 창구에다 입학금까지 합쳐 밀어넣은 것은 고작 한번뿐이었고, 그동안의 '삥땅' 네 번이 들통 나자 문가는 지 모친 앞에서 태연히 지껄이길, 우리 과 주임교수가 내한테는 경영학을 공부할 머리는 없고 국문학과 같은 문과 쪽이 그나마 맞지 싶우다 카네, 차제에 군대나 후딱 갔다 와서 복학하는 대로 전과나 해볼란다, 어차피 내한테 학자나 대학접장 될 소질도 팔자도 없는 거사 만천하가 다 아는기고, 겨우 졸업장 하나 만들라고 개나 소나 다 귀한 돈 내삐리가미 기를 쓰는 거 아이가, 교수들 강의도 정신 채리고 한분 들어본이 참말로 벨거 없대, 천하에 그런 엉성한 잡소리로 밥을 빌어처묵고 있슨이 그 작자들도 내 이상으로 한심하기는 똑같대 머라고 남의 말하듯이 지껄여대서 교육자인 제 에미의 억장을 무너지게 했다니 말이다. 그런 이실직고 속에는 남들이 체면상 함부로 지껄이지 못하는 솔직한 세태비판과 자기고백이 묻어 있는 것도 인정해야 하는 만큼 그런 경지와 소설 속의 자질구레한 구색과 어느 구석이 어떻게 다른지를 알아봐야 하지 않을까.

황 선생은 그쪽 출신들이 흔히 누백 년 동안 글이 안 떨어진 연고로 속속 기라성 같은 인물들을 많이 배출했다고, 그 실적에 관한 한 우리 고을하고 견줄 데가 있거든 대보라고 자랑하는 의성(義城)의 비봉산 자락에서 태어나, 해방 전까지는 그 마을에서 유일하게 여학교를 졸업한, 그것도 도내에서 기중 낫다는 한 명문여고를 마친 재원이었다. 그후 곧장 대구 변두리의 한 소학교에서 교편을 잡다가 한국동란의 와중에도 갓 설립한 도내 국립대 사범대에서 학위를 딴, 공부라면 지고 못 사는 일등 샘바리였다. 서울의 모 전문학교 출신으로 술도가 집 장남과 혼인에 이를 수 있었던 것도 바로 그 학력 덕분이었음은 겨우 면추한 황 선생의 떡 벌어진 어깨의 살점만으로도 짐작할 만했다. 그 당시로는 만혼인 스물다섯 살인가에 신부 쪽에서 혼사를 서둘렀던 데는 그만한 곡절이 있었다고 전해진다.

김가의 장모가 허심탄회하게 풀어놓은 넋두리를 재생해보면 대충 이렇다.

"우리 아버님이 당신 맏딸은 공부만 한다고 아무것도 모리고 착해 빠진 알란데 사위'될 그 의뭉한 어바리가 몹쓸 짓을 저질러났다꼬, 찾아가서 그놈 다리 몽댕이를 분질러뿌린다꼬 난리굿을 다하고. 우리 어메는 멀 뿐질러, 거기 뿐지러지는 기까, 큰일 날 소리하고 있네. 잘 알지도 못하거든 가만이 있기나 하소, 인자 와서 엎질러진 물을 우예 퍼담노, 또 물릴 수도 없는 일 아이가. 이런 일은 우야든동 소리 소문 내지 말고 하자는 대로 얼른 예식이나 올리는 기 상수다 마. 경상도 남자들은 우째 머리가 저러코롬 안 돌아가까. 시방 이 일이 떠벌리서 될 일이가꼬, 우리 어메 말씀이 백번 옳다마다. 요새 말로 는 한창 나이에 젊은 것들이 속도를 위반한 긴데 그 벨 것도 아인 일로 얼매나 말이 많았든동. 하이고, 그 말 제대로 다 할라 카먼 하루 해 갖고는 택도 없다."

이런 대목에서야말로 혼인 당사자들의 적잖은 허영기를 못 읽는다 면 정서가 메마르다는 지탄을 받아도 쌀 것이다. 짐작은 대체로 맞아 들어가기 마련인데, 황 선생은 기절이 센 여자여서 남편은 물론이고 자식들도 자기 앞에서는 슬슬 기도록 만드는 수완이 출중했던 듯하 고, 또 가정이란 것이 그렇게 굴러가야 성에 차는 여장부였다. 세상 은 물론이려니와 남자까지도 누구보다 잘 읽는다는 자부심 하나로 살아가는 교육자가 여장부라서 굳이 살림살이 전반이 삐꺽거렸을 리 는 만무하다. 적어도 그런 여장부 기질은 아들자식이 반반한 중학교 를 졸업하고 2류 고등학교에 입학한 후 1년도 채 안 돼서 출석 미달 로 제적을 당하고, 뒤이어 두어 군데의 '따라지' 학교를 거쳐서 겨우 무슨 야간 병설학교의 졸업장을 간신히 받아낼 때까지만 통했을 게 분명하다. 머리통이 굵어진 사내 꼭지들은 원래 '여장부' 타입을 무조건 싫어하게 되어 있으니 말이다. 아니다, 말의 순서가 바뀌고, 분별도 잘못된 듯하다. 그런 엄처시하를 먼저 뛰쳐나간 문가 애비가 새파란 나이의 요정 기생과 정을 통해 그 사생자를 이태나 지나서야 호적에 올리려고 했을 때까지 제 서방의 그 소문난 '기집질'을 지어미 혼자서만 몰랐다고 하니 '등잔 밑이 어둡다'는 옛말이 틀린 게 아니라 매일 같이 살을 맞대고 사는 혈육의 성질, 성깔, 성향조차 제대로 모르면서도 잘 안다고, 나만큼 세상을 똑 부러지게 이해하는 사람이 누구냐는 그 자만심으로 가정생활과 교육자 노릇을 양립한 황 선생의 한계는 너무나 명백한 것이다.

지아비와 지 자식이 진작에 어긋난 길로 접어든 '운명의 장난'을 당사자들의 원초적인 '인간성 실격' 탓으로만 돌려야 할까. 기생이라서 누구 씨인지도 모른다고, 그러니 문가 성씨를 물려줄 수 없다고 설쳐댄 것도 정확히 따지면 멀쩡한 남의 '생업 모멸'에 엄전한 정조권마저 부정, 차별하는 '인격 유린'에 해당하지만, 황 선생의 그런 억지 주장은 '별것도 아닌' 그 알량한 학력과 교사라는 제법 짱짱한 사회적 체면치레의 과부하에 치여서 자모든 현부(賢婦)든 그 구실을 방기한 죄의식이 작동한 게 아닐까. 그후의 진행 경과는 뻔할 수밖에 없다. 곧 출세한 남편에 똑똑한 자식을 못 거느린 황 선생 자신의 자격지심과 억울감은 점점 삐딱한 정서와 짜증스러운 심적 횡포를 불러들였을 테니까.

한편으로 그 서러운 서출 사내자식에게, 내 눈에 흙 들어가기 전에는 문가 성을 못 붙인다는 황 선생의 악다구니 밑에는 큰돈이랄 것도 없는 세전지물로서의 술도가와 그에 딸린 부동산 몇 점에 대한 모든 권리를 미리감치 확보, 장차 첩과 그 소생의 찌그렁이를 막아놓겠다는 이악스런 심술이 암류하고 있었다고 봐야 할 것 아닌가. 그러니 부처도 돌아앉는다는 시앗 본 시샘 따위는 벌써 논란거리도 아니다. 시궁창보다 더 더러운 그 '천출'을 입에 올리는 것마저도 황 선생 자신의 막강한 자존심으로는 화딱지가 날 터이니 말이다. 그래서 지아비에게도 막말로, 나가거라, 이 집에 다시는 들락거리지 마라, 그렇게 좋다는 그년 단칸방에서 아침저녁으로 핥고 빨고 살아라며 내쫓아버린 양반이 공립여자고등학교에서 가정 과목을 가르치는 선생으로서 말만 한 처녀 여학생들은 물론이고 남자 동료 선생들도 꼼짝 못하게 휘어잡았다면 다들, 너무 심했던 거 아이가, 지 정신이 아이었던 모양이네라며 머리를 흔들지 모른다. 그러나 그쯤은 약과다. 불과 초등학교 학생인 아들자식에게까지 지레, 지발 니 애비 화상만 닮지 마라, 사람의 탈을 뒤집어쓴 것이 우예 배신을 두 번 세 번씩 밥 묵듯이 하고 자빠졌노라고 홀닦다가 급기야는 손찌검에 매타작도 불사했다니까.

제 집에서 독수공방하는 소박데기의 그런 발악도 흔히들 성적 불만이 내지르는 질투의 난반사라고 찍어버리는데, 어째 엉성한 수작으로 비친다. 차라리 그런 자식 학대와 능멸은 생업 고수로 말미암은 막중한 노동량과 그 피로감, 가정과 자식 관리에 따르는 무한 책임과 그 압박감, 성욕이야 있는 듯 만 듯 하므로 오로지 소박 당했다는 자기 모멸감과 그 창피스러움 등등에 늘 시달리다가 어느 순간 터져 나오는 정서 비대증이었을 테니까.

이 정도까지 사방으로 눈을 내둘러보면 문가의 그 되바라진 세태관이랄지 좀 허술한 작화증(作話症)에도 상당한 동정 점수를 얹어주어야 하지 않을까 싶고, 그 연원이 제 모친의 속살이 아니라 그 치졸한 훈육 과정에서 바로 비어져 나왔음을 어렵지 않게 캐낼 수 있다. 새삼스럽게도 가정교육의 잘잘못이 달덩이처럼 덩두렷이 떠올라버린 국면이다.

어쨌거나 황 선생의 그 인륜에 반하는 모진 '기득권 행사'에 대해서는 김가 장모의 그럴듯한 증언도 생생하게 남아 있다.

"아인 말로 인정 없기사 우리 언니만치 독한 여자도 쉽잖다. 그 첩에 난 자식이 동글납작한 두상하며 눈떠버리에 소복한 웃음기가 형부하고 영판이던데 머. 그래가 옛말에도 씨도둑은 이내 불거진다 캤다 와. 김 서방 니 눈에사 문가든 장가든 두 놈 다 돈 띠묵은 원수라서 옳기 안 비치씰기다만, 그래도 우리 언니는 죽어도 문가 씨 아이다고 빡빡 씨아대는 데야 우짤기고. 그 문씨 집안 어른들이 자식이야 무슨 죄가 있노꼬, 너무 모질게 안 그란다꼬 한사코 말리싸도 도통 남우 말을 들어야지. 나중에 땅을 칠 일이 생긴다꼬 겁을 주고 살살 달래도 황가 고집을 누가 당하노. 나중에사 들은이 그 이복자식은 결국 지 에미 성으로 겨우겨우 출생신고는 했다 카대. 요새는 피 한 방울로 어느 말뼉다구에서 나온 소생인지 여축없이 알아맞춘다 카지마는 믿지 못할 것 중에 하나는 성씨도 들어간다. 옳은 지 애비 성을 못얻은 헌헌장부가 옛날부터 흔해빠졌다. 무단이 배태도 못 하는 안들이 불쑥 배가 불러오믄 그 사단이 머겠노. 그 형부 소실짜리도 첫배 자식 말고 성씨가 지지마끔인 딸 아들을 한둘 더 봤다는 소문도 있었 슨이 우리 언니 짐작도 얼추 반은 맞을지 모린다."

마침 경비실의 일반 전화기가 울어댄다. 핸드폰보다는 덜 호들갑스럽다. 김가는 30년 이상 고객들의 돈을 빡빡하게 챙겨준 사람답게 여전히 전화 받는 데 절도가 배어 있다.

"예, 길오 빌딩 경비실입니다."

소설가답게 전가는 거두절미하면서 말의 낭비를 줄이는 버릇이 있는데, 그것만으로도 속물의 위계에서는 딱 한 걸음쯤 벗어나 있다.

"문가 모친이 돌아가싰다미? 인자사 문자 봤다. 문가 그 날라리가 시방 행방이 묘연하구나, 인자는 수배가 끝났는가?"

"허어, 말이 될라 말라 카는 이바구를 잘도 지어내디마는 인자는 족집게 봉사 다됐네. 진작에 점바치로 나앉았으만 자식들 학비 걱정은 덜고도 남았겠다. 웬만큼 살고본이 역시 생업을 자주 바까가미 산 인간만큼 좋은 팔자도 없는가 싶대. 글쟁이 앞에서 문자 써서 죄송하다만서도."

"싱겁 떨지 말고 니나 내나 그 다 뿌아진 문가 놈 밑에다 꼬라박은 생돈이라도 벌충할라면 부조도 말아넣어야 옳지만서도, 이런 때는 꼭 사람 도리 운운해야 하니 이 다 떨어진 시속도 참 구질구질해서 적폐다. 빈소가 텅 빘을 거로."

"참으로 귀신이다. 니는 부음을 누구한테 들었길래 그놈이 수삼 년째 코빼기도 안 비치고, 지 엄마 모시놓은 요양원에도 얼씬 안 했다는데 그 집 사정을 니 손금 보듯이 훤하이 아네, 으이?"

"하이구, 이 사람아, 사람이 변하더나, 세상이 다달이 변하지. 말로 해서 알아듣고, 때맞차가미 교육 시킨다고 달라질 인간들만 살면 무신 걱정. 가르친다고 사람이 되더나, 될 인간은 가르칠 거도 없이 눈썰미로 지가 먼저 사람이 되는 거 장 봐오민서 쓸데없는 말이 많다 카이."

"아무리 세상 물미야 그래 굴러간다 쳐도 소설가랍시고 책만 다

옳다 카고 학교교육 무용론까지 쳐들고 나서면 너무 심한 거 아인가. 요새는 엉터리 책도 새삐까리고 제도권 교사들이 얼매나 직무방기에 능수능란한대. 학교에서 멀 가르칠 기 짜드라 많다고, 과외학원이 또 인터넷이 우리보다 선생질을 훨씬 더 잘한다고, 그런 발랑까진 직무유기에 누워 침뱉기 말을 예사로 해도 아무도 찍소리 못하는 거 보고 살민서 그라네. 아인 말로 교육계만 무슨 죽을 죄를 혼자 다 졌다고 초들어 몰매부터 놓으면 건방지다고 머러 칸다."

"한낱 경비원 주제가 너무 똑똑한 체하지 마라. 돈벌이도 시덥잖고 세상도 못마땅해서 그런 줄이야 와 모를까만서도, 황 교장도 너무 똑똑한 체하다가 지 무덤 지가 팠다고 언제 니한테서 들었지 시푸네. 자식을 지 멋대로 키울라 카는 기 말이 되나, 썩어빠진 교육열을 잘못 알고 있는 기지. 아무튼 문가 그놈 동생도 교편 잡았다 캤지 아마?"

"벌써 접었지. 20년 이상 봉직해쓴이 요새는 연금 받아 가미 그냥 저냥 살기다."

"밥걱정 안 하고 산이 그것만도 어데고. 고마운 줄 알아야지."

"가도 지 오빠한테 구렁이 알돈을 원캉 많이 뜯끼슨이 만정이 다 떨어졌을 기라. 오죽했으만 하나뿐인 지 동기가 징글징글해서 카나다로 이민이라도 가뿔라고 벼랐을까. 연금에 코가 꿰서 할 수 없이 주저앉았을 끼구마는. 그라고 나서 그놈 조강지천지 먼지 하는 그 악바리처럼 정년한 지 엄마 먼저 서울로 야반도주시키고, 지도 뒤따라 상경핸 기지. 뻐뜩하면 손 벌리는 지 오래비 꼴은 두 번 다시 안 볼란다고 그토록 모질게 행방을 감춘 기 이번 임종에사 업보가 돼서 돌아왔슨이 세상은 우예 이리도 공평하노 이 말이다, 무슨 말인지 알아들을란가. 임종하고 나서야 지 오빠 소재지를 몰라서 시껍했다 이 말이다."

"대충 원근이 맞차진다, 장면도 제북 여실히 떠오르고. 아, 세상에 지 엄마 임종은 고사하고 장례도 못 모시는 그 건공잡이에 불땔감 같은 살살이가 도대체 인간이가 귀신이가. 그놈은 소설에 조연으로 써먹어도 뺑이 심해서 되다만 문장이라고 욕 묵기 생깄다."

"그렇잖아도 인자 간신히 기별은 갔다고 연락이 왔다 카네. 과연 제 시간 내로 나타날지는 두고 바야지. 시간관념도 없고, 니 돈 내 돈도 모리기는 그놈만큼 출중한 인간이 또 있을라, 드물 거로. 기네 스북은 머하는 덴지, 이런 좋은 표제감 다 놔두고."

"요새 말로는 그런 인간을 개념 없는 꼰대라 칸다. 그놈은 벌써 딴 궁량을 채리고 있을 거로. 부조 챙길라꼬."

"설마 부조까지 껄떡거릴라꼬. 마지막인데, 정말로 그런 잔머리까지 굴리고 있었다 카먼 지 모친이 어서 돌아가시기만 기다린 꼴이네, 우째 말이 택도 없이 모자란다. 반살인교사죄쯤을 덮어씌아도 안 될라."

"허어 참, 요새는 필설로 형용할 수 없는 모질어빠진 풍속사범이 얼매나 많은 줄 신문을 아침마다 보민서도 모리나. 알면서도 개판이다고 개탄만 하는 것도 물신선이던가, 아이면 위선자 나부랭이들이 지절거리는 헛소리다. 내 말은 그놈이 진작부터 지 모친이 떨구고 갈 피전까지 넘봐다 보고 있었을 끼다 그 소리다."

"황 교장한테 그런 노랑돈이나 있었을란가. 우리 집사람 말로는 큰 이모가 당신 가진 거 그 자식한테 야금야금 다 빨리고 재작년에사 요양원에 들어가민서 연주한테 장례비로 써달라고 5백만 원인가를 맽긴 기 다라 카던데."

"하기사 가정과 선생님이 좋은 학벌로 일찌감치 교감까지 됐슨이 초등학교 교사보다 더 촌지 맛도 모르고 살았을 끼구마는. 불쌍한 할마씨, 자식이 무슨 웬수다."

"여러 소리 할 거 없지 머, 우리 집사람도 무슨 구원파 흉내를 낼라는지 구원은 다 잊아뿔고 살자고, 지 먼저 가겠다고 나 보고 조문하러 오너라고 졸라쌓네, 우짤래?"

"엄두를 내볼라 캐도 당최 엉치뼈가 시큰거려서 이카네. 꼭 참기 좋을 만한이 뼈근하고 움직이기가 좀 거북하네."

"와, 낙상했나? 혹시 이번 여름에 글 많이 쓴다고 엉덩이 살점이 짓물러터진 거 아이가?"

"실데없는 소리. 저번에 몽고 가서 말을 한분 타본다고 말잔등이서 몇 번 출렁거렸던이 이카네. 몰라, 그렇지 싶어. 몽고서는 아무 탈이 없었는데 이러니 정말 할 말이 없네."

"매일같이 운동 열심히 해서 삐꺽거리는 뼈마디를 맞차넣어야겠네 머. 문자 보낸 대로 잠실역 2번 출구에서 보지 머. 상계동 전철역에서 내리가 남쪽으로 쳐다보면 시립종합병원 신축건물이 크게 빈다카네."

돈이 아니라 그 액수만 따지느라고 머리가 나빠진 만큼 그의 집사람 말대로 석두(石頭)에 새겨진 '피명'은 좀처럼 지워지는 법이 없다.

평생토록 생업이란 것을 가져본 적도 없고, 땀을 흘리며 돈을 벌어본 바도 없는 문가는 누구와도 술자리를 가졌다 하면 1차 술값 정도는 선선히 자청해서 내는 데 망설이지 않았다. 장지로 막아놓은 독방을 차지하고 대여섯 명이 둘러앉아 등심이나 양곱창을 구워 먹을 때면 턱밑까지 바싹 올라오는 행주치마짜리의 가위 든 섬섬옥수를 은근히 거머쥐면서, 이마도 반듯하고 얼굴이 달짝 같다라며 다들 보랍시고 만 원짜리 한 장을 집어주는 선손쟁이도 늘 그였다. 그런 푼돈 쓰기의 활수한 가락이 계집질의 밑천으로 쓰인다는 것은 그와 두 번만 술자리를 가져보면 대번에 알아볼 수 있었다. 예의 그 '섬섬옥수'와의 수작에 푼돈을 활용한 셈이고, 몇 번 그 짓이 반복되고 나면 벌써 '사고'를 친 다음이거나 예상 외로 너무 재미없대 하며 지 먼저 손을 털고 있었으니 말이다.

적어도 문가가 쉰 살 고개를 바라볼 때까지는, 그러니까 황 교장이 정년 후 대구 변두리인 비슬산 들머리에다 초가삼간을 장만하고서 한동안 상추, 호박, 고구마 등을 심고 가꾸며 살아가던 생활도 작파하고 서울로 근거지를 옮길 때까지, '자청한' 소박데기의 맏자식 주위에서 얼쩡거린 모든 지기들은 한 떠버리의 허풍치기에 놀아나는 일방 푼돈을 빌려준 빚쟁이들이었다. 그 채권자들 면면 앞에서, 잠시만 기다려라, 돈이 그래 급하나, 내 바지 주먼이도 요새 갑자기 억수로 춥네, 머시 좀 풀릴라 카다가 돌아서고 저절로 주저앉고 그라네, 그렇잖아도 저번 동창회 때 일부러 자네를 찾을라 캤든이 도대체 연락이 안 되대, 우리 사이가 이칼 처지는 아인데 참 그렇네라며 눈웃음부터 뿌리는 그의 푸석푸석한 수작에는 다들 대꾸할 말이 안 나서기도 했다.

털어버려야지, 이를 갈아봐야 내 속만 다친다고 새삼스럽게 다짐하며 김가는 조깅화 발길을 발밤발밤 떼놓는다. 잠실역까지는 느직한 걸음으로 석촌 호수를 끼고 돌아가도 15분이면 닿는다. 월요일인데도 또 퇴근 시간도 아니건만 대로는 차량 행렬로 빼곡하다. 그러나 인도는 사람마다의 행색을 곧장 분별할 수 있을 정도로 덜 붐빈다. 벌써 저만치서 희끗한 모자를 쓴 대머리 전가의 감색 잠바 차림이 보인다. 전가는 짐승처럼 감색 아니면 회색이나 검은색 옷밖에 입을 줄 모른다. 전가의 고집스런 입성치레를 보면 그가 자신의 소설 속에 심어두는 진의를, 비록 모든 독자들이야 까막눈처럼 냉대를 하더라도, 그 미미한 성취를 얼추 짐작할 수는 있을 것 같기도 하다.

서울 살림은 대머리 전가가 10년쯤 먼저 꾸려온 셈이지만, 두 막역 지우는 무슨 약속이든 엄수하는 데 이력이 나 있다. 그만큼 이 빠듯한 세상의 굴렁쇠에 발을 맞춰가느라고 나름대로 힘껏 또 소신껏 살아온 셈이다. 세상이야 변하든 말든 그렇게 살아가는 것이 편하기도 하려니와 이런 '다 떨어진 삶'조차 너무 힘들다고 아무데서나 팔을 끄떡거리는 시위꾼들을 보면 엄살일랑 고만 떨고 생업에 더 바싹 매달리는 게 나을 거로라고 시부저기 돌아서는 '꼴통'이기도 하다. 물론 문가 같은 뺑쟁이나 날탕도 있음으로써 세상의 구색은 웬만큼 꾸려지고, 온갖 엉망진창이 그 본색을 뜯어 맞춰간다는 것쯤은 알고 있다.

두 친구가 지하철로 내려가는 계단을 밟으며 둘 중 누구든 먼저 말을 꺼내기를 기다린다.

대머리 전가가 먼저 응어리를 풀어낸다.

"그 문가가 말이야, 그때가 구십 몇 년돈가, 대구에서 집안 혼사가 있어서 내려갔디마는, 토요일이야, 계산 성당 옆에 있던 그 큰 예식장을 막 빠져나오는데 그놈이 환하게 웃으며 나타나대. 나는 누군가 싶어 한참이나 머리를 굴리고 있는데 지가 먼저 중학교 졸업하고 처음이다 카민서 우리가 3학년 2반에 함께 다녔잖냐 그래. 나는 2반인지 3반인지도 모리고 있다고, 어째 아직도 그런 걸 다 기억하냐니까 그놈 말이 원래 머리 나쁘고 공부 못하는 것들이 쓸데없는 데다 밑줄 잘 치지 않냐 이거야, 말이 그럴듯하잖아. 기어코 지가 술을 한잔 살

테니 밤차 타고 올라가라고 통사정이야. 자네 이름을 팔면서, 서울서도 친하게 지냈다고 들었다, 지 이종사촌 배필이라서 하는 소리가 아니라 김가는 은행원치고는 정말로 진국이다 어떻다 칭찬이 늘어졌어."

"일신이 사나워지기 시작했네. 그 감언이설을 한참 듣다보면 이내 싱거워서 물릴 거로."

"들어보라꼬, 머하고 사냐니까 노래방 설치사업을 한다 카대. 그라면 인테리업이 전문인가고 물었던이 전기공사업이다꼬, 지는 전기도 직류가 먼지 교류가 어떤 건지도 모리고 공원들이 사오라는 재료나 대주고 노래방 주인에게 살살 빌어가미 설치비나 울궈낸다고 그라대. 와 노래방을 직접 운영하는 게 낫지 않냐 캤더니 자기는 분주살을 타고 나서 밤새 남의 노래나 들으미 가게를 지키지는 못한다 카더라고. 그런갑다 카고 있는데, 인테리업도 이 동네에는 안목 있는 것들이 없어서 일거리 자체가 절대 부족이고, 도면 하나를 제대로 그려낼 인재도 없을뿐더러 가게를 꾸미보라고 캐도 투자할 돈은 양손에 불끈 거머지고 있으민서도 그냥 이대로 장사하고 말란다며 나자빠지고 만다꼬, 한마디로 지방은 절대 다수의 의식 수준 자체가 낙후되어 있어서 어떻게 해볼 수도 없다꼬, 그러면서 비유를 대는데, 서울이 사대부집 안방마님이라면 지방은 몸종이라 캐. 인격도 재산도 장래도 없이 평생 죽도록 상전 눈치나 보민서 죽을 둥 살 둥 뼈 빠지게 뒷바라지나 하는 몸종 팔자라는 거지. 그럴듯하잖아, 말을 그렇게 잘 둘러대데. 그 당장에는 이 친구가 정말 세상을 바로 보고, 제대로 읽으미 산다 싶더라꼬. 물론 알딸딸하니 오르는 술김도 있었겠지만서도 안방마님과 몸종이라는 그 비유가 그렇게나 신선하게 들리더라꼬. 서울 공화국인지 먼지 하는 3류 작가들의 비유보다는 한결 낫잖아.

도대체 서울 공화국이 무슨 말이야? 니는 머가 와, 말뜻 말이야. 나는 무식해서 도통 모리겠어, 서울 공화국이란 긴가민가하는 비유가. 서울 공화국이 있다 카먼 지방 공화국도 말이 되까? 보다시피 그때나 지금이나 그런 기 머 있나. 지방에, 명색 자치제를 하고 있다 한들 무슨 힘이 많아서 공화국까지나."

"다 들은 풍월을 지가 적당히 각색해서 옮기는 기지 머. 한때 지 친구 하나하고 동업으로 노래방 설비업인가를 하민서 인테리어업에 종사한다고 떠벌리고 다녔을 꺼라. 지 말로는 어음 부도로 집 한 채를 날려먹었다고 뻥을 치고 그랬어. 하기사 나도 우리 집사람이 지 동생 연주한테 들었다 카민서 옮겨주길래 속으로 그 사업이 얼매나 오래 굴러갈까 카고 머리나 흔들고 말았어."

"어쨌든 그때는 취기도 까뿍해서 그랬겠지만서도 문가가 꽤 유식하고 또 사람이 겸손해서 그놈 이름, 글 문자 큰 대자 기둥 주자가 새삼스럽게 다시 돋보이고, 왠지 진작에 글 쓰는 생업을 잡았더라면 생전에 큼지막한 문학비도 남겼을 위인인데 아깝다고 속으로 혀도 차고 그란 기억이 영 지워지지도 않네."

"단단히 꼬싰낏네. 글은 무슨, 책도 안 읽고 사람 이름이나 외우고 아는 체하는 겉멋 들린 인간인데."

"그라고 나서 까맣게 잊고 있는데 하루는 문가가 전화로 서울에 와 있다고, 점심이나 같이 하자고 그래. 술빚도 있고, 동대구역까지 택시비도 지가 내고, 서울행 밤차 기차표까지 끊어준 기억이 남아 있어서 그러자 캤더마는 부리나케 내 근무처인 그 재단으로 오더라꼬. 어디서 들었는지 우리 재단의 재력이 착실한 줄 잘 안다면서 중국산 진짜 골동품을 좀 사줄 수 없겠냐꼬, 투자가치로 따지면 이것 이상이 없다꼬, 청나라 건륭제 때 제작한 원숭이 같은 동물 미니어처 도자기류는 정말 탐스럽다꼬, 문방제구류도 눈 있는 사람들은 당장 혹하기딱 좋은 것들이 많다꼬, 지가 그 거간꾼과 형 아우 하며 지낸다미,꼭 좀 서너 점 사달라고 그래. 내가 뜻은 좋은데 우리 재단은 육영사업이나 장학사업만 하지 미술품이든 골동품이든 그런 거 수집, 투자,소장에는 아예 관심이 없다고 딱 잘라뿟어. 그랬더니 또 한참이나 이런저런 말을 장황하니 늘어놓터이만, 지가 지금 사흘째 퇴계로의 무슨 호텔에서 꼭 재혼하고 싶은 여자하고 투숙해 있는데 그 노처녀가핸드백 속의 작은 손지갑에 꼬불쳐둔 보수 세 장을 잃어버렸다꼬, 종로의 금은방에서 패물 사는 거야 다음으로 미루더라도 당장 쓸 현찰이 없다 캐. 분실 신고는 즉시 호텔에다 해놓았지만서도 다 오리발만내밀고 미적거리고 있어서 아주 난처하게 됐다꼬, 이런 낭패는 난생처음 당한다꼬, 제발 급전을 2, 3백만 원만 어떻게 돌려줄 수 없겠냐고 죽는 시늉이야. 이 곡경만 뚫고 대구로 내려가는 대로 즉시 송금해주겠다고, 한번 믿어보라며 맨손으로 이마의 땀을 훔쳐쌓고 난리야. 어쩌, 할 수 없이 술값은 게워내야겠다 싶대."

"거의 실어증이라고 봐야지. 여자야 아무라도 달고 다녔겠지. 나무조각으로 열쇠고리, 목걸이, 상패 같은 기념품을 전각 배우는 학원수습생들에게 만들어달라고 해서 공공기관 같은 데다 납품하는 공예점을 운영한다는 말은 나도 들었지 싶으네. 그 여자가 공예점을 꾸려간다는 그 노처녀가 아니었나 모리지. 그런 여자가 진짜로 있었는지유령인물이었는지도 알 수 없지만."

"유령인물이란이?"

"유령작가라는 말도 있은이 누구라도 참한 여자야 얼매든지 마음

속으로 그리다가 어느 순간 불쑥 지 눈앞에 실물로 내놓을 수 있을 거로. 나머지는 전부 허세야. 지가 방금 한 말을 일부러 잊어먹은 체하거나 지껄인 말이 무슨 뜻인지도 모릴 거로. 왜 말만 번지르르 잘하는 정치인들 중에도 그런 사람 많잖아. 지껄이는 말마다 지는 그럴싸한데 실상은 반쯤이나 맞을까 말까 하는 그 말잔치 말이야. 그쪽하고 대충 비슷하다고 보면 얼추 맞아. 물론 그놈만 그런 것도 아이고, 그런 류를 줄줄이 엮어봐주까? 그래서 돈을 빌려주고 뭉청 떼였네."

"몇 푼을 빌려줬겠노? 짐작만 하고 있어."

어느새 두 중늙은이는 플랫폼에 다다라 있다. 다음 차의 도착시간은 7분 후라고 벽걸이 알림판이 '문자'로 알려준다.

퇴직 후부터는 대머리를 가리느라고 늘 납작한 헌팅캡을 머리 위에다 얹고 지내는 전가는 제2의 생업이 가리키는 대로 말은 역시 문자보다는 부실할뿐더러 종이나 돌에 새겨진 것만큼 '확실성'은 없는 듯하다는 생각을 얼핏 떠올린다. 물론 그 문자도 각자가 알아서 새겨 읽고 그대로 믿든 엉터리라고 내팽개치든 알아서 해야겠지만.

마침 어디서 핸드폰이 울어댄다. 김가는 그제사 화들짝 놀라며 친구 곁에서 서너 걸음 물러서며 남방셔츠 주머니에 꽂아둔 제 애물기기를 황황한 손끝으로 집어낸다.

대머리 전가는 회색 '도리우찌' 밑의 깊숙한 눈길로 점점 난처해지는 몰골의 핸드폰 든 친구를 뚜릿뚜릿 살펴간다. 친구의 언성이 어이없다는 조에서 짜증기로 번져간다.

"답답해서 하는 소린 줄이야 알지만 난들 경비원인 주제에 무슨 뾰족수가 있겠어. 내일 아침에는 빈소를 비워줘야 할걸. 뭉그적거렸다가는 돈으로 땜질할 수밖에 없을 거라. 하루 연장하든 말든 오늘

밤중으로는 통보해줘야 할 거고, 그렇게 돌아갈 거 아냐. 아무튼 알았다고. 전철 속이야, 가고 있어, 가고 있다니까, 더 이상 내 행방을 어떻게 자세히 말해. 황 교장처럼 온갖 걸 다 알아야 직성이 풀려? 사람을 달달 볶아대고 온갖 간섭을 다 하려 들다가 사달이 난 거 뻔이 보면서도 그라네. 제발 좀 내버려둬. 간섭한다고 머시 제대로 돌아가? 요새 여자들은 우째 다들 그렇게 지 잘나고 똑똑해, 모리는 게 없어. 누구처럼 겸손할 줄은 모르고. 똑똑하다고 설치다가 탈난다, 무슨 월권도 아이고, 연주 그년도 시방 나한테 지만 옳고 잘났다고 시비 걸기 머꼬, 망할년. 착각도 자유라더니, 모리면 가만히 좀 있어, 어이, 무슨 말인지 알아들어?"

얼굴에 화딱지가 잔뜩 얼어붙은 친구를 연민의 정으로 훑어가는 대머리 전가가 득도나 한 듯 묘한 말을 건넨다.

"알 만하다. 말을 옮길 것도 없겠네 머. 그놈이 시방 지가 올 때까지 발인을 늦추라고 졸라대고 있구마는. 하여튼 세상 풍속을 지 멋대로 바꾸고 사는 인간이니 속물의 탈을 진작에 벗어던진 거는 틀림없지 시푸네. 아이다. 빌린 돈쯤이야 얼매든지 띠묵을 수도 있고, 띠묵기 위해 돈을 빌리러 다니며 산 인생도 있다는 실증을 남겼으니 오죽 장한가. 일컬어 반골 정신의 실천가이자 통념 반대자 아인가. 우리 같은 좀생이에 통념 순종자들이야 감히 범접도 못할 경지지. 곱다시 승복해야지, 우리야 한낱 무지랭이에 쓸개 빠진 인간들이라꼬. 하기사 평생토록 신용, 절제, 금권 같은 위세를 환하이 알고도 깔보고 희롱하민서 지 멋대로 살았슨이 그놈 배짱이 얼매나 좋노. 그 비하면 우리사 실제로 이 세상에 머 보탠 기 하나라도 있나. 또 머든 하나바까 볼 엄두라도 내봤나. 세상이든 사람이든 우야든동 그 비위살을 건더리까봐 이날 이때껏 굽신굽신 온갖 아양을 다 떨은 것밖에 한 일이 머 있노."

"그렇게나 잘나빠진 반골 기질이 둘만 더 살았어도 당장 이 세상이 어지러버서 못 살겠다고 난리가 났을 거로."

"참, 그라고 본이 생각나네. 억지로 술을 사 멕이든 그때, 지 영감이 오일육 혁명 나고 한참 어수선할 때 대구에서는 최초로 교원노조를 결성한다미 그 주비위원(籌備委員)으로 동분서주하다가 사직당국에 붙들려가서 된통 곤경을 치랐다 카던데 정말 맞아?"

"무슨 얼빠진 소리야, 모 사립고등학교 한문 선생을 잠시 하다, 그것도 황 교장이 주선해서 임시교원인가로, 요새로 치만 기간제 교사든가 시간강사로 두어 해 봉직했을 낀데. 그런 처지에 무슨 교원노조까지 만들 자격이나 있었을라꼬. 모리지, 너풀너풀하니 그런 두름성까지 갖고 있었다면 부자간에 처세술 내림 하나는 주고받고 한 증거로 충분하겠네. 그러나 마나 그 양반은 문가가 고등학교 1학년 땐가 작취미성으로 새벽길을 갈지자걸음으로 헤매다가 도라꾸에 치어 그 자리에서 역사(轢死)했다는 게 정설이야. 증언자가 누구겠어, 알 만하지. 그 증언이 망증(妄證)인지 아닌지는 머리 나쁜 나도 얼추 분별한다꼬."

"허 참, 그렇게도 허무하게 갔나. 제발 그거는 부자간에 안 닮았으만 좋겠네. 그때 들었던가, 문가가 고등학교 졸업장도 서너 개나 갖고 있다 카던데 그건 또 무슨 소리야?"

"졸업장까지는 모리겠고, 학교는 농고부터 시작해서 두세 군데 옮겨 다녔을 끼라. 도대체 출석을 안 하니 학교마다 자를 수밖에. 그나마 지 엄마 빽으로 이럭저럭 전학도 가고 졸업장을 만들기는 했을 거라. 대학도 마찬가지고. 지는 늘 대학을 중퇴했다고 자랑하고 댕기지만서도 등록금이야 몇 번을 냈던 강의실에는 열 번도 안 들락거렸을 거로."

"지 말로는 원예학관지 임학과를 지 원대로 지망했으만 입시 경쟁률이 그 당시에는 1대 1도 안 되는 인원 미달 덕분에 두 말 없이 붙었을 끼고, 지금 지 인생이 많이 달라졌을 거라 카대. 한마디로 말해서 지 인생은 저거집 할마씨가 베리났다고, 황 교장이 다 조져났다고, 자기 엄마한테 불효한 거야 솔직히 인정하지만서도 학력 문제는 애초부터 지 엄마가 이렇게 당신 멋대로 황칠을 해놔서 정말 유감이 너무 많다꼬, 인간이 동물처럼 이기적이고 욕심이 사나운 거야 다들 잘 아니 더 말할 거도 없고, 지 생각은 식물도 살라고 버둥거리는 데서야 벨 차이가 있을 리 만무하지만서도 옆에 나무가 못 살도록 훼방 놓지는 않는다꼬, 임학과에 들어가 삼림농장에서 어슬렁거리는 기술만 익히고 나왔어도 지 앞날이 이렇게 망가지지는 않았을 거라고 설을 풀어놓고 그라대."

"말이사 언제라도 비단이지. 남 탓 부모 탓도 다 지 처지가 시언찮고 답답한이 지껄이는 신음이지 머 벨거겠어. 그 말들도 다 들은 풍월을 지 멋대로 써묵는 기지 머."

"그때 이번에 내려가면 의성이나 군위 부근의 야산자락을 다문 백 평쯤이라도 장만할란다꼬, 이것도 저것도 안 되면 고구마나 갈아 묵꼬 살겠다꼬, 다시는 친구들한테 아쉬운 소리 안 하겠다꼬, 이 짓도 하루 이틀도 아이고 지도 지쳤다꼬, 그런 소리를 할 때는 시건이 멀쩡하더라꼬."

"아까 자네가 전화로 명언을 내놓대, 그새 니도 누구를 닮아서 잊아뿔나. 사람은 안 변한다, 세상이 변하지. 다 내림이다, 씨가 다르다 카이. 우리 백성이 백 년 전이나 지금이나 똑같이 시끄러번 것도 마찬가지 이치다. 씨앗이 그대론데 머."

전동차가 굉음도 없이 달려와서 슬그머니 멈춘다.

대머리 전가가 꽤 심각하게 말을 흘린다.

"한때는 어째 풍이 심하고 문맥이 듬성듬성하다 싶으만 읽다가도 내팽개치고 그랬는데, 인자는 무슨 이바구든 누구 일화든 좋은 거나 나쁜 거만 과대포장하는 꼬라지는 정말 삼가야 할 거 같기는 하대. 한쪽으로 치우치만 불공평이사 나중 일이고 실제로 그런 엉터리가 어딨겠노. 말 그대로 허튼소리지. 명색 글이라고 쓰면서 깨친 물미가 꼭 이거 하나뿐이기사 할까만서도, 어째 우리가 아는 기 전부 엉터리다 싶을 때가 점점 많아진이 늦깎이 팔자가 이런 긴가 하고 입맛이 다 떨어지더라꼬. 문가야 그것도 저것도 모리고 지껄였는지 우옛는지 알 수 없기사 해도."

"무슨 말인지 대충 형용은 잡힌다 캐야 안 될라. 이바구든 사실이든 과장 없이 사진처럼 찍어낸다꼬 진실이 제대로 밝혀질 리도 만무하다 이 말 아이가? 사진도 어차피 실물보다는 크든 작든 다른 기 한눈에 비는데. 한마디만 더 하까."

김가는 좌우의 승객을 휘둘러보고 나서 다소 한갓진 노인석 쪽으로 제 친구를 밀치면서 음성을 잔뜩 낮춘다.

"문가가 고등학교 2학년 때 처음으로 자갈마당에, 그 매음굴 알지, 요새도 공창(公娼)으로 성업 중이라 카대, 거길 사복 차림으로 들어가, 니 말대로 다 떨어진 여자 배 위에 올라타고 많이 해봤다는 듯이 용깨나 잔뜩 쓰미 밀어붙였던이 똥치가, 아이나 다를까 아파 죽겠다고 엄살을 부렸다는 거야, 지 물건이 너무 커서 아파 죽겠다꼬 그캤다는 기지. 그 엄살, 과장을 그대로 믿다가 지 신세 조진 인간이 오죽 세상을 바른 눈으로 옳게 읽었겠노. 처음부터 기본이 모지래는 것도 모리고.”

“허 참, 무리꾸럭이 신세가 그런 말할 자격이나 있을라?”

“그 돈만 생각하면 약이 올라서 하는 소리지 머. 지 물건이 거시기하다미 외고 다니는 작자나 나 같은 어바리나 오십보백보보다마는.”

“여자들이야 애 둘 낳아 키우민서도 그 틈사리에 거시기 머리만 비비도 아프다사 카지. 전적으로 뻥인데 다들 우쭐거리미 그렁저렁 넘어가니 얼매나 세상살이가 어리숙하냐 이 말이제? 그 인간은 그 엄살, 그 과장을 그대로 믿고 세상을 만만히 보다가 이 지경에까지 이르렀다는 말이고, 말이 안 될 것도 없지 시푸네.”

“세상이 온통 다 그래 속고 산다는 기지 머. 다른 이설(異說)이야 나설 리가 있나.”

두 친구가 잠시 엉뚱한 생각들을 분주하게 더듬고 있는데, 전동차는 눈이 너무 밝고 머리도 남보다 훨씬 똑똑한 탓으로 제 코를 못 본 한 소박데기의 한 많은 시신을 향해 줄달음을 놓는다.

제4장

갈대의 진정
— 촛불 집회에 대한 초름한 푸념

1

비록 여러 점에서 지은이로서의 내 알량한 자부심과 덧없는 기대
감을 송두리째, 그것도 매번 무참히 짓밟아놓긴 했으나 나는 이즈막
에 소설류 저작물을 세 권 펴낸 바 있는 명색 작가이다. (굳이 '소설
류'라고 한정한 것은 이야기의 본색과 구색을, 곧 그 소박성을 살린답
시고 구어체, 사투리, 대화, 방담, 사담을 좀 색다르게 구사한 '창작
물'이라서 하는 소리다.) 잇대어 토를 달자면 문우들의 권유와 천거로
유관 단체 두엇에 그 회원으로도 등재되어 있는 듯하니 명실상부한
문인이긴 하다. 바로 이 천직(賤職) 때문일 텐데 나는 작년 겨울 들머
리부터 심사가 아주 뒤숭숭해서 죽을 맛이다. (여기서의 '작년'은 물
론 2016년으로 이 졸작의 기고일을 드러내고 있지만, 언제쯤, 어떤
모양새와 길이로 끝날지 알 수 없으므로 가변적이긴 하다. 후술할 테
지만 대개의 '역사적 기록'이 그렇듯이 이 글줄도 세상의 추이에 따라
가필, 개고가 불가피할 게 뻔하므로 일컬어 '미완성곡'을 자임해야 할
지 모른다.) 다들 겪는 바대로 나라꼴이 흡사 광풍 앞에서 꺼물거리

는 촛불 같아서 조마조마한 데다 그 통에 난데없이 무슨 생병이라도 얻어걸린 듯 가끔씩 명치께도 뜨끔따끔 결리니 말이다.

하기사 내 나이도 희수(稀壽)를 코앞에 매달아둔 터라서 온몸이 잘 때조차 삐꺽거리긴 하지만, 심간이 이처럼 쪼들리니 참으로 딱할뿐더러 그동안 소일삼아 끼적거리던 글쓰기마저 작파해버린 뒤끝이라 당최 어정떠서 말 그대로 앙앙불락인 판이다. 이런 처지를 잠시 지난 세월과 견주자니 가깝게 지내는, 그래봤자 어쩌다가 계절에 한 번씩 전화통화를 뜬금없이 주고받다가 내친김에 회식도 하는 문우들이, 어허, 또 군말이 길어진다, 줄이라 카이 저칸다, 남우 말은 죽으라고 안 듣는다, 저런이 쓸데없이 말만 많고 소소한 소설이나 쓴다고 타박 맞지, 참으로 답답하다 같은 지청구를 내놓을 만도 한 계제인 것은 틀림없는 성싶다.

윗말을 받아서 내 식의 말본새를 조금 더 덧붙이면, 대체로 시인들은 현실기피자답게 공중에다 턱을 걸어놓고 시시한 말만 주워섬기니 이 시대에 대한 소명의식 따위도 없는 게 아니라 묽어빠진 게 분명해, 그래서 그런지 이러나저러나 어차피 한 시절이라고, 그런 천하태평 같은 글줄이나 지어내고 있어도 다들 신수가 훤하잖아, 과연 좋은 팔자지, 부럽다마다, 마음고생을 덜고 사는데, 구름 잡는 시늉이나 하면서 같은 내 평소의 소회가 요즘에서야말로 제법 정곡을 찌르지 않나 하는 느낌을 반추하고 있기도 하다. 아마도 그런 맥락에서 한때, 미당(未堂) 시는 술술 잘 읽히고 알 듯 말 듯 한 시의(詩意)도 있기는 한가 본데, 어째 주제를 잡아낼 수 없으니 안타깝네 같은 중론이 나돌기도 했을 것이다. 그 당시에는, 그 참 희한한 탁견이다, 읽는 사람마다 시인의 시상을 대리체험해서 주제든 작의든 간추려 보라고 우리말을, 그것도 유별나게 사투리를 골라 쓴 게 훤히 비치구마는 공연히 트집을 일삼아 잡고 그러네, 그처럼 단일한 주제를 한 목소리로 찾아낼라거덩 어슷비슷한 문항을 네댓 개씩 늘어놓고 모범답안 하나를 집어내라는 수능시험에나 매달려보든가 하고 나는 할 말을 줄이고 말았다. 그런저런 담론이 중구난방으로 떠들고 나선 때는 시절이하 어지럽고 수상해서 문학도 무슨 역할이든 맡으라고 억지떼를 부린 게 틀림없지 싶은데, 이제사 이런 깨침을 떠올렸으니 아무리 늦깎이라도 머리 나쁜 내 꼬락서니도 엔간히 한심스럽다.

그러나 마나 개떡 같이 어질더분한 추상화 앞에서도 5분만 바장이다 보면 무슨 느낌이든 말이나 글로 간추려보고 싶은 충동을 받을 터이건만, 또 '귀신학' 같은 학문의 발달로 신 내린 무당의 헛소리도 해석할 수 있다고 설치는 마당인데, 고심한 흔적이 행간에 넘치는 미당 시어에서 아무것도 건져낼 게 없다면 그런 시론이야, 번지레한 개 차반이 멀리 있지도 않네 하는 독후감을 들어도 사지 않을까. 그토록 여러 사람이 똑같이 추려낼 만한 주제가 시 한 편 속에 명징하게 들어앉아 있어야 한다면 그 연장선상에는 유일사상이나 무슨 특정종교의 교리만 활개 치는 세상이 버젓이 떠오르지 않을까 싶건만, 정녕 그런 선경을 희구하는 게 시작(詩作)의 본령일까. 설마 교주처럼 그처럼 옹색한 선택을 바랐을 리는 만무할 테지만, 요즘처럼 트위터로, 페이스 북으로 네티즌들이 일부러 단일색의 단견을 퍼뜨리고, 그 뒤를 졸졸 따라다니는 추종세력이 설치는 이런 세상에서는 무당이든 미당이든, 이제 우리가 실직계든 태업계든 내고 전을 걷어야 할란가 봐, 말이 안 먹혀드는데 어째, 죽어라고 남의 말은 안 듣고 살겠다는 데야 하며 처연히 돌아설 정경이 저절로 떠올라 착잡해진다.

절대다수가 과연 이처럼 시끌벅적한 '막말 천지'의 도래를 바랐을까. 인터넷에 떠도는 '쪼가리 정보'가 무슨 대단한 지식이라고 그것을 고상한 '담론'으로 포장하여 주거니 받거니 하는 데 신바람을 내는가 하면 시건방진 '주제'를 연방 반문법적인 토막글로 줄줄이 발표하는 번개 같은 시절을 말이다.

그들도 생각이야 없을까만 어느 한쪽의 역성들기로 시끄러운 세상을 만들어냈다고 기고만장하다니. 편견이 난무하는 세상은 벌써 판이 한쪽으로 삐딱하게 기울었다는 소리 아닌가. 그런 세상에서 다른 생각을 내놓아본들 무슨 소용이 있을라고.

역시 소설가들은 구지레한 세상을 엄살스럽게 발겨내려는 수작이 본업인갑다고 두덜거리든 말든 내 신변부터 대충이나마 풀어놓아야, 예의 그 작의가 있다 없다고 따지는 뭇방치기들에게 얄팍한 요령이라도 집어줄 수 있을 듯하다.

2

환갑을 찾아먹었는데도 자꾸 붙잡는 통에 과외로 두 해 남짓이나 더 뭉개다가 꼬박 36년 동안 봉직한 한 직장에서 정년을 맞으며 나는 저절로 터져 나오는 긴 한숨과 함께 나직이 중덜거린 바 있었다.

'새삼스럽게 뭘 되돌아봐, 내 분수에 오감했다마다. 굳이 착잡하다 어떻다 하고 호들갑을 떨어대는 짓거리도 허풍스럽다. 말아라, 말아. 누군들 허위허위 살아낸 지난 세월이 오죽이나 탐탁했을라고. 그새 이렇게 되고 말았네. 극구광음(隙駒光陰)이라더니.'

그날그날이 늘 한결 같던 그 숱한 나날에 엔간히도 신물을 냈건만,

눈 깜짝할 사이에 퇴물 늙다리로 굴러떨어졌음을 절감할 수밖에 없었으니 그럴 만도 했다. 이제부터는 그 뻑뻑하던 일상이 뚝 분질러지고 훨씬 더 단조로울, 그래서 심신이 두루 파근한 나날이 끝도 없이 이어질 판이었다. 그러나 한편으로 가뭇없는 생기나마 도스르니 가슴 한복판에서 버름하니 떠들고 일어나는 설렘도 없지는 않았다. 그 좀 벅찬 기운을 다독거리느라고 한동안 먼눈을 연방 껌뻑거리기도 했다. 그새 굴침스레 여투어온 이런저런 착상을 이야기 형식으로 꾸려보려는, 요컨대 글쓰기에 덤벼들겠다는 각오와 함께 그 필생의 작업에 성심성의껏 매달리려면 책상 앞에 죽치고 앉아서, 내 문잣속으로는 '세상만사 들여다보기'에 머리를 싸매야 하리라는 다짐이 뿌듯이 차올랐기 때문이었다.

다른 자리를 마련하여 그 곡절을 대충이라도 얽어놓아야 할 테지만, 나는 나름의 숫저운 기질, 어지간한 외양, 곰곰한 처신 등으로 과분한 인덕을 누렸는 데다, 사병 복무 중 맺은 연줄로 굴러온 직장 복도 괜찮아서 운전기사, 수금 사원, 시제품 배달부 겸 홍보 전담원, 입고증과 출고증을 챙기는 창고지기 겸 차량 관리 책임자, 도소매상 매출액 및 미제 수금액 처리요원 등등을 거쳐 한 사단법인의 재무와 인사 일체를 두량하는 한편 그 부설 중고등학교의 운영을, 한 제약회사 설립자가 시키는 대로 갈망하는 중책까지 떠맡았다.

쉰 줄 전에 벌써 회발동안(灰髮銅顔)이었던 그 양반은 아무리 깎아 말하더라도 나의 인생살이와 세상살이에서 절대적인 영향을 끼친, 속으로는 내 부모 형제보다 열 배는 더 실한 감화력을 덮어씌운 일종의 영물이었다. 웃지도 않고 진지한 음색으로, 과(過)타, 너무 큰 거 같다, 가진 힘이 뻔한데 덤비다가 뒷감당을 우짤라고 같은 신음성 소신을 아무 일에나 들이대던 그이의 사업 수완의 골자는 퇴직한 지 10년이 가까워오는 지금도 녹음기처럼 풀어놓을 수 있다.

'사람은 우야든지 정직하면 그만이다. 하모, 더 이상 머를 또 바래. 욕심이다. 여러 말할 거 없지 머. 말에서 말이 많다 카는 기 알고 보면 거짓말 덧붙이고, 쓸데없는 군소리 둘러댄다고 그칸다. 능력이 있다 없다 같은 말 하지 마라. 개코맨쿠로 냄새만 맡고서 지가 할일 못할일을 우예 안단 말이고, 안 글나. 지가 장래도 점치는 무신 예언가가. 되든 말든 달려 들어가 한분 부닥쳐는 봐야 될 거 아이가. 눈 나도 따가 어데 쓸라꼬. 일이 우예 돌아가는지 빤히 비는데도 모린다 말이가. 축구 등시인갑다. 일찌감치 뫼터나 보러 산지사방으로 떠돌아댕기 보던가.'

맨주먹으로 수천억대의 재산을 일구고 종내에는 육영재단을 만들자마자 기왕의 교주(校主)가 단물을 웬만큼 빨아먹은 사립 중고등학교를 인수한 후, 종내에는 모두 다섯 개의 학교 울타리를 말썽 없이 보듬어내던 그 양반의 눈에 들기는 딱히 어려울 것도 없었다. 시내 교통비도 버스비와 택시비를 어김없이 따로 기입하고, 출장비, 점심 접대비, 저녁 회식비 등에 행선지, 면담자 성명, 음식 이름과 동석자 명단 따위를 적고 영수증도 반드시 첨부하는, 결재자의 상투어대로, 마무리를 끝다리까지 야무지게 처리하고 나면 속도 손도 얼매나 가뿐하노에 버릇을 들이면 그뿐이었으니까.

어느 날 일일업무일지에서, '담당의사 무단 조퇴, 12시 30분부터 15시까지 대기, 내일 오전 일과 시작 전에 상담 예약' 같은 기록을 눈여겨본 그 양반은 가끔씩, 아나, 받아라 마, 우야든동 표나게 쓰라, 안 잊아뿔고로 어데다 단디 적어놓던가 하고라며 촌지 봉투를 왼쪽

엄지와 검지가 꼭 한 마디쯤씩 날아간 그 조막손으로 건네주기도 했다. 이쪽의 꾸밈없는 천성이 그 양반의 소탈한 성품과는 통창이 엔간히 맞았던 셈이었다. 그런 인연을 아무나 누리는 것도 아님을 그 당시에는 물론 체감할 수 없었고, 한참 후에야 늦어빠진 업숭이 같은 내 우둔을 어느 날 출근 중 전철 속에서 문득 깨닫고 한동안 머리를 주억거리기도 했다.

그 양반 밑에서 소일거리 삼아 생업을 누렸다고 해도 과언이 아닌 그런 직장생활 덕분으로 나는 재직 중에 학교명이나 운동장조차 없어도 전국 각지에 분교를 두고 있는 국립대학을, 그것도 4년제 학사 과정의 졸업장까지 딸 수 있었다. (차마 전공학과를 밝힐 수 없는 것은 그 과정의 질과 양을 대중해볼 머리도 염치도 없어서이다.)

막판 15년쯤의 직임에 그토록 정중동으로 임할 수 있었으므로 나는 낮 동안에도 틈틈이 글쓰기에 재미를 붙일 수 있었고, 지천명(知天命)도 지나서야, 밀레니엄 운운하며 새 천년이 막 열린 그해 연초에 서울의 한 중앙지 신춘문예에 당선됨으로써 간신히 소설가로 입신하는 낙도 맛보았다. 내친김에 생업이라기보다 평생 본업을 운 좋게 얻어 걸린 그 일화를 덧붙이면 그 전까지 네 해 내내 신춘문예 공모전에만 목을 걸고 매달렸는데, 해마다 신작 세 편을 써서 세 신문사에 투고질을 일삼았다는 이력이다. 그중 한 작품은 심사평에서 제목만 적히는 성과를 누렸고, 등단작은 두 해 전에 명색 3대 메이저급 일간지 중 하나인 한 신문에 투고했다가 '주제가 너무 교훈적이고, 인물들도 범상하나 거름발이 좋아서 땅이 걸다'라는 촌평을 얻었던 것이었다. 무학력에 소설쓰기 공부를 독학하는 주제라서 적잖이 헷갈리는 그 멋부린 단평이 격려가 되었던 것은 사실이다. 곰곰이 생각해봤더니 작품 내용의 형상적 충실감은 웬만하나 어떤 파격이 안 비친다는 독후감이지 싶은데, 알아보는 잣대야 제가끔일 터이므로 그러려니 하면서도 소위 '성격' 만들기에 강단을 더 보태서 환골탈태한 그 개작을 세칭 마이너급 신문사에 투고하며, 이번에는 무슨 타박을 줄라나, 잘 봐주면 다행이고라며 반 체념과 반 미련을 쓰다듬고 있던 터였다. 세금 떼고 백만 원 남짓의 상금만 집어주는 요식적인 시상식을 마친 후부터, 나는 이때껏 어떤 종류의 원고 청탁도 받아본 적이 없다. 통상적으로는 문인의 반열에 발을 걸친 모양이나 시장원리적으로는 '되다 만' 작가인 셈이고, 이런 어중간한 팔자는 딱히 이름 짓기도 난감하니 그냥 '피전 한 닢 안 생기는 감투를 쓰다 말았다'고 치부할 수밖에 없지 싶다.

나 같은 이런 반풍수 글쟁이가, 일설에는 신춘문예 출신의 작가 중 9할 이상이 일종의 무명용사로 지상(紙上)에서 영원히 산화(散華)해버리고 있다니까 이런 등단제도가 문학판의 개선이나 활성화에 무슨 득실을 가져오는지 내 아둔한 머리로는 도저히 종잡을 수 없다. 그래서 우리의 문학 풍토를, 그 지세(地勢)랄지 지력(地力)을 내 나름대로 분별해봤더니 대체로 다음과 같은 세 가지 특성이 현저하지 않나 싶었다.

우선 우리 문단은 중층성이 뚜렷하다. 등단제도도 다양해졌고, 그만큼 자칭 타칭의 문인 숫자가 급증한 것은 당연한 추세인데, 워낙 작은 떡시루(독서 인구가 전 국민의 1퍼센트도 안 되지 싶은데 그중에서 문학 독자는 1푼이 될까 말까 한 형편이니 말이다. 물론 베스트셀러라야 사 보는 고객이야 고정적 독서 인구로 취급할 수 없을 터이다. 책 구입마저 겨울이면 남녀노소가 하나같이 패딩 겉옷을 걸치고 나서야 '대세'에 동참하며 사는 것 같다고 여기는, 그런 추수 일변도의 소비 행태와 비슷할 테니까)에 온갖 장돌뱅이가 다 달려들어 검측스러운 눈치놀음을 벌리는 형국 같다고 하면 공연히 괘사스럽다고 할지 모르겠다. 요건대 문인의 진정한 '자격론'이랄까, 그 신언서판 일체와 작금의 위상까지도 한번쯤 점검해봐야 할 시점이라는 고언인데, 모르긴 해도 오늘날 명색 문인의 반 이상이 '낭만적'으로 문학을, 사람 사귀기와 여기 뽐내기의 한 수단으로 글쓰기를 즐기지 않을까 싶다. 어떤 잣대를 갖다 대더라도 되다 만 문예작품들과 옳잖은 문인들이 앞다투어 가짜배기 '문학'을 팔고 있는 이 엄연한 현실에 어떤 변명을 늘어놓아도 그것은 입에 발린 소리일 뿐이다.

둘째, 예전부터 우리 풍토에 낯익은 붕당성을 거론할 만하다. 주로 끼리끼리 뭉쳐서 기관지를 만들고, 그 매체에 실린 작품을 잘 봐주는 역성들기에 자족하는 현상이 우심한 것은 분명한 듯하다. 이런 편들기와 따돌리기 기술은 결국 사교술의 조장을 불러오고, 파벌주의의 활착을 심화시키고 있지 않나 싶다. 그 대표적인 사례로는 시집이나 소설집 뒤에다 명색 해설이랍시고 문학평론가들의 독후감을 관행적으로 싣곤 하는데, 그 글들의 수준은 아무리 잘 봐주더라도 세칭 '주례사 비평'이라는 말 그대로 두루뭉술한 두둔 일색이다. 조를 짜서서로 눈짓으로 옹호하고 배척해야 하는 무리를 양쪽으로 갈라놓는 이 편 가르기 기량이 문학의 자율성을 제고하기는커녕 옹색 일변도를 내발적으로 구축, 근거 없는 자화자찬벽을 관습화하고, 모든 시인들과 소설가들의 싹수를 일찌감치 타율성에 묶어놓는 나쁜 제도임은 두 말 할 나위도 없다. 그러니 건전한 '서평문화'가 태동, 정착할 여지가 아예 없고, 양서와 악서를 가려낼 만한 비평안조차 무형의 강압적인 '분위기'에 휩싸여 재갈이 물려 있는 꼴이다. 따라서 걸작의 탄생을 제도가 틀어막고 있을 뿐만 아니라 논외의 가작이 명작으로 떠받들려지고 있는 '삐딱해빠진' 풍토인 것이다. 만사는 '풍토성'에 기인하며, 당연하게도 어제 오늘의 풍경도 아닐뿐더러 끼리끼리 뭉쳐서, 볼수록 기물이라고, 귀여워 죽겠다고 쓰다듬고 보듬는 그 완물상지(玩物喪志)의 경지에 매몰되어버린 꼴이 아닌가. 그 쪼잔한 소성도취벽의 연원에 대해서는 후술할 작정이다.

말이 나온 김에 한국문단의 대표적인 풍경화 한 점도 여기서 그려둘 만하다. 알다시피 예의 그 '봐주기'식 독후감을 정기적으로 양산하는 문학평론가들은 대개 다 한국문학과 같은 인문대 소속의 대학 접장들인데, 그들은 유수한 출판사에서 발행하는 기관지로서의 문학전문 계간지에 편집위원이라는 명패도 달고 있다. 자신들의 그 '조각글'을 수시로 게재할 수 있는 지면을 원천적으로 확보하고 있는 셈이다. 그 지면 할당이 문단의 파당화를 기획, 조장, 세습하려는 '오르그'의 전술에 값하고 있음은 더 말할 나위도 없다. 당연하게도 눈치 살피기에 예민한 정서를 갈고 닦는 예의 그 '조각글' 생산자들은 이러저런 연고로 묶이고만 그 대변지의 특정 문인 '띄우기' 행사와 그 출판사의 상업출판에 적극적인 조력을 아끼지 않는다. 문학 자체의 '사업화' 내지는 '중개업'이 명실상부하게 가동되기 시작하는 것이다. 이런 회로는 모든 사업이 그렇듯이 당연한 사업의욕이자 고차원의 상술이며, 그 치열한 경쟁이 시장경제의 바로미터이므로 우리보다 앞선 출판제국들에서는 훨씬 더 다양하게 개발되어 있을 터이다. 그런데 그 '조각글들'을 묶어서 명색 문학평론집을 두 권쯤만 상재하면 '새파란 대가'가 탄생되어 잡지의 대담 같은 공석이나 술자리 같은 사석에서 한국

문학의 현재와 미래를 심각하게 우려하는 '포즈'를 잡는 데 기량을 발휘한다. (문학평론가로서의 이 '젊은 대가들'은 평생토록 시집이나 소설책을 제 돈 주고 사보지 않아도 되는 특권까지 누린다. 경향각지에서 나름대로 행세하는 시인과 소설가들이 앞다투어 각자의 신간을 우편물로 속속 갖다 바치기 때문이다. 그렇게 날라져 온 일종의 '조공물'만 감별하고 쓴 평문 자체가 벌써 그들의 외눈박이 시선을 방증하고 있을뿐더러, 증정본만 읽기도 벅차다는 그 권위주의적 엄살에서 그들의 진정한 '실상'을 엿보지 못하는 사람은 일찌감치 문인 자격증을 누군가에게 반납해야 할 것이다. 그럼에도 불구하고 꾸준히 조각보 같은 감상문을 발표하는 이 해묵은 진풍경이야말로 우리 문단의 대표적 '적폐'인데, 그전에 공것과 인정[人情]과 인정[認定]을 바라는 쌍방의 얇은 근성부터 불식[拂拭]해야 함은 더 말할 나위도 없다.) '조각글'이라기보다 차라리 '토막글'이라고 해야 할 그 독후감만 양산하는 생리적 한계가 곧이곧대로 일러주듯이 그들에게 무슨 일이관지(一以貫之)하는 문학론이 있을 리 만무한데도 그런 폼을 잡고 있으니 웃기지 않는가. 물론 입찬말로서야 한 시간 이상 그만의 짱짱한 문학론을 떠벌릴 수도 있겠으나, 1백 장 이상의 글로 작성해보라면 횡설수설에 중언부언으로 일관하다, 그것도 3분의 1쯤은 인용문으로 도배해놓고서는 더 이상 못 쓰겠다고 주저앉을 게 틀림없다. 개개인의 안고수비(眼高手卑) 때문이 아니라 한국문단의 풍토가 그렇다는 소리다.

흔히 '지적 풍토' 운운하는 데서도 알 수 있듯이 우리와는 감히 비교급이 아니나, 일본의 한 뇌과학 전문의 의사는 당당한 지론으로 방대한 분량의 『일본 문학사』를 상재해놓고 있다. 뿐인가, 프랑스 상징

주의 문학의 일급 연구가이자 명민한 문체감각으로 당대 제일의 문학평론가였던 또다른 한 일본 문인은 역사적인 위인의 평전을, 그것도 국학자인 자국인 한 사람과 18세기 고전음악의 정점이었던 한 서양인 작곡가의 '인물 해석'을 단행본으로 저술해놓고 있기도 하다. 문학평론이든 소설이든 평생토록 '토막글'이나 양산하며 엄벙부렁한 말이나 중덜거리다 마는 우리 문단의 '단독 저작물' 회피 현상은 전적으로 '실력' 부족 탓이기도 하려니와 편 가르기 같은 엉뚱한 문학의 사담화에 매진하는 그 잔졸한 기질 때문인 것이다. ('실력'이란 말이 나왔으니 덧붙이면 예의 그 젊은 대가들은 편짜기 대열의 주자답게 두둔과 배제의 원칙을 적용하며 한국 문학의 반 이상을, 아니, 4색 당파를 방불케 할 정도로 우리 문단이 사분오열되어 있으므로 5분의 1만 읽고서도 기고만장에 겨워 흔히 재판정의 오만불손한 판결문 같은 단문으로 수작, 졸작을 단죄해버린다. 그들의 생기 없는 문장과 방약무인한 시선이야말로 문맥을 길게 짜고 엮어낼 기량의 부족을 원천적으로 시사, 담보하고 있는 셈이다.) 그럴 수밖에 없는 것이 사람은 누구나 하루를 24시간으로 쪼개 쓸 수밖에 없는데, 문학의 영리 사업과 그 거래에 그처럼 경도되어 있으니 관심벽도 저절로 좁장해지고 말 것이며, 자연히 독서량은 물론이고 그 폭도 협착 일변도로 치달아 장단기적 기획으로써의 온전한 역저가 나올 수 없는 구도인 셈이다. 일컬어 구조적, 생리적 모순의 멍에를 태생적으로 짊어지고 살아가는 꼴이니 굳이 문학평론가들만의 무자각적 행태 전반을 매도할 수도 없는 노릇이긴 하다.

아무튼 개개인이 자기검열을 강화하며 오로지 한편으로 열심히 읽으면서 다른 한편으로 부지런히 글쓰기와 씨름해도 소기의 성취를 이룰까 말까 한 문학을 떼 지어 단체로 하려고 덤비는 문단 풍토에서 무슨 알찬 전작(全作)의 저작물을 기대하겠는가. 만사도 그렇지만 만약도 그 근원은 풍토성에서 찾아야 한다는 소리일 뿐이다. 그러니 '조각글'의 대가들이 주름 잡는 문단 풍토에서 옳은 평문이 나왔다 한들 그 기여도는 파벌주의에나 유효할까 백해무익하며, 그들의 뇌에 커다란 병집이 들어앉아 있는 줄도 모르면서 '한국문학사'를 논란거리로 삼는 광경은 제법 그럴싸한 블랙코미디에 불과한 것이다. (독자적인 개별 문학론을 한 권의 저서로 개발하지 않는 문학평론가들을 본받아 소설가와 시인 제위들도 각자의 소설론과 시론을 '정리해보려는' 기량과 소신을 애초부터 거세당하고 사는 우리 특유의 후진 풍토에서 이런저런 이야기와 풍경을 제법 그럴듯하게 엉구었다 한들 거기서 어느 정도의 '걸작'과 '절창'이 풀어질지는 손쉽게 짐작할 만한 일이 아닐까.)

셋째, 세태를 어느 분야보다 발 빠르게 반영하고 있는 한 증상으로 모든 문인이 황금만능 풍조의 선두주자답게 매문과 매명에 거의 혈안이 되어 있는 세속성도 특기할 만하다. 서점에서 잘 팔리는 작품만이 악화로서 시장도 지배하고, 매스컴도 덩달아 그 '장사'에 활기를 보태주는 시속이야 예전에도 그랬을 테지만, 이제는 너나없이 오로지 이름 팔기에 집착하는 그 광적 분위기가 다른 분야 못지않게 극성스러운 문학판의 영리주의(營利主義)도 이상하지 않나 싶은데 모쪼록 내 열등감이 내지르는 볼멘소리이기를 바랄 따름이다.

요컨대 지하철 승강장 벽에도 나긋나긋한 시를 전시해둠으로써 문학의 세속화가 천박화를 불러오고 있다는 지적일 뿐이다. 그러니 개성 표출의 시대답게 제가끔의 외눈 잣대로 작품의 옥석 가리기가 제멋대로 굴러가는 통에 푸석돌만 자꾸 불려가서 제 몸이 무거워지는 헛소리꾼도 늘어나는가 하면, 옥돌 두어 개를 골라냈다고 지레 판장원의 자리에 올라가서 거들먹거리는 평생 판조사도 있으며, 막상 딱 부러지게 할 말도 없으면서 이말 저말을 끌어오고 남의 말까지 지 말로 써먹는 건공잡이들이 의외로 숱하다는 게 우리 문학판에 대한 내 감별안이다. 그래서 경향 각지에는 계간 문학지도 넘쳐나고, 개인 문학관을 비롯한 상설 문학전시관까지 불어나는 이 양적 풍요로움이 내 눈에는 예사로 보이지 않는다. 결론을 서두르면 88 서울 올림픽 이후, 우리의 의식이 딴에는 '세계화'를 지향하자 세칭 '천민자본주의'의 성세(聲勢) 앞에 문학판도 덩달아 벌거벗고 칼 찬 꼴로 나섬으로써, 그중에서도 소설작단이 얻은 것은 통속성, 돈맛, 대중에의 아부근성, 시류 영합성 따위이고, 잃은 것은 비판정신, 작품에의 염결성, 자기검열의 방기로 말미암은 고상미, 막강한 현실에 투항해버림으로써 흔적도 없어진 작품 자체의 독보적 기율성, 양적 팽배에 따른 질적 미달 등등으로 재단할 수 있을 듯하다. 당연하게도 모든 분야가 그렇듯이 얻은 것은 부화해서 걷잡을 수 없이 저질화로 치닫고, 잃은 것은 회복 불능이 아니라 폐기처분의 회로에 감긴다. 그러니 우리 문학판이, 이 진부하고 후져빠진 제도로서의 글의 생산, 해석, 평가 행위 일체가 앞장서서 외국문학과의 상대적인 질적 열등화를 재촉하는 도구로 활용되고 있다고 해도 과언이 아니다. 이런 내 독단이 반쯤만 맞다고 해도 우리 소설문학의 진정한 고양은 기대난망의 개골창에 깊숙이 매몰되어 있지 않을까 싶은 것이다.

내 구차한 신분으로는 차마 그 은성한 잔치판에 숟가락을 들고 나설 수 없었다. 문학판과 맺은 이런 악연 때문에, 들인 공이 아까워서

라도 도저히 떼칠 수는 없는, 어차피 지긋지긋한 채로나마 동고동락해야 하는 내 처지가 딱하긴 했으나, 한편으로 가연(佳緣)을 맺어 털털하니 잘 살아가는 쪽보다는 문학의 본령과 구실에 대해 이러저런 생각거리들을 한번이라도 더 절절이 톺아보지 않았나 싶기는 하다. 요즘 유행어로는 '루저'인 패자의 두덜거림은 언제라도 승자들의 그 매끄러운 이구동성보다는 한결 들을 만하리라는 내 소신도 물론 일방적인 소리고 호소력도 없다는 것쯤은 알고 있다.

난생처음 가족에게도 알리지 않고 몰래 한 관문을 통과했다는 잗다란 자부도 있었겠으나, 워낙 밑천도 없는 생무지라서 오히려 문단과는 등을 지고 내 살림을 따로 차려야겠다는 속궁리를 차렸다고 보면 거의 틀림없을 것이다. 어차피 문학도 무슨 제조업체 이상으로 생산과 매매가 숨 가쁘게 돌아가는 생명체일 테고, 소설 작단만 언급한다 하더라도 나름의 질서랄까 관행 같은 것이 한껏 얼기설기 얽혀 있어서 그 구성원들이 제 실적을 올리려고 길도 없고, 목적지는 아예 있지도 않을 성싶은 도붓장사질을 줄기차게 헤매야 할 테니까. 이를테면 유무명세가 처음부터 무슨 팔자처럼 딱 정해져 있고, 나 같은 무학의 늦깎이야 왕따 신세를 영영 면치 못하리라는 전망쯤은 명약관화였다. 그래서 반상, 적서, 관민, 남녀 따위로 신분과 층하를 그렇게나 갈라놓고 반의반쪽의 나라를 저희들끼리 고리타분하게 꾸려가던 한때의 양반 세상을 떠올리자니 어째 추레한 비유처럼 느껴졌고, 메이저 리그와 마이너 리그로 나누어진 미국 프로 야구의 구단제와 견주면 얼추 그럴듯할 것 같기도 했다.

출신이 변변찮고 독학한 주제인 나의 문학관이 대체로 이처럼 삐딱하니 아예 상대할 잡이도 아니라고, 역시 하바리는 주제 파악력이 떨어진다는 지청구를 들이밀 만하다. 그러나 한낱 하치라 한들 심성까지 계정꾼처럼 탁하겠으며, 나름대로 바로 보고 옳게 살자는 이 시대역행적 신조부터 좋은 게 좋다는 원만주의로 바꾸라면 예의 매스컴 같은 편파적, 획일적, 요식적 보도 관행을 떠올릴 수밖에 없으니 유구무언일 뿐이다.

내 세태 조감력이 대충 이러하다는 것은 결국 우리 사회 전반의 속성이 그런 것처럼 문학판도 껍질, 과육, 씨앗으로 복층화 내지는 고정화의 기세를 착실히 열어가고, 그 다른 재질들이 각각의 터를 넓혀가고 있다는 깨우침을 이끌어낸다. 그러므로 이 세상은 진작부터 겹겹의 다른 질과 제가끔의 양으로 짜여 있는 만큼 그 두터운 속살과 거죽을 누가 다소라도 올곧게 읽느냐, 아무리 눈씨에 힘을 주더라도 어차피 미흡할 수밖에 없을 그 독해력이랄지 파지력이 엔간할수록 인생살이가 한결 더 진진해진다는 객설을 늘어놓는 셈인데, 실은 이런 군말도 하바리가 하 답답해서, 딴에는 하도 억울하다며 씨부렁거리는 푸념일 뿐이다.

나는 이때껏 야구장에는 한 번도 못 가봤어도 우리의 소위 '가을야구'나 미국의 월드 시리즈 같은 큰 경기를 중계하는 날이면 반드시텔레비전 앞에서 죽치는 쪽이다. 그 조마조마하고 아웅다웅하는 심리전의 흐름에 꼼짝없이 붙들리는 재미도 씹을 만하지만, 약자를 응원하면서 역전극이 벌어지기를 바라는 묘한 기대심리를 즐기는 편이기 때문이다. 물론 그런 암투에 시달리는 내 심사는 복잡하다. 마이너 리그에도 끼이지 못하는 자신의 처지가 되돌아 보이면서 이런저런 감회가 서리서리 똬리를 틀어대니까 말이다.

알다시피 야구는 철두철미 심리극을 구현하는 희한한 경기이다. 투수와 타자 사이의 심리적 희롱은 투구 수가 늘어날수록 점입가경으로 치닫는 데다, 투수의 강판을 저울질하는 감독의 미련스런 심사는 감질이 나서 대리체험을 자청하고 싶을 지경이다. 그 무언의 온몸 연기는 웬만한 연극배우들의 작위적인 동작보다 단연 뛰어나다. 야구 경기에 관한 한 해박한 식견과 무수한 현장 경험도 무용지물이 되고 마는 그런 줄번덕의 심정적 갈등을 어디서 달리 찾을 수 있기나 할까. 서너 시간 동안 아홉 번이나, 아니 열여덟 번이나 이어지는 일진일퇴의 조마증에 시달리다 물러설 때의 그 속없는 시원섭섭함이라니.

윤똑똑이들은 시방 무슨 꿍꿍이속을 털어놓을 작정인가 하고 성급하게 나의 이 질질 끌어대는 우원사고(迂遠思考)를 질타할 게 뻔하다. 대체로 우리의 집단심리가 그런 터이니까. 무슨 일에든 중뿔나게 나서는가 하면 뒤이어 선창자의 허리띠를 붙들고 졸졸 뒤따르기에 허둥거리다가도 어느 순간부터 밑도 안 닦고 심드렁히 꼬리를 사리고 나서 잦은 방귀 갖고 성낼 참인가 하며 아예 돌아앉아버리곤 하니 말이다.

원대로 당장 털어놓으면 바로 그 우원사고가 워낙 태부족이어서 우리 사회의 구석구석이 영일 없이 시끌벅적거릴 뿐만 아니라 이 동네 시민 여러분의 머리 굴림에 상당한 결함이 있다는, 곧 나쁜 머리의 유전인자가 보는 바대로 면면히 내려오지 않나 하는 생각을 무학자인 내 남루한 처지를 빌려서 풀어볼 참이다. 짐작컨대 이런 저회 취미가 제대로 작동하면 잃어버릴 것은 하나도 없지만, 얻을 것은 그래도 한 자밤쯤은 너끈히 집어낼 수 있지 않을까 하는 짐작을 덧붙이면서.

3

이미 얼핏 비춰져 있는 대로 내 심기는 이즈막에 아주 비편하다. 흔히 울화가 치밀어 미치기 직전이라고들 하는데 내가 딱 그 짝이다. 이즈막이라고 해봤자 작년 늦가을부터인데, 그즈음 벌떼처럼 한꺼번에 몰려나온 대규모 인파의 박근혜 정권 '퇴진' 상소 운동, 곧 청와대 주인의 몸종이었다는 최모 여인에게 호가호위하는 권세를 집어주며 토색질을 마음껏 하라고 무슨 체육진흥 단체를 두 개나 만들어서 '개판을 너무 쳤다'는 이른바 '국정농단 사건'의 추이 일체가 한사코 원망과 불만과 분노와 사감을 끓어올리고 있어서이다.

말깨나 하고 사는 우리의 서민치고 누군들 이 미증유의 국기문란 사태에 나름의 짱짱한 소신이 없겠는가. 또 '빨리 빨리'를 늘 입에 달고 사는 여린 백성으로서 그 발설에 앞장서기를 마다하는 물신선이 과연 있기나 할까. 매시간 단위로 '단독 속보'라며 퍼뜨리던 언론 매체들의 비리 파헤치기, 처음부터 끝까지 낯익은 이웃집 마을 가듯이 시들스럽게 비치던 촛불 집회 행렬과 그에 대응하겠다는 조로 어슬렁거리던 맞불집회의 태극기 물결, 나머지 양민 대다수는 남의 집 불구경하듯이 텔레비전 화면 앞에서 어느 쪽이든 '빨리 빨리 밀어붙여봐'라고 짓조르던 몽따기 짓거리, 점점 드세지는 '여론몰이' 세력에는 마지못해 호응하는 일방 청와대 쪽의 시큰둥한 반응에 규정대로 '인용'을 마다함으로써 스스로 초탈법적인 기관임을 선언한 헌법재판소의 '파면' 판정, 대세를 은근히 조장하고 그 기세에 엄범부렁하니 편승하던 제1야당이 넝쿨째 굴러온 호박 같은 정권의 잽싼 탈취극 등등에 대해서 말이다.

게다가 이제는 그 촛불 집회 1주년을 기린답시고 지난 10년 동안 집행한 두 보수 정권의 국정 일체가 적폐라고 까발리면서 그 하수인들을 '꼴 보기 싫은 정도'를 따져서 속속 잡아들이는 이 화려한 복수극을 어떻게 이해해야 할까. 이런 치고받기, 덮어씌우기, 까뒤집기 행태에 동원하는 잣대가 정녕 '정의'의 곤장이라면 이때껏 우리의 무수한 '촛불들'과 '태극기들'은 불의를 용납하며 그 진창에서 겨우 목숨만 부지해온 셈이고, 새 권력들은 오로지 복수하기 위해 이를 갈며 살아왔다는 말이 아닌가.

도대체 '적폐'의 정의가 무엇인가. 사람마다의 시각에 따라 다소의 차이야 있을 테지만, 그것은 이때껏 다들 당연지사로 여겨온 '속악한 관행들'일 것이다. 그것은 이미 오래 전부터 '나쁜 제도'로 이 땅의 곳곳에서 뻔뻔스러운 기득권을 행사해대는, 마구 악취를 풍기며 산더미 같이 쌓여 있는 오물더미가 아닐까. 그런데 그 똥밭을 우리는 피해 다녔으니 청정지역에서 자란 무공해 식품이나 다름없다고? 그래서 스스로 집권세력으로서의 청소부 노릇을 자청했다고? 그동안 오로지 복수심에 불타서 한 세월을 보냈으므로 어떤 표밭이라도 달려가서 온갖 사탕발림을 주워섬기는 말재기 노릇으로, 장차 표리부동한 기회주의자가 될 준비로 영일이 없었다는, 시방 그 모지락스러운 근성을 자인, 늠름하게 과시하고 있지 않는가.

정 그렇게나 나라의 정체를 똑바로 세우고 싶다면 '국기정상화추진위원회'나 '구정권공과분별위원회' 같은 범사회단체를 거국적으로 만든 후, 각 분야에다 망원 렌즈를 촘촘히 들이대서 그 환부를 깊고 넓게 도려냄으로써 국격의 일정한 성숙을 도모해야 옳지 않나. 세칭이 '씨 말리기' 폭죽놀이를 서민들은 어떤 심중으로 감상하란 말인가.

박수를 치든 쌍욕을 퍼붓든 배짱 꼴리는 대로 하겠다고? 한쪽은 '당해도 싸다'며 매타작을 퍼붓는 데 신바람을 내고, 다른 한쪽은 '죽여라, 설마 음지가 양지 될 날이 없을까'라며 뻗대는 이 주기적 복수극의 근원을 차제에 누구라도 발기 잡아야 하지 않나. 지금 설쳐대는 '정의'의 시세가 과연 얼마나 오래도록 제 값을 유지하며 이어질까. 시방 애국이나 우국에 대한 새 권력 쪽의 사유가 날라리처럼 한껏 들떠 있는 것은 틀림없지 싶은데, 그 기고만장을 차후 10년 이상 누리겠다고 '방송 장악'을 선도하며 알게 모르게 '용비어천가'만 지어부르게 하는 그 술수가 가당키나 할까. 그 짓거리야말로 5년 후든 10년 후든 복수극의 재연을 예비하는 꼴인데, 그 북새통 속에 나라꼴은 어떻게 굴러갈까.

물론 양쪽 진영의 그 모든 소신과 투정과 넋두리가 백 번 맞다 한들 그것들은 날아가는 즉시 흔적도 없어지는 한낱 '말'인 만큼 조만간이 상습적 난동을 누군가가 요령 좋게 '글'로 옮겨놓아야 할 텐데, 그 문맥 세우기 작업을 정권이 바뀔 때마다 갈아버리는 국정교과서 집필자들에게 맡긴다면 그 흑색선전술이 또 얼마나 일파만파의 곡해를 부채질할까.

나의 끌탕은 야구 경기를 관전할 때, 패색이 점점 짙어지는 어느 약팀에 대한 성원 이상으로 애가 달아서 종주먹이라도 들이대고 싶건만, 막상 텔레비전 화면을 먹탕으로 바꿀 엄두는 감히 내지 못하고 있다. 설마 하바리 글쟁이이라고 같잖은 정치적 소신과 신문의 부실한 정보를 통해 짐작하는 '세상맛'까지 맹탕일까.

'말 위에 올라탄 무리나 수챗구멍에 쑤셔박힌 쪽이나 다 팔자소관이라고? 세월호 수침(水沈) 사건 때 벌써 노란 싹수가 보이긴 했지.

그날따라 일진이 사나워지느라고 국정 최고 책임자라는 사람이 안방에서 뭉그적거리다가, 아니, 시중의 낭설대로라면 미용 시술을 받다가 저 지경까지 갔으니 누굴 원망할 거야. 만사는 그때부터 예정조화의 길을 밟았다고? 좀 떨떠름해지는데. 하여간 부모 잘못 만나서 영욕(榮辱)을 번갈아 누리는 저 청승맞은 채신하고선. 진작에 그날 몸이 불편했다고, 이 모든 소란이 다 본인의 부덕의 소치라고, 그 하기좋은 상투어라도 남발했더라면 고개 숙인 얼굴에 차마 침을 뱉을 거야, 그렇다고 요즘 세상에 목을 칠 거야. 시방 그 반성이나 제대로하고 있을라나. 도대체 저 여자는 문맥의 문자도 모르는 비서관인지하는 나부랭이들이 쓰다 바친 원고만 읽어버릇하느라고 제 생각을 말로 풀어내는 기능도 아예 퇴화했는가. 무슨 꿍꿍이수작이 있는 것같지도 않건만 왜 입도 뻥긋 안하고 밥만 축 내고 있나, 참 답답하네. 지가 말솜씨 하나는 끝내주게 없다는 것만은 알고 있다니 그나마 다행이라고 봐줘야 하나. 장고 끝에 꼼수에 악수만 둔다더니, 번번이거짓말만 해대고. 시운도 인덕도 지지리 없어서 무엇 하나 도와주기는커녕 훼방만 놓고 있으니 지도 억장이 무너진다고 속이야 태웠겠지. 여자라고 만만하니 휘둘린 끝에 저 신세로 굴러떨어졌다면 그 많다는 친박 떼거리를 슬하에 부린 재주까지 업신여기는 셈이니 말이안 맞고. 그 무리들도 거드럭거리며 행세깨나 하려고 치맛자락에 매달렸을 테니 가타부타할 것도 없지만. 어차피 도박판 아닌가, 잡으면관군으로 한 밑천이 굴러오고, 떨어지면 반군에 적폐분자로 쇠고랑차고. 이런 소동이 국위(國威)와는 하등에 무관하니 또 그럭저럭 굴러갈 거라고? 하기사 이런 한풀이 가면극을 한두 번 겪나.'

무직자에다 글줄이나 읽는답시고 때로는 몽니를 부리다가도 대개는 몽몽히 살아가는, 기운이 그나마 입김으로만 뻗치는 나 같은 노틀의 성마른 억하심정에 끝이 있을 리 만무하다.

'무슨 일이든 흐지부지 마무리 짓는 이 동네 근성이 이번에도 그대로 재연될 판이네. 어디서 어디까지가 옳고 글렀다는 거야. 국회의 탄핵 소추가 정당하게 이루지고, 대통령직의 파면 절차가 법대로 꼬박꼬박 밟아졌다고 한들 지금의 결과가 달라졌을까. 온갖 제도가 타래실처럼 얽히고설킨 오늘의 이 난장판에 조물주가 만든 만능의 법 조문이 있다 한들 그까짓 게 과연 능소능대한 잣대로 작동할 수 있을까. 헌재를 만들어서 세금을 축내고 있는 걸 보더라도 벌써 모든 법들이 제가끔 티격태격거리고, 법마다 시효기간이 지나서 제대로 써먹기에는 삐꺽거린다는 소리 아닌가. 새 법을 제정해본들 온갖 뭇따래기들로 우리 사회가 오죽 요란한데 옳게 굴러갈 리 만무지. 그래서 양쪽이 사사건건 우리쪽만 옳다고 으르딱딱거리는 거야. 판검사가 바람개비처럼 여론에 흔들리고 공직자로서 위의 입김에 쫄아붙는 졸장부란 건 만인 공지의 사실인데, 그 기소와 판결에 일말의 눈치코치도 안 묻었다면 말이 될까. 그래도 사법 당국의 언행은 상대적으로 무류(無謬)에 가까우니 참고 살자고? 개수작 고만 떨어. 워낙 천학비재라 그런지 우리는 생리적으로 약자 편들기가 만만하고 살갑아서 초장에는 청와대 주인의 그 번버스름한 꼬락서니, 거짓말만 골라가며 주워섬기던 그 맹한 우롱기, 앞뒷말이 연방 싸우고 있는데도 자괴감 운운하던 그 헛소리를 또박또박 읽어내리던 검측스러운 뻔뻔스러움이 그렇게나 거슬리더니, 이제는 전권을 거머쥐었답시고 과거는 모조리 엉터리 수작이었으니 철저히 지워버리겠다며 설치는 저 새 권력들의 거들먹거림도 꼴사나워서 딱 보기 싫다고. 이북이 저렇게나 되바라지게 설치는 데도 무슨 얼어 죽을 인도주의적 발상인지 평화만 염불처럼 앞세우는 것도 더 못 봐주겠지만, 어째 속셈조차 없으니 미국이 벌써 감잡고 속으로, 아이구, 이 하바리야, 힘도 없는 것이 어째 눈치도 없이 일본처럼 껴묻어 살 궁리도 못 차려 할 테지만, 중국은 원래 우리를 속국 운운하는 판이니 차제에 얼마나 깔보겠어. 사람 눈은 다 똑같은데 이내 저 하치를 어떻게 왈길까 하는 궁리로 머릿속이 복잡할 텐데. 평화가 구걸로 얻어지나, 오히려 그 기신거리는 속이 훤히 비쳐서, 알았다, 니가 지금 잔뜩 쫄아서 겁 먹고 있구나 하고 밥그릇부터 걷어차버릴 속궁리일 텐데. 구관을 닮아 맹추처럼 세상 문리를 저렇게 모르니 북핵 앞에서는 한없이 작아져서 곱송거리기 전문가로 돌변할 밖에. 운전석 좋아하네. 핵을 누가 갖고 노는데, 그 으름장을 만들어준 원조가 어느 편이냐고. 무슨 운전을 해? 어째 머리싸움을 할 줄도 모르고 허허거리는 저런 위인을 차악이랍시고 골라 뽑았으니 지지리도 못난 지도자 복까지 남북이 앞다투어 공유하나 싶어 요새는 밥맛이 다 떨어지는 판이야. 그러나 마나 도대체 1년 새 표변하고만 이 고약한 줄변덕을 어떻게 풀어놓아야 그럭저럭 말은 굴러간다는 소리라도 들을까.'

이처럼 자청한 숙제거리를 풀겠답시고 덤비는 북숭이로서의 내 배배 꼬인 심사에는 당연하게도 그만한 곡절이 있다. 이런 연원 찾아가기도 머리 나쁜 우원사고의 표본에 지나지 않고, 그 너절한 너스레는 백해무익하다고 나댄다면 앞으로 곧장 드러날 옛날 양반들의 그 자발적 두뇌 퇴화술 내지는 사고 정체술(停滯術)을 이 변화무쌍한 시절에도 고수하려는가, 여론과 시류가 번개처럼 희번덕거리는 이 요상한 지구환경 속에서도 돼먹잖은 주체사상 같은 엉터리 교리나 섬기며 나라는 철조망으로 꽁꽁 묶어놓고서 인민은 헐벗기고 굶기며 다스리는 저쪽 꼬락서니를 그대로 베껴먹고 살 참인가라며 면박을 퍼붓고 싶을 뿐이다.

4

익히 짐작하겠듯이 나는 등단 후 한 해만에 첫 졸저를 자비 출판으로 상재하는 과욕을 부렸다. 그때쯤에는 앞서 주마간산 격으로 훑어본 우리 문단의 뿌리 깊은 패거리 의식을 비롯한 여러 고질을 웬만큼 알아챈 뒤끝이라서 비록 하바리일망정 어느 쪽과도 등을 지고, 나름의 홀로서기에 고군분투하는 수밖에 없겠다는 다짐을 엔간히 굳힌 바 있었다. 세상은 어차피 '나쁜 제도'를 관행으로 섬기며 개개인에게는 어떤 시혜도 베풀 줄 모르는 몰인정한 얼치기임을 알고 있었으니까. 등단작이었던 '옥탑방 아래충'을 비롯하여 그때까지 습작으로 써둔 1백 장 안팎의 단편소설들 중 그나마 물건 같다 싶은 아홉 편을 골라서 펴낸 저작물 『모든 인연은 뭉클하다』가 어떤 매스 미디어에서도 그 제목조차 비춰주지 않길래, 허, 그것 참 신기하다, 어째 이렇게 통을 짜고 이 몸이 마이너 리그 소속인 줄 알아 모실까 하는 올돌한 머리 굴림으로 곧장 앵해진 정황은 굳이 더 설명할 것도 없지 싶다.

천금 같은 내 쌈짓돈을 들여 만드는 것이라 책 표지에다 학벌이야 내세울 게 없으니 안 썼고, 출생연도는 늦깎이 주제라서 숨겼으며, 출생지는 혹시라도 그 동네쪽 떨거지나 알음알이가, 어, 어, 이기 우짜다가 글을 다 썼네, 참 사람 팔자 알 수 없다 카든이 같은 군소리를 내지를까봐 켕겨서, 인물사진도 안 박은 것은 역시 늙다리임을 감추려는 속내 따위가 꿈틀거리고 있어서였다. 그래도 예의 그 등단 매체는 밝혀두었으나 그 신문사 쪽에서는 내 그런 몸 사림조차 같잖거나 시망스럽게 비쳤을지 모른다. 듣기로는 웬만한 신문사의 문학 담당 기자 앞으로 일주일에도 수십 권씩의 소설류 저서가 들이닥친다니까 내 '물건'이야 속살은커녕 겉살에 일별이나마 꽂힐 영광도 못 누렸을 게 뻔하다. 내 노력에 대한 대가가 당장 불공정 경쟁에 속수무책으로 버림을 받았으니 억울하기 짝이 없었으나 세상의 이치가 그렇게 굴러간다니 순순히 승복할 수밖에 없는 노릇이었다.

출판사로부터 책을 2백 권 증정 받아 예의 그 재단 설립자를 필두로 제약회사 쪽 직장 동료와, 역시 운동장을 한가운데다 두고 교문 입구의 내 집무실과는 멀찍이 떨어진 교무실에서 월급쟁이 노릇을 하는 평교사, 부장교사, 교감, 교장들 앞앞에 읽어보시라며, 속표지의 제목 밑에다 기명과 함께 혜존, 혜감, 소납, 근정, 근지, 궤상, 궤하 같은 한자를 피증정자의 직책과 나이에 따라 골라 쓰는 낯간지러운 재미로 돌렸더니 뜻밖에도 책값이라면서 촌지까지 받게 되어 잠시나마 느꺼웠다. 그때 나는 참으로 오랜만에 점직하고 찜찜한가 하면 어줍기도 하고 왠지 시쁘고, 저자가 되었다는 기분에 서먹한가 하면 싱숭생숭해졌다. 저절로 이제부터라도 둔탁한 재주로나마 있는 힘껏 매달려볼까 하는 심지가 도슬러져서 뿌듯했던 것은 사실이지만.

기어코 받아라는 그 촌지들로 자비 출판의 비용은 너끈히 충당하고도 남았으나, 문단과 매스컴 쪽의 반응이 그토록 백안시 일변도였으므로 나는 그후부터 제2의, 연이어 제3의 저작물을, 그것도 장편소설을 역시 자비로 출간했어도 굳이 나서서 그 노작을 알리려고 설치지 않았다. 물론 세상을 혼자 살아갈 수는 없느니 만큼 내 작품을 뽑아준 한때의 심사위원 두 사람, 여남은 명의 문우, 일가친지와 동료들 중에서도 글을 알아볼 만한 인사에게는 책을 돌렸다. 그들 중 몇몇은 빈말 치레로나마, 큰일 했네, 이름을 남기게 생겼으니, 재미있던데, 이바구가 줄줄이 엮어지대, 혼사, 상처살(喪妻煞), 유배, 서출, 약종상, 졸부, 대궐, 겉지밀, 안지밀 같은 사연이 종합 세트로 담겨 있대, 가히 무궁무진이랄 밖에, 입담이 아주 그럴듯하더라고 같은 덕담을 건네기도 했다. 면칭(面稱)인지 면질(面叱)인지 분간할 수 없는 그런 피상적인 독후감을 들을 때마다 나는 귀를 잔뜩 파는 일방 이마의 진땀을 훔치면서도 이렇다 할 내색은 드러내지 않았다.

'내 보잘것없는 진정이 아직 안 통하는 모양인가 보네. 설익었다거나 말거나 어쩌겠어. 누군들 이 바쁜 시절에 찬찬한 눈길을 팔 시간이나 있을까. 우의니 도리니 떠들어대도 서로 겉치레 말로 아는 체하며 사는 처진데. 내가 좋다고 미쳐서 한 시절의 풍속도를 그린 것이니 굳이 이해를 바라는 것도 시건방진 수작이지. 아무리 깎아서 보더라도 내 글에 위증은 상대적으로 좀 덜하지 않을까 싶건만, 그것도 별 볼일 없는 수준이라면 할 수 없지 뭐. 세상이 통을 짜고 그렇다는 데야 용빼는 재주가 나설 리 있나. 내 짐작대로 조만히 작업을 이어 갈 수밖에.'

나의 세 번째 저작물은, 비록 여러 가지 점에서 부족할망정, 역사소설이라기보다는 화자의 육성을 행간에다 거침없이 쏟아내는 시대소설에 가까운 것이었다. 앞서 펴낸 두 권의 저서에서 다룬 오늘의 우리 현실이 알게 모르게 어떤 무릉도원을 상정하고 있어서 그렇지 않나 싶게 주요인물들이 너무 곱거나 거칠고, 배경도 풍경화처럼 미화되어 있는 구석이 비치는가 하면 흑백사진처럼 칙칙한 분위기도 다분하고, 하나같이 세태에 한쪽 발만 걸치고 절뚝거리는 그 반속(反俗)의 걸음걸이가 저만치서 다가오다가는 까무룩히 멀어지기도 했다. 예컨대 여러 인물과 사물의 실태, 사연들끼리의 인과, 널찍한 주변 환경과 비좁은 시공간의 내력 등등에는 어딘가 민얼굴이 아닌, 잘 보이려고 칼질을 한 성형 자국이 비쳤다. 그 조작술이 그럴싸했다면 민망스럽지만 나 자신이 두 번 다시 거론할 마음은 내키지 않았다. 이를테면 모자, 수염, 손가방, 목도리 같은 구지레한 제2의 인품이 되똥거리며 매달려 있다는 내 감상은 쉬 가셔지지 않았다. 왜 그런 느낌에 갑시는지 나로서는 마땅한 말을 찾아내자니 역정이 일었다. 일반 독자야 그처럼 멋을 부린 위장술에 혹하든 말든 주요인물들의 동정 일체가 엉뚱하고 지질해 보인다는 어림은 책을 펼칠 때마다 두렷했다. 분별이 그렇게 돌아가자 지금 이 땅에서 벌어지는 고만고만한 여러 사단과 사달에 대한 시비곡직을 곧이곧대로 풀어간다는 나름의 실팍한 의도가 객쩍게도 현실과는 동떨어진, 볼거리만 찍어놓은 관광지의 동영상을 엉성하게 편집해놓았다는 서먹한 자책감을 떨칠 수가 없었다.

손쉬운 말로 둘러대자면 내용의 구색이 이래저래 엉성궂고 그 인과에 따른 파행에는 어딘가 억지스러운 작위가 비쳤다. 매양 보다시피 그림이나 영화에서 옮겨놓고 있는 다양한 형상, 그 뚜렷한 아름다움에는 멋스러운 과장이 여기저기 화장독처럼 눌어붙어 있는 게 사실이다. 배우들의 훤칠한 외모와 칠칠한 동작 때문에 이 폭폭한 현실이 두어 단계나 훌륭한 모양새로 돋을새겨져 있다면 소설은 순간적인 볼거리가 아니라 장시간 뒤적거리며 사유를 채근하는 읽을거리이므로 그런 선경을 일부러라도 거둬들여야 하지 않을까. 현실이든 사실이든 그대로 베끼겠답시고 잔손질을 많이 덧대서 그 실물이 너무 고와져버리면 그거야말로 호랑이를 그리려다 양증맞은 고양이나 그린 짝이 아닌가. 위증이 쉬운 것은 평소에 볼거리든 읽을거리든 그것들을 즐기면서 생각거리를 장만하지 못한, 그래서 남들이 보는 대로만 읽어온 그 상투적인 시각이 맹활약을 떨쳤기 때문이 아닐까.

'사기 행각만큼 재미난 놀음판이 어딨어, 자꾸 해봐. 무식한 독자들을 오지랖에 놔두고 쓰다듬는 재미가 좀 좋아. 예술이라는 것이 골탕 먹이는 술수를 제가끔 만판으로 개발하자는 소리 아냐. 말귀가 엔간히도 어둡네. 독자를 마냥 비웃는 수작이 막상 쉽지는 않아. 요컨대 기법이 비상해야지. 통빡이 이렇게 돌아가니 차제에 아예 작정하고 지금보다는 제2의 천성이 훨씬 몸에 덜 배어서 자연스러운, 말뜻 그대로의 사람다운 품위를 엔간히 누리고 사는 그 예전으로 돌아가자고. 사실주의라는 좌우명을 책상 앞에 버젓이 붙여놓는 거야 각자의 자유겠으나, 그 실적이 보다시피 연하고질(煙霞痼疾)에 빠져 사는 꼴이니 그 허세질을 무슨 낯짝으로 계속하냐고. 한두 번도 아니고, 정승 노릇도 지가 하기 싫으면 고만이지.'

이것저것 더 따져보니 그렇기도 하겠다 싶게 헤살꾼은 속속 나타났다. 무공해 지역일 무릉도원이나 그리운 것이 없다는 천국에서는 소설이란 제도가 굳이 비싼 물자를 허비하며 연명할 필요가 없을 것 아닌가. 아무 상품이라도 서로 바꿔 쓰고 살자는 오늘의 이 번거로운 세계 체제에서는 개개인의 성급한 욕망이 아무데서나 시도 때도 없이 분출하고 있다. 그 통에 사람살이의 모든 환경 일체가 온갖 쓰레기들로 뒤덮여서 소설의 고향으로서는 최적지가 되었는데, 바로 그 시혜지로 한반도가, 그중에서도 이남이 이야기 제조공장으로서는 안

성맞춤임은 재론의 여지가 없다. 그런데 바로 그 빼어난 입지 조건이 또다른 과부하를 걸어오는 거야 당연한 이치 아니겠는가. 무엇이든 끝까지 다 좋을 수는 없다는 원리 때문에라도 그 극락 속에서 한 백년씀만 살다 보면 또다른 시빗거리를 장만하고 나서야 시궁창으로서의 위상이 더 반반해지지 않을까.

　가령 투표제나 다수결 원칙이 무슨 구실로 있는지 잘 몰라도 세금 없는 천국에서 구차스럽게 살아가는 이북은 더러 '기가 찬다'는 반희롱의 대상일 수 있지만, 특정 대통령 후보에게 90퍼센트 이상의 몰표를 몰아주는 지역과 그 몰풍경스러운 추수주의에 대해서는 입만 뻥긋 해도 너도 나도 보수 골통이라며 삿대질해대는 이런 세태에서 어떻게 원망과 갈등이 들끓는 서사를 그럴듯하게 조립하겠는가. (그 특정 지역이 '진보'라는 엉뚱한 착각도 어디서나 지 혼자만 우리 집안의 가풍 상속자라고 설치는 소행과 맞먹지 않을까.) 또한 여성의 지엄한 정체성과 그 고된 직분에서의 만부득이한 일탈성, 예컨대 자각적이며 생산적인 이중생활로서의 처첩 공서(共棲) 생활상을 그렸다가는 페미니즘에 무식한 알짜 건달이라고 소문이 난다. 뿐인가, 교과서에도 실린 명색 명단편의 허물을 바른 소리로 지적했다가는, 예컨대 「감자」의 사실주의나 「메밀꽃 필 무렵」의 서정은 감상주의의 표본이며 당대 현실과 겉돌고 있다는 과소평가를 내놓으면 은근히 따돌리게 마련인 모양인데(오해를 줄이기 위해 덧붙이면 사실주의는 현실을 베낀다는 구실로 앞뒤와 좌우를 두루 챙기지 않음으로써 같잖은 '전통' 고수에 집착하고, 저절로 자기 독창력과 갱신력을 깔아뭉갠다. 얼마나 어리석은 '제도'에의 투항인가), 그 밑바닥에는 후학이 선행의 교과서적 해석을 함부로 범했다는 견제심리가 있기 때문인 듯하다. 또 어느 특정 정파, 학교, 종교단체 따위를 비아냥거리면 그 작가의 반속적 사유마저 깔아뭉개면서 아예 그 사고방식 일체를 이북처럼 단일색으로 뜯어 고쳐보라고 덤빈다. 그래서 저희들끼리만 놀겠다는 심보로 메이저 리그 근방에는 감히 얼씬도 못하게 만들고, 서로 봐주기에 걸신이 들려 변죽만 울리는 과대평가를 남발하고, 병병한 말이나 늘어놓는 입담꾼이 제 잘난 멋에 사는 '못나빠진 제도'가 활개를 친다. 이런 제도적 환경 속에서 옥석 가리기를 해본들 그 말발이 제대로 먹혀들 여지는 아예 없는 셈이다.

어떤 선사(禪師)는 일찍이 부모 형제든 스승이든 만나는 족족 죽이고, 모른다고 하며 정진을 거듭하라고 일갈했다는데, 그런 격려는 못해 줄망정 지 혼자 다 아는 행세꾼들이 감 놔라 배 놔라 하는 풍토에서 걸작이 나오길 기대하다니, 싹수없는 씨인들 제대로 싹이 트일까.

곰곰이 생각해보면 그런 소재 취사(取捨)의 제약은 작가의 윤리의식과는 별로 상관도 없는 것이지 싶건만 아예 성역이니 넘겨보지도 말라고, 점잖은 양반이 알 만한 금기사항을 어쩌자고 자꾸 건드려싸하고 촌스럽게 권면하는 떠세질 앞에서는 어떤 필설도 원천 봉쇄의 수모를 겪을 수밖에 없다. 이처럼 강팔진 촌구석에서, 무작스러운 단순 지향 사회에서 언론과 표현의 자유 운운하니 어이없지 않은가.

무룡태 같은 성정이 따라주었다기보다 이렇다 할 취미도 없고, 즐길거리를 찾으려니 생돈을 처들일 여유도 없는 데다 시간을 낭비하는 게 아깝고, 또 늦게 터진 공부복도 기리느라고 내가 과감히 덤벼든 분야는 다사다난한 이야깃거리가 무궁무진한 곳간, 아니 북적거리고 떠들썩한 도떼기시장이라고 해야 걸맞을 우리의 최근세사의 착잡한 형편 일체였다. 적어도 그 세계를 잠시라도 거닐다 보면 당장 우리 눈앞에 펼쳐진 지저분하고 쿰쿰한 장바닥과 곱든 못났든 어차피 거풀거리며 영일 없이 살아가는 여러 허상 앞에서, 정말 이러고도 살아지나 하고 바싹 다가가고 싶어진다. 잘 두면 보배요 못 두면 원수라는 혈육의 과거사가 이 시끄러운 현재사와 완연히 한 본인 게 너무 구슬퍼서 굽은 나무가 선산 지킨다는 말을 나 혼자서라도 따라야겠다는 용심이 생기는 것이었다.

그런 품앗이에 나서도록 충동이는 심사야말로 진정한 모방심리의 본색인지도 모른다. 따라서 작가가 그려내려는 당대의 풍정 일체가, 좀 더 구체적으로는 그때까지의 사람살이에 새 바람을 불러들이려던 150년 전쯤의 실상이 성형 자국투성이인 오늘의 가짜 얼굴보다 훨씬 따뜻한 훈기로 육박해오는 듯한 느낌이 제법 실팍해진다. 그 당시를 오늘처럼 잘 알 수는 없는 만큼 어떤 과장이 줄어들고, 그 실적에 거짓이 덜 묻어날 것이라는 유추는 언제라도 오롯한 것이었다. 적바림을 이어가다 보면 이심전심으로 독자들도 그때 과연 이랬을까 하고 운김을 보태주지 않을까 싶어지는 착각도 달려들게 마련이다. 이른바 창작 의욕이 제법 괄하게 지펴지는 것이다.

달리 말하면 작가 자신이 상상력을 최대한으로 경주하여 당대의 일상을 웬만큼만 그려내도 오늘의 허상과는 격이 달라질 수 있다는 창작 동기는 상당히 고무적일 수 있다. 그뿐이다. 예의 그 성역들을 멀찌감치 떼칠 수 있다는 해방감을 만끽하는 일방, 과보호해야 하는 지역감정 따위를 일체 의식하지 않아도 되고, 그처럼 운신의 폭이 넓어진다는 것은 꼭 그만큼 독자 제위와 똑같은 수준에서 걸음을 맞출 수 있다는 뜻이기도 하니까.

되돌아보니 무학의 전 아무개가 딴에는 제법 근사하게 옮겨놓은

우리의 민얼굴이 의외로 밉상이다, 분도 안 발라서 이 요란하고 빽적
지근한 일상과 겉돈다, 그러니 위증에 값하는 것 같다, 실은 고만고
만한 말의 성찬에 간이 덜 배서 씹히는 맛도 껄끄럽다, 다들 잘못
썼다는데도 말귀가 어둡다 어떻다 해대며 따돌려버리니 이제부터는
그쪽 실경에 판무식할 독자들을 상대로 나름껏 사기나 쳐보겠다는
복심이 서리서리 쟁여 있었던 듯하다. 글의 내용에 대한 고심이 그렇
게 돌아가기 전에 감정적으로도 잔뜩 삐친 꼴이 되어, 그 잘난 현대
소설 쪽은 공연히 심각하다 어떻다 씩둑거려대니 안 될 거 같다, 우
선 신명도 안 나니 할 수 없지 뭐, 재장발라진다는 말을 이럴 때 써먹
어도 되는지 모르겠네 같은 기우부터 나서서 지레 어정뱅이 귀신에
들렸던 것 같기도 하다. 이래저래 독학자는 기댈 데가 없어서 두어
발걸음씩 뒤처지게 마련인 것이다.

글쓰기로써 이름 날리기는 말할 것도 없고 재미 일구기로써의 현
대소설 짓기와도 그처럼 시부저기 결별한 나의 작심에는 또다른 궁
심도 없지 않았다. 예의 그 재단법인을 반듯하게 돌아가도록 꾸리는
실무자로서 주로 각 학교별 금전 출납과 교직원의 인사행정을 여러
명의 부하 직원과 함께 건사하던 나는 한 사립 중고등학교 교정의
정문 쪽 별채에서, 그것도 20평쯤의 접대실까지 딸린 개인 사무실에
서 주경야독한다는 각오로 우리의 명작 현대소설을 통독하는데 제법
부지런을 떨어대곤 했다. 물론 그 어떤 작품이라도 나의 어수룩한 감
수성을 자극하는 데 부족함이 없었으나, 개중에는 타산지석으로 삼
아야 할 이야깃거리도 수두룩했다. 가령 그 명작들은 대개 다 작가
자신을 화자로 삼아 그의 부모, 형제, 고향, 처지, 출신 등을 조금씩
바꿔놓은 동종의 작품들이었다. 그 대표적 사례로는 좌익 운동에 섭

쏠린 가장을 둔 박복 탓으로 죽을 지경의 고생만 한 가족사가 엄숙하고 웅숭깊은 면모로 덩실하니 떠올라 있었다. 잘 봐주면 그 근검, 절약, 청빈 위주의 염결성 높은 가락은 집안 자랑과 자기 고백을 반반씩 섞은 게 아닌가 싶었다. 그래도 그것이 20세기 후반의 한글 문학 중 기중 쓸 만한 한 관습이라면 수긍할 만한 것이긴 했다. 누구라도 자기 자랑이야 늘어놓을 수 있고, 모든 글이 실은 자기만 알고 있지 싶은 어떤 사실이나 지식의 토로일 터이므로 더 따져봐야 나 자신의 따분한 팔자타령이나 변변찮은 가문에 대한 열등감의 발로일 수밖에 없었다.

그런데 자꾸 읽다 보니 그런 자기과시의 면면에 어슷비슷한 인물이 속속 출현해서 헷갈리는가 하면, 그 진부성 때문인지 어떤 핍진감이 떨어진다는 감상을 뿌리칠 수 없었다. 문학이란 것이, 아니 문장과 문맥이란 것이 새로운 무늬 맞잡이로 문학사 도판 위에 찍혀야 될 텐데 똑같거나 비슷한 문채(文彩)가 감히 비집고 들어설 자리나 있을까. 동어반복을 무제한으로 허용하는 문학사도 있다면 그 저작물은 사전처럼 3천 쪽이 넘어야 하지 않을까 싶긴 하다.

독학자 주제가 씰쭉한 습작과 시건방진 독법을 병행한 꼴이긴 한데, 이러니 이쪽은 아무래도 나까지 굳이 나서서 묵정밭이랍시고 개간할 엄두를 냈다가는 서로가 피곤하겠다는 어림이 불거졌다. 역시 이 책 저 책을 닥치는 대로 읽어버릇하는 것만큼 요긴한 선생도 달리 없겠다는 얄팍한 깨우침을 어렵사리 챙긴 셈이었다.

그런 심정적 추세를 따져가보니 머리가 저절로 끄덕여지기도 했다. 우리 집안에 그런 자랑거리라고는 한 움큼도 거머쥘 게 없었으니 말이다. 도무지 시답잖은 구전이긴 해도 건어물 등짐장사로, 참판댁

행랑아범으로 그럭저럭 호구나 때우고 살았다는 긴가민가한 증조부
대, 나무꾼이면서 숯장이였다가 종내에는 끼니때를 안 거를 정도의
논마지기도 지녔다는 조부대 따위는 뒤돌아보기조차 우중충해지는
풍경이었다. 그 후손답게 삼형제 두 자매의 셋째였던 선친은 일제 때
포항 인근의 한 면사무소 소사로 사회생활을 시작한 모양이고, 타고
난 필력과 말주변이 괜찮아서 일제 때에도 순사로 활약하다가 해방
후 눈치 빠르게 치안대를 거쳐 경찰공무원으로 변신한 양반이었다.
재직 중에도 늘 술이 과했고, 필시 그 두주불사벽 때문이었을 텐데
경상남북도 일대의 여러 지서를 자청하다시피 옮겨다니며 가는 곳마
다에서 씨도 뿌려놓은 너부렁이기도 했다. 군사혁명으로 군인들이
집권하자 부패의 온상이 그것인 양 축첩 공무원부터 조지는 통에 곱
다시 한 시골의 지서장 자리에서 들려 쫓겨났을 때 선친은 슬하에
이미 세 배 자식을 일곱이나 두었고, 사법서사 사무실을 꾸려가는 중
에도 철필을 쥔 손으로 막걸리 잔과 담배를 놓지 않는 판장원이었다.

명색 내로라하는 소설의 주인공들과는 너무나 동떨어진 선친의 그
런 이력과 치부(恥部)만으로도 나의 집안 고백은 애초에 자격미달이
었다. 한국문학사에서 열외로 취급당할 서자 신세인데, 그 못난 얼굴
에 성형 자국까지 덧대서 이것 봐라 하고 비문(碑文)으로 새기려 들
다니. 그런 엇된놈의 자기 망신을 감당하기에는 나의 퉁명스러운 성
깔이 보조를 맞추려 들지 않았다. 실은 자신의 보잘것없는 사적 영역
을 이리저리 에둘러서 털어놓자니 덴덕스럽기도 했다. 그렇다고 그
런저런 대세에 슬그머니 편승한답시고 이 바닥에서 세칭 '갑질'을 연
방 당하면서도 기신기신 살아가는 억울한 영세민을, 부조리가 켜켜
이 쌓인 인적 물적 정황 따위를 고발, 비판하자니 남의 뒷북이나 친

다 싶고 버릇하다는 생각도 들었다.

독학자 팔자라서 성질도 어쩔 수 없다 싶게 나의 운신도 영 탐탁찮았다. 가령 남에게 손을 벌리지 않고 제때 밥만 먹고 살면 된다는 주의라서 그런지 누구에게라도 곱게 엉겨붙을 주변머리가 안 생겼다. 딴에는 성형 안 한 이 얼굴 그대로 그냥저냥 살란다 하는 배포가 있었던지 모른다. 하물며 지엄한 문학 앞에서 눈비음이나 하려고 나댈 수는 없지 않겠는가. 은둔자도 아니면서 일체의 사교를 지레 밀막고 살려는 내 자신의 생떼가 참으로 딱했으나 이제 와서 어떻게 바꿔볼 엄두를 낼 수도 없었다. 천성도 그런 데다 머리 굴림도 그처럼 뻣뻣하니 고지식하게 돌아갔으니까.

5

이제야 먼뎃말이 대충 끝난 셈인데, 그런 연고로 나는 퇴직 후 세 해 만에, 어느덧 두 해 전에 장장 2천 장쯤의 시대소설 『산 너머 달무리』를 탈고, 책으로 묶어냈다. 그 책의 뒤표지에는 '약재상에서 시의(侍醫)로 출세하기까지 천씨 일가 삼대의 파란만장한 삶, 보약과 극약 같은 인물 군상의 좌충우돌, 배신, 치부(致富), 복수(復讐), 망국의 생생한 일대 로망' 같은 소개 글이 굵은 자체로 박혀 있다. 출판사 편집부에서 작성한 그 수수한 선전문구만으로도 작가의 고심과 시대소설의 윤곽을 얼추 짐작할 수 있을 것이다. 요컨대 온갖 차별과 박대를 무릅쓰고 중인 계급에 오른 한 의관(醫官)이 막상 임금님 내외와 동궁을 우러러보며 진맥을 하니 왠지 비감해진다는, 밝은 햇살은커녕 사직의 앞날에 먹구름이 덮쳐오고 있다는 절망의 일대 서사였다. 집필에 혹독한 산고가 따랐다기보다는 당대의 풍속, 풍물, 풍정을 거칠게나마 그리느라고 여러 그림과 도판과 기술(記述) 자료들을 섭렵하는 재미와 그 독해력이 제법 착실히 아로새겨진 작품이었다.

군이 사족을 덧붙이면 양자로 출계한 약전골의 중부(仲父) 댁에서 밤낮 없이 작두질을 하며, '사시장철 얼음 냉돌 같은 약장방에서 묵고 자며 꼬박 다섯 해나 살았디라, 꼴랑 심상소학교 졸업장 하나를 만들라고 그 고생을 사서 했으니 말 다했지 머'라고, 예의 그 제약회사 창업자가 뒷자석에 앉아 승용차 운전대를 잡은 내게 들려준 그 회고담에서 착상을 얻은 것이었다. 그때 나는 타성, 나태, 안이로 그럭저럭 이어가던 내 일상을 문득 절감하고 나 자신의 어떤 변신을 어렴풋이나마 그리고 있었던 듯하다.

그 시대소설조차 신문과 독자의 반응은 전무했다. (특히나 신문 중 독자로서 전자에 대해 내 지론 한마디만 덧붙이면, 기자 양반들은 동태처럼 꽁꽁 얼어붙은 안목으로 낯익은 이름에만 시선을 고정시키고 나서 기사로 다뤄줄지 여부를 그때그때 기분 내키는 대로 정하는 감별법이, 그것도 무슨 내림이나 '제도'로 정착되어 있지 않나 싶었다. 물론 늦깎이로서의 나의 고질적 열등감이 그런저런 피해의식을 점점 심화시키고 있다는 방증이긴 할 테지만, 책 사태와 격무 사이에서 매일 짜증스럽게 일할 문학 담당기자들의 그 분별안을 한사코 질타하는 짓도 오늘날의 제반 '시장' 형편을 곡해한 탓일 터이므로 오히려 내 시각이 새빠졌다는 소리를 들어야 할지 모른다.) 한때는 부제(副題)가 '예수에서 히틀러, 김씨 세습 왕조까지'로 붙박인 『천년왕국설의 실상』 같은 2백여 쪽짜리 번역서도 펴내다가 작금에는 건강식품 분별법과 암 정복 식습관과 당뇨병 관리 비방책 따위의 생활정보 서적을 속속 출간하며 출판사 이름을 두 개나 갖고 있는, 무슨 근거로 하는 말인지, 이 땅에서야 대성(大姓) 김씨, 박씨 빼고는 죄다 중국 성이지요라며 씨무룩해지던 주(周)모 사장의 장삿속도, 소설은 회사 간판 노릇이나 할까 밥벌이 깜냥은 안 되겠다는 조여서 간행 후 두어 달 만에 내 노작의 형용은 소리 소문도 없이 '산 너머'로 사그라졌다. 죽어라고 책을 안 읽으면서도 유식한 체하는 데는 어이가 없지요, 책을 안 읽는데 소설이 무슨 경쟁을 합니까라는 주 사장의 개탄을 보더라도 '달무리' 같은 흐릿한 하늘의 자연현상이 주목감일 수는 없는 것이었다.

그렇긴 해도 내가 20여 년쯤 전에 한 직장 동료의 처남이 어쩌다가 캐나다로 이민을 가게 되었다며 강청해서 은행 돈까지 빌려 사들인, 재산세만 일 년에 2백만 원 남짓씩 꼬박꼬박 내는 반지하 깔린 3층짜리 단독 주택의 한쪽 골방에서 죽치고 지내다가 보름에 한 차례쯤씩 자료용 책자의 반납차 들르곤 하는 서울특별시 소속의 한 지역 도서관에는 내 저작물이, 그것도 신구간 세 종류가 단정히 소장되어 있었다. 누구 손때가 묻었는지 벌써 본문 책장도 누렇게 해어져 있어서, 이럴 줄 진작에 알았으면 등단한 만다고 신문이나 잡지에 투고질을 할 것도 없었는데 공연히 수선을 피웠네 하는 감회로 적이 수삽스러웠다.

'도대체 이 어지러운 한말(韓末) 풍정을 누가 읽었단 말인가. 그러고 보니 나 같은 무명의 별 볼일 없는 작자들 책자도, 특히나 소설류도 부지기수고, 어느 것이라도 불특정 다수의 지역 유지들이 더러 빌려보는지 책표지가 낡아빠졌네, 실로 가상타.'

늦부지런이 나서 날 어두워지는 줄도 모른다는 옛말대로 내 심신은 요즘 고달프기 짝이 없다. 물론 글쓰기의 고행에 시달리느라고 또 그 성취를 저울질하느라고 그럴 수밖에 없는 셈이다. 어쩌다가 전화 통화로, 머하요, 도대체 연락도 없고, 얼굴이나 보고 삽시다, 한두 사람 더 불러서 막걸리 사발이나 주고받고 그러자니 자꾸 조를 빼네, 다달이 남미로 동유럽으로 떼를 지어 외국 여행을 하며들 사는 이 좋은 시절에 무슨 어울리지도 않는 은둔자 행세야, 참으로 가관이긴 하네 같은 희떠운 말을 너불거리는 또래의 문우들보다는 그나마 다소 여념 없이 살아가는 듯해서 스스로의 일과가 대견스럽기도 하다. 그렇다고 해서 무슨 빤질빤질한 자부심이 이 나이에 있을 리는 만무하다. 내색 않고 내 갈 길만 줄여간다는 주의니까.

'무학자가 심술을 부려본들, 또 세상과의 불화를 원망해본들 무슨 소용이야, 이쪽 속만 끓다가 애나 타지. 설혹 작심하고 시속에 애걸복걸한들 맛이 갔다는 소리나 들을 건데. 그래도 텔레비전 속의 저 엉터리 연속극보다야 내가 만들어놓은 고색창연한 인물들이 그나마 사람답지 않을까. 너무 반듯해서 교과서 같다 어떻다 해댈 테지만. 하기사 요즘 교과서에 무슨 권위가 늠름해서 모범이다 뭐다로 남을 승복시킬까.'

이처럼 찝찔한 속말을 흘리는 데서도 짐작할 수 있겠듯이 나의 글쓰기 고충이 좀 시드러운 것은 사실이다. 앞서 밝힌 대로 나 자신의 집안이나 출신의 내력은 묻어두기로 한 데다, 주인공이 느닷없이 국내외의 유무명 관광지를 찾아가서 낯선 삶과 사람을 만나 인정을 나누는 일종의 풍물소설은 재력이든 체력이 따라줘야 그나마 실감이 배어들 것이며, 어중간한 인물들이 제 뜻대로 살아갈 수 없는 세상의 질서에 대놓고 툴툴거리는 일상을 풀어가자니 설마 남의 것을 재탕

했다는 타박이야 들을까만 한두 편 쓰다 보면 결국 자기 표절에 이를 것이 지레 켕겨서라도 손끝이 오그라드는 판에 하물며 1백여 년 전의 세상사를 나름껏 비슷하게 재구성하는 작업임에랴.

6

바로 어제 빌려온 역사책을, 개중에는 사화(士禍), 왜란, 호란, 정변, 민란 따위의 시대적 배경을 깔아두고, 그 국난을 혹독하게 치르는 임금, 궁중의 여러 환관과 나인, 투미하고 명민한 여러 신하들의 다채로운 행적을 한사코 두둔하는 일종의 사건사인 동시에 자연, 인간, 풍속은 상대적으로 허술하나 상층부 '먹물'의 늡늡한 동정에는 활수한 조선조의 지리멸렬한 '치부사(恥部史) 다시 읽기' 한 권을 비롯하여 명색 역사소설 두 권을 나는 낮밤을 가리지 않고 부지런히 읽기 시작한다. (지역 도서관의 규정상 한번에 3권을 보름씩 빌려볼 수 있게 되어 있다.) 두툼한 돋보기 낀 눈으로 읽어가면서 익혀두어야 할 역사적 관명과 제도 명칭과 옛말은 사전을 찾아가며 별도의 차기(箚記)에 일일이 베껴둔다. 그것이 벌써 스무 권쯤 모였으니 막상 글쓰기 중에는 책상 모서리께의 큰 국어사전은 거들떠보지도 않고 그 필기장 속의 어떤 어휘를 찾느라고 반나절을 허비하는 경우도 비일비재하다. (역시 독학자는 어릴 때부터 외우기에 능한해서 총기가 일찌감치 쇠잔해진 모양이라고 자탄할 때는 만사가 시드렁해진다.)

더욱이나 문득 앞으로 써먹을 글귀가 떠오르면 예의 그 필기장 왼쪽에다 곧바로 적어놓는다. 오른쪽의 어휘 나열과 달리 이쪽 것은 구나 절이나 문장이고, 더러는 기억해두어야 할 연대나 어떤 직신(直

臣)의 생몰연대와 그의 호(號)나 자(字)이기도 하다. 이를테면 '고종 32년(1895년)에 가로수 심기를 독려하는 내무아문의 공문이 전국 각 도에 하달, 쪽 곧은 신작로는 근대의 산물이다, 우리 눈에 익은 가로 수가 1백여 년 전에는 없었다니 신기하지 않나, 모든 사극에 등장하는 길은 조잡한 가짜가 아니라 엉터리 피조물이다', '중전 민비("민비"를 반드시 "명성황후"로 지칭하라는 재야의 중뿔난 "압력"이 요즘에는 좀 누그러진 듯하다. "중전"은 "왕후"를 높여 이르는 말이고, "명성황후"는 시호[諡號]이다)는 짤막한 언문편지를 자주 썼다고 한다. 편지쓰기를 일상화한 부인이 오죽 비범하고 별종이었을까. 그 정서가 대궐에 아침저녁으로 온풍과 냉풍을 번갈아 불러일으켰을 듯. 애살스런 여성은 심하든 덜하든 다 조울증을 지병으로 누리며 살아간다, 늦어도 40대부터. 자청한 소관사가 성정에다 과부하를 걸므로' 같은 감상과 인용문도 적혀 있다. 이른바 창작 노트의 메모이고, 착상과 모티브와 구성의 진척을 이어가는 흔적들이다.

물론 읽기에만 마냥 매달릴 수는 없다. 열 쪽이나 스무 쪽쯤 읽다가는 미련 없이 책장을 덮고 쓰기에 달려든다. 다른 일류급 대작가들은 어떤지 몰라도 쓸 말은 머릿속에 실타래처럼 잔뜩 뒤엉켜 있는데도 막상 문장으로 풀려나오지는 않는다. 이 곡경은 배워서 나아질 것 같지도 않고, 끽연처럼 나쁜 버릇이라고 단정하여 당장 뜯어고칠 수 있는 것도 아닌 성싶다. 역시 무학에 재주가 턱 없이 부족한 때문일 것이다. 그럴수록 더 기를 쓰고 매달리면 미흡한 채로나마 원고지는 메꿔갈 수 있지만(일단 원고지에다 난초를 작성한 후에 그것을 가필하며 컴퓨터에 새기는 집필법도 독학자다운 못난 버릇이다), 쓸 말을 어느 선까지 풀어놓을 수 있는지 하는 의문이 떠오르면 아예 볼펜을

놓고 멍청해질 수밖에 없다.

역사 공부를 제대로 하다 보면 저절로 관제사(官制史)나 직제사(職制史) 쪽으로 넘어가서 그 변천과 경과와 소임의 범위는 물론이고 그 운용 규모와 재원 따위에 눈이 떠지고, 그런 제도 일체의 시행령이 어떻게 관민의 일상과 사직의 당면과제를 통솔했는지 알아질 듯 싶은데 나로서는 거의 속수무책이다. 부언컨대 역사물 저술가들마다 조변석개했다고 입에 거품을 물고 꾸짖는 이 제도사는 번거로운 만큼 결코 만만히 볼 것이 아니다. 그것의 집행이 하층민의 일상에는 별무신통이었어도 벼슬아치들에게는 한 집안의 흥망과 사랑 영감의 생사, 유배, 해배(解配)와 직결되어 있고, 관명 자체의 부침이야말로 정국의 기상도에 바람개비 역할을 도맡았기 때문이다. 책으로 그 변화무쌍의 일부라도 알아보고 싶으나, 지역 도서관에는 그런 학술서가 있지도 않고, 국립중앙도서관에서 숱한 논문 책자를 열람해봐야 그 방대한 자료 더미에 파묻혔다가는 매캐한 먼지 속에서 숨도 제대로 못 쉴 게 틀림없다. 이래저래 실력 태부족은 결국 역사소설이든 시대소설이든 그 내용의 수준 미달을 담보하는 쪽으로 나아가게 마련이다. 이런 미숙한 자료 분별, 부실한 시대 조감력, 피상적인 '제도' 기술 따위가 이 바쁜 시대의 역사적, 아니 인문학 저작물 전반의 부분적 한계라기보다는 상수라고 해도 좋을 것이다.

이런저런 자료를 섭렵한 끝에 내가 이태 전부터 쓰고 있는 시대소설로서의 차기작은 일단 『지밀의 녹음』이라는 가제를 붙여두고 있다. (당연하게도 시중의 유치한 절대다수의 독서 취향에 빠삭하다고 그럴 터이나, 예의 그 단골 출판사 주 사장은 번번이 편집부원들의 앙청이라며 꽤나 수수한 제목 두세 개를 임의로 작명해놓고 함께 난

상토의하자고 구슬렸다. 영판 절에 간 색시꼴이라 나는 마지못해 내 노작의 내용이나 주제와는 겉돌뿐더러 주인공들도 이상하다고 멀뚱 거리지 싶은 제목으로 갈아붙이곤 했다. 꼬리가 몸통을 흔들어대곤 하는 이런 대세 앞에서는, 흡사 오쟁이 진 사내가 말문이 막혀서 제 딴에는 껍죽거리는 강아지의 뱃구레라도 걷어차고 싶은 심정이 되고 만다. 그러나 마나 '지밀의 그늘'로 제목을 달고 싶으나, 편집자가 또 어둡고 음산하다고, 좀 밝은 쪽으로 나서자고 할까봐 지레 '녹음'으로 구색을 맞춰놓고 있는 판이다.) 그거야 어쨌거나 여기서의 '지밀'은 말할 나위도 없이 임금과 왕비가 늘 거처하는 사생활 공간이고, 좀 더 넓게는 대령상궁들의 침실이기도 하다. 막중한 국시(國是)와 정사 (政事)의 골갱이가 막상 정전(正殿)에서 이루지지 않는다는 뜻을 빗 댄 것이다. 동시에 '녹음'이라는 은유도 실내의 싱그러움과 그 짙은 그늘의 풀내를 맡아보라는 함의를 집어넣고 있다. 그것까지 알아볼 눈이 예의 주 사장이야 그렇다 쳐도 독자 일반에게 있을 성싶지 않으 니 내 속만 걸쩍지근해지는 것이다.

이미 가제가 반쯤 귀띔하고 있듯이 『지밀의 녹음』의 골자를 대충 간추리면 이렇다.

이제 막 건망증과 망양증(亡陽症)을 동시에 거느리는 한 노신이 있다. 아침마다 중늙은이가 다 된 후실의 거둠손으로 목덜미의 식은 땀을 훔치면서도 그이는 사대부답게 동살이 잡히기도 전에 일어나서 사랑방으로 건너가 보료 위에 단정히 앉는다. 오래 전부터 글 읽기는 싫증이 나서, 특히나 수십 번씩이나 음독했으므로 아직도 반쯤은 그 뜻을 외우고 있는 경서 나부랭이라면 진저리를 치고 있는 터이다. 대 신에 슬한증(膝寒症)이 심해서 차렵이불로 무릎부터 단속한 다음 구설합(具舌盒) 책상과 서판을 나란히 놓고 글을 쓰기 시작한다. 한때 도승지를 살았던 권신인 데다 지금은 아무런 직책도 없이 죽을 때까지 녹봉을 받는 봉조하(奉朝賀)인 만큼 나름의 식견이 출중한데, 선현들이 소일거리 삼아 남긴 그 따분한 형식의 시문, 단상, 소품문, 교훈담 등을 풀어볼 생각은 추호도 없고, 한때 벼슬살이에 임하면서 혹독하게 겪고 느낀 고심담(苦心談)을 술회해보려고 한다. 그동안 마냥 들볶이던 자신의 심사와 의뭉스런 소회를 대충 간종그려둔 한문 일기가 있는데, 사랑채의 압객이자 한때 어진도감(御眞都監)에서 임금의 복장을 그리기도 했던 동참화사(同參畵師)에게 그것을 정독시켜놓고는 그가, 대감, 이 대목이 미흡합니다, 어째서 의관속대가 허술합니까, 군말이라도 덧붙여서 요령을 세우소서 하고 다잡으면 일기장 임자가 그 전후 사정을 저저이 일러주는 형식을 취하고 있다. 말하자면 일기를 근거로 두세 배 늘리는 풀어쓰기의 대필자가 따로 있으나, 그 초고를 본인이 첨삭함으로써 나중의 말썽을 줄이려는 일종의 회고록인 셈인데, 무엇보다도 공인인 임금의 인품과 기질과 특성 따위를 제3의 눈으로 살려보려는 것이다.

국사 집행이라는 다급한 시무(時務)와 번거로운 세무(世務)에 시달리느라고 미처 자신의 여러 흠결과 열등감을 체감하지 못했던 한 불행한 인간을 그리면서, 지위라는 '제도'와 그 주변 환경이 그의 성격을, 그 인생 전체를 어떻게 바꿔가고 또 마모시켜가는지를 다뤄볼 테지만 그 성취야 당연히 미지수다. 다만 내 보잘것없는 안목에 따라 '성격'이라는 가면을 뒤집어쓴 광대가 인격도 없는 '배우'처럼 너무 설치지 않도록 시종 조심하려는데, 보다시피 작금의 우리 정치판이 임금 같은 위정자와 그를 에워싼 온갖 '장애물들'을 업신여기게끔 사주하는 형편이라서 내 구상의 고충은 이중 삼중으로 깊어진다고 해도 과장은 아니지 싶다.

한편으로 그 당시의 모든 중신들이 그러했듯이 근왕 신조에는 한 치의 흐트러짐도 없지만, 저물녘에 먼바다 속으로 떨어지는 햇발처럼 삽시간에 사그라드는 사직의 명운이 결국 임금의 치정(癡情) 경력과 그 뒤처리에서도 드러나고 있었다는 술회자의 증언에는, 그이의 연치가 말하는 대로 어떤 가식도 덧대지 않을 참이다. 그러므로 이제는 개화 귀신에 함빡 휘둘려서 일상적으로는 처첩 사이에 부대끼느라고 똥오줌도 못 가리고, 세속적으로는 모든 정사를 난맥상 일변도로 몰아가는 군주제 대신에 내각 중심의 관민 합치제로 바꾸자고 주장하는, 명색 서출(庶出)이긴 해도 명문가의 엄연한 장손을 곡진히 타이르는 아비의 당부를 한 장(章)이 끝날 때마다 덧붙이기도 한다. 이런 이중의 서술은 세전지물인 과천 지경의 전답에서 거두는 곡식으로 행랑채 권솔들까지 거의 쉰 명 이상의 대가족이 무위도식하는 전형적인 당시 양반 집안의 가내사와, 온갖 세력들이 득세해봐야 겨우 엿가락이나 두엇 거머쥘 싸움질로 늘 시끌벅적한 궁중사를 대비해보려는 작의 때문이다.

이런 겹겹의 장치가 가독성을 방해할지 모르겠으나, 시운 자체가 왕권의 치세에 등을 돌렸다는 회고자의 의중을 조만히 깔면서 도대체 하는 짓마다 엄벙부렁하기 짝이 없는, 한마디로 줄이면 개화라는 먹거리에 체해서 누렇게 삭은 얼굴의 민도(民度)를 배경에 깔아서 그 한심스러운 당대의 실상도 굽어 살펴보자는 것이다. 그럴 수밖에 없는 것이 보부상들을 규합하여 황국협회를 만들어놓고 그들로 하여금 「독립신문」 주변에서 엉겨붙어 있는 친일 개화세력 무리에게 철퇴를 내리라고 사주해대는, 나라를 연방 내란 상태로 빠뜨리는 얄궂은 모략질을 임금은 물론이고 일본의 정상배들도 즐기는 듯한, 사방에서 악머구리 끓듯 하는 당시의 난세를 그리려니 서너 겹의 먹구름이 만 부득이하다고 보기 때문이다.

차기작의 테두리가 이처럼 선명한데도 막상 기술하려면 당장 여느 사실(史實)과 어떤 사실(事實)을 먼저 볼 것인지, 또 그것을 어느 정도의 크기로 다룰 것인지 분별하기가 쉽지 않은 대목이 속출한다. 가령 승은(承恩)한 궁녀들의 사후 처리에서 드러난 한 푸접스러운 혼군(昏君), 말할 나위도 없이 만난을 무릅쓰고 1907년까지 장장 44년 동안 재위를 누린 그 고종인데, 그의 치세술을 어느 선까지 칭송할지, 아니면 인품까지 싸잡아 폄훼해도 괜찮을지가 헷갈리는 것이다.

동서고금을 통하여 군주의 외도는 소의한식(宵衣旰食)하는 고된 일과의 보상으로써 양해사항이므로 그 횟수나 상대자가 많을수록, 과연 다르네 어쩌구 해대는 해학을 아끼지 않는다. 그 실례로 중국 청조의 한 군주는 여러 난숙한 배를 빌려 슬하에 자식을 1백여 명이나 두면서도 재위 연수를 60년이나 채움으로써, 작금의 단산과 저출산으로 인류의 종말을 재촉하고 있는 전 지구적 무자식 성생활 풍조에 걸출한 사범으로 떠올라 있다.

성생활이야 우리 쪽도 하기로 들면 그런 실적 정도야 못 낼 것도 없지 않냐고 할지 몰라도 전혀 그렇지 않다. 개인의 영매(英邁)와 쇠뭉치 같은 기골을 타고났다 하더라도 당대의 제반 기류가 얼마나 따라주느냐는 상수를 감안하지 않을 수 없는 것이다. 역사 서술자들마다의 시각 차 곧 그 넓고 좁음과 더불어 그 믿음성과 부실성 여부는 바로 이 지점에서 달라진다. 우리 쪽의 사정을 짤막하게 간추리면,

후계자 옹립에 따르는 온갖 지저분한 실랑이질은 차치하고라도 여러 중신과 귀척(貴戚) 대신들의 가타부타가 소나기처럼 쏟아진다. 사실상 그쪽 일은, 아무리 나라의 명운이 달린 중차대한 사안이라 할지라도 일단 사생활 영역이므로 안지밀 쪽에서, 싫다, 더 이상은 곤란하다는 조로 봐주는 차선책이 전래의 법도이며, 그래도 절륜한 정력을 주체할 수 없다면 밭지밀 쪽에서 양단간에 결정을 내려서 스스로 장수와 단명을 저울질할 수밖에 없다. 그럼에도 불구하고 밑에서는, 특히나 녹봉보다는 보필지설(輔弼之說)을 희롱하는 재미로 벼슬살이를 시종일관 탐하는 아랫것들은 오지랖 넓게 '남'의 사생활을, 그것도 지엄한 나라님의 내방사를 제 일처럼 감싸느라고 헐떡거리는 데 지치는 법이 없다. 대단히 무례할뿐더러 분수도 모르고 설치는 시건방진 행태가 아닌가. 요컨대 조선조의 국력은, 아니 그 근력은 그 따위 허튼 수작질로 쇠진(衰盡) 일로를 걸어왔다고 해도 막말은 아닐 것이다. 여러 종류의 사화에 암류하는 골자도 그것과 무관하지 않고, 국사의 대강과는 전적으로 곁도는 그 불요불급하고 꾀죄죄한 정쟁의 반전과 재반전의 점철은 역사 기술상 어떤 매끄러운 수사법을 동원한다 하더라도 어수선하고 추잡스런 장식이 될 수밖에 없으니 말이다.

그런 맥락에서도 우리의 왕정사는 한낱 궁중사이거나 치정사에 불과한데, 진정한 전체사를 겨냥하려면 정전 너머의 지밀에서 궁궐 밖의 하마석까지 근실하게 톺아봐야 할 형편이다. 말하자면 우리의 역사 기술은 대체로 조잡한 음모, 밀담, 일화의 점철로 메꿔지는 '실내'의 언어 희롱에 그치고 있다. 보다시피 대궐 밖에는 진짜 세상이 질펀하게 펼쳐져 있지 않은가. 그러니 우리의 역사물에 큼지막한 생애사나 치밀한 연대기사가 희귀한 실례도 모든 위정자의 이런 국사(國

事) '밀쳐두기'와 지밀에 '귀 기울이기' 습벽에서 찾아야 할지 모른다.

이쯤에서는 역사의 기술 자체가 근본적으로 보기 나름이라는 화두가 나올 수밖에 없다. 작금의 세칭 진보정권과 보수정권이 저마다 쥐락펴락해대는 역사 재해석도 그 단적인 실례로서는 손색이 없다. 물론 두 쪽의 관점은 따로 숙고하고 또 비교해가며 분별해야 마땅하지만, 어느 쪽이든 전체사를 보지 않고 부분사에 함몰되어 있다는, 더불어 임금 위주의 개인사를 중요시하느라고 그 밑의 세력사를 소홀히 다룬다는 미흡이 현저하다. 어쨌거나 '개인의 치적사'는 두 말이 벌써 버성긴다. 세력도 거느리지 못하는 개인이 무슨 치적을 만들 수 있단 말인가. 아무튼 집권만 하면 서로 붓자루 싸움을 벌이니 어느 쪽이 떠벌려도 결국 위사(僞史)를 떠받드는 꼴인 것이다. 번번이 무지막지한 필력으로 한쪽의 역사를 반쯤 죽였다가 다시 살려내는 셈인데, 이러구러 이런 관행도 자리를 잡았으니 이보다 더 치사하고 졸렬한 '제도'가 달리 또 있겠는가.

그러니까 망원경이나 현미경에다 안광을 고정시키고 눈씨름을 해봐도 보이지 않는 것이 더 많을 뿐만 아니라 그런 도구가 역사 읽기에서는 하등에 소용이 없다는 말이다. 왜냐하면 역사는 어떤 흐름 속에서 평지돌출한 사안들의 집적물에 지나지 않으므로 그 유동체를 읽어야 하는 것이다. 그래서 전체를 조망한다는 뜻으로써의 유관(流觀)이란 말을 일부러 만들어서 써오고 있기도 하다. 물론 그 유관의 시점은 언제라도 '지금'으로 못 박히게 마련이라서 변화무쌍할 수밖에 없기도 하다. 실은 역사야말로 어떤 흐름의 연속이므로 역사관 자체도 그 유속에 따라 부유하면서 어딘가를 향해 흘러가게 되어 있다. 유동적인 것이 다 그렇듯이 볼 때마다 달라지는 것이다. 모든 지식이 일시적, 당대적 성가를 누리는 것과도 일맥상통하므로 어느 쪽이 그 유동체의 전체상을 한결 낮게 보느냐는, 그 근소한 차이의 우열만 있을 뿐이다. 달리 말하면 편파적 호오의 관점이 숙명처럼 찍어 누르고 있는 현장이 과거사 서술이라는 특이한 글쓰기이다. 그러니 역사 기술에 관한 한 불편부당한 해석, 소위 가치중립적인 이해는 원천적으로 '성립 불가'라는 사실에는 밑줄을 쳐둘 만하다. 다들 나름의 잣대로 어떤 식의 '평가'를 내놓을 수밖에 없다는 말이다. 물론 소설처럼 별도의 그럴듯한 조작으로 서술자마다의 특별한 '역사 읽기' 실력을 떨칠 수도 있지만, 그것이 날조의 혐의를 받지 않으려면 사실(史實)의 첨삭에 최대한으로 조심스러워야 한다. 다시 말해서 어떤 사실(事實)의 적발에는 기술자의 역사관이 배어 있을 수밖에 없으므로 그 진위에 대한 책임은 전적으로 그의 몫일 수밖에 없다. 물론 그 기술의 요체는 문장의 적실성과 문맥의 천연스러운 흐름이다. 그 우열이 진짜 역사와 가짜 역사를 일목요연하게 갈라놓는다.

7

앞에서 약술했듯이 나의 차기작이, 물론 아직까지는 미완의 노작이긴 할망정 지밀의 내정사를 한 도승지와 화사가 각각 다른 눈으로 들여다보면서 말을 맞춰가는 것인데, 작년 가을부터 느닷없이 청와대에서 세칭 '국정농단 사건'(후술할 테지만 우리의 모든 역사적 사건에 대한 '이름짓기' 작업은 허술하기 짝이 없다)이 터져버렸으므로 나로서는 그 추이에 관한 한 비상한 눈독을 들이지 않을 수 없다. 1백여 년 전이나 지금이나 국정 문란의 시발과 파행 경과와 그 결과는 상수로, 그러니까 청승맞게 정해진 운명처럼 바뀌지 않고 있으니 말이다. 그래서 시참(詩讖)이란 말까지 떠올렸다면 견강부회가 심하다고 할지 모르나, 모든 우연이 실은 필연의 그림자일 뿐이라는 말이 지금도 여전히 유효한 듯해서 유감천만이다.

무식한 채로나마 세상만사의 곡절을 헐뜯듯이 따져보는 명색 작가답게 나는 우선 청와대의 그 국정농단 사건의 진위와 그에 대한 여론의 진척을 주목하면서 나름의 정리벽을 발휘하지 않을 수 없었다. 소설이야말로 쓸 말과 안 쓸 말에 대한 분별을 매초마다 감당하며 끌탕을 일삼으니까. (다른 장르로서의 역사적인 '사건사' 기술도 그만한 분별쯤에는 등한하지 않다는 투정을 내놓을 수 있겠으나, 그 단정적 설명에 동원할 수 있는 어휘 수가 소설보다 상대적으로 다채롭지 않다는, 흔히 간과하는 요점을 짚었을 뿐이다. 대체로 말해서 임금과 신하 중심의 정치사 내지는 제도사 기술에 동어반복이 심하다는 독후감은 모든 필자들이 유념해둘 만하다. 따로 후술할 작정이다.) 그래서 나는 아래와 같은 여러 화두가 벌떼처럼 귓바퀴에 매달리는 것을 마냥 내버려둘 수밖에 없었다.

우리 풍토에서는 왜 꼭 두 패로 갈라져서 서로를 물어뜯고, 종내에는 어느 한쪽의 권력 쟁취와 다른 한쪽의 몰락으로 결판이 나고 마는가. 이것도 내림성으로, 일컬어 무슨 유전적 질환이 아닐까. 이와 같은 주기적인 소란의 빈발 현상도 이제 하나의 '제도'로 승화되었다면 차제에 그 밑바닥을 샅샅이 훑어서 암종의 뿌리를 발린 다음 어떤 물리적 수단으로 통째 제거할 수는 없을까.

그런데 그처럼 출중한 학력으로 무장한 모든 매스컴의 종사자들, 이를테면 현장을 뛰어다니며 통치권을 농락한 혐의자들의 과거 동정과 그 사실의 진위를 수집한 기자들의 전언은 과연 믿을 만한 것인가. 그 기사들은 어느 것이라도 불편부당한 객관적 보도라고? 증거라고 강변하니 일단 믿으라고? 부하들의 그런저런 기사들 중 화제가 될 만한 것을 골라서 지면에 내보내는 이른바 데스크의 판단까지 덧붙여졌을 테니까 그 공정성을 믿을 수밖에 없지 않냐고? 이 이중의 검열 장치가 보도의 신뢰성을 웬만큼 보장하고 있음은 인정할 수밖에 없다?

한편으로 호소력에서는 지면보다 훨씬 막강한 주체인 텔레비전 화면에서도 세칭 '패널들'이 중구난방으로 떠들면서, 이래도 믿지 않겠냐고 시청자의 판단을 즉석에서 강박하고 있다. 이쪽의 완력은 '라이브'라는 자막이 가리키고 있듯이 '실황' 그 자체로서 선전 선동적이기까지 하다. 이북은 물론이고 선진제국이 모든 수단을 강구하여 무소불위하게 저지르는 '여론관리'의 사례가 우리 모두의 코앞에 펼쳐져 있는 셈인데, 이 눈 가리고 아웅하는 제도를 사주하는 집단과 그것에 속고 치여 살 수밖에 없는 무리 사이의 거래는 얼마나 야비한 사기 행각인가.

'지면'과 '화면' 두 쪽 다 약속이라도 한 듯이 그 사실들마다의 연원을, 곧 그 원인과 근인을 다각도로 캐지도 않는다. 그 흔한 전문용어로서의 '심층 취재'란 것이 아예 없다. 물론 심층 취재와 '매일 보도'란 시간 단위는 서로 싸우고 있다. 그런데 '단독 속보'라는 말도 함구해야 하는 부분에 대해서는 은연중에 어떤 경계선이 그어져 있다는 암시 같기도 하다. 크게 말하면 모든 기자들은 통을 짜고 한 목소리로 성토 일변도이다. 이미 대세는 한쪽으로 기울어졌으니, 그래서 한참 삐딱해져버린 새 씨름판이 섰으므로 반대 의견을 철저히 깔아뭉개고 있는 이런 현상이 과연 여러 목소리를 두루 존중하자는 민주주의의 세목과 부합하기나 할까. 수많은 언론 매체들이 똑같은 목소리로 지저귄다면 여론을 조절하고, 사실의 진위를 적당히 왜곡하는 이북의 단일색 보도 관리술을 모범으로 삼고 있다는 말이 아닌가. 아니, 진정한 언론의 자유가 미국을 비롯한 유럽의 선진제국에서조차 제대로 기능, 활기차게 작동하기나 할까.

이처럼 한쪽으로 지나치게 기울어진 언론의 편파성은 무엇을 의미하는가. 그러고 보니 매스컴의 여론 선도자들은 하나같이 자신의 분별만이 옳세라는 시건방진 오만기를 이마에 내붙이고 있는데, 도대체 우리의 고등교육은 무엇을 어떻게 가르쳤길래 어떤 사안을 똑같이 한 눈으로만 재단 평가하는 데 능수인가. 역시 불가사의한 현상이 연속적으로 벌어지고 있는 우리의 이 현실은 난해의 극치다, 그렇지 않은가.

풍문에 따르면 근자의 매스컴 종사자들은, 물론 경영진과 그 수하의 부서별 실권자들과는 대척점에 서 있는 노조 소속의 일선 기자들 대다수는 두 차례 연거푸 이어지는 보수정권의 실정(失政)에 진절머리를 내면서 소위 진보적 시각을 공유하고 있다고 한다. 그러니까 매스 미디어 전반의 '바다' 정서가 차제에 청와대와 그 지킴이들은 갈아엎어야 한다는 쪽으로 의견을 모았다는 것이다. 한때는 연이은 진보적 정권의 '되다만' 전횡적 국정 집행에 한 목소리로 삿대질을 하더니 그 전통을 그대로 이어받았다면 굳이 어느 쪽을 편들든 가타부타할 것도 없다. 결국 어느 정권도 선정을 베풀지는 못해서 퇴출감에 값한다는 성토일 테니까. 두드려 맞으면서 무럭무럭 큰다는 말대로 언론이 두 패로 나눠져서 그 본분을 다했다면 가상한 일이기도 하다. 그러나 냄새가 난다고 까발리려다 흐지부지 뚜껑을 덮어버린 대북 송금액의 출처 같은 여러 전비(前非)야 일단 논외로 치더라도 진보정권의 치적은 오죽 반반했나. 이제사 엄중한 눈금으로 저울질할 수도 없게 되고 말았지만, 양쪽의 치정 점수는 고루 낙제점 이하라고 봐야 옳지 않을까. 그런데도 기자 제위는 이차판에 선거로 정당하게 집권한 보수정권을 도중하차시킴으로써 사상 초유로 '언론이 다 말아먹는 정변'을 획책하고 있단 말인가.

정히 그런 구도라면 굳이 난해하다고 난색을 지을 것까지도 없다. '진보'라는 허영기 다분한 가면을 덮어쓰고 상대방, 곧 명색으로서의 허울만 그럴듯한 '보수' 세력을 무조건 조지는 꼴이고, 이런 이분법적 정쟁은 역사적 산물이기도 하니 말이다. 그러니 요즘 유행어로는 '진영'이 둘로 갈라져서 어느 쪽이든 겉으로는 허허거리면서도 속으로는 오로지 복수의 일념에 불타서 집권만을 노리며, 한쪽이 망해야 행세할 수 있다는 단순한 신념에 놀아나고 있는 셈이 된다. 두 쪽이 이름만 되똑하니 다르게 내걸어놓고서. 무슨 색깔이 달라서가 아니라 인척간이나 교유의 친소에 따라 편 가르기와 줄 서기로 사색(四色)을 만들어 그 붕당정치로 서로 물고 뜯으며 허송세월한 한때의 관벌(官閥)들도 '노소'나 '남북' 같은 정반대의 이름은 수시로 갈아붙이고 절뚝거렸으니까. 그러니 끼리끼리 뭉쳐서 역성들기에 이바지하려는, 저쪽 말로는 '당파성' 조작에 관한 한 우리의 역사적 경험칙도 막강한 셈이다.

잠시만 되돌아봐도 우리의 풍토 전반은 예로부터 철두철미하게 두 쪽으로 갈리어 죽기 살기로 서로를 물어뜯기에 혈안이 되어 있다. 견원지간의 풍경이 지척에서 버젓이 설치고 있는 셈이다. 이를테면 대궐과 의정부는 말할 것도 없고 그 양쪽 안에도 종신(宗臣)과 척신(戚臣)이 서로 으르렁거렸고, 관과 민, 양반과 상놈, 적자와 서자 등등이 그것이다. 뒤이어 왜정이 원폭 두 방에 어이없이 허물어지고 뜬금없이 닥친 8·15 해방 직후에는 오죽 심했으면 하룻밤 새 무슨 정당, 단체, 협회, 조직 같은 것이 여남은 개씩 족출(簇出)했다는 사실이 책마다에 똑같은 음색으로 기록되어 있겠는가. 오늘날에는 두 쪽의 불화가 남과 북으로, 이남에서는 진보와 보수로까지 개화(開化)되어 있고, 옛날과 다른 게 있다면 두 쪽의 덩치나 말발이 백중지세라는 점이다. 심지어 이즈막에는 우리의 모든 국책, 국시, 국론마다에 소위 '남남 갈등'이 첨예화하는, 서로를 적대시하는 현상도 주목할 만하다. 이런 집단 패거리 의식은 조선조 5백여 년 동안 확고히 뿌리를 내려 알게 모르게 짱짱한 틀을 갖췄다고 해도 과언은 아닐 성싶다. 이 부질없는 전통, 달리 말하면 내림성을 강제하는 이런저런 요인을 찾아서 어떤 지론을 내놓아야 양쪽의 횡포를 그나마 줄이는 데 도움이 될 수 있지 않을까.

무학자의 물음에는 당연하게도 끝이 있을 수 없다. 그러나 이미 그 농단의 세목이 줄줄이 드러나버린 만큼 정국은 파국을 향해 줄달음치면서 상당수가, 아무리 크게 봐주더라도 '바람' 부는 대로 표를 몰아주는 반쪽쯤의 민심이 잘코사니라며 난리였다. 시방 이 준내란 상태의 시국이 남의 집 불구경처럼 재미있어하고 말 일인가. 다들 무슨 굿판 보듯 느물거린달까, 시먹은 꼬락서니도 국민소득의 괄목할 만한 신장 덕분일까. 그렇다 하더라도 이 소란 일체를 성숙한 민주주의의 통과의례라기에는 낭비가 너무 심하며, 부지하세월일 그 사후처리 기한을 떠올리면 지레 한숨부터 터질뿐더러, 진정한 애국적 소행이라고 하기에는 너무 수떨하지 않은가. 도대체 토요일 밤마다 광화문 광장으로 모여드는 저 수많은 시민들의 생업들은 무엇일까. (최근의 한 여론 조사에 따르면 8할 이상의 시민이 촛불 집회에 한두 번만 참석했다니까 그 집단행동은 어떤 공분[公憤]의 집요한 분출이라기보다 '장구경'에 걸맞는 느긋한 의사 표현이었다. 그런데도 새 권력의 핵심층은 무슨 대단한 '민주혁명'처럼 확대해석하고, 그 참가 시민을 시주[施主]님처럼 떠받드는 사시안을 과시한다. 물론 그런 말치레는 집권을 도와준 데 대한 '의리 지키기'에 불과하고, 조만간 그 공치사 부풀리기도 촛불처럼 거물거물 사위어갈 테지만.) 더욱이나 수상쩍은 것은 시위를 전문직 생업으로 삼는 각종의 시민단체와 노동단체들이 비상한 '재주'로 각계각층의 물주를 끌어들이고 그 숫자도 불려가는 현상인데, 그들의 '밥'이야 라면도 있으니까 논외로 치더라도 그 활동비를 도대체 누가 대주나. 각자의 귀한 인생을 저렇게 트레바리로, 또 데림추 노릇으로 탕진하는 거야 내버려둘 수밖에 없겠으나 국가적으로도 얼마나 막심한 재난이자 인적 손실인가. 민주혁명이라는 대의를 위하여 자기 자신의 일언일동을 되돌아보지 않는 저 무무한 소행 일체가 부끄러운 내색도 비치지 않고 '자괴감' 운운하던 어떤 딱한 최고위 위정자의 행태와 무엇이 다른가. 어차피 언어 장애를 겪도록 교사한 오지선답형 교육의 행패가 저런 망동들 아닐까.

주지하듯이 망국사를 여러 시각으로 기술해보라고 강제한, 앞으로도 숱한 사학도들이 이 구슬픈 해명에만 달라붙어 언짢은 첨언을 일삼을 조선조의 치세 역량은, 한마디로 줄이면 거의 가관이었다. 관민이 합심, 합세하여 나라를 쑥대밭으로 만들어서 고스란히 이웃나라에 갖다 바쳤다 해도 망발이 아닌데, 그 비화이자 애화에는 어떡하다

이 지경에까지 이르고 말았나 하는 대목이 숱하게 많다. 그 지리멸렬했던 폐정(弊政)이 실증하고 있듯이 괴꽝스럽게 성리학을 국시로 삼은 '나라 세우기'의 첫 조칙(詔勅)부터 국체의 부실과 한계가 송두리째 드러나면서 진작에 망조(亡朝)를 예비하고 있었다고 봐야 하지 않을까 하는 방정마저 떠들고 나서는 데야 어쩌랴. 고대 유학(儒學)을 재해석한 그 이념을 온 백성이 5백여 년 내내 지치지도 않고 경배하도록 만든 그 치적을 우습게 봐서는 안 된다고 할지 모르나, 경전 속의 그 상하와 선악의 잣대로 재단한 세상의 꼴이 얼마나 납작했을지에 대해서는 누구라도 웬만한 짐작을 내놓을 수 있을 것이다. 상전과 종자가 딱 한 걸음만 떨어져서 걷는 그 단출한 세상은 곧장 여러 제도 만들기에서 자체적인 결함을 복병처럼 맞닥뜨렸을 것이건만, 그래도 이것밖에 없다는 소아병적, 추수적, 맹목적 사고야말로 얼마나 안이한 치세술이었던가. 대국의 성현들이 부르짖은 그 번듯한 말씀만 숭상하면서, 이대로 따르며 살자라는 생활관은 어떤 변화, 모험, 창조의 원동력을 깡그리 말려버리는 독소나 마찬가지였을 게 틀림없다. 그런 사고방식의 일상화는 글줄깨나 읽고 사는 양반과 그 휘하의 모든 하층민에게 투안(偸安), 투생(偸生) 신조만 줄기차게 강요하지 않았을까. 훌륭한 상전을 만나 그 밑에서 의식주 걱정 없이 종살이하는 팔자보다 나은 사람살이가 달리 있기나 할까. 그러나 그 팔자는 늘 뒤꼭지에 어떤 시선을 매달고 살아가야 하므로 인간성 자체가 정상이 아닐뿐더러 상전의 눈에 들기 위해선 서로 시새움질을 할 수밖에 없다. 실은 사대주의의 본색이 바로 이것이다. 왕년의 피식민지 국가들이 독립 후에도 극한의 파쟁과 분열로 나라의 품격과 국민의 성격을 일정하게 비정상적 '장애' 상태로 몰아간 것도 결국은 어느 한쪽이 기왕의 그 상전을 어떻게 대하느냐는 조잡한 노선 싸움일 뿐 인데, 그것을 흔히 '선명성' 운운하며 호도한다.

　요컨대 종주국에 사신을 철철이 보내야 하는 나라의 군신은, 더불 어 식민지의 본토박이 신민은 어쩔 수 없이 '곁눈질'이라는 생리 현상 에 길들여진다. 그 단순한 신체적 반사운동은 당연히 후손에게까지 대물려진다. 물론 그 근원에는 성리학 같은 교리에 대한 맹목적 숭배 의식이 있고, 그 경전인 사서삼경을 달달 외움으로써 실천의 예를 차 린다. 독실한 종교인들이 그러는 것처럼 오로지 인용하기 위해서 경 전을 읽어야 하고, 일상 중에 끌어다 써먹으려면 외워야 하는 것이다. '곁눈질' 사회에서는 제 목소리와 제 손재주와 제 일품에 매달리며 근근이 살아가는 장인, 공인, 예인, 상인 따위는 경원의 대상으로, 경 서를 모른다는 한 가지 결격 사유만으로도 타매의 표적감이 되고 만 다. 그러므로 사대주의, 추수주의, 부화뇌동, 최근의 '쏠림' 현상 같은 말들은 사실상 '곁눈질'을 모태로 삼은 그때그때마다의 세태어로서 같은 말일 뿐이다. 여러 말을 줄이면 평생토록, 아니 자자손손 자생 (資生)도 없이 심심풀이로 경서나 읽다 말다 해온 양반들의 그 무사 안일주의에서 억지로 걸러낸 여러 사유들이 과연 '정상'이기나 했을 까. 꼼지락하기도 싫어한 천부적 노동 기피 풍조와 그 대신에 입찬말 과 공상 즐기기로 소일한 행태에서는 정색하고 정시(正視)하는 습관 이 원천적으로 거세되어 있었다고 봐야 하지 않을까.

　그런 심성은 어떤 사안에서나 꼭 두 쪽으로 갈려서 한 쪽이 옳고 다른 쪽이 그르다는 명분 찾기에 매몰되는데, 실은 그 시비 가리기는 역성들기일 뿐으로 어느 쪽이든 맞을 수도 또 틀릴 수도 있는 흑백논 리에 지나지 않는다. 서로가 명민한 총기로 따져보면 이렇다 할 싸움거리가 아님에도 불구하고 상대가, 곧 적수가 코앞에 있으니 공연히 트집을 잡고, 그런 처신은 알게 모르게 성정을 점점 쪼잔하게 비틀어 버리고, 하잖은 시빗거리조차 자잘한 승벽(勝癖)에 집착하도록 들쑤신다. 그러니 상대가 있음으로써 이겨야 하고, 그래야 자기 쪽 담론이 사학(邪學)을 면할 수 있으므로 목숨을 걸어야 하는 것이다. 명운이 달린 만큼 이것보다 더 그럴듯한 명분으로 달리 무엇이 있겠는가. 그리하여 언쟁만 난무하는 가운데 국정의 실속은 무슨 풀씨처럼 까맣게 물러나고, 아니 그까짓 것이 대수냐는 억하심정이 발동하여 별 것도 아닌 왕년의 시빗거리를 또 자아올려서 양쪽이 이제는 결판을 내자고 눈깔을 까뒤집는다. 이런 회오리바람에 감겨들면 누구라도 자기반성 따위야 일찌감치 내팽개쳐버리고, 어떤 사조나 남의 학덕, 나아가서 이웃나라의 기풍 전반에 대해서는 눈을 질끈 감아버리거나 깔보는 교만방자만 온몸에 걸치고도 이럭저럭 살아진다. 천하에 소인배 근성과 졸장부 본성이 앞다투어 칠갑을 두르는 것이다.

그런 작태 일체는 근본적으로 허세부리기에 지나지 않는데도 만사가 허울만 요란해지는 악순환을 불러온다. 속은 곯말라 가는데도 명분 곧 껍데기 치장에 급급하는 것이다. 모든 허명이 그렇듯이 온통 위선으로, 가식으로, 허영으로 거죽을 장식하고 거드럭거리는 꼴에 길들여지니, 다들 그러는 터이라 남우세스러운 줄도 모르는 지경에 이른다. 그 비근한 실례가 이른바 말 같지도 않은 '소중화(小中華)'라는, 우리는 언제나 종자입니다라는 병적 허언벽인데 그 잔다란 자기만족, 자기현시에 대한 어떤 반성도 없었던 것이야 '남의 말'만 외우는 총기뿐이라 그렇다 치더라도, 그쪽 식자들의 입에 발린 상찬인 줄 알면서도 그따위 알량한 자부에 겨워 지냈으니 세상은 언제라도 돈

짝만 했을 터이다. 그런 자위(自慰)의 일상 자체는 짐짓 엄숙한 익살꾼의 자기희화화와 조금도 다를 바 없다. 사대부들의 한결같은 그 자기도취가 미만한 가운데 국력은 간단없이 휘청거리고, 망징패조(亡徵敗兆)가 완연한데도 다들 오불관언이다. 그처럼 나태한 배포도 예의 그 투안주의와 투생주의에서 비어져 나온 눈물 같은 분비물임은 말할 나위도 없다. 오죽했으면 키가 난쟁이에 불과했다는 왜장 도요토미 히데요시가, 너희들은 상대가 아니니 길이나 비켜달라고 했을까. 오로지 구차한 목숨이나마 이어가며 눈앞에 알짱거리는 안락만 추구하는 채신머리가 부끄러운 줄을 안다면 그 정경도 어딘가 어색하다. 그냥저냥 또 끼리끼리 뭉쳐서 따따부따하는 말잔치에 걸신이 들리면 그것도 그런대로 즐길 만한 경지가 되고 마는 것이다. 요컨대 안분지족의 골자는 내일 일을 감히 누가 알겠냐는 무력한 처세관일 텐데, 그런 심성이야말로 당대는 물론이려니와 자손대대로 망신과 망골(亡骨)을 예비하고 마니 얼마나 무서운 습성이자 관습인가.

물론 어떤 국가도 일정한 정도로 자랑사관의 선양에 일로매진하고 있는 것은 기정사실이나, 우리의 그것은 양쪽, 곧 중국과 일본을 곁눈질하다 보니 엉뚱한 화풀이에다 때늦은 분풀이 같다는 지적에서 자유로울 수 없는 측면이 뚜렷하다. 대단히 비감해지는 대목인데, 이 소성(小成) 도취벽은 각자의 전문 분야나 생업 자체에 천착하지 않음으로써 '깊이 부재'를 불러와서 자신의 정체성을 평생토록 달무리처럼 흐릿하게 만들어버린다. 무슨 일이든 소일 삼아 여기로 적당히 때우려는 관성은 저마다의 일상 전반을 흐지부지 상태로 이끌어가는데, 이 괴상망측한 주체 망각증을 예의 그 투안주의가 괜찮다고, 그만해도 장하지 하며 쓰다듬는 형국이다.

우리의 일반적 심성이 대체로 이렇다는 맹성조차 이제는 예의 그 사대적 곁눈질 습벽을 의식해가며 조심스럽게 토로해야 할 지경이다. 언로가 소위 소셜 미디어에 기대서 벌떼처럼 열려 있고, 저마다 한 가락씩 뽑아내는 도도한 언론인 행세에 거침이 없으니 말이다. 이를테면 반체제적, 대정부적 발언을 점점 망발 수준으로 강화하는 시민단체와, 뻔뻔스럽게도 어느 쪽 후원금이라도 넙죽넙죽 받아먹는 그 유사 단체들이 2백 개가 넘은 지도 오래되었다고 하며, 그들이 페이스 북이니 트위터니 댓글이니 하는 손장난으로 어법도 무시한 허튼 소리를 마구 주워섬기고, 그것을 제도권 언론이 크게 다뤄주고 있으니까. 그러든 말든 무슨 일에든 냅뜨고 나서는 트레바리형 사설단체가 경향 각지에서 넘쳐나는 이 이상한 풍조가 과연 정상적일까. 그들의 그 주의주장에 한 줌의 시대적 정당성과 분단체제상의 당위성이 있기라도 할까. 아마도 시류적 편의성이랄지 기회주의적 속성과도 얼추 비슷할 터이므로 그들의 소망을 일단 한여름의 매미 소리처럼 일과성에 그친다고 보면 그만일까. 그런 방목과 방임 현상은 서로를 백안시하는 자폐증과 유사할 텐데, 그러고도 공동체 운운하는 것은 형용모순이 아닌가. 따져보나 마나 그 양쪽보다는 지역의 공공도서관에서 독서로 소일하는 반(半)자족적 실업자들의 정보량과 그 질이 훨씬 윗길이라고 장담하면 즉각 악플을 달아대겠지만, 그 짓마저도 예의 그 투안주의의 손장난이지 별거겠는가.

쉽게 말하면 오늘날의 우리 시민은 누구라도 분수 망각증과 신분 일탈증에 매몰되어 어떤 성취욕도 없는 허릅숭이가 허송세월하자니 지겹다고 나름의 엉성한 '표현의 자유'를 함부로 구사하고 있지 않은가. 지금 이 시각에도 광화문 인근을 비롯하여 여러 곳에서 팔뚝을 흔들어댈 각종의 시위꾼들을 떠올려보면 나로서는 저절로 '가방끈'이 긴 인간들일수록 쓰레기 배출량도 많다는 험담을 나직이 흘리던, 밤 늦도록 꾸벅꾸벅 졸면서 한약재를 썰다가 작두 밑에다 자기 손가락 두 마디를 떨어뜨려버린 어떤 양반을 추억하지 않을 수 없다.

사람이 무서울 리는 만무하다. 다만 개개인의 일상과 그 일정은 삐끗하면 천리 낭떠러지로 굴러떨어지는 것이라서 언제라도 조마조마해지곤 할 뿐이다. 유심히 들여다보면 우리 주위에는 화투치기 같은 노름으로 실없이 공것을 탐하는 내기벽, 무사분주로 아까운 시간을 탕진하는 소일벽, 끼리끼리 뭉쳐서 재미도 없는 한담설화(閑談屑話)에의 몰입벽 같은 못난 버릇에 길들여진 헐렁한 겉똑똑이들이 의외로 부지기수다. 그런 몹쓸 습벽은 각계각층으로 빠르게 퍼져가고, 모든 타락이 그렇듯이 그런 활량 기질은 쉽게 인이 박여서 기어이 바닥까지 굴러떨어지게 마련이며, 그 풍조는 결국 집단의식으로 슬며시 뿌리를 내리고 마는 것이다.

국민성이라는 근대적 조어의 연원이 대체로 이런 경과를 밟는다고 하면 너무 자학적이라고, 무슨 억하심정으로 자기비하가 그토록 자심하냐고 찍자를 걸어올 부류가 틀림없이 수두룩할 것이다. 예의 그 무위도식하는 오늘의 덜 떨어진 추수주의자들을 비롯하여 '손장난'도 무슨 짱짱한 소신의 선언과 그 선전인 양 자부하는 무리들 말이다. 이러고도 투안주의가 전적으로 근거 없는 가설이라면 남의 말로 자신의 단견을 토로하는 데림추들의 지론은 과연 어떤 것일까. 모르긴 해도 그것에마저 일말의 자화자찬벽이 배어 있을 듯해서 쓴웃음을 머금을 뿐이다.

8

첫 화두부터 설건드릴 수는 없으므로 조선조의 개국과 함께 그 씨가 뿌려졌을 것이라고 보는 우리 조선인 고질의 정체성(正體性)을 풀어주는 두 열쇠 말, 곧 예의 투안주의와 투생주의라는 그 집단심성을, 그 편린만이라도 더 좀 살펴보아야 할 계제인 성싶다.

다들 말발이나 세운답시고 함부로 '성웅'이니 '구국의 명장'이니 같은 상투어를 덧대곤 하지만, 그런 말이 전적으로 허위문자에 지나지 않는 것은 이순신 장군의 전신상은 물론이려니와 그 부분상과도 너무 동떨어진, 도무지 어울리지도 않아서 아주 주체스럽고 불량한 췌언이기 때문이다. 그이가 남긴 치열한 기록물인 『난중일기』를 찬찬이 읽어가다 보면 참으로 수상쩍게도 어떤 체념, 낭패, 실의, 곤핍의 기색이 책갈피마다에 가득해서 비감해진다. 무장으로서의 두름성, 호방, 용맹, 백절불굴의 기상 같은 성정은 눈곱만치도 안 비치고 탈진 후의 지독한 무력감 같은 정서만 넘실거려서이다. 실제로도 그이는 아주 중중의 위장병을 앓고 있었는데, 요즘 말로는 위궤양(그 증세로 보아 중증의 위암이었을지도 모른다)이나 다른 소화기관이 많이 상해서 토하기도 하고, 오한으로 땀을 줄줄 흘리는가 하면 정신도 몽롱한 지경에 이르러 '온종일 신음했다'는 증상을 간단없이 적어두고 있다. 그런 중에도 틈을 내서 활쏘기를 일과로 치를 만큼 규칙적인, 자신의 자리지키기에 관한 한 강단 좋은 특유의 '공간 감각'을 체현한다. (이 '공간 감각'은 자기 자신이 시공간적으로 또 사회적으로 어떤 위치에 있으며 또 있어야 하는가라는 분별로서, 그 자각의 정도에 따라 허영기와 자존심과 겸양미가 여실히 드러나는, 사람의 인품 전반을 마름질할 수 있는 잣대이다.) 뿐만 아니라 몸을 그토록 혹사시키면서도 가끔씩 앞으로 닥칠 전투를 미리 대비하느라고 혼자서 가만히 선실 바닥으로 내려가 갈대로 만든 삿자리 위에 앉아 있다가 올라오곤 한다. 더러 선창 위에 가설해둔 뜸집 밑에서 몇 시간씩 거닐다가 좌우의 부하들을 물리치고 해가 바다 너머로 떨어질 때까지 출렁이는 물결을 노려보는 대목에 이르면 전쟁에 대비하는 그 근엄한 자태가, 그 초조한 심사가 밀물처럼 저만치서 너울너울 다가온다.

그런 단조로운 일상 중에도 이순신 장군은 걸핏하면 부하들의 목을 사정없이 베어버리는 과단성 행사에는 조금도 거리낌이 없다. 그 죄목은 명색 정탐병이란 것이 허풍스럽게 거짓말을 하고 있다고, 왜적에게 붙잡혔다가 죽지 않고 돌아왔다고, 작업 기한을 지키지 않았다는 것들인데, 따질 것도 없이 즉석에서 참수해버릴 정도의 군율 위반도 아니다. 술주정꾼에 모함질이나 궁리하는 원균 같은 졸장부의 언행 일체가 비위에 거슬려서 그 화풀이로 그랬을 리는 만무하다. 아마도 그이는 다른 장수들이 흔히 '생각 없이' 내지르는 그런 군기 단속에는 태무심했을 게 틀림없다.

『난중일기』 곳곳에는 '분하다, 억울하다, 통곡이 터졌다, 나랏일을 생각하니 나도 모르는 새 눈물이 흘렀다, 잠이 부족해서 눈병을 얻었다, 부하를 시켜 칼을 갈았더니 아주 잘 들어 적장의 맨머리를 단숨에 벨 만했다, 몸이 괴로워서 앉고 눕기도 힘들었다, 흰 머리카락을 몇 올 뽑았다'라고 자신의 사적 체취를 숨기지 않고 털어놓는다. 도대체 대규모의 살육전을 감당해야 할 장군의 처신이 이토록 자기 투시적이라니, 이처럼 섬세한 성정의 장수가 칼부림으로 적군의 목을 단숨에 딸 수 있다니, 도저히 믿기지 않는 대목이 연방 속출한다. 심지어 한 차례 동침했던 관비가 자식을 낳았다는 소식을 듣고서, 달수를 따져보니 자기 소생이 아니라고 단정해버리는 대목에서는 처연해진다. (아마도 『난중일기』의 초서를 뜯어 읽기가 워낙 난삽해서 그럴 텐데, 꿈에 부안[扶安] 사는 첩의 행실을 의심하며 내쫓아버렸다는 번역본도 있다. 어느 쪽 것이라도 껴입은 두 벌의 잠옷이 식은땀으로 흠뻑 젖었다는 당시 이순신의 심신을 감안할 때, 골병이 들 대로 들어 혼절에 이르기까지 하는 그만의 심정적 갈등과 평소의 의심증을 유추해내기는 어렵지 않다.) 이런 세목을 찬찬히 묵독하고 있으면 우리가 기왕의 여러 기록물을 통해 군인을, 장군을, 전장과 전투와 전쟁을 얼마나 피상적으로 알고 있었나 하는 상념으로 잠시나마 멍청해지지 않을 수 없다.

널리 알려진 사실이지만, 이순신 장군은 병선의 갑판에 자기 자리를 잡았다 하면 어떤 독전(督戰)의 명령을 내리지도 않고 전투가 끝날 때까지 적선 쪽만 노려보면서 장승처럼 꼿꼿이 서 있었다고 한다. (일본 쪽의 기록에 그렇게 적혀 있고, 그 특이한 지휘력을 귀감으로 삼았다니 믿을 만한 목격담일 것이다.) 그러므로 그이의 여러 대첩에 따르는 일화는 전적으로 과장일 수도 있다. 혹자는 그의 불우, 그의 격무, 그만의 책임감과 강박증을 거론하며 일시적인 역증의 폭발로 그의 심신 상태를 저울질할지 모른다. 본인이 누누이 실토하는 바대로 간단없이 덮쳐오는 쓰라린 통증의 환자였으므로 조증과 울증에 수시로 시달리기는 했을 것이다. 누구라도 지병의 고통을 바른 정신으로 감당하기는 힘겨우며, 수많은 군사를 지휘해야 하는 장수의 눈에 무엇인들 탐탁하게 비쳤겠는가. 더욱이나 장수이기 전에 한 개인으로서 그처럼 치밀하게 일상을 다독거린 완벽주의자의 시선으로서야.

아닐 것이다. 달리 읽을 여지가 분명히 숨겨져 있는 듯하다. 그이는 오래 전부터 만신창이가 된 자신의 몸과 정신을, 특히나 그만의 단심(丹心)을 곡해하는 이 땅의 관민이, 임금 이하 뭇 신하들이 거슬려서, 면대하기조차 싫어서 죽을 맛이었을 것이다. 그래서 그는 진작에 죽음 따위를 초월해버린 넋이었다. 차라리 어서 죽기를 바라고 있었다고 해야 맞을지 모른다. 자신의 병든 몸을 하찮게 여기는데 다른 생명체가 제대로 보이겠는가.

넋이 빠져버린 중년의 아들은 모친으로부터, 잘 내려가거라, 어서 나라의 치욕을 크게 씻어라라는 당부의 말을 듣는다. 뒤이어 모친께서는 두세 번 더 타이르면서도 헤어지는 슬픔을 끝내 말씀하지 않으셨다고 적어두고 있다. 그 당시 이순신 장군의 모친은 일흔여덟 살의 고령으로 아들이 속속 보내는 전령과 인편에 내 걱정은 하지 말라고 이르며, 그 낭보를 듣고 나서야 안도했다는 심경이 『난중일기』에 빼곡하다. 그 어머니에 그 아들이라는 소리가 아니다. 하루 빨리 이 환란의 한을 풀라는 당부는 아들의 능력을 믿어서도 아니다. 병가상사(兵家常事)란 말도 알고 있으므로 전쟁에서 이기든 지든 그런 나랏일은 아무래도 좋다. 오로지 이 피비린내 나는 재앙을 불러온 왜적의 만행이 그치도록 힘껏 싸우라는 것이다. 조용히 잘 살아가는 나라를, 그 속의 만백성을 마구 죽이는 원수의 행패를 무찌르지 않으면 그게 무슨 인간인가. 그러니 싸우다가 죽으라는 간곡한 권면이다. 즉각 『논어』에서 역설하는 견위치명(見危致命)의 진면목이 떠오르는 장면이 아닌가. 살아서 다시 문안 인사를 하러 올 생각은 거두라는 그 신칙은 만백성의 머리꼭지에서부터 발부리에까지 추레하니 또 비굴하게 매달려 있는 투생주의에 대한 피 맺힌 원성이 아니고 무엇이겠는가. 그러므로 너라도 구차하게 살 생각을 버림으로써 모범을 보이라는 것이다. 그 절규는 모친이 생생히 목격한 전시하 뭇 백성의 몰풍경, 이를테면 왜적 앞에서 남녀노소가 하나같이 제발 목숨만 살려달라고 비는 그 추한 애걸복걸을 간접적으로 전하는 전황(戰況)이다.

당연하게도 이순신은 장군으로서가 아니라 한낱 전사(戰士)로서 죽기로 결심한다. 빗발처럼 촘촘히 쏟아지는 조총의 방사(放射) 앞에서 자신의 온몸을 무방비 상태로 노출시킴으로써 모친의 당부를, 아니 오래 전부터 맹세한 자신의 자결 의사를 관철시키는 것이다. 내 죽음을 알리지 마라는 유언도 그가 생사를 얼마나 하찮게 보았는지를 증명하고 있다. 아니다, 어차피 거덜나버린 나라꼴을 더 이상 보지 않겠다, 이 전투에서 이겼다 한들 그게 무슨 대수란 말인가, 입신 후부터 숱하게 목격한 조정의 비리에 얼마나 치를 떨었던가, 번번이 당하는 모함 앞에서도 이런 치욕을 감내하기에는 내 육신이 오죽 보잘것없는가, 이제 내 힘으로는 어쩔 수 없다는 체념은 얼마나 쓰디쓰고 또 달콤했던가. 그런 고행을 묵묵히 맞받아냄으로써 그는 자신만의 소박한 기상을 드러낸다.

투안주의와 투생주의가 만연한 조정과 조국에 무슨 애틋한 정을 쏟겠는가. 우왕좌왕하는 임금을, 탁상공론으로 시끄럽기만 한 권신을, 싸움과 죽음 앞에서 부들부들 떨어대는 병사와 백성들을 그가 어떻게 보았을까. 사람의 탈을 뒤집어쓴 한낱 버러지들로 보지 않았을까. 그런 자기완성적 심경으로는 눈앞의 안일을 탐하는 나라의 기풍도, 구차하게 목숨이나마 이어가려는 만백성의 몸부림과 그런 근성 자체도 몹쓸 역병처럼 비쳐서 당장이라도 내치고 싶었을 것 아닌가.

그리고 보면 우국으로 밤잠을 설치면서도 애국 타령을 늘어놓지 않는 비범함도 이순신만의 특이한 체취이다. 한낱 필부라도 나라 사랑에 대한 방책이야 하루 종일 떠들어도 성에 안 찰 것이다. 하물며 이순신 장군이야 조리까지 세운 애국론을 말보다는 글로써도 수십 장씩 즉석에서 적발해놓을 수 있을 텐데 그이는 그러지 않는다. 그것의 실천에 즉각 벌떼처럼 달려들 혜살꾼들과 그 뭉때리기를 혼자 몸으로 어떻게 감당한단 말인가. 그이는 그 불가항력을 알고 있기 때문에 '나라 걱정'으로 잠을 못 이루면서도 '나라 사랑'에는 함구로 일관하는 것이다. 애국 타령이 원래 사이비 떠버리 정상배들의 전유물로써 그들의 본색을 가리기 위한 휘양임은 지금도 매일같이 신문 지상에서 볼 수 있지 않은가.

또다른 실례도 마저 적바림해두어야 할 시점이다. 우리의 모든 역사책은 조선조 중엽, 대략 17세기 초반부터 그 고리타분한 성리학의 지배체제와 그 독주로 무사안일에 젖어 사는 '국풍' 일체에 반기를 들고 나온 실학파의 온축(蘊蓄)을 하늘 같이 떠받드는 데 서슴없이 동조하고 있다. 정당한 평가이다. 그러나 한편으로 달리 생각하면 글로써 세상을 밝힌다는 뜻으로의 '문명' 국가치고 그런 반동조차 없었다면 그게 과연 옳은 나라일까. 여러 사례를 다 제쳐두더라도 오랫동안 글을 쓰고 책을 남기고 있는 나라임에랴. 그만한 각성조차 없는 나라가 허울뿐인 역사 서술을 해본들 그것이 과대망상적 허언이 아니고 무엇이겠는가. 그러므로 실학의 대두가 있음으로써 비로소 역사다운 역사의 기술이 가능해졌다는 사실을 겸허히 받들자는 소리일 뿐이다.

누구나 외우고 있다시피 실학은 공맹학의 그 공리공론으로 계절이 바뀌는 줄도 모르는 지배계층의 언변 사치 노름판을 깔아뭉개고 실사

구시(實事求是) 정신으로 무실역행(務實力行)하자는 성토와, 온 백성의 살림살이를 편리하고 풍족하게 만들려는 이른바 이용후생(利用厚生)을 일상 중에 뿌리내리려는 지도와 권고로 충일해 있다. 그 기록물의 가락들도 경전 속의 그 몽몽한 계몽조 설유가 아니라 일상생활을 통해 깨친 여러 망조와 불편을 개량해보자는 당부로써 당장 써먹을 수 있는 구체적인 사례들로 넘쳐난다. 그 대표작 중 하나인 박제가(朴齊家)의『북학의(北學議)』에는 우리도 청국의 수레를 그대로 만들어 쓰고, 마소의 분변도 모아 쓰는 기풍을 본받자고 누누이 강조한다. 그 가락에는 거의 탈진한 궁유(窮儒)의 신음성 넋두리만 넘실거릴까 열렬한 개혁의지가, 단언컨대 어떤 결기가 한 주먹도 꿈틀거리고 있지 않다. 동어반복도 심하고, 수레와 거름을 들먹이는 데서도 알 수 있듯이 국체 전반의 '일대' 개혁에는 눈을 힘주어 감아버리는 소심근신(小心謹愼)으로 일관하고 있다. 그러니까 조세 개혁 방안, 당쟁 폐해 적시, 과거제 적폐, 관리, 양반, 선비 등 지배계층의 무능, 무직, 무용 등을 질타하고, 그 선도책을 내놓고 있지만, 그런 공상은 소성도취벽을 그나마 즐기느라고 내놓은 간략한 적바림일 뿐이다. 좀 더 솔직한 독후감을 내놓는다면 상거지나 다를 바 없는 나라 형세가 하도 답답해서 내지르는 구슬픈 비가(悲歌)에 값하고 있다.

어쨌든 실학의 대의는 청빈이 자랑거리일 수 없으므로 국부(國富)의 진작을 도모하기 위해 상공업을 장려하고, 과거와 현실을 직시하면서 국가의 성격 일체를 차제에 송두리째 뜯어고치자는 것이다. 다만 그런 조정 불신, 나아가서 체제 부정의 기운이 국토와 사직을 그토록 무참하게 결딴낸 왜란과 호란을 겪고 난 후에서야 비로소 발동한 각성이라 만시지탄의 감이 없지 않다는 점과, 그 성과 일체도 성리학의 막강한 압력으로 미미했다는 사실에는 방점을 찍어둬야 할 것이다. 무엇보다도 대대로 놀고먹는 사족(士族)의 기생적 삶을 질타하면서도 그 대척점에 있는 상놈과 서민 일반의 '신분해방'에 무감각했다는 실적 자체가 북학파와 실학사상 전반을 한낱 구이지학(口耳之學)으로 떨어뜨려놓고 있다. 강조컨대 실학의 그 개혁 사고는 그나마 깨어 있던 일부 양반들이 머리로만 그리던 '환상'에 지나지 않았고, 그것을 후학들이 입으로만 부지런히 외우고 있었다는 사실이다. 맞춤하게도 그 경전인 『목민심서』의 제목이 가리키는 대로 임금과 양반을 잘 섬기는 백성을 짐승처럼 어루만져 기르는 방책을, 그것도 '마음'으로만 쟁여두고 있었으니 한낱 꿈뜻 같은 환영(幻影)만 되작였던 것이다.

물론 그 실례도 있다. 실학파의 적자(嫡子)라고 자타가 공인한 개화당의 열혈한들이 일으킨 갑신정변, 곧 현실 무시, 청국 기피로 불러들인 신사대주의로서의 친일 성향, 거국적 혁명이 아니라 소규모의 친왕적 정변 획책 등으로 국운을 더 수렁으로 몰아간 그 실적은 무엇을 말하는가. 좀 과장하면 개화당의 개혁의지도 성리학을 무릎 위의 고양이처럼 쓰다듬는 그 선비들이 오로지 머리와 입으로만 외친 투안적 신선놀음으로써의 한낱 허망한 공상에 불과했던 것이다. 아마도 조정을 좌지우지하는 청국과 근왕 세력을 시종 곁눈질하는, 일단 편을 그렇게 갈라놓아야 안심하는 일종의 '배제심리'가 실학파의 그 국정 쇄신책에도 암류하고 있었다고 봐야 어불성설을 면할 수 있다는 말이다.

그처럼 우렁차고 유용한 학문도 실학이란 말뜻이 무색하게 북학론자 저희들끼리만의 공리공론에 자족하고 말았으며, 이런 희한한 조횟속에 대해 아직도 눈을 질끈 감아버리고 있어야 할 것인가 하는 의문은 남을 수밖에 없다. (자화자찬벽과 소성도취벽은 만사에 끈질기게 엉겨붙는다. 필생의 본업을 한눈팔기식으로 즐기는 아마추어, 곧 생무지들이 각 방면에서 전문가 행세를 떨치는 통에 우리 사회 전반이 시끄럽고, 모든 제도가 삐꺽거리며, 그 운영도 엉망진창인 것은 보는 바와 같다. 선무당은 사람을 죽이기 전에 기왕의 반반한 마당부터 기울다면서 망가뜨려놓는 법이다. 그거야 아무려나 우리 사회의 여러 매듭마다가 '깊이'에서 일정하게 미달 상태를 면치 못하는 실정은 생무지들의 그 천박한 일가견 행실을 어리광으로 감싸주고 있어서임은 말할 나위도 없다. 비근한 실례로 세칭 명문대 입학으로, 또 고시 합격만으로 자족하는 무리들을 시종 떠받들고, 그들의 근거가 부실한 기고만장을 함께 기리는 풍조도 우스꽝스러운 것인데, 그들의 성취는 대개 다 일정한 지점에서 제자리걸음을 거듭함으로써 오만의 극치를 유감없이 보여준다. 실학파와 개화파의 일정한 '성취미달'을 '애민사상' 같은 추상적 언어로 호도해서는 결국 기문지학[記問之學]의 답습에 그치고 만다는 부연일 뿐이다.) 보다시피 실학파의 대두 이후 그전까지의 세상과 달라진 모서리가 거의 전무한 상태로 민생은 물론 나라 꼴도 점점 더 골골거리다가 삭풍 맞은 허수아비 꼴로 제풀에 허물어져버렸으니 말이다. 그나마 실학의 그 공상적 '사상누각'은 그후 동학 집강소의 강소(强疏)였던 '폐정개혁 12개조'와 고종이 백관을 거느리고 종묘에서 서고(誓告)한 '홍범 14조' 속의 그 일일이 타당한 정치혁신책에서 말뿐인, 곧 문서로만 재연되고 있다. 실천이 따르지 않는 그 공염불의 선언은 결국 민도, 나아가서 집단심성 일체를 무시한 구두선이었으니 지금도 대개의 '대선공약'은 그 전통을 그대로 이어받고 있는 셈이다. 입 따로 몸 따로 머리 따로 놀아나는 이 해망쩍은 보속증(保續症)은 대개의 정신질환이 그렇듯이 난치병인 듯하다.

하기사 일상사는 심해의 밑바닥 조류처럼 느리게 변한다는 학설도 있기는 하다. 그렇다고 해서 실학의 그 출중한 당세관이 우리의 정신생활이나 물질문명에 상당한 파급 효과를, 요컨대 가시적인 이바지가 있었는지를 점검해보지 않아도 될까. 물론 그런 이해타산은 역사기술에서 하찮은 것일 수 있다. 세상살이에서 꼭 있어야 할 것은 언제 어디서나 저절로 나타나게 마련이고, 그것은 빠른 속도로 개량의 길을 줄여가고, 그 구실이 더욱 신장되므로 왜 하필 그때 현신했는지 따져봐야 별무소용일 테니 말이다.

9

어슷비슷한 언설 늘어놓기가 생업 그 자체였던 유생들이 무슨 옷더껑이처럼 온 누리를 뒤덮고 있던 조선조는 임금부터 그 휘하의 신료들 전부가 국력의 신장을 철저히 밀막았다면 어폐가 있을지 몰라도 은근히 두려워했던 것은 사실이다. 우선 대국의 경계와 견제를 호시탐탐 곁눈질해야 하고, 국부의 신장은 바로 민권의 성급한 부상, 확대, 분출을 가져올 터이므로 그런 변모에 무심했을 수는 없었을 테니까.

그 사례는 사실상 새삼스럽게 초들어 말할 거리도 아니다. 장장 5백여 년 동안 거국적 토목사업을 한 번도 벌리지 못하고, 그럴 엄두도 내지 않음으로써 후대에 구경거리 내지는 자랑거리를 물려주지 않은 무능만 보더라도 그 방증으로써 손색이 없다. 서울에만 해도 볼 만한 궁궐이 여러 개나 되고, 지방의 산골짜기마다에는 우람한 대웅 전이 헤아릴 수도 없이 많다고 한다면 그런 자그마한 집짓기는 민간 에서 각자가 또 울력으로 꾸릴 일이며, 실제로도 그랬고 굳이 나라가 나설 일도 아니다. (한반도 양쪽의 두 나라와 비교할 때, 국력과 국토 의 열세를 감안한다 하더라도 그 규모의 왜소성 앞에서 열등감을 느 끼지 않는다면 물신선일 것이다.) 또한 그 정도의 작은 구조물을 상 찬한다는 것도 참으로 좀스러운 안목이자 그것이야말로 자화자찬벽 과 소성도취벽을 함께 누리는 어릿광대의 작태가 아닐 수 없다.

즉각 시비꾼들이 입에 익은 말버릇으로 다른 대거리도 골라잡을 듯하다. 섭정 10년 동안 대원군이 그나마 국가재정의 파탄을 무릅쓰 고 경복궁의 재건에 달려들어 낙성을 보지 않았냐고. 얼추 맞긴 해도 임진왜란 때 쑥대밭이 된 채로, 그것도 일패도지(一敗塗地)로 경황이 없는 대궐과 조정의 무능에 이를 갈던 우리의 난민 무리가 깡그리 분탕질을 놓은 것인데, 3백 년 동안이나 방치해둔 작폐에는 어떤 변 해를 둘러댈 것인가. 단언컨대 우리 땅에 우리 돌을 울력으로 쌓아올 리는 축성조차 대국의 눈치를, 예의 그 곁눈질 악습으로 살펴야 했으 니 거국적 토목사업은 언감생심이었다. 그런 맥락에서라도 대원군의 경복궁 중건은 적어도 곁눈질 버릇을 일시적으로라도 걷어낸 파격이 었음은 분명하다.

그러니 성리학을 읽고 잘 외우는 데만 초지일관, 그 치졸한 경쟁에 매몰되어 있었던 조선조의 상층부는 자나 깨나 하층부의 훤쟁(喧爭) 과 훤소에 귀를 열어놓고 시름겨운 나날을 영위했다고 봐야 하지 않 을까. 그들의 동정이 대체로 어정뜨고, 심지어는 짐짐하며, 무슨 일이든 벌리자니 멈칫멈칫 재장발라지는 것도 아랫것들의 불퉁스러운 언행을 미리 상정하고 있어서 그랬을 터이다. 그래서 쉼 없이 인의예지신을 가르치느라고 허허거리고, 그 본을 보이느라고 하릴없이 입품이 늘어나는가 하면, 공연히 거드름을 피우기에 바빠서 마땅히 해야 할 일을 내물리기에만 급급해왔던 셈이다. 이쯤되면 만경타령과 무슨 일이든 대충대충 마무리 짓거나 중동무이로 끝내는 두손매무리 버릇은 우리의 반상이 공히 누리는 천성이라고 해도 좋을 것이다.

앞서도 지적했듯이 모든 버릇은 빠르게 몸에 배어듦으로써 고질이 된다. 움직이니 않으니 생산물이 늘어날 리 만무하고 무항산(無恒産)이니 무항심(無恒心)일 수밖에 없으며, 보잘것없는 유족으로 근근이 살아가자니 무력증만 쌓여갈 것 아닌가. 그처럼 처량한 덕치와 서글픈 청빈도 여린 상사람 일반의 눈치 살피기를 좀 다르게 드러내려는 작위적 처신이었을지 모른다. 그러므로 관존민비, 무관천시 같은 기율도 오로지 역성혁명이나 그에 준하는 정변으로 멸문지화를 그럭저럭 모면해보려는 앙가조촘한 치세술일 뿐이었다. 국세와 국격을 드높이고, 사대부 개개인의 인품과 기상과 이상을 활짝 펴고 떨치며 북돋우기는커녕 옹동그리고 지레 주저앉아버리며 깔아뭉개기에만 전심전력했다는 소리인데, 그런 처세를 성리학이, 사대주의자가, 곁눈질 근성이 사주했다면 괴팍한 사유일까.

임경업(林慶業) 장군이 청나라를 치자고 몇 번이나 계책을 내놓자 애가 타서 적국에 서둘러 고자질한 상신(相臣) 김자점(金自點)의 악덕은 바로 그런 투안주의의 노골적 현시나 다를 바 없는데, 꼭 그만 역적으로 몰아서 주살(誅殺)해야 옳았는지도 한번쯤 되돌아봐야 할 것이다. 아마도 상당수의 중신들이 전쟁만은 피하자고(지금도 그 비숫한 주장이 집권층은 물론이고 대다수 시민의 지배적인 정서로 흘러내린다), 평소에 그 구실만 찾고 간추린 말주변으로 그냥 평화롭게 이대로 살아가자는 설을 풀어대느라고 입에 거품을 물었을 것이다. 교언영색의 장본이 바로 그것이고, 그 밑바닥에는 나라의 융성 따위를 치지도외하는 잔졸한 질시벽이 암류하고 있었다고 봐야 하지 않을까. 나라 형편이야 어떻게 굴러가든 나 혼자만 이대로 호의호식하며 살겠다는, 일종의 잔머리 굴리기로 세월을 낚는 문신들의 '본업'이 비단 역모질뿐이겠는가.

다들 알다시피 조선조는 엽전이라는 상평통보로 물화(物貨)의 거래를 소통시켜왔으므로 구리 수요가 상시적으로 막대했다. 그런데 그 수요의 전량을 일본에서 수입하여 충당함으로써 주로 이북 쪽에 산재한 우리의 동광(銅鑛)을 무슨 신주 단지처럼 고이 모셔두느라고 전전긍긍했다. ('민간'에서 은이나 구리를 캐서 중국의 약재와 비단 따위를 물물교환으로 들여왔다는 기록은 예의 『북학의』에 남아 있긴 한데, '나라'에서는 어떤 물자의 생산과 그것들의 거래를 수수방관했다는 확실한 방증이다.) 왜 그랬을까. 남을, 곧 대국과 도국의 눈치를 보느라고, 혹시라도 그 보물을 어느 쪽에서 탐낼까봐 겁이 나서 그대로 묻어둔 채로 살아가자고 했다면 어리눅은 수작이랄 수 있겠으나, 실은 당장 눈앞에서 알랑거리는 안일이 꿈결처럼 날아가버릴까봐 아쉬워서 꼼짝하기조차 싫었는지도 모른다.

말의 낭비를 줄이기 위해서 직언한다면 나라의 정체성을 신체적 부조(不調)보다 정신적 불구에서 먼저 찾아야 옳을 정황이지만, 성리학의 여러 경전이 유생들을 꼼짝도 못하게 붙들어놓고 놓아주지도 않았을뿐더러 다른 책을 탐독할 엄두도 내지 않음으로써 이 세상을 다르게 볼 머리가 애초에 퇴화해버렸다고 봐야 할 것이다. 너무 과격한 진단일 수 있다. 당사자들이 그 품속에 파묻혀 나른한 안락을 탐하다 보면, 그것도 누백 년이나 이어지면 심성 일반이 달라질 수밖에 없고, 자신의 어디가 평균치보다 모자란다는 의식조차 가능할 수 없었을 테니까. 정신병자가 자신의 장애를 자각하지 못하듯이 말이다.

그래서 대의(大義)는 늘 너무 커서 버겁고, 오로지 목숨 부지에만 급급하다 보니 모든 벼슬아치가 당장 호환(虎患) 같은 정적(政敵)으로 둔갑해버리고, 자연히 반론에 반론만 무성해지며, 그 반론을 무찌르기 위해서 또 잔머리를 굴려 짝패를 끌어들이는 것이다. 그때부터는 겁쟁이들끼리 뭉쳐서 모함, 질시, 배신, 밀고, 사주, 음모의 꾀들을 쥐어짜느라고 정사, 시책, 민생, 관기, 국체(國體), 국시, 국론 따위는 안중에도 없어진다. 대체로 그런 악덕이 국내용인 것은 그 따위 자잘한 술수가 외국인에게는 통할 리도 없으려니와 우리와 다른 말을 쓰는 상대방에게는 비굴, 아첨, 임시변통으로 적당히 땜질해버리면 그만이기 때문이다. 역시 구차한 해석이라고 돌아앉아도 어쩔 수 없는 국면이긴 하지만, 지금 당장 우리 주위를 둘러봐도 좀생원들은 남녀 공히 집에서나 만만하니 찌그렁이를 부리고, 말끝마다 쐐기나 박을까 밖에서는 큰소리 한번 내지르지 못하는 실례와 얼추 맞아떨어진다고 보면 거의 틀림없을 것이다. 그래서 일찍이 '횟대 밑 사내' 명색이라는 속담까지 만들어 상용하고 있으니 그런 용렬한 무리가 얼마나 많았는지 짐작할 수 있지 않은가.

요컨대 성리학이라는 아편이 우리의 일상을 얽어매고 있는 한, 아니 피울수록 밥맛이 까맣게 달아날 지경으로 구수한 담배 같은 그 제도가 살아 있는 한, 그것이 불러들인 온갖 양분법적 관행 속에서 무당과 그 서방이 꾸려가는 것 같은 살림으로는 실학 같은 각성제도 옳은 해독 작용을 떨칠 수 없었던 것이다. 아무리 무실역행을 떠들어본들 심신 일체와 뇌 속의 혼이 벌써 틀거지를 점잖게 갖춘 어떤 '종교'에 꼼짝 없이 붙잡혀 있는데 무슨 소용이 있겠는가. (우리의 소위 '대틀들'이 자신의 '어록' 생산에 무능한 것은 성리학의 그 점잖은 틀거지에 세뇌되었기 때문에, 그 과부하가 소성도취벽 같은 유전 형질까지 물려주어서일 게 틀림없다.) 실학이 아니라 어떤 폐정 개혁안도 민심에는 씨가 먹혀들지 않았던 셈이다. 그런 집단심성 일체에 눈을 질끈 감아버리는 자랑사관에서, 그 거친 사실의 나열에서 쓸 것만 간추렸다 한들 우리의 역사 '바로' 읽기가 과연 무엇을 제대로 옳게 봤을까. 말 자랑을 늘어놓기로 들면 비단에 수결(手決)인들 못 두겠는가.

10

'촛불 집회'란 신조어가 귀에 익어가고, 어느새 그 대규모 '군중 광장'이 네 번째쯤에 이르자(주지하듯이 세칭 '국정농단 사건'의 마각이 차츰차츰 거대하게 드러나기 시작하면서 작년 10월 말부터 '촛불 시위'가 불붙었는데, 그때는 코리안 시리즈가 절정을 향해 치닫고 있을 때여서 나로서는 반농조로, 저러다가 농담하다 할매씨 죽인다는 짝 나지 하는 심정이었다), 점점 불어나는 참가자의 숫자 헤아리기가 호들갑으로 비치는데도 그 추이의 탐색에 매몰되어 있던 나는 스스로도 수상쩍다 싶게 좀 태평스러웠다. 방금 저녁 밥상을 물리고 명색 집필실인 3층의 내 골방으로 올라와서 텔레비전 화면을 주시하고 있으면, 지금 국정 마비로 온 나라가 무슨 허방다리에 둘러빠진 꼴인데도 내남없이 이 소란을 은근히 즐기는 낌새니, 어느새 국력이 이토록 짱짱해졌단 말인가 하는 뿌듯한 상념으로 설렐 지경이었다. 평소에는 주로 뉴스를 30분쯤 우선적으로 시청하다 이내 싫증이 나면 야구 경기나 세계 기행물, 격투와 총질이 난무하는 외화 첩보물을 한두 시간쯤 보다가 일찌감치 잠자리에 드는 터인데, 이제는 그런 쪽으로의 채널 바꾸기에 손이 따라주지 않으니 좀 찜찔했다. 코리안 시리즈에서는 두산이 낙승을 거두고 끝난 뒤여서 늘 약자만 응원하는 내 성화가 웬만큼 풀어져버리긴 했으나, 리모컨을 눌러봐야 죄다 시커먼 촛불 집회만 배경에 깔고 아나운서나 앵커들이 재미없는 촌평만 늘어놓는 판이었다.

평소에도 동어반복에는 즉각 신물을 내고, 상투적인 언행과 화면 일체에는, 참 덜떨어졌다, 말아라, 마라, 우예 맨날 천날 똑같은 소리에 어제 한 말 그대로고, 우려먹는 것도 삼탕은 너무 심하다, 사골곰거리야 몇푼 하지도 않는데 좀 갈아보라마, 지업지도 않나, 낭비다, 애낄 줄도 모리나 같은 투정을 뇌까리다가 물러나는 내 심사가 조금씩 뒤틀어지기 시작한 때도 그쯤이었을 것이다.

'나야 뭐 아무래도 좋아, 사필귀정 같은 공식어는 정말 입에 담기도 싫어. 그래도 사필귀정을 믿고 사는 어리석은 시민들 원성이 저렇게 넘쳐나니 망정이지. 그것이 안 통하니 한판 붙어보자는 거고, 사태는 점점 재미있어지고 있다는 거 아냐. 시정무직지배(市井無職之輩)의 만인소(萬人疏)라더니, 저 많은 인파가 생업도 잠시 내팽개치고 나섰으니 얼마나 갸륵한가. 예전에는 상소 전문가들이 말 많은 이녁 고질은 덮어버리고 남의 간섭을 용훼(容喙)라고 타박했다니까 너도나도 그 내림을 물려받은 거야. 자식약세(自殖弱勢)라고 피는 섞을수록 우성이 나온다는데 우리야 순수혈통을 자랑하지 않나. 그 나쁜 머리로 지부복궐(持斧伏闕) 대신에 촛불을 들고, 토요일 밤마다 호객용으로 노래판도 벌려놓고, 광화문 앞에서. 저 자리가 얼마나 유서 깊은데, 순발력 좋게 잘 잡았네.'

그런저런 심사를 차곡차곡 엮어가던 어느 순간 문득 나는 갈대라는 말을 떠올렸다. 잠시 후에 따져보니 '흔들리지 않는' 촛불이 어떤 '바람'에라도 흔들리는 갈대를 떠올리게 했을 테고, 자연스럽게도 '생각하는 갈대'라는 명구를 상기하게 되지 않았나 싶었다. 그 추리는 사고의 궤적상 명확한 것이었다.

모든 인간은 갈대처럼 외풍에 따라 잠시도 가만히 있지 못하고 이리저리 흔들린다. 외풍, 곧 바람은 자연의 일부라서 좋고 나쁜 '생각'을 가리지 않는다. 인간도 자연의 일부라서 어떤 바람이라도 맞받아내기가 쉽지는 않다.

한 식물도감에 따르면 갈대는 물가나 습지에서 군생하며 2−3미터쯤 자라는데 그 줄기 속이 텅 비어 있다고 한다. 갈대처럼 무리 지어 사는 사람도 그처럼 허약하니 직유로서는 거의 만점에 가깝다. 그러나 그렇게 일렁거리는데도 생각할 수 있는 '머리'를 꽃과 이삭 대신에 몸통 위에 얹어두고 있으므로 인간은 존귀하고, 만물의 영장으로서 위대하다는 말씀이다. 미상불 틀린 말은 아닌 성싶지만, 한번쯤은 찬찬히 따져봐야 하지 않을까.

저 수많은 '갈대들'이 과연 나름의 독자적인 '생각들'을 갖고 있을까. 그냥 막연히, 안 되겠다, 너무 개판 쳤잖아, 그러라고 우리가 너한테 청와대를 맡겼어? 거짓말도 지멋대로, 또 한두 번도 아니고, 우리를 뭘로 보고 그러는 거야, 시방 갖고 놀겠다고, 정 그렇다면 한판 붙어보지 뭐, 퇴진이든 하야든 끝장을 보자고, 어차피 기울어진 땅인데, 이런 세상을 만든 게 누구야, 설마 우리가 다순데 지기야 하겠어 하고 씨근벌떡하는 심정으로, 추운 날씨에도 불구하고 종주먹 하나라도 더 보태겠다는 성의로 나왔겠으나 그 정도의 생각가마리는 너무 순진한 게 아닐까. 그 순정은 가상하다마다지만 '촛불들'마다의 진정은 다를 수밖에 없을 테고, 또 달라야 집단의 열화 같은 소원에 구색이 갖춰지고, 그 구심점이 차차 영글어질 것 아닌가. 그것이 지금으로써는 일단 집단심성쯤으로 틀을 드러낸 듯싶은데 집단 '지성'까지 승화의 길을 밟을 수 있을까. 우리의 시민의식이 그 정도로 성숙해 있다면 이런 '촛불 원망'이 애초에 있을 리가 만무하잖나.

그러니까 '촛불'은 그 흔들리지 않는 모양새가 말하는 대로 '생각하는 갈대'라기에는 무리가 있다. 그렇다고 해서 지레 그들에게 '갈대의 순정'까지 없다고 깔볼 일은 아니다. 보다시피 그들의 원성은 분명하고, 그 열기는 확실하다. 그렇긴 해도 그 '진정성'을 어떻게 설명할 것인가. 그들의 한시적 집단심성은 이해가 가는데 그것에 집단 '지성'이라는 명패를 붙일 수 있을까. (간단히 지적해둔다면, 우리 풍토에서는 오래 전부터 '지성'을 너무 헤프게 쓰는 못난 버릇이 있고, 매스컴의 과장스런 이 상투어는 한낱 대학생'들'에게조차 지성인 운운해온 데 기인하지 않을까 싶긴 하다. 역시 소성도취벽이 과장법까지 상습화하는 것이다. 이 얼어 죽을 '지성'은 흔히 신문 사설에서 아무렇게나 쓰이고 있어서 난색을 표할 수밖에 없는 터인데, 논설위원들이 오늘날 대학교육의 질적 향상을 두둔하느라고 그런다면 역시 소성도취벽이 자심한 증거일 수 있다.)

당장에라도 '흔들리지도 않는 촛불로 무장한 저 시커먼 갈대밭의 집단심성'쯤이야 어렵지 않게 간추릴 수 있다.

'청와대 주인이 거짓말을 너무 능사로 삼는다. 자기가 거짓말을 한 줄도 모르니 뻔뻔스러운 소행 아닌가, 아니면 자기가 한 거짓말이 어디서부터 엉터리인 줄을 모른다는 소리인데 그렇다면 무뇌 인간이란 말이다. 여러 소리할 것 없이 국정을 너무 만만하게 보고, 안하무인으로 개판 친 것은 맞잖아. 2년 전 세월호 수침사건의 수습에서 드러난 대로 한심할 정도로 무능하다. 참모들도 거의 멍청한 백치를 방불케 한다. 그러니 소위 비선 실세라는 몸종 최모 여인이 국정을 방자하니 희롱한 것 아닌가. 수족처럼 부리는 비서진의 자문 능력조차 제대로 알아보는 눈이 없다면 결국 국정 통솔력이 꽝이었다는 말이다. 차제에 그 일당을 잡아들여 감옥으로 보내자니 법치로, 절차대로, 건별로 따지다 보면 하대명년일 테고, 따라서 주군부터 우선 퇴진시키는 수밖에 없다. 쇠뿔은 단김에 뽑는다는 말도 있고, 왠지 청와대 쪽운이 이제 거덜 난 것 같아서 신바람이 난다.'

'부정부패'란 말마저 이제는 어딘가 시대착오적으로 들리는 것만 보더라도 우리 사회의 '무르익은 비정상'이 짐작할 만하니 '국정희롱'으로 바꾸는 게 어떨까 싶고, 그런 유의 적폐라면 비단 박근혜 정부만 들먹이는 것도 심히 불공평할뿐더러 전정권'들'의 개차반 건수를 들먹이자면 저 촛불 숫자와 견줄 만도 할 것이다. 운수가 좋았거나 뒤바뀐 여야의 야합과 온갖 술수로 무마시켜서 그렇지, 어느 정권인들 그만한 폐단이야 없었겠는가. 실정(失政)의 질로 따진다면 허울 좋은 민족 화합과 통일 앞당기기를 짐짓 '쇼맨십'으로 서두른답시고 남북공동선언문인가를 공표해준 대가로 출처 불명의 4억5천만 달러를 비롯하여 속속 거금을 이북에 갖다 바친 앞서의 두 진보정권이 좀 더 '거시기'했음은 분명하지 않나. (한 신문의 박스 기사에 따르면 전 두 정권이 총 15억 달러를 이북에 무상으로 제공했다고 하니, 낭설일망정 김정일 국방위원장이 간부들과의 환담 중에 우리 공화국 아랫녘에 조공국을 거느리고 있다고 자랑할 만도 했을 것 아닌가.) 그 선언문의 골자가 도저히 실현 무망한 구두선임을 꿈에도 몰랐다면 그거야말로 새빨간 거짓말일 것이다. 송금한 돈이야 있는 살림에 떡 사먹은 셈치더라도, 또 같은 민족끼리 잠시 다른 정체로 나라를 꾸리고 있는 처지이니 떨어뜨린 국격 운운해봐야 서로 민망하지만, 화해를 새삼스럽게 흔들어댄 그런 수선의 밑바닥에 무슨 노림수가 있었는지 정도는 아무리 둔한 사람이라도 모를 리 만무하다. 하기사 노벨평화상까지 받았으니 개인의 명예욕은 충족된 셈이고, 그런 요행수도 출중한 인덕과 시의성에 대한 탁월한 분별력 덕분임은 말할 나위도 없다. 그러나 그 실속 없는 통치술을 개인적 명예욕과 상쇄시킨 거야 그렇다 치고, 돈의 출처가 애매하므로 공금 유용죄 내지는 국고 손실죄를 묻기는 곤란할 테지만 혹시 국부 유출죄에 해당하는 건 아닌지를 헌법재판소에 물어봤어야 하지 않을까. 아무리 연작(燕雀)은 홍곡(鴻鵠)의 포부를 알아보지 못한다 해도 요즘 세상에 거금의 국민 혈세든 특정 기업의 특혜 보장용 '성금'을 임의로 명색 주적 국가에 기부한 용단을, 아니, 그 대담한 소행의 사전적 및 사후적 타당성 여부를 가리지 않고도 법치국가 운운하면 자기모순이 아닌가.

그런데 여기서 새겨야 할 것은 '촛불'의 의미와 그 순정성이 애국 열정 내지는 우국충정으로 비치므로 그 숫자를 들먹이는 것은 부질 없음에도 불구하고 기어코 100만 명을 채우려고 온 매스컴이 기를 쓰며 부추기고 있었다는 사실이다. (최근에는 '총 1,700만 개의 촛불' 운운하는 신문기사도 나왔는데, 역사적 사실로서의 '숫자'는 믿을 수 없다기보다 큰 의미가 없으므로 그 사용을 제한해야 한다는 말이 한 명저에 못 박혀 있다.) 그 저의가 워낙 뻔해서 꽤나 점직스러운데도 누구나 그 해망쩍음에 모르쇠를 잡고 있다. 속 보이는 이런 짓거리가 무사통과되고 있는 현실이 우리의 솔직한 민도이고, 어딘가 뒤틈바리 행태로 비치건만 누구도, 아니 어떤 제도적 장치가 '그래서는 안 된다'고 지적하지 않는다. (그처럼 '집단지성'의 열기가 괄다는 데도 말이다.) 또 그런 미비야 그렇다 치더라도 여론이 이처럼 드세지고 있다는 그 숫자 놀음은 앞으로의 정국에 방향지시기로 작동할 테니 어느 한쪽의 유불리를 저울질하게 되고, 그것은 곧장 한 쪽의 득세와 다른 쪽의 실세로 직결된다. 따라서 이미 여론이 한 쪽으로 기울어졌음은 선거 때의 그 이상한 '바람'처럼 아무런 근거도 없이 빵빵하니 부풀어 있다. 그래서 이제는 아예 '박은 깨졌다'는 공론(公論)이 통하는 추세다. 물론 그 공론 또는 공분이 꼭 옳은 것도 아닌데 온 국민이 휘둘리고, 특히나 먹물이 낮게 든 사람들일수록 그 임시 공론을 당위의 것으로 믿고 또 부풀리는 데 앞장서기를 주저하지 않는다.

알다시피 어떤 국론이나 공론이 반드시 옳지는 않다. 고금동서의 어느 나라나 공히 그렇다. 옳기는커녕 엉터리였던 사례가 반 이상이고, 구성원의 대다수가 그때그때마다 그것의 시비 가리기에 등한했다는 사실은 엄연하다. 사후에라도 그것의 잘잘못을 짚고 넘어가야 하련만 그런 자성에 통 크게 '실없이 또 따지나' 하고 물리치는 습성도 예의 그 참척하는 버릇이 없이 지레 떠들어대는 자화자찬벽을 대입시켜보면 대충 맞아들어간다. 뿐만 아니라 한낱 줄서기에 불과한 여론은 얼마든지 조작될 수 있고, 여러 변수가 작동하기 마련이라서 급선회하는 경우도 허다하다. 공론의 허구성과 그 허실성은 언제라도 바뀔 수 있다는 이 가변성과 조작성이 역설적으로 증명하고 있기도 하다. 더욱이나 지금의 공론은 차후의 정치 일정에 상당한 영향력을 행사할 게 뻔하므로 아주 종요로운 것인데도 그것에 동조하는 절대다수는 '우선 갈아엎고 보자'식으로 김칫국부터 마시고 있다. 애국과 우국을 팔아대는 경거망동이 바로 이런 것 아닌가. 모든 '촛불'과 흔들리지도 않는 그 불빛이 하마나 꺼질까봐 입김이라도 후후거리며 보태려는 다종다양한 '언론' 매체까지 합세해서 말이다.

아무튼 지금 당장의 문제는 저 노란 정적의 단일색 촛불 망점들이 애국지성(愛國之誠)으로 비쳐지고, 화면과 지면의 모든 매스컴이 경쟁적으로 집중 조명하고 있다는 불가항력적 현실이다. 세 사람만 입을 모으면 호랑이도 만들어낸다는데, 저런 편파적 보도야말로 사익을 독점한다는 '농단'의 원뜻과 정확히 일치함에도 불구하고 어느새 '촛불'은 무슨 상징 조작의 매개물로 승화, 절대다수의 소원 성취를 비는 정화수로 부상해 있다. 나라를 내란 상태로 몰아가는 이런 보도 경쟁이 진정한 언론의 자유라면 '촛불' 숫자의 수십 배 이상일 일반 서민, 곧 나처럼 텔레비전 앞에서 턱을 떨어뜨리고 있는 무능무력한 시민 일반의 착잡한 심중도 어떤 식으로든 반영되어야 할 것 아닌가. 그들도 흔들리지 않는 소견쯤이야 비장하고 있을 텐데 그쪽은 철저히 깔아뭉개고 있는 이 횡포가 장차 국정 운영에 그대로 반영된다면 그 일방 통치야말로 아전인수의 극치가 아닌가. 그런 식의 여론 조성은, 세칭 언론 플레이는 제 똥만 굵고 구수하다는 논리일 테니 그런 엉터리 수작이 몇 년이나 통할 것인가. 절대 권력은 절대 부패한다는 철칙은 바로 이 대목에서 귀감으로 삼아야 할 듯싶고, 이런 면모에서도 나만 똑똑하니 나라야 망하든 말든 나부터 살자는 예의 그 소성도취벽을 상기해보면 어떤 깨침이 떠오를 만하다.

어차피 대세란 그토록 삽시간에 조작되는 것이고, 군중심리란 말대로 '촛불'은 벌써 승기를 잡았다고 득의양양이었다. 시름이 깊어졌다면 엄살일랑 고만 떨라는 지탄을 받아도 사겠지만 한낱 필부인 나로서도 앉은뱅이 용 쓰듯이 낑낑거릴 수밖에 없긴 했다.

11

한때 유행했던 '정치적 무관심'이란 용어는 역설적이게도 제법 진솔한 '정치의식'의 다른 표현일 텐데 나는 오래 전부터 우리 풍토에서 그 두 말은 전적으로 공허하다는 생각을 벼려왔다. 서민들은 말할 것도 없고 정치인들조차 지킬 것이 무엇이며, 그런 신조가 세태와 어느 정도로 걸맞는지 심사숙고하는 것 같지도 않았다. 또한 이 땅의 모든 제도와 그것을 어영부영 꾸려가는 사고방식 일체는 일단 개혁의 대상일 뿐이라는 진보적 주장에 내실이, 곧 실천할 만한 구체적 방법과 결단력이 얼마나 딴딴하게 엉겨 있는지도 의심스러웠다. (알다시피 의식과 실천은 동전의 양면과 같다. 소위 역사의식이란 '개혁의지'로써 실천이 따를 때만 허텅지거리를 모면할 수 있다. 이 대목에서도 온갖 선무당이 자화자찬식으로 떠벌리는 통에 '있을 리도 만무한' 의식이든 '엄두도 못 낼' 실천이든 당대의 막강한 정치적 권력과 완강한 소성도취적 시민의식의 압력 앞에서 오로지 '있다 없다'의 말시비만 낭자할 게 뻔하다.)

세속적으로 말한다면 보수와 진보, 더러 우파와 좌파로 분류하는 정치인의 행태 일체가 한때의 그 붕당처럼 친소 관계에 따른 이합집산에 불과하며, 그런 줄서기의 밑바닥에는 한 자리 챙기기, 곧 출세하기와 직결된 밥그릇 싸움이 눌어붙어 있다고 봐야 할 것이다. 그러니 그들에게도 듣기 좋고 말하기 편한 정치사회적 식견이야 없을까만, 그것이 어떤 선명한 색깔을 갖고 있는지, 기왕의 체제 전반을 어떻게 개비하겠다는 구체적인 청사진이 있는지도 미지수다. 그 비근한 실례로 해방 후 명멸한 정치인 대다수의 '어록'으로 인구에 회자하는 것이 단 한 줌도 없는, 다들 그런 줄도 모르고 지내는 이 현상은 무엇을 말하는가. 지도자 박복론의 근거는, 물론 이북까지 싸잡아 말한다 하더라도, 의외로 이 빈약한 정치적 수사에서 솔직하게 드러나버린 꼴이다. 그러니까 어떤 독보적 통치력, 한반도 특유의 지정학적 처지를 감안한 권위의 정치력에 관한 한 기왕의 지도자들은 함량 미달이었다는 평가를 받아도 싸고(상해 임시정부의 주석 김구가 언행 모두에서 다소 예외이긴 하고, 그런 점에서도 그는 비록 단순하나 직정적인 '어록'을 남겨놓고 있다), 경서만 붙들고 허송세월한 예의 그 곁눈질 습성을 그대로 물려받은 셈이다. 면면이 이어져오는 이 보속증도 우리 민족, 민심, 민도 특유의 무반성적 외우기 및 남의 말 함부로 써먹기 관습과 무관하지 않아 보인다. (덧붙이건대 우리의 모든 글들은 남의 말의 '인용'으로 뒤발하고 있다. 자기 '어록'의 생산이 근본적으로 불가능한 근거는 바로 이 '관행'에 무심한 나쁜 머리 탓이다.)

그렇다면 촛불 집회가 최소한의 의식주 걱정만큼은 이래저래 덜고 사는 이 시대의 발록구니들이 각자의 특별한 '어록'도 챙기지 않고, 그러므로 이렇다 할 '집단지성'으로 뭉쳐지지도 않은 채 여가선용의 일환으로 토요일마다 '군중 광장'으로 모여드는 셈이다, 그렇지 않겠는가. 그런 저의라면 굳이 '갈대'의 생각 부족이나 미숙을 나무랄 것도 없다.

　나의 시무룩한 자문자답은 의외로 어떤 다짐을 촉구하고 나섰다. '맞다, 머리 나쁜 내 일정상 언제 착수할지 감히 예상도 못하겠으나, 명상은 너무 거창한 어휘라서 말아넣고, 촛불 집회에 관한 내 나름의 넋두리는 초 잡아볼 작정이라도 챙겨야겠다. 그럴 수밖에 없는 것이 우리 풍토에서는 어떤 정치적 표현도, 그런저런 정치색도 근본적으로 그 실현이 무망한 한때의 우발적 망발에 그치고 말며, 그 소인(素因)도 완강한 제도 차원으로 뿌리 내린 예의 그 우물쭈물거리는 성리학에서 찾을 수밖에 없게 구조화 내지는 체질화되어 있으니까. 유학도 그 경전 속의 교리가 워낙 촘촘해서 다른 이념을, 이를테면 실학 같은 이로운 먹거리를 상식하려 들면 이내 체내의 선천적 면역력이 들고 일어나고 말았잖나. 이미 장구한 세월이 경과해서 그 중독성이 가당찮은 힘을 발휘했을 테니 말이다. 술, 담배, 아편, 노름 따위보다 국민성이랄지 풍속, 관행 같은 집단심성이 더 무서운 것은 그 중독증세가 당사자에게 그치지 않고 대를 이어가며 뻗치는 것을 봐도 알조다. 그 정체가 일시적으로 다르긴 할망정 어떤 교리를 쉽게 떠받들고 탐한다는 점에서도 남북한은 역시 동족답게 닮아 있다. 이 얄궂은 현상의 밑바닥에 여전히 곁눈질 습성이 흐르고 있다면 무리일까. 도대체 어떤 일에든 정색할 줄 모르고 대충 건성으로만 훑다가 집어넣어버리는 소질도 그렇고, 구들목 장군이란 말대로 방안에서만 큰 소리로 보추 없는 본때를 봐도 그렇듯이 자신의 현재 의식을, 또 그 근원을 어떻게라도 간추려서 적발로 남기려 하지 않으면서도 문화, 문명을 자랑한다면 그 말에 무슨 옹근 역사관이 묻어 있을까. 자기 종족의 속성도 얼렁뚱땅 호작질 하듯이 환칠해놓고서 민족사관을 세우겠다니, 개도 웃을 노릇이 아닌가.'

나의 책자 수습력에 따르면 처음부터 대규모의 내란으로 점화, 급기야는 청일전쟁의 도화선이 되고, 뒤이어 자중지란의 조선왕조 쇠망, 일정(日政)의 대두, 대한제국의 난산(難産) 등을 속속 촉발한 동학농민운동의 역사적 의의에는 당연하게도 재음미할 대목이 너무 많다. 전라도와 충청도는 일거에 온전히 동학군 수중에 떨어졌고, 함경도의 일부를 제외한 전국이 그 기세에 호응했으며, 동학교도들의 독실하고 다급한 신심 덕분으로 군기가 엄정했다고 알려져 있다. (그래서 단발령을 거부하며 각지에서 자생적으로 일어난 오합지졸의 의병을 동학군이 무찔렀다는 기록도 그 실감이 두드러진다. 이른바 당쟁을 키워서 사소한 실익 챙기기 같은 동족상쟁 습벽이 또다시 왜적 앞에서 벌어진 것이다.) 그런데 우리 쪽 관군과 함께 그 난리를 평정하러 간 일본군 장교의 종군기에는 의외로 동학군의 횡포와 만행으로 일반 백성의 원성이 자자했다는 증언이 남아 있기도 하다. 심지어 일본군을 보기만 해도 도망질 놓기에 바쁜 동학군의 허술한 군기를 힐난하는 대목에서는 무참해지기까지 한다. 아마도 두 쪽 다 근거가 충분한 실황 중계일 것이다.

그러나 새겨 읽어야 할 대목이 배면에 짙게 깔려 있다. 이를테면 애초에 어떤 군수품의 보급도 없는 처지로 메마른 비산비야를 헤매는 반란군 주제가 사흘쯤 굶주렸다면 민가의 살림살이에 무슨 행악인들 못 저지르겠는가. 어차피 모든 전쟁은 총력전일 수밖에 없으므로 전사들은 저마다 생사를 걸어야 하고, 아군이든 적군이든 민생에 행패 부리기는 매일반이다. 그 당시의 문맹률을 감안한다면 동학군의 반 이상이 불학무식한 농투성이였음은 확실한데, 그들에게서 사람으로서 사리를 따지고, 도리를 바란다면 신선놀음을 하자는 뚱딴지같은 애걸과 다를 바 없다. 그러므로 일본군 장교의 눈에는 동학군이 한낱 오합지졸로 비쳤을 테고, 그것은 왜정(倭政)사관의 골자이기도 하다. 부분이든 전체든 그런 시각으로 역사의 현장을 잘못 볼 수도 있다는 말이다. 물론 그런 부실한 눈은 독자 일반을 오도하고, 역사 전반을 곡해하도록 사주한다. 나중에는 고종이 음양으로 동학군의 뒷배를 봐주었다는 기록도 남아 있으며, 그런 암약의 몸부림을 헤적일수록 토벌군의 기세와 육성은 좀 더 두드러지고, 궤멸당한 반란군의 행적은 구슬퍼진다. 실은 그렇게 드러난 결과가 중요한 게 아니라 무식하다고 해서 동학군의 그 열기와 순정마저 곡해해서는 안 될뿐더러 그들이 하나같이 민가의 원성을 산 흉도였다는 망발은, 전술도 지휘체계도 전투력도 없었다는 '난도질 폄훼'는 전적으로 부당하다는 지적일 뿐이다. 질 것을 이미 알고 덤빈 '항복 불가'의 싸움이었고, 관군과 왜군의 혼성부대와 맞서봐야 죽음밖에 없다는 그 소박한 결의는 순정의 최대치라 이를 만하다. 그 순수한 열정을 감상적인 말로 상찬해봐야 역사 기술 자체가 비루해질 뿐이다. 철두철미하게 패망의 길로 줄달음친 동학농민전쟁을 한사코 떠받드는 자랑사관의 결정적 함정은 한쪽의 강점 드러내기와 약점 감추기를 마구잡이식으로 다루는 섣부른 도마질 솜씨인데, 그것은 '생리적' 편견이라 이를 만하다. ('비학문적'이라는 소리는 아니다.) 물론 모든 역사는 일정한 모양새로 만들어지는 것이지만, 엄연한 사실을 빼버리거나 숨기면 비록 날조사는 모면할지 몰라도 위사(僞史)일 가능성은 높아진다.

한편으로 그 '갈대'의 순정은 흔히 씁쓰레한 패배를, 진저리치는 모욕을, 허망하고 어이없는 보상을 재촉, 담보하고 있다는 점을 간과 해서는 안 된다. 순정이란 말이 곧이곧대로 가리키고 있듯이 그 열기 는 세상이 돌아가는 형세와는 일정하게 겉돌며, 그것도 모르고 미련 스럽게 덤비고 있다는 함의가 녹아 있기도 하다. 쉽게 말해서 모든 순정은 어떤 정략의 희생물로 굴러떨어질 소지가 만만하다. 그 실례 는 많다. 진부한 사례일 테지만, 나치의 선동에 부역한 대규모 군중 의 애국 열기가 그후의 대량 살육전에서 어떻게 이용되었는지, 문화 혁명을 한답시고 한손에는 신주 모(毛)씨의 어록을 쥐고, 다른 손으 로는 조반유리(造反有理)네 파구입신(破舊立新)이네 하는 거창한 엉 터리 구호를 내지르던 중공의 홍위병들이 '천하'를 쑥대밭으로 만들 면서 개인숭배에 이용당한 그 순진한 열정은 무엇을 말하는가. 우리 쪽이라고 그런 선례가 없겠는가.

이를테면 그동안 전직 대통령들을 비롯해서 종교계, 경제계, 문화 예술계를 주름 잡아온 몇몇 유명 인사들이 줄줄이 방북하여 김씨 부 자와 어색한 서구식 포옹에 이어 나란히 서서 사진을 찍은 그 경력 만들기, 요컨대 역사의 한 장면으로 남긴 그 통일운동의 반 이상은 허영에 불과하며, 그 조잡한 작위적 행태가 오히려 통일을 천연시키 면서 그냥저냥 체제만 유지해가려는 그쪽의 의뭉스러운 술수에 이용 당했을 뿐이라면, 역시 예의 그 투안주의를 물려받은 패배주의자가 입만 나불거린다고 할지 모르겠다. 그러나 묻건대 그런 요란한 방북 과 감상적 사진 찍기가, 그 순진한 열정이 그쪽 통일전선의 구두선 (口頭禪) 같은 '진정성'에 무슨 변화를 가져왔는가. 역설적이게도 그 런저런 유명 인사들의 '자발적인' 방북 쇼맨십이 통일운동을 일정하게 왜곡시켰음은 보는 바와 같고, 통일을 천연시켰다기보다 분단 현실을 더 공고히 다졌다고 해야 옳은 평가가 아니겠는가. 모든 무용담은 빛 좋은 개살구와 한 본이고, 그래서 개살구가 지레 터진다는 속담도 상당히 그럴싸해지는 것이다. 한때 유행했던 '착각은 자유'라는 개그는 우리의 통일 선전전에 번번이 등장하는 여러 '퍼포먼스'를 바라볼 때마다 반드시 음미해야 할 교훈으로 손색이 없을 듯하다.

새삼스러운 진단일 테지만 이북의 위정자들이 진정으로 남북통일을 희원한다면 지금의 엉터리 체제부터 바꿀 엄두가 필요불가결한 조건일 것이다. 물론 우리 쪽도 조선민주주의인민공화국이란 허울 좋은 간판만 내걸어놓고 세습군주제를 꾸려가는 그 엉성한 정체를 바꾸지 않는 한 통일 운운하는 것은 허황한 말주변에 지나지 않고, 북한 인민의 인권부터 개선시키라는 요구를, 직언으로든 곡언으로든 내놓지 못하는 한 남북'조절'회의는 백해무익할 뿐임을 알고 덤벼야 할 것이다. 그런 허심탄회한 대화를 뒤로 물리는 한 어떤 남북협상도 사실상 이북의 자칭 주체적 체제를 연장시켜가는 데 같잖은 훈수나 보태는 짓거리이고, 우리의 진정한 통일 염원을 희롱하는 지저귀일 뿐임은 명백하다. 이북 자체의 '내재적' 사정에 대한 옹호도 언어도단인 것은 현하 지구촌의 보편적 정서로도 납득하기 어려운 개인숭배, 혈통과 역사 주물화(呪物化) 시책, 보도통제, 여론 관리와 그 수위 조절, 인민의 기아상태와 반이성적 사고 행태 등등이 웅변하고도 남는다. 정 그토록 그 허망한 체제를 고수하겠다면 차라리 지금의 분단 상태로 당분간 각자 도생하자는 실토가 덜 위선적이다.

12

갈대의 순정은 다치기 쉬울뿐더러 반드시 외부의 정략적 술수에 휘말려서 알게 모르게 이용만 당하고 말며, 허황한 미사여구로 감싸고도는 그 진정성도 의심할 만하다는 사유가 웬만큼 틀을 갖춰가고 있을 때쯤, 나는 오래간만에 지인으로부터 전화를 두어 통이나 연이어 받았다.

정년퇴직 후 골방에서 엉덩이 씨름만 해대는 낙으로 살게 되자 내 휴대폰은 거의 무용지물이 되었으니 전화 신호음부터 반가웠다. 책상머리에 놓아둔 그 납작한 폴더형 소지품이 일주일 내내 한 번도 울리지 않을 때는 새삼스럽게 신변이 썰렁해서 못내 시원섭섭했지만, 그런 느낌은 내 스스로 전화걸기에 그만큼 인색하다는 반증일 터이므로 그러려니 할 수밖에 없기도 했다. 전화 통화로 생활방식에 어떤 변화를 불러들인다는 것이 내 성격상으로도 어울리지 않고, 연치상으로도 도저히 불가능하다는 자각은 언제라도 뚜렷했으니 말이다.

실은 그런 거야 괘념할 거리도 아니었다. 한때 직장의 동료로서 대졸자 공채 1기생답게 매사에 무던한 상식인이었던, 제약회사 직속의 물류 전담 자회사에서 상무까지 지낸 임모가 먼저 안부를 묻더니, 우리도 이번 주 토요일 저녁에는 광화문 쪽으로 바람도 쐴 겸 나가서 국정농단 사건의 성토 현장을 구경이나 하자는 권유를 내놓았다. 그러면서 독신녀 박가가 너무 모자라고 둔해서 참으로 답답하다고, 머리까지 나쁜 데다 뭘 믿는지 똥고집만 부리고 있으니 아랫것들이 그렇게나 개판을 쳤다고, 아직도 사태를 제대로 파악조차 못하고 있는 모양이라고, 안타까워 미치겠다고, 저러다 수갑이라도 차고 재판정에 끌려다니는 수모를 장차 어떻게 감당할지 걱정이라고 했다.

대체로 그런 소견은 연배가 비슷한 만큼 쉽게 동의할 수 있는 것이었다. 의외로 너무 모자란다 싶을 지경으로 어리석은 데다 할 말을 솔직하게 털어놓지 못하는 구변 능력 내지는 그런 후천적 장애가 있지 싶은 정치인 박근혜의 그 좀 맹해 보이는 성정, 사태의 중대성에 대한 직언을 내놓지 못하고 있는 청와대 시스템의 구조적인 한계 등등은 신문과 텔레비전에 한눈을 팔고 사는 모든 '갈대들'이 주워섬길 수 있는 소신이기도 했다. 일컬어 덩둘한 관용구인 '의식의 평준화'가 이뤄진 셈인데(개개인의 의식이 어떻게 평준화될 수 있는지 늘 헷갈리니 말이다), 그런 순정은 하루에도 열두 번씩 바뀐다는 마음처럼 어떤 계기로 순식간에 달라질 수도 있는 것이었다. 진짜든 가짜든 정보량 자체를 논외로 친다면 대개의 유식자 제위도 그 정도의 순정에서는 '갈대'의 그것과 어금버금하다고 단정해도 좋지 싶었다. 아무튼 그런 너스레도 이 갈대처럼 '흔들리는 시국'을 개탄, 어떤 식으로든 그 경과와 결말을 채근하는 나름의 소박하고 진지한 정치의식임에는 틀림없었다.

나는 백번 동감한다고, 누군들 순정이 없겠냐고, 대통령 집안의 박씨 자매는 아무래도 산란성 사고 장애가 현저한 것 같다고, 상투적인 말을 외우고 있다는 듯이 아무렇게나 주워섬기고 있는 광경을 보면 섬뜩할 때도 있다고 토로했다. 전화 통화가 길어질수록 사투리 망발이 마구 쏟아져서 서로가 너털웃음까지 터뜨리고 했으니 국정농단 사건은 바야흐로 시중의 질퍽한 조롱거리로 떠올라 있는 판이었다.

한동안의 설왕설래도 갈대의 풋풋한 순정을 서로 받고 차기한 것이어서 더 이상 되새길 것도 없었다. 신기하게도 민심은 단숨에 일사불란한 모양새로 '박은 안 되겠다'와 '청와대가 너무 엉망이다' 쪽으로 돌아서버린 것 같았다. 실은 민심도 갈대의 순정과 한 본일 뿐만 아니라 그 태생지도 같을 터이므로 헷갈릴 것도 없었다. 그러나 광화문 앞에서 토요일 밤마다 모여드는 거대한 '갈대'의 배후에는 여러 시민단체들의 조종과 선동이 어떤 '집단심성'을 건드리고, 유도할 것이 분명하므로 민심 일반과는 물 위에 기름처럼 겉돌지 않을까 싶기도 했다.

"전 국장(나의 최종 직책이 예의 그 육영재단의 사무국장이었다), 갈거야 말거야, 바람이라도 쐬자고, 뒷짐 지고 어슬렁거리다가 추어탕에 막걸리나 한 사발씩 해."

나는 차마 속내를 솔직하게 털어놓을 수 없어서 딱했다. 감히 비교급은 아니지만 얼핏 청와대 주인도 시방 이처럼 '실토 불가'의 사정이 있을까라는 생각이 떠올랐다.

"나는 그런 자리가 영 마뜩찮아, 부화뇌동하기 싫어서 그래. 줄서기, 뒷북치기, 유행 따르기, 남의 말 외웠다 따서 쓰기, 요컨대 추수주의가 나는 생리적으로 거슬려. 빙충맞은 나까지 머릿수를 보탠다고 세상이 근본적으로 달라지나. 촛불을 이용하는 진영은 지금 굴러온 호박이라고 벌어진 입을 다물 줄 모르고 호들갑을 떨어대는 모양인데, 그들이 장차 집권해봐야 뭘 오달지게 바꾸겠어. 구관이 명관이란 말만 안 나와도 그런 다행이 없지. 어쨌거나 군중심리란 것이 일체감정을 함께 만끽하면서 시간을 허비하자는 거 아냐. 예전에 밤 마실 가듯이, 요즘에는 공연장이나 경기장에 가듯이 그건 그럴 거야. 한때의 야시장도 마찬가지고. 막상 가봤자 볼 게 뭐가 있겠어. 어쨌든 우르르 다수가 몰려드는 그런 델 나는 못 가겠어. 무슨 염소 떼도 아니고. 생리상 저만치 물러나서 약자만 편들거든. 야구장에도 그래서 못 가, 지고 있는 팀만 응원하니까. 심성이 배배 뒤틀린 것도 아닌데 그래. 또 꼭 그런 역사의 현장에 있었다는 것이 무슨 큰 이력이라도 만들었다는 듯이 떠벌리는 수작도 딱 질색이야. 혹시라도 나보고 제 잘난 멋에 산다고 곡해할까봐 같잖은 변병을 둘러대자면 요즘 허리가 영 마뜩찮아서 그래."

"아니, 멀쩡하던 허리가 왜, 늙마에 안방마님과 방사가 진했나. 하기사 늙은 말이 콩을 마다할까만."

나는 평소에도 말을 둘러댈 줄 모르는 성미답게 이실직고했다.

"제대로 알아맞혔네. 천리안을 가졌나, 바로 그 말 때문에 허리가 삐끗했나봐."

"말이라니? 시방 최모 여인이 지 딸년을 말 태워서 그 좋다는 명문대에 입학시켰다고 이 난린데, 만사는 말이 말썽이네. 하여튼 말은 영물이야, 나라까지 송두리째 들어 엎어버리니. 남의 급병에 방정이 심했나."

나는 즉각, 그런 명마는 아니고 얼추 조롱말만 한 몽고 토종말을 현지에서 타느라고 몇 번 들썩거렸더니 이렇게 시큰거린다고 대꾸했다. 저쪽에서도 몽고 운운하니까 이내 김이 빠지는지, 몸부터 챙겨, 잔글씨에 너무 오래 눈독 들이지 말어 어떻고 하며 서둘러 통화를 줄였다. 청와대 주인과 그 주위의 호가호위 세력, 최모 여인과 그 일당들의 일화, 세칭 문고리 3인방과 친박 정치인들의 비행과 비리에 대한 유언비어를 잔뜩 쟁여두고 있는 만큼 기중 만만한 친구와 찧고 까불 참이었는데, 이쪽에서 몸을 사리는 판이라 그쪽에서는 적잖이 서운한 낌새였다. 속물은 언제라도 제 변변찮은 소신을 들어줄 말동무가 그리운 법이었다.

또다른 전화 통화자는 예의 그 몽고 관광여행에 동행한, 나라 안팎에서 몸소 겪은 생활수기들을 묶어놓은 수필집을 두 권이나 펴낸 전직 외교관 조모 씨였다. 그는 나보다 네 살 연상의 닭띠인데도 아슬아슬하게 해방둥이를 면하고 왜정 때 태어났다고, 아마도 생일이 그해 8월 이전인 것을 자랑 삼아 떠드는 양반으로 재직 중에는 주로 중남미 쪽에서, 그러니까 스페인어 상용국에서 국위를 떨치느라고 동분서주했다는데, 대개의 공무원 출신들이 그렇듯이 공직자로서의 그런저런 무용담을 늘어놓기 시작하면 동석자들로부터 꼭 마이크를 너무 오래 잡고 있다는 핀잔을 받곤 했다. 그러나 마나 듣자마자 그렇기도 하겠다는 짐작이 쉽게 떠오른 대로 전직 대사는, 시방 '태극기부대'의 세가 보도와 달리 만만찮다고(태극기에다 '부대'를 얽어맞춘 이 묘한 해학에는 보수 내지는 우파에 대한 조롱이 묻어 있어서 제법 그럴싸한 조어였다), 특히 대구 쪽에서 각자 자비 부담의 대절 버스가 끝도 안 보일 정도로 상경길을 메운다고, 그러니 우리도 동숭동을 경유해서 광화문 광장까지 어슬렁거려보자는 것이었다.

되돌아보면 그때는 벌써 특검이 증거 수집에 다대한 전과를 올렸다면서 무테안경 낀 대변인을 통해 연일 브리핑을 벌이고 있었고, 청와대는 일방적으로 수세에 몰린 집구석처럼, 상투어대로 '쥐라도 죽은 듯' 잠잠 일색이어서 긴장감을 더 키우고 있었다. 게다가 국회에서도 명칭조차 좀 시끄러운 '국정농단 국정조사 특별위원회'를 구성하여 60일간의 시한부 활동을 한창 진행 중이기도 했다. (12월 초순에 국회에서 탄핵소추안을 투표로 결정하게 되어 있었으니 그 급박한 시한도 '빨리 빨리' 정서상 느려터진 것이긴 했다. 물론 그 투표가 무사히 가결로 통과되리라는 것쯤은 삼척동자도 알아볼 수 있었다. 집권여당 소속의 일부 국회의원들이 탈당한 것도 국회에서의 '곁눈질'을 미리 선언한 셈이었고, 그런 행태 일체는 '갈대' 일반의 풋풋한 민심을 넘겨짚고 있는 기회주의적 속성이었다.) 까막눈이라도 사태는 절박하게 돌아가고 있는 게 뻔히 보이는데도 모든 '갈대'의 순정이 그렇듯이 대다수 서민은, 이처럼 좋은 구경거리는 역사상 처음이라고 한껏 신명을 돋우고 있는 꼴이었다. 전직 고위직 공무원까지 촛불이든 태극기든 일단 손에 들어봐야 세금 내는 국민으로서의 도리가 아니냐고 설쳤으니까.

사람의 심리란 묘해서 이제는 줄기차게 얻어맞고 있으면서도 주먹질을 한번도 내놓지 못하는 청와대 쪽도 편들 여지가 있지 않냐는 게 나의 좀 어정쩡한 속내였다. 태극기 부대가 그 세를 불리고 있는 것도 같은 맥락으로 이해할 만한 것이었다. 그러나 마나 광화문파 대 동숭동파, 후자는 후발주자답게 그 집회장소를 곧 테헤란로로, 대한문 앞 광장으로 일관성 없이 바꿨지만 그 장소 기득권조차 기선을 빼앗기고 있는 꼴이어서 촛불 시위의 승세는 확고부동하지 않나 싶었다.

이제는 점수 차가 너무 벌어져서 역전을 기대할 수도 없는 형편이었다. 전략을 구사하기에도 때가 이미 늦었고, 투수를 교체해본들 별무소용에, 평소에는 장담을 자제하며 오로지 타율로서 연봉 값이나 겨우 하던 타자들도 어째 기가 빠졌는지 헛방망이질로 맥을 못 추는 형세였다. (그리고 보면 '자진 사퇴'나 '용퇴'나 '하야'의 선언도 이미 때를 놓친 셈이니 청와대 주인과 그 수하들의 '개기기' 대응은 만부득이한 득책이었는데, 매스컴과 정치판이 어느새 한통속으로 뭉쳐서 예의 그 곁눈질 습벽을 발휘하여 이제는 반드시 '탄핵'을 헌재에서 받아내겠다고 민심을 선동하고 있었다. 그런 판이니 호기도 물 건너 간 셈이고, 더욱이나 불행하게도 학력, 정치적 식견, '고집' 같은 성정도 어떤 대책을 찾을 머리 '회전'과는 겉돌고 있다고 해야 할 국면이었다.) 야구는 끝나기 전까지 누구도 모른다는 말도 있지만 한번 기울어진 경기는 돌려세우기 어려운, 승패 부동인 경우도 의외로 많은 법이다. 그날 일진이, 선수들의 사기가 안 풀리면 경기를 아예 포기해버리는 낌새도 흔하니까. 청와대는 이제 어디서부터 작전이 잘못 짜였는지, 승운이 어쩌다가 버그러졌는지 어리벙벙한 꼴로 무능, 무력, 무책 일변도였다.

그후에도 한사코 해방둥이가 아니라는 전직 조 대사와는 여러 차례나 전화 통화를 주고받아서 그때마다의 말품을 가름하기가 헷갈리지만 그거야 아무래도 좋았다. 어차피 나잇살이 말하는 대로 어느 쪽이든 '보수꼴통'으로 찍혀 있는 판이니까. 그렇긴 해도 그와 나의 수작에는, 모든 '갈대'는 여론을 선동하는 한편 그것의 노예로 자족하며 산다고, 이심전심의 빈정거림을 나누는 재미가 괜찮았지만, 할 말 안 할 말에 대한 경계심을 공무원으로 재직 중에 워낙 재바르게 익힌 덕분인지 전직 공무원의 그쪽 정보가 해박하리라는 나의 어림짐작이 의외로 빗맞아서 실망스럽기도 했다. 공직이란 재직 중이든 정년 후든 그처럼 속물의 속성을 한결같이 유지하는 데 안성맞춤인 천직이었다. 딴에는 놀고먹는 모든 연금 생활자들의 상투적 의식이야 배부른 흥정일 테니 더 따질 것도 없었다.

"아니, 저쪽은 그 똑똑한 참모들이 도대체 머 하고 있습니까? 사사건건 훼방꾼 노릇만 하더니 이제는 감쪽같이 무위도식하는 건달로 돌변했잖아요. 우리나라 공무원들은 예나 지금이나 너무 엉망이잖습니까. 난리가 터졌다 하면 먼저 내뺄 궁리나 하고 터진 입이 있다고 주화론 운운하며 살살 빌 심보로 화평이니 머니 온갖 설레발이나 떨고 말이지요. 참으로 쓸개 빠진 짓거리 아닙니까, 대대로 말이지요. 친박이니 머니 하는 정치판 건달들이야 표밭 걱정 때문에 어슬렁거린다 치더라도 공무원들은 나라와 주군을 지키라고, 또 목숨을 걸고 싸우라고 그 자리에 있는 거 아닙니까. 머리가 없거든 몸으로 때울 궁리를 내놓든가."

"허허, 무슨 몸까지나. 큰일 날 소리를, 불경스럽게."

"알토란같은 월급에 정년까지 보장해주는데 몸 아니라 머든 바칠 각오가 돼 있어야지요."

"충성이요? 그것도 법에 함부로 못하게 돼 있다니까요."

"누가 충성하랍니까. 일을 하라는 거고, 나라의 정체를 민간보다 한 걸음 앞서 어디로든 선도할 꾀를 내라는 건데 지금 저 꼴을 보세요. 저런 얼간이들과 국정을 논했다니, 에라이 썩을 것들, 당장 망나니를 불러 머리와 몸통을 일도양단해도 시원찮을 놈들."

"고정하세요, 열 받는다고 고함 질러봐야 무슨 일이 제대로 풀립디까. 이 북새통에 그들인들 일이 손에 잡힙니까. 막상 할 일도 없어요. 보따리를 싸고들 있다고 보면 틀리지 않을 겁니다. 공무원들은 직속상관이 힘 떨어지면 그날로 허수아비 한가집니다. 해바라기 한가지라니까요. 직속상관이 천기 부조로 빛을 잃으면 그 즉시 아무 힘도 쓸 수 없어요. 신임이 올 때까지 마냥 하늘만 쳐다볼 수밖에요. 그렇게 돌아가게 돼 있어요. 다들 눈치가 몇 단인데."

"그래도 그렇지, 헌재에서 판결이 날 때까지 월급을 꼬박꼬박 받을 텐데 되든 말든 어떤 타개책을 만들어서 들고 안방으로 쳐들어가야지요. 밥값을 하라고, 주군이 만능일 수는 없으니 전공 분야대로 대책을 세워서, 원래부터 나른하니 없던 힘이나마 북돋우라고, 지게 작대기 구실을 제대로 해보라고 그 자리에 심어뒀는데 직무유기를 일삼다니, 천하에 밥버러지 같은 놈들. 친박이니 진박이니 하는 그 뻔뻔스러운 건공잡이들이야 원래 있으나마나 매한가지라 치더라도 청와대쪽 참모들은 그래도 머리를 다르게 굴릴 줄 아는 애바리들을 끌어모아 놓았잖아요. 하기사 우리나라 공무원들이야 겨우 실업률이나 떨어뜨리는 알짜 앙가발이지만."

"허참, 말 가닥이 어지럽네. 말빨이 안 서게 됐다니까. 저쪽 말은 누구도 귀담아 안 듣는다는 걸 매일같이 신문으로 화면으로 보면서도 어린애처럼 생떼거리를 부리네, 참 답답하기는."

"아무리 그렇다기로소니 탄핵소추가 국회 본회의에 발의, 보고되면 법사위로 회부, 그 타당성 여부를 조사하기로 법에 명시되어 있다는데, 그 권리를 찾아먹겠다고 대들었어야지. 참모들은 감히 말도 못 건네고 받아쓰기만 하는 너부렝이라 하더라도 친박이니 진박이니 하는 그 건달 정객들은 그렇게나 똑똑하다면서 왜 그 엄연한 절차도 안 찾아먹습니까. 무슨 날파람둥이들도 아니고, 천하에 저런 굴퉁이들을 믿고서 무슨 정치를 한다고. 아, 열 받네, 국회의원 3백 명이 똘똘 뭉쳐서 한 생각만 하고 있다는 게 말이나 되는 수작입니까. 만장일치? 이북 뽄을 보나, 하기사 시에미 욕하면서 닮는다더니 원죄를 이마빡에 붙이고 사는 처지에 무슨 일인들 제대로 굴러갈 리 만무지. 지금 자칭 먹물깨나 들었다고 으스대는 명색 진보 진영의 건달들은 이차판에 김칫국부터 먼저 마시며 몰매 타작에 한 다리 걸쳐야 훗발이 설 거라고 우루루 냅떠서는 모양인데, 어중이떠중이 보수 껍데기들은 입 놔도따가 어디다 쓸라고 점잔만 빼고 앉았으니 도대체 나라 꼬락서니가 이래서야 거덜도 나기 전에 어디다 소롯이 갖다 바치게 생겼잖아요."

"이미 물 건너갔다고 보는 거지요. 누가 이 난장판에 그런 조리를 따집니까. 절차? 제사를 안 모시겠다는데 제주한테 홍동백서를 따져서 머할라고. 입만 아프지, 남의 말을 안 듣자는 주의로 밀어붙이겠다는데. 건별로 일일이 안 따지겠다고, 열세 가지나 되는 탄핵 사유까지 헌재에서도 몇 개로 묶어서 일괄 처리하겠다는 판에. 다들 골치 아프니 더 이상 따지지 말자는 데야 용빼는 재주가 나서나 머."

"법들이야 아무리 잘 만들어도 서로 상충할 테지요. 그래서 헌재도 있는 거고, 세상이 제대로 굴러가면 하등에 써잘 데 없는 시빗거리만 찾아댕기며 찍자 붙는 시민단체가 필요 없듯이 헌재를 옥상옥으로 만들어놓을 이치도 없지요."

"그것도 잘 모르는 말씀입니다. 세상을 복잡하게 만들어놔야 먹고 살 직업이 늘어난다는 단순한 이치도 모르면서 무슨 소설을 쓴다고, 전 선생은 가끔씩 세상을 소설 쓰듯이 지 멋대로 갖고 놀라고 해서 가관이야. 너무 나이브하달까. 사람이 위대하다는 말은 거짓말이든가 생구라일 뿐입니다. 세상이 시키는 대로 고분고분 따를 수밖에 없는 허수아비가 사람이라니까."

"나이브? 순진하다고요? 이 다 떨어진 판에 음흉해서, 말을 빙빙 돌려서 머할라고요. 어려울 게 머 있습니까. 정색하고 덤비자는데. 이처럼 어지러운 세상을 누가 만들었습니까. 저들이 저질렀으니 좌지우지하는 몫도 저것들이 챙겨야지요. 뭘 잘못했냐고, 차제에 통치권 행위의 진정한 의미를 따져보자고, 죄가 있으면 벌을 받겠다고 덤비지도 못합니까. 통치권 여부만 탄핵의 대상이라고 헌법에 명시되어 있다는데 그걸 따지자고 당차게 나서야지요. 머시 무서워서, 어차피 나라야 뒤죽박죽으로 굴러가든 말든, 따질 건 따지고 넘어가야지요. 와 다들 탈법만 무슨 장기로 삼는지, 이것도 내림이지 싶어요."

"허허 참, 전비가 워낙 막중하다는데 그런 말이 씨가 먹힙니까. 또 백번 떠들어봐야 매스컴이 단 한 줄도 안 다루는데. 벌써 거짓말을 얼마나 여러 번씩 했냐고, 실언한 실수조차 잊었냐고, 뇌의 작동이 시원찮다고 따돌리는데."

"나 원, 박이라는 저 인물 멀쩡한 여자는 도대체 무슨 꿍심이 많아서, 지 목숨이 걸려 있는데, 지금이라도 말 같은 말을 하고 살아남을 작정을 차려야지. 참모를, 친박을 못 믿겠으면 혼자서라도 견적필살의 기세로 사표부터 쓰고 한판 붙을 각오로 나서야지. 어쩌다 저렇게 답답한 얼치기를 바람몰이로 뽑아서 속을 썩이는지. 자살 미수극이라도 벌여서 민심을 일거에 돌려세울 궁량도 못 내는 저런 약골이 무슨 국정까지 제대로 갖고 놀았을까. 다들 속아서 분하다 이거잖아요."

"누가 속자고 해서 속나요, 매스컴이 들었다 났다 하면 삽시간에 진짜 가짜가 섞바뀌어서 다들 정신을 못 차리는데. 선거는 소위 바람이, 또 만만한 운이 당락을 좌우하잖아요. 바람 앞에는 우중이든 식자든 다 똑같다니까. 운 앞에 실력이 무슨 소용이야. 우리만 그런 줄 알면 그것도 큰일이지요. 미국도 스캔들만 없으면 바보에 가까울수록 선량으로, 대통령으로 뽑힐 확률이 높다는 거잖아요."

"그쪽이야 대국이라서, 또 남북으로 갈라지지도 않았으니 좀 어중간한 양반이 먹혀든다 하더라도 우리야 당차고, 우선 똑똑해야 하고,

아랫것들 말이나 유심히 귀담아듣고 나서 심각할 줄 알아야지요. 어째 말귀도 어두운 것들만 뽑아서, 김정일이가 그래서 이쪽 권부를 가지고 놀았다는 거 아닙니까. 흘러나오는 말을 유심히 들어보면 저쪽은 손자까지는 모르겠고 적어도 부자(父子) 군주는 말씨에 눈치도 안 보고, 격식도 안 따지는 게 확실히 이쪽보다 위선은 덜 떨대요. 통치 수단이야 애초부터 억지에 엉망진창이라서 가타부타할 것도 없지만."

"다 지나간 과거사고, 시방 청와대는 헌재만 믿는 눈친데, 무당기가 비치는 것도 좀 수상해요. 어쩌다 이 지경까지 왔나, 뭣에 홀렸나 하고 무아지경에 빠졌다고 보면 대충 맞을 겁니다. 그 용하다는 점쟁이들도 요새는 갑자기 함구 모드로 돌변한 것도 참 희한하고."

"무당기? 그럴수록 더 정신을 차리라고 밑에서 어깨든 팔이든 잡고 흔들어야지요."

"정신을 못 차리는 사람을 잡고 흔들어서 어쩌려고. 정신이 돌아올 때까지 기다려야지. 그게 상책입니다. 또 그 섬섬옥수를 감히, 천부당만부당한 발상을. 레이저 광선이란 말도 못 들었나 보네, 박의 눈빛이 그렇다고."

"떠그랄, 그게 다 매스컴이 허풍스레 아첨 뜬다고 퍼드린 조작어지, 그 풀어진 눈빛에 누가 주눅이 든다고."

"그렇지 않습니다. 권력은 너무 큰말이고, 공직이란 게 당장 직속 상관의 눈빛만 보게 만든다니까. 전 작가의 그 기고만장도 누구 앞에 서면 깨알보다 더 작아질걸."

"내가요? 내가 무슨 죄밑이라고 누구 앞에서 할 말도 못 하고 기신거려요, 택도 없는 소리지. 암튼 어째 우리는 아첨도 그렇게나 촌스러울까. 필시 책을 많이 안 읽어서 그럴 테지만, 요새 제 화두는 말이지요, 어서 촌티만 좀 벗은 인간들을 신문에서라도 보고 살았으면 하는 겁니다. 정치인들은 말할 것도 없고 명색 먹물들이나 문인들조차 왜 그렇게나 촌스러운지 아무 상관도 없는 나부터 얼굴이 화끈거리고 민망할 때가 한두 번이 아니라니까요."

"박도 재미있는 티브이 연속극만 열심히 보고 유명 탈랜트나 연예인들 이름은 또박또박 외우고 있다고 가십에 썼긴 하대요. 격무로 그럴 테니 독서야 언감생심일 밖에요. 요즘 말로는 멘붕이니 유체이탈 화법이니 그러던데 우리 전 선생도 그 말 듣게 생겼네."

"말을 지어낼라거던 그럴싸하게 옮겨보던가. 말 꼬라지가 무슨 시르죽은 서캐 같은 거야 그렇다쳐도 그 잘난 말을 받아쓰기하는 매스컴이 시방 나라를 이 지경으로 만들고 있는 건 틀림없지 싶어요. 사실 판단이 먼저고, 옳고 그른 것은 그 다음이라는데 저것들이 벌써 재판장 노릇까지 하고 있으니 언론 자유가 아니라 천인공노할 광적의 만행을 저희들이 앞장서서 저지르면서, 진실이니 뭐니 시끄럽게 개나발 불고 난리 아닙니까."

"여론 재판이 원래 없는 사실도 즉석에서 입담으로 조작하고, 곧장 맞다 그르다 하는 건데 뭐, 새삼스럽게. 전 선생은 학교법인에서 곱게 밥 얻어먹은 양반이라서 역시 때가 안 묻은 숫보기야."

"허무맹랑한 말도 유언비어로 날개만 달았다 하면 이내 사실로 둔갑해버리는 실태쯤이야 저도 감 잡고 살지요. 조선조 말부터 그랬다는데 머. 요새는 그 뻥치기질을 떼 지어 돌아다니며 아예 직업으로 삼는 개차반들까지 있는 모양이대요. 깐에는 다들 팔뚝 걷어붙이고 하늘치기 하는 폼들을 잡고서. 본받고 배울 것은 그렇게 도리머리치는 것들이, 이러니 망조라는 거지요."

"못된 송아지 엉덩이에 뿔 먼저 난다고, 죽어라고 남의 말을 안 듣는 전통이야 있든 말든 그게 다 한 표고 휴머니즘이고 민주주의라는데."

"얼어 죽을 민주주의하고는, 그런 표는 싫다는 인물이 나섰으면 당장 선거 운동이라도 해주고 싶네."

"아, 흥분하지 마세요. 저쪽에서는 어느 표도 다 한 표라고 벌써 이쪽저쪽 다 손 잡는다는데. 고문이네 참모네 하는 명단에 폴리페써만 천여 명을 확보했다는데."

"그 추수주의자들이 집권만 하면 다 한 자리 내놓으라고 발목부터 잡고 늘어질 텐데, 그러면 개혁이고 나발이고 다 물 건너 간 거지요. 머가 달라지고 먼들 제대로 하겠어요. 똑같기는커녕 더 개판칠 텐데. 뻔하잖아요."

"그거야 나중 일이고, 시방은 헌재 판결에서 이겨야 하니 뚜렷한 심증으로 확실한 물증을 찾아보자는 거고, 그게 법치국가의 순서라니까. 그건 그렇고 유명짜한 문인들은 끼리끼리 동무해서 광화문 광장으로 나가서 역사의 증언자 행세를 한다는데 우리도 한번쯤 구경하러 나갑시다."

"그 양반들이야 내로라하는 지체들이라 그런데다 발품을 팔아야 이름 건사에 쉬가 안 슬 테지만 우리야 어디 감히 엄두나 내겠습니까. 살아본이 꼭 그런데 끼여서 그 예리한 맹목을 겨눠야 이 혼란 만발 시대의 증언자가 되고, 그래야 살아 있는 양심의 지성인 운운하대요. 그 꼴 보기 싫어서 그쪽 발품만은 사양할랍니다. 하기사 애초에 그럴 주제도 못되는 얼뜨기다 하고 뭉개는 판이니 저것들이야 멍텅구리에 엇된놈이라 하든가 말든가."

"그러지 말고, 먼눈으로 잠시 훑어보다 밥이나 먹고 오자는 거지.

몽고 파오 동숙자 몇몇 불러서, 이번에는 내가 밥값 당번이니 연락도 띄워보게."

"저 보세요, 성조기는 와 들고 나와. 이번 국정농단이 미국과 무슨 관계가 있다고. 저러니 여론이 죄다 글러먹었다는 거지."

"나도 보고 있어, 뿌리 깊은 사대주의지 머. 사대주의가 뭣이 나빠? 힘이 없으면 잠시 빌리고 그러는 거지. 그래 사는 거 아냐. 미국을 물고 들어가면 정의 편에 편승하는 기분이 들거든."

"미국이 정의라니? 지금 세계 체제가 미국 정체를 그대로 베껴먹고 싶어하는 거야 만부득이 인정한다 하더라도 그 상전이 지구 곳곳을 너무 들쑤셔서 이 난리 아닙니까."

"아, 그거야 누가 몰라. 그래도 어째, 힘이 없는데. 미국이야 닮아라 마라 하지도 않지, 알아서 하라고."

"허어 참, 온갖 간섭을 다 내놓고 있는데. 저희들이 안 쓰고 폐기처분하는 무기나 팔아먹으면서. 소위 패권주의라는 게 매일 훤히 보이는데."

"누가 기막힌 아이디어라면서 중국은 티베트를 비롯해서 소수민족이 죄다 들고 일어나서 국토가 반쪽으로 쪼그라들고, 미국은 실수로 어디다, 자국이든 타국이든 핵을 딱 한 방만 터뜨려서 자멸지화를 입었으면 지구의 모든 숙제거리가 단숨에 해결될 거라는 거야, 그럴듯하잖아?"

"두 패권국가의 힘을 물리적으로 빼앗을 수는 없으니 바람처럼 빼내는 수단을 궁리하는 거야 좋겠지만 무슨 뾰족수가 나오겠어요, 힘이 없는데."

"그러니까, 만사는 힘이라니까. 내일 어떡할 거야, 별 약속 없지?"

"양쪽 다 둘러보자구요? 하이구, 그 한심한 굴퉁이들을 쳐다만 보라니, 눈이 부실 텐데, 집에서 죽칠랍니다."

"아, 알았어, 그러면 우리가 한 바퀴 둘러보고 나서 종로 3가 그 노인 골목에 자리 잡고 연락할게. 순대국밥집 괜찮지, 나올 거지?"

보다시피 모든 대화는 그럴싸할 뿐 그대로 베낀 것일 수는 없고, 녹음한 대로 받아쓰기해본들 동어 반복투성이라서 반 이상은 무용지물이 되고 만다. 따라서 공통화제로 주거니 받거니 한 경우에는 굳이 누가 특정의 어떤 말을 했다는 것을 따져봐야 무익하다. 유사 이래 인간의 모든 행태도 실은 그럴지 모른다. 개성이나 다른 목소리, 관점이나 시점 차이 같은 분별도 호들갑이든가 오십보 백보일 수 있다는 말이다.

그러나 전화통화를 끊고 한참 동안 머리를 굴려보니 내 또래의 노틀들은 이 뻑적지근한 '국정파행사태'도 참을 만한 일시적 요란에 불과하며, 어떤 혼란이나 고난도 너끈히 극복해내리라는 예의 그 천성의 낙천적 투안주의벽을 쓰다듬고 있지 않나 싶었다. 아무리 천학비재라 해도 오랜 직장생활로 삶을 꾸려낸 만큼 내게도 그 정도의 사태 분별력은 있었고, 내 시각이 틀리지는 않지 싶었다. 이런 비상사태 대처 능력도 그동안 몰라볼 정도로 늘어난 우리의 유항산(有恒産)이 유항심(有恒心)을 불러온 실적일 터이므로 감지덕지할 따름이었다. 더불어 이런 준내란 상태를 몰아온 원인 제공자의 파렴치한 소행만큼은 도저히 묵과할 수 없으며 조급한 기질상으로도 참을 수 없다는 '갈대들'은 상대적으로 다수일 리는 만무할 텐데도 그 드센 편파적 여론 일체를 확대 재생산하는 부류와 그것을 '제도적'으로 퍼뜨리는 현대의 기술(技術)과 기술(記述)의 전천후적인 능력과 무소부지한 역할을 감지하고 나는 시름이 깊어지지 않을 수 없었다.

여기서도 낯익은 도식을 들이대지 않을 수 없는데, '너무 심했잖아, 못 참겠어, 갈아치우자고'라는 촛불파와 '언제는 안 그랬나, 참아야지, 바꿔본들 똑같은 것들인데'라는 태극기파와 그 아류의 양분이 그 것이다. 이제 와서 어느 쪽이 다수였는지를 따진다는 것은 시집간 뒷집 처녀 나이 헤아리기만큼이나 부질없지만, 놓치지 말아야 할 것은 양쪽 다 곧장 각자의 소신을 철저히 자성하지 않고, 또 상대방의 고집스러운 '만행'을 골똘히 천착하지 않으면서도 다 아는 체하며 서로를 철저히 백안시하고 있었다는 정황이다. 투안주의란 그 배면에 이처럼 두터운 자기위안, 자기만족이 깔려 있다는 증거로서 이보다 합당한 사례가 또 있겠는가.

같은 맥락으로 헌재의 '파면'에 이어 새 권력이 들어서자 이내 '촛불혁명'이니 '성숙한 시민의식'이니 '직접 민주주의의 일대 승리'니 하고 예의 그 낯간지러운 자화자찬벽에 매몰된 것도 투안주의의 상습적인 소성도취벽, 오만한 자기과시벽의 현시가 아니고 무엇이겠는가. 심지어 이제는 '민주혁명' 운운하며 촛불 집회 자체를 신성시하는 지경인데, '혁명'이란 국체와 제도 일체, 나아가서 민심까지 어느 정도 바꾸는 '변혁'을 뜻할 터이건만 그때나 정권 교체 후나 무엇이 달라졌는지 자문해야 하지 않을까.

이러고도 허황한 공갈을 일삼는 이북 '국영 방송'의 아나운서 어법을 나무란다면 자가당착이 너무 심하지 않는가. 덧붙이건대 '촛불혁명' 1주년을 맞았다고 시커먼 '사진도록' 한 권이 두툼하게 묶여졌다는 단신은 신문에 나왔으나 어떤 자성적 담론을 진지한 글쓰기로, 공평무사한 시각으로 정리, 평가했다는 신간 소개가 없는 것을 봐도 우리의 뿌리 깊은 소성도취벽은 결국 뒷간 출입에도 두 마음이 갈마든다는, 그 흐지부지벽이랄지 마무리 방치벽을 불러온다는 것을 알 수 있다. 우리 주변의 자잘한 집짓기 공사 현장을 유심히 둘러봐도 그 어질더분한 '정리벽'에는 혀를 내둘러야 할 지경이니, 만사가 이런 식인 것이다. 더불어 내 비망록에 새겨둔 헌재의 탄핵결과 보고서의 한 대목에는, '박근혜 전 대통령의 탄핵심판 선고는 촛불 집회의 헌법적 완결체'에 '역사의 도도한 물결에 법적 인증도장을 꾹 눌러준 것'이라고 씌어 있긴 하나, 아무래도 그 가락이 새 정권에 바치는 '용비어천가' 같아서 시쁠 뿐이다. 아마도 가까운 장래에 그 작성자의 허풍스럽고 상투적인 문투가 비아냥감으로 떠오르는 한편으로 박모 전 대통령의 국정농단 사건을 재심판하자는 소원(訴願)이 쇄도하지 않을까 싶은데, 그 소란을 생각만 해도 한여름의 매미울음 소리가 귓속에 가득하다.

13

지금도 매일같이 보는 바대로 그때 매스컴의 사태 파악력은 신기할 정도로 한결같이, 또 하나같이 '같은 목소리'로, 안하무인의 경지로 치달은 것도 특기해둘 사항일 것임에 틀림없다. 연일 국정농단 사건의 전모를 버르집는답시고 쩷고 까불기 시작하면서 곧장 몸보신용 사골 '우려먹기'에 빠져들었으니까.

나의 눈치놀음에도 그 동어반복 증후군은 정도가 너무 심해서 방금이라도 해괴망측한 광증이, 예컨대 패널 중 한 명이 벌떡 일어나서 누군가의 멱살을 잡고, 지금 제 정신이야, 아까 했던 말이잖아, 남의 말만 에두르지 말고 솔직하게 자기 말을 해, 육성도 몰라, 위선자 주제하고선 같은 대갈일성 후 뺨따귀라도 올려붙이는 해프닝이 벌어지기를 기다리는 조마증에 휩싸이곤 했다. 물론 이 땅에서는 그런 깜짝 소우(疏虞)가 기술적으로 처리, 삭제될 수 있으므로 혼자서 즐기는 망상일 뿐이었다. 여러 사람이 얽히고설킨 부정, 비리, 부패의 소굴로서의 특정 집단에서는 세월호 수침 같은 미필적 고의의 사건은 번번이 재발될지 몰라도 특정인의 광기만큼은 언론의 보도 수위조절술로 맞춤하게 관리, 제동을 걸고 있을 테니 말이다.

어쨌거나 그 천편일률적 보도의 보속증 효과는 막강했다. 이를테면 텔레비전 채널들마다 경쟁적으로 유명짜한 대학교수, 언론인, 전현직 국회의원, 변호사 들을 토론자로 불러모아 '카더라' 소식을 떠벌리게 하고, 그 루머가 가짜든가 뻥튀기기일 것이 '짐작만 때려도' 여실하건만 '아니면 말고'라는 전가의 보도를 지닌 채 공분을 부추기고 있었다. 그런 사례는 워낙 숱해서 여기서까지 그 따분한 장삼이사의 대화를 옮겨봐야 부질없지만(어느 변호사 패널은 청와대 쪽을 역성든답시고 제 선임의 변호력이 '감동적이었습니다'만을 연발할까, 그 구체적 내용을 한사코 털어놓지 않았다. 아마도 방송국 쪽에서 '시간 관계상' 그가 '감동 먹은' 요설을 제지했지 않을까 싶은데 그 내막을 알 수는 없다), 텔레비전의 화면에서 상시적으로 얼쩡거리던, 당최 식상해서 징글징글하기 짝이 없던 몇 장면은 딱 한 번만 글로 되새김질해놓아도 후일의 참고 자료가 되지 않을까 싶다.

기중 곤혹스럽던 장면은 흡사 짝퉁 의류물만 주문대로 만들어주는 회사의 하청공장 같은 데서 최모 여인이 옷가지를 점검하고, 청와대 소속의 수행비서라는 반지라운 사내가 몸에 밴 보비위질을 한답시고 그러는지 제 와이셔츠의 뱃구레에다 스마트폰의 표면을 쓱쓱 문지른 다음 건네주는가 하면, 5만 원짜리 지폐를 헤아려 누군가에게 옷값으로 지불하는 일련의 화상이다. 그 짤막한 시퀀스는 볼수록 괴이쩍고, 의심스럽고, 망신스러워 참괴했다.

'저게 실제로 있었던 장면일까. 대통령이라는 신분이 저렇게 옷을 하치로 맞춰 입나. 저만큼 경이로운 연출력을 과시한 명장면은 방화(邦畫) 사상 드물지 않을까. 과장스런 액션과 고함만 내지르는 국산 영화가 저 천연스러운 내면 연기를 차제에 좀 배워야겠네. 철따라 옷이야 한두 벌씩 맞춰 입어야겠지만 그때마다 초일류 디자이너를 불러서 자세한 자문을 받아가며 이렇게 저렇게 지어 오라고 해야 제격이지, 저런 천격은 결국 본 바 없는 안목의 최대치를 보여줄 뿐이잖나. 그리고 보니 색깔만 간색 계열로 바뀔까, 그나마 울긋불긋한 원색을 피하고 있어서 봐줄 만했어도 그 깃도 한결 같고 윗도리 길이도 따분하기 이를 데 없긴 했지. 아무리 취향이 별나다고 해도 그렇지 자기 지위와 나이를 고려한 보편적, 세태부응적 복장관이 있게 마련인데 그런 분별을 뭉개고 똥고집만으로 느른한 재킷인가를 입고 다닐 때부터 알아봤다마다. 국가 원수의 평소 그 옷거리가 저런 남루한 데서 만들어진다니, 참으로 꼴사납네. 다른 사람들은 어떻게 봤는지 몰라도 그 옷맵시만 보면 지겨워서 연방 도리머리를 내둘리곤 했는데. 이때껏 국민의 혈세 같은 말을 제대로 이해도 못하고 살아온 팔자니 국가 원수로서의 품위유지비야 어떻게 썼든 탓할 것도 없지만, 아랫것을 부리는 용인술이 저토록 천박하다니. 지 옷을 몸종의 안목에 맡겨서 맞춰 입는다고? 참, 취향도 가지가지다. 또 서민은 짜장면 한 그릇 값도 카드로 긁고 영수증을 챙기는데 저런 음성적 거래는 나머지 씀씀이도 알조라는 거 아냐. 평생 눈먼 돈으로 살았으니 뭔들 눈여겨봤을까만. 그런 양반의 눈에 들었으니 저 최가란 여자의 능력은 미상불 비상을 넘어 극상인 모양인가, 떠그랄. 저런 남의 앞잡이 구실도 머리가 좋고 팔자를 타고나야겠지.'

다른 장면은 국내 굴지의 대기업 회장 나리들을 줄느런히 도열시켜놓고 있는가 하면, 다들 끌밋한 복장의 재벌 회장들과 두손매무리하는 화상들을 짜깁기한 것인데, 그것은 체육진흥용의 무슨 재단인지를 설립하려고 하니 그 후원금을 십시일반하라는, 준조세 강탈술이 이처럼 치밀했다는 시사(示唆)로 읽을 만한 것이었다.

상상의 동물에 불과한 용의 옛말이 미르였다니 그거야 양해하기 나름이라고 해도 그것이 도대체 체육과 무슨 맥이 닿는지부터 헷갈렸다. 짐작컨대 발음하기도 쉽고 그 뜻이 알 듯 말 듯해서, 특정 사안의 해결책에 관한 한 뾰족한 의견을 못 내놓는 고위직 직속상관의 어리뜩한 대답을 감싸답시고 측근이 '전략적 애매모호성' 운운하는 그 어벌쩡한 화술이 탐나서 그런 쌈빡한 명칭을 골라잡았다면 굳이 나무랄 것도 없지 싶었다.

그러나 마나 기왕의 협회가 너무 많아서 탈이라기보다 서로 당면 과제를 미루기만 하고 이권 다툼질로 분란만 일으켜서 대권 주자들마다 그 어슷비슷한 협회를 모조리 통폐합시키겠다고 그토록 매미처럼 지져댔건만 또 혹에 혹을 붙이려 들었으니 그 저의는 도대체 무슨 심보였을까. 두말할 것도 없이 협회라는 간판을 내걸어두고 회비를 갈취해서 후무릴 꿍꿍이속이었을 텐데, 그 셈속을 청와대 주인과 그 수하의 심복들이 몰랐을 리는 만무하다. 그 짓거리를 국사의 일환으로 챙겼으니 송두리째 썩었다기보다 일종의 범법 조직이 권부의 노른자위를 떡하니 차지하고 다급한 여러 국가 시책을 만경타령으로 내물렸다는 명명백백한 증거가 아니고 무엇인가. 엄밀히 따진다면 대통령으로서 국정과 국시의 집행 순위 망각증 내지는 그 혼동증만 큼 두드러진 탄핵 사유도 날리 찾기 어려울 터이다.

오래 전에 어떤 작가는 머잖아 짜장면 협회가 나올 것이라고 우리 사회의 '뭉치기' 만연 풍조를 조롱해대더니, 과연 그 예상대로 지금은 서울만 해도 각 구별로 중국요식업자협회가 만들어져서 그 회원증을 액자에 담아 음식점마다 장하니 걸어두고 있다. 뿐인가, 동종의 사업 가들끼리, 전공이 한 테두리에 묶이는 학자들끼리 또 동호인들끼리 뭉치는 협회가 전국 각지에 사태가 날 지경이다. (여기서 나도 누워 서 침뱉기로 한마디 보태면 문인들도 끼리끼리 모여 협회를 만들고, 당연히 기관지를 펴내며 각종의 문학상을 제정하여 자화자찬벽과 소 성도취벽을 만끽하는 데 여념이 없다는 사실이다. 문학도 개인이 아 니라 단체로, 영세 수공업을 접어버리고 합작사업으로 꾸려야 셈평 도 펴이고, 행세할 수 있는 세태인 듯하다.) 그 많은 협회들이 도대체 무슨 권익을 도모하는지 아리송하거니와, 추단컨대 백수들이 아무런 일도 안 하고 빈둥거리려니 짐짐해서 계꾼들을 끌어모으고, 협회 같 은 것을 만들어 아무한테나 손을 내미는 글겅이질을 본업으로 삼는 게 아닐까. 역시 이승만이 본을 보인 대로 뭉쳐야 산다는 신조에 투 철한 한민족의 거룩한 면모가 아닐 수 없는데, 각 지역별로 조기 축 구회, 산악회, 배드민턴회 같은 동호회를 꾸려서 국회의원 후보자들 이나 자치구 대의원, 단체장 등이 그 조직과 상부상조하는, 우리 사 회 전체가 거대한 협회 유기체인 만큼 그 그늘의 현대판 계꾼들이 '젊어서 노세' 주의에 일익을 담당하고 있는 것이다. 마피아가 별거겠는가. 우리보다 돈벌이에 더 혈안이고, 그 뭉칫돈을 졸개들과 나눠 쓰는 모양새가 푼돈을 뜯어먹는 우리 수법과 정반대일 뿐인데.

아무튼 모든 협회는 그 설립 취지가 무색하게 재원 마련에 관한 한 정부의 국고를 넘겨다보거나 후원자의 성금을 노리고, 웬만큼 자리를 잡으면 회원들로부터 정기적인 회비를 받아내며 꾸려가게 되어 있지 않나 싶다. 그 모금 및 징수 행위는 철두철미하게 갈취와 다를 바 없고, 구조악의 대표적인 사례에 값하고도 남는다. 관련법으로 여러 제한 조문을 명시해두었다고 하나, 그런 법적 지위가 벌써 후원금을 합법적으로 발라먹으라는 허가제와 다를 바 없다. (모르긴 해도 세금 없는 천국을 만든 이북은 협회 같은 제도악도 발본색원했을 테니 이 땅의 친북 및 종북 세력은 그 두두룩한 업적을 선전할 만도 하건만 왜 잠잠한지, 역시 그들 특유의 공부 부족증이든가 상투적 시각에 붙들려 있어서 그럴 터이다. 따지고 보면 저쪽은 오히려 이쪽의 모든 반체제적 협회와 시민단체들을 경비 한푼 들이지 않고 상시로 그들의 국격 향상에 이용하고 있으니 그야말로 '위대한 영도력'을 뛰어넘어 가히 '신적인 통솔력'이 아닐 수 없다.) 이래저래 국력의 신장 덕분에 눈먼 여윳돈을 빨아먹는 수법이 다양해진 셈이고, 청와대 주인은 요긴한 국정을 밀쳐두고 제 몸종 최모 여인을 앞세워 그 편취(騙取) 행각을 밀어준 것이다. 이 직무유기성 만경타령만으로도 통치권을 부분적으로 방기한 것은 틀림없는 사실이 아닌가.

또 하나의 장면은 수억 원을 호가한다는 명마를, 그것도 두어 번인가를 바꿔치기했다는 경주마의 잔등에 최모 여인의 함함한 딸자식이 올라타고 실외 경기장과 실내 연습장을 건들건들 완보하는 동영상이다. 명마 구입과 그에 따르는 비용 일체에 뒷돈을 댔다는 초일류 기업

삼성 재벌의 무소불위한 투자 전략으로서의 허허실실을 손가락질하는 화면인 셈인데, 앞의 두 화상보다 의외로 그 파급효과가 컸을지 모른다. 동영상인 데다 주인공도 예쁘고 싱싱한 여자 운동선수라서가 아니라 수능고사의 준비에는 생무지였고, 여고시절을 말 타기로 일관한 뺄때추니도 빽과 돈만 있으면 얼마든지 세칭 명문대라는 어느 여자대학의 정문을 말 탄 기수로 당당히 들어갈 수 있다는 시위로 비쳤을 테니까. 그런 불공정 수혜야말로 이 땅의 유서 깊은 제도악의 근원인, 옛날의 과거제까지 거슬러 올라가면 만악의 병집인 '입시 망국'형 교육 행정 전반을 희롱한 명장면으로 손색이 없었음은 분명하다.

주지하듯이 위의 세 화상은 시청률을 줄곧 비상하게 끌어올리고 있었는데, 지상파든 종편이든 어느 방송사들이 짜고 그러는 것처럼 무시로 그것만 깔아댄 속셈도 너끈히 짐작할 만했다. 마땅한 화면도 없는 데다 그것들이 청와대 주인과 그 수하들의 무소부지한 국정 전횡을 곧이곧대로 보여주는 명장면들로서 아무리 방영해도 싫증난다는 시청자들의 원성이 들리지 않아서였을 것이다. 후속의 여러 결과들이 말하는 대로 이번의 해괴망측한 국정농단 사건의 일등공신은 여러 방송사들의 그 동영상 조작자임에는 의심할 여지가 추호도 없다. 공연히 촛불시위의 기획자 및 참가를 선도한 시민단체 및 노동단체들이, 그 간헐적, 의도적, 추수적 열기에 힘입어 정권을 쟁취한 진영이 두루 합세하여 '우리의 성숙한 직접민주주의 문화' 운운하며 그 공을 자화자찬하면 자기도취가 심하든가, 그런 기고만장이야말로 세칭 자기표절을 부끄럼 없이 본업으로 삼는 방송인 제위의 손바닥에서 놀아나는 꼭두각시였음을 그들 스스로가 뒤늦게나마 추인하는 꼴일 테니 말이다.

어쨌든 그 조잡한 동영상이 줄기차게 안방과 시정을 뒤덮고 있다는 현상 자체의 시사성은 무지막지했다. 번거롭게 그 파상효과를 다 들먹일 것도 없이 이미 전세는 기울어져버렸고, 청와대 주인과 그 참모들의 실각을 강제하는 귀신이 저만치서 말발굽 소리도 요란하게 달려오고 있다는 것이었다. 그런데도 귀도 눈도 멀었는지 청와대 쪽은 수수방관 일색이었다. (그제서야 안 되겠다 싶었는지 보수 논객이지 싶은 어느 양반과 딴에는 허심탄회한 대담을 기획, 방영으로 응수했는데, 그 내용도 늘쩍지근하기 짝이 없는 것이었다. 국정도 그처럼 강단 없이, 심심파적으로 꾸렸을 듯해서 시쁘장스럽다는 감상이 지배적이었다. 그러나 마나 그 좋은 진심 토로의 기회도 시기적으로 악수였고, 그런 장고 끝의 악수 연발이야말로 청와대 주인과 그 참모들의 총체적 무능이자 한계였다. 번번이 운때를 스스로 걷어차버렸으니까.)

대사급 외교관으로 외국물을 낮게 먹고 살아서가 아니라 땀 흘리지 않고 아랫것인 서민을 턱짓으로 부리는 일방 공문서로 하등에 불요불급한 일만 시킴으로써 그 복지부동(伏地不動)의 공직자 생활에 젖어서 그렇지 않나 싶게 어떤 정세나 사태를 아주 느긋하게 추스를 줄 알던 공무원 출신의 조모 씨와는 달리 나는 속이 타서, 누가 다리를 놓아주면 당장 청와대로 뛰어가서 한 칼에 무지렁이들을 베어버리는 일방 그 주인을 옆구리에 끼고 나와 헌재의 재판정에 세우는 무용을 떨치고 싶은, 실없는 공상으로 좀이 쑤셨다.

'희한한 인간들이네, 도대체 무엇을 믿고 저렇게 태평인가. 낙백으로 운신할 기력마저 잃었단 말인가. 저 명문대 출신의 고학력자들이 저토록 얼뜨기라니, 도부지 이 대목이 말이 안 되잖아. 머리가 없나,

그 좋다는 권력이 없나, 돈이 없나. 저것들이 방금까지 이 나라의 모든 시정(施政)을 쥐락펴락하면서 아랫것들이 조금만 불퉁거려도 한마디로, 그것도 전화 통화만으로 조져댔다는 인간들이었다는 게 맞냐고? 거의 핫바지에 치룽구니 꼴인데. 하기사 기성 체제와 대충 어울리게 짜 맞춘 법조문과 그 원리만 달달 외운 머리에서 무슨 해결책이 나올라고. 공부든 일이든 즐길 줄 모르고 시키는 대로, 법대로, 외운 대로, 억지로 해내느라고 납작한 총기만 저절로 심어준 주입식 교육을 탓해야지. 그 신분이야 어떻든 인간의 처신이 저토록 돌변할 수 있다니 참으로 신기하다. 이 요술의 연출자가 촛불이고, 그 갈대의 순정에 불을 붙이는 중매장이가 언론이라면 이런 구도는 인민재판보다 더 그 책임소재가 광범위해서 장차 누가 시비를 가릴 수도 없게 되어버렸잖아. 야합치고는 기가 막히는 수법이네. 어쨌든 국가의 정체와 그 권력을 한바탕 소동으로 짓밟고 초탈법적으로 탈취할 판이니까. 이러다가 나라가 온통 기회주의자들의 눈치놀음판으로, 끼리끼리 짝짓기로, 상대방 죽이기로 날이 새게 생겼구먼. 역시 뭐가 뭔지 모르겠네. 무학인 내 주제로는 무척이나 난해해서 얼이 다 빠질 판이야. 아무튼 이 사태를 어떤 식으로든, 이를테면 패널들이 두서없이 지껄이는 방담조로라도 정리를 해두지 않으면 장차 후학들에게 무슨 낯이 설까. 괴발개발 글쓰기로 만용을 부려봐?'

14

앞에서도 운을 떼놓았듯이 나는 제2의 생업에 써먹겠답시고 서울특별시 산하의 한 지역 도서관을 정기적으로 찾아가서 개가식 책장

사이의 접의자에 앉아 이런저런 책자를 훑어보다가 한꺼번에 세 권이나 빌려오기도 한다. 개중에는 그 제목부터 너무 우람하고 그만큼 어리벙벙한 『한국유학사』 같은 전문서적도 있지만, 주로 개항기 조선사, 대한제국사, 왜정사 관련의 저작물을 예의 주목하는 편이다.

그런데 참으로 소망스럽게도 어느 재벌회사의 외국 주재원을 살았다는 저자가 소위 '을미사변'(내 소견으로는 '곤녕합[坤寧閤] 참살[慘殺]사건' 정도로 명명하는 게 어떨까 싶지만)의 내막에 대해 무려 8백여 쪽 분량의 방대한 저술을 상재해놓고 있다는 사실이다. 그것을 빌려볼 시간도, 읽어볼 여유도 없어서 두어 시간쯤 8인용 독서대에 펼쳐놓고 돋보기 너머로 경중경중 훑어보면 의외로 혀를 내두를 만큼 소상한 대목이 수두룩하다. 그 흐름상 소설인지 실록인지 애매한 게 흠일 수 있다 해도 그런 장르 감각의 부재가 오히려 다른 고명한 필자들의 고루하고 편벽되며 단일색으로써의 그 기술벽을 심술궂게 빈정거리듯이, 너희들만 잘났어, 자만이 심하잖아, 자료라면 나도 웬만큼 섭렵했다고, 무시하든 말든 내 길은 내가 알아서 찾아갈 테니까 엉터리다 뭐다 헛소릴랑 고만해, 별것도 아닌 것들이 시건방지기는, 어차피 세상을 누가 한결 더 꼼꼼히 또 정확히 읽느냐는 싸움 아냐, 팔자가 좋아서 젊은 시절부터 책상에 좀 오래 앉아 있었답시고 지붓자루만 길다니 말이 돼, 꼴사납게 으시대지 말란 말이야, 그 훌륭한 기득권은 과외 학원에 밀려서 제도권 교육이 빌빌거리는 것만큼이나 아무 짝에도 소용이 없어, 그러니 너네들 똥자루만 굵다고 자위삼아 끼리끼리 열심히 갖고 놀아, 글이란 게 요상해서 사람 눈을 못 속이겠더라고, 사람 눈이야 다 똑같잖아 어쩌구 시룽거리며 대드는 육성이 생생히 들려온다.

다른 육성은 더 우렁차다. 가령 테무친 칭기즈 칸의 전 생애를 다루고 있는 대하 장편소설들은 무려 20권짜리부터 서너 권짜리까지 다종다양하게 상재해놓고 있는데, 여러 작가(어느 매체를 통해 등단했는지도 감추고 있으나 명색 '전업 작가'인 것은 분명한데, 저자들의 이런 '신상 은닉술'도 기성의 온갖 불공정한 경쟁이나 감별 '제도' 일체에 대한 도발로 읽힌다)의 그 노작들은 권수가 말하는 대로 여기저기 즐비하게 꽂혀 있기도 하다. (작가 이름을 쫓아 가나다순으로 꽂혀 있어서 민비와 칭기즈 칸의 귀신들이 곳곳에서 출몰하는 형국이다.) 저자들의 생업도 다양해서 한 변호사는 어느 친일파 거부와 그 가계를 추적하여 과보다는 공이 다대했다는, 일종의 실록이자 증언록이며 취재기를 무려 9백여 쪽에 달하는 방대한 저작물로 펴내놓고 있는데, 그 필설은 명색 '좌파 사관'이란 것이 한쪽 눈밖에 없고, 그것도 자료 취재에 게을러서 '공부 부족증'이 여실하다고 준엄히 꾸짖는 식이다.

감히 내 안목으로 속단컨대 책자 발간에 관한 한 기성의 유명짜한 문인이나 역사학 전공의 전현직 교수나 학자들보다 이쪽의 아마추어들 향학열이, 또 그 집요한 집필 의욕이 눈이 부실 지경으로 앞선다. 책 권수로도 그렇고, 저자 숫자로도 몇 배나 많으니 말이다. (최근의 이 사회적 현상도 국력의 과시임은 틀림없지 싶은데, 대개의 '갈대들'은 한눈팔기와 유언비어 퍼뜨리기만 즐기느라고 긴 글 읽기에 태무심하니 낭패인 것이다. 투안주의가 원래 귀찮다는 생리에 젖어 살면서도 남을 우습게 보고, 지 잘난 겉멋에 사는 째마리들의 근성이니까.) 이런 실적이야말로 역사학에서 신주로 떠받드는 그 사실적 '근거'가 아니겠는가. 그래서 나는 예의 그 메이저 리그와 마이너 리그를 글쓰기 경쟁에도 대비해보곤 하는데, 미상불 그럴듯하지 않은가. 아무래도 아마추어 쪽이 자잘한 실수야 자주 저지르고 있어서, 서둘지 말란 말이야, 공을 기다리라니까 그러네, 저놈들도 이제 지치고 있잖아, 안 보여 같은 비웃적거림은 당할망정 경기 내용은 훨씬 다채롭듯이 저작물도 꼭 그렇지 않을까 하는 저회로 잠시나마 몽몽해지는 것이다. 동병상련하는 처지는 결코 교만할래야 할 수 없게 되어 있으니까, 비록 늘 응달만 골라잡아서 풀이 죽어 지내지만 그런대로 터를 넓혀간다며 씁쓰레하니 자위는 할망정.

각설하고 나의 그런 서적 탐색벽을 원용하면 앞서의 그 세 동영상은 즉각 사실로서의 가치를 얼마나 누릴 수 있을까라는 물음을 재촉한다. 보다시피 그 동영상들의 현장감은 생생하다. 실물 그대로이니까 두 말하면 잔소리다. 어쨌든 청와대 주인과 그의 몸종이었던 한 여자의 토색질도 엄연하게 드러나고 말았지 않은가. 더 이상의 증거 찾기와 그것의 진위 가리기는 검찰과 재판관이 그동안 익힌 직업의식을 발휘하여 최선의 판단을 내리면 그뿐이다. 그러나 그런 순서를 쫓아서 명명백백한 결말이 지어졌다고 해서 처음부터 수상쩍었고 끝까지 께끄름할 이 국정농단 사건의 전모가 완벽하게 밝혀졌다고 할 수 있을까. 또 그 재판 결과를 만인이 승복할까?

내 머리는 곧장 단호히 흔들린다. 그럴 리가 없다는 나의 성급한 예상에는 물론 다른 선례가 있어서이다. 예의 그 '곤녕합 참살사건'만 하더라도 그랬다. 꼭 120년 전에 일어난 그 무참한 괴변은 지금도 새로운 해설서가 점점 더 두툼한 분량으로 속속 발간되고 있지만, 어느 것도 옳은 '사실'은커녕 제멋대로 식의 가설만 장황하게 보태고 있는 실정이어서 그렇다. 바른 소리를 촉새같이 나서서 해보면 그 결정판은 영구히 공간되지 않을 공산이 크다고 장담할 수도 있다. 역사학계의 무능 때문이 아니다. 모든 '사실'의 규명이 그렇듯이, 특히나 그것을 현장에서 그대로 베껴낸 '동영상'이 있다 하더라도 그것을 글로 옮기는 즉시 무슨 마가 끼듯이 그렇게 되고 마는데, 어디서 그런 착오가 일어나는지는 각자가 똑같은 말과 글을 상용하는 동족의 도리로서 숙고해볼 사안이다.

그 경과를 미숙한 문맥으로나마 풀어보면 이렇다. 공교롭게도 대궐과 청와대로 그 명칭만 바뀌었을 뿐 두 안주인의 어이없는 몰락이 그들의 오만한 성정과 국정의 독단적 전횡에서 비롯되었다는 점도 대체로 비슷하다. 그러니 비교 및 참조 대상으로는 제격일 수 있다는 말이다. 물론 이런 재연(再演) 능력이야말로 예의 그 한쪽 눈으로의 역사 읽기 탓임은 두말할 나위도 없다. (이 한쪽 눈으로 역사 읽기는 다소 편파적인 '자국사관'이라고 이를 만하다. 모든 글이 그렇듯이 역사 읽기든 세상 보기든 '불편부당'이나 '가치중립'의 잣대는 애초부터 성립불가인 것이다.)

주지하는 대로 당시 대궐의 안주인을 일본인 낭인배 일당이 척살(刺殺)한 그 괴변의 핵심은 크게 세 가지로 뭉뚱그릴 수 있다.

우선 대원군이 자신의 둘째 자부이자 대궐의 중전인 민비를 죽이려는 일본 측의 세칭 '여우 사냥'(이 용어의 출처도 애매모호하다. 모살극의 두목인 미우라 고로[三浦梧樓] 일본 공사가 공사관의 기밀비로 발행하던 「한성신보」의 사장 아다치 겐조[安達謙藏]에게 사살극을 털어놓으면서 장사[壯士] 패거리를 모아보라는 하명을 떨구는 중에 '여우 사냥' 운운했다는데, 미우라의 순발력 좋은 언어 감각이 실은 남의 말을 따라 쓴 것일지도 모른다는 추측을 불러일으킨다)을 제대로 알고 있었을까 하는 의심이다. 그 당시 대원군은 만 75세의 고령이어서 사리판단이 오락가락할 수 있었다는 동정론으로 얼버무리는, 흡사 자다가 일어나 남의 집 봉창을 두드리는 보고서도 허다하다. 지금까지의 모든 책자가, 그 늙은이가 알았을까, 몰랐을걸 하는 정도에 그치고 있는 실정인 것이다. 그러나 대원군의 확실한 '개입', 짐작만 부풀리면서도 몽따는 천성의 그 의뭉스런 '묵인', 감언이설로 짓조르는 데는 장사 없다는 말대로 만부득이한 '들러리' 등등의 처신에 따라 한일 합작극의 혐의를 덮어쓸 수도 있으므로 이 규명만큼 요긴한 대목이 달리 있을 수 없다. 물론 그 진실이 밝혀졌다고 해서 일본 측의 천인공노할 만행에 한 줌의 면죄부가 주어지지는 않지만, 일본 정부가 그들의 개입설과 사주설의 증거물을 철저히 말살, 또는 우물쭈물 흐려버린 정황이 여실한 만큼 대원군의 처신 규명은 더욱 중요로운 것일 수 있다.

여러 정황상 그즈음 대원군의 동정에는 곳곳에 노망기가 현저했다는 말은 일리도 있고, 믿을 만한 근거도 충분하다. 사태가 공교롭게 굴러가느라고 그랬을 텐데, 두 달 전쯤에 고종을 폐위시키고 대원군의 손자를 옹립하려는 모반 사건(이 혐의도 대궐에서 곧 중전이 정략적으로 조작했다는 유언비어가 난무했다)으로 교동(喬桐, 강화도의 서북쪽에 붙어 있는 부속도서이다)에 유배되어 있었던 당사자 이준용(李埈鎔)이 석방되어 공덕동에서 고령의 제 할아버지 수발을 들고 있었다. 걸핏하면 고종의 폐위 음모설이 나도는 그 진원지의 소두(疏頭)를 민비는 당시의 실정법대로 아예 선손질로 제거해버리려 하자, 부대부인(府大夫人, 대원군의 정실로 역시 민씨다)이 며느리 앞에서 울며불며 자기가 대신 죽겠다고 치마끈으로 목을 졸라매는 소란을 피우는가 하면 대원군도 엔간히 다급했던지 자신이 대신 재판을 받겠다고 의금부 담벼락 옆의 한 청과물 가게에서 기식하는 소동 끝에 목숨만 살려두었던 것이다. (이 모반 사건의 연루자 5명은 그해 5월 선고 공판에 따라 사형이 집행되었다.) 미우라 공사의 하수인이자 연락책이고, 경복궁 난입을 총지휘했던 오카모토 류노스케(岡本柳之助)는 바로 그 점을 노려 이준용을 차제에 일본으로 유학 보내자는 약조를 대원군으로부터 받아내기로 했다. 아마도 그런 구실을 빌미삼아 대원군의 환심을 사면서 친러책을 한손에 쥐고 흔들어대는 중전의 득세가 꼴 보기 싫어 만부득이한 '제거'를 두 쪽이 암묵적으로 합의했을 것이란 설도 설득력이 없지는 않다. 그후의 한 증언에 따르면 대원군은 '이씨 가문'을 구해주는 일이라면 무조건 고맙다고(내주장이 심해서 고종이 휘둘리고 있다는, 차제에 중전 민비와 민씨 척신들을 제거하자는 결의를 그렇게 비쳤을 것이란 짐작이다), 자기는 노령이라 앞으로 정치에는 일체 관여하지 않을 것이라며, 적어도 겉으로는 더 이상 따지지 않는 호호야 노릇에 급급했다고 한다.

그랬으니 그날(1895년 10월 8일) 새벽 3시쯤 조손(祖孫)이 함께 공덕동 별장을 나섰을 테고, 훈련대 소속의 조선인 군인과 수비대 소속의 일본인 병정들이 새카맣게 에워싸는 거창한 호위에 파묻혀 경복궁으로 진입할 수 있었을 것이다. 그런데 그날 공덕동 별장을 나섰을 때는 예정보다 한참이나 지체되었다는 정설이 있다. 시간 경과에 대한 추정이 이 정설을 확정하는 데 힘을 실어준다. 아무튼 대원군이 그때 이런저런 핑계를 대며 꾸물거렸다는 것이다. 그날따라 날씨가 을씨년스럽게 추웠다는데(그 전날 밤은 전형적인 우리의 가을 날씨로 맑고 밝았으며, 거리마다에서 청아한 다듬이질 소리가 들려왔다고 한다), 찬 새벽 공기를 쐬며 교자 위에 올라앉은 자신이 만난을 무릅쓰고 재건한 경복궁으로 들어갈 생각에 착잡했는지, 이번의 입궐이 몰아올 일파만파의 소란을 예상하자 차마 발걸음이 떼지지 않았는지 노옹의 그 심란(心亂)이야 손자인들 알 리가 만무하다. 증언도 방증도 전무한 이런 대목은 소설적 형상력 내지는 역사적 상상력만이 다소의 소임을 도맡을 수 있을 뿐이다. 실증주의가 터줏대감 노릇을 다하는 역사학의 연찬도 전적으로 별무소용인 것이다. 해당자의 당시 착잡한 심리가 여타의 구지레한 어떤 '발설'도 영영 봉해놓고 있으니까.

그후 대원군 일행은, 그래 봤자 손자와 시위 군사 약간 명뿐이었을 테지만, 강녕전(康寧殿)에서 우두커니, 아니 조마조마한 채로 모살극의 귀추와 그 결과를 기다리느라고 대기하고 있었다는데, 그 무르춤한 배역도 수상쩍기는 하다. 뒤이어 척살이 끝나고 아들 고종, 여러 명의 조신, 미우라 공사 등이 일대 개혁 조치를 단행할 때, 곁에서 지켜보는 그 허수아비 꼴의 상왕 구실을 대원군은 미리 그리고 있었을까. 그런 단역이 대원군의 평소 위상이나 성정으로 미뤄볼 때 도무지 어울리지 않는다면 그날 그의 동선 일체는 노망의 위장이었을 수 있다. 아니면 자기 손자를 죽이려 한 며느리에 대한 복수극을 일본인들이 대신 치러주겠다니까 마지못해서 눈만 껌뻑거렸다고 볼 여지도 없지는 않다.

그런데 좀 수상쩍은 기록이 더 남아 있다. 곧 강녕전에서 흐리멍덩한 정신머리를 가다듬고 있는 대원군의 구실을 흉도들이 분별해주려고 헐레벌떡 달려왔으며(날이 밝기 전이었고, 평소의 규칙적인 일상이 흐트러진 노인의 기동을 참작해야 한다), 그들이 척살 현장에서 한 무더기의 궁인 중에 숨어 있는 한 여자의 '인상'(흔히 '착의'란 말을 관습적으로 덧붙이는데, 여기서는 그 무잡한 어휘 취사력이 곧장 드러난다)을 일본말과 손짓으로 설명하자 노망기를 일시에 거두며, 맞다고, 손뼉을 치며 만족했다는 증언이 그것이다. 대원군의 이 일거일동을 과연 어떻게 믿을 수 있는지, 노인이 그런 어릿광대질을 꼭두새벽에 연기했다면 거의 신기(神技)가 아닐지 하는 의구심을 떨칠 수 없다. 그 연세에, 또 그 당시 조선인 노인이 경망스럽게 손뼉까지 쳤다니 성격배우치고는 과분한 '배역'임은 자명하지 않은가. 하기사 한창 때는 헛기침을 연방 길게 터뜨리는 거드름, 허풍스런 달변, 임기응변의 해학 등이 좌중을 시끌벅적하게 만들었다고 하니 아무리 살벌한 처소에서라도 그 정도의 연기쯤이야 능히 시연(試演)했을 것이라는 짐작을 내놓을 수 있는 국면이지만, 그의 연치와는 도무지 어울리지 않는다. 어떤 기록자의 활수한 기술벽이 무심코 저질러버린 과장스러운 '조작'이었을 가능성도 배제할 수 없는 것이다. 다들 겉눈으로 보아서 그렇지 이런 과대 포장술과 과소 치장술은 모든 기록물에, 특히나 역사적 전적에는 당대의 일반적인 '글짓기' 관습을 무시한다 하더라도 질펀하게 배어 있다. 요컨대 글이란 사실을 한편으로 일목요연하게 드러내면서 다른 한편으로는 말끔히 지워버린다. 좋다 나쁘다할 것도 없이 글의 본분이 그러니 새겨 읽을 수밖에 없는 셈이다.

그런 불가해한 사실이 확실한 사실(史實)로 굳어진 실례에는 다음과 같은 것도 들먹일 수 있다. 참살극이 종결된 후, 대원군은 6천 엔의 보수를 일본인 낭인배에게 건넸으며, 1인당 1백 엔씩 나눠 가졌다는 기록이 그것이다. 더욱이나 이상한 것은 미우라 공사도 예의 한성신보사 사장 아다치 겐조에게 역시 6천 원의 거사 자금을 지원했다고 하니, 원과 엔이 뒤바뀌고 있는 것도 무슨 장난 같고(엔의 한자가 원이긴 해도 아무렇게나 쓰고 있다는 지적일 뿐이다), 양쪽의 배후 조종자가 약속이나 한 듯 사전과 사후에 똑같은 금액을 내놓았다는 것을 무슨 머리로 둘러맞출 것인가.

두 번째 논란거리도 그 모든 부실한 사실이 진상으로, 알게 모르게 사실(史實)로까지 마구 유통되고 있는 오늘날 기록물 일체의 일정한 미달 수준을 상기시키기에 부족함이 없다. 개개의 사실마다 그 조잡함이 워낙 심해서 나로서는 여러 책자 앞에서 더러, 이틀도 못 갈 기만술을 잘도 씨부렁거리고 있네, 이런 엉성한 속임수가 역사를 팔아먹고 있다니, 참으로 시러베아들 같은 식자들이 많기도 하다며 야유를 퍼붓지만, 그 유언비어의 위력이 얼마나 막강한지는 작금의 그 얼렁뚱땅조 댓글, 페이스 북의 그 비문법적 공방 언술, 마땅히 할 일이 없어서 남의 말을 주워듣고 촌평 달기로 허송세월하는 뭇 네티즌들의 소란 띄우기를 봐도 쉽게 어림할 수 있는 일이다.

알려져 있는 대로 중전 민비의 실물이라면 인구에 회자하는 사진 두 장이 유일하다. 하나는 궁중식 어여머리 다리를 거창하게 틀어 올리고 예복도 제대로 갖춰 입은, 인물도 당시의 조선인 아낙네와는 판이한, 아주 세련된 미모의 새침데기가 하필 기다란 장의자의 한쪽 모서리에 빳빳이 앉아 있는 사진이다. (감히 한가운데 앉을 수는 없고, 누군가의 채근에 따라 서둘러 잠시 피사체 노릇만 하느라고 그런 '자리 선택'이 이루어졌으리라는 추측을 불러일으킬 만하다. 그 당시 중년 여자가 '인물' 사진을 찍는다는 것은 혼을 뺏긴다 같은 엉터리 유언비어를 감수해야 했는데, 이 미신 만연의 '당대적 풍속도'가 그 이름 없는 궁중 여인의 정체를 웬만큼 규정하고 있다.) 다른 하나의 사진은 잘못 그린 그림처럼 흐릿한데, 하얀 저고리 차림으로 수심이 얼 쩡거리는 중년 여인의 모습이다. 시선을 내리깐 자태나 그 수더분한 외모도 이쪽이 오히려 그 당시의 일반적인 조선 여인에 가깝다고 해 도 좋을 그런 인상이다. 다만 지엄한 곤전의 복장으로서는 허술해서 걸맞지 않다는 촌평에는 머리를 끄덕일 수밖에 없다.

아무튼 그 두 사진은 한때 여러 참고서나 역사물에 만만하니 실릴 정도로 공인받고 있었지만, 중전 민비를 대궐에서 오랫동안 모셨던 한 퇴궐 상궁에게 보였더니 즉각 아니라고 단호히 도리머리를 흔들었 다는 증언이 남아 있다. '이름도 없는' 그 퇴궐 상궁은 그 사진을 감별 했을 때 비록 고령이긴 했어도 총기도 출중했다니 믿을 수밖에 없다. 그러니 두 사진 속의 중년 여자는 공연히 팔자에도 없는 왕후 역을 잠시 대역함으로써 아무런 소득도 없는 구설수에 올랐던 셈이다.

사진이야 그렇다 하더라도 중전 민비의 총명과 미모를 간접적으로 전하는 기록은 제법 많이 남아 있다. 대개 다 외국 여인들이 까다로 운 절차를 거친 후, 바로 코앞에서 상면해보니 그 일언일동에 교양과 기품이 자르르 흐르더라는 극찬 일색이다. 비록 야사이긴 할망정 정 사 이상의 실감을 주로 풍문과 증언에 기대서 적발한 황현(黃玹)의 『매천야록』에도 중전 민비가 사서삼경에 통달했다고 하며, 그런 비 상한 재주 때문인지 오만기와 낭비벽과 질시벽이 자심했고, 더불어 국정을 전횡했다는 추문도 빠뜨리지 않고 있다.

내친김에 여기서도 대조의 만용을 부려본다면 민비나 이번 국정농 단의 주체자는 그 언변과 행태에서 의상분일증(意想奔逸症)이 있었 음은 분명한 것 같다. 물론 두 여성 실권자의 직분도, 시대상도 다르 므로 그 정도에 차이야 현저하겠지만 말이다. 이일 저일을 마구 떠벌리고, 스스로 감당할 능력에 대한 어떤 숙고도 없었음이 송두리째 드러나고 말았으니까. 공무원 출신답게 어떤 문제라도 즉각 대답할 말만은 챙기고 있던 예의 그 조 대사와 나눈 전화통화에서 내가, 청와대 주인의 여동생은 이말 저말을 마구 흩뿌리는 증세가 너무 심해서 의상분일증이 분명합디다, 그건 경미한 정신장애 내지는 공간감각 태부족증이지요, 물론 그 언니도 오십보 백보고요라고 단정했더니, 그는 이내 말귀를 알아듣고, 오십보와 백보는 차이가 엄청납니다, 우리 집사람도 나한테 바락바락 대들 때 보면 실성했나 싶고 오십보 이하인 것은 분명한데 일상생활에서는 아무런 말썽도 부리지 않고 잘 살아갑니다라고 천연스레 말했다.

그런데 그런 '글줄'의 기록물만으로는 중전 민비의 어떤 상을 어렴풋이라도 잡아낼 수 없다는 사실은, 모든 필자들이 머리를 싸매고 심사숙고할 과제다. 요컨대 중전 민비는 자신의 얼굴이나 전신상에 관한 한 널리 알려지기를 기피한 대궐 안주인이었다. 아마도 대궐을 피로 물들였던 임오군란 때 한 장교의 등에 업혀서 대궐을 빠져나감으로써 구사일생한 경험 때문에 그 비상한 머리로 자신의 얼굴을 예민하게 과보호했을 것이란 말이다. 이 추측의 근거로는, '곤녕합 참살사건' 때 일본 낭인배 일당이 하나같이 그의 얼굴 사진을 한 장씩 가슴에 지참하고 있었다는 기록까지 있어서이다. 게다가 그 사진의 촬영자가 그 당시 서울에서 활약하던 일본인 사진관 기사(오늘날의 '사진가'가 아니라 새로운 발명품의 보급자 겸 장사치였다고 보면 틀림없다)였다니 논픽션의 구색으로는 상당히 그럴싸하다. 그런데 그 사진을 들고 중전 민비의 얼굴과 대조해도 긴가민가했다니 당시의 현상기술이 조잡했다는 것인지 도대체 아리송하다. 또한 일본 관변이 증거 인멸에 아무리 만전을 기했다 하더라도 그 수많은 사진이 지금껏 단 한 장도 남아 있지 않다는 것을 어떻게 해석해야 할까. (일설에는 사진이 아니라 '초상화'라고도 하는데, 틀림없이 중전 민비를 상면한 어떤 일본인 여자의 인상담을 듣고 그렸을, 요즘의 캐리커처에 상당하지 싶은데, 어느 그림쟁이가 어떤 '과정'을 거쳐 그렸길래, 또 그 원본을 누가 여러 점이나 베꼈길래 한 점도 남아 있지 않단 말인가.) 흔히들 그러는 대로 이런 대목에서 '역사의 미스터리' 운운하며 엄벙뗑을 놓는다면 실증사학 자체가 실언의 경연장이 되고 말 것 아닌가.

앞서 말한 대로 중전 민비는 자신의 얼굴 '노출'에 조심스러웠을 테고, 그런 분별에는 출중한 영민을 타고난 여자였다고 유추할 수 있다. 사진점 주인 따위에게 자신의 외모를 드러낼 기질도 아닐뿐더러 당시의 궁중 법도상 그런 '출현'은 천부당만부당한 일이었다. 역시 모를 일이긴 하다, 일종의 위계술로 앞서의 그 미모의 궁중 여인을 대리인으로 내세웠는지, 대궐을 무상출입했다는 한 왜녀의 인상담을 어느 화공이 만화(漫畵)로 받아쓰기를 했는지. 물론 그런 '초상화'를 요즘의 캐리커처로 알아들었다가는 당시 한문투 세상의 미덕과 '얼굴 그림'이라는 애매모호한 의미를 곡해할 수 있다.

그밖에도 허황지설에 불과한 참살 당일의 기록은 넘쳐난다. 이를 테면 능욕설도 그중 하나인데, 일본의 관변사학(그들만의 전통적인 '만세일계'식 허황한 우월사관이라고 해야 옳겠지만)에서는 기록으로 남아 있다면서 버젓이 떠벌리는 기염을 토하는 데 주저하지 않고, 그것을 또 받아서 우리의 기록들도 서로 뒤질세라 앞다투어 베끼고 있다. 역시 막연한 짐작을 부풀리면 흉도 중에 시간증(屍姦症)이나 시체애호증에 시달리는 혈기왕성한 장부가 있었을지도 모르고, 그것도 쌀쌀한 가을 날씨의 어둑새벽에, 더욱이나 한데서 그럴 수 있다면 노출증이 심하거나 초절륜한 조양(朝陽)꾼이었을 가능성도 없지는 않다. (일본은 흔히 서양식의 근대 학문을 일찌감치 받아들여 근거 있는 학설을 조리정연하게 떨친다고 자랑하는데, 그렇다면 역사학이 신화처럼 날조되고, 발명품처럼 만들어낼 수도 있는 것인지 자기검열을 강화할 필요가 있어 보인다.)

뿐만이 아니다. 닥치는 대로 네 명의 궁인을 참살하고 나서 그중 한 시체의 속곳을 뒤적거려 복대(腹帶)와 향대(香帶)를 끄르고 보니 거기서 친로책의 대강을 밝힌 문서가 나왔다는 기록도 있다. (아마도 '발굴'이 좀 더 적확한 용어가 아닐까 싶긴 하다). 딴에는 소설의 세목으로 그럴듯할지 모르나, 그 전날 밤 민문의 한 척신을 궁내부 대신으로 등용한 것을 축하하는 연회에 국왕 내외가 밤늦도록 참석했다는 사실을 참조하면 그런저런 옷단속이 과연 가능했을지, 아무리 머리를 비상하게 굴려도 글쎄올시다를 연발할 수밖에 없는 국면이다. 도대체 지엄한 지체의 부인이 속곳 속에 문서를 간수했다니, 그 잠자리 불편이야 당사자가 견딜 일이라 모르쇠를 잡을 수밖에 없다 하더라도 허구치고는 기상천외한 망상이 아닌가. 아마도 기록자가 조선 왕실을 얕잡아보고 폄훼의 최상치를 떠올리다, 문득 허황한 '통속물' 읽을거리를 딴에는 그럴듯하다고 조작한 결과일 것이다.

구지레한 명색 '사실'의 나열이 길어졌으나, 요점은 모든 기록물의 철면피한 횡행과 그 위세의 전천후적인 활약상이고, 그 위력에 속수무책이라는 이 동서고금의 관행을 양해하자는 것이다. 누구라도 그것을 제멋대로 인용, 선용, 악용, 남용하는 데 스스럼없고, 그 엉성한 사실에 또다른 해석이 덧붙여짐으로써 본래의 '진상'과는 동떨어진

흉물이 되고 마는 현실을, 나아가서 역사'물' 일체를 알고 소화해야 한다는 말이다. (사실의 나열과 달리 그 전모로서의 '진실' 자체는 어떤 진상의 전후 소인에 대한 명징한 규명까지 포함한다고 해야 하지 않을까 싶다.) 과장이랄 것도 없이 요즘 심심풀이용 블록버스터 영화처럼 식자들의 정서 일체를 마구 난도질하는 꼴인데, 이런 실정 자체가 이중인격자 같은 두 얼굴의 현실을 만부득이 추인하기 전에 모든 인간은, 비록 다소의 차이는 있을망정, 괴기 취미를 무시로 즐긴다는 방증을 확인시켜준다.

물론 우리 쪽만 유독 심하다면 어폐가 자심하다고 해도 무방할 것이다. 차라리 적발 남기기에 극성스러운 일본 쪽이 더 심할 테고, 다른 언어권도 그 실적에서 결코 모자라지는 않을 게 틀림없다. (이런 식으로 연쇄적 추구를 거듭하면 결국 학문 전반의 용자[容姿]는, 아니 그 본색은 어떤 진실을 규명한다는 구실 아래 '허위' 내지는 '허상'의 정립에 광분하는 지적 유희와 다를 바 없다는 따분한 철리에 이른다.) 특히나 이 화두의 발단이 일본이므로 그쪽만 한정하면 일본인만큼 기록물을 챙기는 데 부지런한 민족도 드물다고 스스로 자랑하는 데 지치지 않는다. 그래서 그토록 문서화에 매달리는 만큼 '곤녕합 참살사건'에 관한 한 온갖 첩보, 정보를 수집, 보고, 보관, 생산, 재생산하는 데 거의 혈안이 되어 있다고 해도 결코 과언이 아니다. 사후의 그런 첨언식 기록물들은 하나같이 '이것이 진상이다'라는 육성이 우렁차다. 당연하게도 그것들은, 위에서도 잠시 들먹인 사례로도 짐작할 수 있겠듯이, 무지몽매한 망발투성이이다.

그러나 그처럼 어벌쩡한 글짓기도 경쟁체제에 들어가고, 그것들이 저마다 활수하게 유통, 소비의 회로에 감겨버리면 누구라도 그것을 믿을 수밖에 없다. 활자로 박은 것이므로 유언비어보다는 신뢰감이 훨씬 증폭되고, 맹신을 부채질하는 것은 당연하다. 그 단적인 증거로는, 중국인 양민 30만 명 이상을 불과 두어 달 만에 칼로 베고 무찌른 후 증거 인멸이랍시고 시체를 집채만큼 무더기로 쌓아놓고 불 싸지른 난징(南京) 대학살 사건은 그 기록물이 동영상과 사진으로 엄연히 남아 있음에도 불구하고 일본의 우익 인사들이 일쑤 그럴 리 없다는 망언을 내놓는 것도 기록물에 대한 맹신이 불러들인 착각의 헛소리다. 무당들이 흔히 그러는 대로 맹신은 결국 망아(忘我)의 경지에 이르러 헛소리를 내지르기도 하며, 집착이 심한 인간일수록 일시적으로 그런 무당질에 숨은 재질을 발휘할 수 있다는 말일 뿐이다.

세 번째 맹점도 어떤 역사적 사실의 일시적, 피상적 고정이 그 배후의 진실을 얼마나 무지막지하게 깔아뭉개버림으로써 그후로도 그와 유사한 사건을 어떻게 재연하는지, 역사의 그 무자비한 희롱극을 들춰보자는 것이다. 쉽게 말하면 꺼진 불도 다시 봐야 할 뿐만 아니라 불씨의 근원을 알아야 곧장 닥칠 화마를 피해갈 수 있다는 말이다.

'곤녕합 참살사건'으로 중전 민비가 비참하게 죽었고, 유해도 제대로 못 찾았을 지경으로 서글픈 불귀객이 되고 말았음은 천하 주지의 사실이다. 여러 정황이 그 점을 명확하게 규정하고 있으므로 숙연한 채로나마 인정할 수밖에 없다. 그런데 당연하게도 그 척살의 지옥도는 거의 어린애들 환칠 수준이어서, 설마 그랬을까 하는 의구심을 떨쳐버릴 수 없게 하는 장면이 숱하다. 차마 바른 정신으로 할 소리는 아닌 성싶지만, 아직도 못 찾은 그이의 뼈 조각 같은 '영혼'('영혼'이란 말은 증거로서의 사실만을 논란거리로 삼는 역사물 일체에서 적극적으로 기피해야 할 용어이긴 하다. 지상을 떠나 허공중에서 얼쩡거리는 공상물은 사치스러운 것이니까)이 그날의 지옥도를 반추하고 있을 터이므로 객쩍은 말을 좀 더 늘어놓아야 하지 않을까 싶다.

현장에서 즉각 피살당한 궁인 네 명 중 중전 민비로 지목된 한 시신의 이마에는 두 가닥의 칼자국이, 그것도 공교롭게 가위표 모양으로 교차하는 흔적을 남기고 있었다고 한다. (두 칼잽이가 거의 동시에 칼부림으로 내리그었다는 추단이 저절로 떠오르는 국면이다.) 그런데 이것이야말로 수상쩍은 대목이 아닌가. 일본의 소위 '사무라이들'은 하나같이 일도양단의 칼솜씨를 그렇게나 자랑하는 일종의 푼수들인데, 피살자의 이마에 칼자국을 두 줄만 남겼다니 하필 그날따라 칼부림 재주가 시원찮았단 말인가.

어떤 번역도서를 읽다 하도 이상해서 예의 내 그 차기(箚記)에다 베껴두기도 한 그날의 살해 현장의 한 단면도는 다음과 같이 그 '묘사력'을 뽐내고 있다.

'왕비는 위를 향해 쓰러졌고 후우후우 하고 숨을 쉬고 있었다. 그때 사세 구마데츠(佐瀬熊鐵, 경무청 촉탁 의사인데, 이 작자도 흉도 30여 명 중 하나로서 나름의 제 소임을 할당받고 있었는지 모른다. 모든 모살이 그렇듯이 그만큼 치밀했다는 증거이다)가 와서 수건으로 상처 난 곳의 크기가 얼마나 되는지 쟀다. 장사들은 사진과 왕비의 얼굴을 대조하고 있었다. 왕비는 두 손으로 얼굴을 가렸다.'

당일의 척살 거사에 참가한 흉도들은 너도나도, 내가 최초의 하수자다라고 떠벌리며 딴에는 칼솜씨를 자랑했다니까 위의 기록에 드러난 유치한 소묘력(의성어 '후우후우'만을 책잡는 게 아니다. 그 난장판에서조차 줄자를 지참하지 않아서 수건으로 상처의 길이를 쟀다니 과연 기록을 남기려는 악착같은 일본인 일반의 근성을 이해할 만하다)이야 독자들마다의 개별 독해력에 맡길 수밖에 없긴 하다. 그 당시의 일반적인 글쓰기 양식을, 특히나 일본 쪽의 개화 식자들이 일기를 쓰듯이 자신의 경험을 과장스럽게 토로한 글 수준을 미뤄 짐작한다 하더라도 어디까지 믿어야 하는지는 각자가 알아서 머리를 분주하게 굴려야 할 터이다. 현장감을 살린답시고 그 소위 하드보일드 문체를 효시적으로 선보였으니 대서특필할 업적이 아닌가라는 독자도 있긴 할 것이다. (요즘처럼 네티즌들이 댓글로 제 의사를, 속기 문자로 소식과 느낌을 전하느라고 각자의 소양을 떠벌리는 도섭쟁이들 전성시대임에랴.)

그러나 마나 유서(類書)들이 앞다투어 인용하는 위의 적발은 과연 자료적 가치가 있을까. 대답은 의외로 간단하다. 믿을 만하면 각자의 무릎을 치고, 아무래도 뭔가 엉성하다고 보면 돌아앉아버리면 그뿐이다. 도대체 장사들마다 다 품에 간직하고 있었다는 그 많은 '왕비'의 사진이 단 한 장도 남아 있지 않다니, 말이 되는가. 왕비를 하수한 칼까지 일본의 한 민간 자료관이 고이 모셔두고 있다는데.

문장 감각이 논란거리로 떠올랐으니 차제에 한 번쯤 짚고 넘어가면 모든 기록물의 상당 부문이 허위문자(虛僞文字)로 작성되어 있다는 사실에, 그리하여 후대의 독자들은 그 기만술에 포로가 되어 있다는 실정에 방점을 쳐둘 만하다. 이를테면 그 당시 서울 소재의 일본 공사관 관리들이 본국의 외무성에, 더러는 한때의 후원자나 직속상관에게 속속 보고한 '조선국 경성사변'('한국 왕비 살해사건' 또는 '조선 왕성사변'으로 표제를 달고 있기도 하다)도 결국 그 '괴변'(고종의 회고담에서 나온 말이라고 알려져 있다)의 참가자나 목격자로부터 들은 말을 받아쓰기한 것이다, 그렇지 않겠는가. 그 풍문의 가치가 요즘의 유언비어와 비교할 때 어느 쪽의 실가가 더 높을지를 즉각 판단하기에는 적잖이 헷갈린다. (물론 이런 보고 '풍조'는 지금 일본 매스컴의 속보 생산에도 나름의 체통과 전통을 살리느라고 면면이 이어지고 있다. 담당 분야의 소위 '전문' 기자들이 '창작해낸' 추측성 보도의 생산이 그것이다. 물론 우리 쪽의 매스컴 보도도 얼마나 정직한 문체로 진상을 퍼나르고 있는지, 아니면 기자들 개개인이 평소의 교양을 제멋대로 '변주하여' 허보를 퍼뜨리고 있지나 않는지 가슴에 손을 얹고 재고해봐야 할 것이다.) 마찬가지로 모든 첩보, 정보 보고서는 염탐, 탐문(探問), 탐문(探聞)의 수합에다 작성자의 그때 기분, 느낌, 생각, 판단 따위가 즉석에서 재량껏, 곧 각자의 직감력과 취사력에 따라 다량 스며들어간 과장스런 글줄일 뿐이다.

어느 정도의 시간이나 시일이 경과한 다음 그 당시를 되돌아보는 경험담으로써의 여러 기록 형식도 얼마나 엉성한지 또는 소상한지는 독자들의 활달한 재량권에 따라 달라진다. 그런데도 모든 필자와 저자들은 허겁지겁 기왕의 기록물을 마구 원용, 오용함으로써 사실을 왜곡, 분식(粉飾), 과장하는 데 적극적으로 품앗이하며, 전체적으로든 부분적으로든 위장에 협조하고, 그 은폐까지 앞다투어 조장하는 데 기를 쓴다. 각자의 성실한 글짓기(모든 글이 얼마나 '진정성'에 접근하고 있는지에 대한 판단은 독자 개개인의 독해력과 상동한다)라기보다 엉너리치기식 '변주력'을 유감없이 발휘하는 것이다. 그리하여 사후의 모든 식자들은 자신의 독서 편력을 자랑하느라고 본의 아니게 거짓 증언의 유포자 노릇도 사양하지 않는 지경에까지 이른다.

자잘한 사실로서의 '정보'가 밀가루 같은 편린이라면 큰 테두리의 '지식'은 먹음직한 잔치국수 한 그릇에 해당될 텐데, 바로 그 구뜰한

요깃거리를 음미할 수 있게 된 여러 '사정'을 참고하지 않을 때, 맛이 좋다 나쁘다고 지껄이는 발설자는 한낱 수다꾼임을 스스로 참칭하는 것이나 다름없다. 친구들끼리의 회식 자리에서나 학교, 교회, 대중집회 같은 공석에서나 두루 자신의 알량한 정보나 지식을 부실한 언어감각으로 포장해서 떠벌리는 짓거리에는 허담이 반 이상임은 매양 보는 바와 같다. (그래서 인간은 누구라도, 비록 그 정도에 차이는 있을망정, 허담증을 시시각각 즐기기를 마다하지 않는 실없쟁이일 뿐이다.) 이런 천박한 개그식 말잔치에 놀아나는 우중 속으로 퍼져가는 유언비어성 정보는 필경 '의식의 평준화'에 기여하는 게 아니라 '단견의 살포화'에 이바지해서 민도 전반의 일정한 답보상태를 강제하는 꼴이 되고 말 것이다. 그래서 모든 '갈대들'은 단일한 모양새의 '촛불'을 들고, 그러니까 우리 모두는 하나의 유치한 감상적, 자의적(恣意的), 임시적 공감대로 뭉쳐서, 저마다의 고유한 사유능력을 자발적으로 꽁꽁 묶어버린 단세포 동물로서 각자가 '서로를 흉내내기'에 여념이 없는 역사적 현장으로 줄달음치는 것이다.

요컨대 군중심리란 어떤 일체감정을 '지금, 여기서, 우리 모두'가 함께 누리자는 것인데, 그 골자는 사실상 별것도 아니다. 그 배경을, 그 단일감정의 소화를, 그 구호에 따르는 원망을 글로 조리를 세우지 않는 한 어떤 역사적 현장이라도 이렇다 할 의미는 쥐뿔만큼도 없다는 소리이다. 그럼에도 불구하고 현장의 열기는 당장 막강한 힘으로서의 '새 역사'를 발명해내기라도 할 듯이 치열한 반면 차후의 추사적(追思的) 적발은 냉돌처럼 썰렁해서 별 볼일 없는 것들이 허다하다.

나는 그쪽의 기록물이라면 논문, 학술서, 논픽션, 실록, 소설 등등을 나름의 안목으로 들여다보는 도락가인데('읽히는' 책은 어떤 것이라도 다 재미있다는 신조를 갖고 있으나, 한우충동[汗牛充棟] 같은 허풍스러운 말을 멀찍이 내물리고 힘이 닿는 한 독서 자체를 유일한 취미삼아 즐기고 있을 따름이다), 이럭저럭 서당개 3년에 풍월 짓는다는 말대로 눈이 뜨여서 어떤 저작물이라도 통독한 후에는 예의 그 창작노트용 잡기장에 날림글자로 적어둔 어휘, 요긴한 대목, 신둥부러진 감상담 등을 훑어보며 저절로 터져 나오는 탄식을 내버려두는 편이다.

'이게 다 무슨 소린가. 온갖 사료를 다 뒤적여봤다는 자부가 행간에 넘쳐나긴 하네. 수불석권(手不釋卷)이야 누가 뭐라나. 취사(取捨)가 아니라 버릴 것부터 먼저 챙기라는 거취(去取) 습벽을 아직도 터득하지 못했나 본데, 버리기가 아깝다는 속내야말로 교만 아닌가. 문학 쪽이야 어차피 필자의 심경 토로일 테니 좀 봐준다 하더라도 남의 글, 남의 책, 남의 보고서로 제 느낌을, 제 생각을, 제 논조를 피력한다는 게 말이 될까. 욕하면서 닮는다는 말은 결국 지 주의주장도 없이 본보기의 그 닳아빠진 사고방식을 그대로 답습하고 있다는 소리 아닌가. 일본의 우월사관, 국수주의 신조, 소위 징고이즘, 우익 황국사관도 결국 왜정사관이나 일정사관과 한통속일 텐데 식민지 틀이 무슨 소리야. 그렇다면 내지 프레임도 말이 될라나, 신기한 발상이네. 내 선친도 왜놈 주재소에서 순사인지 뭔지로 빌붙어 겨우 목숨이나 부지한 주제였는데도 꼭 왜정 때, 일정 때라고 반은 조롱조로, 또 반의 반쯤은 회고조로 그리움에 젖어서 지껄였는데 하나도 어색하지 않았다고. 역사 기술이란 게 일단 강처럼 제 가락에 취해서 술술 흘러내려가야지, 지멋대로 계곡으로 빠졌다가 지하수로 숨었다가 하면 가짜가 제 신원이 탄로날까봐 숨바꼭질하는 꼴이 아닐까. 건강부회가 딴거야. 수염과 머리터럭을 다 그리겠답시고 얼굴을 못 알아보도록 망쳐놓았다는 근모실모(謹毛失貌)란 말도 못 들었나. 지 할밴지 애빈지도 분간 못 하도록 그린 초상화를 가리키며 이 토우(土偶) 맞잡이가 우리 조상이니 얼마나 신묘한 손재주인가 하고 떠벌리면 누가 믿기나 할까.'

그럼에도 불구하고 기록물의 중요성은 역설해둘 만하다. 일종의 역설(逆說)인데, 허위문자로 작성하든 말든 그것을 다량으로 생산, 소비하는 민족만이, 그것을 하찮은 관습 차원에서 천연히 누리는 나라만이 살아남는다는 철칙은 역사만이 일러주는 미덕이다. 여러 말을 줄이면 그 엉성한 기록물들을 이리저리 대조함으로써 당대의 뭇 식자들이 꺼림해서 기피하고, 아예 뭉텅뭉텅 빼버렸는가 하면 끼리끼리 눈을 껌뻑거리며 은폐해버린, 또 조목조목 말살해버림으로써 오도하기로 작정한 그 엉터리 역사를 까발리고, 꽁꽁 숨겨진 실상을 복원하는 데 참고할 만한 2차 자료가 되기 때문이다. 역사든 문학이든 그 위증의 증거물이야말로 거꾸로 진실을 드러내는 암호가 아니겠는가.

요컨대 그런저런 엉터리 기록물들이 없으면 어차피 점점 흐려지는 기억에, 나중에는 전혀 다른 꼴꼴의 구전에, 선창과 복창이 연이어 메아리치는 매미 울음 같은 구호에 기댈 수밖에 없으므로 그 지루하고 후져빠진 가락에서 무엇을 건져내겠는가. 하기사 무엇이든 있고 없는 데 따른 상대적 부족감부터 추스르느라고 난감해야 할 테지만.

15

작금의 천안함 폭파 사건, 세월호 수침 사건, 심지어는 어느새 36

년 전의 광주 민주화 압살 사건 등등의 보고물 일체와 그 진정성을 의심하는 대중적 시각을 보더라도 우리의 기록 및 자료 수습력은, 관민 어느 쪽이든 허술하기 짝이 없다. 믿을 수 없으니 재조사하자는 그 우렁찬 한마디 '구호'만 몇 년씩 외쳐대는 시속이 얼마나 방자스러운 낭비인가. 도대체 언제까지 이런 뒷북치기 행태를 이어갈 것인지, 이미 유전인자가 그렇게 고정되어버렸다면 무슨 교정술이라도 개발해야 할 것 아닌가. 어쨌든 '다시 돌라보자'는 그 구호 외치기를 제2의 생업으로 삼은 사람, 단체, 협회가 점점 불어나는 현상도 수상쩍을뿐더러 온 나라가 하늘 멀리 사라진 억울한 영혼까지 불러들여 푸닥거리를 벌이는 이런 '과거 지상주의(至上主義)'의 시속에서 어떤 내일을 구상하겠다는 건지 아득할 뿐이다. 다음 세대의 역사학도들이 할 일을 미리 가로채는 이 얄궂은 희비극의 원형도 예의 그 곤녕합 참살사건이 여실하게 보여주고 있으니 상투어 '역사의 아이러니'도 어이없다고 할 판이다.

이미 널리 알려져 있는 대로 그 대궐 안방에서 벌어진 참혹한 돌발사에 대한 우리 쪽 관변 기록은 1년쯤이나 지나서 '개국 504년 8월 사변 보고서'로 작성한 것이 고작이다. 『대한계년사』, 『매천야록』, 『고종실록』 같은 일화식 기록을 초들 수도 있겠으나, 논지의 본의는 기록물에 임하는 개인 및 단체가 어떤 소명감도 갖고 있지 않았다는 지적일 뿐이다. 불민한 탓일 테지만, 나는 아직도 수박 겉핥기로 인용하는 그런저런 문맥들마다에 눈독을 들일 때 작성자들도 그 부실의 정도를 설마 몰랐을까 하는 의구심을 쉬 떼칠 수 없다. 자성할 근거를 우리 스스로가 내팽개치고 있으니 그후의 모든 학설, 주장, 논란이 예의 그 곁눈질 습벽으로 일본의 자료, 기록만을 줄기차게 활용, 재활용하느라고 수선을 떨어대는 꼴인 것이다.

논란거리가 여러 갈래로 나뉘어서 한참 우회한 셈이지만, 예의 그 '여우 사냥'의 하수인 발굴사 내지는 추적사도 맥을 같이한다. 그 내막은 대체로 이렇다.

중전 민비의 침실 곤녕합에 난입한 흉도들 중 나카무라 다테오(中村楯雄)란 작자가 첫 칼을, 후지카스 아키(藤勝顯)가 두 번째 칼부림을 자행하고, 뒤이어 데라자키 다이키치(寺崎泰吉), 구니도모 시게아키(國友重章) 등의 낭인배 흉도와 미야모토 다케타로(宮本太郎) 소위 외 한두 명의 수비대 군인도 척살 현장에서 칼부림을 방조했다는 통설이 그동안 암암리에 추인되고 있는 하수인 명색이었다. 그런데 최근에는 예의 미야모토 소위가 진범이라는 학설이 유력하다고 떠들썩한데, 이런 풍토도 사료 만능주의의 일단이 아닐 수 없다.

당시 조선 정부의 고문관 이시즈카 에이조(石塚英藏)가 사건 발발 다음 날(10월 9일) 본국의 법제국장 스에마쓰 가네즈미(末松謙澄)에게 보낸 최초의 공식 보고서에서, 살해 현장에 있던 인물로 미야모토 소위를 첫대바기로 기명한 게 수상하고, 그가 고종과 왕세자 내외를 두호하느라고 양팔을 벌리며 막아서는 궁내부 대신 이경직(李耕稙)에게 총질을 해서 즉사시킨 뒤끝이라서 내친김에 칼질까지 한 혐의도 짙은 데다, 사건 관련자 전원이 히로시마 군사재판소에 약식 기소 후 증거불충분으로 무혐의 판정을 받은 다음 그도 전역, 고향에서 칩거하다 다시 군문에 복귀, 대만에 출정하여 그곳의 원주민 토벌작전에 투입되었다가 전사했는데, 그 일련의 행적은 전적으로 타의 곧 외압에 의해, 말할 나위도 없이 모살극을 획책한 일본의 최고위층 실권자 몇몇과 군부의 요인 일당이 야합하여 곤녕합 참살사건을 철저히 은폐시키기 위해 암약한 결과라는 것이다. 전역한 군인을 다시 불러 내 대만에서 사지로 몰아넣은 것은 일본 군부가 차후에 다시 조선 왕비 살해범으로 그가 얽혀들 것에 대비한 미필적 고의라는 추리다. 미상불 그럴듯한 해석이긴 해도 군인이 죽었으니 일본 정부의 사전 '모살설'이 맞다는 주장은 순진한 관행적 추측이라는 게 휜히 비치고, 현장의 살벌했던 활극을 미뤄 짐작해보면 군인이 민간인 흉도보다 '반드시 내가 먼저'라며 날뛰었다는 월권행사가 통했을 것 같지도 않 다. 새 학설이라기보다 이런 주장이야말로 그럴 수밖에 없다는 가정 과 심정적 경사로 말미암은 '불확실한 심증'에 불과할 뿐이다. '과연 그렇겠다'라는 물증이 전무하니까 말이다. 굳이 증거가 남아 있다면 예의 그 '가위표 칼부림' 흔적이 피살자의 이마 위에 그려져 있었다는 그 '믿기지 않는' 기록물이다.

물론 미야모토가 첫 칼을 휘둘렀다고 거명한 최신의 증언적 '자료 들'은 훌륭한 구색이지만, 다들 '내가 하수인이다'라는 예의 건달형 「한성시보」사 기자 몇몇과 달리 진범의 '실토'가 없었는데도 일본의 공적, 사적 기록물만 맹신하는 게 과연 얼마나 옳을까. 굳이 미야모 토가 '내성적인' 인물이었다는 짐작을 들이대더라도 다른 구색이 좀 더 갖춰져야 할 테니 말이다. (앞서도 누차 말한 대로 모든 기록물은 한쪽만 조명한 것이고, 그것 자체가 위장물이며 위증을 위한 조작물 일 수 있다.) 그렇다면 '이것이 바로 하수한 내 칼이다'라는 앞서의 그 전시물은 무엇인가. 그날따라 일도양단에 실패했으니 두 칼 중 하 나였다고? 엉터리 추리소설처럼 억지스러운 조작을 일삼다 보면 점 점 허황지설에 빠져서 저자 자신이 먼저 수선스러운 거짓말쟁이가 되고 마는 것이다. 어차피 학설이란, 아니 학문이란 한쪽 눈으로 파악한 경균도름(傾囷倒廩)일 터이고, 그래서 외눈이 바로 맞히는 때도 더러 있다는 속담도 그럴싸해지는 법이다.

맹점은 바로 그 현장에서의 조선인 목격자, 피해자가 수다했음에도 불구하고 누구도 그 광경을 기록으로 남기지 않았고, 그들의 증언을 풍문으로만 들려주고 있다는 사실이다. (물론 윤치호의 일기장 같은 간접적인 '받아쓰기'도 있긴 하나 그 간략한 소루는 앞서 예문의 그 '후우후우'와 난형난제이다.) 그 불찰을 멀찍이 떠밀어버리고 부실한 일본 쪽 기록만 고이 모셔와서 설왕설래를 일삼으니, 아무리 엄정한 추적조사 보고서를, 사료에 따른 준엄한 명론탁설을 내놓은들 누가 믿겠는가. 비유를 큼지막하게 끌어오면 일종의 기초, 근본이 부실하면 그 위에 세워놓은 어떤 건축물도 허름하기 짝이 없어져서 누구라도 그 속에 들어가 살고 쉴 엄두를 못 내는 집짓기 놀이에 불과하다는 소리다.

부언컨대 자료, 기록, 사료란 어떤 사실의 확증일 리 만무하며, 그 기술에는 어차피 기술자 개개인의 다채로운 정서 일체가 어떤 식으로든 반영되어 있을 터이므로 그 문맥의 진부를 가려내는 데 있어서 섣부른 단정은 금물이다. 자칫 잘못 비약했다간 별것도 아닌 대상을 제 혼자서 신주로 떠받드는 꼴이 되고 말뿐더러 그런 행태야말로 물신숭배 신앙의 사이비 교주가 일상적으로 치르는 경거망동일 테니 말이다. 그 비근한 실례는 세월호를 운영해온 집단의 선주가 역시 동영상으로 남긴 활극이, 그가 풀밭의 시신으로 '발굴될' 때까지 한동안 모든 텔레비전 화면이 비춰준 그 동정이 여실히 보여주고 있기도 하다.

훨씬 더 아리송해서 연방 머리를 흔들 수밖에 없는 기록은 중전 민비의 유해를 사후에 어떻게 처리했느냐는 것이고, 이 부분에 관한 한 대개의 기록과 사료는 우리 것들이 많은 실정이다. 물론 당연지사이기도 하다. 일본 쪽이야 차마 민낯으로 사자의 유해까지 집적거릴 엄두를 못 냈을 테니까.

역시 통설에 따르면 '왕후'(일본 쪽 기록에서 상용하는 호칭이다) 참살은 어둠이 걷히기 시작하는 새벽 6시쯤 일단락 지어지고, 대궐에서 보낸 중사(中使)의 전갈을 좇아 미우라 공사가 장안당(長安堂, 건청궁이라는 기록도 남아 있는데, 장안당과 건청궁 사이에 곤녕합이 있고, 두 집채는 엇비스듬히 마주 보고 있는 구도이다)에 나타난 때는 아침 8시쯤이었다. 그 두 시간 동안 시신 네 구는 그대로 방치되어 있었는지 어떤지 알 수 없다. (참살극이 한창 벌어지던 당시에도 대궐의 외곽문을 지키던 우리 병사들은 무슨 양수[陽樹]처럼 우두커니 부동자세를 취하고 있었다는 기록은 주목을 요한다. 예의 투생주의의 골이 워낙 깊어서 군인들조차 겁쟁이로서의 나무 같은 '수동성'에 길들여져 있었다는 역력한 증거이다. 궁중을 호위하기 위한 훈련대가 이미 일본 교관의 지휘하에 굴러가고 있었다고 해도 그들도 조선인이라는 '본분'을 망각했을 리는 만무할 테니 말이다. 탄핵 위기에 몰려 있던 최근의 청와대 풍경, 나라와 주군을 위해서가 아니라 악착같이 제 몸뚱이부터 사리던 '관료들'의 모범을 일찍이 그때의 대궐 지킴이들이 보여주고 있었던 셈이다.)

어쨌거나 그 시각쯤 역시 부름을 받잡고 달려온 총리 김홍집 이하 여러 대신들과 함께 미우라는 고종과 대원군의 임석하에 조칙(詔勅)을 기초하게 하여 국왕과 대신들에게 수결(手決)과 함자를 쓰라고 강요했다. 조칙의 내용은, 국왕은 내각의 정령(政令)을 상주 받아 재가 하라는 것(국왕의 군림만 보장하겠다는 것인데, 고종은 왕권의 제한으로 자신이 허위[虛位]에 앉아 있게 될 처지에 늘 노심초사했다. 퇴위 직전까지 왕권 확보에 전심전력한 기록은 많다, 진정한 국권 회복은 결국 고종 자신의 옥좌 지키기라는 듯이. 그 당시까지 고종은 대궐과 내각의 각기 다른 소임에 대한 이해가 불충분했다기보다 그 가리새를 분명히 나눠야 하는 자신의 권한을 우물쭈물 방치하고 있었다는 지적일 수 있는데, 지금의 청와대도 대체로 그 전통을 답습하고 있는 게 아닌지 숙고하면서, 직무 분담의 수칙을 분명히 가름할 필요가 있을 듯하다)과 대원군의 장남 이재면(李載冕)을 궁내부 대신으로 삼으라는 따위의 도식적인 것이었다. 아무튼 그 조서에 서압(署押)이 진행되는 동안 미우라는 잠시 밖으로 나가 왕후의 시신을 목격, 확인한 다음 화장하라는 지시를 내렸다. (그는 공사로 부임하면서 신임장을 제정할 때, 고종의 뒤쪽 장막 속에서 중전 민비가 답변을 교시하고 있었다는 술회를 남기고 있다. 고종이 외교에 그만큼 까막눈이었다는 야유인지 뭔지 알 수 없다. 한 나라의 궁중 법도가 이처럼 어수룩했다는 것이 무슨 만화도 아니고 있을 법한가. 고종이 그 정도로 무지몽매했던 허수아비라면 그를 영주[英主]로 떠받드는 기왕의 모든 역사적 시각과 학설의 위상은 어떻게 되는가. 또한 중전 민비의 얼굴 '은닉술'이 그만큼 철두철미했다는 간접적 증거로 손색이 없는데, 예의 '사진 지참설'을 마냥 믿어도 될까. 그의 술회담 자체가 과장스런 무용담일 수 있다는 의심에 힘이 실리는 대목이다.) 그때까지 흉도들은 건청궁 일대에서 모살극의 총감독이 떨어뜨릴 다음 하명을 기다리고 있었던 셈이다. 한동안 대궐 전체가 일본인 무뢰배 수십 명에게 점거, 얼어붙은 꼴이었던 이 '정지 화면'을 어떻게 설명할 수 있는지 막막할 뿐이다. 역사 기술의 '묘사력'은 이처럼 곳곳에서 소문만 요란한 잔칫상에 먹을 만한 음식도 없다더니 기어코 배탈이 난 형국과 얼추 비슷한 것이다.

이 두 시간 남짓 동안의 대궐 내 동정을 보더라도 이번의 촛불 시위에서 터져 나온 '이게 나라냐'라는 비아냥이 저절로 떠올라 참담해진다. 한 통계 자료에 따르면 국호도 대한제국으로 바뀐 1903년의 궁내부 관원이 정원만 469명이라고 되어 있다. 아무리 줄여 잡더라도 참살극이 벌어지던 당시에도 2백 명 이상이 대궐의 수발 일체를 거들고, 그 안위는 대략 8백 명쯤의 왕궁 수비를 위한 시위대와 약 970명쯤의 훈련대가 맡기로 되어 있었는데, 그 많은 군사가 그 시각에 수서양단(首鼠兩端)의 곤경 앞에서 눈알만 요리조리 굴리고 있었단 말인가. 이것이야말로 투생주의의 버젓한 실례가 아니고 무엇인가. 하기사 일본군 한 명이 동학군 2백 명을 해치웠다는 허풍스러운 기록도 남아 있으니 흉도가 48명이든 60명이든(자료들마다 혼선을 빚고 있다. 히로시마 군사재판에 회부된 명단을 어디까지 믿어야 할지는 '사실' 맹신주의자들의 소관이다) 그들이 대적할 조선인의 숫자는 손쉽게 주판이 놓여지는 국면이긴 하다.

술회담대로라면 중전 민비의 얼굴도 모르는 모살극의 두목 미우라 전 일본 육군 중장의 명령(그는 경성 수비대의 지휘권을 달라고 본국의 요로에 앙청해놓고 있었다)이 떨어졌으므로 흉도들은 즉각 시신을 뜯어낸 문짝 위로 옮긴 후 이부자리를 덮고 건청궁의 동쪽 너머에 있는 녹원(鹿園)으로 들어냈다. 뒤이어 일사불란하게 장작더미를 쌓고, 어디서 급히 구해왔는지 알 수 없는 '석유'를 뿌린 다음 시신을 화장했다. 당연히 유골이 남았는데 날이 밝자 대궐 안을 순시하던 훈련대장 우범선(禹範善)의 눈에 띄었다. 흉도들을 경복궁 안으로 안내하고, 멀찍이 떨어져서 척살 현장도 지켜봤을 종범(從犯)이 범행 현장을 다시 답사하여 미심쩍은 부분을 새삼 확인한 것이다. (고종도 나중에 우범선이 조선인 주범이라고 단정했다. 우가의 그때 동선과 행동거지 일체를 얼핏얼핏 목격하고 있었다는 증언이다.) 흉악범 일당의 방조자 우가도 증거 인멸을 돕느라고 유체를 거기서 제법 떨어진 연못 향원정(香遠亭)에 버리려고 했다. (일본 쪽 기록은 유해를 연못에 수장시켰다가 차후에 들통이 날까봐 이튿날 들어냈다고 하는데, 아마도 엉터리 첩보였을 것이다. 그거야 어떻든 우가가 사후 처리차 나타났을 때까지는 화장이 끝났음에도 불구하고 시신을 식별할 수 있을 정도의 '유해' 상태였던 듯하다.) 그러나 훈련대 참위(參尉, 요즘의 소위이다) 윤석우(尹錫禹)가 왕후의 유체를 수장까지 시킬 수는 없다고 생각했던지 거기서 상당히 멀리 떨어진 오운각(五雲閣) 서봉(西峰)에 매장했다는 기록이 남아 있다. (유골을 임시로 묻어둔 그 자리는 북악산 서쪽의 발치께로 지금의 청와대 내 대통령 관저 바로 뒷쪽이다.) 후에 친일 내각은 윤석우를 불경죄로 몰아붙였고, 법정에서 자신이 진범(범궐한 적당[敵黨] 떼거리가 합세한 모살극이었는데 '진범' 운운은 무슨 헛소리인지 종잡을 수 없다)이라며 횡설수설한 군부 협판 이주회(李周會), 일본어 통역관 박선(朴銑) 등과 함께 생목숨을 앗아버렸다. 윤가는 모진 놈 옆에 있다가 곱다시 날벼락을 맞은 것이다.

한참 후에 그나마 윤가가 수습한 그 유해를 찾아냈더니 뼛조각'들'이 잿빛 모래 속에 남아 있긴 했어도 그것으로는 어느 신체 부위인지 식별하기가 어려웠다고 한다. (현장에서 간발의 차이로 살해된 세 명의 궁녀들 시신은 그후 어떻게 모셔졌는지에 대해서는 모든 기록물이 일언반구도 없다.) 아무튼 그 뼛조각에다 석회를 발라 사람 형상을 만든 다음 비단옷을 여러 벌 입혀서 자궁(梓宮)에다 입관했다는, 그 절차를 목격한 당시의 한 궁내관의 증언이 남아 있기도 하다. 거칠게 소묘한 것이긴 해도(더 촘촘히 그릴 만한 자료도 부족하거니와 설혹 참고할 만한 다른 기록이 있다 한들 '묘사'에는 한계가 있을 수밖에 없다) 이상의 유골 수습 과정에서도 당장 숱한 의문이 따라붙지만 그중 하나는 화장도 깔끔하게 이루어지지 않았을 것 같다는 추측이다. 그럴 수밖에 없는 것이 척살 후 55일 만에 쉬쉬하던 왕후의 죽음을 친일 내각이 공식적으로 발표하고, 국상을 준비하면서 시신(유해가 어느 정도의 '형태'를 갖추고 있었다는 말인지 어떤지 알 수 없다)을 목욕시키고, 소렴(小殮), 대렴(大殮)의 과정을 다 거쳤다니 말이다. (시신과 유해의 처리 과정에 대한 일본 공사관의 같잖은 보고서도 남아 있긴 한데, 전적으로 엉터리라기보다 문맥이 통하지 않는 픽션이어서 언급할 가치도 없는 것들이다.)

잠시 앞부분의 적발을 다시 점검해보면 다음과 같은 소견이 불거진다.

보다시피 기록물은 비록 엉터리일망정 일단 많을수록 좋다. 그러나 모든 기록은 상당한 가식, 허위, 과장이 스며들어 있다. 기록자의 우쭐거리는 정서, 부실한 총기, 미비한 정보력이 마구 뒤섞여 있을테니까 그럴 수밖에 없을 것 아닌가. (적극적으로 말하면 모든 기록물은 가짜일 수 있고, 그 장단에 놀아나는 것이 '역사'다.) 그러니 기록물은 당시의, 또 현장의 여러 정황과 문헌은 물론이려니와 가능하다면 민도와 민심 일체까지 참조하면서 착실한 분별 끝에 제한적으로

만 활용해야 어떤 역사적 사건의 진상이든 진실에 근접할 수 있다. 다시 말해서 당시의 일반적인 '글짓기' 형식을 간과해서는 안 되며, '역사 읽기'는 필연적으로 재해석과 재구성을 통해 '진실'에의 접근을 기도하는 '불충분한' 제도라는 소리일 뿐이다.

따라서 현재 재판정에서 여러 관계자들이 그 사실판단과 힘겨운 머리싸움을 벌이고 있는 이번 청와대 국정농단 사건에서도 모든 심증과 물증은 보기 나름일 수 있다. 강조컨대 그 공소 사실의 반 이상은 물증보다는 심증에 경도되어 조작, 분식, 과대포장한 허구물일 가능성을 배제할 수 없다는 말이다.

하나마나한 결론을 내놓으려고 한때의 오죽잖은 치욕사(恥辱史)에 박힌 옹이까지 까발리느냐고 따질지 모르겠으나, 그때의 그 억울한 비명횡사에 동정론을 펼치는 여느 시각은 곤녕합 척살사건의 본질과는 겉돌 뿐만 아니라 어떤 반반한 자성에도 이르지 못한다는 점을 강조하기 위해서다. (물론 중전 민비의 모든 전비와 일본인 낭인배의 모질어빠진 만행으로써의 '모살극'은 서로 비교할 거리도, 상쇄할 대상도 아니다.) 그러므로 그 처참한 죽음만을 들먹이는 것은 사전에 그런 비극을 막지 못한 제반 여건과 제도 일체의 운용에 드리운 무능만 돋보이게 할 뿐이다. 그것도 소득이라면 장차 우리가 실천할 지침은 저절로 떠올라 있는 셈이다.

역사 읽기가 특정 사건의 근인과 원인에는 눈을 힘주어 감아버리고. 그 당일의 일화 새기기에 그쳐서야 한낱 허발치기와 다를 게 무엇이겠는가. 마찬가지로 지금 청와대 국정농단 사건의 여러 피고인들이 그 자리에 설 수밖에 없었던 전비 혐의는 냉철히 뜯어볼수록 배울 게 많을 것은 틀림없다. (헌법 재판소의 판결이 날 때까지 우두커니 둥개고만 있었던 참모들의 그 투식[偷食]이 곤녕합 척살현장에서 얼쩡거린 모든 관원과 군인들의 행태를 그대로 베끼고 있으니 말이다. 나쁜 '전통'도 이처럼 끈질기게 우리의 의식과 일상을 촘촘히 또 면면이 계박하고 있는 것이다.) 장차 이번 국정농단 사건의 결말이야 어떻게 떠오르더라도 그것의 타당성 여부는 결국 기왕의 모든 사실, 기록, 증언 따위를 독실하게 파고들어서 그 '공부'가 우리에게 피와 살이 되어야 또다른 촛불의 낭비를 벌충하고 '갈대들'의 순정도 다시 유린하는 일이 없을 테니까.

16

어영부영 말발질 시새우기로 세비나 축내는 데 능수능란했을까 무슨 일이든 다잡고 나서서 성심성의껏 매달리는 꼴을 본 적이 없는 국민의 선량 나리들도 상임위원회를 가동시켜 국정농단의 혐의자, 연루자 들을 불러서 제법 호되게 닦아세우기 시작했다. 그 떠벌림도 촛불 시위 참가자들이 추위도 아랑곳 않고 그 수를 불려가자 그냥저냥 뭉그적거렸다가는 나중에 어느 쪽으로부터든 역사의 죄인으로 찍힐까봐 엉거주춤 나섰다는 낌새가 완연했다. 물론 그 배경에는 손님 끌어모으기에 관한 한 붐이 붐을 조성한다는 철칙을 선도적으로 시현하는 텔레비전 화면들의 다대한 선동적 역할이 깔려 있었다. 이래저래 평일도 주말 이상으로 점입가경이었다. 촛불 시위의 그 흔들리지 않는 불빛, 움직이지 않는 시커먼 군중 일단의 동영상보다는 그 드센 질타, 우물쭈물하는 위증, 아첨꾼 노릇으로 영일이 없었던 청와대의 여러 참모, 장관, 대학교수 등의 어리바리한 총기 따위가 훨씬 재미있었으니까.

그중에서도 번번이 '기억에 없다' 식의 망증(妄證)을 듣고 있자면 과연 그럴까라는 의심이 솟구치고, 저게 도대체 무슨 거짓 핑계인가, 누구라도 저런 자리에서는 쫄아서 저렇게 되고 말까, 변호사의 조언에 수긋이 따르는 게 상책이라면 저 위선 일체를 제도가 보장해주고 있다는 소리니 저게 바로 인권보호를 빙자한 수선 떨기 아닌가 하는 생각거리만으로도 내 냉가슴은 벅차올랐다.

이제 청와대의 지킴이들은 보따리를 언제쯤 싸야 할지만을 겨누고 있는 형세였다. 국회의 탄핵 소추안은 과반수 이상의 가결로 헌재에 넘어갈 게 뻔히 보였으므로 그때까지 일인지하의 '금수저들' 동정은 햇빛을 싫어하는 음수(陰樹) 꼴이었다. 전지전능한 대중매체가 앞질러 청와대 참모들을 백안시, 거의 유령처럼 대하는 세칭 '패싱' 행태를 조작, 사주, 살포하는 데 여념이 없었으니까. 누구 말대로 대중영합주의의 득세 앞에서는 대통령은커녕 어떤 이성이나 상식도 먹혀들지 않는 세상이 되고 만 것이다. 어느 쪽이라도 이게 나라냐, 사람이 살 수 있는 데냐는 개탄이 터져 나올 만했다. 그러고 보면 매스컴은 체질상 또 생리상 어떤 자성과 회의(懷疑)에 대한 기능이 철저히 거세된, 투생주의자들처럼 나부터 살고 보자는, 스스로 고삐를 떼낸 김에 뒤도 돌아보지 않고 맹렬히 내빼는 광마(狂馬)와 흡사했다. 목적지도 없이 내달리다 보면 살길이 나선다는 듯이. 어떤 황망한 결말이라도 그것이 백일하에 드러나버리면 또다른 먹잇감을 쫓아 질주하는 육식동물처럼. 그 포식(捕食) 습벽을 모든 시청자와 독자에게 과시하고, 교시하며 '함께 안 놀 거야' 조로 겁박하면서.

아무튼 그 일방적 수세를 돌려세울 단안은 청와대 주인의 단호한

'하야' 성명뿐이었다. (이 대목에서 이승만의 용퇴 결정을 들먹일 수는 없지 싶어 이내 머리를 흔들었다. 그때는 발포로 시위자들의 인명 피해가 있었으니까.) 그래서 그 자리에 눈이 멀어 자나깨나 동조세력을 끌어들이기에 노심초사하는 대통령병 환자들로 하여금 잠시나마 서로 눈을 맞추게 만듦으로써 '갖고 놀아야' 했다. 또한 그 의표를 찌른 처신에 치맛자락이라도 잡고 울부짖을 친박인지 뭔지 하는 무리들이, 그것도 허언이지요라며 진의 파악에 설레발을 떨어대는 광경을 불러와야 했다. 그래야만 '내 무덤에 침을 뱉아라'고 일갈했다는 제 부친의 결기를 물려받은 딸자식이라 할 만했고, 그런 공상은 모든 '갈대들'의 순정이자 감상이었다. 그런데 막상 당사자는 무엇을 믿고 있는지 정중정(靜中靜)의 자세로 마냥 둥개고 있었다.

참으로 딱한 정상이었다. 무슨 일이든 아랫사람들이 시키는 대로만 떠벌리려고 대통령이 되어버린, 엉성한 거짓말까지도 불러주는 대로 지껄이며 청와대 주인으로서 개긴 그 '수동 일변도의 식물적' 인간상은 이미 예전부터, 아니 최근에 세월호가 바다 속으로 가라앉고 있던 당일에도 곧이곧대로 드러난 바 있었다. 짐작컨대 그날(2014년 4월 16일)은 마침 수요일이었으므로 격무 때문에 피로했을 테고, 그래서 오전 중에 집무실로 출근하지 않고 (시중의 낭설대로라면) 안방에서 미용이나 건강을 위한 개인적인 볼일을 챙기고 있었을지 모른다. 당연히 그럴 수 있고, 오히려 그쪽이 업무 능률상 효과적일 수 있으므로 양해사항이기도 하다. 나잇살을 먹을 대로 먹은 미혼 여성으로서 심신이 두루 비편하여 그랬다고, 또는 미용상 간단한 시술을 받았다고 실토했더라면 온갖 뜬소문이 일주일쯤 무성하다가 시부저기 사그라지지 않았을까. (물론 이런 '역사적 가정'만큼 맥 빠지는 공상도 달리 없지만, 할 일을 기피하는 투안주의의 본색이 '만시지탄'의 저작임은 보는 바와 같다. 늘 한가해서 그런저런 공상을 자위의 노리 개로 삼는 것이다.) 아무튼 어떤 잣대를 들이대더라도 그 해난 사고 의 책임을 대통령이 도맡는다는 것도 국격상 어폐가 있다. 차라리 인 재(人災)를 자초한 조직과 그 구성원을 철저히 잡도리하라는 영을 내 리고 난 후, 그 결과를 보고 받기 위해 집무실에서 일주일만 철야 대기하는 식의 과시적 쇼맨십만으로도 충분하지 않았을까.

제대로 이해하기로 들면 박근혜라는 특이한 성격은 성장 기간 내 내, 아니 양친을 연거푸 여의기 전후부터 크고 작은 심적 고통에서 한시도 놓여날 수 없는 박복한 팔자를 나름대로 육화시켜왔다고 봐 야 할 것이다. 그 조심스러운 처신의 강제가 정신적으로든 심적으로 든 어떤 비정상적 동정(動靜)을, 엉뚱한 말을 둘러대는 언어불통증을 불러들였을지도 모른다는 추측 정도는 손쉽게 내놓을 만도 하다. 정 신병 전문의는 다른 진단을 내놓을 터이나, 그런 일체의 경미한 장애 는, 대개의 정상인들에게서도 흔히 볼 수 있는 것처럼 '공간감각'의 간헐적 실조(失調)라고 불러도 좋지 않을까 싶다. 그래서 대통령이라 는 직업도 매일 정시에 출근해서 '자리'를 지켜야 한다는 그런 규칙 엄수에 등한한 체질이었고, 그래서 근무처와 안방이라는 공적 사적 공간을 뒤죽박죽으로 휘저어버린 평소의 자기 일상이 들통날까봐 말 을 돌리다가 화근을 점점 키우고 만 것이다. (여기서도 명심불망[銘 心不忘]해야 할 대목은, 늘 그렇듯이 고종이 구두로 지절거리는 데 그치고만 예의 홍범 14조에도 명기되어 있듯이 '국왕은 정전[正殿]에 나와서 시사[視事]하고, 정무는 대신들과 의논하며, 왕사[王事]와 국 사를 분리한다'는 그 실천 강령을 우리의 최고위직은 지금껏 본체만

체한다는 실정이다. 이런 실미지근한 동선으로 국사를 통솔하겠다는 의욕은 얼마나 해망쩍은 짓거리인가. 심지어 전 대통령 박근혜는 얼마든지 숙소에서 집무할 수 있다고 같잖은 변명을 둘러대기까지 했는데, 참으로 뭣과 뭣도 구별할 줄 모르는 한심한 작태였다. 그의 통치권 행사가 과연 얼마나 정당했느냐는 역사적, 헌법적 시비 가리기는 '국정농단'으로 사법적 심판을 받고 있는 그 범법 행위에서 찾을 것이 아니라 평소의 근무 태도부터 엄중히 참작해야 할 것이다. 똑같은 맥락에서 고종을 영주니 암군이니 하는 논란도 그의 정무적 감각을 한번이라도 제대로 훑어보면 옳은 대답이 저절로 도출되는데, 역시 자화자찬벽의 '내면화'가 부질없는 일거리를 기어코 화제로 끌어올리려는 수작으로 비친다.)

그러니 이번 국정농단 사건은 세월호 수침 사건이 날벼락처럼 터진 후 7시간 동안 청와대 주인의 그 아둔한 동정, 곧 공간감각의 일정한 부재가 최초의 도화선이었고, 그 사달이 점점 누수를 불러들여서 그 속에 익사한 셈이었다. (그날이 하필 수요일이었다는 우연에 대한 희롱조 해학이 시중에 파다한 거야 다시 거론할 것도 없지만, 여자 일반의 방향감각 내지는 공간감각이 남성들보다 상대적으로 다소 낮다는 통계적 '정보'는 유념해둘 만하다. 아마도 집권을 노린 야당이 그 우물쭈물거리는 7시간의 행방을 물고 늘어진 것은 선견지명이 있었다기보다 무당처럼 동어반복증을 구사했다고 볼 여지도 없지 않고, 기회주의자로서의 그 어림짐작이 맞아떨어진 셈이다. 무직자인 무당의 평소 소임이 눈치 살피기임은 보는 바 그대로이고, 운 좋게도 그 어림짐작이 들어맞으면 한시적으로 팔자를 고치는 것이다.)

위에서 일을 시켜야 움직이고, 오로지 민간에 일을 떠넘기는 '턱짓'

에 능사이며, 하급자를 부리는 제 고유 업무에만 집착하는 공무원 일반의 '제도적 성향' 때문에 청와대의 직원들은 할 일도, 할 말도 면제받고 있는 그 상팔자는 미상불 부러운 광경이었다. 그 느긋한 자태가 믿음직스러운가 하면 저토록 게으른 야단받이들에게 혈세로 밥을 먹이다니라는 분노를 쉬 가라앉힐 수 없는 것도 사실이었다. 이제 임기를 채우기는 글렀으니 미련을 버리고 물러나라는 권고조차 내놓지 못하다니, 직무 유기 아닌가. 또 정치적 죽음을 실행함으로써 살길을 찾자는 건의조차 디밀지 못하는 비급한 투생주의자들을 참모로 부렸다니 그의 지인지감은 맹문이 수준이 아니고 무엇인가. 아무래도 미혼 여성이라서 차마 그런 매몰찬 건의가 저어된다면 역시 공복 제위들은 나라나 직속상관의 명운이야 어찌 됐건 저 혼자서 편하게 호의호식하고 보자는 예의 그 투안주의의 화신들이 아니겠는가. 지난 4년 동안의 국정도 그처럼 어정쩡하니, 더러는 맹하니 꾸려왔을 전반적인 '분위기'를 감지하기는 어렵지 않았다. 아래 위가, 아니 청와대 자체가 오래 전부터 방향감각의 상실자들이 우왕좌왕하며 실수 연발을 저질러왔고, 어쩌다가 국기문란이 '다중' 매체에 번지면 온갖 돼먹잖은 변병 내지는 거짓말로 땜질해왔음은 주지의 사실이었다.

그런저런 실정(失政)의 적폐야 비단 박근혜 정권에만 해당하는 것도 아닌 만큼 촛불 시위로 싸잡아 매도하는 것도 때 늦은 감이 현저하고, 기왕의 대중매체가 수시로 퍼부은 중구난방식 몰매 타작도 미흡했긴 마찬가지였다. 매스컴이란 일쑤 '단독 속보'라는 자화자찬벽에 길들여져서 대형사고 대망증(待望症)을 한사코 누리려는 '정보 팔아먹기' 업종이 아니었던가. 대중추수주의의 본거지가 매스 미디어임은 촛불 집회만 부나비처럼 쫓아다니는 동태에서도 일목요연하게 드러나 있었다. 토요일마다 모든 매스컴이 소성도취벽에 겨워 어쩔 줄 모르는 그 몰풍경이 두어 달째 이어지는데도 대다수 '갈대들'은 태평연월을 구가하고 있는 것도 이상했다. 아무래도 우리의 집단심 싱은 어떤 뛰어난 역사학자도 '난해 천만'이라며 두 손을 들고 내빼버 릴 게 틀림없었다.

내 스스로도 두어 달째 생업조차 내팽개치고 국정 파탄의 경과 추 적에, 예상컨대 정권 교체에 이어 그 뻔한 '개혁' 바람을 맞받아내자 니 지레 신푸녕스럽기도 했다. 그런데도 무엇에 그토록 신들려버린 일상이 적잖이 괴이쩍었다. 세 종류의 일간 신문을 새벽 네 시부터 두 시간 동안 열독하는 한편 오후 느지막이 저녁밥 때 직전에는 꼭 한 차례씩 컴퓨터 화면을 열어 속보를 열람하고, 지역 도서관 출입도 자제하면서 밤에는 다섯 개 이상의 텔레비전 채널을 성급한 손길로 뒤적이며 주로 뉴스만 시청하는 데 거의 혈안이었으니까. 사실을 적 당히 포장해서 들려주는 국난의 파행 현장은, 그것이 유언비어든 말 든 삼킬수록 쓰디쓴 마약이 아닐까라는 생각을 떠올렸던 때도 그즈 음이었을 것이다.

지금에사 그 당시를 되돌아보면 청와대 주인이야 어차피 갈릴 테 지만, 그 비행 일체가 이번에는 어느 정도까지 파헤쳐질까가 초미의 관심사였던 듯하다. 나는 메모지에 명색 숙고거리랍시고 다음과 같 이 요령을 적어놓고 나름의 천착을 이어갔으니 난생처음으로 무슨 수험 준비라도 하는 것처럼 밑줄 긋기로 파고드는 꼴이었다.

'블랙 리스트—조지기와 봐주기와 따돌리기. 그 판정을 누가 내리 나. 오로지 반정부적 성향 일체를 용공적, 친북적, 좌우파적, 반체제 적, 반정부적 색깔로 가려내나. 그 벅찬 잣대를 시의적절하게 휘둘렀다면 공무원들도 예사로 똑똑한 게 아니네, 역시 혈세 탕진족은 아니라니 얼마나 다행인가. 도대체 문화예술인이 누구야? 문화를 예술로 포장한다고? 그들의 진짜 실력을 누가 알아보나? 재주가 메주라더니. 생계비와 원재료 구입비 정도만 지원해주면 되지 않나? 더 이상 뭘 바래? 다들 둘째 하라면 서러울 자존심이 짱짱할 텐데. 수혜 범위를 대폭 넓히면 그뿐 아닌가. 다들 국격 향상에 이바지한다는 자부심이 하늘을 찌를 테니. 어차피 시혜야 선의니까 누가 받아 먹어도 좋지 않나. 그런데 메이저급 문인, 예술인들도 손을 내밀까. 어떤 지원이라도 연명에 급급한 영세민이 우선일 테고, 그들을 골라내는 작업이 그렇게 어려울까.'

'뇌물 수수—불가항력적 인간사. 성선설은 허황지설. 모 재벌이 갖다 바쳤다는 그 4백 수십억 원의 행방은? 그 거금이 장차 어디로 가냐고. 되돌려준다고 받을까. 그것을 가난한 문화예술인들 호구용으로 쓰면 좀 좋아.'

'입시 부정—만악의 근원 또는 사대주의의 병집. 누가 집권하든 이것부터 밝혀 잡아야 한다고, 허나 기대 난망일걸. 만백성이 누백년 동안 갈고 닦아온 사고체계를 단숨에 바꾸기가 쉽겠나. 실은 어려울 것도 없지. 수능고사를 폐지하거나 정 시행하겠다면 모든 과목을 수우미양가식 절대평가로 그 비율을 안배하고, 학교 밖 과외시장을 강제로 철시시키면 그만인데, 두어 달쯤 물대포로 결사반대 측을 갈아엎을 각오만 다지고.'

무학력자의 억하심정이 엔간하다고 할지 모르겠으나, 박근혜 정부의 이번 국정 희롱극은 그동안 수십 년째 이른바 '폭탄 돌리기'로 국체와 국민을 기망해온 그 병집을 한꺼번에 터뜨렸다는 점에서 의의

278

도 크다는 엄연한 사실을 강조해두고 싶어서이다. 비록 우연찮게 터지긴 했을망정 그 어려운 '양심선언'을 본때 좋게 감행한 제2의 박정권에 우리는 무한히 감사를 표해야 마땅하지 않을까 싶기도 하다. 어쨌든 문제는 난상토의할 안건을 번번이 제시해주어도 만경타령으로 소일해온 기왕의 전 정부들을 싸잡아 비난해야 옳은데, 언제라도 언 발에 오줌누기식의 작업으로만 무위도식했으니 우리는 당면 국시의 타개에 관한 한 관과 민이 두루 역량 부족임을 차제에 솔직히 인정할 수밖에 없는 처지이다. 이른바 '자정능력'의 태부족증이 심각한 상태에 이르고만 것이다.

그러나 부실한 정보가 태반이라 물음표를 달아야 할 면면이 숱하지만, 적어도 국난 극복에 임하는 적극적 자세에 관한 한 북한 정권은 세계적으로도 압도적인 귀감을 보여주지 않나 싶다. 곧 정부 차원의 선제적 통솔력 및 장단기적 대비책 수립과 과감한 실행력, 인민 일반의 솔선수범식 인내력 발휘 및 각개격파형 자생력 활착이 그것이다. 적어도 저들은 병폐를 사단부터 찾아 송두리째 도려내는 데 주저하지 않는 것 같다. 물론 영도자 일인의 일언지하에 강포한 수단으로 그러긴 하지만, 우리처럼 뭉그적거리지도 않고, 땜질식 호도미봉책은 그쪽 관민의 '성격상' 통하지 않는 듯하다. 그런 단련이 일상화되어 있길래 한반도에서 다시 한 번 전쟁이 터진다 해도 '우리 걱정은 하지 마라'라고 공언한다는 저쪽 인민의 기상은 출중하게 다가오는 한편 우리쪽 '남남 갈등'의 체질적 소인인 분수 망각증, 노동 기피 풍조, 질시벽, 인내력 부족증후군 등등이 즉각 떠올라서 상대적인 열등감을 곱새겨야 할 지경이다. (덧붙이건대 전근대적 왕조 세습제와 비효율적인 계획경체 체제와 강압적 치안 통치술로 근근이 억지스럽게 꾸려오면서도 북한 정권이 장장 70여 년이나 버티는 것도 예의 그 투안주의와 투생주의의 근간인 무사안일주의를 떨쳐버리고 자주, 자립, 자생, 자활의 생활화로 근로 의욕을 고취하고, 고질의 파쟁 습벽을 과감히 불식시킨 실천력 때문이었음은 의심의 여지가 없다. 만시지탄이나 우리가 지금 당장 본받아야 할 미덕은 북한 인민의 근로 정신과 인내력이며, 정부와 시민단체들이 합심하여 그것을 선도하지 않으면서 노동문제를 해결하겠다는 공약은 전적으로 공허한 수사에 지나지 않고, 젊은 세대의 타성, 나태, 근로 천시 같은 집단심성을 무시하면서 일자리 늘리기 운운하는 것은 남의 다리 긁기와 마찬가지일 텐데 누구도 그것을 탓하지 않으니 속이 터지는 것이다. 물론 이북의 모든 국난 극복책은 전적으로 그 알량한 '체제 수호'에 귀결되므로 실은 그때그때마다의 미봉책이고, 수령 호위를 위한 임시방편책에 불과하며, 불평불만 세력을 쓰다듬는 호도책에 지나지 않는다.)

앞에서 간추린 메모에도 드러나 있듯이 블랙 리스트의 작성과 그 시행을 누가 주관했느냐는 시비는 좀 난해한 구석이 없지 않다. 희한하게도 청와대와 내각의 주무자들은 문화예술인 중 메이저 리그 출전자 전원을 이쪽저쪽으로 편 갈라 차별한 그 시책이 불법인지 또 부당한지 어떤지도 그때는 몰랐고, 청문회 석상에서야 겨우 '나쁜 제도'였음을 깨닫고 있다는 눈치였다. 연루자들이 대체로 그런 사실이 없었다, 그 명단을 본 적이 없다 따위로 발뺌하는 데 급급하고 있었으니 말이다. (그나마 이번 '블랙 리스트'가 거둔 성과는 그동안 우리 사회에 만연했던 차별대우, 불공정 경쟁, 역성들기, 편 가르기 같은 집단심성에 얼마나 무감각했느냐는 자각을 불러일으킨 것이다.)

내가 보기에 그 말맞추기는 치사하고 비겁할뿐더러 거짓 핑계였다.

'왜 추상같은 분부를 따랐을 뿐이라고 대들지 못하나. 역대 어느 정권이라도, 정도의 차이는 있겠으나, 다들 반정부 성향의 문화예술 인들에게 일정한 상대적 불이익을 준 것은 사실이 아닌가. 교언영색 으로 빌붙는 문인과 예술인들이 곱게 보이고, 불퉁거리는 헤살꾼이 야 밉살스러워 찬밥을 주는 게 인지상정 아닌가. 국책 홍보 차원에서 라도 반정부적인 시각을 우대, 옹호할 수는 없지 않나. 어느 정권이 라도 권력을 폼으로 잡고 있나. 그들의 동태와 사고 행태 일체를 내 사(內査)하여 장차의 정세 분석에 활용하는 고유 업무야 정권 담당자 의 국가보위 시책상 가장 다급하고 요긴한 국정이 아닌가. 오히려 그 런 기득권을 행사하지 않는 정권이야말로 그 무능하고 멍청한 해태 (懈怠)를 지적, 개전(改悛)의 몰매로 다스려야지. 그런 징치야말로 매 스컴이, 아니 소셜 미디어 일체가 수시로 매달려야 할 고유 업무일 터이다. 차별이 심했다면 당한 쪽이 상대적인 억울감을 하소연하는 셈인데, 그들도 자기주장을 떨치면서 이름값을 올려놓은 만큼 그 정 도의 홀대야 의당 각오했을 거 아닌가. 예술행위의 자유를 어느 선까 지 보장할 수 있는지, 국익에 반하는 한계선이 어디까지인지 그런 분 별은 통치 철학과 상동할 테고, 그 판단도 여론에 기대야 하거나 지 구촌의 보편적 정서와 연동해서 따져봐야 하지 않을까.

통치 철학은 너무 거창한 말인데 역대 어느 정권의 위정자들도 그 런 형용을 감당할 능력이 있었을까. 이 땅에서 진정한 정치 철학의 근본도 현재의 남북 분단체제에 대한 솔직한 회의, 그것도 국제정치 의 역학 관계까지 만부득이 고려한 배타적 주권의식의 재고에서 출 발해야 할 텐데, 반반한 자기 '어록' 하나도 남기지 못한 기왕의 청와 대 주인들이 그런 정도의 묘수를 가졌다면 어불성설이 아닌가. 철학이야 있든 말든 집권자와 그 참모들이 친정부적 성향과 그 대척점에 있는 세칭 종북 세력들의 정서를 요령껏 분별할 줄도 모르는 굴퉁이 들이길 바라는가. 나와 내 정치적 동지들이 보기에 북한과의 평화 흥정을 구실 삼아 짐짓 대틀로 행세했으나, 실상은 통일 운운하며 나랏돈을 퍼주면서 저쪽의 허풍스런 공갈조 구변 일체에 줏대도 없이 데림추 노릇하기에만 급급한 지난 두 정권보다는 이번 정권이 국익 챙기기에는 억척보두였지 않았나, 그것이 통치권이다, 하여 세습 왕조 체제를 제 조상처럼 섬기는 뭇방치기들을 각 분야별로 선별, 그들의 소행 일체를 감별해보자고 했다, 무엇이 잘못되었나, 혈세를 어느 쪽에 쓰는 게 국고 손실죄를 면할 수 있는지 따져보자고 왜 대들지도 못하나.'

그러니 청와대 주인과 그 밑의 참모들, 장차관 이하 고급 공무원들은 하나같이 국정 수행에 대한 어떤 소신이 없는 게 아니라 여론의 뭇매로 골병이 들은 지체들이라서 입도 뻥긋 못하는 지경이었다. 실은 국회의 공청회야말로 불공정한 말발 경연장이었다. 겉모양은 세련되었을지 몰라도 거칠고 무무하기 짝이 없어서 당연히 조리도 세우지 못하는 질문을 양산해냄으로써 국회의원 제위는 명실상부한 인민재판의 판사 노릇을 도맡고 있는 꼴이었다. 피의자들로 하여금 기껏 정해진 모범답안이나 억지로 실토하도록 윽박지르는, 그것도 우리 배후에는 호랑이 같은 국민의 부릅뜬 눈이 있다는 그 호가호위식 거드름으로, 그런 공갈과 협박조가 생생한 화면을 통해, 비록 짜깁기한 것일망정 장시간 방영되고 있다는 것이 얼핏 언론의 자유를 최대한으로 구현하고 있다는 착각을 불러일으키기도 했다.

더욱이나 답답하게도 블랙리스트를 누가 작성했는지만 밝히려 드는 고집도 수상쩍었다. 그 명단에 이름이 올라간 양반들에게 어떤 불이익을 주었는지, 어떻게 박대했는지, 뒷조사를 통한 음양의 위협과 집 안팎의 동태 사찰 따위를 어떤 식으로 저질렀는지 그 내막을 바르집을 엄두조차 못 내고 있는 셈이었다. 청문회 석상에서의 선량들이야 표밭을 의식하며 으름장에나 신경 쓰느라고 그런다지만, 수박씨 뱉듯 아무렇게나 예단, 속단, 추측만 남발하는 텔레비전의 패널들도 그쪽으로는 입을 맞춘 듯 아예 관심을 끄고 있었다. 그 술수도 매스컴의 위력일 테니까 시청자의 의식은 절에 간 색시나 한가지였다. 매스컴이 우중(愚衆)의 '자각 마비'에 특효약 구실을 톡톡히 다하고 있음은 명백한 것이었다.

전 정권의 모든 시책과 행태가 엉터리라고 몰아붙이며, 적폐 일소 같은 우렁찬 개선가를 온종일 틀어대는 요즘에는, 마침 촛불 집회 1주년 기념식을 맞는 마당이라 비록 때늦은 감은 있는 채로나마 '화이트 리스트' 건도 불거지고, 그들에게 상당한 특혜를 제공한 전비도 밝기 잡으려고 하는 판이다. 정부는 물론이고 남으로부터도 무슨 공짜를 바라기는커녕 제발 쪽박만이라도 깨지 마라는 심정으로 살아가는 나로서는 이 흑백 리스트 어느 쪽에도 들어가지 못한 하바리 신세라서 그런지 묘하게도 열패감이 서리서리 자심했다.

'명색이 세상에서 유일무이한 창작물을 자기 예술이랍시고 만든다는 작자들이 공것을 바란다고? 정말 배알이 꼴리네. 정부 쪽에 따리를 붙여서 지원 좀 해달라고 빈단 말이지, 적선하라고. 말이 될까? 그게 결국 한쪽에서는 혈세를 지 돈처럼 생색내며 선심 행각을 벌이자는 수작이고, 이쪽에서는 어차피 누가 써도 써야 하는 눈먼 돈이니 우리 예술가들이 그걸 잠시 갸륵한 일로 삥땅치는 데 배 아파할 거 있냐는 배짱이고. 소금 먹은 놈이 물 켠다고, 그래서 용비어천가는 얼마든지 지어 바치겠다고? 박수갈채꾼으로 자족하는 인생도 나쁘지 않다고? 젠장 맞을. 빌어먹을 거지 근성하고선. 어느 정권 편을 드는 거야 각자의 소양대로 또 배짱 꼴리는 대로 하는 거지만, 그 생색내기에 아첨질로 공돈을 받아 쓰겠다면 차제에 동냥자루나 들고 생업을 바꿔야지. 예전부터 걸립패는 있었다고 글에도 비치긴 하대, 비나리친다는 말도 있었고. 하기사 예술이 사기 치기고, 여기저기 힐끔거리는 한눈팔기를 잘해야 제때 밥이라도 얻어먹지. 이 돈판 세상에 말부조인들 공짜야 있을까. 또 우파 정권이 보기 싫다고 공언했다면 당연히 찍힐 텐데 그것도 모르고 덤볐다는 거야 말이 안 되지. 차별하고, 모욕 주고, 실상은 지우고 엉터리 말로 뜯어 맞춰서 허상으로 지명도를 높였다가 낮추고 개지랄을 떨었을 건 뻔할 뻔자지. 그런 소행머리야 매스 미디어의 현역들이 제 전문 분야라고 갈고닦는 업무 아닌가. 일컬어 광내기꾼들이지. 늘 고만고만한 위인들만 띄워준답시고 지면에다 수시로 깔아주는 그 버릇 말이야. 내 식으로 말하면 그게 사골 같은 곰거리감이야, 재탕 삼탕 우려먹으니까. 우리 신문들은 허구한 날 늘 작년에 왔던 각설이 타령으로 독자들을 하품나게 만들지. 그 자기표절도 이제는 짱짱한 제도로 굳어졌는데 무슨 재주로 바꿔, 어림도 없지. 머리가 그렇게 굳어빠졌는데. 어쨌거나 검둥이로 찍혔으면 그런저런 상대적 박탈감, 억울감으로 분하기야 할 테지만 참아야지. 별수 없잖아, 세상이 그렇게 굴러간다는데 어쩔 거야. 이제는 그 검둥이도 흰둥이도 한 세상 만났으니 소원 성취했나 보네, 희한한 세상이다. 실로 이 참한 세상 만만세다.'

말을 되잡아 바로 한다면 정신이 제대로 박힌 예술가나 식자치고 진보 정권이든 우파 정부든 어느 한쪽을 일방적으로 편드는 행태는 각자의 어떤 성향과 지역감정이 뒤섞이면서 나름의 색깔 드러내기일 것이다. (당연하게도 그 '변덕 부림'에는 나잇살이 상당한 역할을 감당하게 되어 있다.) 그 결과 일시적으로 으스대며 한 자리 차지하려는 수작이지, 진정으로 무슨 투철한 철학이 있어서, 또 특별한 이념에 사무쳐서 무명전사가 되기를 자청한 것은 아닐 게 분명하다. 그 철학이나 이념의 구체적인 상이 뭐냐고, 촛불처럼 흔들리지 않는 그게 뭔지 내놓아야 진보인지 보수인지 판단할 거 아닌가. 허울 좋은 통일을 앞세우고 북한과 하등에 '영양가 없는' 헛소리만 주워섬기는 쪽을 진보라면, 사대주의의 표상으로서 미국의 그림자를 지우기 어렵다는 낌새가 비친다고 보수라면 '이게 나라냐'라고 외친 소시민들은 어느 쪽일까. 엄밀히 뜯어보면 스스로 진보파니, 보수파니 외고 다니는 위인들일수록 시류영합적 소신에 철저해서 '벼슬' 욕심이 자심할 테고, 그 출세지향주의는 기회주의자의 속성이 아닌가. 원래 기회주의는 딱히 '어록'도 없는 행내기들이 제 무식이 들통날까봐 짐짓 재바르게 데림추 노릇을 자청하는 짓거리일 테니 말이다.

잠시만 선거판으로 화두를 돌려보면 모든 식자들은, 그중에서도 명색 예술인들은 대체로 '차악'에다 마지못해 시옷표 도장을 질러서 대통령을, 선량을 뽑았을 테니 그 위정자들의 일거일동이 오죽 곱살할까. 그러므로 이념으로서의 '진보'가 이 땅에서는 한낱 위장이든가 과장어일 뿐인데, 그것을 머리띠로 감아야 똑똑한 식자 같고, 그 더펄이 같은 허영꾼 노릇을 마냥 어리광으로 받아주는 풍조에서 그들인들 양두구육의 장삿속이 없을까. 또 자의든 타의든 '보수'의 띠를 어깨에 두른 패거리라 할지라도 설마 우리 체제 내부의 썩어빠진 제반 제도, 이를테면 각 분야에 뿌리 내린 갑을 간의 야합과 공공연한 뇌물 수수, 아무데서나 뭉쳐서 팔뚝을 끄떡거리며 '우리 먼저 살아야 겠다'는 떼쓰기로 생업부터 방기하는 세태, 돈과 뒷배와 안면으로 불공정 경쟁의 관행을 고수하느라고 끼리끼리 뭉치는 괘씸한 기율, 고학력자와 소위 명문대 출신일수록 상투어 남용자로 또 상습적 거짓말쟁이에다 혼 빠진 눈치꾼으로 자족하는 징그럽고 괴덕스러운 심성 일반 같은 이 땅의 막가파식 현실이야 모르겠는가. 한참이나 기울어서 붕괴 직전인 집채의 삐딱한 기둥꼴인 그 제도 일체에 눈을 감고서도 '보수'와 '진보'의 깃발을 기세 좋게 흔들어댄다면 그들이야말로 똑같이 만무방에 몽니쟁이지 별거겠는가.

어느 쪽에든 속해서 그런저런 개선의지, 개혁사고를 번듯하게 갖고 있다 한들 무엇 하나라도 당장 바꿔보려고 덤비면 즉각 이 땅의 온갖 둔팍하고 칙살맞은 제도, 관행, 풍조, 시대의식 따위의 막강한 과부하 속에서 운신은커녕 엄두도 못 내는 현장 사정을 좌파든 우파든, 아니 진정으로 '생각하는 갈대들'은 알고나 있을까. 한마디로 개차반인 우리 현실을 모르는 '갈대'는 있을래야 있을 리 만무하지만, 한 쪽이 장기 집권하여 다른 쪽을 '씨까지 말려야' 하는 적대세력으로 보는 한 이 땅의 병집은 점점 더 악성으로 치달을 것은 불 보듯 뻔하지 않나. 설혹 만인의 반대를 걷어차버리고 나서 그 악종을 도려내겠다고 덤벼들 때, 나머지 만인의 옹호가 버팀대 구실이나 제대로 할 수 있을까. 내일이면 또다른 변덕꾼으로서의 대중영합주의가 쌍나팔을 불러댈 텐데.

결국 말이 여러 갈래에서 나와 개울물처럼 한곳으로 모였는데, 진보니 보수니 하는 편 가르기는 간판만 다르게 내걸어놓고 '대권'에

빌붙어 한자리 챙기려는 수작이 아니고 무엇인가. 내림이란 이처럼 끈질기므로 어떤 '바꾸기'도 성리학 같은 그 집단심성을 떨치기 전에는 무망한 것이다. 문화예술인인들 이런 판세에 둔감하고, 열외로 따돌리기를 바라겠는가. 오히려 그들이야말로 생리적으로도 그렇고, 직업적으로도 도박 취향이 워낙 다분하다. 그들의 상습적 자기자랑벽을 떠올려보면 한탕주의의 원조가 누구인지 즉각 떠오른다. 그런데도 박해가 심했다, 지원금 수혜자 명단에서 빠져서 억울했다, 예금통장을 뒤적이며 사생활을 뒷조사했다라며 대드는 작태는 스스로 자기 이름 띄우기 술수든가, 그동안의 앙심을 털어놓는 야살쟁이의 발칙한 짓거리가 아니고 무엇인가. 아마도 문화예술인의 공분(公憤)이 사감(私感)보다 훨씬 더 우람하다면 그의 창조물은, 그것에 무슨 내적 성취가 우뚝하니 새겨져 있을 것 같지도 않지만, 일시적 대중추수주의에 영합한 한낱 잡살뱅이지 별거겠는가.

그렇다 치더라도 흑백 리스트의 본질은 다른 데 있다. 곧 모든 식자는 근본적으로 반정부적, 나아가서 반체제적 성향을 죽을 때까지 누릴 수밖에 없다는 숙명이 그것이다. 앞에서도 누누이 밝힌 대로 우리의 현실은, 따라서 모든 인간관계까지도 너무 엉망진창이어서도 그렇지만, 매스 미디어가 통째로 흩뿌리는 '그래도 살 만한 세상이다, 사랑, 관용, 절제, 희망 등은 얼마나 자랑스러운가'라는 이미지는 반 이상이 허상이라는 명확한 사실 때문에도 더 그럴 수밖에 없다. 이제는 조물주조차도 속수무책이라고 나자빠질 만한 우리의 징글징글한 현실이 매일같이, 늘 눈앞에 펼쳐져 있는데도 반체제적 신조를 쟁이지 않는다면 그 식자는 어림쟁이거나 어릿광대라고 단언할 수도 있다. 이렇게 되고만 사단만큼은 성리학을 무릎 위에 올려놓고 쓰다듬기에 주력한 예의 그 투안주의에서 찾을 게 아니라 바로 우리의 머리 위에 올라앉아 있는 분단체제 자체를 거론해야 마땅할지 모른다. 왕권신수설 대신에 백두혈통을 부르짖는 저 시대역행적 왕조국가가 상존하는 한, 이북도 저 모양으로 잘 살아가는데 웬만한 부조리와 모순쯤이야 대수냐라는 안이(安易)가 발동할 것이므로, 우리의 체제나 제도 일체는 한낱 임시적 가설물에 불과하다고 봐야 할 테니까. 말이 반복되지만 투안주의의 본질이 안이 그 자체에의 매몰이기도 하고, 모든 이념은 근본적으로 인간을 살린답시고 인권을 철저히 깔아뭉개고 있으니까 말이다. 성리학이든 주체사상이든 그 교리가 개개의 인권까지 봐줄 수는 없으므로 다들 그 노예로 살아갈 수밖에 없다는 논조는 당연히 다른 차원의 시빗거리다.

마찬가지의 논리를 세계 형편에도 대입시킬 수 있다. 이를테면 미국의 전천후적 군사력이 오늘의 지구 형편을 왜 이토록 강퍅하게 닦달하는지, 문화와 문명을 팔아먹는 데 혈안이 되어 있는 선진제국의 반자연적 시장경제 체제가 과연 온당한지를 잠시라도 생각해보지 않은 명색 교양인이 걸핏하면 일본의 깔끔한 온천 시설과 시베리아의 원시림과 아프리카의 망가지는 생태계를 노래하는 것은 현대판 음풍농월이 아니고 무엇인가. 그것을 일주일 단위로 팔아먹는 매스 미디어의 그 따분한 콘텐츠 일체는 얼마나 후안무치한 말장난인가. 어느 특정 예술가의 만부득이한 반체제적, 반정부적, 반세계주의적 신조를 5년짜리 정권이 제재를 가한다면 그런 행태야말로 다양한 견해와 사상을 조장, 육성함으로써 국익을 신장시켜야 할 공무의 폐기인 동시에 반국가적인 행패가 아니고 무엇인가. 어차피 만인을 '불법 사찰' 하겠다는 권력의 과욕쯤이야 이해할 테니 '합법'이든 '적법'이든 '탈법'이든 제발 사찰을 은밀하게 강화하고, 그 기록물이나 온전한 '문맥'으로 남겨주길 바랄 밖에.

따라서 촛불의 깜빡임과 갈대의 무언의 함성을 진정으로 취합하여 약석지언(藥石之言)으로 삼으려면 어떤 개혁보다도 인성을, 사유를 바꿔볼 궁리가 앞서야 할 터이다. 단언컨대 시방 요원의 불길처럼 번져가는 적폐 일소 소동은 머잖아 이렇다 할 가시적 성과를 거두지도 못하고 시나브로 사그라질 게 틀림없다. 그동안 보기 싫어 적대시한 우파 정권의 하수인들 수십 명을 감방살이 시킨다고 우리 사회 구석구석의 해묵은 적폐가 쓰레기처럼 '분리수거되는' 세상이라면 굳이 블랙리스트를 작성한다고 설레발을 떨 것도 없었을 테니까.

그러나 마나 나는 나름의 소외감 때문에라도 쓴웃음을 지으며, 최근에 한 신문을 보고 적바림해둔 얄궂은 정보를 노려보며 구시렁거릴 수밖에 없다.

'8,500명의 문화예술계 유명인사를 검증, 348명을 문제 인물로 분류, 문화예술계의 좌파성향 단체 15개 소속의 주요인물 249명을 정리, 그 문서를 국정원이 문체부에 전달하면서 정부보조금의 지원을 중단하라고 요청. (최신 정보 하나 추가, 문화예술인 피해자가 무려 1,012명, 피해단체 320곳, 총 피해건수 2,670건. 믿어도 될까, 피해 정도는? 군대식으로 소원수리를 했다면 무슨 시정책이 나오거나 보상이 떨어지려나?) 어쨌든 양쪽이 혈세를 다 받아먹었네 뭐, 그 소리 아냐. 공짜 즐기기가 원래 문화예술 업종의 본령이기사 하지. 그런데 누가 누구를 따돌려, 헷갈리네. 빌어먹을 거지근성, 투식(偸食)하는 전통이 어디 멀리 가나. 다 말깨나 하며 건들거리고 사는 양반들인데. 그러나 마나 문화는 차이의 체계라는 그럴싸한 말도 있는데 무슨 잣

대로 그 우열을 가렸을까. 조잡한 것과 유치한 거야 즉석에서 눈에
띌 테지만 그것에다 용공과 반체제 줄자만 들이댔다고? 또 예술은
어느 장르든 선행(先行) 작품과의 상사성(相似性)과 상이성(相異性)
으로 좀 낫고 못난 것이 분별될 텐데, 그 옥석 가리기를 누가 했을까.
참으로 가상타. 예로부터 공부깨나 한 양반들은 안 봐도 다 안다면서
아예 남의 글을 읽지도 않고 품평했다니까 요즘도 그 전통이 살아
있어서 이름만 보고도 지원금으로 어깨를 두드려줄 곱상한 유망주를
골라냈다고? 신기를 가졌든가 혜안의 소유자랄 밖에. 차라리 이번
분기에는 전라도 출신이 그동안 억울했을 테니 지원금을 타 쓰도록
하고, 다음에는 대통령을 한번도 배출하지 못한 기호지방과 강원도
의 순한 문화예술인들에게 특혜를 주자고, 이보다 공평한 잣대가 또
있을라고? 또 환갑 때까지 작품상은커녕 공로상도 한번 못 받은, 염
치 좋은 반치기 예술가들에게 생계비조 장려금을 집어주면 좀 좋아.
번거롭게 검둥이 흰둥이로 분류한다고 수고할 것 없이.'

17

　토색질, 글겅이질도 일종의 무당 푸닥거리 같은 관풍(官風)으로 파
악하면 이해도 빠르고, 공연히 발본색원한다 만다고 떠벌리는 헛된
말품을 줄일 수 있다. 다들 몸소 겪다시피 인간이 본질적으로 이기적
인 것은, 자기 자신의 심신과 본성과 개성을 만들어주고 가장 가까이
서 크게 영향을 미친 부모 형제보다 두어 수 윗길의 수복강녕을 바랄
뿐만 아니라, 취하고 나면 이내 허탈해지고 마는 물욕, 색욕, 식욕,
금전욕, 출세욕 앞에서 언제라도 인성이 허물허물 녹아내리는 작태

290

를 봐도 알 수 있지 않은가. 이 단순한 방증만 보더라도 성선설은 근본적으로 성립 불가에 바싹 다가서 있다. 그것이 성악설보다 설득력이 있으려면 우선 인간에게서 욕망을 쉽게 제어할 줄 아는 기능이 있어야겠는데 그것을 제 뜻대로 조절할 수 있는 사람은 성인에 한하니 어쩌란 말인가. 여러 말 할 것도 없이 욕망 없는 인간은 바보거나 정신적으로 결함이 있는 게 틀림없지 싶고, 그러고도 세상이 그럭저럭 굴러간다면 그곳은 인간의 7정이 깔끔하게 거세된 무골호인들의 소굴일 것이다. 그러니 뇌물 수수를 정권 차원에서 법으로든 다른 물리적 수단으로든 막겠다는 야심 자체가 공염불이다.

아무튼 이번 국정농단 사건에서 청와대 주인은 스스로 공언한 대로 금전 갈취의 혐의만은 면할 뻔했다가 국정원의 특별 활동비를 후무린 여죄로 새삼스럽게 평소의 그 허언증을 다시 추인할 수밖에 없는 곤경에 처해졌다. (범죄 혐의가 13개에서 18개로 늘어났다가 조만간 20개를 채울 것 같다는 보도가 지난해 연말에 있었다.) 속속 나서는 돈 쓸 자리 앞에서는 '가정 없는 독신 여성'의 고상한 생활신조 따위도 단숨에 무너졌을 수밖에. 더욱이나 오늘날처럼 돈만 있으면 금수강산인 세상에서는 청렴 운운하는 짓거리야말로 시대착오적일 뿐더러 공무원이라고 이 대세에서 따돌렸다가는 당장 '우리도 돈이 중한 줄 안다'는 파업도 불사해서 그나마 민간과 민생을 족대기는 본업으로서의 국정 자체가 마비될지도 모른다. 사태를 그토록 강팍하게 몰고 갈 것 없이 해결 수단을 진정으로 찾으려면 제발 '작게 해먹고, 사달이 나면 먹은 돈만 냉큼 게워내고 자리나 내놓아라'라고 좋은 말로 신칙하는 게 상지상책일 것이다. 돈이야말로 소비재이니 의당 그렇게 돌고 돌도록 물꼬를 터주어야 할 것 아닌가. 돈이란 어차피 국고든 사재든 닥치는 대로 써야 생색이 나는 물건이니까. 보는 바대로 오늘날은 전곡(錢穀)을 곳간에 갈무리하는 데만 전전긍긍하던 세상이 아니다. 공무원은 오로지 국고를 제 돈처럼 활수하게 쓸 궁리만으로도 머리 하나로는 부족한 별종이다. 청와대 주인이 그 본을 안 보여서야 국고가 썩는 냄새로 비위생적인 나라가 될 테니 그 국면도 꼭 바람직스런 것은 아닐 듯하다.

여기서도 만부득이 나의 독서 편력을 하나만 빌려오면, 우리의 국곡투식(國穀偸食)은 예로부터 그 규모가 워낙 어마어마해서 기가 질린다는 사실이다. 한 자료에 따르면 1890년대 초에 대궐에서는 홍삼을 11톤이나, 그것도 한꺼번에 중국 땅 북경(北京)으로 실어냈다고 한다. 그 당시 우리의 수출품으로는 그나마 돈이 될 만한 것은 홍삼이 유일했는데, 고치 모양으로 쪄서 말린 그 암갈색의 '가벼운 귀물' 생산에 들인 백성의 피땀이야 어쩔 수 없다 하더라도 그 물량이 11톤이라니. 물론 배편으로 운반했을 텐데, 그 고리짝이 말 그대로 산더미 같았을 것 아닌가. 도대체 상상을 초월하는 그 물화의 거래액을 대궐에서는 내탕고에 쟁여놓고 어떤 용처를 개발했을까. 말할 나위도 없이 정권 유지비용으로, 예를 들면 사회 안전망의 구축을 위한 암약으로써의 블랙리스트 작성과 그 요주의 인사들의 발본색원에 썼다면 오늘날 수십억 단위의 공금 유용이야, 그것도 대통령 보위의 전위인 국정원의 기밀비쯤은 통치권 차원에서 얼마든지 선용할 수 있는 사비(私費)지 별거겠는가. 공금인 줄 알면서도 넙죽넙죽 받아먹은 쪽에게 탐식가로서의 이기적 수성(獸性)이 심했다 어쨌다 하는 논죄타령도 애초에 부질없는 짓거리임은 새삼 말할 나위도 없는 일일 것이다. 그러니 국민의 혈세를 마구 흩뿌리는 쪽의 그 갸륵한 선심 행각만큼은 성선설로 가름해야 하지 않을까 싶긴 하다.

18

이번 국정농단 사건의 발화점이 최모 여인의 딸 정 모양이 불공정 경쟁을 통해, 아니 거의 야바윗속으로 소위 명문대에 입학한 사실 때문임은 주지하는바 그대로다. 이 사안에 대한 모든 대중매체의 접근법도 실은 본말전도의 사례를 유감없이 드러냈다고 할 수 있다. 입시제도 전반이, 오지선다형 문제를 잘 맞춰보라는 식의 대학수학능력고사 자체가 백해무익한 제도인데도 한사코 그것에 매몰되어 있는 교육부의 호도미봉책을 탓해야 옳건만, 애매하게 그 복잡다단한 전형 절차를 요령껏 잘 헤쳐나간 학부형의 극성과 그 기대심리에 억지로나마 부응한 학생의 '금수저' 팔자를 나무란다니, 대체 무슨 억하심정인지 종잡을 수 없는 것이다.

뭐니 뭐니 해도 오늘의 대학입시 전형만큼 근본적으로 뒤바꿔야 할 초미의 급무도 달리 없다. 그런데도 온 국민이 이해당사자들이라 똥 싸놓고 뭉그적거리듯이, 더럽다면서도 감히 누구도 앞장서서 치우려 들지 않는다.

사람의 학습 능력을 평가하는 제도로는 옛날부터 과거제가 있어왔는데, 오늘의 수능은 그것을 영판 그대로 베끼고 있어서 탈이다. 우선 어떤 제도라도 원칙을 세웠으면 그대로 지켜야 하건만 조금 불편하다고(그 비편은 대개의 경우 특정 이해집단의 사소한 투정으로 '예외 규정을 두자'는 것이다) 뜯어 고쳐버릇하는 '편법 만능주의'에서 옛날의 과거제와 오늘의 수능은 영판 한 본인 것이다. 오죽하면 영재

선발법이 너무나 번거로워서 학부모들을 불러모아놓고 '대학관문 통과 대응법'을 강의로 풀이해주어도 헷갈린다고 할 지경이니 말이다. 학생들의 학업 실력 겨루기 시험 후에 학부형용 눈치 보기 시합이 치열하니 이런 저질의 코미디가 이 세상에서 또 있기나 할까.

예전부터 '일단 붙고 보자'는 불공정 경쟁은 워낙 치열하게 치러진 바 있기도 하다. 일컬어 증광시, 별시, 알성시, 정시, 춘당대시 같은 명칭이 그것이다. 뿐만 아니라 외우는 능력을 주로 분별하는 점에서도 과시와 수능은 일치한다. 이 주입식 단판시험은 다른 모든 영재선발 시험에 전가의 보도로 이어지고 확대되어왔다. 이를테면 이제는 없어진 사시, 공무원 선발 시험, 회사나 공공기관에서의 각종 채용, 임용, 승진 고사 등등이 그 사례다. 기출 문제가 어느 범위까지 정해진 것도 과시나 수능은 일맥상통하며, 소위 '함정문제'와 각 문항마다 착오를 일으키기 좋을 만한 대목을 반드시 집어넣고 있는 얄망궂은 출제법도 대체로 일치한다. 한 문제, 한 글자만 삐딱해도 인생의 낙오자로 찍히고 마는 이런 정량적 점수제가 인간성의 왜곡을 부추겨서 평생 열등생으로 기신거리게 만드는가 하면, 급제자의 소성도취벽도 불러와서 그 개인은 말할 것도 없고 나라의 국기까지 흔들어놓는 사례는 비일비재하다. (한 문제를 더 맞추는 것으로 우열을 가리는 이 제도는 요행수를 조장하는 도박심리의 내면화를 부추긴다. 그래서 우리 사회 전반은 '합리성'을 부정하는 도박판을 방불케 한다.) 국방, 국시, 국난 같은 위기와 맞닥뜨리면 즉각 그때까지 무자각적으로 외워둔 경서 속의 한 줄을 대입하는 데만 익숙할까, 어떤 장단기적 대책이 나올 리 만무하다. 한창 나이 때 사고력, 판단력, 상상력, 표현력 등을 학습과 훈련으로 익히지 않은 사람이 무슨 기발한 '사유'

로 세상을 바꿀 수 있겠는가. (중국과 일본에 비해서 우리 인문학 전반의 일정한 낙후성은 나 같은 무학력자가 감히 초들어 말할 수 없으니 안타까울 뿐이긴 해도 그 내막의 근원, 현격한 질적 미달의 정도야 뻔하지 않겠는가.)

요컨대 어떤 각도에서 보더라도, 또 무슨 묘수의 임시방편책을 내놓는다 하더라도 별무소용임은 지금의 누더기 같은 수능 자체가 웅변하고 있다. 그러니 수능은 즉각 폐기만이 최선책이다. 실은 과외 만능 풍토 자체가 국력의 항구적 쇠퇴를, 인성의 점진적 왜곡을 선도할 뿐만 아니라 수능이라는 시험 방법의 그 졸속주의만으로도 영재의 사장화를 영속적으로 보장, 촉구하고 있다. 이 초탈법적 악폐의 등쌀에 온 국민이 끙끙 앓고 있는 형국이다.

이 엉터리 제도를 '금수저 출신'으로 통과하려고 덤빈 학생을, 어떡하든지 명문대 간판만을 자식에게 달아주려고 나름의 잔머리를 굴린 학부형을 싸잡아 매도한다면 사태의 본질과는 겉도는 숙맥 같은 발상이 아닌가.

아마도 대다수 '갈대'의 순정은 다음과 같은 허탈한 불평을 입에 물고 있었을 게 틀림없다.

'수십억 원씩이나 줘야 산다는 경주마만 잘 타도 좋은 대학에 들어갈 수 있다니 말이 돼. 대학 교수가 학생의 출석도 점검 안 하고 학점도 지멋대로 좋게 주는 그런 학교가 진짜 명문대 맞아. 돈이 많은데도 꼭 대학을 다녀야 해? 아예 학력도 세습제로 뜯어고쳐야 할까봐. 어떤 대기업의 일도 하지 않는 세칭 노동 귀족들은 자식에게 그 직장도 물려주기로 했다잖아. 이러고도 불공정 사회를 시정하겠다니 고양이도 하품이나 빼물 거 아냐. 하기사 세습제의 원조야 우리 머리

위에 올라앉아 있는 거야 누가 몰라. 거기서도 김일성대학은 특대가 통한다니까. 어디든 평등 사회는 없다고 봐야지. 어차피 세상은 그런 거고, 불공정 경쟁의 디엔에이는 우리 종족의 피 속에 면면히 흐른다고 보면 편할 거 같아.'

오늘날 이 땅의 모든 제도 개선안은 코끼리 다리 만지기식의, 한쪽만 봐주는 임시변통의 땜질에 그치고 있다. 모든 탈은 바로 이 단면적 접근법에서 비롯되었다고 봐야 하지 않을까. 그러니 어떤 제도라도 편법에 편법만 덧대서 누더기로 만들어내는 경쟁 체제가 우리나라의 진정한 정체라고 봐도 무리가 없을 듯하다. (법 만들어내기에 전심전력하는 국회조차 무색하게 법끼리 싸운다는 소원 건수가, 친정부 편이든 반정부 쪽이든 시민운동을 벌이겠다는 단체가 늘어나는 현상만 보더라도 그 많은 법들의 구실이 우리 사회에서 일정하게 겉돌고 있을뿐더러 일상생활을 끝없이 달달 볶고 조지는가 하면 윽박지르는 것임을 대번에 알아챌 수 있지 않은가.)

그러므로 수능의 폐기 처분 이전에 대학의 서열화 척결이 우선일지 모른다. 그래서 누구 자식이라도 기부금만 내면 어느 명문대라도 입학하도록 하자는 역발상을 내놓았다가는 당장 난리가 날 터이다. 대학 과정이 자비 부담의 의무교육 연한에 속해진 오늘날 4년 동안 어디서 무엇을 배웠느냐는 '출신' 따지기는 한 푼어치의 가치도 없다면 망발이 심하다고 할지 모르나, 우리 교육의 낙후성을 연년세세 방치해두겠다는 발상인 듯하니 유구무언일 수밖에. 대졸생의 역량은 생업 현장에서 상대적인 차이로 곧장 드러날 테고, 그 시장 경쟁을 위해 대학이 할 일은 정해져 있는데도 지금 우리의 사정은 '이름 팔기'에 매달리고, 학생들은 어떤 '이름 사기'에 끙끙거리는 꼴이니 시름만 깊어질 뿐이다.

당연하게도 수능 폐지, 대학 서열화 철폐와 동시에 시행할 국정의 제일 근간은 노동개혁인데, 그 근본은 임금제도의 일대 혁신으로써 책상 지킴이로서의 사무직, 단순 노동자와 일용직 근 로자 같은 노무직, 농림수산업 및 공장 근무자 등의 공무직(工務職), 연구소나 학교 등에서 종사하는 학무직 등등에서 일하는 모든 노동인구의 초임 격차를 근본적으로 줄여서, 아니 이것에도 시간당 최소 임금제를 적용하고(5년이든 10년이든 그 시한까지는 어느 분야의 근로자든 '법정 보수액'을 받고, 그후부터는 능력에 따라 차등보수제를 실시하도록 하자는 발상이다. 오늘날 대졸생이 대기업이든 중소기업에서 맡을 '기능'이란 게 그리 크지도 않다. 고참들이 또 회사의 기본 운영 지침이 시키는 대로 따르는 성실한 '품성'만으로도 족하다. 대학이 '교양'을 또는 '기술'을 가르치던 말던 그것이 직업 현장에서 어떻게 쓸모를 발휘할지는 전혀 다른 맥락으로 짚어나갈 문제다), 과도한 '경쟁 중심 사회'의 지양만 한 첩경이 달리 있을 것 같지 않다.

물론 여기서도 예외적인 임금 격차를 적용해야 할 분야는 문화예술계 종사자들로서 아부와 구걸을 천부적으로 싫어하는 그들의 짱짱한 자존심을 상하지 않는 범위 내에서, 예의 그 흑백 리스트를 엄정히 선별한 후, 최소한의 '호구용 연금'만 지급해주는 사회보장제도를 모색해야 할 터이다. 그래야 천차만별의 재능을 그나마 육성하려는 갸륵한 시혜로 비칠 테고, 스스로 평생 어떤 '독창적인 세계'의 조작과 고군분투하려는 천직(天職) 종사자를 '과보호'하는 수단이 될 터이므로.

19

한낱 이름 없는 '갈대'로서의 진정이 대충 이쯤에 이르렀을 때, 나는 당연하게도 장차 누가 이번 국정농단 사건의 전말을 요령 좋게 정리하여 '역사 교과서'에 실어도 될 수준을 확할 수 있을까 하는 걱정가마리가 뇌리에 달라붙어 좀처럼 떨어지지 않았다. 앞으로 여러 혐의 사실들이 속속 불어날 것인 만큼 국정농단 기소 문서도 현재의 12만여 쪽보다 더 늘어날 테지만, 그것을 어떤 식으로든 간추려야 할 테니 말이다. 당연히 그것도 역사의 일부인 만큼 누구라도 적바림을 해야 할 테고, 그 수준이 갈대의 순정으로 그쳐서는 기왕의 모든 선례처럼 '다시 재조사하자', '시점이 편파적이다', '필진을 갈아보자'는 성화로 또 온 나라가 시끌벅적할 테고, 내로라하는 사학자들도 늘 좌고우면(左顧右眄)하는 그 명민한 머리를 쥐어짜느라고 한숨이 늘어질 테니 한걱정이 아닐 수 없는 것이다.

실제로도 사료 비판과 사실 해석에는 나름의 분별에 뛰어난 사학자라고 한들 12만여 쪽에서 따서 쓸 만한 '남의 말'을 과연 몇 쪽이나 골라낼 수 있을까. 재판이야 대법원까지 가서 결말이 어떻게 나더라도 그 기술만큼은 '진실'에 근접해야 할 테니 말이다. 그 걱정은 국민으로서의 의식적 도리이자 주체적 본분이기도 하려니와 그 이전에 한낱 '갈대'로서의 무의식적 심성이자 대중추수적 구실이 아니겠는가.

달문이든 졸문이든 그 적발에는 여러 사람의 품을 빌린다 하더라도 우선 우연찮게 한 합법적 정권을 갈아엎어버린 이 초유의 국난에 무슨 명패부터 붙여야 할 텐데 적당한 말로 무엇이 있을까. 최모 여인의 이름을 앞세우자니 여러 개의 통명과 개명 때문에 마뜩찮을 뿐더러 '국정농단'의 주체는 말 그대로 엄연히 따로 있기도 하니까 말이다.

물론 매스 미디어가 몸에 밴 속전속결주의로 분별없이 지어 붙인 '농단'이란 통용어에도 어폐가 없지는 않다. 세월호 수침 사건이 터졌을 때부터 스스로가 당장 어디에 있어야 할지, 예의 공간감각 부족증으로 다소간 시행착오를 저질렀을 뿐만 아니라 그후 어디로 가야 할지의 방향감각에서, 곧 국정 지표의 추구에서 거짓말하기로 우왕좌왕했던 '대권' 소지자가 항시적으로 고유 업무를 '방기했던' 것은 사실인 듯하니까. (덧붙이건대 노란 일회용 잠바때기를 걸치고 재난본부에 가서 브리핑을 듣곤 하는 여느 대통령의 통상적인 동정은 전적으로 불요불급한 설레발에 지나지 않고, 재난지에서의 상투적인 순시에 따라붙는 관계자, 피해자, 유족 등과의 의례적인 격려와 위로의 덕담 나누기는 구조 행위에 상당한 정도로 방해만 될 뿐이다. 업무를 챙긴다는 이런 전시적 행태가 대다수 주권 국가들도 치르는 공식적 쇼맨십이라 할지라도 한번 입고 버리기에 딱 알맞은 그 본때 없는 잠바때기처럼 국력 낭비, 혈세 허비의 본보기임은 더 말할 나위도 없다. 대통령이 전지전능할 수는 없고, 또 현대 사회의 생리상 그런 신적인 존재일 필요도 없으므로 전문가 집단인 관계 부처에 일임하는 것이 상책이며, 그러기 위해서 각종의 제도적 장치를 갖춰두고 있기도 하다. 위정자들의 현장 점검은 대체로 비전문적 식견 떠벌리기에 불과하고, 그런 거들먹거리기야말로 월권행사의 표본이다. 물론 그 전형적 본보기를 우리는 다른 정체의 동족국가에서 늘 봐오고 있다. 어떤 분야에서나 남들의 그 상투성을 의식 없이 답습하는 짓거리는 푼수의 고질인 것이다.) 그러니 '농단'과 '방기'는 그 어감 차이가 크며, 그것에 대한 정확하고 섬세한 조명이 이번 국정농단 사건의 재판 판결에서 결정적인 조언자가 될 것임은 의심의 여지가 없다.

그래서 일단 '병신년(丙申年) 국기문란사태'가 어떨까 싶지만 다소 구투(舊套)라는 난점이 있긴 하다. (첨언컨대 '일정시대'와 '왜정시대'라는 반듯하고 타당한 말을 놔두고 굳이 '일제강점기'를 써야 된다고 예의 어느 출판사 편집자가 강변하길래 나는 즉각 속으로, 아니, 어느 참한 제국주의가 식민지를 순점[順占]하고 순치했나. 영국은 인도 양민을 대운동장에 가득 몰아넣고 기관단총으로 무차별 학살한 전력도 있는데. 우리도 그 모진 통치를 참아내고 살아남았다는 말맛을 피해자 쪽이 스스로 떠들어서야 창피한 짓거리고, 남이 알아주도록 그 전비를 샅샅이 밝혀내야지 하는 말대꾸질을 삼가지 않았다. 그거야 어떻든 2016년은 병신년이었고, 그 전해는 중전 민비가 '일제'의 여러 불한당 칼잡이들에게 척살당한 을미년이었으니 웬만큼 이가 맞아 들어가는 구색이지 않은가.) 이미 앞서의 행간에도 조만히 깔아둔 대로 '농단한' 사례도 또 그 주체도 애매하며, 국정을 파행으로 몰아간 쪽은 청와대뿐만 아니라 모든 매스 미디어의 드센 사주(使嗾), 촛불 시위를 집요하게 이끌어낸 여러 시민단체와 노동단체, 그 선동에 호응한 이름 없는 '갈대들', 그에 맞불을 놓은 소위 태극기 부대의 자칭 애국자 행렬, 명칭도 거들먹한 박근혜정권퇴진비상국민행동연대가 구성한 전국 각지의 1,500여 개 지부(신문보도에서 따온 이 숫자가 과연 얼마나 믿을 만한 것인지 나로서는 종잡을 수 없다. 모쪼록 다시 이 땅에서 전쟁이 터졌을 때 '구국 결사대'가 두어 달 만에 전국 각지에서 이만한 숫자로 결성되기를 바랄 따름이다. 안방샌님들은 원래 이불 속에서나 큰소리칠까 밖에서는 반풍수 노릇에 급급하는 꼴을 하도 많이 봐와서 노파심에서 두덜거리는 소리일 뿐이다.) 소속 원들이 골고루 일익을 담당했기 때문이다. 그럼에도 불구하고 신언서판이 반듯해 보이던 황모 대통령권한대행 겸 국무총리가 국정을 그런대로 대과 없이 꾸려가고 있었으므로 '농단사건'은 부적합한 용어이며, 18개의 기소 혐의가 말하는 대로 일시적 '사건'이 아니라 상당한 기간 동안 여러 일탈 행위가 연속적으로 또 파행적으로 저질러졌고, 그로 말미암은 촛불 집회도 장장 23주 동안이나 이어졌으므로 '사태'가 한결 걸맞아 보이니 말이다.

어떤 적발에서든 제목을 정확하게 붙이는 소위 정명주의(正名主義)에 소홀했다가는 그 기술 방향이 온통 뒤죽박죽이 되고 만다는 것은 상식이다. 물론 중의(衆意)와는 너무 멀다, 어감이 좀 그렇다고 난색을 표한다면 위의 가칭은 얼마든지 개비할 수도 있다. 왜냐하면 여러 종류의 매스 미디어가 부지부식간에 호명한 '농단사건'이 기득권도 있는 데다가 피고인 쪽에서 뒤늦게 편파적 여론을 반영한 것이라고, 또 사법부가 정치적 보복에 휘둘리고 있다고 툴툴거리면서, 사리사욕을 취한 '농단행위'가 전무하다고 주장하고 있으니까. 게다가 매스컴들이 앞다투어 '농단사건'을 물고 뜯어서 거둔 그 공과(功過)가 앞으로 어느 정권의 어떤 당사자에게 그대로 재연될지 알 수 없으므로 '농단'이란 용어는 위정자나 식자 제위가 그 남용부터 자제해야 할 테니 말이다.

모든 역사 기술은 결국 정치사이면서 일상사이자 동시에 개인사라는 말대로 이번 국정농단의 대상도 사람임은 자명하고, 그가 저지른 특이한 사건과 이상한 사실이 어느 범위까지 사실(史實)로서의 지위를 누릴지는 기술자마다의 고유한 권한이다. 예상컨대 그 시각이 들

쭉날쭉할 것은 분명한데, 그런 차이에 대한 나름의 꼼꼼한 통찰이야말로 '생각하는 갈대들'의 차후 소임이기도 하다. 인터넷을 통한 단편적인 '정보'의 오용으로 다들 '지식인' 행세에 겨워 지냄으로써 오히려 생각하는 고유기능을 반쯤씩 잃어가는 인간들로 우리 사회는 영일 없이 시끄럽기만 한데, 무법천지를 방불케 하는 이 현실은 단연 주목에 값하고 있다. 달리 말하면 우리의 세속계는 전자기기의 보급도에서 최선진국이긴 해도 그만큼 주어진 정보대로 '시연(試演)'에만 열중하는 로봇형 인간의 양산시대를 맞고 있다고 해도 과언은 아니다. (누누이 강조하건대 오지선다형 수능시험의 병폐는 '입력한' 대로 명색 '해답'을 내놓는 로봇형 내지는 그와 유사한 인간의 양산에 이바지한다는 것이다. 물론 그런 '정답 맞추기'에 들이는 인내, 노력, 암기, 근면 등의 미덕은 다른 쪽으로의 재능 개발을 가로막으면서 인간성의 왜곡을 사주한다.) 그러므로 촛불 집회에 세 번 이상 참가한 '갈대들'도 그 순진성 때문에 허수아비였을 소지가 많다는 의문을 함부로 매도할 수 없는 것이다.

또다른 기술상의 선결 과제는 청와대 전 주인의 성격을 어떤 식으로든 그 테두리만이라도 선명하게 그리는 것이지 싶은데, 다들 그렇게 느끼지 않나 싶게 그의 그것이 도무지 흐릿해서 무언가 잡혀지지 않는다는 점이다. (앞서 약술한 대로 비록 그 '얼굴'조차 아예 없었던 중전 민비도 그 성격의 테두리는 웬만큼 드러나 있다.) 세칭 문고리 3인방과 그 수하들이 작성한 범상하기 짝이 없는, 듣기 전부터 하품부터 빼물어야 하는 그 말맛 없는 당부의 말씀만을 매미 같은 가락으로 읽기만 했던, 이상하게도 그 천직에는 나름대로 충실했던 그 무개성이 실사(實寫)거리로 다가오긴 해도 18가지 혐의로 법정에 선

피고인의 이미지와는 어딘가 버성긴다. (밑에서 써준 원고 낭독형 정치인의 일상적 출현은 작금의 특별한 우리 정치 풍토의 실경이 되고 말았는데, 적폐 청산을 외치는 지금 정부의 고위직도 예외는 아닐뿐더러 그들도 장차 무정견의, 자기표현이 전무한, '어록' 무생산의 정객으로 자족할 확률이 높다고 할 수 있다.) 아무튼 어떤 특유의 개성도 없이 그 많은 범법 행위를 알게 모르게 저질렀다면 기술 자체에 일관성도 없어지고, 핍진감이 떨어져서 세월호 수침사건처럼 다섯 번씩이나 '조사를 다시 하자'는 낭패를 겪을까봐 지레 시름겨워지는 것이다.

물론 그 많은 죄목들의 반 이상은, 아니 대다수는 본인도 부인하고 있는 만큼 상당한 일리도 있을 듯하고, 재판장도 그 정부(正否) 가리기에 골머리를 썩이고 있을 게 틀림없다. 그렇다고 해도 이제 와서 변호사도 필요 없다, 재판도 법대로 알아서 진행하라고 내팽개쳐버린 독불장군형 처신은 그의 성격 규명에 많은 변수를 예비하라는 협박으로까지 비친다. 더욱이나 아직도 무슨 미련이 남아서 한때 자신이 좌지우지했던 보수 퇴행적 한 정당의 당적만은 고수하겠다는 그 심리에는 또다른 꿍꿍이속으로서의 무슨 항수를 장만하고 있다는 의구심까지 불러일으킨다. 이래저래 그의 성격은 '소묘 불가'의 미덕과 흠절을 동시에 누리고 있는 셈이니 장차 우리의 역사 기술자들은 컴퓨터 모니터 앞에서 한동안씩 우두망찰할 수밖에 없는 딱한 처지이다. 더욱이나 많지도 않은 두 동기간과도 일방적인 의절 상태를 유지할 모양이니 누가 감히 그 특이한 캐릭터를 형용해내겠는가.

20

그런데 긴가민가한 기록물에서일망정 여러 비리, 탐학, 토색, 매관매직, 붕당 조작, 존왕 세력 두둔, 모함 사주, 암약 교사 같은 반국가적 협잡설로 영일이 없었던 한때의 우리 위정자들 중에는 적어도 '자기 말'을 남겼다는 점에서 오늘날의 정상배와는 판이한 사례가 드물지 않다. 여기서 또 용장문(冗長文)이라는 지탄을 무릅쓰고라도 한두인사를 거명해보는 것도 결코 무익하지는 않을 듯하다. 어떤 개성이나 자기 '어록'도 없이 정치력을 발휘한다는 것은 자가당착이기도 하려니와 애시당초 천부당만부당한 행태니 말이다.

그러나 마나 우리가 당대사를 곡해하는 상당 부분이 어떤 사실은 물론이려니와 특정 인물에 대한 오해에서 비롯되었음은 두말할 나위도 없다. 바로 그 그릇된 판단의 희생자로는 대원군, 고종, 민비, 이승만, 박정희 같은 위인들을 거명할 수 있을 텐데, 하 수상한 시대의 부침에 따라 또 각자의 우쭐거리는 안목에 따라 그들은 수시로 칭송과 폄훼의 표적으로 떠오른다. 그런데 그들을 영주(英主)니 암군(暗君)이니 촌평해대는 발상에는 애초부터 알게 모르게 어떤 고정관념에 꼼짝 없이 붙잡힌 흔적이 여실하다. 일종의 이분법 같은 독선적잣대로 과대평가와 과소평가를 부채질하고 있는 듯하니 말이다. 아무튼 모든 역사 기술자는 언제 어디서나 순진무구할 수 없다는 명언이 그대로 적용되고 있는 단면인데, 그 밑바닥에는 당연히 자랑사관이나 자학사관이 암류하고 있다고 봐야 할 것이다.

나로서는 그런 양분법이 너무 상투적인 듯싶고, 그것을 한번쯤 뒤집어엎어서 곡해의 일부나마 걷어내자는 데 신명을 내고 있는 만큼 최고위직을 산 인물들에는 흥미가 떨어진다. 물론 상대적으로 그렇다는 것이고, 그들이야 어차피 실록이나 평전 같은 극찬 일변도의 양사(良史)를 주름잡는 일종의 독과점 품목이기도 하므로 감히 섣부른 범집도 써려지는 형편이다. 그래서 임금이나 그 배필 따위의 최고위직은 내 허술한 주인공의 성격과 역할을 살리는 보조 인물로 활용하는 편이다. 나의 이런 배역 감각은 통속 취향을 벗어나려는 나름의 짓궂은 구상일 수 있다. 그거야 어떻든 그 밑에서 나름대로 열심히 일만 했는데도 억울하게 오해를 산 불운아가 나로서는 한결 흥미롭고, 그들의 잘못 알려진 인격을 곧이곧대로 드러내는 한편 숨겨진 개성을 발굴해내고 싶다는 일념이 있다. 아무튼 그런 위인으로는, 지금까지 내가 알기로는, 한말의 풍운아들인 김홍집(金弘集)과 민영익(閔泳翊)을 들 수 있을 뿐이다.

전자는 주지하듯이 수신사로 도일하여 그곳의 중국 관헌 황준헌(黃遵憲)으로부터 건백서(建白書)『조선책략』을 받아와서 개화바람과 그 드센 역풍을 조정 안팎에다 본격적으로 불러일으킨 당사자이고, 뒤이어 임오군란 때 입은 일본 측의 인적, 물적 배상 건으로 제물포조약의 체결을 주무했는가 하면, 세칭 갑오개혁을 집행한 실무자였다.

비록 그 실효는 미미했으나 갑오개혁의 골자는 그때까지의 모든 적폐를 일소하겠다는 대대적인 정치혁명이었다. 예컨대 반상제 타파, 조혼제 폐지로 남자 20세, 여자 16세로 결혼연령제 규정, 과거제 폐기, 관원의 복식 개편, 거상제(居喪制)와 연좌제 혁파 등으로 그때까지의 낡아빠진 제도 일체를 새롭게 뜯어고치겠다는 것이었다. (일부의 내로라하는 사학자들은 고종이 '입으로만' 읊조린 그 폐정개혁안의 재탕이 바로 '갑오개혁'이라고 김홍집 내각을 머리에서 발끝까지 부정하지만, 정부나 최고위직 공무원들이 지난해의 그 국정농단 때처럼 팔짱만 끼고 봉급을 타 먹어서야 되겠느냐는 지적일 뿐이다.) 물론 5백 년 이상 관민을 그토록 모질게 닦달질한 그 만성적 악종을 단숨에 도려내기는 어떤 정부나 집권자도 힘에 부치는 일이었다. (좀 성급한 발상을 내놓는다면 단숨에 그 만성적 병집을 도려내려다가 조선조는 허물어졌고, 그 조급한 심인성 기질은 지금도 한반도 전체에 도도히 흐르고 있다. 식습관처럼 바꾸기 어려운 이 내림성의 근원에 성리학의 교리가, 그것이 뿌리 내린 투안주의와 그로 인한 파쟁 습벽과 상대방 질시벽이 암류하고 있는 셈이다. 단언컨대 모든 이념과 그 실천 강령은 흔히 인간의 보잘것없는 능력을 과대평가하고, 따르라고 겁박하면서 인권을 압살함으로써 무주공당[無主空堂]의 무모한 법문이 되고 만다.) 임금 이하 관원의 실행력도 수준 이하였던 게 가장 큰 요인이었지만, 언제라도 내일보다는 오늘에 매달리는 '갈대' 일반의 매사를 귀찮아하는 그 무사안일주의와 남들이 하는 대로 따르는 데 급급한 추수주의적 심성이 가난에 찌든 몸뚱이에 꽁꽁 얼어붙어 있어서였다. 변화와 모험과 개혁을 끔찍이도 싫어하는 그 보추 없는 심통으로 단발령을 반대한다며 의병을 일으켜서 가뜩이나 기신거리는 나라를 내란 상태로 몰아가는 민도 앞에서 무슨 선정인들 말발이 먹혀들었겠는가.

  모든 소란에는 표적이 있어야 했다. 일찌감치 '왜국대신'으로 와전되어온 김홍집은 즉각 타도의 대상으로 떠올랐다. 그런데 그의 개화 입지가 워낙 착실했을 뿐 그가 딱히 친일파로 처신한 행적도 거의 없었다. 다만 그의 반듯한 멸사봉공(滅私奉公) 신조가 당시 일본 측

관원의 복무 자세와 어금버금해서 그 지우(知遇)를 얻었을 것은 분명하고, 재경 일본 공사 오토리 게이스케(大鳥圭介)의 추장(推奬)으로 내각총리대신으로까지 나아갈 수 있었던 것은 사실이다. 한 촌평에 따르면 '재단(裁斷)이 청명(淸明)하고 호령이 정숙(靜肅)하며 구점(口占) 수소(手疏)가 걸리는 데가 없어 여러 공경이 감히 쳐다보지도 못하였다'라고 하니 그의 관무에 임하는 태도와 아울러 고결한 인품을 짐작할 수 있다. 하나를 보면 열을 알 수 있다는 말도 있는데 그를 친일 괴뢰에 사이비 개혁자라고 매도하는 언설은 분명히 유언비어 같은 편견의 시각일 수 있다는 말이다. 그러나 마나 조야가 똘똘 뭉쳐서 그에게 온갖 모함을 퍼붓었다. 유언비어의 난무로 어떤 시정(施政)도 민생에 먹혀들지 않는 와중에도 그는 '나라가 이처럼 엉망진창이어서는 안 된다'는 신념으로 오로지 국사에 전심전력했다. 그런 봉공 자세만으로도 용약(庸弱)한 무리들에 불과했던 당시의 구신(具臣)들과 말만 앞세우는 개화파 신료들과는 단연 격이 다른 양반이었다.

어느 일터나 입으로 일만 떠벌리는 알건달도 있고, 손수 몸으로 근로(勤勞)를 아끼지 않는 억척보두도 있게 마련이다. 김홍집은 단연 후자로서 매일같이 조정에 일찌감치 출근하여 붓을 잡고 노심초사했다고 한다. 한 사직지신의 근엄한 초상화가 저절로 떠오르는 장면이다. 시국이 시끄러울수록 평소의 안다미씌우기를 능사로 삼던 당시의 고관들과 달리 그는 동료 관속에게 처연히 일렀다는 것이다.

'우리들은 이미 변법(變法)한 소인(小人)이 되어 청의(淸議)에 죄를 지었소. 또다시 나라를 그르치는 소인이 되어 후세에 거듭 죄를 지을 수는 없소. 일시의 부귀는 생각지 말고 각자가 힘껏 노력하십시다.'

얼마나 늠름한 각오이고, 서슬이 시퍼런 복무 자세인가. 진정한 '어록'은 이런 것이다. 성리학이 5백 년 이상 우리의 제반 의식을 정신적 불구 내지는 신체적 절름발이로 만들어놓은 착잡한 형편에서는 거창한 정치철학, 중뿔난 국가관이나 국체론이 나올래야 나올 수가 없게 되어 있다. 새로운 인민민주주의를 만들었다는 이북을 보더라도 기껏해야 '백두 혈통'을 내세우며 봉건왕조 국가를 건립했을 뿐이지 않는가. 우리의 내림은 당분간 숙명적으로 그럴 수밖에 없다는 형편에 밑줄을 그어둘 만하다. 공연히 억지스런 주장만 강변하면 어떤 가설도, 이론도 씨가 먹혀들지 않아 배배꼬인 '학설'이거나 얼토당토 않은 '현상 파악'이 되고 마는 것이다.

어쨌든 위의 인용문에서 '청의'의 본뜻은 높고 깨끗한 여론이라는 것인데 그것을 섬겨야 하는 줄 알고 있으나, 한편으로는 그 낡아빠진 시대역행적 사고방식을 뜯어고치지 않을 수 없는 소신에는 추호도 흔들리지 않겠다는 결의가 번득이고 있다. 더 직설적으로 해석하면 그의 '청의'에는 우중의 우책(愚策)을 근엄하게 꾸짖는 해학이 번득인다. '소인' 운운에는 자학도 비치는데 당시의 소위 친청파나 친일파 쟁신(爭臣) 중에 이 정도의 자기반성에 이른 양반이 과연 몇 명이나 있었을까. 또 그런 어휘 감각이야 어떻든 한참이나 후져빠진 제도 일체를 바꿨으므로 다시 우왕좌왕하다가 역사의 죄인으로 주저앉지 말자는 김홍집의 결의를 무슨 언변으로 폄훼할 수 있겠는가. 바로 이런 독실한 신념을 가지기도 어렵지만 실천에는 험악한 장애가 따를 수밖에 없다.

이런 양반이 중전처럼 불시에 비명횡사할까봐 겁에 질려 멀쩡한 대궐을 놔두고 아국(俄國) 공사관으로 파천해놓고서는 구국의 결단

운운하는 임금의 언행상반(言行相反)을 어떻게 받아들였을지는 미뤄 짐작할 수 있는 일이다. 당연한 귀추대로 고종은 그를 친일파로 경원했고, '곤녕합 참살사건'으로 입은 그 정신적 외상(外傷) 때문에 친일파라면 치를 떨던 성정대로 유독 그를 찍어서 죽이기로 작정했다. (물론 그 배후에는 질시, 모함을 평생토록 본업으로 챙기는 숱한 투안주의자들이 있었으므로 고종의 맹목적 치세술을 일방적으로 매도할 수만은 없다는 주장도 나서겠으나, 결과가 말하는 대로 무작정 대의명분만 좇다가 자취지화[自取之禍]에 빠진 그의 과오와 망국의 책임조차 감싸기로 들면 우리의 역사 기술 자체는 한낱 억지 세우기에 불과하다.)

그럼에도 불구하고 임금이 부르자 김홍집은 주위에서 아무래도 저의가 수상하니 응하지 말라고 해도, 하명을 좇겠소, 이제 와서 변법 상주를 기피하라니 언어도단 아니오라고 일갈했다고 한다. 근왕지신(勤王之臣)의 진정한 복무 자세는 바로 이런 것일 터이다. 그 부름은 결과가 말하는 대로 그를 여론몰이로 죽이려는 음흉한 계략이었다. 따라서 그의 불운한 죽음에는 여러 설이 분분한데, 광화문 앞에서 군중의 뭇매질로 타살당했다고 하며, 임금의 지령을 받은 보부상단과 경무관 등의 사주로 백주 노상에서 그처럼 참혹한 살해극이 벌어진 것이었다.

이제 나라꼴은 어느 쪽이 먼저 내란을 선동하는지 분간하기도 힘들 지경으로 돌변했다. 일국의 총리대신이 백주 대로에서 비명횡사하자마자 그 시신에 기왓장 조각과 돌자갈을 퍼부어 사지가 갈가리 찢겨졌으며, 그 살점을 베어 날로 씹어먹는 불한당도 있었다는 가공할, 아무래도 허풍스런 과장이지 싶어 도무지 믿기지 않는 전설도 전해진다. 당시의 민도가 그 지경이었으니 유언비어의 유통과 소비가 오죽 원활했겠으며, 이런 대목에서야말로 '무지가 편견을 불러일으킨다'는 금언이 떠오르는 한편 '편견은 무지와 고집으로 편 가르기를 부추기고 종내에는 어느 쪽이든 모조리 망조에 이르고 만다'는 유추를 끌어내게 만든다.

봉공지신의 갸륵한 자세를 온몸으로 체현한 김홍집 같은 선각자를 친일파라고 따돌리다가('친일파'니 '친청사대파' 같은 명명법도 유언비어를 조작하고 그 말 사태에 부화뇌동하는 우중의 편 가르기식 단견에 불과할 뿐이며, 그것을 그대로 받아쓰기하는 버릇이야말로 역사 기술상의 문해력 부족증이기도 하다) 급기야는 흉계, 모략, 음모, 배척으로 몰아간 정치력에다 개명군주의 허상을 덮어씌우는 글짓기는 소증사납게 거드럭거리는 자화자찬벽이 아니고 무엇인가.

따라서 고종은 아무리 잘 봐준다 하더라도 난세와 맞닥뜨린 기박한 팔자 덕분에 덕치를 떨칠 자신감도, 선정을 펼칠 실천력도 미흡했고, 결과가 보여주는 대로 죽기 살기로 일하는 진신(盡臣)을 알아보는 안목에 사(邪)까지 끼었는가 하면, 귀도 얇아 고비마다에서 갈팡질팡 허둥거린 군주에 지나지 않았다. 임금으로서 나라 걱정부터 앞세우는 선견지명의 용단에 둔했다면 망발일지 몰라도 신하들의 소신을 곡해하는 일방 오늘날의 블랙 리스트 격인 두 줄 세우기로 서로의 시기심을 부채질하는 데 상당한 기량을 발휘했을까, 통치권 행사의 선후를 분별하는 역량에서 함량 미달이었던 한낱 용심꾸러기였을 공산이 크다. 그러므로 자작지얼(自作之蘖)에 파묻혀버린, 실제로도 폐군(廢君)을 자초한 옹생원이었던 게 분명하다. 그럼에도 불구하고 거의 거덜 난 사직을 운명적 점지에 따라 물려받은 후, 비록 억지스러웠을망정 장장 44년 동안이나 재위를 누렸다는 실적 자체는 그의 모든 폐정과 위정자로서의 무능 일체를 상쇄하고도 남는다. 역설적이게도 고종은 인간으로서의 모든 불민, 고충, 불운, 수모, 박복, 난경을 덮쳐오는 족족 감당해냄으로써 명실상부한 국왕의 직위를 누린 별난 지킴이기도 했다. 아무튼 고종이 있음으로써 조선 백성의 지도자 박복론에 힘이 실리고, 정치인에서부터 노동자까지 니편 내편으로 갈라져서 서로를 경원, 견제, 곡해하는 쪼잔한 생리적 반목벽(反目癖)에 길들여졌다고 해도 과언이 아니다.

후자 곧 민영익은 잘 알려진 대로 중전 민비의 친정집 봉사손(奉祀孫)으로 팔려간 양자로서 입신양명하여 나중에는 중국 상해 일원에까지 명성을 떨친 난화가(蘭畫家)였다. 서당 출입 때부터 그의 총명은 준재급이었던 듯하고, 서화에서 드러난 발군의 재질이 국왕 내외의 돈독한 권우(眷遇)를 끌어내어 그의 벼락출세를 보장했음은 여러 기록에 자자하다. 호사다마란 말대로 그의 호학, 벼락출세, 명필은 조야의 조롱과 폄훼를 동시에 불러와서 일곱 개 벼슬을 동시에 거머쥐고 있다는 칠겸대감이란 비아냥도 나돌게 만들었다. 더불어 중전 민비의 치맛자락에서 놀아나는 한낱 활신(猾臣)에 유신(諛臣)이라는 비방도 끊이지 않았다. 종래에는 시속과 겉도는 아둔한 맹문으로, 갑신정변 때 칼부림을 당한 후 기사회생하고 나서는 심신이 부실한 허룹숭이로 낙인찍히기도 했다. 그런 유언비어가 전적으로 허튼소리임은 임오군란 직후에 토로한 다음과 같은 정세 판단이 웅변하고 있다.

'현하(現下) 대원군의 배제는 조선의 정치 사정에 결코 나쁘지 않다. 그러나 조선의 굴욕임도 사실이다. 애초부터 청에게는 조선 내정에 이처럼 간섭할 권리가 없다. 조선은 내정, 외교 모두가 오래 전부터 자주를 구가해왔다. 조공 관계는 일정한 의례에 한했을 뿐이다. 근자에 청은 구례에 반하는 행패를 일삼는다. 양국에 백해무익할 뿐이다.'

청국군 수천 명이 대궐 안마당과 군인 가족들의 집단 주거지였던 왕십리 일대에다 대포를 마구 쏘아대며 임오군란을 진압한 당시의 살벌한 나라 형편이라기보다도 서울의 험악한 치안 상태를 떠올려보면 조방(朝房)에서든 사랑방에서든 위와 같은 직언이 얼마나 대담한지, 또 솔직하게 정곡을 찌르고 있는지 가늠하기는 어렵지 않다. (동학농민'전쟁' 같은, 내란이라기보다 토벌군으로서의 관군과 일본군을 상대로 힘에 부치는 항전이자 백병전이었던 그 국제전을 논외로 치면 조선조의 '정치적 사건'은 대체로 서울 안에서 벌어진 국지적 난동에 그쳤으며, 이런 파국의 '지리적 편중'도 그 근원을 대궐의 주인과 그 수하의 만무방 같은 측신들의 권력 독점과 그 전횡에서 찾을 수 있고, 작금의 청와대 지킴이들이 저지르는 무사안일주의적 심성과 그 비행을 보더라도 그런 '제도적 결함'과 아울러 예의 투안주의에 기인한 동포 적대감 같은 생리적 내림성을 읽을 수 있다.) 적어도 대궐의 최측근이자 실세 중의 실세였던 민영익의 시국 파악력에는 아무런 주견도 없이 수다를 떨어대며 유언비어의 조작이나 품을 보태는 말재기 근성도, 더불어 벗쟁이의 분수 망각증이나 아무 일에나 나대는 뭇방치기의 버르장머리 없는 허텅지거리도 보이지 않는다. (당시 그의 나이는 불과 만 22세였다.) 그는 웅숭깊게 시국의 험악한 곡경을 직시하고 있었으며, 어떤 '어록'으로 눈앞에 얼쩡거리는 이 가파른 사태의 본질을 꿰뚫을 수 있을까를 궁리하고 있었다. 그랬으므로 그는 근신답게 보비위질을 하기는커녕 상처투성이 몸으로도 조청 간의 외교 관계를 본래대로 되돌려놓으려고 원정에 나서기를 주저하지 않았을뿐더러, 뒤이어 시세에 따라 자주국 조선으로서 미국과의 교린까지 바로잡으려는 실천에 나서기도 했던 것이다.

이런 명민한 사세 판단 때문에 민영익은 국왕 내외의 눈 밖에 나기 시작했을 것이다. 그러나 중전 민비로서는 자청해서 양자로 모셔온 친정집 봉사손이자 조카뻘인 그를, 더욱이나 스스로 홀려서 그의 여동생을 며느리로까지 삼은 예의 그 자작지얼 때문에 선뜻 내칠 수도 없었다. 난처하게도 계륵(鷄肋)을 물고 있는 셈인데, 권력이란 두 가닥으로 나눠 가질 수 있는 게 아니므로 자신의 내정간섭을 타매하는 척신이자 근신(近臣)을 마냥 내버려둘 수도 없었다. 결국 국왕 내외는 민영익에게 비자금을 관리하라는 하명을 내리며 중국으로 내쳐버린다. 만난을 무릅쓰고서라도 사직을 지키려는 신하를 돌아올 기약도 없는 떠돌이 망명객으로 따돌려버리다니. 인재를 못 알아보는 거야 아둔한 지모 탓이라 하지만, 유능한 시신(侍臣)은 혈육 이상인데 그것조차 베어버리는 아조의 살기등등한 동포 질시벽은 작은 떡시루를 독차지하겠다는 소인배 심보가 아니고 무엇이겠는가. 아니다, 성리학 같은 대국의 중심 사조에 길들여진 사대주의적 시각으로는, 무당의 신주 같은 그것부터 모시는 심성 때문에 제 몸 곁의 혈육조차 비루하게 비쳐서 내치고, 따돌리고, 죽이고 싶은 정신장애자가 되고 마는 것이다. 무당을 좋아하면 스스로도 무기(巫氣)에 신들려 자기 자신을 망각해버리지 않는가. 무당이 제 굿 못하고 소경이 저 죽을 날 모른다는 옛말을 함부로 흘려들을 수 없는 실례를 우리는 오늘날에도 매일같이 생눈으로 목격하고 있는 셈이다. 아무튼 '내가 다 하겠다'는 그 교만과 아집이 일본의 무뢰배를 대궐로 불러들여 칼부림을 몰아오고, '왕후 피살'이란 그 파탄이 결국 망국지본이었다면 비약이 제멋대로라고 할지 모르겠으나 일리가 없지도 않다.

말이 나왔으니 본의를 좀 더 분명하게 끌어내기 위해 두 가지 사례를 덧붙이면 이렇다.

자학적, 자기투시적, 자가당착적 친일파였던 윤치호(尹致昊)의 방대한 일기책에는 아주 수상한 단언이 숱한데, 중전 민비가 피살되던 날 밤의 회고담도 그중 하나다. 그때 그는 우리 정부의 고문관으로 서울에 머물고 있었던, '곤녕합 참살사건'의 공식문서를 최초로 작성하여 본국에 보고한 예의 그 이시즈카 에이소(이 수상한 정상배는 1919년 3·1 독립만세 운동 당시에는 동양척식회사 총재로 재경 복무 중이었으며, 또 무슨 과외의 암약에 한몫하고 있었을지 모른다)의 초대로 유길준(俞吉濬)과 함께 회식을 했는데, 그 자리에서 전자는 조만간 도쿄로 출장을 가고, 후자는 내일 아침에 평북 의주로 볼일을 보러 떠난다면서 자기가 서울에 없는 동안 말안장을 써도 좋다고 했다며, 나중에 되짚어보니 두 사람의 그런 수작이 그날 밤 대궐에서 희대의 '살해극'이 벌어질 것을 미리 알고 있었으므로 윤치호 자신이 그 음모를 눈치 챌까봐 일부러 저녁 식사에 초대했던 것 '같다'고 술회해놓고 있다.

조일 재야의 두 거물이 윤치호에게 만찬을 베풀면서 그처럼 시치미를 떼고 있었던 것도 충분히 이해할 만한 일이었다. 곧 윤치호는 약관 19세에 초대 주한 미국 공사 푸트의 통역관으로 입궐한 후, 그 훤한 신수와 영어, 일어에 능통한 언변으로 국왕 내외의 호감을 샀으며, 특히나 중전 민비는 헌헌장부 윤씨가 처첩과의 두 집 살림을 꾸려가느라고 몸과 마음이 두루 고달프다는 사정까지 첩보를 통해 손금 보듯 훤히 꿰고 있었다. 대궐과 그런 처지이니 그 당시 윤치호는 외무협판으로서 재직 중이었고, 이시즈카와 유길준은 대궐에서의 모살극이 벌어진 후 불어닥칠 일대 검거선풍에서 윤씨가 그들의 동정에 대해서는 함구하라고 저녁 한 끼를 산 것이다.

아무튼 윤치호의 일기에는 단호히 '유씨는 그 음모의 지휘자 중한 사람이었다'라고 서슴없이 실토해놓고 있다. 20여 년이나 지나 기미년 3·1 독립만세운동으로 서울 시내가 온통 불령(不逞) 조선인을 색출하느라고 살벌하던 때, 문득 그 당시를 회고하는 일기여서 얼마나 믿을 수 있는지 헤아려봐야겠지만 근거 없는 추억담은 아닐 것이다. 요컨대 그즈음 대궐에서의 '살해극'은 서울 바닥의 웬만한 친일인사와 재경 중인 일본 쪽 요인들에게는 공공연한 비밀이었다는 사실이다. 이때껏 한일 양국의 역사학자들이 '곤녕합 참살사건'의 일본 정부 '개입설'을 파헤치는 데 기를 쓰고 덤빈 것은 주지의 사실인데, 당시 조일 양국의 정계 요인들은 오래 전부터 '조만간 경복궁을 피로 물들일 참살극'을 예단하는 '정보'를 끼리끼리 교환하고 있었는데도 우리의 대궐과 조정은 어떤 대비책도 강구하지 않고 만경타령으로 소일했던 것이다.

또다른 사례는 더 기가 막힌다.

얼마나 조선인을 깔봤으면 개새끼 대하듯 '물 수 없으면 짖지도 마라'고 일갈했던 윤치호는 학생들이 떼 지어 거리를 누비며 만세를 외친다고 독립이 주어진다면 이 세상에 남에게 종속된 나라나 민족은 하나도 없을 것이라며 3·1 독립만세운동을 철저히 훑닦는 일방, 천도교 쪽 인사들은 음모꾼이라고, 그들의 시늉뿐인 거짓 행태에 속아서는 안 된다고 강변한다. 그 실례로 3·1 독립선언서의 첫대바기에

서명한 손병희(孫秉熙)는 철저한 사기꾼이자 모리배라고, 신도들에게 돈을 뜯어 먹는 사도(邪道)의 교주라고 거리낌 없이 매도한다. 그의 일기에는 손병희가 명성을 얻기 위해, 감옥에서 나와 신도들로부터 더 많은 기부금을 갈취하기 위해 3·1 독립만세운동에 참가했다고 쌀쌀맞게 매도하고 있다. 실로 섬뜩해지는 비화(秘話)가 아닌가.

손병희가 세칭 '조일합방' 후, 재경 일본군의 노고에 대한 성의랍시고 '거금'을 희사했다는 기록도 버젓이 남아 있는 게 사실이며(앞서도 밝혔듯이 역사적 '기록'으로서의 '숫자'는 신빙성이 일정하게 떨어지므로 여기서는 수십만 원이었다는 그 기부액을 밝힐 수 없다. 아마도 그 헌금액은 일본쪽 '자료'가 허허실실로 부풀린 거금이었을 수도 있다. 그 당시 천도교 신도 일반의 생활수준을 감안할 때 그렇지 않을까 싶다는 짐작일 뿐이다. 부언컨대 사료란 그런 것이다. 어느 특정 문서의 '배경'에 대한 철저한 점검과 그 문맥의 허실에 대한 꼼꼼한 독해 없이 인용만을 능사로 삼는 글쓰기는 한낱 현학일 뿐인 것이다), 그 돈의 출처야 신심만 갸륵할까 겨우겨우 끼니를 이어가는 신도들이 십시일반으로 거둬낸 헌금이었을 것임은 더 말할 나위도 없다. 그거야 어떻든 그가 왜 그 공금을 일본군에게 헌납했을까라는 의문을 어떻게 풀어야 할까. 모르긴 해도 모종의 사건을 무마하기 위한 뇌물이었거나, 앞으로 일본 관헌이 온갖 트집거리로 천도교 교주와 그 신도들에게 덮어씌울 취조, 연금, 구류, 고문, 감방살이 등의 고충을 미리 예방하는 차원에서 들이민 사전 '보험성' 공작금이었을 수도 있지 않을까. 그렇지 않고서야 겉으로는 독립운동가를 참칭하면서 속으로는 친일파 골수분자로 암약한 이중인격자의 미미한 부분상조차 읽어내기가 힘겨우니 말이다.

위의 네 가지 사례를 통해 우리의 뇌리에 박히는 골자는 대체로 다음과 같다.

이 땅의 모든 '갈대들'은 역사를 교과서로, 책으로 배우고 외워서 소정의 시험을 치르고 난 후 정답을 맞춘 그 과거사 일체의 진정한 내막을, 더불어 그 흑백과 회색의 경계를 얼마나 제대로 알고 있는지 잠시라도 반성해보았을까. 따져보나마나 그들은 우리의 '과거'를, 적어도 기록물로서의 '과거사'를 그 전신상은 물론이거니와 부분상조차도 엉터리로 곡해하고 있을 게 틀림없다. 독립선언서에 제일 먼저 서명한 민족대표 중 한 명이 전통적인 민간신앙으로서의 동학교가 그 전신이었던 천도교의 교주인가 하면 그 헌금을 횡령한 범법자였으며, 개화파 식자로서 일본과 미국의 유수한 명문 대학을 이수한 당대 제일의 석학 유길준이 일본의 재계와 정계를 주무르는 정상배에게 제 자식의 뒷배를 봐달랍시고 맡겨둔 채 친일 행각으로 영일 없었다는 엄연한 사실(事實)은 모르고 있을 테니 말이다. 더불어 목숨을 걸고 조정을 지킨 김홍집 같은 근신(勤臣)을 친일파 매국노로 오해하고 있을 테니 그동안 어쩌다가 이토록 무지몽매했나 하고 자복해야 되지 않겠는가. 뿐만 아니라 예민한 정서의 명필에 난화가로만 알려졌고, 중전 민비의 치맛자락에서 놀아난 약골의 어림쟁이에 불과했다는 민영익의 이때껏 초상화 여러 점은 전혀 다른 사람의 데스 마스크를 엉뚱한 흉상 위에 올려놓은 격이 아닌가.

거칠게 말하면 우리의 '과거사'는 전체적으로든 부분적으로든 어림쟁이의 눈대중에 불과한, 새겨볼수록 두루뭉수리 같은 조상(彫像)을 방불케 한다고 힘주어 말할 수도 있다. 조상들의 그 삐딱한 반쪽 흉상을 당장이라도 깨부수고 옳은 전신상을 세우는 일보다 더 급한

'국사'가 달리 또 무엇이 있을까.

여기서부터는 나도 무당처럼 아리송한 말을 자제하고, 오지선답형의 정답을 내놓아라는 원성에 반쯤 응할 수밖에 없을 듯하다.

오늘날에도 우리는 일상 중에, 또 신문 지상을 통해 얼굴이 다섯 개라도 모자라는 표리부동한 위선자를, 겉으로는 애국을 제 전유물로 팔아대면서 뒤로는 협잡질이 생업인 사이비 정객들을, 머리와 입과 몸이 뿔뿔이 겉돌면서도 알량한 지식을 매스컴에다 풀어대는 명색 지존의 석학들이 부지기수임을 웬만큼 알고 있다. 그들의 그 능수능란한 역할이라기보다 생업 자체를 탓할 수는 없다. 또한 제 이름 팔기에 혈안이 되어 있는 그들 특유의 성정도 현대라는 정보 사회의 속성상 만부득이한 처신일 뿐이라고 여기면 그뿐이다. 마찬가지로 그들의 그 작은 단면을 전신상으로 포장하는 매스컴도 제 기능상 건성꾼으로서 또 도섭쟁이로서의 소임을 제대로 챙기고 있을 뿐이라고 볼 여지도 만만하다.

그러니 그 유명인사들의 퀴퀴한 뒷모습에 판무식일 수밖에 없는 숱한 '갈대들'의 순정은 얼마나 어리숙하고, 그들의 순진무구한 '인간 이해'는 또 오죽이나 얄팍한 단편(斷片)인가. 그들이 소일 삼아 주워 섬기는 그 엉터리 정보의 전파력은 얼마나 그 속도감이 뛰어난가. 오늘의 세상이, 아니 예로부터 내려오는 우리의 전통적인 '세상 해독력'이 그런저런 유언비어형 정보와 가짜배기 지식을 무제한으로 용납하고 있으니 아무리 버둥거려봐야 당분간 불가항력일 수밖에 없긴 하다. 다만 진정으로 '생각하는 갈대'로서의 위신을 지키려면 가짜에 속지 않을 궁리를, 곧 부화뇌동하지 않아야 그나마 체신이 설 터이건만 물론 말처럼 쉬울 리는 만무하다. 여북했으면 옛말에도 '가짜가 병이라'고, 위조물로 겹겹이 둘러싸인 이 세상의 만성적 병폐를 지탄했을까. 우리가 까맣게 모르고 있는 것은 이 세상이 위선으로, 허상으로 포장되어 있는데도 그 가면을 벗겨내고 실상을 톺아보지 않으려는 타성이고, 그것에의 굴복인데도.

21

하등에 쓸모없는 한때의 국왕 용인술이 장황하기까지 하다는 푸념이 들려온다. 그러나 이것이야말로 가장 나쁜 관행, 곧 항시적인 제도화에 이르고만 최고위직의 껍죽대는 통치력, 국기(國基) 세우기와 나라 지키기와 간신(諫臣) 되기에 모범이 되기는커녕 무당서방처럼 놀고먹는 고위적 공무원들의 해태 습벽을 바로 알자는 투정이며, 앞에서 예시한 대로 블랙 리스트 작성으로 줄 세우기 건, 협회 조성용 기금 갈취 건, 공금 유용 내지는 임의 남용 건 같은 제반 부정, 부패, 불법, 탈법 행위를 지적하기 위해서이다. 자기 자리만을 단정한 자세로 근엄히 지키는 데 등한한, 잘 알지도 못하면서 부하들이 불러주는 대로 '지시' 내리기로 허둥거리는 한 '농단' 재연의 소지는 늘 열려 있다는 말이다. (이제부터는 좋은 선례를 좇아서 어떤 '국정농단'이라도 드러나는 즉시 기왕의 모든 매스 미디어와 소셜 미디어가 여러 시민단체와 노동단체를, 특히나 수많은 '갈대들'의 촛불까지 불러모아 '국기문란사태'를 획책할 수 있을 터이므로 장차 그 '장구경'이 오죽 볼만 할 것인가. 그 시커먼 밤 풍경을 그려보는 것만으로도 가슴이 설레니 얼마나 뿌듯한가.)

노파심에서 다시 한번 간추리면 이렇다. 역사물은 대체로 사건사,

인물사, 연대기사로 나눌 수 있다고 하는데, 모든 정치적 사건은 결국 '제도'가 저지른 사달이다. 물론 그런 파행을 불러들인 것은 위정자 곧 인간들이고, 그들의 일거일동 곧 일상을 관장하는 것은 나쁜 머리거나 못나빠진 심성 일체다. 바로 그 연원에 접근하지 않는 한 어떤 '역사적 기록물'도 실상보다는 허상이 더 부풀려져 있을 확률이 높다고 할 수밖에 없다. 어떤 국정농단이나 국기문란이든 그것은 당대의 제도와 그 운영이 삐꺽거려서 터진 사실이긴 할 테지만, 동시에 그 관련자들의 인성과 일상까지 계박하는 이 땅의 '집단심성'을 감안하지 않을 때, 그 분별 곧 매스컴의 사실 보도와 재판으로써의 단죄는 피상적인 성과일뿐더러 예의 소성도취벽의 한 증상이기도 하며, 좀 과격하게 재단해버리면 마무리 방치벽 내지는 자성기피벽의 재연에 불과한 허사일 수 있다는 말이다.

중언부언을 감수하고 말한다면 공직자의 '공간감각' 부재는 우리의 최고위직이 항다반사로 저지르는 뒤틈바리 기질을 대변하고도 남는데, 그래서 만기친람하려는 섣부른 의욕이 덜렁쇠의 허영을 불러들이고, 사사건건 간섭하려 듦으로써 위의 하명이 떨어질 때까지 각자의 고유 업무를 천연시키게 할뿐더러 종내에는 그 타의에 의한 방임을 무능이라고 지적하며 '사람 갈아들이기'를 능사로 삼기에 이른다. 그리하여 정부 내 모든 부서의 책임자와 그 소관 업무는 반거들충이의 집합소가 내지르는 혜살로 '되는 일도 안 되는 일도' 없는 '규제 만능 신조'에 붙들리고 만다. 청와대든 정부든 그 구성원들은 저희들끼리 자리 싸움, 눈치 놀음, 보비위질, 모함, 견제의 시위장이 되어 그 과외 업무는 당연하게도 '나만 살자'는 예의 그 투안주의를 만성화시키는 지름길로 치닫는다. 모양새는 예전과 지금이 다르고, 또 부서

별로 다소의 차이가 있을지 몰라도 그 잗다란 애바리 근성이 우리의 위정자 일반과 그 수발꾼들의 정체임은 보는 바 그대로이다.

싱거운 푸념에 초름한 야유가 덧붙여져서 말도, 논시도 귀살쩍어지고 말았으나, 아무리 헝클어진 타래실도 천연히 간추리기 나름이다.

앞서도 언급했듯이 기록물은 많을수록 좋은데, 바로 그 점에서도 '병신년 국기문란사태'의 공식적인 기록물 12만여 쪽은 얼마나 장한 업적인지 모른다. 장차 어떤 사학도라도 그것만 통독하면 2016년 10월 말부터 23주 연속으로 벌어진 촛불 집회의 정체성 밝히기를, 그 성마른 행태를, 참가자들마다 '생각하는 갈대'로서 챙긴 소망이 과연 무엇이었는지를, 결국에는 소기의 목적대로 정권을 바꿔치기한 결과의 대차대조표를 작성하는 데 자료 부족을 절감하지는 않을 터이다. (부언컨대 '곤녕합 참살사건'에 임한 일본인 낭인배들은 대개 다 짚신을 신고 '한마음 한뜻으로' 경복궁 안주인의 제거에 성공했는데 그들에게 특별한 애국지성이 넘쳐나고 있었던 것 같지는 않다. 그럴싸하게도 촛불 집회의 '집단심성'도 청와대 주인의 '퇴진'이었고, 일단 성사를 본 셈인데 시위자들의 손마다에 들린 촛불의 '진정'이 과연 무엇이었는지에 대해서는 앞으로 기술자들마다 머리를 싸매야 할 난제일 것이다.)

그러나 이미 드러났듯이 모든 기록물 일체는 어느 것이라도 유언비어 이상으로 신빙성이 떨어지는 한낱 허황지설의 적발일 수 있다. 어차피 모든 소견은, 아니 어떤 글이라도 부실한 정보의 취합으로써 사실을 전부든 일부든 왜곡하고 있는 터이니 말이다. 그런 엉성한 정보들의 갈피마다를 잘 뒤적이면 일단 그럴듯한 '임시' 지식 한 가닥을 끌어낼 수는 있겠으나, 그런 판단 일체가 한시적 성가에 겨우 부응할 것은 더 말할 나위도 없다. 그래서 역사 기술은 세월의 부침에 따라 얼마든지 달라질 수 있고, 그런 변주가 실은 옳은 역사와 국사 '세우기'에 첩경이다.

북한처럼 온갖 정보, 숱한 지식을, 심지어는 여론까지 조작, 관리해서 그 좁은 배수관을 통해 유포해본들 그 허위문자의 수명이 우리의 평균수명에나 육박할까. 그런 짓거리를 일부라도 알게 모르게 답습하는 이 아랫녘 정권들마다의 일시적 업적 부풀리기야 얼마나 수더분한 자기 과시벽인가.

병신년 연말부터 일대 광풍처럼 몰아쳐온 뭇 매스컴의 여론몰이 공과(功過)를 진정으로 따지려면 '퇴진'과 '적폐청산'으로 뭉뚱그린 그 힘 좋은 함성이 과연 대의민주주의의 시녀인 국회 운영보다 비용도 덜 들고 바람직한 것이었던지, 걸핏하면 촛불과 맞불이 서로 옳세라고 버티는 정세가 내란 선동과 어떻게 다를 수 있는지도 예의 그 판단의 체계인 지식이라는 잣대로 겨눠봐야 할 것이다. 그러나 마나 억측과 과장과 공언(空言)을 교묘하게 짜깁기하여 공론으로 출시, 유통과 소비를 촉진시키는 매스컴의 치열한 기술적 장삿속에 휴대폰만 만지작거리며 살아가는 대다수 '갈대들'이 앞으로 어떤 강소(强疏)로 대응할지 궁금하기 짝이 없긴 하다.

마지막으로 강조해야 할 대목은 진정한 '역사 읽기'를 어떻게 수습하여 '역사 쓰기'의 명징화 수준을 높이느냐는 것이다. 췌언일 테지만 꿩 잡는 임자는 결국 매라는 조감력(鳥瞰力) 좋은 날짐승일 테니 말이다. 하기사 앞에서도 운을 떼둔 대로 우리의 역사 기술 실적이 얼마나 독선적이고 독단적인지, 심지어 사이비적인지는 여러 선례가 산재한다. 북한의 역사 기술은 더 말할 것도 없으려니와 그것보다 다소 낮긴 해도 우리의 그것도 정권들마다 또 학자들마다 제 것만이 옳다는 흰소리치기식 글줄이 출판의 자유에 힘입어 난무하는 시속이다. 역사 앞에서 겸손하기는커녕 분수도, 염치도 없는 듯하니 언필칭 언론의 자유가 지들 멋대로 방종을 만끽하는 형세인 셈이다. 이렇게 되고만 본질은 '허상'을 상당한 정도로 거느리고 있는 여러 기록물에 대한 맹신 때문이기도 할 테지만, 기술력 자체가 자갈밭을 굴러가는 소달구지처럼 곳곳에서 털털거리고, 촘촘하기는커녕 구멍 뚫린 낡은 삼태기 모양으로 요긴한 대목들을 흘려버리는가 하면 소루해서 늙은 이 넋두리 꼴로 연방 했던 말을 하고 또 해대는 동어반복 증후군 때문이기도 할 것이다. 그 실례를 적시할 본분도 당연히 후학들의 몫이긴 한데, 소박한 발상일망정 '묘사'와 '표현'의 차이에 대한 분별에 둔한 한 그 개선은 무망하지 않을까 하는 해묵은 생각이 떠오르긴 한다.

역시 독선이라는 지청구를 귀 밖으로 흘려들으며 나름대로 분별을 보탠다면 '묘사'는 어떤 사건, 사물, 인물 등의 객관적 상태나 사정을 자세하게 옮겨놓기이다. 당연하게도 그 의욕은 사실적인 형상화에 이른다. 설명의 강조이자 그 천착이 묘사의 진경을 불러들인다는 말이다. 그러므로 묘사에서 동어반복은 만부득이하지만, 지면의 제약상 덧붙이기는 자제할 수밖에 없다. 그러나 제한할 수밖에 없는 그 '풀이'를 줄이면 묘사가 피상적이 되고 만다는 난점이 따른다. 이 모순의 극복은 필력에 맡길 수밖에 없지 않을까 싶기도 하다. 어떤 대상을 분명하게 그려놓겠다는 욕심이 자꾸 사족을 늘려가서 그림 전체는 물론이고 제 본분인 '부분'의 실경화마저 망가뜨릴 수 있다는 것이 묘사의 약점이기도 할 테니까.

한편으로 '표현'은 기술자 자신만의 주관적 시선과 독자적 분별에 따라 묘사의 그 일반화와 통속화를 넘어서려고 버둥거린다. 어떤 대상의 거죽에 드리운 구체성이 보기도 편하고, 이해하기도 쉽다는 점을 모를 수는 없다. 그러나 그 사물 베끼기는 흔히 상투성으로 빠지게 마련이다. 그 상투 수단으로 역사를 새롭게, 남과 다르게 읽겠다는 입지는 자가당착일 수 있다. 그러나 마나 그 진부한 문장과 단조로운 문맥의 쉼 없는 나열은 술술 읽히는 미덕 말고는 '남는 것'도, '얻는 것'도 없다는 결점이 너무 크다. 자신의 애국 및 우국에 대한 소양을 일정하게 넓히면서 그 깊이도 개발하려는 '역사 읽기' 애호가들이 그런 구렁이 담 넘어가는 듯한 기술에 싫증을 내지 않는다면 그것도 어딘가 이상하다. 그러므로 표현은 묘사의 대척점에 있다고 보면 대충 맞아 들어가는 셈이다. 당연하게도 표현은 대조, 비교를 내발적으로 강화함으로써 어떤 사관의 형성을 도와준다. 지난날의 세상살이가 왜 이렇게 어렵냐는 불평을 감수하더라도 위사(僞史)의 함정에 빠지지 않으려면 '전체'를 보려는 서술자의 독실한 사관만큼 요긴한 게 달리 없을 테니까.

묘사에 멋을 부리든 표현에 신을 내든 택하기 나름이겠으나, 어느 쪽을 겨냥하든 뜻대로 써지지도 않고, 세칭 잘 쓴다는 문장가라도 만만히 다룰 수 없는 것이 '불편부당할 수 없는' 역사 기술임에는 틀림없다. 가장 바람직하기는 묘사의 상투성을 자제하면서 표현에 구체성을 심어주는 것일 텐데, 그렇게 조립한 '역사'가 과연 번듯한 전신상에 근접해 있을지도 의문이다.

앞에서 예로 든 부실한 반신상으로써의 인물 세평기를 보더라도 모든 글은 한쪽 단면을 밝힘으로써 나머지 아홉 개의 '얼굴'을 철저히 지하의 동굴 속에 파묻어버리고 있지 않은가. 일본, 중국, 미국의 유수한 제도권 교육기관에서 다년간 학력을 쌓았으므로 당시의 세계정세에 대해서는 누구보다 밝았다 하더라도, 또 지방의 여러 곳에 농장도 갖고 있었던 당대의 부호로서 교만 방자하기 이를 데 없었던 윤치호인들 자신의 인물평과 세상의 판세 분별안에 사(邪)가 없었다고 장담할 수 있을까. 아마도 친일파답게 그의 지인지감과 세태관에는 기왕의 모든 세평보다 더 조잡한 사감과 반감이 잔뜩 배어 있었다고 해도 망발은 아닐 것이다.

누차 강조한 바대로 12만여 쪽의 '남의 말' 중에서 '역사 읽기'의 정본에 써먹을 만한 문장이 과연 몇 개나 될까. 그 모든 글줄이 그동안 샅샅이 그 진위를 밝혀냈다는 신문들의 기사와 논설 문장, 문맥과 얼마나 다를까. 헌법재판소의 재판관들조차 그런 여론몰이 시각에 쫓겨 8명 전원이 만장일치로, 단 한 사람도 다른 의견을 내놓을 수 없었던 그 '동감 만발'의 원만제일주의가 과연 정당할까. 또 그런 다수결이 어떤 점검도 없이 횡행하는 세상이 과연 옳을까. 그런저런 '성숙한' 잣대를 유념하면서 50쪽 안팎으로 줄이려면 너더분한 '묘사'는 단호히 물리쳐야 할 테고, 그 속의 숱한 임시적, 부분적 진상들에 대한 사실판단보다는 가치판단을 앞세우면서 버릴 것부터 가려내야 그나마 예의 그 '표현'이 살아날 테니 말이다. 그야말로 거취(去取) 능력만을 '인정사정없이' 작동시켜가야 하는 작업인 것이다.

무당처럼 동어반복을 일삼는 '역사'의 횡포를 절감하면서 '병신년 국기문란사태'에 연루된 모든 피의자와 그들이 저지른 비행 일체는 '진상'이라는 허울을 덮어쓴 '허상'일 수 있다는 점은 강조해둘 만하다. 그런 혐의 일체가 전모일 리는 만무해서도 그렇지만, 물적 증거 찾기에 심혈을 쏟느라고 놓치고만 '실상'이 빙산의 아랫도리보다 더 클 테니 말이다. 하기사 그 실상의 전모를 찾는답시고 떠벌리는 매스미디어의 허튼 말다툼질, 앞뒤 문맥이 겉도는 부실한 기록물들, 거기서 걸러진 자잘한 정보들이 즉각 이합집산을 거듭하여 저절로 뭉쳐지는 유언비어성 문맥 같은 일체의 글줄들이 오죽 실팍하겠는가. 재판장의 판단도, 역사의 심판도 그처럼 일정한 피상성에서 자유로울 수 없을진대 어느 한쪽으로 몰아치는 여론몰이가 득세하는 이 요지경 시대임에랴. 광풍으로 또 괴물로 불어닥치는 그 여론몰이에서 어느 '갈대'인들 제 생각거리들을 옳게 바로잡을 수 있을까.

22

대충이나마 병신년 연말부터 그 다음해 연초까지 비상시국을 선언, 전 정권의 퇴진을 이끌어낸 촛불 집회에 대한 내 푸념의 골갱이가 행간에 풀어져 있는 듯하다. 물론 성이 차지는 않는다, 모든 글이 그렇듯이. 또 글이란 쓸수록 미흡한 것투성이라서 마약처럼 다시 손을 대게 하는 중독성이 있는 듯하다, 이런 깨침도 무학자의 자족거리이듯이. 아무려나 이런 장르 불명의(감히 예상컨대 앞으로는, 아주 가까운 시일 안에 기왕의 '소설' 형식은 용도 폐기에 이르고 다른 읽을거리가, 쉽게 말해서 만화나 영상 같은 볼거리로서의 서사물과는 동떨어진 사람살이의 서술 양식이 얼굴을 내밀지 않을까 싶지만, 역시 무학자의 대중이라서 그 테두리나 형용을 짚어내기는 역부족이다) 무잡한 글에도 어떤 결론은, 비록 한참 엉성하다는 지탄을 감수하면서라도, 내놓아야 하지 않을까 싶다.

지난해 연말에, 그러니까 닭띠 해인 정유년(丁酉年) 마지막 금요일 점심 때, 나는 이 글에도 잠시 얼굴이 비친 모 지인과 함께 테헤란로의 후밋길에 들어앉은 순대국밥집을 찾아가며 문재인 정부의 여러 국정 집행력을 싸잡아 비난하는 데 열을 올렸다. 대북, 대미, 대일 외교, 국방, 경제, 교육, 법치, 노동, 임금, 부동산, 개헌 등등 어느 것도 반듯한 '틀거지'가 안 보인다고, 싹수가 벌써 노랗다는 성토에 우리 노틀 두 사람은 험한 말을 아끼지 않았다. 그도 '보수, 우파'라면 대번에 '그 껍데기, 떨거지들'이라고 몰아붙이는 쪽이고, 나도 '진보, 좌파'라면 저절로 '그 불학무식한 안달이들, 땀 흘리며 돈 한푼 벌어보지도 못한 날라리들'이라고 매도하는 터이라 서로가 명색 정치의식에서는 똥창이 맞는 편이었다.

　열 평이 될까 말까 한 그 남루한 순대국밥집은 언제라도 10분 이상씩은 기다렸다가 선착순으로 들어가서 1만 원짜리나 8천 원짜리를 시켜 먹게 되는데, 골목에서 바장이던 우리 둘 중 하나가 '한마디로 개판이야, 인사도 의리 지킨답시고 발목이 잡혀서 더 엉망이고, 심각한 줄도 모르나봐, 그러니 거의 천치든가 바보라고 봐야지'라는 단평에 '속도가 점점 빨라지고 있어, 한두 번 망해봐도 정신을 못 채리는 집구석 전통이 어디 멀리 가나'라고 받았다. 후자의 뒷말은 방정일지 몰라도 앞말은 의미심장했다. 그 앞에다 무슨 수식어나 매김말을 덧붙여도 오늘의 우리 정세에 대한 어떤 시각이나 분별로써는 그럴듯해 보여서였다. 이를테면 '망해가는'이라든지 '국정농단의' 같은 말을 '속도' 앞에 붙여보면 그 뜻이 의외로 솔깃해지지 않는가.

　누구나 듣고 있는 바대로 촛불 집회의 의의를 따지면 대뜸 '너무 개판쳤다'는 말을 상투적으로 덧붙인다. 사실이 그렇고, 그 정황을 모르는 사람은 명칭도 거창한, 이것도 말 같지도 않은 예의 그 '소중화' 의식인지 하는 자화자찬벽의 반발로 볼 여지가 다분한 국호 '대한민국' 국민이 아니다. 그러나 그런 험담 한마디로 박근혜 정부의 '병신년 국기문란사태'에 대한 명세서를 가름한다면 '표현'치고는 너무 불퉁스럽지 않은가. 국가의 정체성을 교란하고, 민심을 희롱하면서 국정을 파탄으로 몰아간 혐의가 워낙 막대했다 하더라도 그처럼 개판으로 몰아간 주체가 그쪽뿐일까. 그러니 그런 행태의 근원을 갈갈이 발겨내는 과업이, 그 기록을 가능한 한 '사실대로' 적바림하는 작업이 남아 있다는 말이다. 그 일이 그렇게 만만해 보이지 않는다. '적폐' 운운하는 '지금, 우리'의 수준이 그 점을 솔직하게 들려주고 있으니까.

보다시피 무술년이 밝은 지 아직 보름도 지나지 않았는데 도하의 몇몇 신문 사설은 우리 정치판의, 아니 우리 국민 일반의 현상 '대처 능력'이 실망스럽다고, 체념의 빛을 노골적으로 드러내고 있다. 북한보다 못하다고 노골적으로 성화인가 하면, 한쪽에서는 엉뚱하게도 '왜 박은 죽지도 않나, 이쪽이 대동단결하려면 그게 기중 묘수인데'라는 투정도 들려오고, 우리 사회 구석구석에 쟁여 있는 오물더미를 자정(自淨)할 수 있는 잠재력이 엉망이라며, 무당처럼 말치레만 능사로 삼고 있는 것이다. 물론 그런 자격 미달론도 그 뿌리 캐기를 내팽개치고 있으니 공허하기 짝이 없다.

말이 에두르고 있는데, 오래 전부터 관민이, 노사가, 좌파와 우파가, 보수와 진보가, 심지어는 남과 북이 사사건건 으르렁거리고 있지만 어느 사안, 어느 구석, 어느 사고(思考)에도 개선의 전망은커녕 점점 더 헤살이나 부려서 동티만 내고 있으니 차제에 이 근성을 철저히 씹어야 할 것 아닌가. 시비 가리기를 밥 먹듯이 즐기고, 밖에 나가서는 설설 기면서 집안에서는 땡고함에 불뚝성으로 달달 들볶는 횟대 밑 사내 같은 주제들이 끼리끼리 뭉쳐서 싸움박질로, 출세 노리기로 바쁘고, 보잘것없는 머리로 쓰레기처럼 분리수거할 수도 없는 고질의 '제도' 만들기에 골몰하는 인종이 지구상에 우리 말고 또 있기나 할까. 오로지 주체사상 떠받들기에나 전념하면서 겨우 '연명'에 전전긍긍하는, 그래서 어떤 학문, 문화, 예술도 제자리 뜀뛰기만 하고 있는 어느 체제가 희한하게도 장장 70여 년이나 굴러가는 저 불가사의한 '역사' 앞에 납작 엎드리고 사는 우리의 이 흉물스런 자화상, 찌그러진 전신상을 겸허한 자세로 받들지 않는 한 한반도는 항구적인 '내란' 상태로 명맥을 유지할 수밖에 없을 듯하다. 지구 위 어느 한쪽 구석에서 오염투성이의 임시 하치장 꼴로 잔뜩 웅크리고서.

23

연일 이어지는 영하 15도 안팎의 강추위가 제발 여러 '개판'까지 쫓아내버리기를 마냥 바라고 있는데 마침 개띠 해가 밝았다. 올해도 어김없이 저 멀리서부터 봄기운은 무럭무럭 몰려올 것이다. 또 한 고비를 넘겼다 싶으면 한기는 가시고, 어느새 온 누리에 포실한 기운이 피어오르면서 목덜미에 닿는 훈기로 설레는 마음자리를 다독여야 한다. 그때쯤이면 나는 연례행사로 미당의 시 한 수를 꼭 찾아 읽는다. 여러 시인들이 그 가락의 느꺼움을 하도 칭송해대서 한미한 나까지 입초시에 올리자니 적잖이 점직해지지만, 그것의 제목은 "풀리는 한강가에서"이다.

워낙 인구에 회자하는 시이므로 여기서까지 그 전문을 다 옮겼다가는 지면 낭비라는 지탄을 듣지 않을까 싶다. 시의 전모는 네 줄짜리 연이 두 번 포개지고, 뒤이어 두 줄짜리 연이 두 개, 또 네 줄짜리 연이 두 개 이어진다. 눈썰미 좋은 대목쟁이가 덩실한 처녑집 한 채를 칸살도 맞춤하게 지어놓은 것이다. 그런데 첫 연과 마지막 연은 유행가 가사의 후렴처럼 천연스럽게 되풀이함으로써 시의(詩意)를 곡진하게 드러내고 있다. 이 동어반복에 주목하라는 그 육성은 이렇다.

'강물이 풀리다니 / 강물은 무엇하러 또 풀리는가 / 우리들의 무슨 서름 무슨 기쁨 때문에 / 강물은 또 풀리는가'

강물이야 어느 것이라도 연년세세 흘러가는 것이건만 이 시에서는 흐르지 않고, 겨우내 꽝꽝 얼어 있던 것이 이제 녹는다고, 그것을 풀린다, 풀린다고 한사코 읊조린다. (올해로 꼬박 30년째 살아오는 예의 내 우거가 한강에서 지척인데, 한겨울의 한낮에 꽝꽝 얼어붙은 강물 옆에 서서 먼눈을 강북 쪽으로 던지고 있으면 왠지 비감해지고, 속에서 뭉클한 기운이 치솟는다.)

나머지 2, 3, 4, 5연에서는 기럭이, 섯달, 어름짱, 햇빛, 민들레, 쑥니풀, 황토 언덕, 꽃상여, 떼과부 같은 사투리 시어를 군더더기 없이 나열하는데, 대체로 우리만의 계절감각, 자연경관, 풍진세상 등을 드러내려는 장인의 고심이 서글프게 배어 있다. 감상의 고삐를 확 풀어버리면, 둘째 연과 셋째 연에서는 우주적 질서에 마지못해 순응해야 하는 체념이, 넷째 연에서는 자연의 위대한 섭리에 대한 경이가, 다섯째 연에서는 박복과 환란과 간난신고로 치닫는 우리 겨레 특유의 첩첩수심이 여실히 떠올라 있다. 그러니까 이 짧은 시에는 우리 민족의 고달픈 모듬살이는 물론이고 남루하기 짝이 없는 당대사에 대한 질박한 의식과 뼈저린 회한까지 첩첩이 포개져 있는 셈이다.

그러나 언 강물이 풀린다고, 어쩔 수 없이 또 살아야 하는 갑다고 한숨짓게 하는, 도대체 흐르지도 않아서 언짢다는 이 강물은 무엇일까. 그리고 보면 제목에만 '한강'이 명기되어 있는 것도 수상하다. 압록강이든 금강이든 낙동강이든 어느 것이라도 상관없다는 말인가. 흐르지 않는 강물도 강물일 수 있는가. 아마도 은유일 것이다. 늘 제자리서 맴만 돌까 흘러내리지도 않는 이 강물은 우리 역사든가, 모진단련처럼 얼어붙어 있어야 할 그 강물이 봄을 맞아 또 제풀에 풀린다니, 물러빠진 우리네 집단심성과 어째 이리도 닮았는가, 이 부질없는 삶을 어떻게 또 되풀이하란 말인가라고 읽어야 하지 않을까.

아마도 내가 잘못 읽었을 것이다. 아니다, 잘못 읽었다는 말은 어폐가 있다. 누구라도 제 나름대로 읽을 수 있고, 그처럼 달리 읽으라고 시를 짓는다. 틀리게 읽은 것이 오히려 시의 위상을 제대로 찾은 것일 수 있다. 되돌아보건대 아무리 찌들어빠졌다 한들 우리 역사가 두텁게 얼어붙은 강물처럼 설마 흐르지도 않겠는가. 계절의 변화와 외풍의 닦달에 따라 얼었다 풀렸다 하는 집단심성이야 비단 우리 사정에 한하겠는가.

병신년 연말부터 불어닥친 일대 광풍, 그래서 이듬해 3월 10일에 민의로 뽑은 대통령을 권좌에서 끌어내린 그때 우리 국민의 집단심성은 과연 무엇이었을까. 촛불과 태극기가 그것이었다고? 그 연좌시위와 도보행진이 진정한 애국지성과 우국충정에서 나왔다면 그 함의를 글줄로 풀어놓아야 할 것 아닌가. 그런데 그게 애매모호할뿐더러 그 소란에 부화뇌동한 모든 '갈대들'의 진정성을 알다가도 모르겠으니 말이다. 법치주의란 말이 무색하게 조야가 앞다투어 법적 절차를 깡그리 무시하면서 명색 '여론'을 조작, 분식한 여러 시민단체와 매스 미디어에 휘둘렸던 '병신년 국기문란소동'쯤으로 어떤 읽을거리에 쓰일 날이 오기나 할런지. 말이 점점 궁해지는 이런 곡경을 시인들은 어떻게 대처할까. 그들인들 조변석개하는 민심을 그때그때마다 온전한 말로 옮겨낼 수 있을까.

역사 읽기도 마찬가지일지 모른다. 누가 읽어도 잘못 해석할 수 있다. 어차피 글이란 그런 것이다. 소설이든 역사적 기록물이든, 심지어는 실록이든 시든 그것은 전부를 세세히 밝힌다면서 꼭 그만큼 감추고, 버리고, 덮었다가 아예 묻고, 놓치고 마는 생물체 아닐까. 실물에 반드시 따르는 그림자가 그렇듯이. 그러니 모든 기록은, 특히나 여러 사람이 함께 겪은 지난날의 경험을 글로 적바림할 때 그 실적은 반쯤 위사일 가능성을 배제할 수 없다. 다들 욕심이 사납고 과장하는 버릇에 익숙해서 정확히 썼다고, 다 안다고, 제대로 해석했다고, 어렵지 않아서 곧장 이해했다고 자부하지만 실은 그럴 리가 없다. 차라리 반거들충이쯤으로 자족한다고 해야 옳건만 그럴 수 없게 되어 있는 것이 인간이기도 하다.

마찬가지로 이 부실하기 짝이 없는, 우리의 현재사와 과거사를 마구 뒤섞으며 횡설수설한 이 사담(私談) 만발의 소설을, 아니, 영한사전에 적힌 '에세이'의 번역어 중 하나인 '시론(試論)' 소설이라고나 해야 할 이 변변찮은 글줄 속의 '역사' 읽기도 수많은 오해와 곡해로 얽어놓은 것이라서 위증의 사례로는 아주 제격이라고 해도 유구무언일 뿐이긴 하다. 모든 사실의 증명이 그만큼 어렵다는 말이니 위증의 '정도'를 따지는 것도 실없는 일이기도 하려니와 워낙 천학비재인 주제라서 무엇이라도 겨우 일지반해(一知半解)하는 터수임에랴.

제5장

고목의 나이테

1

앞으로도 무명작가로서 살아가며 나름껏 장르 불명의 글쓰기에 매달릴 게 뻔한, 마흔 줄 들머리부터 이마에서 짱배기 쪽으로만 유독 머리털이 훤히 무이어서 바깥출입 때는 늘 헌팅캡이라는 그 납작한 모자를 머리통 위에 얹고 나서는 양반이 성씨로 온전 전(全)자 쓰는 전 아무개이다.

그런데 그는 일 년에 꼭 두 번씩은 당최 어정뜨고 짐짐한가 하면 뻑뻑해지는 심사로 뒤숭숭해진다. 명절 때가 다가오면 그런데, 추석보다는 역시 해가 바뀌면서 나잇살을 늘려가는 설날 세밑이 특히나 그렇다. 이즈막에는 앞뒤로 연휴가 덧붙여지곤 해서 같잖은 명일 쇠기가 닷새 이상으로 길어지는 경우도 드물지 않다. 그동안에는 꼭 3, 4일씩 신문까지 '연휴에는 쉽니다'라고 딴에는 의인(擬人)투 사고(社告)를 내거는 통에 아침부터 마땅히 할 일을 빼앗긴 사람처럼 버름해지고 심심할뿐더러 따분하기 이를 데 없어지곤 한다.

신문 중독자인 그의 일과를 그토록 뒤죽박죽으로 만들어버리는 그 관행이, 세상이야 어떻게 돌아가더라도 개개인은 또 그냥저냥 살아진다는 본보기로서의 명절 연휴가 그로서는 도대체 달갑지 않았다. 다들 알다시피 지면 위에는 언제라도 끝장을 보고 말겠다는 듯이 우심하게 망가지고 있는 세상 형편과 각양각색의 간난다사가 자욱하니 펼쳐져 있다. 비록 먼발치에서 바라볼지라도 위선과 인간악으로 요란하게 분바른 그 세속계의 잘잘못을 가리지 말라니. 꼬박 두어 시간 동안 치르는 그 지글거리는 갈등과 분노의 느꺼움을 즐길 수 없다니. 공분(公憤)과 사분(私憤)이 뒤엉켜 속으로는 연방 꼴뚜기질을, 입으로는 이런 미치광이들, 참으로 뻔뻔스런 작태다를 되뇌면서 말이다.

그러나 마나 명절 연휴 동안만이라도 신문 없는 무공해지역에서 홀가분한 해방감을 만끽할 수는 있다. 하지만 텔레비전 속의 그 시답잖은 그림 같은, 곧바로 말하면 출연자들의 그 떨떨한 삶을 그대로 흉내 내며 살아보라는 권유는 웃기지도 않는 농담이거나 재미도 없는 코미디가 아닌가.

따져볼 것도 없이 지상(紙上)의 그 모든 세상사는 섣부른 사실의 전달이라서 그만큼 피상적이며, 그것을 실어나르는 입에 발린 문맥에도 아리송한 것투성이다. 그가 그것을 누구보다 잘 알면서 그처럼 한눈팔기에 몰입하고 있으니 미상불 중독 증세가 심한 편이긴 하다. 한때 하루에 50개비 이상씩 피워댄 담배 중독과 흡사하다면 얼추 비슷할지 모른다. 한 대 피우고 나서 꽁초를 재떨이에다 성가시다는 듯이 콕콕 문질러대면 그때까지 그렇게나 못 참겠던 흡연 욕구가 가뭇없이 멀어지는데, 그제서야 짐짓 성인군자인 양 이 못난 상습적 끽연벽하고선, 참을 수 있는데도 못 참는 이 개떡 같은 성질을 왜 못 버리고 똘마니처럼 거느려, 귀찮고 거추장스럽게 따위로 후회막급의 심사에 휘둘리던 그 쓰디쓴 중독증세라니.

직장생활에 제법 이력이 날 때부터, 그러니까 30대 중반부터 그는 새벽 4시쯤이면 잠자리에서 일어나 버릇했다. 별일이 없는 한 밤 열시 전에 손수 이부자리를 펴서 기어들어 가는데 두세 시쯤이면 저절로 잠이 깨졌다. 그때부터 오늘 당장 할 일을 시간 순서대로 그려본다든지 뜬금없이 떠오르는 어떤 장면, 예컨대 숱도 많잖은 머리털에 포마드까지 두껍게 발라서 올백으로 빗어 넘기던 참모장 구모 준장의, 나중에는 윗선에 잘 보여 인사참모 부장으로, 뒤이어 국방부 차관으로까지 나아간 그이의 말버릇 따위로 고상고상하게 마련이다. 이윽고 노루잠을 들다 말다 하면 온몸이 뻐근하니 배겨서 어느 순간 벌떡 일어나게 되고 만다. 안 해도 될 소리 같지만, 밤늦게 자고 새벽 잠이 깊은 그의 마누라쟁이와는 일찌감치 한방에서도 다른 이부자리에서 따로 취침과 기상을 영위해오다가 환갑 전후부터는 서로의 별스럽지도 않은 그 잠버릇을 거둬준답시고 아예 각방거처를, 곧 한 지붕 아래서도 1층과 3층에다 딴살림을 벌려놓고 있다. 그래도 낮잠은 아무 데서라도, 이를테면 전철 속에서라도 잠시잠시 고주박잠에 곯아떨어질 수 있으니 그나마 다행이랄까. 어떻든 잠과 무슨 원수라도 진 듯이 하루에 서너 시간쯤씩 자고서도 이럭저럭 살아가는 이 일과도 새벽 세 시 전후에는 어김없이 대문 앞에 떨어지는 신문의 그 기별, 세상이 또 좀 달라졌으니 어서 일어나 살펴봐라는 그 독촉과 무관하지 않았다. 모든 채근이 그렇듯이 그것도 매일 털썩하는 똑같은 소리를 반복해대니까.

가로등 불빛에 희끔히 드러난 옥외의 시멘트 계단을 찬찬히 밟고 내려가노라면 계단 바닥이 눈에 덮였거나 비로 젖어서 미끄럽기도 하다. 고맙게도 세 종류의 구독지는 비닐 포장지를 덮어쓴 채로 대추

나무 밑에서 나뒹굴며 주인을 빤히 쳐다보고 있다. 옥외계단은 덩굴처럼 붉은 벽돌의 집채를 휘감고 있어서 2층 층계참에서는 직각으로 꺾어진다. 벌써 오래 전부터 2층과 반지하 층은 한 세입자 일가에게 전세로 내주고 있다. 아래쪽에 기거하는 내외는 인근의 전통시장 들머리께에서 '왕짜장' 음식점을 꾸려가는 모양인데, 한밤중에 가락시장에서 사온다는 양배추, 양파, 깐마늘, 홍고추 망태기들을 계단 밑에 수북이 쌓아두다가 다음날 오전 열 시쯤에는 한길에 세워둔 작은 용달차에 실어 영업장으로 나르곤 했다. 위쪽에서는 외할머니가 손자 손녀를 각 한 명씩 데리고 사는데, 사위와 딸자식은 일요일에만 거기서 밥을 얻어먹는 낌새였다. 두 남매는 초등학생 때부터 사철 내내 추리닝 복장으로 2층과 반지하 층을 들락거렸다. 로봇처럼 입가에 어설픈 웃음기를 살짝 띄우고 머리만 곧잘 꾸벅거리는 그들이 무슨 운동을 전공하는지 알 수 없었으나, 국가대표 선수가 되어 왕짜장 집에 대박을 안겨주는 것이 꿈이지 싶었다.

그런데 세입자 내외는 희한하게도 두어 번인가, 그것도 연말에 국거리 한우고기를 흰 비닐 봉다리째로 들이밀며 전세금을 시세대로 더 내겠다고 자청했다. 주인집이 무슨 은행인 양 3천만 원이든 4천만 원이든 묻어두겠다니 미덥다기보다 좀 수상쩍었다. 전가의 마누라쟁이가 가끔씩 그 집 짜장면을 애용하는 터이라 그에 물어온 정보에 따르면, 지금의 영업장이 길목도 좋고 아직까지는 3백 미터 안쪽에 경쟁업체가 없어서 향후 힘자라는 데까지 꾸려가고 싶어서 그런다는 것이었고, 놀랍게도 천호대교 부근의 한 대형 오피스텔 속에 실평수 12평짜리 칸살을 세 채나 장만해두고 거기서 다달이 거금 백여만 원의 월세를 받고 있을 뿐만 아니라 그 보증금이 이쪽의 전세 할증금으로 충당되고 있다는 것이었다. 게다가 그 재산 증식용 부동산 세 칸살 중 반쯤은 외할머니 지분이라니까 누가 알부자인지 헷갈렸다. 인건비가 비싸서 배달 알바생을 안 쓰고, 오로지 홀 음식만 판다는 영업방침은 이해할만 했으나, 짜장면을 팔아서 오피스텔 칸살을 불려가는 그 이재 수완은 꽤나 난해했다.

일기장이든 비망록이든 거기다 일단 무엇을 적어놓고 곧장 잊어버리는 그의 총기로는 전세금이 왜 자꾸 오르는지, 국가채무가 단순한 숫자인 모양인데 그렇다기로소니 자꾸 늘어나도 괜찮은지, 주식 거래를 주선하는 펀드 매니저들은 세계 경기 변동에 예민한 일종의 점쟁이일지도 모른다고, 경제와 그 북새판에 관한 한 젬병이라 명해질 수밖에 없는 노릇이었다.

신문 뭉치를 집어들고 기척도 없는 1층 현관문 앞을 지나 2층의 층계참에 이르면, 이 궂은 날씨에 남들의 세상살이를 알아서 뭣해, 사람살이가 참으로 별거 아니더만, 살아보고 나서야 깨닫는 이 뒷북치기도 얼마나 부질없는가, 무슨 공부든 할수록 겉똑똑이 주제도 못면하는데 같은 묵은 생각을 곱새기기도 한다. 이러구러 10여 년 전쯤에 두 살 터울의 두 딸자식 중 밑엣것이 먼저 출가하고 나서 위엣것도 벼르기만 하더니 겨우 초등학교 동기생인 제 동갑내기에게 시집을 간 후, 그들이 쓰던 3층을 그와 막내인 아들자식이 나눠 쓰고 있어서 더 그런 회고가 만만해지는 것 같았다. 아들은 이틀이 멀다하고 야근하는 어느 전자상거래 회사에 다니느라고 자정 무렵에나 회사용 대절택시로 귀가하여 잠만 자고, 아침 7시 30분쯤에는 1층으로 내려가 제 엄마가 차려주는 집밥을 먹고 출타하므로, 위의 두 자식도 그런 일과로 하루에 두 차례씩 옥외계단을 오르내리며 학교와 직장과 세상과의 억지스러운 교제에 이어 어떤 불화감을 눅여갔을 터였다.

전가들도 본이 여러 개가 있으므로 집집마다 명절 쇠기가 각양각색일 터이나 그의 집안 형편도 꽤나 복잡해서 설날이든 추석이든 차례 모시기를 작파한 지도 이럭저럭 10여년 저쪽부터였다.

동복형제만 하더라도 그에게는 우선 누님이 한 분 계신데, 지난 세기의 마지막 해에 환갑 밥상도 못 받고 만성 심장병을 앓다가 먼저 타계하고 말았다. 자형이 농협의 지역 책임자까지 살았으므로 그 슬하의 삼남매는 지방공무원으로, 세무사로, 구미의 한 저축은행 행원으로 살아가고 있다. 일가권속들이 빈말로라도 속현을 떠보면 자형은 즉각 손사래를 치며, 어언제, 어언제, 나도 인자부터 숨 좀 쉬고 살란다 하고 홀가분하니 돌아앉았다.

그 밑의 형은 여덟 살 손위인데 사범학교 출신의 초등학교 교사로 향리 경주 부근에서 살다가 정년 전까지 교감, 교장을 거쳤고, 그후에는 교주가 의젓이 미션 스쿨을 표방한 대구의 한 사립 고등학교에서, 본인의 좀 들뜬 촌평으로는 '숭악한 삼류 따라지 깡통 학교'의 명색뿐인 운영위원으로까지 출세한 모주꾼이기도 했다. 그 배필인 형수도 초등학교에서 오래도록 교편을 잡았으므로 2천년대 벽두부터 두 사람 앞으로 나오는 연금이 자그마치 연봉 7천만 원에 육박하는 형편이다.

그런 연금 생활자의 귀한 노후 자금을 발라먹는 지역별 '복지후생 제도'도 제법 다양하게 개발되어 있는데, 그중 하나가 구청에서 운영하는 붓글씨 강습이다. 거기 강사가 주선하는 연례행사로서의 전시회 비용이야 수강생들이 갹출할 터이나 내걸어놓을 가작들에 지를 낙관 맞추기에도 하나에 2, 30만 원씩은 호가한다니 알조다. 게다가 동호인들끼리도 기량의 우열은 엄연하므로 서울의 인사동에서 합동 전람회라도 열 정도이면 그 밑에 드는 여러 비용이 만만찮다. 일주일쯤씩 비싼 대관료를 물어야 하고, 도록을 만들어 돌리는데도 3백 쪽짜리 소설책 단행본 1천 권을 펴내는데 드는 순수 제작비와 얼추 맞먹는 4백만 원은 만부득이 깨진다고 하니 '지방돈은 겁도 없다'는 말이 이 대목에서도 실감이 날 지경이다. 뿐만 아니라 가형은 붓을 잡자마자 은근히 문방사우에 호사를 바쳐서 그에 꼬라박는 만만찮은 비용 때문에 가장으로서의 채신을 오히려 허물어뜨리고 있는 중이기도 하다.

아무튼 그 슬하의 연년생인 두 아들자식 중 장자는 대구 서북부의 한 산업단지에서 전산요원으로 제 앞가림에는 여축이 없는 모양이지만, 그 밑의 아우는 늘 사업을 한답시고 커피전문점, 당구장, 피씨게임방 따위를 벌여놓다가 2년도 못 채우고 나가자빠지는 통에 여태 결혼도 못하고 부모의 등골을 우려먹는 신세인 듯하다. 더욱이나 딱하게도 그런 생업 찾기는 무슨 잣대를 들이대더라도 사업이라기보다는 장사라고, 또 창업이 아니라 상업(常業)이자 설비업일 뿐이라고 제 아비가 귀에 못이 박히도록 일러줘도 그 말뜻을 못 알아듣는다고 했다.

전가의 남동생 하나는 어차피 한 번뿐인 이승에서의 사람살이에서 단연 이색적인 삶을 개척했다는 점에서는 실로 걸물이었다. 막내는 '서울이 밥 믹이 주나'라는 맏형의 원천 봉쇄에 따라 일찌감치 그쪽으로의 진학을 포기하고, 등록금이 싼 지방 국립대학의 수학교육학과에 입학했다. '첫 등록금만 대줄 테이 그 다음은 니가 벌어서 끝마치든 말든 알아서 해라'는 지방 고수론자의 야지랑스러운 생색내기를 말썽 없이 받아들인 동생은 평발에다 어릴 때 덮치다 만 소아마비의 후유증으로 왼쪽 다리를 잘록거리는 불구로 군 복무를 면제 받았다. 대신에 눈초리와 눈두덩께로 어리는 웃음기도 보기에 좋고, 그 특유의 붙임성으로 대학생활 4년 내내 이런저런 장학금을 타서 등록금 걱정은커녕 저금통장의 잔고를 불려가는 재주꾼이었다. 나중에 짐작을 부풀려봤더니 그 장학금 수혜도 막상 좋은 징조가 아니었다. 세상에 공짜가 없다는 말의 진면목이 그후 속속 어떤 당의정을 입혀 들이닥쳤으니까. 어쨌든 자신의 신체적 결함과 그에 따르는 사회적 동정에 대한 보답을 꾸리려고 그랬는지 개신교쪽의 한 교파에 몰입, 맹렬한 신앙생활에 들어갔다. '할렐루야'라는 범대학 서클에 가입하여 알게 된 한 회원과의 교제도 그런 맥락에서 이해할 만한 것이었고, 둘은 이내 동지이자 동반자가 되었다. 졸업하자마자 각각 공립 고등학교에서 교편을 잡게 된 두 캠퍼스 커플은 곧장 싹싹한 천성에 외모가 방정한 영어 선생으로, 알아듣기 쉽게 가르치는 수학 선생으로 호가 났다. 신심이 두터운 생활세계와 반반한 직장생활도 그들에게는 뭔가 자극이 부족한, 또다른 도전을 재촉하는 임시방편 같은 것이었던 듯하다. 게다가 둘 사이에는 금슬이 그렇게나 좋은데도 불구하고 자식이 안 생겼다. 그것이 둘을 다른 세상으로의 탈출을 적극적으로 모색하게 만든 계기였음은 틀림없지 싶었다.

제수씨가 먼저 신학대학에 들어가서 예비 목사 자격증의 취득에 도전하더니 동생도 그 과정을 답습하면서 다른 종파에 매몰되어버린 것도 결국은 자식에 대한 집착과 그로부터의 일탈이 빚어낸, 일반인으로서는 난해한 어떤 신심의 변화무쌍 때문이었을 것이라고 추측할 수밖에 없었다. 일요일보다 토요일을 더 기리고, 불교 쪽보다 음식을 더 가리는, 일설에 따르면 유대교 교리까지 반쯤 섞였다는 그 마귀에게 혼을 빼앗기자 둘은 이내 자진해서 교직생활도 작파하고, 영어와 수학 전문의 대입 수능 과외학원을 차린 것도 자연스러운 추이였다. 반에서 석차가 상위 5프로 안에 드는 학생만 받는다는 소문이 저절로 퍼뜨려지고, 실수로 한두 개씩의 오답을 골라내는 고득점자의 취약점을 철저히 발본색원해준다는 조명이 나돌아 둘은 일약 과외학원가의 혜성이 되었다. 그 명성과 치부도 아주 마뜩잖은 징조였다. 두 내외 사이의 무자식이 전적으로 육식, 라면 같은 인스탄트 식품의 상식(常食)과 무관하지 않다는 믿음도 그쯤에서 응어리가 잡혔을 테고, 그럴수록 과외학원의 성가에 따르는 비정상적 일상의 질주와 그 특정 종교의 강압적 식생활 간섭이 서로 질세라 비등점을 향해 치솟았을 것임은 의심의 여지가 없다. 그래서 선식(仙食)한답시고 아침과 저녁에는 여러 가지 곡식 가루들에 로열젤리를 타 먹고, 덕분에 몸이 가뿐해졌다고 떠벌린다는 소문도 들렸다. 이러구러 한 5년쯤 그처럼 요란한 소문대로 자그마한 학원 전용의 3층짜리 건물도 마련하고, 수능시험에서 정답을 맞히는 요령을 전수한 후배들에게 전담 강사 노릇을 맡기고 나서 둘은 성에 차는 '성역'을 찾아나섰다.

모든 신흥종교가 그렇듯이 동생 내외의 혼을 빼앗은 그 사탄도 전도에는 광적이었고, 조만간 지구를 그쪽 교리로 뒤덮겠다고 설치니 교세는 우후죽순 이상이었다. 형제간의 의리마저 끊겠다고 나설까봐 겁이 나서 그러는지 동생 내외는 일가친지에게 포교할 생각은 추호도 없는 듯했다. 피붙이에게도 남남처럼 돌아서는 그런 작태를 보고서도, 혼이 좀 빠진 것 같다, 너무 그러지 말고 정신을 차려보라고 이를 수도 없어서 참으로 안타까웠다. 종내에는 모든 재산과 신변을 정리하고 필리핀으로, 그것도 바기오에서 승용차로 두 시간이나 더 산길을 달려야 한다는 한 오지로 들어가서 평생토록 그곳 주민을 계몽, 전도하는 데 온힘을 다 쏟겠다고, 그 모든 결단이 성령의 지시에 순응하기 위해서임은 물론이려니와 두 내외가 그동안 받은 은총을 되돌려주려는 조만한 정성이라고 했다.

그러고 보니 한때 그렇게나 밝고 생기에 넘치던 동생 내외의 뒤태에는 후광 같은 것이 얼쩡거리는 듯했고, 돈독이 빠져서 그런지 두 얼굴에는 고루 말간 탈속기가 뚜렷했다. 그처럼 홋홋이 이 땅을 떠나버림으로써 얼굴을 못 본 지도 벌써 햇수로 15년쯤 된 듯하니 죽었는지 살았는지는 나중 일이고 야속한 마음부터 저절로 고개를 쳐드는 판이다. 그 열대의 산간 마을에서 수학이 무슨 소용에 닿겠으며, 점수 경쟁에 진절머리가 나서 도피생활을 자청했다 손치더라도 중년 부부의 그 원시적 삶과 성인(聖人)다운 신념을 떠올려보면 무책임하기 짝이 없는 종교의 위력에 대놓고 독설을 퍼붓지 않을 수 없다.

무자식 상팔자 신세도 단호히 박차버린 석녀이자 국적도 모호한 사탄에게 신들린 한 영어 선생의 손위 시누이 내외는 무명작가 전 아무개의 친가와 외가 떨거지들이 지척 간에 띄엄띄엄 흩어져 사는, 경주와 포항 사이에 엉거주춤하니 들어앉은 안강 외곽의 약수터 어귀에서 한 중앙지 지국도 운영하는 한편으로 토종닭 백숙 전문음식점을 벌여놓고 사는데, 그 매제 말로는 요즘 농촌 사람들은 둘 중 하나 이상이 고된 농사일을 소일 삼아 엉구면서 외지인들 주머니에 눈독을 들이는 쥐포수들이라고 했다. 그러면서도 슬하의 세 남매에게 대학 공부를 시키니 돈 버는 재주가 비상하거나 난거지든부자인 것은 분명하지 싶다.

이상의 복잡하나 단순한 집안 사정에서, 또 그들마다의 지리멸렬한 생업과 다사다망할 일상을 통해 일목요연하게 드러나 있는 대로 어느 한쪽이 다른 동기의 생활상(生活相) 속으로 잠시라도 비집고 들어갈 틈이 없다. 명절이라도 예외가 아니고, 전가 혼자서 소형 승용차를 네 시간쯤 몰아 형님 댁을 찾아가 본다 하더라도 밥 한끼를 얻어먹고 나서는 딱히 할 말도 없고, 서로가 눈치를 살피는 통에 서둘러 일어서야 한다. 심지어 조카들에게도 그들의 언행 일체와 생활방식에 대해서 일언거사(一言居士)의 행태를 비쳤다가는 겉똑똑이로 찍힐 소지가 만만하다. 떨어져 살아서, 자주 만날 수 없게 되었으니 정도 가뭇없고 서먹해서, 또 서로의 여러 사정에 무식하므로 어떤 널음새를 부려놓기도 조촘거려져서 그런 것도 아니다. 실은 다들 배울 만큼 배워서 딱히 이를 말도 없다. 신문을 안 읽고 살아도 내남없이 똑똑하다는 자부가 몸에 배어 있기도 하고, 손들마다에 거머쥔 깜찍한 스마트폰이 달라진 세상의 교양인을 대변하고 있으므로 담론이나 대화를 나눌 화젯거리도 마땅찮고 실은 속내를 털어놓기가 적잖이 거북하다. 이래저래 만나봐야 별 볼일도 없고, 다들 짐작대로 잘 살고 있으려니 하고 지낼 뿐이다. 그야말로 무소식이 희소식인 것이다.

2

그러나 두 이복형제는 좀 다르다. 그쪽에서 기별이, 그것도 대개는 전화로 연락이 와야 그동안 어떻게 살아왔는지 대중을 잡고, 동복형제들보다는 다소 만만하게 안부를 물어볼 수 있다. 그렇긴 해도 전가쪽에서 그쪽의 안부를 먼저 알아보기는 영 마땅찮다. 그쪽의 형편을 염탐하려는 기미가 먼저 엉겨붙어서 망설여지고, 저쪽의 시들한 반응이 미리 그려지면 할 말을 간추리기도 성가셔서, 어차피 남남으로 살아왔는데 이제 와서 무슨 살붙이 챙기기야, 말로만 챙겨본들 그게 뻔한 수작 아닌가 하고 희미하게나마 피어오르던 관심벽을 밀쳐버리고 마는 것이다.

우선 역순으로 졸가리를 잡으면 전가에게는 이복형 말고도 배다른 여동생이 하나 있다. 그 여동생은 예의 그 성령의 지침을 그대로 따르고 있다면 벌써 필리핀의 한 산골 마을에서 수호천사로 군림할 그 남동생과 동갑내기로 생일도 여동생 쪽이 두어 달 밑인가 그렇다. 대개 다 그렇듯이 호적에 생모 이름은 없고 주희(珠姬)라는 이름과 함께 생년월일이 그렇게 올라 있으니 믿을 수밖에 없지만, 1년쯤 그 자식의 출생을 숨겼을 수도 있긴 하다. 그의 가친으로서야 이미 전비도 있으므로 조강지처가 마흔두 살의 늙수그레한 몸으로 막둥이 싶은 사내 자식을 낳았으니 출생신고 따위야 얼마든지 차일피일할 수 있었을 테니까. 이런 나잇살 따지기는 오로지 짐작으로만 세상만사를 헤아리는 무명작가 전가의 하등에 쓸데없는 얽어매기식 천착이다.

아무튼 이 배다른 여동생의 모친은, 풍문에 따르면 인각사(麟角寺)를 들락거리다가 아예 그곳 조왕(竈王) 귀신으로 들어앉은 안들의 자식이라고 한다. 어느 땡추중이나 대처승의 자식일 수 있다는 그 언중지의를 퍼뜨린 양반은 연전에 아흔 살 넘어까지 요양원에서 수를 누리다가 술병으로 서너 해나 골골거리던, 전가에게는 고종사촌들 중에서도 기중 막냇동생뻘이던 그 자식과 한 달 차이로 앞서거니 뒤서거니로 돌아가신 막내고모가 틀림없겠는데, '그 손 큰 년'이라는 관형사가 꼭 따라붙는 데서도 그 점은 분명하다. 하기야 '모르는 게 없는 안다니 수다꾼'으로 불린 막내고모의 말이라서 신빙성은 다소 떨어지지만 그 손 큰 년은 전가의 부친의 마지막 첩으로, 한때는 구미 공단의 한 전자제품 공장의 직원식당을 꾸려가면서 일주일에 배추김치를 백 포기씩, 무김치도 왜무로만 밭떼기로 사서 버무린다는 전설도 남아 있다.

그러나 마나 인각사는 원래 대구 지경의 대찰 은해사(銀海寺)의 말사로서 1950년대 중엽에는 거의 폐사나 마찬가지였다는 게 정설이다. 전가도 정년퇴직 후에야 그 일대를 쉬엄쉬엄 둘러봤지만, 『삼국유사』를 거기서 집필했다는 화젯거리와 일연대각국사의 행적비 비문 글자가 뜯어볼 만하다는 구경거리에 힘입어 그곳 지방자치단체가 경내외를 대대적으로 추스르고 있긴 했어도 관광지로 두각을 드러내기에는 여러 조건이 한참이나 모자라는 고찰일 뿐인데, 그 절의 시주이자 보살할미가 주희의 외할매라면, 산보다 골이 더 크다는 말처럼 어딘가 두동진다. 전가의 막내고모 말대로, 맞다, 내 말이 언제 틀리더나라는 말을 따돌린다 하더라도 예외는 늘 있게 마련이니까.

"너거 애비가 군위 그 꼴짝에는 머한다꼬 들락거렸는지. 차마 입이 안 떨어져서 우리 시누 서방한테 물어볼 엄두도 못 냈더라. 기집질이야 길 멀다고 안 하나, 집하고 멀수록 오붓한이 더 좋다 안 카나. 옛날에사 눈만 맞차도 알라사 들어서고 그랬다. 숭녕 마시기보다 더 쉽다 캤다. 선산 영천 군위가 다 따닥따닥 붙어 있다, 거기서 거기고 코 풀면 저만치 떨어지는 자린데 머시 짜드라 어려부까바."

역시 그 나물에 그 밥이란 말대로 주희는 언죽번죽 말도 잘 둘러댄다고, 숫기도 좋아서 과외학원 원장 내외와는 내왕도 하며, 본가 쪽의 형제들 안부도 일일이 물어본다고 했다. 제 엄마의 동정도 스스럼

없이 술술 들려주는데, 예의 그 단체 급식업을 두 군데나 벌려서 돈 버는 재미보다 일하는 낙으로 산다는 것이었다. 원래 눈알이 제대로 박힌 남자들은 손이 크고 일손도 칠칠한 여자를 좋아하지 않냐고, 그런데 바로 그런 여자가 돈을 벌고 나면 남자들이 죄다 꾀죄죄하게 비쳐서 한 수 접고 보게 된다고, 사내를 쥐고 흔드는 재미로 살아야 사는 것처럼 살아지는데 요즘 세상에 그렇게 고분고분한 남자를 만나기가 쉽겠냐고, 제 엄마의 일복만 많은 팔자를 흉보던 주희의 말이 문득문득 떠오른다고, 과외학원 원장 내외가 똑같은 눈매로 회상에 잠길 때도 있었다.

그 전언대로라면 황씨라는 그쪽 모친은 조만간 암자를 하나 사든지 지어서 당신처럼 젊어서부터 혼자 사는 보살들을 짬짬이 불러모아 여생을 심심찮게 보낼 궁리로 머리가 둘이라도 모자랄 양반임에 틀림없었다. 재래시장 주위의 연립주택 속으로까지 파고 들어와 있는, 정체불명의 금동불상만 덜렁 모셔놓은 세칭 '보살 기도원'은 피둥피둥한 노마나님들의 마실방으로 성업 중인 시속이니 말이다.

여자치고는 코가 너무 길고 오뚝하지만 입매도 야무지고 옴팡눈에 쌍꺼풀 진 주희의 배필은 낮 동안에는 현장에서 늘 안전모를 쓰고 사는 노가다라고 했다. 단독주택을 허물어버리고 다가구주택을 지어 분양하는 제 매형 밑에서 건축 일을 배우고 있다고 했으니 지금쯤은 그 지역에서 알아주는 '집쟁이' 건축업자가 되어 있지 싶은 것은 맺고 끊는 인간관계와 사리분별에서 곰곰했던 지희의 그 애바리 기질이 돋보였기 때문이다. 그랬으므로 과외학원 원장 내외와는 각별하게 지냈을 텐데, 예의 그 이단을 전도하려 들자 그때부터 주희 쪽에서 서둘러 멀어지기 시작했다는 후문이 들려왔다.

전가의 맏형은 어릴 때부터 제 앞가림에만 급급하던 양반이라 일가의 그런저런 동정에는 늘 태무심했다. 그 오불관언이 그 양반의 성미에는 엔간히도 어울린다 싶더니 기어이 저렇게 붓을 잡고 신선놀음에 빠졌다고, 그 동호인들과 막걸리 사발을 주거니 받거니 하는 도락으로 세월아 네월아 하는 헐렁이라고 전가는 치부하고 있는 판이다. 그러니 어떤 특정 종교나 그쪽의 이단이라기보다 그 교리가 한 가족을 뿔뿔이 찢어놓을 수 있다는, 심지어는 개개인의 생업이나 도락거리나 성격까지도 묘한 화학작용을 일으켜서 일가붙이와 점점 동떨어져 살게 하는 무슨 훼방꾼일 수 있겠다는 화두가 전가의 안전에서 쉬이 떨어지지 않는다.

관계집단 안에서만 끼리끼리 자별스럽고 피붙이 같은 성원집단의 개개인과는 거북하고 서먹해지는 이런 인간관계, 연고보다는 일과 돈의 행방에 따라 짜여지는 일상의 동정도 어제 오늘의 일은 아니다. 아마도 88년도 전후부터 우리 사회는, 좀 더 크게 말하면 그 지표면의 굴렁쇠 같은 동력으로써의 의식구조가 급격히 뒤바뀌고 가족 간의 끈이 느슨하게 풀어졌다고 해도 무리는 없을 것이다. 먹고살 만해지자 저마다 누리는 기복 신앙에의 매몰이, 그 덧없는 믿음의 과속 행진이, 그 보잘것없는 도락거리의 일상화가, 요컨대 그런저런 맹신과 집착이 인간관계를, 나아가서 혈연관계마저 양쪽으로 편 갈라서 몰아붙였을 테니까 말이다.

전가의 맏형 내외는 그 신실한 믿음 덕분으로 핵가족으로서의 일가단란을 이루었다고 자부했으며, 오래 전부터 그 교리를 좇아서 차례상 대신에 성경 봉독, 주기도문 음송, 찬송가 합창, 선창 기도 같은 요식적 의례를 활착시킴으로써 일가붙이의 명절 상면을 유야무야로

뭉개버렸다. 그래도 일가붙이의 일상에는 아무런 탈이 없다고, 전화로나마 끼리끼리 안부 묻기에 술술 끼어드는 무해무득한 건성의 말발이 얼마나 다사롭냐고, 세상이 바뀌고 있으니 사람도 달라져야 한다는 신조를 과시하는 데 거의 무람없는 쪽이었다. 그런 변신술의 밑바닥에도 그 가증스러운 기복 신앙이, 그에 따라붙는 아전인수격 처신이 깔려 있음은 물론이었다.

3

전가의 이복형은 그 별난 인생도 특기할 만하거니와 알 듯 말 듯한 그 성격도, 그 좀 괴상스러운 처신과 세상을 희롱하는 듯한 말씨 따위가 당최 오리무중이라서 전가의 생업상 관심의 표적으로 떠올라 있는 데다, 그래서 설날 세밑에는 유달리 그려지는 인물이기도 하다. 명절 쇠기는커녕 집안의 혼사나 상사에도 양쪽이 부르지도 않고, 무슨 기별거리가 생기면 전가가 이쪽저쪽의 대변인 노릇을 하다가 근자에는 그 통기마저 아예 두절되었으니 남과 다를 바 없지만, 이런 기이한 인간관계도 누가 한 번쯤 다뤄야 하지 않을까 하는 회포를 가진 지도 오래 전부터이다.

전가는 생활습관이 그래서 어떤 생각거리도 비망록에 주섬주섬 적어놓고, 문득 거기에 살이 붙으면 또 아무 데나 덧붙여두기를 마다하지 않는데, 지금은 그 흔적을 찾아내기도 쉽지 않다. 상념도 짙어서 온갖 장면들이 쉴 새 없이 출몰하는 판이라 책상에 가지런히 꽂아놓은 공책들에 손대기조차 귀찮아서이다. 대신에 볼펜으로 끼적거리기 시작한다.

'출생의 비밀 ― 군법무관과 참모장 운전병의 조우 ― 인사란 / 부음란의 열독 습벽 ― 저작물 증정 ― 생이별 노래방 ― 득병 / 수술 / 문병 / 탈진 / 퇴원.'

전중기(全仲基)가 전갑기(全甲基)의 동생인 것은 이름이 먼저 말하는 대로 맞을 성싶다. 그러나 호적에 그는 1946년생으로 올라 있는데, 역시 풍문에 따르면 1944년생이 맞고, 본실 소생의 그의 형도 1941년생이 아니라 1939년생이란 설이 있다. 그 당시에는 신생아 사망률이 워낙 높아서 자식이 살아남기를 기다렸다기보다 호적상의 이름까지 지우는 참척(慘慽)의 고통과 번거로움을 피하기 위해서 가장들이 임의로 그런 늑장 신고를, 대체로 집안 식구의 채근이 있고 나서야, 아이쿠, 내 정신 봐라, 지금이라도 당장 면사무소에 뛰어가봐야 될따 어쩌구 하는 설레발을 떨었다고 하니까. 무명작가 전영기(全永基)가 중형께 직접 물어보지는 않았지만, 그가 부산의 한 명문고를 수월하게 입학, 3년 동안 석차가 전교에서 늘 5등 밑으로 떨어진 적이 없었다는 여러 증언은 동급생보다 한두 살 더 먹은 그 시건머리 덕분이었을지 모른다는 대중도 나서는 판이니까.

그런데 1950년 전후부터 경남북의 도경(道警) 소속으로, 그것도 주로 사찰 계원으로서 좌익분자를 잡아들여 족쳐대느라고 1년이 멀다 하고 진주, 상주, 경주, 포항, 마산, 거창, 부산, 대구 등지로 근무지를 옮겨 다닌 전가의 선친이 해방 전에도 왜놈 앞잡이로 사상범의 뒤를 쫓아다니다가 진주 출신의 기생에게 씨를 뿌렸다면 그 내막에는 상당한 이야깃거리가 서너 쪽에 걸쳐 펼쳐져야 할 터이다.

이를테면 그 소실은 기생 출신이 아니라 진주고녀를 3년쯤 다니다가 가정형편이 여의치 않아 그만두고 집에서 시집이나 갈 엄두를 여

투고 있던 참인데, 어느 날 갑자기 청천벽력 같은 당국의 호출이 떨어진다. 동경 유학생으로 방학 때에도 다른 세상을 만들겠답시고 동분서주하던 큰오빠가 대구 주재소에 구금되어 있다는 기별을 받은 것이다. 한때는 천석꾼 소리를 듣던 아비는 부랴부랴 괴나리봇짐을 싸들고 길을 나선다. 대를 이을 장손을 어떻게든 살려내려는 그 출행에 가슴이 미어져서 그녀도 오빠를 살리는 일이라면 무슨 짓이든 못하겠냐면서 따르는데, 아비의 눈빛이 달라진다. 아직 어리디 어린 딸자식이 어느새 돈으로도 안 통하는 일을 몸으로 때우겠다고 나서니 한편으로 대견하면서도 억장이 무너져서이다. 물론 오빠 대신에 동향의 애인을, 그와 함께 농촌계몽운동이나 야학회를 꾸려낸 낭만적인 경력을 조작할 수도 있고, 실제로도 그 당시의 속사(俗事)에 그런 활약이 웬만큼 통했음은 여러 기록물이 보증하고 있기도 하다.

이런 통속적인 장면 전환이 그럴싸하게 여기지는 것은, 도벌꾼의 여식이 제 아비의 옥살이 뒷바라지를 하다가 순사 나리와 눈이 맞아 그 소실로 들어앉았을 뿐만 아니라 애를 둘이나 낳고 잘 산다고, 그 첩치가에 정실도 들락인다는 화제를, 당시로서는 흉잡을 일이기는커녕 희한하고 부럽기도 하다는 듯이 주거니 받거니 하던 전가 모친과 액내 아지매들의 이야기를 솔깃하게 들어서였다. 그토록 착잡하고 억울한 시름에 시달리다 순사부장의 따뜻한 말 한마디에 그동안의 모진 앙심을 단숨에 풀고, 뒤이어 허기나 면하고 살려는 야합이 그나마 정겨운 일상으로 여기저기서 목격되던 때는 틀림없이 한국동란이 시부저기 끝나고 사람살이가 엄부렁하니 자리를 잡아가던 1950년대 중반쯤이었을 테니 그보다 10년 전이야, 더구나 일정 치하든 해방 직후든 그 억지 만발의 북새판에서는 경찰관이 아니라 그 사돈의 팔촌이라도 연줄을 만들어 딸자식쯤이야 소롯이 갖다 바치기도 했을 것이다. 기왕의 여러 사료에 따르면 일정 말기에는 비간부급인 순사부장과 순사는 일본인보다 조선인이 더 많았고, 당연하게도 조선인의 업무 실적이 일본인보다 월등했으므로 점차 현지의 모든 경찰관을, 적어도 비간부직 정도는 전원을 조선인들로 대체하려는 시책이 착착 시행되고 있었다니까 말이다.

그러나 이복형은 이복동생 전가를 한참이나 말끄러미 쳐다보고 나서, 어째 그런 전설 같은 일화를 너도 들었느냐는 눈빛으로 단호히 분질렀다. 머리를 돌돌하니 잘 굴리는 사람들이 대체로 그렇듯이 그 형의 말씨도 그야말로 미친년 널뛰듯이 이말 저말이 마구 엉켜드는 꼴이었다.

"낭설이야, 진주고녀는 무슨, 명색 그 명문을. 그 당시야 소위 심상소학교, 심상(尋常)이야, 잘 알지, 거기만 제대로 졸업해도 일본말이야 아주 유창했어. 나도 보고 들었으니까. 대체로 1935년생이 분기점이지 싶어. 그전에 1년이라도 더 배운 사람은 월등히 낫고 1937년생부터는 아무래도 회화력이 뚝 떨어지고. 일제 때 4년 이상 학교 물을 먹은 양반들은 일본어가 모국어라서 우리말 읽고 쓰기가 영 어설프고 그래. 그 명색 석학들의 글은 한마디로 거의 엉망진창이야, 물론 편차야 커겠으나 어쨌든 그래. 그때야 말만 잘하면 똑똑하고 머리 좋다고 학력쯤이야 간단히 갖다 붙이고 그랬을 거 아냐. 누가 거기 나왔을 거야 하면 그 소문이 확 퍼지고, 미지의 당사자는 저도 모르는 새 짱짱한 학필이로 출세하는 거지. 연전에 폐암으로 돌아가신 우리 집 할마씨가, 담배가 아주 골초였어, 60년대 중반쯤이야, 호경기에 그때가 그 할마씨 전성기였어. 마산에 반월동이라고 있어, 거기서 명색 요정을 벌이고 있을 때 보면, 요정업이래야 한복 입은 작부를 여남은 명 거느리고 대청 낀 큰방이 위채에 양쪽으로 하나씩 있고, 서너 명이 들어앉을 만한 작은방이 아래채에 네 개쯤 됐어. 그 방마다에 색시들을 들락거리게 하는 소위 방석집인데, 아무튼 말도 잘 둘러대고 색시들을 다루는데 아주 모질게 끊고 맺고 그랬어. 그때도 손님질에 따라 일본말을 일본여자보다 더 교태 있게, 손짓 눈짓으로 아주 노숙하게 아양 떠는 흉내를 내고 그랬어. 그때 수출공단이네 머네 해서 한일 합작 기업이 그쪽에 꽤 많아서 일본 본바닥 사업가들이 곧잘 들르고 그랬는데, 다들 할마씨 일본말 실력에 혀를 내두르고 그랬어. 내가 부산으로 발령 받아 내려오자 소문난다고 그 영업집을 미련 없이 똘마니 얼굴 마담에게 물려주고 업을 접더라고. 내 세 여동생들한테도 해줄 거다 싶으면 군말 없이 돈이든 정성이든 몽땅 다 쏟아붓다가 변덕을 한번 부렸다 하면 남우 자식 대하듯이 돌아앉고 그랬어. 한두 번 당하고 나면 그 성질을 거꾸로 이용하는 거야. 우리가 잘못했고, 엄마는 변덕이 심해서 탈이라고 이실직고하며 살살 비는 거지. 내 짐작인데 얼쩡거리는 사내들도, 아, 물론 돈이야 기본으로 웬만큼 있어야 되고 말깨나 하고 사는 활량이라야지. 그자들을 할마씨가 골라잡고 수 틀리면, 웬만큼 발라먹은 다음이지, 가차없이 잘랐을 거야. 망신 안 당할라거덩 내 앞에서 다시는 얼씬도 말라면서. 그런 기질이 그런대로 어울리는 할마씨였어. 왜 그런지 내게는 그 할마씨의 젊은 시절이 안 떠올라. 부산에서 중고등학교를 다녀서 그랬는지. 그 꼴 저 꼴 안 보이려고 일찌감치 나를 객지로 유학 보낸 거야. 물론 모정 같은 거야 있었겠지만 나는 부모정이 무언지도 몰라. 아무리 따져봐도 그게 긴가민가 아리숭해."

'모정이 뭔지도, 부모정도 모르는 냉혈한이라고? 그게 말이 될까. 제 달변에 도취되어 아무렇게나 덧붙여지는 입담이 아니었을까. 그 명민한 머리 굴림으로 이쪽에, 아니, 어떤 남에게도 자신의 유년기와 소년기를 언급은커녕 발설조차 않겠다는 맹세를 실천하느라고 말이다. 그리고 보니 그에게는 어떤 작위나 위장은 아니고 경계의식이랄까 적당한 "거리두기" 같은 신조로 피상적인 인간관계만 맺으면서 자기 스스로 지어놓은 "성" 속에서 독불장군으로 살아가는 취향이 있었던 듯하다. 그런 취향은 성질도, 성격도 아님은 물론이다. 로봇처럼 주어진 정답에 따라 건성으로 드러내는 시늉으로써의 언행이자 처신이 그런 것 아닐까.'

그런 요설 일체에 진심이 반이나 녹아 있었을지도 의문이다. 상식에 반하여, 그러니까 세속적인 여느 사고방식과 엇먹는 언행을 어색하지 않게 휘둘러야 그 자신의 출중한 영민과 예리한 세태관이 바로 드러나면서 자신의 '출신성분'이 저절로 감춰진다는 자의식의 발로가 아니었을까. 물론 겪고 나서 한참 후에야 간추려진 생각이지만 의복형의 그런 자의식 과잉은 처음부터 좀 유별나긴 했다.

4

아마도 박통의 3선 개헌이 찬반 국민투표를 거쳐, 잘 알려진 대로 그것마저 이북의 김씨 왕조에서 배웠다는 듯이 열 명 중 아홉 명 이상이 찬성했다는 식으로 끝낸 후였으니 1970년대 벽두였던 듯하다. 그 당시 전가는 소위 군대복이 있으려고 그랬던지 부산의 모 사령부 내 수송근무대 소속으로 참모장의 지프차 운전병이었다. 네모 반듯한 덮개가 천장과 사방을 둘러막은 그 군용차를 흔히 탑차라고 불렀는데, 밤에는 별판에다 민간용 차량번호를 갈아붙이고 어느 회식집 주차장에서 빡빡머리 운전병도 어색한 사복 차림으로 줄담배를 피우며 대기하곤 했다. 당연하게도 사령부 본관의 포치 옆에는 사령관 차, 부사령관 차, 참모장 차에 연이어 각 병과별 참모들의 지프차들이 서열대로 도열되어 있게 마련이고, 대개는 그 볕바른 자리에서 대기 중이라 운전병들이 끼리끼리 뭉쳐서 바장이곤 한다. 당번병이 본관 2층에서 먼저 내려와 영감이 곧 움직이신다고 통기하면 후딱 담배를 끄고 운전석에 올라가 시동을 걸어놓고는 기다려야 하는 것이다.

참모장 구모 준장은 진급을 앞두고 있었고, 육사 출신 중에서도 유별나게 각진 양반이었다. 탑차에 올라타고 당번병이 문짝을 닫은 후 '멸공'이라고 고함치면서 거수경례를 올려붙이면 즉각 지휘봉을 왼손에 옮겨 잡고 오른손으로는 전열 방풍유리창 위에 매달린 가죽 끈 손잡이를 잡자마자, 행선지 알지라고 물었고, 공병기지창이라고 들었습니다고 아뢰면, 어서 가자라고 말한 후 목적지에 내릴 때까지 꼿꼿하게 앞만 주시할까 아무 말이 없었다. 공사를 구별한다고 그러는지 운전병의 신상이야 아랑곳없다는 그 단정한 과묵이 어울리는 장군이었다.

그때가 3월쯤이었을 것이다. 항도(港都)는 여름에 시원하고 겨울에 따듯하다지만 계절이 바뀌는 초봄이 유독 춥다. 바싹 치켜 깎은 상고머리 때문이었던지 뒷덜미가 떨어져 나갈 듯이 시리고, 겨울에도 한두 번 입다가 갑갑해서 내팽개치던 하의 내복이 그리울 정도로 허벅지와 종아리가 후들거린다. 차 속에 들어가서 하체를 쓰다듬어 보면 얼음장같이 차던 기억이 칠순 줄에 접어든 전가에게 아직도 생생하고, 그때 언 목덜미가 여태 덜 녹은 듯 선득거려진다. 여담일 테지만 3·1절을 기념하려면 된추위가 먼저 알고 닥친다는, 꽤나 서늘한 통찰력이 돋보이던 어느 월북시인의 절창을 해마다 떠올리는 것도 그때의 외상(外傷) 때문일 것이다.

아무튼 그즈음의 어느 날, 나른한 오후 일과가 막 펼쳐졌을 때쯤이었지 싶지만 역시 아슴푸레하다. 본관의 포치 쪽으로 또박또박 다가오는 육군 중위가 있었다. 그 배경에는 사령부 정문을 지키는 헌병들이 출입 차량과 장사병들을 일일이 정지시켜 검문하고 있다. 그 널찍한 공간의 가두리쪽 담벼락 밑에는 드넓은 잔디밭이 봄볕을 성급하게 찾느라고 파릇파릇 움트고 있는가 하면 한가운데는 둥그런 정원을 조성하여 오래 묵은 느티나무 한 그루와 은행나무 세 그루가 회양목, 영산홍 같은 떨기나무들을 아랫도리에 거느리고 까마득히 치솟아 있으므로 본관의 출입구, 곧 장성차만 댈 수 있는 그 포치와 그 옆으로 뚫린 보행자 출입로를 온통 가리고 있다.

그 고목들은 아름드리라서 여름에는 짙푸른 신록으로, 가을이면 누렇게 물든 낙엽으로 풍치가 아주 좋다. 특히나 회색 페인트를 두툼게 바른 벽돌담 위의 둥그런 두루마리 철망 그림자가 드리우는 그 자락에 심겨진 화살나무는 여름 내내 짙푸르다가 가을 들머리부터 선홍색으로 물들어가는데 그 광경을 주시하다 보면 왠지 초조해진다. 게다가 회양목의 순을 가위질하지 않고 내버려두면 사방으로 뻗대는 그 가지들이 무슨 자잘한 아우성의 손짓 같아서 뭉클해지기도 한다.

그런데 여느 위관급 장교라면, 더욱이나 타 부대 소속이라면 더 걸음걸이가 두릿두릿 조심스러운 법인데 그는 빨간 별판 차량 세 대가 가지런히 줄을 맞춰 서 있는 쪽을 향해 서슴없이, 군인이라고 꼭 총총걸음만 어울리냐는 듯이 딴에는 생각 많은 걸음걸이로 걸어왔다. 아마도 육본 소속의 장교라서, 나중의 짐작으로는 법무감실의 신임 법무관이어서 그처럼 보무당당했지 않았나 싶었다. 이까짓 위수사령 부의 장성들이라야 기껏 별이 한두 개일 텐데, 우리야 그런 똥별과는 매일 거치적거릴 지경으로 마주치며 지낸다는 조로 말이다. 그는 눈 짐작도 좋았던지 이내 포치 옆의 그 출입로 쪽으로 꺾어지려다 지척 간의 주차장으로, 거기서 바장이는 운전병 무리를 향해 다가왔다. 누 런 와이셔츠에 검은 넥타이를 매는 정복 차림은 아니었던 듯하고, 녹 색의 그 작업복에 미군용 야전잠바를 껴입은 데다 어울리지도 않게 공공칠가방을 들고 있던 것도 좀 기이했다. 역시 돌아서서야 떠올린 생각이지만, 상관이 당장 현재 복장으로 출장길에 나서라고, 애로사 항이 있으면 즉각 그쪽 군용전화로 보고하라는 하명을 좇아서.

아마도 그는 운전병 무리 중 누구에게라도 법무참모실이나 감찰참 모실이 어디냐 물으려고 발길을 돌렸을 텐데, 두 쪽이 서로의 가슴팍 이름표를 확인하고 잠시 얼떨떨해졌다. 역시 전 중위는 똑똑했다.

"여기서 만났네. 참 희한한 집구석이다. 안 그렇나, 내가 누군지 알랑가 모리겠네."

'그때까지 배다른 중형이 마산이나 삼천포 쪽에서 제 생모와 함께 산다는 무슨 전설 같은 풍문은 여러 입을 통해 누차 들었고, 더욱이 나 그쪽은 다들 알아주는 수재라서 그 내력을 뒤적였다가는 장차 험 담을 씨부렁거린 죄밑에라도 살까봐 하던 말도 분지르고 했으니까.'

어이없게도 그 조우가 두 형제의 첫 상면이었다. 우연이란, 아니, 인연이란 일생에 한두 번 그처럼 불쑥 들이닥치는 것이었다. 하기야 모든 인연은 결국 기연일 터이다. 하고 많은 사람 중에 특정 배필과의 해로도 그렇고, 학교운이나 직장복도 평소의 노력 여하에 따라 정해지는 것이 아니라 일종의 그 예정설에 좌우되는 것이 아니던가. 그 조홧속에 조물주의 해학이 너무 심하다고 툴툴거려본들 어차피 인간은 한치 앞도 못 가리는 미물인 것을 자인하면서 낙담할 수밖에 없다. 대체로 인간의 한평생은 그런 것이다.

그 자리에서 무슨 말을 나눴는지, 이제야 기억에 남아 있는 게 하나도 없다. 서로가 피붙이인 것을 즉각 알아본 것은 말처럼 긴 얼굴과 역시 길고 두툼한 콧잔등에 뭔가가 어룽어룽 씌어 있었기 때문이었다. 전 중위가 저만큼 멀어지며 본관의 출입문 문턱을 넘어서기 직전에 이쪽을 돌아보며, 이 볼일이 끝나면 지금 그 자리의 너를 찾겠다는 그런 시늉은, 흔히 영화의 명장면이 그런 것처럼 쉬이 잊히지 않는다. 그제서야 몇 걸음 떨어져 서성이던 사령관용 세단차 운전병인 30대 중반의 말뚝 중사가 다가와서 누구냐고 물었다. 무심코 흘린 전가의 말이 가관이었다.

"집안 형인데 여기서 마주쳤네요. 군대가 이런 인연까지 알아서 찾아주니 참 신통하네요. 기적이라 캐야 될란가."

따져보면 신음 같은 그 말에 틀린 구석은 손톱만큼도 없었다. 이복형 운운했다가는 공연히 구설수에 오르고, 예의 과묵한 참모장까지 제 수족의 집안 사정을 캐물을까봐 지레 졸아붙어 있었는지도 모른다.

남의 일이라 다 잊었지만 그때 전 중위는 모 장성의 조카가 사고를 쳐서 시방 영창에 수감되어 있는데, 장차 재판을 거쳐 육군형무소에서 2, 3년은 감방살이를 하게 생겼으니 선처하라는 특명을 받고 내려왔을 것이다. 나중에서야 그가 항도 부산의 한 명문고 출신이라는 학력이 그런 출장의 배경이었을 것이란 짐작을 챙겼을 뿐이다.

어떤 일이든 나야 아무렇지도 않다는, 도대체 그게 나와 무슨 상관이냐는 투의 그 좀 시큰둥한 그의 말버릇을 좀 부풀려서 옮겨보면 대충 이렇게 굴러가지 않을까.

"까라면 까야지, 없던 일로 하라니까. 국방부 서열로 다섯 손가락 안에 드는 모 장성의 과부 누님의 아들이라니까 일단 빼내놓아야 체면이 설 테지. 죄목도 요란해, 군수품 횡령에, 군용 휘발유를 차떼기로 팔아먹었다니까, 보안대 하사관을 끼고서 그랬던 모양이고 들통나자 그쪽은 오리발을 내놓았을 테고. 뻔하지. 민간인 폭행, 기물 파손, 공무집행 방해, 군수품 유출인 줄 아니까 대금 수수에 시비가 있었겠지. 서류 일체를 폐기 처분한다데. 니미 뜨그랄. 민간인 피해 보상이야 가해자 쪽에서 알아서 할 테지. 말썽이 안 번질라면 헌병대 조사계가 쌍방을 불러서 얼마에 합의하라고 달래면 지들이 어쩔 거야. 군수품 변상은 사실상 말이 안 돼요. 징역형을 때려야지. 변상액을 국고에 어떻게 반납해, 그거야말로 더 큰 죄지. 편의를 봐주고 사례를 받은 흔적이 고스란히 기록으로 남을 판인데. 큰일 나지. 국고를 제멋대로 들어먹고 게워내고 그러면 그게 무슨 은행이야 뭐야."

한 시간쯤이나 후에 전 중위는 방금 두 형제가 헤어졌던 그 자리로 되돌아왔다. 그때까지 참모장이 기동하지 않았던 것도 우연이자 운이었다.

참모장이 언제 운신할지 알 수 없었으므로 두 형제는 사령부 정문 옆에 개구멍을 뚫어놓고 운영하던 민간인 면회실에라도 가서 좌정하고 이야기를 나눌 수도 없었다. 제 이복동생이 하루 종일 주차장 주위에서 서성이거나 차 속의 운전석에 앉아서 묵은 선정적 주간지 따위를 뒤적여야 하는 대기병임을 누구보다 잘 아는 전 중위와 전 상병은 주차장 일대의 공터를 느직느직 걸으며 이런저런 말을 나누었다.

물론 이제야 그때 그 배회 시간이 얼마나 되었는지, 말 같은 말이라도 주거니 받거니 했는지조차 기억할 리 만무하다. 그러나 전 중위가 먼저 무슨 말을 하는 도중에 그 특유의 군말 덧붙이기로, 너 골초구나, 참모장님께서 담배 냄새 많이 난다고 쿠사리 안 주나 하고 물었고, 어느새 전 상병도 형이라서가 아니라 계급이 그러므로 말을 들며, 그 분도 담배 많이 태우시는데요, 신호등에 걸리면 줄담배를 피우시고, 담뱃재떨이만 깨끗이 청소해두면 아무 말도 없어 편해요 같은 대답을 내놓았던 기억은 남아 있다.

전 중위의 동선을 망원경으로 좇는 상관이 서울 쪽에도 여러 명이나 있어서 그랬을 터이나, 그는 좀 초조하게 전 상병의 옆얼굴을 힐끔힐끔 쳐다보며 이것저것 묻고, 그때마다 광을 낸 군화의 콧잔등에다 시선을 겨누며 가끔씩 가물거리다 멀어지곤 하던 어떤 환상 속의 일가권속과 그들의 동정에 대한 이해를 넓혀갔을 것이다.

전 중위는 전 상병의 말을 재촉하고 있었다. 그쪽 집안 일가의 명색과 안부를, 그에 앞서 물어나올 친부의 근황을 말이다. 아마도 그 호칭으로 무엇이 적당한지, 어째 그 생각이 떠오르지 않아서 그랬을 터이나, 이때껏 아비를 모르고 장성한 사람의 갑작스러운 정체성 혼란이 난감할뿐더러 그 당황 앞에서 잠시나마 어리둥절했을 것이다.

다들 편하신가 같은 말이야 수월히 나왔을 터이건만 그런 상투적인 안부 인사조차 통하지 않는 경우도 없지는 않다.

전 상병 쪽이 의외로 말문이 쉽게 터졌다.

"아버지는 연전에 돌아가셨어요. 제가 고등학교 2학년 때 중풍으로요. 가을에 쓰러지시고 서너 달 시난고난 누워 계시다가요."

그제서야 전 중위도 호칭을 골라잡았다. 그 부음은 그 자신의 어떤 멍에를, 그 무거운 등짐을 덜어주는 일종의 복음이었기 때문에 아비의 호칭도 골라잡은 대로 선뜻 부려놓을 수 있었을 것이다.

"영감이 평소에 술 담배가 과하셨나."

"둘 다 잔소리 듣기 싫다고 집에서는 일절 안 했어요. 술이야 낮부터 한잔 걸치고, 일이야 술기운으로 한다는 양반이었어요."

반드시 외워둬야 할 것을 때맞춰 챙기느라고 전 중위가 잽싸게 나섰다.

"향년 몇 세셨나?"

"집에 나이로 쉰다섯이라고."

"아깝네. 얼핏 말은 들었던 거 같애. 지금도 경찰공무원으로 봉직한다고. 웬 인편이 전했다면서, 우리집 할마씨가 말이야, 그것도 오래 전이야."

초상집에 모인 일가친지 중에서도 나잇살이나 먹은 중늙은이들은, 또 한때 공사 간의 일로 가깝게 지낸 동료이자 우인들은 하나같이 똑같은 말품을 들었다.

"어서 찾아봐, 이 좁은 바닥에 항렬자가 박힌 서자 하나를 못 찾는다는 게 말이 돼. 본적이 진주였을 거야. 산청으로 들었는데. 거기가붙어 있어, 한동네야. 경남 도경에 사복 근무자들 중에서도 간부급으로 물어물어 훑어보면 쉬 찾아낼걸. 기별이 간들 수삼 년째 내왕이 없었을 텐데 여자가 얼씨구나 하고 반색할라고. 자식이야 민망하고 자시고 할 끝태기나 머 있나, 생면부지의 아빈데."

전 중위는 그 명민한 머리 굴림으로 말귀를 최대한으로 열어갔을 것이다.

생부라는 영감이 군사혁명 후 불거진 축첩자 징계에서는 소원(訴願) 수리 끝에, 두어 번에 걸친 그 '과거사'가 이제는 보다시피 '현재 진행형'이 아니라는 사실 그대로의 발뺌이 통해 간신히 직위해제로 구제되었으나, 이내 실적 미달을 트집 잡아 한 시골의 지서장으로 좌천, 거기서 1년쯤 지역 치안을 책임지다가 권고 해직 당한 모양이다. 그것만도 몸으로 때운 일꾼 기질이 통해서, 그 수더분한 복무 자세가 동료들의 기림을 받았기 때문에 가능했을 것이다. 그동안 1년이 멀다 하고 경남북 일대의 여러 근무지를 옮겨다녔다니 가장의 그림자만 좇고 살아온 가족들의 고생담도 대번에 짐작이 간다. 늘 잠복근무로 밤늦게야 귀가하여 죽은 듯이 잠만 자다가 어둑새벽에 일어나 시래깃국에다 밥 한 사발을 말아서 훌닦아 먹고는 게슴츠레한 눈시울을 연신 손등으로 부비며 어제 해가 저물도록 지키던 바로 그 현장 근무에 나섰다니, 그 하바리 사복 경찰관의 풍상이야 안 봐도 훤하다.

그래서 왜정 때부터 떠돌았다는 우스개도 있다지. 농사꾼 모갯돈은 순사가 뜯어가고, 순사 푼돈은 작부가 빨아먹고, 작부 생돈은 땡중이 보시로 긁어먹는다고. 지금 본가는 대구의 끝자락 파동에 자리 잡은 슬래브 집이라 남루하나, 주위의 야산 자락에 나대지가 질펀해서 남새밭을 부쳐 푸성귀는 안 사먹는다니 그 형편도 알조다. 그나마 근자에는 맏누이가 영천으로 시집을 가서 입을 하나 줄였고, 맏형은 대구사범을 나와 바로 교편을 잡은 데다 그 배필도 동료교사라서 학교가 가까운 봉덕동인가로 따로나가 산다니, 끗발 맛으로 산다는 이 땅의 경찰공무원 살림도 엔간히 한심하다. 그 영감은 모주꾼으로 기집질만 탐하느라고 뇌물을 넙죽넙죽 받아먹을 악바리 기질도 없었단 말인가.

그러나 하나를 보면 열을 안다는 사람도 다음과 같은 사정이야 감히 짐작도 못 했을 것이다. 아무리 고등고시 출신의 군법무관 전 중위라 한들.

영감은 도무지 말이 없는 사람이었다. 내자에게도 자식에게도 이래라 저래라고 간섭하는 법이 없었다. 사람이 짐승이 아닌 다음에야, 또 남이 하는 대로 보고 배우라는 눈을 달고 있는 이상 그대로 본받고 따르면 될 거 아닌가. 실없쟁이처럼 새살을 떨어서 따라올 사람이면 말하기 전에 벌써 알고 있을 텐데 어제 했던 말을 다시 외라니. 그러면 서로가 성가시고 피곤할뿐더러 종내에는 처자식과 의까지 버그러져서 티격태격할 게 뻔한데 그 짓이 오죽 귀찮나. 그 지질하고 수떨한 짓거리가 과연 사람이 할 노릇인가.

이제는 제 가친보다 열 살 이상이나 수명을 늘인 전가도 능히 짐작할 수 있다. 사복 근무자로서의 그 과묵은 직업병으로서 과로의 누적이 불러온 솔직한 심경 토로였음을, 끽연과 음주 습벽도 쥐구멍 속의 암약을 경계하다 지친 공적인 한숨이었음을, 계집질이나 중풍 같은 숙명과 명운도 그 당시 민정(民情)과 풍속의 만만한 구현이었음을 말이다.

그런 무언의 몸짓이나 주의 주장보다 눈곱을 손끝으로 후벼파며 근무지를 향해 뚜벅뚜벅 걸어가는 그 몸수고가 체질에 무르녹아 있던 양반이었다. 그 당시로서는, 특히나 그런 양반에게 직장은, 게다가 공무원은 하늘처럼 섬겨야 하는 업이었다. 거기서 쫓겨나오자, 늘 온몸이 파근할 지경으로 족대기던 그 업무를 강제적으로 빼앗기고 말자 억지로 웃으려다가 문득 무슨 생각이 떠올라 안면을 딱딱하게 고정시켜버리는 그런 사람으로 달라졌다. 한때의 동료 하나와 대구

시내 한복판에서 사법서사 간판을 내걸어놓고 의뢰인과 함께 경찰서, 검찰청, 법원을 들락거리고 했을 테지만, 그런 서류 심부름과 동행품이야 변질자(變質者)의 배회증과 다를 바 없지 않았을까. 피의자를 오라 가라 하고, 어제의 행선지를 족치는 그 호령맛을 빼앗긴 사람에게 술과 담배 말고 만만한 게 무엇이 있겠는가. 그 기호물은 무슨 헛생각처럼 늘 오지랖에서 투그리고 앉아 있었으므로, 이제는 임자도 귀찮아, 저리 좀 비켜, 냄새가 등천해서 보기도 싫어하는 이쪽의 통사정에도 꼼짝하지 않았을 게 틀림없다.

방학 때마다 엄마의 손을 잡고 아버지의 근무지라는 데를 찾아가려면 완행열차를 타거나 유독 꼬부랑길, 비탈길, 자드락길, 먼짓길로만 내달리던 시외버스를 타야 했다. 아버지가 며칠씩 귀가하지 않아 누나와 함께 도경 청사의 경비실로 찾아가서 면회를 신청하고, 월급 봉투를 받아오던 날은 길바닥에 얼음이 꽝꽝 얼어붙어 있던 날이었다. 장갑도 없어서 시뻘건 얼음 자국이 동그란 흉터처럼 여러 개나 박힌 손등을 요강 속의 미지근한 오줌 속에 담그고 있으면 살갗이 근질근질 가려워서 이내 손을 빼내게 마련인데, 그때마다 참을성도 없다고 엄마의 핀잔을 들었다. 똑같은 푸성귀를 먹고 자랐을 터이건만 형제들 중 유독 그만 촌충이 늘 항문에서 꼼지락거렸으므로 비자를 한약국에서 한 봉다리 사와 그것을 꼭 한 자리에서 다 까먹으라는 말을 좇다가, 그 보늬로 목구멍이 막혀 병원으로 업혀간 적도 있었다. 고추장에 박아두고 일 년 내내 밑반찬으로 꺼내 먹던 가죽 장아찌 특유의 그 아릿한 맛이 좋아서 그것만으로도 물에 만 밥 한 그릇을 뚝딱 다 먹어치우곤 해서 집에서 흔히 '이 가죽아' '가죽이 머하노, 안 비네'라고 불리던 그 사단 때문에 촌충이 옮았을지도 모른다는 강박증은 한동안 그의 뇌리에서 떨어지지 않았다. 참죽나무의 새순을 따서 깨끗이 씻은 다음 그늘에 한숨 말렸다가 고추장 항아리에 쑤셔 박아 두던 그 매콤한 반찬은 제법 일미인데, 유독 경상도 일원에서만 '가죽 장아찌'라며 기리는 음식이었다.

똑같은 피야 물려받았을 테지만, 전 중위와 전 상병은 엄연히 남남 사이였다. 처음부터 남남으로 태어나 다른 생활환경에서 자랐으므로 서로의 그런저런 생활 단면에는 무심할수록 편해지고, 우연한 조우 로 서로의 살아온 내력을 염탐하고 나서 곧장 각자의 생활세계에 파 묻히고 마는 피상적인 관계였을 뿐이다.

그래도 그렇지, 형제 사이인데 그럴 수 있나 같은, 남의 말하기식 에는 벌써 애초의 그 쌀쌀맞고 서러운 사생자 한을 껴안으라는 통념 이 깔려 있다. 그때 전 중위도 장차의 제 처신을 그 재바른 머리 굴림 으로 여투면서 모종의 선긋기 맹세를, 그때까지 애비 없는 호로자식 으로 살아오면서 몸에 익힌 '내가 먼저다'는 이기심을, 그 씁쓰레한 체념을 챙기고 있었을 것이다.

그가 시커먼 공공칠가방을 들어 보이며 예의 그 일방적 다변을 지 껄였던 듯하다. 정황상 전 중위는 떠나야 했고, 전 상병은 마냥 기다 려야 했다. 그의 말버릇이 지금도 전가의 귓전에 거미줄 같은 얼개를 친다.

"가봐야겠네. 헌병대 가서 사후처리나 당부하고 오늘 밤차라도 타 고 올라가야지, 다들 눈이 빠지게 기다릴 테니. 우리집 할마씨는 똥 고집이 세서 수 틀리면 자식이고 장사고 하루아침에 딱 갈라선다는 똥배짱으로 사는 여자라서 골치야. 부모 자식 사이가 아니라 무슨 악 연이야. 지금도 그 딱딱거리는 닦달질로 다 큰 자식들을 휘어잡으려니 말 다했지. 휴가는 한번 찾아먹었나 어쨌나, 너나 나나 군대에 말뚝 박을 체질은 아니니 앞으로 2년만 꾹 참으면 되겠네. 보직이 좋아서 군대 생활은 후딱 때우겠다. 대구사범 나온 너거 새이한테 안부나 전해. 내가 먼저 찾아가야 될란가. 아, 모르겠다, 닥치는 대로 사는 거지 머."

누가 소문을 퍼뜨렸는지, 아니다, 필시 헌병참모가 관내 사건사고의 주간(週間) 정례 보고 석상에서, 곁다리로 들려준 전 상병의 신원까지 파악한 참모장의 눈빛이 달라졌다. 게다가 전 중위와 전 상병의 적서 관계까지 알자, 대체로 사생자 쪽이 인물이나 머리가 한결 앞선다는 선례가, 이를테면 명문대를 졸업한 그해 고시를 합격하고 바로 법무관으로 입신한 형과 지방대학에 적만 걸어놓고 휴학 중인 동생의 대조적인 학력만으로도 알 만한지 평소의 그 과묵에 숙고까지 덮어씌우는 참모장의 옆얼굴이 자못 엄숙했다. 뿐만 아니라 사령부 직속의 보안대에서 사복 근무자 두세 명을 거느리고 장사병의 편지를 검열하는가 하면, 군수물자의 유출을 경계한다는 구실 아래 더러 그 범법행위를 방조, 사주하는 중임을 도맡고 있던 파견대장 김 모 대위는 늘 단정한 잠바 차림으로 새카만 잡책만 들고 포치의 발치에 민간용 지프차를 정차시키고 참모장실로 올라가곤 하더니, 그 전까지는 주차장에 대기 중인 운전병들은 본체만체하던 그 끗발 세다는 거만기를 허물고 전 상병 쪽으로 시선을 내둘리기도 했다. 주위의 시선이 그렇게 달라졌다고 해서 전 상병에게 이렇다 할 특대가 따르지도 않았고, 여전히 휴가조차 제때 못 찾아먹는 한낱 운전병일 뿐이었다.

5

사단 사령부가 군단급으로 승격되자 참모장은 현직에서 별을 하나 더 달았다. 전 상병도 임시 계급장으로 병장 모자를 쓰게 되었으나, 휴가 청원은 더 멀어졌고, 운전석 옆 탑승자의 그 생각 많은 모색 때문에 감히 입이 떨어지지 않았다. 막상 휴가를 가고 싶은 생각도 없었다면 어불성설인 것이 이복형을 뜻밖에 조우한 그 기연을 집에 알려야 할 것 같아서였다. 그 당시는 웬만한 집도, 특히나 지방도시의 변두리 여염집에서는 전화 같은 통신수단이 없어도 하등에 불편한 줄을 모르고 살던 시대였다. 또한 후방의 장성 수족이 군대생활을 아무 탈 없이 잘하고 있다는 편지를 형이나 누나에게 써서 띄우는 짓거리도 공연한 호들갑으로 비치고, 그런 집안 분위기와 성정도 지하의 암약 단체와 그 무리들을 뒤쫓다 불귀객이 되고만 고인이 소롯이 물려준 가풍이었으니 가타부타할 것도 없었다.

그렇긴 해도 전 중위의 출현은 그새 잊고 지내던 여러 조각의 단편을 그러모으게 하는, 전 상병에게는 어떤 내막의 실상을 뜯어 맞춰보라는 자극제였다. 그 단편들은 요즈음의 풍문, 댓글, 유언비어, 임기응변이 부풀린 조작어 따위를 조금씩 섞어놓은 '그럴싸한 정보'였다. 고등학생이었던 당시의 신분을 감안하더라도 술상에서 흘러나오는 그 수수께끼 같은 사연들은 그후 책을 읽고, 영화를 보고 얻은 여러 정보나 지식과는 전혀 다른 것이었다. 물론 어떤 추체험이라도 그것에 온갖 짐작을 덧붙여서 자신만의 별난 안목을 만들어내는 회로야 매일반일 테지만.

예의 그 파동의 디근자 슬래브 집에서 5일장으로 치른 장례 동안 둘째아들이 맡은 역할은 술상 심부름꾼이었다. 형이 상주로서 빈소를 지키며 조문객들과의 맞절을 감당하고 있었으므로 그는 엄마나 누님이, 또 일가친지들이 집어주는 상갓집 음식들을 공궤하는 중노미 노릇을 떠맡은 것이었다. 상갓집 음식이래야 별것도 없었다. 집안 형편도 그렇고, 전직 경찰공무원 살림이 고만고만해서 째이던 판이었으니까.

김장철이 막 끝물에 접어들던 초겨울 환절기여서 망자를 다른 세상으로 불러가기에도 적기였으며, 우거짓국에다 돼지고기를 뭉툭뭉툭 썰어 넣고 끓인 얼큰한 술국을 앞앞에 돌리고, 흔히 두루치기라고 부르던 제육볶음과 시루떡 같은 음식을 큼지막한 양푼이나 대접에 수북이 담아내는 것이 이틀이든 사흘이든 제 먹을 양식 이상으로 돈부조를 내민 문상객 대접의 전부였다.

그거야 아무려나 잠시라도 쉴 만한 짬이 나면, 여 술 떨어졌다, 주전자 빗다, 술 가져오니라, 어이, 전 대감 둘째야, 팬허키 술도가 서 막걸리 서너 말 더 시키라 같은 호령에 잽싸게 응해야 하는 심부름도 하루 이틀이 지나자 고역이었다. 술도가에서 자전거로 날라오는 하얀 플라스틱 통에 담긴 막걸리를 마룻바닥에 안 쏟고 주전자에다 부어서 대령하면 이내 동이 나곤 했다. 그 모주꾼들은 대개 다 술상 옆에서 스러져 한숨씩 단잠에 빠졌다가 일어나서는 눈곱만 뜯어내고는 또 막걸리 사발을 권커니 잣커니 하는 망인의 한때 동료였던 노인이거나 현역인 중년의 부하들이었다.

지금도 잊히지 않는 것은 고인이 일찌감치 전 대머리로 호가 났다가 전 대감으로 별호가 바뀌었다는 사실과, 뜸직뜸직한 일본말 구변이 일본인들도 혀를 내두를 지경으로 유창했으며, 앞뒷말을 줄줄이 엮어 맞춰내는 글줄 솜씨가 좋아서 경시(警視)나 경부(警部) 같은 일본인 간부들도, 하여튼 젠 상의 조서가 제일이다, 술술 잘 읽힌다니까 같은 일본말을 앞세우며 조서지를 흔들어댔다는 것이다. 그 침통한 과묵, 잦은 외박, 밤늦은 귀가와 어둑새벽의 출근도 그 고유 업무에의 매진 때문이었던 셈이다. 원래 조선인들은 칭찬만 하면 죽을 둥 살 둥 일하다가도 끝은 구렁이 담 넘어가듯 흐지부지 흐려버린다고 했으니까.

그밖에도 술상머리의 회고담에는 실팍한 것들이 수두룩했다. 서로 질세라, 안 그렇다, 모리만 술이나 마시고 가마이 좀 있거라, 나이도 한참 어린 니가 머를 안다고 씨부리쌓노, 내가 들은 깐이 있는데 저래 지가 옳새라고 빡빡 우기쌓는다, 하모 그때사 세상이 얼매나 어두벗노, 많이 좋아졌다, 세월이 말하는 기다 같은 추임새가 파묻혀 있던 일화마다에, 잊혀졌던 비화마다에 곁들여지고 과장스런 말본새가 덧붙여졌으니 말이다. 물론 그 모든 일화와 비화에는 신원불명의 인사들이 꼭 등장했고, 대개의 유언비어가 그런 것처럼 시공간이 애매모호했다. 일정 때로 알아듣던가, 해방공간이나 한국동란 전후쯤으로 짐작해도 될 만한 것들이 비일비재했다. 그것은 '경향 각지'만큼이나 막연하고 부픗한 지역감각이 제멋대로 출몰하는 당시만의 어법이라고 이해하면 그뿐이었다. 여러 사람이 말을 맞춰가던 그런 경험담은 모든 이야기가 그렇듯이 새겨들어야 아귀가 들어맞는 것이니까.

그때의 술심부름에서 얻어들은 긴가민가하던 정보를 전가는 지금도 웬만큼 되돌리기로 풀어낼 수 있다.

고인의 첫 소실 맞잡이가 안가였던 것은 초상집 술상머리에서도 이구동성으로 맞장구를 쳤으니 확실한 사실이었고, 한참 후에 전가가 어느 노래방에서도 그 사실을 확인하고 소스라치게 놀라는 일방 자신의 총기도 꽤 쓸 만하다는 짜릿한 쾌감까지 맛보았으니 말이다.

"그 안가 집구석이 원래 좌익이라고, 누군지 몰라도 월북자도 나왔다고 그러대. 그런 말을 들은 성싶어. 전 대감과는 1년쯤 만판으로 집사람 몰래 반동거하며 알라를 만들었고. 뒤엣말은 전 대감한테서 직접 들은 말이야, 그렇잖고서야 내 돌대가리 머리통으로 아직도 그걸 주워 담고 있을 리가 있나, 안 그렇. 1·4 후퇴 직후에, 그라고 한 4, 5년간 자리 잡힐 때까지 그쪽 집안사람들 엔간이 고생했을 거로. 주로 부모, 처족 중에도 학교 물 먹은 것들, 글이야 읽을 줄 알든 말든 집사람만치 지 서방 행방을 잘 알고 있는 인간이 어딨냐고 수시로 잡아들여 불어라 대라 족쳐댔으니까. 매타작이 안 통하면 담뱃불로 가슴패기도 지지고. 그때는 이쪽저쪽이 다 참 모질었다, 시절이 그래라고 시켰은이 그쪽이나 우리나 할 수 없었지 머. 내남없이 목구멍이 포도청 아인가. 이틀만 굶어봐라 눈에 암것도 안 빈다."

그렇다면 그 월북자가 전 중위의 외할아버지일 리는 만무하다. 대충의 나잇살로 따져도 1910년대 전후에 태어난 사람만이, 그것도 유복한 집안 출신으로 학력을 상업학교나 고보, 그 이상의 학교를 나와야 좌익사상에 물들 여지가 생긴다. 그러니 전 중위의 외삼촌이나 그 항렬의 일가 중 누군가라야 바로 그 출생년도 때문에 그쪽 물에 전염될 수 있다는 말인데, 그 정도 집안이라면 그 신분의 윤곽이 거의 결정되어 있다. 대체로 그런 그림은 늘 봐오던 풍경이라서 평지돌출 같은 장관은 쾌짱스러운 사족이 되고 만다. 하기야 나무꾼의 아들이 어느 집 서생살이를 하다가 그 댁 사랑영감의 후덕한 인품 덕으로 제국대학 졸업생이 되고, 급기야는 뛰어난 필재와 아울러 사회주의 이론가로 입신, 해방 전에 월북한다는 신화를 조작할 수도 있으나, 그런 구연동화투 서사는 유언비어와 난형난제감일 뿐이다. 물론 그것이 통속적으로 그럴듯하게 유통되고 있다는 것은 어리숙한 민도와 후져빠진 민속 일체의 반영일 뿐 더 이상의 의미는 쥐뿔만큼도 없다.

그러니 모든 이야기에서의 과장벽은 자연 풍경처럼 질펀히 펼쳐진 그 소박성이랄까 일반성을 무시하고 제풀에 천방지축으로 날뛰는 상상력을 적당히 포장해놓고 으스대는 한심한 짓거리이다. 말할 것도 없이 그런 조작은 이야기를 그럴듯하게 꾸며내려다 보니 저절로 따라붙는 일종의 속임수, 곧 말쟁이의 구수한 언변일 뿐인 것이다. 달리 말하면 당사자나 목격자들의 솔직한 증언이 없는 한, 당연하게도 그런 증언조차도 의심하는 부정(否定) 정신은 모든 경청자의 탐색적 지참물이 되어야 할 테지만, 더 이상의 사설(辭說)과 그 부언(附言)은 허술한 상상이거나 은연중에 그랬으면 좋았을 것이라는 원망의 토로에 지나지 않는다. 가장 만만한 짐작을 끌어오더라도 과장스러운 '이바구'는 사실을 있는 그대로 순서에 좇아 기록한다는 그 서사(敍事)일 리 만무하니까. 그럼에도 불구하고 그런 저런 서사가 잠시만 제 형용을 갖추고 공중을 부유하는 구름처럼 소설로, 영화로 통용되고 있는 현실은 맞다 틀렸다고 따질 가치도 없다. 그처럼 부박한 현상 자체가 현대의 어지러운 표상 중 하나이고, 이 땅 특유의 유치한 '말놀이' 풍속일 뿐이니 말이다.

그러니까 어느 임지의 한 사찰계 사복 근무자와 맺은 인연으로 첩살이를 1년 남짓하다가 아들자식 하나를 제 힘으로 키우려고 작부로, 기생으로, 니나놋집 마담으로 변신해간 안모라는 한 여자의 친정집 내력은 술상머리에서의 화제 정도로도 오감할 뿐이다. 더 이상의 비약은 부언낭설에 지나지 않고, 그것이 요즘의 유언비어와 비슷하다고 분별하는 경청력 정도는 전적으로 듣는이의 소양이 좌우할 뿐이다.

모든 옛이야기가 그렇듯이 고인이 생전에 감당한 업무상 고역담도 흥미진진하기는 마찬가지였다. 엉덩이를 걸쳐놓으면 바로 등짝이 바람벽에 달라붙는 좁장한 툇마루에 앉아서 상가의 둘째아들은 등 너머에서 들려오는 설화에 마냥 귀를 맡겼다. 밤이 깊어질수록 술판도, 말발도 질펀히 펼쳐졌고 길어졌다. 그때의 귀동냥에서 얻은 소득은 아직도 알토란같다.

평생 사복 근무자로, 그것도 외근으로 일관한 대공쪽 수사관이었던 전모는 세칭 노가다였다. 요시찰인도 대체로 갑을병으로 나눠지고, 관찰보호 대상자들도 그 경중은 담당자의 재량으로 매겨지지만, 예방을 위해서든 현장에서의 진압과 맞닥뜨려서든 수사관은 철두철미 몸으로 부닥치고 때워야 하는 것이었다. 그래서 경찰관들 사이에서도 사복 근무자는 몸으로 때운다고 노가다라고 통칭했던 모양이다. 그에 비해 일반 정보 곧 정치, 경제, 사회, 문화 쪽의 각종 비리와 범죄와 민원을 사전 경계, 추적하는 세칭 날라리들은 주로 입으로 으르고 조지다가 수틀리면 호되게 골탕을 먹이거나 당장 대형사건으로 얽어 터뜨려버리면 그만이었다. 당연하게도 그쪽이 부수입도 크고 작은 것이 많고, 공갈을 치기에 따라 뇌물도 저절로 굴러오게 마련일 뿐만 아니라, 담당자의 이재 수완에 따라 변두리의 사유지를 헐값에 매입해두고 한동안 잊어버리면 그것이 종내에는 알짜 재산이 된다.

군사혁명 후부터 적색분자를 주로 쫓던 사찰계 업무의 반 이상이 치안본부 밖으로, 곧 세칭 '남산' 쪽에다 넘겨주고 그 명칭도 정보과로 바뀌었지만, 거기서도 분야별 및 지역별 방범조가 짜여지고, 대공

계도 외근과 내근으로 갈라지기도 한 모양인데 부서가 그렇게 달라지든 말든 고인은 달다 쓰다 말이 없이 오로지 쥐구멍을 지켜보는 천직에 충실했음은 더 말할 것도 없었다. 그 천직은 그 시절이 맡긴 '사회적 삶'이었다. 사람은 사회적 동물이란 말도 있느니만큼 사회가 제 기능을 다하며 원활하게, 정상적으로 돌아가게 만드는 직업도 있어야 하니까.

전가로서는 지금도 그때 흘러나오던 사복 근무자의 애환은 얼추 재생이 가능한데, 이런 경우는 그 나이에도 벌써 아비의 행적이 호기심을 부풀려놓을 정도로 맞갖은 데다 사람살이의 전신상에 대해서 또 그것이 이야기로 꾸며지는 과정에 홀려 있었다고 할 수밖에 없을 듯하다.

"아, 동에 뻔쩍 서에 뻔쩍 한다는 말이 빈말이 아이라 카이. 지리산 등 너머 쪽 여러 아지트가 사나흘이면 벌써 점촌, 봉화, 영월에 서캐 끓듯이 바글바글한다니까. 아, 참말이야, 귀신 찜쩌 묵는다. 그런 정보가 속속 날아오지, 암마, 신출귀물이 별거 아이라꼬. 지 한 목숨이 달리뿌믄 다들 지지마끔 좆이 빠지라고 내빼고, 밤잠도 안 자고 배고픈 줄도 모린다. 쥐구멍을 덮쳐봐도 고구마 껍질이나 이빨로 물어뜯은 무시 줄거리가 다라 카이. 아무것도 없어, 줏을 기 머 있어야 말이지. 할 수 있나, 빈손이나 탈탈 털고 나와야지. 불탄 종이 쪼가리 그거 끌어 모아가 머 할라고. 몰라, 더 큰 쥐구멍은 내 눈으로 못 봤은이까."

그런 실화에는 당연하게도 우스개 삼아 덧붙여지는 어깃장이 나서게 마련이다.

"허허 참, 순창, 화순 공비들이 보름 만에 삼팔선을 뚫벗다는 말은 못 들었는교. 그것도 삥 둘러가 주문진 쪽으로요. 산 타는 데는 그것들 못 당하구마. 나는 이 눈으로 똑똑한이 봤다 카이. 희끔희끔한 점 백이들이 화살처럼 가물가물 멀어지더라꼬. 속으로 안 되겠다, 우리가 졌다, 내빼는 귀신들한테 우리가 우예 당하노 이카고 돌아섰지 우얄긴데. 날은 또 얼매나 춥던지, 귀가 떨어져 나가고 손이 곱아서 멀잡지도 못한다 카이."

"다 살라고 그라지, 지 한 목숨부터 살리놓고 봐야지 벨 수 있나. 다급하면 벼랑길을 거미처럼 매달리가 기어가는 기 아이고 뚫고 지나간다 안카나. 가만이 쳐다보고 말아야지. 따라가봐야 죽도록 고생밖에 더 하나. 잡아봐야 날라리처럼 공갈로 훑쳐 묵고 뜯어 잡술 기 쥐뿔이나 머 있어야 말이지. 저거나 우리나 맨손가락이나 빨고 살 신센데."

"사찰계든 대공과든 그때는 억수로 추벗다. 도통 머시 생기는 기 있어야 말이지. 한건 끝내봐야 막걸리에 손가락이나 빨고."

"와, 그래도 새카마이 꿉어가 꺼시르빠진 꽁치사 더러 통째로 발라 묵고 안 그랬능교. 그거 벌써 잊앗뿌서믄 형님도 노망 다 든기구마. 일정 때 경무보 출신이믄 간부급인데 총독부 경무국 기합이 단단이 들어서 노망은 빨리 안 들 거로."

"술맛 떨어지고로 왜정 말은 와 나와. 너 겉은 넘이야말로 왜놈 기합을 단단이 받아야 될따."

지금도 잊을 수 없는 그때의 전현직 사복 근무자들 단언에는 이런 말도 있다. 역시 요즘 말로 옮겨보면 대충 다음과 같은 전언이 될듯하다.

"주로 처자식, 참, 자식이야 장성한 것들만 부르고, 형제, 처남, 외갓쪽 권솔들을 예비검속한다고 잡아들여서 주먹밥도 주든 말든 하민서 행불자 행방을 닦달해보믄 대개 다 살아갈 끌티기가 아무것도 없어. 아무런 마련도 없다 카이. 빈털터리에 상거지야. 농사지을 땅도 없지, 장사 밑천이 있나. 무슨 중뿔난 재주가 있다 한들 다문 얼매라도 돈을 맨들어볼 수단이 없지러. 그렇다고 그 잘난 글줄을 팔아 묵을 자리가 나서나. 그런이 죽자고 내뺄 수밖에 더 있나."

"돌아와서 마음잡고 전향해본들 당장 묵고 사는 걱정은 나중 일이고, 우선 체면이 안 설 거 아인가베, 안 글나. 처자식이나 일가권속들을 상면해봐야 서로 무안코 저쪽에서도 빨개이 물들은 거 다 아는데, 그 물은 빼라 칸들 빼지는 기 아인 줄 안이 막상 할 말도 없어. 그런이 서로 시뿌장해지는 기지. 서로 보기 딱할 수밖에. 부부간에 또 부자간에도 눈을 못 맞춘다 카이, 그라면 말 다 한 거 아이가. 가족한테는 그새 새빠지게 고생만 시킨 깐이 있은이까 무슨 볼낯이 서나. 그란이 저쪽은, 이북 말이다, 무상몰수에 무상분배했다 카지, 그 땅뙈기로 우옛기나 밥 걱정은 안 시킨다 카이 이래저래 저쪽으로 내뺄 구실이 엿가락처럼 늘어지는 기지. 자고 나면 아무리 생각해도 안 되겠다고, 내빼야 될따고, 밥 준다는 그 말만 솔깃할 거 아인가베. 무슨 말인지 알것나."

"하모, 만사는 묵고 사는 데서 시작하는 기지. 기집 자식 호강시키믄 다 아이가. 더 무신 걱정. 김일성이가 공산주의 한다는 기 벨긴 줄 아나, 지 집안 호의호식시키고 아랫것들 부리며 호령하는 재미를 누릴라고 그카는 기다. 의식주만 족해봐, 다른 거사 무신 걱정, 더 머? 멀 더 바래싸."

역시 일정 치하의 경무국 간부 출신은 글줄도 출중했다.

"그러이까 옛말에도 무항산(無恒産)이믄 무항심(無恒心)이라 캤다. 산(産)자는 말이 너무 크고 그양 업(業)이든가 일이라 카먼 이해가 더 쉽다 마. 할 일도 없고 옳은 직업이 없은이 반듯한 마음이 있을 리가 있나. 늘 뜬구름맨쿠로 지 마음이 수시로 변하고 갈피를 못 잡다가, 남우 일에나 기웃거려쌓다 누가 이 일이나 좀 거들어라 카먼, 일을 시키준이 얼씨구나 하고 잠시 소매 걷고 나섰다가 거다 마 코를 쑤셔박는 기다. 아편도 그렇고, 담배 술도 정도가 좀 덜할까, 또 지혼자서 한이까 지만 골병 들고 남한테 피해 안 끼치서 그렇지 원리는 다 똑같다, 안 글나? 벌이가 있어야 마음에 작정도 서고, 그기 여물어져야 장래가 머시든가네 비칠 거 아이가. 좌익들 그 고집은 밥벌이도 없고 온갖 구지레한 생각만 자욱한이 저절로 그 허황한 공상만 죽어라고 붙들고 안 놓겠다는 기지 벨 기 아이다. 취조 해보만 참으로 한심하고 얄궂은 생각만 지 조상보다 더 섬기고 있다 카이. 내비리도야지 하라마라 캐봐야 아무 소용도 없다. 처자식이 불쌍한 줄도 모르나꼬 물어보면 그때사 허깨비처럼 멍해지다가도 남우 말은 또 죽어라고 안 듣는다."

"그런 인간들 잡아다 조서를 꾸밀라 캐도 막상 멀 쓸 건데기도 없는 거 아인교?"

"와 아이라, 아무것도 없어. 머리에 든 빨간 물이사 빼라 마라 칼 거도 없고, 주로 누구하고 접선하고 자금 출처를 캐는데, 실제로도 빈털터리야. 양반집이나 양민집을 수회 털었다고 카지만 그게 돈으로는 한주먹밖에 안 되고, 짐으로는 한 짐이야, 별거도 아이지. 조서가 성립이 되나, 일정 때보다 사변 전후에 더 심하게 굶고 곯았을 거로, 그렇고 말고. 왜정 때야 공출이다 머다로 골병이야 들었어도 치안도 잘 돌아갔고 끼때는 그럭저럭 때우고 살았다. 그럴 거 아인가

베. 머시 있었나, 미군 군수품도 칼빈 같은 무기나 얻어 썼을까 생필품은 동란 후에나 흥청거렸지 그전에는 귀했다마다."

"그카고 참, 이 집 고인이 말이야, 조서를 진짜 잘 꾸밌더라. 지말로는 심상소학교 마치고, 저쪽 교남(嶠南)학교 중등과 1년 거쳐 3년짜리 고등과도 끝까지는 못 댕깄다 카는데 왜놈 간부 경부가, 젠상 글이 좋다고, 조서를 시라베가끼라 캤다, 거기 잘 굴러간다고, 모월 모일 모시 모처 수회(數回) 같은 말을 안 쓰고도 앞뒤 말이 척척 구색 맞춰 잘 이어진다고, 순사로는 아깝다고, 꺼뻑 죽고 그랬어. 곧 순사부장으로 승진시킨다고 그라고. 순사부장까지는 비간부라도 소위 사상범 하나쯤 살리고 죽이는 거는 식은 죽 묵기로 지 손에 달렸다마다. 요새 경찰서장 끗발은 저리 가라다. 진짜 그 당시 조선사람 순사부장은 끗발 날릿다. 아무라도 손가락으로 부르고 턱짓으로 조지고 그랬더라."

위의 담론은 물론 재구성한 것이므로 그후 전가가 여러 책자와 신문을 통해 걸러낸 토막 정보도 많이 껴묻어 있다. 그래도 그 담론에 당대의 사실이 웬만큼 근사하게 녹아 들어가 있다면 그 배경은 틀림없이 1950년 6월 이전까지 경무국 산하의 모든 경찰관들이 '치안의 실지(失地) 완전 회복'을 목표로 사력을 다할 때이다. 그 대상은 말할 나위도 없이 이남만의 단독 정부 수립을 반대하며 남로당이 벌인 인민공화국 수립 투쟁의 저지이고, 그 수단으로써 남조선 전체의 유격대 투쟁에 대한 각력기동(脚力機動)으로써의 철저한 추격전이다. 당연하게도 이쪽 경찰의 두호 세력도 만만치 않아서 향보단, 민보단, 의병소방대, 의용경찰대 같은 자치단체와 서북청년회, 대동청년단 등의 수많은 우익단체가 백색 테러를 예사로 저지르다가도 하룻밤

새 특공대로 돌변하여 미군정이 제공한 무기로 맹활약을 떨치고 있었다. 그 대원들은 유격대를 일망타진하는 즉시 경찰력에 편입되기도 했음은 모든 기록물이 한 목소리로 증언하고 있다. 해방 직후, 좀 더 정확히 말한다면 미군정의 통솔로 남로당의 공공연한 정치활동이 지하로 숨어버린 1947년 8월 전후의 남한 인민의 태반은 물론이고 지역의 8할이 적색화 되어가고 있다는 미군정 쪽 정세 분석을 따른다면 한국동란 발발 전까지 이남의 정계와 정치력은 경찰의 세력화 및 그 활약과 연동할 수밖에 없었고, 그 동선과 행방을 누가 조정, 장악하느냐에 달려 있었다고 해도 과언은 아니다. 그런 동향을 잽싸게 활용한 정객이 이승만과 세칭 친일파 내지는 부일협력자의 대변인이라던 한민당이었음은 주지하는 바와 같다.

그런 큰 시각은 이제 전가 같은 노인에게는 허깨비처럼 아무런 가치도 없다. 그 아수라장판에서도 전가의 선친은 살아남았다는 사실만 오롯하고, 그것이 기이할 뿐이다. 얼굴색이 조대흙처럼 짙고, 빤질빤질한 머리통이 호박처럼 둥글넓적한데도 머리털이 한 올도 없었던, 그래도 음성만은 카랑카랑하던 술상머리의 그 좌장 노인네의 외양과 틀거지는 지금도 훤히 떠올릴 수 있지만, 미군정청이 설립한 초창기 경무국 소속 경찰관의 8할 이상이 일정 치하의 조선인 경찰로 메꿔졌다는 사실은 그들의 그후 행적처럼 흐릿하게 삭아지고 말았다. 무명으로 시신을 동이던 염쟁이 곁에 꿇어앉아 굵은 눈물방울을 뚝뚝 떨구면서, 이래 니 먼이 가나, 갈 때는 올 때 맨쿠로 차계차계 순서대로 가자 캐놓고시는, 어이, 이 무심한 사람아라고 울부짖던 그 상노인도 왜정 때 경부보까지 살았다던 양반이었다. 전가의 가친도 일정 치하에서 순사부장까지 살다가 해방 후 자연스레 경상북도 경찰부에 파출소 소장급인 경사로 편입되면서 '경찰은 어디까지나 기술직이다'는 그 직업, 그 직장을 고수한 것이다.

전가의 흐릿한 노안(老眼)에는 어떤 실경이 이렇다 할 과장도 없이 펼쳐진다.

그 혼란기를 어떻게 헤쳐나왔을까 하는 의문에 대한 옳은 대답은 과연 무엇일까. 그래도 천우신조로 살아남았다는 게 정답 아닐까. 죽을 고비를 수십 차례나 겪었을 테고, 그때마다 숱한 우여곡절이 기적처럼 펼쳐졌을 터이다. 천부적 과묵이 그 모든 고생담을 어느 정도까지는 대변하고 있다. 그 진득한 묵중이 그의 직업상 처신을 읽어내보라고 강요하지만 아득할 뿐이다. 아무리 쥐어짜봐도 그런저런 행적 더듬기는 짐작에 불과하지만 어떤 두둔이나 폄훼조차 가로막고 있기도 하다.

가장 최악의 경우를 상정한다 하더라도 일정 때는 악질 특고의 사찰 업무를 도맡으면서 독립운동가의 동태 파악과 예비 검속으로 살을 저미는 고문을 예사로 휘두들겼을 것은 뻔하다. 뒤이어 해방 후 미군정 치하에서는 치안대의 활약에 반쯤 다리를 걸쳐놓고서는 경무부 체제의 확충에도 미력을 보탠 기회주의자였을 수 있다. 경찰서도 여러 곳이나 파괴되고, 다수의 경찰관도 타살(打殺), 총살당한 1946년 10월 1일 대구 폭동사건에서 무탈로 살아남은 것이 그 반증이다. 단독 선거와 단정 수립을 위해 향보단을 앞세우고 좌익 세력을 철저히 탄압, 발본색원하던 시기에는 이승만만이 이 혼란스런 정국의 구세주라는 신조를 가슴 깊숙이 숨겨두고 있었을지 모른다. 정부 수립과 동시에 펼쳐진 군경 합동의 유격대 토벌 작전에서는 총알이 다리 사이로 피해가는 운수에 숨소리도 죽여가며 자족했을 게 틀림없다.

한글이나 겨우 뜯어 읽었을까 지아비와 일본말로 대화를 나눌 수도 없었던 전가의 모친도 부창부수란 말을 쫓아 처신이 진중했고, 수다스럽지 않아 경찰 공무원의 내조로서는 한몫을 하고 있었다. 그러니 지아비의 그 직업의 고충이 얼마나 험악한지는 알아서, 말도 마라, 그 고생을 우예 말로 다 하노, 말아라, 말아, 생각만 해도 언선시러버 죽겠다라며 한숨부터 길게 토해내곤 했다.

"안 죽고 살아서 무신 도깨비맨쿠로 저쪽 모래이서 가물가물 나타나기만 해도 머릿속이 하야이 비뿔고 전신에 맥이 한 움큼도 없이 싹 다 빠져뿌리가 그 자리서 풀썩 주저앉아뿔고 그랬디라. 평생을 그렇게 조마조마한이 살았지 머. 이녁 사정은 죽어라고 입도 뻥긋 안 하민서도 벨일 없제 카고시는 죽은 듯이 잠이나 자까, 그기 무신 영감이고. 사람도 아이다, 머리때로 새카만이 쩔어빠진 무신 목침이 한가지라 카이. 내가 캤다, 무신 거무처럼 엉금엉금 꾸물꾸물 걸어오는 형용만 봐도 용타, 인자 또 살겠다 싶어서 다친 데는 없는교 이카믄 이녁 말대로 내가 거무다, 거무줄 처놓고 못된 놈들, 나라 세우는 기 아이라 통째로 들어묵을 카는 놈들 걸리기만 기다리는 거무 맞다 이 카고시는 또 세수도 안 하고 팬허키 집밖으로 쫓아나가고 그랬다. 하이고, 말만 해도 징글징글하다."

사복 근무자 전모 경사가 살아남을 수밖에 없었던 또다른 근거는 많다.

파동의 그 슬래브 집 한 채를, 그래도 장독대 옆의 우람한 참죽나무 한 그루와 감나무 두 그루, 그 밑에 따비밭 한 자락까지 합쳐서 1백 평 남짓 되던 그 부동산을 유산으로 남긴 것도 그 양반의 전 생애를 웬만큼 요약해주고 있다. 상당한 근거에 기댄 미군정 쪽 기록에도 남아 있는데, 이를테면 해방 후 초창기 경무국의 수뇌부 중 하나는 재임 2년 만에 20만 달러를 자기 개인계좌로 은행에 예치해두고 있었다니까 여차하면 미국으로 도망갈 여비였을 그 거금이 불법수사, 공갈, 고문, 협박 따위에 의한 갈취였음은 분명하지 않은가. 지방마다의 도경 간부들도 치부에는 민완가들이어서 주로 쌀의 매점매석으로 일약 졸부가 된 사례는 비일비재하다. 그밖에도 사례금의 요구가 아니라 짱짱한 허갈(虛喝), 압수품의 즉각 전용(轉用) 후 암시장에 투매, 협박에 의한 수뢰, 경찰후원회 공금의 횡령 같은 치부 수단을 다들 앞다투어 공공연하게 떠벌리던 시절이었다. 알다시피 그런 치부 행각은 어떤 실물로 반드시 드러나게 되어 있다. 당사자의 헤픈 씀씀이와 집구석 곳곳에 반지르르하게 흐르는 윤기로 말이다.

그런데 전가의 가친은 자식들 교육이나 겨우 시킬 정도로, 때맞춰 밥이나 먹고 살면 족하다는 듯이 살아온, 적어도 재물에는 관심이 없는 무능한이었다. 다른 수사관들은 쓸 말이 없어서, 아니, 앞뒤의 맥락을 이어 맞출 어떤 구색이 막혀서 조서지를 붙들고 씨름했다는데, 젠 상은, 해방 후에는 전 대감이나 전 대머리는 조서 꾸리기에서 줄줄이 엮어낼 수 있었다는 그 용한 글재주가 딴에는 치부책 따위를 우습게 여겼는지 모른다. 아마도 취조 중에 그 특유의 과묵으로, 피의자의 진술만 열심히 들어줌으로써 육하원칙에 기초한 조서 작성용 자료는 다른 수사관들보다는 넉넉히 파지할 수 있었을 것이다. 역설적이게도 조서를 잘 꾸렸다는 그 능력이 피의자의 죄질을 재량껏 가감할 수 있는 분별력을 조장했을 것임은 의심의 여지가 없다. 더불어 그런 능력자가 한 사람쯤은 살아남아야 하고, 그 과묵이 상관과 동료의 모든 비리, 허물, 약점에 모르쇠로 일관했을 터이므로 1960년의 제2공화국 태동과 그 1년 후의 군사혁명 성공으로 불어닥친 대대적인 사찰형사 숙청 때도 살아남을 수 있었을 것이다.

이제는 그 그럴듯하게 꾸며졌다는 조서 속의 글줄이 당신의 행적처럼 말끔히 사라졌다는 자각만이 전가의 염두에 맴을 돌고 있다.

6

전 병장이 제대 날짜를 두어 달쯤 남겨두었을 때, 참모장은 국방부의 모 요직으로 전출 명령을 받았다. 그가 경상도 출신이어서 박통의 배려가 작용했을 테고, 그 영전은 이미 오래 전부터 유언비어로 회자되고 있었다. 나중에 구 장군이 별 세 개를 단 채로 전역하자 바로 모 국영기업체 사장 자리를 맡긴 것을 봐도, 본인이야 국방부 장관까지 노렸을지 몰라도, 박통의 용인술은 용의주도했다고 할 수 있다.

아무튼 전속부관의 입을 빌려 참모장과 함께 서울로 근무지를 옮겨보겠냐고 제 수족의 의사를 물어왔을 때, 전 병장은 감이 잡혀서 여기서 제대하겠다고 했더니 더 이상 권하지 않았다. 수송근무대 대장의 지프차를 가끔씩 몰다가 향토사단에서 제대증을 받았더니, 몸을 안 다치고 군문에서 벗어났다는 생각만으로도 속에서 울컥하는 기운이 용솟음쳤다. 왠지 그때는 세상이 돈짝만 해보이고, 무슨 일이든 매달리면 성공하지 싶다는 자신감이 울뚝불뚝거렸다. 장성을 바로 곁에서 모셔보았다는 그 우연한 경력이, 거의 스무 살 이상의 연장자 눈에 들어서 믿을 만한 인간으로 '찍혔다'는 자신감이 자신의 장래성을 낙관하는 단서가 되었다니 역시 철부지다운 기고만장이었음은 분명하다. 물론 그런 일종의 객기는 세상을 그만큼 만만히 본

덩둘한 소치이지만, 재수 끝에 대구의 한 사립대학에 학적만 걸어둔 그 이력쯤이야 단호히 내팽개쳐야겠다는 결단력도 심어주었다.

제대증을 거머쥔 흥분이 채 가시기도 전에 예의 전속부관이 상경하라는 하명을 떨구었다. 파동 집으로 지역 사령부의 인사참모부에서 근무하는 대위짜리가 주소지와 이름을 적은 종이쪽지를 들고 지프차로 예비군 전가를 찾아왔던 기억이 남아 있다. 그때까지 그의 집구석에는, 아니, 웬만한 가정집에는 전화가 없었으므로, 또 사람의 반평생의 행로가 그렇게 결정되었으므로 그 기억이 여태 수명을 누리고 있는 모양이다.

예비역 병장 전가는 어떻게 여비를 마련해서 부랴부랴 서울의 국방부로 찾아갔다. 정부의 절전 시책을 솔선수범하느라고 그러는지 국방부 청사의 복도가 시커메서 바로 옆으로 장성이 지나가도 옷깃의 별을 식별할 수 없을 정도였다. 영어로 지—원 같은 호칭을 섰지 싶은 실내는 예의 그 참모장실과 흡사했다. 출입구를 들어서면 당번병 두 명이 조수와 사수로 책상 앞에 반듯이 앉아 있고, 그 안쪽에 전속부관이 상황판을 노려보고 있으며, 그 맞은편에는 내방객이 없는 한 늘 반쯤 문짝을 열어놓고 있는 상관의 집무실이 직사각형 틀을 갖추고 있다. 의외로 구 장군의 집무실은 햇볕을 듬뿍 끌어들이고 있어서 밝았다.

한때의 수족에게 앉으라고 손짓으로 권한 후, 잠시 예비역 제대군인의 안면을 훑고 나서 구 장군은 거두절미하고, 취직해, 밥 묵고 살아야지, 어디서든 연명만 하고 있으면 기회는 오게 돼 있어, 무슨 말인지 알지라고 했다. 임시직 군속 자리가 있는데 1년 안에 반드시 고정직으로 임용되도록 주선할 테고, 예로부터 문관은 국가공무원으로 대우하니 평생 직장으로 좋지 않냐는 것이었다. 문득 자네 생각이 나서 찾았다는 그 양반의 말이 믿기기도 했고, 아무리 군대 졸병이라지만 꼬박 30개월 이상 수족으로 부려먹으면서 휴가도 한번 못 보내준 자신의 허물을 그런 호의로 땜질하려는 것이 탑승 후 앞만 주시하던 그 골몰을 연상시켜서 좀 감읍했을 게 틀림없다.

한동안 이런저런 사정을 털어놓았을 텐데, 어느 순간 구 장군은 벌떡 일어서며, 알아서 결정해, 사내는 모름지기 서울서 뼈대야지 대구 같은 새카만 촌구석에서 시시껍절한 소리나 지껄이고 살아서 머해, 실속을 채려야지. 취직이 실속이지 벨거가. 대구 촌놈들, 고집 세고 시끄럽다, 큰소리나 치까, 한마디로 진취성이 제로다. 거서 고함친다고 누가 알아주나, 돌았다 카지. 어리석은 것들하고 자꾸 똑같은 말해바야 지만 손해다. 일언이폐지하고 밥벌이야 지가 하고 싶어야 하는 거니까. 그런데 살아본이 그기 지 뜻대로 안 굴러가더라꼬, 그렇게 지 멋대로 돌아가게 돼 있어 정도의 말을 흘렸을 것이다. 평소의 그 묵중을 허물고 입을 뗐다 하면 자신의 소신을 강단 좋게 피력하던 구 장군의 부하 장악력은 언제라도 실팍했다.

내방객 표찰을 가슴팍에 달고 있는 빡빡머리의 제대군인이 여전히 떨떠름해 있으려니까, 구 장군은 책상 앞에 우뚝 서서 제약회사는 어떤가고 다시 채근했다. 묘한 고집을 즉석에서 성사시켜야 다른 일을 잡겠다는 양반이었다. 영전해서 서울로 올라와 살게 되니 무슨 소원이라도 성취한 듯 사람이 달라진 것 같기도 했다. 그러고 보니 포마드 대신에 물기름을 발랐는지 그 은은한 향기도 싱그러웠고, 빗질 자국도 더 선명해서 보기에 좋았다. 한때의 그 초조한 기색도 말끔히 사라졌고, 어떤 여유가 안색에 팽팽했다. 직업군인의, 그것도 장성의 성격도 근무지에 따라서 그처럼 돌변, 어떤 세련미를 발산할 수 있다는 것이 신기했다. 그 양반이 가서 만나보라는 제약회사의 '살림 사는' 상무가 이북 출신이라 대령 진급을 결국 못하고 전역한 자기 처남이라고, 거기서 장사병 중에서 똘똘한 인간을 추천해달라는 청탁을 오래 전부터 받고 있는데, 이제사 그 생각이 떠올랐다고 했다.

"지금이라도 당장 가봐. 전화해놓을 테니. 여비도 그쪽에서 좀 넉넉히 주라고 일러둘 테이까. 그쪽 사장도 동향 출신이야. 한분 만나본이 고생을 많이 한 사람이라 여물어빠졌대. 푸석돌이 아인 거는 틀림없어."

대충 그런 당부와 다짐 끝에 전가는 제대 사병으로서의 낙을 한달도 채 누리지 못하고, 엉겁결에 취직한 셈이니 사람의 명운이라기보다 인생행로란 지적을 분간할 수 없는 것이기도 했다.

다달이 4만 원쯤 받았지 싶은 1970년대 중반의 그 첫 직장생활은 되돌아볼 것도 없고, 이상하게도 회사에서 맡기는 이일 저일을 달다 쓰다는 말도 못하고 돌아치며 감당하느라고 바빴다는 기억만 남아 있을까 떠올릴 만한 장면이 좀처럼 나서지 않는다는 것이 정년퇴직 전후부터 불어닥친 전가만의 소회이기도 하다. 그렇긴 해도 왕십리에서 한강 쪽으로 빠지는 대로변에서 내리막 골목길을 한참 줄여가면 나오던, 철책 대문 속으로 기어 들어가면 바로 코앞에 구멍 뚫린 옥외 철계단이 달려들던 이층집에서 6개월쯤 하숙생활하면서는 아침마다 맑은 콩나물국에 신물을 켰고, 이문동의 한 3층짜리 건물은 여관을 개조하여 방 한 칸에 달세로 8천 원인가를 받았는데, 동대문시장 안의 한 단골식당에서 아침밥만 1년쯤 매식한 기억은 제법 생생하게 떠올릴 수 있다.

그때 월급의 반 이상을 은행 통장에다 꼬박꼬박 모으고 있으려니까 전가의 모친은 어서 장가가라고 족치기 시작했다. 모친은 입만 열었다 하면 예수쟁이 맏며느리하고는 도저히 같이 못 살겠다고, 지가 돈 번답시고 살림 살 줄은 도통 모르는 그 바쁜 발바리 안들과는 한시도 같이 못 있겠다는 지청구가 늘어지곤 했다. 밥만 묵고는 뿌루루 학교로 교회로 내빼버리는 꼴도 보기 싫은데, 1년에 한분 있는 기제사도 안 모시겠다는 기 말이 되냐고 둘째아들을 붙잡고 통사정이었다. 하기야 파동 집의 매매 대금을 헐어 쓰지 않은 채 맏사위집에 얹혀살던 모친의 그런 성화는 이해할 만도 했다. 학업이든 취업이든 장가든 때를 놓치면 무지렁이로, 헐렁이로, 종내에는 무일푼에 의지가지없는 몽달귀신으로 늙는다는 선례를 많이 봐와서 그렇게 서둘렀을 것이다.

전가가 모친이 권하는 대로 동향의 한 처녀와 결혼 날짜를 받아놓았을 때에야 새삼스럽게 그 이복형과의 조우가 집안에 화제로 떠올랐다. 형은 동복동생이 이복동생을 사령부 주차장에서 우연히 조우했다는 놀랄 만한 소식을 들었을 때도 이렇다 할 반응이 없었다. 어리둥절하기는커녕 이런 대목에서야말로 냉정해야 체통이 서지 않을까하고 곱새기는 기색인가 하면, 안 죽고 살아 있으니 무슨 멜로물 영화처럼 그렇게 만나지기도 하는구나 하는 낌새도 역연했다. 태생적으로 널음새가 없는 양반이라서 제 앞만 좁다랗게 닦아 나갈까 남의 사정을 굽어살피는 시건머리가 이상할 정도로 수준 미달이었다. 어차피 그런 특이한 성격도 있게 마련일 터이므로 그러려니 하고 치지도외하면 그뿐이었다. 그러니 맏이로서 무슨 도리든 챙겨라 마라고 따질 염의(廉義)조차 안 생겼다. 기껏 안부나 주고받고 지내자는 헛말도 실없기는 마찬가지일 테니까. 누나나 동생들도 시큰둥하기는 매일반이었다. 모친에게는 발설조차 망설여졌지만, 장차 그 첩실 소생이 판검사로 출세할 신분임을 알자 더 함구 일변도였다.

그런 집안 분위기가 알게 모르게 전가의 심중에 영향을 미쳤을 것은 틀림없으나, 그것보다는 자식 낳고 전세방 살이를 전전하다 집칸을 장만해가는 그 일련의 빡빡한 사람살이에 치여서 이복형의 동정 따위는 안중에도 없었다고 해야 옳을지 모른다. 그러니 이때껏 예닐곱 번쯤, 아무리 늘려 잡더라도 열 손가락도 다 채울 수 없을 정도로만, 그것도 전가만이 한 집안의 대표로서 이복형을 만나고, 그때마다 서로의 사는 형편을 알아보는 기막힌 사연이 명절마다 어정쩡하니 떠올라서 심란해지는 것이다.

특히나 텔레비전을 켜면 언제라도 하경길이 붐빈다는 그 상투적인 장면을 비추고 있어서 전가의 심기를 적잖이 비편하게 또 뒤숭숭하게 만들고 있기도 하다.

도대체 저 명절 순례가 어째서 고행길이란 말인가. 일가가, 그래봤자 한 쌍의 부부와 딴살림 난 그 슬하의 자식들 한둘이 하루에다 반나절쯤을 보태서 얼굴을 맞대고 두리상을 즐기다가 돌아서야 하는 저 관행은 얼마나 애틋하고 섭섭한가. 부모가 먼저 죽기로 되어 있으니 그 대단원의 이별 잔치를 나누기 전에 서로 얼굴이나 보자는 저 풍속 차원의 삶은 오죽 시금털털한가. 저 고락을 즐기려고 인연을 맺고 자식을 낳고 아득바득 살아간다니 얼마나 구슬픈 인생행로인가.

아마도 그때가 90년대 중반쯤이었던 것 같다. 외근이 잦은 월급쟁이들은 호출기라는 깜찍한 기기를 주머니에 지참하고 다니던 때였고, 바빠서 '잘 나간다'고 거드름을 부리던 자영업자나 사장족들은 더러 큼지막한 이동식 전화기를 술상머리에 놓아두던 시절이었을 것이다.

제약회사를 떠나 그 산하의 육영재단인 사립학원 사무실로 일찌감치 출근한 전가는 여느 날처럼 두어 종류의 신문을 책상 위에 펼쳐놓고 열독해가다 평소에는 건성으로 지나치던 인사란을 훑어보다 성큼제 시선을 잡아채가는 이름 전중기와 함께 부산의 모지법 부장판사로 발령이 났다는 사실을 알았다. 어느새 세월이 그렇게 흘러가버린 게 새삼스러웠다. 한동안 뜨악한 채로 이런저런 장면과 회상을 그림책 뒤적거리듯이 펼쳐가다가 내친김에 전화로 물어물어 전 판사를 찾았다.

역시 우연찮게 인사란을 보다 이렇게 전화를 했다니까 전 판사는, 어, 어, 참, 세월이 유수라더니 이렇다이, 이렇게 허둥거리다 한평생 끝내는 기지 머 같은 탄성을 내지르더니, 거기가 어딘가 하고 물었던 듯하다. 그러고 보니 전가 자신이 제약회사의 영업사원이었다면 자격지심으로도 감히 판사 나리를 찾을 엄두도 못 냈을 것 같기도 했다.

당면한 제 신분 이동과 그 신변정리를 따져보더니 전 판사는 시간이 참 어중간하다고, 오늘 중으로라도 부임지로 내려가야 하는데 저녁에는 전별 회식 자리도 있다고 하더니 잠시 후에 전화를 걸겠다며 학교법인 쪽의 전화번호를 불러달라고 했다. 한 시간쯤이나 지나 간신히 시간을 빼냈다고, 점심을 먹자면서 강남역 쪽으로 나올 수 있겠냐고 이복동생을 불러냈다.

신설 학교법인의 사무국장 겸 행정실장은 허둥지둥 지나가는 택시를 주워 타고 달려갔다. 대법원의 정기인사 이동을 그대로 따랐다면 그때는 2월 말쯤이었을 게 틀림없다.

두 형제는 길에서 만나 전 판사가 한때 동료들과 자주 들리곤 했다는 한 중국음식점을 찾아갔다. 나중에사 더듬어보니 그 동료들은 대법원 직속의 재판연구관들인가 하면 사법연수원의 교수들이기도 했던 모양이었다.

예약을 해두었던지 4인용 식탁 하나만 들어앉은, 플라스틱 구슬주렴이 저절로 차르륵거리는 방 속으로 들어가 각자의 의자를 차고앉자마자 전가는 헌팅캡을 벗었다. 전 판사도 제 이복동생보다는 다소 덜 벗겨졌으나 이마가 벌써 훤하고, 정수리에는 둥그런 공산명월이 떠올라 있었다.

"영감도 생전에 대머리였나?"

"지금 내 정도 됐을까, 이쪽 짱배기만 훌렁 벗겨지대요. 유전은 얼추 나이까지 맞춰가는 게 아닌가 싶네요."

"대구사범 나온 너거 새이도 그런가 어쩐가?"

"그어는 좀 덜하대요, 수북한 옆머리를 짱배기 쪽으로 자꾸 쓸어부치고."

"모자 취향도 직업에 따라 다소 차이가 있는 거 아이가, 안 그런가?"

"아부지는 여름에는 대패밥 모자도 썼고, 겨울에는 머리가 시럽다고 챙이 좁다란 중절모도 쓰고 그라대요."

"취향까지 유전이믄 사람마다 엄마 뱃속에서부터 지니고 태어난다꼬, 더러 후천적으로 만들어지기도 한다는 그 성격도 벨 기 아이다는 소리니, 개성이니 성깔이니 하는 특징도 괜히 호들갑 뜨는 수작이 아인가 모리지."

가끔씩 여운이 기다란, 그 말뜻이 알쏭달쏭한 말을 흘리고 나서 스스로 그 의미를 되새기는 듯한 전 판사의 버릇을 그때 처음 알았다.

지금까지 전가의 뇌리에 생생한 장면이 속속 펼쳐졌다. 전 판사는 간짜장을 시켰고, 이복동생은 울면을 주문했다. 둘 다 중국음식점에 들리면 꼭 그 음식만 고른다는 사실이 곧장 드러났다. 다른 음식을 시킬 줄 모르는 그런 버릇이 어떤 고집일 수는 없다. 그 일관성에 물리지 않고, 무난하니 편하고, 속이 만만이 받아주므로 배탈이 나지 않는다는 믿음에 자신의 외곬 기호를 안착시켜버리는 것이다.

전 판사가 호기를 부렸다.

"술은 좀 하는가? 머든 시켜보라마."

"술이야 작정하고 마시면 꽤 하는 편이지만, 낮술은 안 합니다."

"지 애비도 몰라본다는 그 낮술 말이지. 누구 글에 보니 낮술 한 술꾼이 친구를 찾아갔다가 그 애비가 아들이 출타 중이라니까, 그럼 꿩 대신 닭이라고 자네가 오늘 내 술친구하세라고 해서, 집주인이 이런 개망신은 난생처음이라고 낯을 붉히고 말았다대. 어이없는 술주정이지. 영감도 그랬는가, 낮술 말이야?"

"아부지야 낮술도 꼭 반주로 한두 잔은 했을걸요. 직업이 남의 뒷꽁무니 밟는 일인데 속이 엔간이 보깼을 테니. 형님은?"

그때 비로소 전가가 자연스럽게 '형님'이라는 말이 흘러나와서 좀 어색하다 싶은데, 전 판사는 그런 호칭이야 대수롭지도 않다는 듯이 말을 받았다.

"나도 낮술은 피해. 말이 좀 이상하다만 몰라 볼 그 애비도 없이 살았으니까. 음식은, 술 취향, 주량 같은 거는 유전하고는 상관없을 거야. 아무래도 성장 환경이 먹성쯤이야 손쉽게 길들일 수 있지 싶어."

무심코 내뱉었을 그 '애비'란 말조차 아무렇지도 않다는 낌새여서 전가는 좀 이상하다는, 속에 맺힌 한이랄까 지울래야 지워지지 않는 원념 같은 게 있을지도 모른다고 생각했던 기억이 남아 있다. 전 판사도 그때 속으로, 아차, 내 주제에 '애비'라니 하고 그 실언을 감추느라고 짐짓 태연한 척했을 수 있다. 잠시 후 간추려보니 전 판사의 그런 작위는 그의 영리한 분별력과 '이 자리는 이렇게라도 감당해놓아야 뒷말이 없겠다'는 임기응변의 처신을 대변하는 일종의 버릇이었다.

탕수육이든 무슨 요리도 하나 시키라고 권하더니 옥신각신하기 싫은지 전 판사는 팔보채 하나 줘, 양은 작게 하고 맛있게라고 덧붙였던 듯하다.

역시 단골이고, 판사 대접을 하느라고 그랬던지 음식들의 모양새부터 정갈했다. 양파나 단무지를 큼지막한 쟁반에 담아 내놓은 솜씨도 새뜻했다.

그런데 전 판사는 따로 종지에 담아서 내온 새빨간 고춧가루를, 한 숟가락은 실히 될 그 많은 양을 그대로 간짜장 위에다 쏟아붓고는 비비기 시작했다. 조리사의 요리 솜씨를 단번에 무시하고 그런 정체불명의 음식을 즉석에서 만들어 먹는 괴짜들이 더러 있긴 하나, 전 판사의 고춧가루 양은 좀 심한 편이었다.

전가가 별스럽다는 시선을 건네자, 전 판사는 중국 된장의 느끼한 기름기를 고춧가루가 매콤하게 뒤섞어버린다고, 별미라며 자기는 늘 이렇게 먹는다고 했다. 그러면서 별도로 갖고 온 이 고춧가루도 딴에는 특별히 말리고 빻아 만든 순국산이라고, 단골에게만 내놓는다는 거지, 믿어야 머, 알 수야 있나, 어느 것이라도 공정상 중금속이야 다량이든 소량이든 들어갔을 테지 하고는 그 선지 빛의 뻑뻑한 비빔국수를 게걸스럽게 입으로 거머먹기 시작했다.

이윽고 걸쭉한 팔보채도 한두 점씩 맛보며 전 판사가 울면 맛이

어떠냐고, 자기는 여태 그 음식을 못 먹어봤다고 했다.

　전가도 중국음식점에서는 꼭 이 울면만 시켜 먹는다고, 이 음식이 결국 녹말가루를 풀어 걸쭉하게 국물을 낸 계란탕이나 마찬가지인데, 면을 건져 먹다 보면 톡톡한 국물이 묽게, 나중에는 말갛게 풀어지는 것이 두 가지 맛을 차례로 음미하는 것 같아서 재미있다고 하자, 전 판사는 알 듯 말 듯 하다는 눈짓을 지어 보였다. 식성이야말로 부모와 자식 간에도 그 경계가 다를 수 있고, 거기다 출신 배경과 성장 환경까지 달라지면 더 이상 따져봐야 무의미해진다. 그나마 잡식성 동물이라서 한 자리에 앉아 끼니를 때우고 있는 판이니까.

　장삼이사의 시비와 이해와 선악을 가려주는 직업이라서 그렇다고 할 수는 없지 싶은데, 전 판사는 일가견을 풀어놓기 시작했다. 대개의 달변가가 그렇듯이 그의 지론도 일리가 있었고, 들어둘 만한 것이었다.

　알다시피 중국은 유사 이래 한족(漢族)이 늘 8, 9할을 차지한 다민족국가로서 땅덩어리로든 인구수로든 문명 수준으로든 명실상부한 대국이다. 그런데 기원전까지는 워낙 허황해서 믿을 만한 게 반도 안 되니 밀쳐내고, 수당(隋唐) 이후만 하더라도 명(明)나라만 한족이 운영했을까 나머지는 죄다 몽고족, 만주족, 여진족 같은 이민족이 중국 본토를 철저히 유린, 통치했다. 말이 나온 김에 덧붙이면 중국을 국지전이든 전면전이든 집적거리지 못한 유일한 변방 민족이 우리 조선족 말고는 없다는 이 명명백백한 사실 앞에 숙연할 줄도 모르니 우리가 얼마나 물렁팥죽들인가. 아무튼 망국지민의 설움을 수차례나, 그때마다 몇백 년씩 겪어내면서도 결국 남아 있는 것은 한족이고, 중국이라는 실체다. 변방 민족들이 통치자로 군림하든 말든 그들의 후

손을 동화시켜서 한족으로 만들었다고 볼 수 있겠으나 그런 논란거리조차 휩싸서 녹여버리는 그 포용성이 오죽 장하며 얼마나 신기한가. 누가 다스리든 나라만 제대로 굴러가고, 백성들이 잘 먹고 잘 살면 그뿐 아닌가. 나라 경영이야말로 온 누리의 만백성이 등 따시고 배부르게 만들기지 별건가. 문명, 문화라는 것이 결국 의식주가 장기간 족해지면 저절로 불거져 나오게 되어 있지 않나. 요컨대 오로지 부지런한 심신으로, 몇백 년이라도 모진 수모를 겪어내면서 참고 견디는 태연자약으로, 글의 계승과 요리의 개발로 살아남기만 하면 이 민족이 나라를 세우든 말아먹든 종내에는 보통명사 중국 곧 '가운데 나라'로서의 그 거대한 용광로만 남는다. 위대하다는 말은 이런 대목에서 써먹어야 맞지 않는가. 망할수록 커지는 수수께끼 같은 나라가 중국이고 한족이니 이 비밀을 풀어보고 우리도 배워야 하지 않겠는가. 아무래도 그 근원이 한자라는 뜻글자에 있는 것 같은데 그쪽은 아는 게 워낙 없으니 일단 접어두고, 중국 요리만 잠시 훑어보면 정말 머리 좋은 민족의 창의성을 절감할 수 있다. 온갖 식재료를 잘게 해체해서 그것에 어떤 조화를 빚어내니, 이 형식 개발은 결국 예술에서의 그 독창성과 같은 경지가 아닌가. 물론 그 밑바닥에는 탐구정신도 있고, 무엇보다 일 자체를 즐기는 심성 자체가 어떤 집단의식으로 승화, 관류하고 있다고 보면 과히 틀리지 않을 듯하다. 한족의 이 탁월한 유전인자는 거룩할 정도인데, 나라야 망하든 말든 나만, 곧 개개인들이 저마다 맛있는 음식을 해 먹고 남녀가 시도 때도 없이 얼러서 아이 만들기에 전념하면 그뿐이다.

그런데 우리 조선족은 나라가 망했다, 누가 다스리면 안 된다, 내가 옳고 니는 그르다고 시끄럽게 떠들기나 하지 막상 자기 일을 즐기면서 하지 않고, 억지로, 심드렁히, 마지못해 하는 못난 버릇이 있다. 내남없이 다 그렇다. 그런 밥벌이 일이야 잠시 논외로 치고 음식을 봐라. 김치처럼 대충 버무려서 몇 달씩 내버려뒀다가 그 묵은 것을 꺼내 먹고, 삼계탕처럼 그 귀한 식재료를 귀찮다는 듯이 통째로 집어넣고 푹 끓여 먹으면서도 담백한 맛 운운하는 자화자찬벽이 너무 심하지 않은가.

대충 그런 말을 전 판사가 현하의 변으로 쉴새없이 지껄이느라고 팔보채가 감쪽같이 없어졌다. 지내놓고 보니 그 수다스러운 전 판사의 다변증에 홀려서 막상 그의 살림 규모, 처자식의 안부조차 알아볼 짬도 안 생겼다. 고의로 그러지는 않았을 테지만 고만고만할 처자식과 살림 형편 같은 사생활을 군이 감출 거야 없겠으나, 그것부터 챙긴다고 배다른 형제간의 정리가 단숨에 살아날 리야 만무하지 않냐는 속셈을 그렇게 에둘렀을지 모른다. 그렇긴 해도 부산에 터를 잡고 살며, 집사람도 그쪽 출신이고, 딸만 셋을 두었는데 그 자식들이 제 엄마의 유전형질을 물려받았는지 하나같이 피아노, 성악, 첼로 등의 특기를 벌써 개인교습으로 갈고 닦는다는 것은 그때 알았던 듯하다.

희한하게도 그때 그 나라의 정체성 흔들기와 요리 만들어 먹기에 취했다기보다 전 판사의 그 다변증이 예의 그 과묵 일변도로 일관했던 한 수사관의 영상 위에 얼른거려서 어떻게 헤어졌는지 아무런 기억이 남아 있지 않다. 참으로 얄궂은 운명적 만남이었다.

7

또 한동안 살같이 내빼는 세월 속에서 무슨 헛생각처럼 가물가물 멀어지는 정리를 가끔씩일망정 멍하니 노려보면서 전가는 무작정 신문의 인사란을 훑고, 대체로 그 옆에 실리게 마련인 부음란을 톺아보는 나날을 마냥 줄여갔다. 매일같이 인사란과 부음란을 그토록 속눈뜨기로 조준하고 있었던 것은 전 판사의 동정을 추적하는 일방 혹시라도 그의 생모의 타계 소식을 접할 수 있지 않을까 해서였다.

한편으로 중국인의 그 만만디 기질이 식습관과 무관하지 않고, 나라야 망하든 말든 오불관언으로 각자 앞에 매일, 아니 매시간 닥치는 그 일 자체를 즐기며 산다는 그 일종의 민심과 민풍을 눈여겨봐야 한다는 전 판사의 지론도 곱씹을수록 진미가 우러났다. 짐작컨대 전 판사는 우리의 과거사 읽기를 여기로 삼고, 더불어 자신의 생업과도 밀접하게 닿아 있는 남의 사정 살피기의 연장선상에서 이웃나라 중국의 민정(民情) 일반에도 관심을 열어가고 있지 않나 싶었다. 그러길래 중국음식을 한 끼 사면서 그런 장광설을 늘어놓고, 이래봬도 내가 법조문에만 해박한 것이 아니라 전인(全人) 지향형 인물임을 이복동생 너만은 숙지해야 할 것이라고 딴에는 자기과시에 열을 올렸을 터이다.

그러나 마나 문득문득 떠오를 때마다 전 판사의 그 지론은 의미심장했다. 우리의 사람살이와 세상살이, 나아가서 1년 단위든 계절감각으로든 늘 고만고만한 일상 자체와 나라의 있고 없음은 하등에 상관도 없다는 중국인의 속성을 기릴만 하다니. 나라가 곧 임금이고, 주군이 있어야 비로소 제도가 서게 마련이며, 그것의 최소 단위가 한 집안이고, 아비이며, 부모자식 간의 도리와 정리인데, 법관이 제 밥줄과 바로 직결되는 그런 규범 일체를 부정하지는 않을지라도 귀찮게 여긴다면 자가당착이 너무 심하지 않은가.

"으이, 동생 전가야, 그렇잖아. 중국 백성은, 진짜 한족 말이야, 그 짱깨들은 명나라든 흑나라든 상관없다는데 우리 조선족은 꼭 명이라야 한다면서 암(暗)나라도 안 되고 청나라도 안 된다고 고집을 부리니 말이 되냐고. 머리가 너무 나쁜 게 아니라 거의 돌아버린 꼬락서니 아냐, 내 말이 틀렸어? 마침 좋은 비유도 나섰네. 오래 전에 시집가서 아들 딸 낳고 잘 살다가 죽어버린 그 처녀만 짝사랑한다는 게 정신병 아니면 뭐야? 나는 다른 말은 모르겠어. 이런 곯아빠진 정신 상태를 위에서부터, 일컬어 상감이지, 그것들이 대물림하면서 어리석은 백성들도 본을 받으라니 생래부터 멀쩡한 병신들을 양성하는 꼴 아닌가, 안 그래?"

밥도 얻어먹는 처지여서 면전에서는 고분고분한 경청자로 자족했지만 이제는 전가도 나름의 사유로 불퉁거릴 수 있다.

"왜 하필 명나라만 찍어서 중국을 두둔, 조선을 낯도 못 들게 개망신을 시킵니까. 어차피 신라도 원군 따위나 불러서 삼국통일인가 뭔가 이룩했으니 그때부터 대대로 속국의 위상을 한번도 벗어나지 못한 거야 삼척동자도 다 알고, 그러려니 하면서 역사 바로보기는 정말 지난하다고 점잖게 나무라면 그 짱짱한 법관 신분에 오죽이나 어울릴 텐데 말이지요."

"물론 무식해서 하는 소리지. 다른 거는 모르겠슨이까. 어쩌다가 이순신 장군이 진짜 성웅(聖雄), 말 그대로 거룩한 장군일까 싶어 이런저런 책을 사서 읽어봤더니 명나라 원군(援軍) 장수들이 아예 가라마라고 졸병 취급했어. 그 때려죽일 놈들이 도와주러 왔으면 왜군과 싸워야 할 거 아냐, 저거들 목숨도 걸렸으니까. 싸우기는커녕, 평양성 탈환 때 한번 인해전술로, 떼거리 앞에 못 당한다는 게 중국 짱깨들 근성이야, 어쨌든 딱 한번 치고 박고 싸우고 나서는 기집질에 술 타령만 벌리고 우리 조정을 임금부터 가지고 놀아요. 이 쑥 같은 이 순신 장군도 충효 사상 실천에는, 또 의리를 섬기는 데는 끼때도 예사로 거르는 양반이라 명군 장수라면 하늘같이 떠받들어. 왜 그랬겠어, 이게 말이야, 이 대가리가 곯말라 있었던 거야. 양반부터 상놈까지 죄다. 아니다, 상놈이야 체제 유지상 어쩔 수 없다고 아예 인간 취급도 안 했으니 인격이란 눈금을 들이댈 수도 없지만. 청이든 명이든 우리와 무슨 상관이야, 말도 다른데. 이 단순한 찍자 부리기도 못하는 머리로 머를 제대로 봤겠어. 난 이 대목에서 도무지 이해를 못하겠어. 엉터리 답을 내놓고 외우라니 무슨 억하심정이야. 읽고 외울 때마다 개수작 고만 떨어라고 툴툴거린다니까."

진정으로 그런 반통속적, 무정부적, 반역사적 사고 행태를 신조로 삼는다면 전가 따위의 이복동생이야 있거나 말거나 내가 알 게 뭐냐는 생리를 무슨 개성으로 섬기며 산다는 말이 아닌가. 그러고 보니 이쪽에서 연락하기 전에는 굳이 찾지도 않을뿐더러 그쪽의 안부 따위야 내 바쁜 일상상 논외다는 심보를 꾸준히 실천하고 있다는 말이기도 하다. 실제로 그래왔으니까.

하기야 전가로서는 종씨를 들먹여 계면쩍지만, 어느 모로 보나 자격미달자였던 전통이 타고난 팔자 덕분으로 청와대 주인이 되자, 그 꼴이 보기 싫어, 민초 일반의 집단심성이 세칭 민주화와 산업화라는 두 열매를 욕심 사납게 동시에 거머쥐려고 그랬을 텐데, 유신 치하가 억지스럽게 전을 거두기 전후부터 우리 모두의 삶이 무언가에 그지없이 좇기고 있었던 것은 사실이다. 당시에는 다들 왜 이처럼 진둥한 둥 헉헉거리는지 분간할 수도 없었던 것은 실로 불가사의한 일 중의 하나다. 이런 대목에서도 예의 전 판사 지론대로 우리의 어리석은 백성 일반은 중국인들과 달리 나라 섬기기 내지는 나라 바로 세우기 같은 대사에 지나칠 정도로 매달림으로써 생활의 낙 찾기와 그것 즐기기에 너무 등한한 측면이 다분하다. 작은 나라라서 그런지 어떤지 알 수 없으나, 나라의 운명과 운영은 개개인이, 그들마다 출중한 식견을 가졌다 한들 가타부타하기에는 다소 큰 것이지 않나. 그런데도 그것이야말로 제 일인 양 손바닥 위에 가지고 놀아 버릇하는 우리 서민 일반의 근성은 천상 데설궂은 뭇따래기 기질인 듯하니 차제에 혹독한 자기반성이 따라야 하지 않을까.

말이 나온 김에 그때 전 판사의 지론 하나를 추가하면 이런 것도 있다.

"잘 듣고 한번쯤 새겨봐. 우리 민족은 말이야, 조선조 때부터 내림으로 굳어지지 않았나 싶은데, 소나 개나 다들 된다 안 된다만 관장하는 무슨 판장원들이야. 지들 각자가 알아서 스스로 내가 한다, 하겠다, 안 한다, 못 하겠다 소리는 죽어라고 안 해, 그렇잖아. 다들 남우 일이든 지 일이든 뒷짐이나 지고 된다 안 된다 소리만 내질러. 한마디로 시건방진 것들이지. 일컬어 양반 근성의 저질 속성쯤 될 거야. 지들이 무슨 허가권자야? 죽으라고 지들 일은, 스스로 알아서 해야 할 그 일은 안 하면서 남의 일까지 하라 마라고 지랄을 떨어댄다니까. 배웠다고, 멀 좀 안다고 그러니 망조지. 배울 만큼 배우고 똑똑하면 지보다 못한 것들보다 더 열심히 일해야 하는 거 아냐. 문명과 문화를 만든 나라들을 봐, 우리와 그게 다르다고, 이 대목에서 명확히 갈라진다니까."

그 사설(辭說)조 사담의 피로 중에도 전 판사는 이복동생을 피고쯤으로 여기며 자신의 판결에 승복하는지 말똥말똥 주시하기를 잊지 않았다.

그렇게 각자가 제 고치 속에서 처자식과 연일 아옹거리며 살아가던 어느 해 정초, 전가는 낯선 전화를 받았다. 전 판사였다. 역시 학교 법인의 사무실로 걸려온 전화라서 무심코 송수화기를 들었더니, 창밖의 널찍한 교정에는 희끗희끗한 눈이 녹느라고 사금파리처럼 빤짝거렸지만, 방학 중이라 괴괴했다.

"아운가, 날세, 부산에 사는 전 판사다. 참, 작년부터 전(前) 전 판사고 인자는 법에 호소하는 어리석은 백성들 민원을 챙겨주는 명색 전 변호사다."

짚이는 데가 있었으나 전가는 시치미를 떼고, 이 밝은 정초에 어인 일로 전화를 다 주시고, 그동안 살기 바빠서 연락도 못 드리고 죄송합니다 운운했을 것이다. 나잇살이 들어서가 아니라 아무래도 사립학교 법인에서 일하다 보니 주로 교장, 교감과, 더러는 그쪽도 전직이 교원이기는 마찬가지인 교육청의 직원들과 만나다 보니 아무렇게나 주워섬기는 상투적 말발이 제법 고상하게 늘어나 있었다. 게다가 그해 정초는 각고의 노력 끝에 스스로 조그만 성취를 만끽하고 있었으므로, 곧 신문에 그의 작품과 함께 명함판 사진이 게재되어서 득의를 한껏 누리고 있었으니 말이다.

전 변호사의 내전은, 그쪽 사무장이 이제사 그제 날짜의 한 신문을 갖고 와서 신춘문예 당선자 전모가 아무래도 닮은 것 같다고 일러주었다는 것이었다.

"그참 희한한 일이다이. 조서 꾸리는 사복 근무 수사관의 자식이 소설가라니 말이 될 듯 말 듯하네. 하기사 영감이 자유당 때 신문조서를 잘 꾸몄단이 그 내림이 면면이 이어져 왔다면 말이 안 될 것도 없겠다, 안 글나? 나도 말귀를 열어놓고, 피의자든 원고든 그 등때기를 자금자금 뚜디리대며 살아간이 작가하고 과히 먼 촌수는 아이라 칼 수 있을란가. 아무튼 축하하네. 장하다, 새로 생업을 하나 만들었은이 말이다. 대구사범 나온 니 새이도 지가 못한 걸 동생이 했은이 코가 납작해졌던가 우뚝해졌겠다. 우옜든 소설도 잘 쓸라카믄 이런저런 공부를 빡시기 해야 될 거로. 암, 부지런이 하는 놈한테 당해내는 장사 없다. 학력? 이 비좁아터진 땅덩어리서 그런 기 무신 소용 있노, 도토리 키재기지."

대충 그런 덕담을 어수선하니 주고받다가 또 기약도 없이 전화를 줄이고 난 후 얼마 지나지 않아서였다. 바로 그해 봄에, 아마도 신록 이파리들이 한창 시새우던 5월 초쯤 두 형제는 서울에서, 이번에는 저녁에 만났다. 전 변호사 쪽에서 사위를 봤다고, 결혼식이 끝났어도 그 뒤치다꺼리로 이틀쯤 집사람과 함께 서울에 머무르게 되었는데, 막상 자기는 할 일이 없다면서, 오랜만에 한분 보까라고 했다. 나중에사 바깥사돈이 모 대학병원의 흉부외과 의사로서 술을 한 방울도 못하는 '괴상한 양반'이라는 촌평을 덧붙였다.

전가로서는 집안의 경사에 왜 자기만이라도 불러주지 않았냐고, 그런 섭섭함을 드러낼 수도 없게 만드는 전 변호사 특유의 선긋기가 미상불 그럴듯하기도 했다.

'그럴 수밖에 없기도 하겠네. 태어나자마자 그렇게 살아가기로 쌍방이 몰아붙인 형편이니 이제 와서 그 불문율을 누가 무슨 늘품으로 돌려세울까. 사생자의 신원을 굳이 떠벌리지 않고 살려는 저쪽의 옹졸한 처신을 이쪽이 따질 구실도 없는 판인데. 사돈 쪽에 그 망신스런 출신을 터뜨린다고? 천부당만부당한 소리지. 그러니 이렇다는 꿍꿍이야, 일사부재리의 원칙을 마땅히 따라야 하는 법조인이라서 어쩌다가 조우한 제 피붙이쪽 전비(前非) 일체에 대한 일건서류를 다시는 돌아보지 않겠다는 거야. 그 정도 맹세야 진작에 갈무리해놓았을 거 아냐. 내쪽이야 소장(訴狀) 의뢰인으로서 청처짐하니 돌아설 수밖에. 서로가 만부득이한 처신이라고 봐야지. 이제 와서 새삼스럽게 혈육의 정리와 도리를 따질 수도 없는 딱한 처지가 좀 이상하지만 실정이 곱다시 그런데 어째.'

전가가 명색 글쟁이로 입신출세해서가 아니라 이제는 두 쪽 다 살 만큼 살아보니, 50대 초반과 그 중반의 나잇살이 늠늠해지는 넉살을 부추겼다. 교대역 부근의 어느 생선횟집에서, 전 변호사의 직업적 관성이 그런지 역시 칸막이 지른 작은 방에 마주앉아서 두 형제는 비로소 힐끔거리기는 할망정 서로의 신원과 행색은 물론이고 사는 형편과 속생각도 여과 없이 뜯어 맞춰갈 수 있었다. 전가 쪽이야 이실직고할 건덕지가 한줌도 없었으나, 전 변호사 쪽은 역시 그랬을 수밖에 없었겠다 싶은 사연이 수두룩했다. 이를테면 밑으로 세 여동생의 성씨가 각각이라는 기문도 그중 하나였다. 꼭 그것뿐만은 아니겠으나 그의 친모는 아들자식 하나를 잘 키우기 위해서는, 그 밑에 드는 비용을 마련하기 위해서라면 어떤 돈 많은 사내들의 밑구녕도 발라먹을 수 있다는 각오로 살아냈을 테니 각성바지 자식을 줄줄이 낳고 키우는 것쯤이야 흉허물로 치지도 않았을 것 아닌가.

"우리집 할마씨만 유독 다산형이네 머네 떠벌리는 것도 실은 틀린 말일 거야. 그 세대는 체격이야 지금보다 한참 뒤떨어졌어도 체력이 워낙 아금받고 강단도 좋아서 얼싸안는 족족 임신하는 선수들이었다는 거지. 요즘처럼 마취제 한 대 맞고 한숨 자고 일어나면 낙태하는 세상도 아니었으니 회임하면 어쩔 수 없이 낳아야 하고. 시건머리가 뚫리면서 각각 씨가 다른 동생이 셋이나 있다는 게 챙피했어도 어째, 할마씨가 하숙비부터 소위 학자금, 공납금과 등록금 정도는 알아서 척척 집어주는 극성이었으니까. 모자간에 서로 민망한 구석을 돈으로, 묵인으로 상쇄하는 식이랄까, 머 그랬어. 그것도 마음고생이라면 그럴듯하게 들릴지 몰라도 나는 이까짓 게 머 대수냐고, 차제에 나와 내 동생들이 엄마 성씨 안가를 따르는 것도 괜찮지 싶었어. 그때부터 벌써 생각이 한참이나 삐딱했던 거지."

그랬으니 폐암으로 돌아가실 때까지 담배를 못 끊었다는 어떤 모친은 당신처럼 상당히 별난 성깔의 똑똑한 아들 하나는 제대로 두고 잘 키운 셈이다. 성씨가 제가끔인 세 여동생의 이름 대신에 사위들 성함을 병기한다 한들 망인의 다채로운 치정사를 까발리는 꼴인 그 부음란만큼은 이용하지 않았을 판사 자식을 두었으니까.

"아, 재미없네, 이 이바구는 고만하지. 우리집 할마씨와 나는 늘 티격태격 사이가 안 좋았어. 장성하고는 왠지 이런 악연도 있나, 나 하나만 보고 온갖 고생을 다한다는 저 시위가 진짜 맞을까, 세칭 모성을 빌린 쇼 아닐까 그랬어. 물론 그런 말이야 당신 자존심 때문에 절대로 안 하지. 팩팩거리는 성깔이 여간 아니었거던. 하기사 시비가 붙으면 내가 어떻게 대들지도 미리 알고 있는 양반이었으니까. 그 양반한테 걸리면 누구라도 꼼작도 못 한다고 그랬어. 말로든 정성으로든. 모질다 싶게 억세다가도 누구 속내를 알았다 하면 간이라도 빼줄 듯이 고분고분하고, 쇠뿔은 단김에 빼낸다는 말대로 즉각 오만 공을 다 들였으니까. 고만한다면서 자꾸 또 주워섬기네."

구질구질하다면서도 전 변호사는 그 모친의 자식 농사에 따른 일화만 늘어놓을까 자신의 처자식에 대해서는 함구로 일관했다. 그것도 일정한 선긋기일 수 있겠지만, 술장사와 색시장사로 살아온 모친과 자신의 고교 동급생의 여동생이었다는 집사람 사이야, 그 어정쩡했을 고부간의 피상적 갈등은 서로 모른 체하기와 감싸기로, 마산과 부산 사이만큼이나 뚝 떨어져서 데면데면하게 지낸, 텔레비전 연속 방송극 속에서 흔히 비춰주는 그 시시풍덩한 시빗거리와 대동소이하므로 굳이 털어놓을 것도 없지 않냐는 투였다.

바로 그날이었을 텐데, 판사 시절에도 주로 그랬다는 대로 발렌타인인가 하는 양주를 알로 박아 맥주를 철철 넘치도록 따르는 폭탄주를 열 잔쯤씩 마셨을 때부터 전 변호사는 배가 부르다고, 개혼(開婚)도 무사히 마쳐서 이래저래 홀가분하니 잔뜩 취하고 싶은데 술기운이 아직 안 돈다며 손목시계를 자주 힐끔거렸다. 혼주 차림 그대로라서 머리와 얼굴에도 깔끔한 광이 어려 있던 그는 어느 순간 넥타이를 풀어 주머니에 넣고 말했다.

"자네는, 참 어색하다, 자네란 말이, 동생아, 어쨌든 그대는 노래방이란 델 더러 출입하나, 직업상으로든 친구들끼리든 말이야."

"허어, 그야 술 깨우러 가끔씩 가다마다지요. 노래방이야 전 국민 스트레스 해소장 겸 노래가사 보관기 덕분에 총기 퇴보 주선장쯤 되잖아요."

술김에 전가가 그런 임기응변을 둘러대도 전 변호사는 입담이 좋고, 남의 말을 건성으로 듣는 생업을 드러내듯이 이렇다 할 반응이 없었다.

그래서 택시를 타고 달려간 곳이, 전 변호사가 서울에서 봉직하던 때 단골로 들락였다는 영동시장께의 한 주점식 노래방으로 그 상호도 희한한 '생이별'이었다. 앞좌석에 타고 있던 전 변호사는 택시에서 내리자마자 불을 환하게 밝혀놓은 지하 계단 쪽을 가리키며, 원래 노래방 이름이 '영시의 이별'이었는데 자신이, 말이 많다, 영시의 이별이 결국 생이별이란 소리 아니냐, 아쉽긴 해도 열두 시 넘어서는 어차피 헤어져야 할 시간이고, 그게 생이별하자는 거라고 했더니 노래방 주인여자가 덜렁 제목을 바꿔 달더라고 했다.

"저 미친년이 그 순발력을 딴 데다 발휘해야 하는데 뭉그적거리며 이리저리 전주고만 있으니 머리가 한참이나 나쁜 기지 머."

좀 특이한 노래방이었다. 아마도 상당한 숫자의 단골들로 지금도 그럭저럭 성업 중일 그 노래방은 칸막이 친 방은 아예 없고, 널찍한 공간에 둥그런 탁자만 여남은 개가 술상으로 여기저기 터를 잡고 있고, 그것들마다에 바퀴가 네 짝씩 붙어서 움직이기가 쉽고 편안한 등받이 의자가 서너 개씩 딸려 자리 배치가 자유로운 그런 주점이었다. 한쪽 벽에는 가름 장식대를 놓아두고 그 안에서 마른안주거리를 담아내게 되어 있고, 바로 그 앞이 열 평 남짓 되는 타일바닥의 무대로서 쿵작거리는 노랫가락에 따라 신바람 난 주객들이 나와 흥겹게 발도 조작거리고, 사교춤을 출 줄 아는 남녀는 마주잡은 손을 치켜들고 빙글빙글 맴돌이로 돌아치기도 한다. 무대 뒤에는 큼지막한 병풍 같은 대형 화면이 늘 시원스런 자연풍경만 펼쳐놓게 마련이다. 원시의 중늙은이들은 그 총천연색 병풍의 하단에 굵게 씌어지는 가사를 보고 노래를 불러야 하니 객석의 술손님과는 자연스럽게 등을 지거나 엇비스듬히 서서 마이크를 잡아야 한다. 그러나 근시의 젊은 손님들 용으로 악보대 같은 작은 노래 기기를 별도로 세워두고 있어서 유행

가수로서의 실연을, 그 열창의 안면 연기를 여러 관객에게 마음껏 뽐낼 수도 있다. 요컨대 그 노래방 무대의 구도가, 노래 솜씨라면 나도 앙코르 곡을 두 번쯤은 불러야 마이크를 넘기겠다는 사람이 나서고 싶도록 꾸며져 있고, 그런 만큼 그 기기의 성능은 나무랄 데 없는 것이었다.

그날따라 초저녁부터 손님이 빼곡해서 전가 일행은 간신히 구석자리 하나를 차지하고 나서도 한동안이나 지나 청바지 차림의 술집 주인여자가 다가왔다.

"안 소장님, 너무 하시다. 개업하시자마자 부산 돈 다 긁어모은다는 소문만 내시고 생이별이야 죽든 말든 나 몰라라 내치시니, 참 심보도 고약하다. 의리 없이, 사람이 그렇게 박정하면 안 되지요. 내가 뭘 잘못했다고, 언제는 일솜씨가 칠칠하다 어떻다 하셔놓고선, 그새 다 잊었지요, 연구소 소장으로 똑똑하면 뭐해, 총기가 뺑인데."

대충 그런 너스레를 건넨 술집 주인은 그 말솜씨대로 좀 닳아빠진 세련미는 비쳤어도 일부러 그런다 싶게 어떤 단정한 규격품의 복장에 머리 수쇄와 화장도 수수하게 가꾸고 있는 여자였다.

전 변호사, 평소에 신문도 거짓말투성이라고 안 본다는 자네가 어째 허황한 입소문은 믿고 사네, 부산 돈이 눈이 멀었나, 내한테만 굴러오게라고 받더니, 그때까지 여전히 헌팅캡을 눌러쓰고 있는 전가를 눈짓하며, 인사해, 이쪽은 내 동생이야, 소설가고, 지금은 모 사단법인의 실무 총책이기도 하고, 여기 서울에 사니 앞으로 잘 모셔봐 어쩌구 했다. 술집 여자가, 그러고 보니 분위기가 어쩐지 좀 닮은 거 같다는 상투어를 내놓자, 전 변호사는, 자네야말로 알돈을 짭짤하니 마구 긁어들이네, 이 시간에 만석이니, 졸병도 하나 쓰고 그래,

혼자서 고되게 무슨 청승이야, 나눠 먹을 줄 알아야지라고 훗훗한 인정을 드러냈다. 술집 여자가, 친구를 불러놨어요, 곧 올 거예요, 술 하셔야지요, 전에 그대로, 양주는 나중에 시키시고, 우선 맥주에 멸치 오징어 땅콩 섞어 한 접시 하고 일어섰다.

전가가 안 소장은 무슨 소리냐고 물었더니 전 변호사는 노래방 상호가 '영시의 이별'이었을 때 부산 출신 친구들과 들르기 시작하면서 한동안 모 연구소 소장이라고 위장했다고, 더불어 성씨도 감췄다면서 이제는 '저 미구(美狗)년'도 자신이 판사 출신의 변호사인 줄 안다고 했다. 더욱이나 잠시 후에 드러난 대로 전 변호사는 '생이별'에서는 배 달인으로도 통하는 괴물이었다.

어쨌든 모든 노래방과 마찬가지로 그날 '생이별'도 쉴 새 없이 뽕짝 가요가 간드러지게 울려퍼지고, 무대에도 얼룩덜룩한 조명이 어지럽게 난무하고 있는 중에도 전 변호사는 탁자 위로 상체를 바짝 숙이더니 예의 그 담론을 이어갔다. 귀한 시간을 잠시도 허비하지 않겠다는 그런 자태도 전가에게는 제법 인상적이었다.

"이봐, 아까 그 이야기의 승전(承前)인데, 명나라가 도대체 먼데 우리 조상은 그 죽은 귀신을 그렇게나 섬기고 개지랄을 떨어. 이성계 그 겁쟁이가 싸움도 하기 싫어 위화도에서 회군하고부터 잘못 꿰어진 단추처럼 나라꼴이 엉망진창에 골골거리기만 하다가 결국 망조가 들었지만, 중국을 그렇게나 미친 듯이 사모하는 아랫녘 소국 꼬라지가 당최 거슬리고 아니꼬와서 청나라가, 여진족이지, 정묘호란 병자호란을 일으켜 정신 채리라고 두 번씩이나 혼구멍을 내고 혹독하게 조졌는데도 우리 조정의 임금 이하 밥통들은 망해버린 명만 되뇌고 있으니 이쯤되면 거의 실성한 인간들 아냐. 나는 도무지 알 수가 없어. 무슨 이해가 가야 역사를 세우든 나라를 섬기든 할 거 아냐. 내 고교 동기생 중에 국사학과 나와서 지금 모 대학 접장으로 군림하는 인간이 있어. 가끔씩 신문에 얼굴도 비치고, 물론 저서도 여러 권 펴 냈어. 그런데 그놈 책을 읽어보면 칭찬이 늘어졌어. 영정조가 강력한 왕권을 행사했다는데 말이 돼? 탕평책이야 임금이면 당연히 눈알이 바로 박힌 옳은 인재를 불편부당하니 골라 써야지, 그건 의무야, 소 홀하면 직무유기에 직권방기고. 사사롭게 공무를 집행했으면 칙임장 에 먹물이 마르기 전에라도 목을 쳐야지. 조선인들은 대대로 겁쟁이 들이라 시범 케이스를 딱 한번만 보여봐 당장 꼬리를 사리고 숨도 못 쉰다고. 군대서 많이 봤잖아, 그거야. 이북이 저렇게 억지스럽게 라도 굴러가는 비결이 어디 있겠어. 그놈 문장이 하필 영정조 때 강 력한 왕권이 섰다는 거야. 좋아하고 있네, 미안하지만 조선에는 그게 처음부터 끝까지 한 움큼도 없었어요. 대규모의 토목공사는커녕 광 화문 앞에 돌길도 못 깔았다니까. 개똥에 인분에 쓰레기 천지였다고. 여러 소리할 거 없이 대궐에나 민간에나 목욕탕이란 게 없었어요. 대 중탕 말이야. 단원(檀園)인가 혜원(蕙園)인가의 풍속화에도 나오지, 사대부 양반가의 부녀자들이 개울물에서 목욕하는 그 그림 말이야. 거풍(擧風)한답시고 젖통 다 내놓고. 챙피한 줄 알아야지, 속살은 보 송보송하니 쪄가지고선, 부끄러운 줄도 모르고. 그것도 벌건 대낮에 한데서. 개울물도 어째 그리도 꾀죄죄한지. 아쉬운 대로 나무로도 욕 조를 못 꾸리고 살아? 요즘 시각으로 보지 말라고? 그러면, 옛날 선 인들은 눈과 머리를 폼생폼사로 달고 살았다는 말 아냐, 내 말이 어 디가 틀렸어? 찬란한 반만년 역사? 좋아하네, 구질구질하고 지저분 할뿐더러 진절머리나는 역사야. 우리 역사 기술은 전적으로 시각 교정이 필요하다고, 그전에 전체사를 보는 시력도 있어야 하고, 우선 그럴듯하게 읽히는 문맥짜기부터 다시 공부해야 한다고. 쉽게 말해서 왜정사관이 속속들이 들어앉은 머리통 전체를 다시 조립해야 되고 말고 야야. 다시 본론으로 돌아가서 유럽은 말할 것도 없고 심지어 중동의 여러 나라들도 목욕을 상시로 즐기고 살았어. 물을 흘러내리게 하고 가둘 수 있는 욕조를 만들 수 있어야 석조 건물을 세울 수 있어요. 목조건물 그까짓 거 아무리 지어봐야 큰 게 안 나와, 그렇잖아. 문명이 뭐야, 석조 건물이 있어야 비로소 문명 운운할 수 있어. 석탑이 무슨 집이야, 아니잖아. 욕탕은 집의 기초고, 또 집속에 들어앉아 있어야잖아. 문명의 시발이 집짓기고. 욕탕이 그 기초지. 문명이 없는데 문화 운운해봐야 그건 헛소리야. 허풍이지, 자화자찬이던가. 조선 천지에 흔해빠진 게 산이고 돌인데 그걸 운반하지도 못했으니 그러고도 왕권이 있었다 없었다 캐봐야 그게 믿겨? 소위 근대사학이 지어낸 허무맹랑한 가설이지. 성립 불가야. 게을러빠진 양반들이 직업도 없으니 허구한 날 남의 나라 글, 그것도 수천 년 전 것을 좋다고, 일일이 맞다고 무릎이나 두드리며 공맹 타령만 하다가 연기처럼 사라지고 또 그 죽은 귀신이 대를 이어갔다고. 그래서 말이야, 내가 법에 호소하는 어리석은 백성들을 돌보겠답시고 사무실을 내면서 당연히 써먹어야 할 명률(明律)이란 말을 안 쓰고 일부러 청률(淸律)이라고 간판을 내걸었어. 더 솔직하게 극중률(克中律)이라고 붙여야 속이 시원하겠더라만서도 나도 이왕 벌인 일인데 벌어 묵고는 살아야겠어서 핏대를 한 템포 꺾었다만서도. 명이라니, 괘씸한 소행머리 아냐, 중국인들도 막상 명을 우습게 봤는데 말이야. 그런데 우리만 왜 떠받들고 지랄이야, 미친것들 아냐. 나는 아주 한이 맺혔다니까. 영정조 시대가 르네상스니 머니 말 같지도 않은 그 학설을 퍼뜨리는 그 인간이 보기 싫어 나는 동창회도 안 나가. 자 봐, 내 명함이야."

과연 그 명함에는 '법무법인 청률'이 한자와 함께 병기되어 있었고, 대표 변호사 전모 이름 밑에는 사무실 소재지와 전화번호가 빼곡했다. 영업 내역도 적시되어 있었는데, 민사, 형사항소, 형사합의, 행정, 조세, 파산, 도산, 노사 쟁의, 가사, 기업범죄 등등을 담당하는 전문 파트너 변호사와의 상담도 환영한다고, 거의 광고지 수준의 명함이었다.

전가는 그 귀한 명함을 남방셔츠 주머니에 갈무리하고 나서 전 변호사를 과연 장하다는 듯이 우러르니 그쪽도 말귀 밝은 술친구와 합석하게 되어 그나마 만분다행이라는 느긋한 낌새를 스스럼없이 피워 올렸다.

전 변호사는, 저 미구는 왜 이래 꾸물대나, 짜드라 차릴 마른안주 가짓수가 몇 개나 된다고, 한창 술맛이 날 판인데 하더니 할 말을 마저 해야겠다고 술상 위에다 두 손을 올려놓고 손짓까지 휘두르며 열변을 토하기 시작했다.

"한마디로 매조지면 조선은 말이야, 성리학인 먼지 하는 그 엉성한 남의 나라 교리를 국시(國是)로 삼고부터 대대로 기형아가 됐다니까. 옛날 유행가 가사에도 있지, 마음에 불구자라고, 그거라니까. 불구자가 기형아를 낳지, 정상아를 낳겠어? 천만에 말씀. 사사건건 성리학이 밥도 안 처먹고 간섭하느라고 무슨 일을 할 수 있어야지, 그렇잖아. 양반 상놈을 딱 갈라놓고, 머리 나쁜 것들은 늘 두 개야, 네 개도 복잡하다 이거지, 소위 양분법이야. 초들어보까, 군신, 관민, 반상, 적서가 그거야. 앞엣것은 한 사람이거나 절대 소수야. 절대 다수는 당연히 후자들이지, 아마 후자가 반 이상이었을 걸. 아니, 세상에 국력을 키우기는커녕 백성의 반을 인간이 아니라고, 반은 뭐야, 거의 8할 이상을 상놈 종놈으로 하대하면서, 양반 저거들은 겨우 배나 안 곯고 살자는 주의니까 그게 미친 짓이 아니고 뭐야. 그런데 국사책을 봐, 온갖 게 다 자랑이야. 그 엉터리 문맥을 외워서 시험에 그대로 적어라고? 배를 곯았으니 정신도 곯말라 삐뚤어졌을 거 아냐, 뻔할 뻔자지. 무슨 사설이, 변명이 필요해. 제 정신이 아닌 인간들이 머를 제대로 보고 썼겠어? 다 허허거리며 기왕의 것을 고대로 우려묵는 데만 혈안이었을 거 아냐. 나는 죽어도 못 믿겠어, 우리 국사 말이야."

그쯤에서 전가도 단도직입적으로 물었다. 물론 전 변호사의 달변과 그 다소 쾌꽝스러운 지론을 좀 더 촉구하기 위한, 더불어 술맛을 점입가경으로 몰아가려는 수작이었다.

"우리나라 역사 기술이 전적으로 엉터리에 허구라는 말씀이신데요, 그야 꼭 우리만 그렇지도 않을걸요."

"아, 국사야 다 허구지, 교과서에 실리는 국사 말이야. 물론 우리만 그런 것도 아닌 줄이야 알아. 그래도 그렇지 앞뒤 말이 통하는 서사를 꾸며야지, 도통 거짓말 천지니 한참 읽다 보면 돌아버리겠어. 서술(敍述)이 뭐야? 연대기처럼 차례대로 차곡차곡 진실을 밝히는 문장의 나열 아냐. 그런데? 사기를 치든 풍을 치든 사흘은 꼬박 속을 정도로 설을 풀어야 할 거 아냐. 그 말 같잖은 자랑을 믿으라니, 내 참 어이가 없어서. 창의력이 뛰어나고 부지런한 백성? 상놈으로 손발을 묶어놓고서는 부지런을 떨었다고? 얼씨구, 아무 데서나 지 애비지 에미 지 자식 자랑하는 못난 것들하고선. 내 말이 틀렸어? 창의력이 있을라면 물질적 기반이 웬만큼 돌아가야 하고, 부지런도 사회적 기풍, 말하자면 사회적 삶이자 구속이라 할 수 있는 제반 제도가 정의롭게 굴러가야 근면과 자조력(自助力)이 생겨요, 그렇잖겠어? 그래야 국부(國富)가 신장하고. 물론 그 결과가 보란 듯이 드러나야지. 그런데 조선조는 어땠어, 거의 형편 무인지경이었다고. 성군(聖君)? 제기랄, 점잖은 입에 욕 나오겠네. 말을 제대로 골라가며 써야 할 거 아냐."

그제서야 술집 주인이 작은 병맥주 다섯 병과 마른안주거리로 소복소복 담은 쟁반 세 접시에 고추장 종지, 마요네즈를 듬뿍 발라놓은 간장 보시기 등을 챙긴 술상을 들고 나타났다.

비록 허름한 건물의 지하 영업장일망정 최상급의 노래방 기기도 그렇고, 술집 주인의 언죽번죽하는 말솜씨도 들어둘만 했다.

"머리 나쁜 년이 차린 술상 받으셔요."

그 말에도 연원이 있었다.

전 변호사의 지론에 따르면, 머리 좋은 여자는 일단 지 몸부터 먼저 '조놓고' 고민하고, 머리 나쁜 년은 지 혼자서 온갖 쓸데없는 공상만 쓸어모아쌓다가 결국에는 '줄까 말까'조차 시부저기 잊고 만다는 것이었다. 그렇게 일단 '사고'를 치고 보는 여자는 당연히 남자한테는 물론이고 지 새끼들에게도 당당하다고, 여자 몸으로 고생이야 하겠지만, 살길은 어떻게라도 열리게 마련이다. 요즘 다들 떠드는 여성해방주의도 결국 여자들 스스로의 경제적 홀로서기가 관건이고, 그 전에 제 몸의 주권 선양을 따지지 않고서야 공염불이 아니냐. 실은 지 몸을 누구에게 '주거나 말거나'란 말도 어폐가 심하다. 지 몸을 지가 알아서 간수하기야 남자도 하등에 다를 바가 없다, 여자에게 정조권이 있다면 남자에게도 지조권이 있으니까. 물론 남녀 사이의 교제에 따르는 성의식, 성희롱, 성폭력 따위야 여자 일반만이 감당하기에는 빅차니 국가와 법이 계도, 보호해야 하며, 더 크게는 사회 전반의 집단심리가 감시, 교화의 눈을 부라려야 하지만, 말처럼 쉽지는 않다. 여러 매체를 비롯한 마약 같은, 인간의 성선(性腺)을 집적거리는 그런저런 자극기아들이 넘쳐나고 있어서 그렇다. 그러니 여자들이 약자다 피해자다 같은 자기주장만 되풀이하다가는 제풀에 지치고 만다. 실은 여자들이 일방적으로 떠들고 나서서 될 일이 아닌 것은 그 상대자인 남자를 무시하고 있는 데서도 드러나 있다. 이른바 자가당착인 것이다.

전 변호사의 그런 지론이야 새길 것도 없이 그 배경에는 자신의 생활경험 곧 씨가 다른 자식을 넷이나 낳아 기른 '머리 좋은 여자'로서의 생모가 있을 것이었다.

술집 주인이 전 변호사 곁에 앉아서 술을 따르며 말했다.

"난 정말 머리가 너무 나쁜가봐."

전 변호사의 즉답이 따랐다.

"그것도 팔자다. 생각을 바꿀 줄 모르는 머리를 백날 탓해봐야 무슨 소용이야. 머리가 나쁘면 막상 생각할 것도 없어요. 늘 똑같은 생각만 주물럭거리다 말잖아, 그게 무슨 생각이야."

"내 몸을 내 마음대로 못하니 하는 말이지요."

"지가 알아서 해야지. 가르치고 일러준다고 알아듣고 그대로 할밖에야 법이, 선생이 말라꼬 있겠어."

"안 소장님이 너무 야속하시니 하는 소리지요, 눈치도 없이요."

그러저런 시시껄렁한 농담을 이어가다 어느 순간 여기저기서, 술 떨어졌어, 더 시켜, 안주 줘, 양주 한 병 더 가져와 같은 말이 들리자

술집 주인은 잽싸게 일어나며, 호명하시면 곧장 나오셔요라고 전 변호사에게 다짐했다.

나중에사 알았지만 전 변호사는 술집이나 밥집에서 여자 종업원들의 손도 못 잡는 버릇이 있고, 왠지 그들이 여자로 보이지 않는다고 실토했다. 자기가 먼저 거북해지고 상대방의 눈치부터 살피는 그런 기피관계로 사회생활을 꾸려가야 하니 심정적으로 아주 피곤하다고, 어릴 때부터 자기 생모의 그 생업이 얼쩡거려서 그럴 텐데 집사람은 말할 것도 없고, 모든 여자들에게 '가져와' 식의 언행을 못한다고 했다. 열등감이지 뭐, 이 세상의 반쪽을 정상적으로 못 대하니라며 자조(自嘲)하는 그의 자기반성, 자기방치는 쉽게 이해할 만한 것이었다. 특히나 이복동생인 전가로서는.

이윽고 생이별의 단골 가수, 배호 노래의 달인 안 박사 나오셔요 같은 호명이 실내에 울려퍼졌다. 전 변호사는 기다렸다는 듯이 그 달변을 뚝 끊어버리고 성큼성큼 술좌석 사이를 헤치고 무대로 나섰다. 건네주는 마이크를 잡자마자 그는 엇비스듬히 서서 화면 밑의 노래가사 따위는 볼 것도 없다는 듯이 눈을 지그시 감고서는 반주에다 귀를 기울였다.

첫 노래가 예의 배호의 '누가 울어'가 아니었던가 싶고, 뒤이어 '영시의 이별', '두메산골', '비 내리는 명동', '안개 낀 장충단 공원' 같은 잘 알려진 히트곡을 불렀을 텐데, 그런 곡명이야 아무래도 좋았다. 잠시잠시 노래방 주인 여자의 배음이 깔리다 말다 했지만, 전 변호사의 풍부한 성량, 기름진 음색, 호소력 좋은 바이브레이션, 애절한 고음 처리에 연이어 착 가라앉은 저음으로 떨어지는 주창력(奏唱力) 등등은 말 그대로 단연 압도적이었다. 대번에 술꾼들의 넋을 빼놓는 노래 솜씨로써 무엇 하나 나무랄 데가 없었다. 웬만한 가수를 뺨치게 만드는 그 노래 실력에 걸맞게 마이크를 두 손으로 거머쥔 그 자태에는 어떤 간곡한 정성이 어른거렸다. 누구나 흔히 듣는 뽕짝 유행가를 부르더라도 최선을 다함으로써 명곡의 그 물리지 않는 경지에 육박하겠다는 갸륵한 심경이 배어 있고, 그것이 진정으로 우러나오고 있었다. 특히나 절정의 고음부로 넘어갈 때는 무릎을 반쯤 구부렸다가 쭉 펴면서 그 풍요로운 미성을 허공중의 어딘가로 향해 목청껏 외쳐대기도 했다. 그것은 절창의 완결미였다. 그것만이 아니었다. 여느 가수들의 아리송해지는 여러 대목과 달리 배호의 달인의 가사 전달력은 완벽했다. 밑줄을 그어가며 문의(文意)를 철저히 파악, 이해, 평가하는 사람이 대체로 그런 것처럼 그의 우리말 발음에는 뛰어난 호소력이 넘실거렸다. 더욱이나 저음의 그 구성진 가락까지 명확한 발성으로 앞뒤 가사의 뜻을 정확하게 들려주는 그 독해력에는 달인만의 전문적인 소양 같은 것도 비쳤다. 과연 혀를 내두를 만한 노래 실력이 아닐 수 없었다.

전가도 음치는 겨우 면한 수준이어서 '철조망은 녹쓸고'라든지 '장대같이 쏟아지는 밤비' 운운하는 소위 18번 가요를 비록 박자의 장단에서 덜컹거리기는 할망정, 또 총기 부실로 노래방 영사 자막을 보고서야 소리칠 수 있긴 해도 그것에는 그냥 심심소일거리라는 자가선전이 역력했다. 물론 오늘날 우리의 노래방 이용자 대다수가 스트레스 해소용으로 대중가요를, 그것도 중년층은 트로트를, 젊은 세대는 팝이나 랩 등을 부르는데, 전 변호사의 가창력 전반에는 나름대로 배호의 노래만을 전공했다는 전문성이, 모든 전문가가 그렇듯이 자기식의 독보적인 곡 해석력이 소절마다에 암류했다. 이 노래의 진의는 바로 이것인데 배호가 박명에 쫓겨서 미처 소화해내지 못하고 말았으니 그 미진한 부분을 3할쯤 보완해야 한다는 그런 자기주장이 뛰어났다. 일종의 카덴차인데 그것은 작곡가가 다른 악상의 분출로 소홀히 넘어간 부분을 보완함으로써, 또한 그 곡 전체의 진정한 곡풍(曲風)을 완성시키는 즉흥적 애드리브로서 그것이 있고 없음에 따라 노래의 흥이 달라진다. 배호의 달인은 어떤 곡이라도 자기만의 그 카덴차를 자유자재로 구사했고, 그것도 멋들어지게 소화해냄으로써 원작의 미흡을 보완, 완성시켰다. 듣자마자 내지르는 술꾼들의 환호성이, 비록 술김이라서 호들갑이야 묻어 있다 하더라도, 바로 그 천의무봉한 실력에 대한 솔직한 품평이자 진심 어린 칭찬이었다.

전 변호사가 세 번째 곡을 부를 때쯤에서야 전가는 좀 착잡해졌다. 도대체 저 절창의 재주는 어디서 나온 것인가. 저 구슬픈 가락에 사생아의 한탄이 녹아 있단 말인가. 그렇다면 노래 실력은 유전이 아니고 성장환경의 소산이란 소리인데 과연 그럴까.

마침내 전 변호사가 연방 시원스런 풍경이 펼쳐지는 대형 스크린을 등지고 다가왔다. 신록 속으로 뚫린 오솔길에서 막 빠져 나오는 그의 감색 양복과 하얀 와이셔츠가 눈부셨다. 차라리 넥타이를 매지 않은 것도 예사 가수들을 찜쩌먹는 그만의 위상에 우뚝한 부조였다.

전가는 어때 들을 만했어라고 묻는 전 변호사의 얼굴을 직시하며 자리에서 벌떡 일어났고, 헌팅캡의 주둥이를 잠시 들었다 놓으며 경의를 표하는 일방 요란한 박수갈채로 맞았다.

"아니, 형님은 아무래도 직업을 잘못 택하셨네요. 가수로 나섰다면 일확천금은 나중 일이고 가요사에 길이 남을 대업적을 열어갔겠는데 이런 원통한 일이 있습니까. 아, 참, 철두철미 감동의 연속에 남의 가슴을 마구 후벼파고 심장을 갈가리 쥐어뜯어놓는 경집니다. 오줌을 쩰긴다는 말을 오늘에사 실감하니 이때껏 참 헛살았나 싶네요. 자, 우선 목이나 축이시고, 도대체 언제부턴 배호 노래를 전공하신 겁니까?"

전 변호사는 회심의 미소를 입가에 잔뜩 피워올리며 앉아서 들으라고 한쪽 손바닥을 연신 까닥였다.

"피야 속일 수 있나. 내가 누군데, 니나놋집 작부의 아들 아닌가."

이제까지 흥분을 감추지 못하던 전가는 잠시 숙연해졌다. 이복동생의 그 반응조차 예상하고 있었다는 듯이 전 변호사는 방금 건네받은 맥주잔을 길게 들이켜고 나서 술잔을 아주 방정하게 탁자 위에 내려놓았다. 자기 치부를 어떤 자의식도 비치지 않고 털어놓은 전 변호사의 그 자태에도 자신의 노래 실력에 대한 자축과 이제 막 부산 돈을 갈퀴로 긁어들이고 있는 세속적인 성공에의 자부심이 무르녹아 있었다.

전 변호사는, 할 말을 다하기로 들면 길어지지만 이라면서 전가에게 술잔을 권했다.

"저 배호가 말이야, 요즘 예수쟁이들 말로는 나한테 사탄이고 악마고 마귀야. 저 친구가 한창 깃발을 날리던 때가 66년부터야, 71년에 스물아홉 살의 나이로 신부전증인지 먼지 오줌통이 탈나서 아깝게 죽었으니까 꼬박 5년 동안 우리 가요계를 완전히 말아먹었어. 마침 그때 나도 고시 공부에 한창 열을 낼 땐데 등짝에 건전지를 싸맨 트란지스타 라디오만 틀면 배호 노래가 이것저것 들려와. 귀가 솔깃해지고 황홀해져. 완전히 달라. 기왕의 뽕짝하고는 먼가 많이 다르더라고. 나도 모르게 슬슬 빠져들어갔어. 안 해봤지만 마약이나 도박이 꼭 그럴 거야. 물론 담배도 마찬가지지, 못 끊어. 처음에는 저 뽕짝 멜로디보다 가사에 미쳤던 것 같애. 나중에 따져보니 그래. 맞을 거야. 하염없이 흘러내리는 눈물 같은 이슬비에 잊었던 상처인가라니, 뒤이어 검은 눈을 적시나 이러지. 거참 비유가 그럴듯하다, 어째 내 심정을 반쯤 베끼고 있다 싶기도 해. 터벅터벅 걸어가는 황토 십리길 이라잖아, 터벅터벅이란 의성어도 따져보면 벨것도 아닌데 괜찮잖아, 아주 그럴싸하지. 배호 노래에 첩어가 많고 그것들마다 아주 잘 골라서 써. 낙엽이 차욱차욱 쌓인다, 밤비가 쭈룩쭈룩 내린다고 해. 잘은 모르지만 문학도 그런 거지 싶어. 다들 뻔히 보고 알고 있는데 저게 물건이라고 골라내는 안목에서 우열이 갈릴 거야. 그걸 잘 다듬어서 내놓으면 그제서야 아, 이걸 놓치고 있었네 싶은 거 있잖아. 뿐인가, 네온불이 꺼져가는 삼거리야, 합성어 네온불도 들을수록 가슴이 서늘해진달까 찌릿해져. 원점으로 돌아가는 영시처럼 같은 비유도 숨이 턱 막혀. 아, 세상에 원점이 머야, 유행가 가사에 원점이라니. 누구도 그 흔한 말을 못 써먹었잖아. 동백 아가씨나 소양강 처녀와는 벌써 수준이 다르지. 유행가 가사에도 격이란 게 있잖아, 그걸 찾아먹어야지. 그래야 손뼉을 치는 거고. 돌아와요 부산항, 말이 돼? 앞뒤 말이 문법부터 개판이잖아. 일부러 비틀었다고? 옘병할, 지킬 건 지키고 멋을 부리든 지랄을 떨든 해야지. 만인이 좋아하고 따라 부르는 대중가요에 말뜻이 아리송하면 그게 무슨 사기야, 사기를 칠라거든 정색을 하고 덤벼들던가. 그거야 어쨌든 고시 공부 한다는 놈이 책상다리 밑에서 발로 장단을 쿵작쿵작 맞추고 있으니 돌아도 한참 돌았지. 터어벅 터어벅이야, 터벅 터벅이 아니다 이거야. 미치겠어, 연필 잡은 손도 책장에 밑줄은 안 긋고 연방 까딱까딱 장단질이야. 배호가 한때 부산에서도 잠시 살았다니까 그 동향의식도 좀 작용했을지 몰라. 지 외삼촌들이 다 음악했다니까 외탁한 거지. 지 둘째 외삼촌이 꾸리던 악단에서 배호도 드럼을 뚜드렸다니까 벌써 싹수가 남달랐던 건 분명해."

전 변호사는 맥주란 술은 이렇게 마시는 거다 싶게 벌컥벌컥 들이켜고 나서, 전가에게도 왜 안 마셔, 오늘 술맛 괜찮은데라며 호기를 부리다 다시 먼눈으로 한 시절의 객기를 토로하기 시작했다.

"아무튼 고시 공부한다면서 일요일에도 도시락 싸들고 학교 도서관에는 가는데 글이 머리에 들어와야지. 피가 매에치게는 고음을 강단 좋게 끊어야 된다고, 이런 생각만 하는 거야. 그때 정릉 입구에서 독방 하숙생활 할 땐데 그야말로 터벅터벅 걸어다니며 배호 노래만 흥얼거리고 있으니 그런 미친놈이 고시에 붙었다가는 말이 안 되는 거야 나중 일이고, 고시도 웃기고 나도 남새스러운 일 아냐."

전 변호사가 이복동생의 호기심 어린 눈매를 짐짓 달래며 권하는 술잔을 단숨에 꿀꺽꿀꺽 들이켜고 나서는, 한잔 더 따르라고 술잔을 끄덕였다.

"우리집 할마씨가 말이야, 좀 괴짜인 구석이 많아. 해학도 있고, 말에 여운을 기다랗게 달 줄 알아. 물론 하나 아들놈이 배호에 미친 줄이야 꿈에도 모르지. 고시에 언제 붙어도 붙기는 하겠지 하고, 시간이 말한다고 촘촘히 학수고대하고 있는 판이야. 나도 재학 중에 끝낼라고 단단히 작정이야 하고 있었지. 실은 열심히 매달리면, 정신만 바짝 채리고 집중적으로 머리를 싸매고 파면 고시 패스가 별거는 아니야. 헛소리 쓰지 말고 삼단논법식으로 딱딱 분질러 답안지를 작성하면 그만이니까. 요컨대 요점 정리식이야. 그런데 아, 마귀가 머리에서 요점을 헷갈리게 가로막고 나서는데 어째. 도통 멀 외우지를 못하고 책만 펴놓고 있은이 무슨 소용이야. 우리집 할마씨가 공부하라 마라 소리는 서로 자존심 상한다고 그러는지 일체 안 해도 은근히 에둘러서 사람을 꼼짝 못하게 만드는 데 선수야. 그쪽 말로 절란이지. 방학 때 내려갔다가 사흘쯤 빈둥거리다 보면 내가 심심한 줄 할마씨가 먼저 알아. 이 옷은 더 안 입지, 버리까 이카고, 그 다음날에는 신발 한 켤레 사 신어 이래. 속내가 뻔하잖아. 내가 버럭 신경질을 내지. 허어 참, 좀 깝치지 마라, 내가 알아서 하께. 동생들하고 오래만에 잠시 노는 기 그래 눈꼴이 시리나, 자식한테도 무신 깡샘 부릴 일이 있다 이 말이가 이카고 대들면 할마씨가 눈을 홉뜨고서는, 구두 밑창이 삐딱한이 닳았슨이 한 켤레 사주까 캤다, 에미가 자식한테 그 말도 못하고 사까, 내가 머시 답답해서 깝치노, 으이, 머시 깡샘? 내가 니까짓것하고 좋다 싫다 시비하까봐, 배았다는 기 니 에미 복장도 모리나, 내 말이 틀렀나. 그카고는 바로 빨래한 옷을 갠다고 손다듬이질하며 챙기기 시작한다. 그때는 보스턴백 비슷한 인조 가죽가방을 들고 다녔어. 그 속에다 주로 내의, 양말, 손수건, 타올, 겉옷 같은 거를 차곡차곡 꾸려서 웃목에 내놓고는, 언제 올라갈래 하고 눈짓으로 물어. 하숙비, 학비, 용돈 같은 거는 누런 편지봉투에 따로 넣어서 내의 속에 꼬불쳐뒀다고 그래. 나도 눈치가 있는데 나서야지. 공연히 땡고함이나 내지른 기 후회스럽고 그렇지. 이래저래 짜증이 나서 미칠 판이야. 원래 사내들은 밖에 일이 잘 안 풀리면 집에서 짜증 부리고 그러잖아. 배호한테 홀려서 고시 공부를 내팽개치고 있으니 이래저래 심란할 거 아냐. 할마씨가 그건 몰랐을 거야. 할마씨가 딴말은 안 하고 어서 나 담배 좀 끊게 해주라 이캐. 그 말에 또 신경질이 버럭 나서, 내 고시 패스하고 엄마 담배 끊는 기 무슨 상관인데, 사람을 좀 달달 볶지 마라고 대들지. 그러면 할마씨가 그 긴 속눈썹을 치켜뜨면서 내가 언제 널 달달 볶았냐고, 에미치고 나처럼 간섭 안 하는 여편네 있으면 나서보라고 따져. 말이야 맞아. 할마씨가 좀 이상한 징크스 같은 게 있어. 데리고 장사하는 색시들이나 술상 차리는 찬모 두엇이 모여서 내 말을 한다거나 하면 당장 난리가 나. 말이 씨 된다는 말도 못 들었냐, 자랑 끝에 불 붙는다는 말도 있는데 남의 자식 장래를 망칠 셈이냐고, 아주 정색하고 호령이야. 손님 중에도 자식 자랑하는 양반들은 데데빠졌다고, 히리빠즌 인간이라고 질색을 해. 한번쯤은 들어줘도 두 번째 또 시끄럽게 자랑하면 손님한테 그대로 박아버려. 자식 자랑하는 거 아니라고, 사람은 죽을 때야 비로소 잘난 사람 못난 사람이 가려지지 않냐고, 지금 잠시 좋은 학교 다니고, 출세했다고 떠들어대면 그게 방정이지 별거냐고. 부모라면 끝까지 지 자식이 잘 되고, 훌륭한 사람으로 살아남아서 후세에도 남의 손가락질 안 받기를 바래야지, 지금 좀 껍죽대다 개망신 당하는 양반이 얼마나 많냐고 찬찬이 일러줘. 손님들도 꼼짝 못하지. 정 그렇게나 자랑하고 싶으면 자기 힘 자랑이나 딱 한번만 하라고, 그것도 자주하면 불 붙는다고 그랬다는 거야. 물론 와이당이지. 아, 나도 할마씨가 장사 접고 골골거릴 때 누구한테서 들었어."

전 변호사가 술상을 정리하면서, 술 좀 더 해야지라고 했고, 손짓으로 여기저기를 가리키며 말을 이어갔다.

"옷가지 꾸린 가방을 여기 놔두고 내가 이렇게 마주 보고 앉았어. 화딱지가 나서, 보자, 담배 그거 하나를 못 끊나 이카고 오지랖으로 달려들면 할마씨가 청자라고, 구릿빛 껍데기로 싸바른건대 그게 그때는 제일 비싼 담배야, 그걸 두 손으로 움켜쥐고 휙 돌아앉으며 그래, 니가 먼데 남우 물건을 뺏을라 카노, 니가 왜놈 순사가 이캐. 잠시 주춤하고 있으면 할마씨가 담배 한 까치를 빼서 내 앞으로 휙 던져. 나는 그걸 집어 사정없이 반으로 분질러버리고, 놋재떨이 위에다 그 담배가루를 풀풀 쏟아버려. 바라, 이래 끊으면 그마인데 무슨 미련이 많아서 꼴란 담배 하나를 못 끊는다 말이고 이카지. 지는 배호에 미쳐서 꼼짝도 못하는 놈이 시건방진 소리 아냐. 그라면 할마씨는 엇비스듬히 돌아앉으며, 나는 미련 같은 거 없다, 그런 거 모리고 산다, 몰라도 살아지더라, 대신에 생각이야 많다 이캐. 미련이 많았으면 각성바지 자식을 넷이나 낳았겠냐 그 소리지. 내가 생각이나 미련이나 거기 결국 똑같은 말 아이가 이카면 할마씨는, 다리다, 니는 법대 댕기미 법조문 따진다는 인간이 생각하고 미련도 분간할 줄 모리나 이칸다. 말에는 내가 못 당하지. 그때쯤에는 밖에서 엿듣던 동생들이 차례로 조촘조촘 들어와. 살림집하고 영업집이 좀 떨어져 있었어. 적산가옥인데 행랑채처럼 기다란 방이 큰거 작은거 한 개씩 딸리고 소죽 끓이는 데를 부엌하고 살강을 달아낸 그 집에서 동생들하고 할마씨가 사는 데야. 큰놈이 바로 내 앞에 와서 그래, 오빠, 엄마한테 말 좀 곱게 하면 안 되나 이카고, 밑에 두 놈은 지 엄마한테 가서, 와 오빠를 후지백이고 자꾸 떠다미냐고, 며칠이라도 더 우리하고 놀다 가게 안 하냐고 울고불고 난리야. 그라면 할마씨는 니년들이 와 시건방지게 어른들 싸우는 데 나서냐고 공연히 엉뚱한 데다 화풀이야. 여자 넷한테 어떻게 당해, 졌다 졌다 이카고 나는 일어서. 그카고 담배야 끊든 말든 알아서 하소, 다음 방학 때는 안 내리올끼구마, 1년 후에도 내리올지 말지다 이카면 할마씨는 즉각, 지발 내리오지 마라,

지 에미 복장을 이래 갈가리 쥐어뜯어놓고 가는 자식은 소용 없다, 니 없이도 이년들도 데리고 얼매든지 잘만 살끼다, 어서 가거라, 담배나 옳기 한 대 피울란다 이카미 반쯤 돌아앉아. 그때 얼핏 보면 할마씨 긴 속눈썹에 모진 기운이 서려 있어. 그 나이에도 저런 결기 앞에 남자들이 꼼짝 못하는구나 싶었어. 그라고 유엔 성냥갑에다 성냥개비를 딱 한번 칙 그은 불을 두 손바닥으로 모아서 담배에 붙이고 길게 담배연기를 토해내는데 아주 멋이 있어. 그 당시나 그전에 신파 영화로 노경희, 이빈화 이런 여배우들이 술집 작부나 다방마담으로 나오면서 담배를 멋있게 피우고 그랬지만, 우리집 할마씨에 비하면 연기가 너무 노골적으로 보여. 말하자면 시키는 대로 흉내 내는 연기가 비쳐. 내 눈에는 그래. 그카고 나서, 가구마, 동생들 너무 왈기지 말고 잘 거두소 이카고 가방을 들고 방문지방을 걸터 넘다가 얼핏 돌아보면 할마씨 뺨에 긴 눈물자국이 흐르고 있어. 돈 떨어지거든 부치라 캐라, 화류계 기집이 자식 학비도 못 됐다는 소리는 듣기 싫은 이까 이칸다.”

전가가 전 변호사의 회상을, 그 끝자락을 재촉하느라고 술잔 둘을 채우긴 하지만, 아까 ‘왜놈 순사가’ 같은 말이 귀에 쟁쟁해서 좀 떠름해진다. 그 계급이 왜 순사였을까, 순사부장일 수도 있었을 텐데 말이다. 왜정시대의 경찰관에 대한 조선인의 일반적 호칭이 ‘왜놈 순사’였단 말인지.

전 변호사가 호기롭게 술잔을 비우고 나서 천연스럽게 말을 이어갔다.

“그야말로 터어벅 터어벅 마산역까지 걸어가며 오만 생각을 다해. 이게 무슨 악연인가, 모자가 아니라 원수지간 아인가 이런저런 생각들이지. 명색 씨 다른 자식을 내 밑으로도 셋이나 낳은 할마씨의 소행이 못마땅해서 그카는 기지. 그라고 걷는데 마산역 앞 광장이 저만치 보이만 거기 동생들 세 놈이 키대로 나란히 서서 단풍잎 같은 손을 팔랑팔랑 흔들고 있어. 언제 그렇게 내빼왔는지 몰라. 세 놈 다지 애비가 달라서 그런지 인물도 머리통도 머리숱까지 지멋대로고 가지각색이야, 성질들도 꼭 그렇고. 그걸 찬찬이 뜯어보면 아주 재미도 있고, 생각거리가 무궁무진해져. 기집애들은 어릴 때부터 완전히 다른 인종이야, 철저히 잘 다루고, 별도로 키워야 되겠더라고. 가들하고 눈을 맞추고 있으면 배호 같은 마귀도 까맣게 물러가고 없어. 신기하게도 그래, 마귀도 기집애들한테는 꼼짝 못하는 모양이야. 서로 상극인가 봐. 내가 그 세 놈 앞에 가방을 내리놓고는 무심코, 야, 떼지어 여는 말라고 나왔노, 너거들까지 너무 한다, 안가 딸내미들도 정말 지긋지긋하게 끈질기네, 우예 여까지 따라와서 생이별을 두 번씩 하라 카노 이카먼 우에 두 놈은 지들끼리 눈을 맞추고, 제일 밑에 놈은 내 손을 가만이 잡고, 오빠도 안가지 카면서 내 눈을 빤이 맞차. 걔가 나하고 띠동갑이야, 내 호적 나이가 맞으면 꼭 열두 살 차이야. 그때 가가 초등학교 3, 4학년쯤 됐을 텐데 벌써 형제들이 다 각성바지지만 한 엄마 밑에서 크는 우리가 다 한배 자식인 줄 알고 있었어. 그 막내 말에 왠지 콧등이 시큰해지는데 큰놈이, 오빠, 삼랑진까지만 따라가면 안 돼 이래. 그라면 밑에 두 놈도 이내 말귀를 알아 잡고, 나도 나도 이러고. 그때는 삼랑진에서 3, 40분씩 기다렸다가 부산에서 올라오는 기차를 갈아타고 서울로 가고 그랬어. 완행열차에 열 시간 이상 걸리고 그랬어도 교통수단이라고는 그것밖에 없었어. 안 된다고, 엄마한테 내가 머러캐인다고, 기집애들을 와 먼 데까지 데리고 다니냐고 훌닭일 낀데 너거들은 또 우얄 끼고 이카미 달래도 큰놈은 막무가내야. 걔가 나보다 다섯 살 밑이니 중 3이나 고 1쯤 됐겠네. 우옛든 집에 빨리 가라고, 손을 휘휘 내젓고 그랬어. 그래도 세 놈이 앙탈을 부리고 돌아갈 생각을 안 하면 우리집 할마씨처럼 생이별은 모질게 해야겠다 싶어, 빨리 가라고, 여서 더 따라오면 다시는 너거들 안 본다 이카고 가방 들자마자 팬허키 개찰구를 빠져나가서 되돌아보만 세 놈이 다 울고불고 난리야. 손등으로 눈물을 훔치고 그래. 셋째 막내가 지 에미를 많이 닮아서 반달눈썹에 속눈썹이 길어서 거이슬 같은 기 주렁주렁 매달려 있고 그랬어."

"인자는 배호 마귀가 깜쪽같이 물러갔겠네요."

"무슨, 마귀가 그렇게 호락호락 떨어지면 옳은 귀신이 아이지. 두 번째 고시에서도 보기 좋게 낙방했어. 그때는 정말 미치겠대. 할마씨 보기도 부끄럽고, 책만 펴들면 담배 피우는 할마씨 영상만 얼쩡거려. 동기생들처럼 나도 미아리 점집을 찾아가보까 하고, 관운이 정 없으면 고시는 포기하고 직장이나 알아봐야지 이러는데 내 호적상 생년월일이 맞다쳐도 생시를 모르니 점집에도 못 찾아갈 신세야. 그렇다고 할마씨한테 생년월일하고 생시를 물어볼라 카니 차마 그럴 수는 없겠더라고, 알량한 자존심이라는 게 있었나 봐. 만에 하나 그걸 물었다가는 할마씨가 내 낙담을 대번에 알고 또 무슨 술수로 깝칠지 몰라. 정 서울서 공부가 안 되거든 절에 들어가거라, 한눈 파는 데가 어데고, 어느 절이 조용한이 괜찮은지 알아봐주까, 벌써 기집질 하나이래 물을 거 아인가베. 인자는 내가 생각과 미련 사이에서 우왕좌왕이야. 미치겠어. 이래저래 배호 귀신은 숙주가 머리를 싸매고 늘어졌으니 딱하다고 여겼는지 심드렁한 눈치야. 시원섭섭해도 한시름은

놓겠더라고. 아무리 생각해도 안 되겠다 싶어서 한번만 더 쳐보고 그만둔다고 작심을 단단히 했어. 그 열병을 치르고 나니 사람이 좀 달라지더라고. 할마씨와 동생들을 극과 극에 놔두고 시비를 거는 나 자신도 우습고. 객기였을 거야. 외롭기도 했을 테고. 요즘 말로는 젊은 한때의 자기 정체성 혼란쯤 되지. 그럴 때가 마귀로서는 호기잖아, 배호의 그 가사가 감언이설로는 딱 제격이지. 포근한 안식처자 나른해지는 도피처로서는 안성맞춤이잖아. 내 출신에 대한 열등감 같은 것이 배호 같은 마귀를 신주로 삼았을 거야. 물론 기성체제에 대한 반발심도 있었을 테고, 이 세상의 그 잘난 질서를 깔아뭉개고 싶은 반항심리로 법조문 같은 기 하등에 쓸데없이 따따부따거리는 짓거리라 공부도 하기 싫었을 테고. 데모하는 친구들도 실은 향학열보다 출세욕에 휘둘려서 건방을 떠느라고 저렇게 시끌벅적한이 포장하는 거다 싶긴 하대. 그놈들도 결국 공부가 하기 싫어서 쓸데없는 말로 씨부렁거리다 운이 좋으만 건달 정치가로 출세하는 기고, 그 나머지는 평생 여기저기 아무데나 기붙고 기신거리다 허허거리다 마는 기지. 배호가 그 정도는 읽게 만들더라고. 그걸 아무나 가르쳐주나, 배호 노래가 고맙다마다."

전 변호사는 술이 취할수록 기염도 그럴싸해지고, 말이나 몸도 흐트러지지 않는 이상한 체질 같았다. 그것도 출신 성분에 대한 자각으로서의 어떤 긴장이라면 차라리 기릴 만한 주벽이기도 했다.

"아무튼 어떤 책에 보니 인간은 조상이나 아비의 자식이 아니라 습관의 자식이라고 씌어 있더라고. 반쯤은 맞는 말 같애. 습관 대신에 열정, 마귀, 여동생, 미련 같은 말을 집어넣어도 뜻이 통할 거야. 아니, 그래야 맞더라고. 습관이야 뿌리치면 그뿐인데 머, 더 멀 따져.

그런이 남녀 간의 교접도 사실 별것도 아니야. 5분이든 20분이든 그 쾌락은 결국 찰나나 마찬가지고. 보배보다 더 귀하다 어떻다 해쌓지만 사람 사이에 끼는 정만치 헤픈 게 어딨어. 다들 그걸 너무 남발, 악용, 오용하지. 한때의 광증일 뿐인데. 배호 같은 귀신도 같은 맥락이야. 말하자면 그 찰나에 마귀가 딱 달라붙어 떨어지지 않는 거야. 그 미혹이 얼마나 달디달고 한편으로 덧없고 쓰디쓴 거야 겪어보면 다 알아. 물론 별거도 아니지. 그래도 그 홍역을 안 겪어보고는 몰라. 그런데 말이지 애는 전혀 달라. 교접의 횟수와 상관없이 어느 날 덜컹 애가 섰다고 알아지면 어떡해, 낳아야지. 생명이고, 그거야말로 끈질긴 인연의 시작인데 어떻게 떼쳐. 지 몸인데 뭘 떼치고 말고야. 그 인연에 따라붙는 사소한 잔가지야 겪어가며 분지르고 돌아서고 그러면 별로 대수로운 거도 아니잖아."

시킬 때마다 다섯 병씩 가져오는 맥주병이 술상 위에 즐비했다. 그래도 두 형제는 취기가 얼씬도 못할 정도로 말똥말똥했다.

화제가 궁하지는 않았는데도 전가는 어느 순간, 대법관까지 노려보지 왜 중도에서 하차했냐고, 좀 이른 편이 아니었냐고 물어보았다.

"그것도 말이 길어지지만 내 주제에 법관 노릇을 오래 못 하겠어. 고시 성적도 썩 좋지는 않았고, 운이 없었는데 그나마 간신히 붙었던 것도 마지막에 서너 달 바싹 달려들어 벼락치기 공부한 덕분이었으니까. 시험장을 빠져 나오려니 그제사 빠뜨린 대목, 빼묵었지 싶은 법률 용어가 속속 떠오르대. 역시 기출(旣出) 문제만 달달 외우고 벼락치기 공부한 꼴이 이렇다 싶어 은행에라도 취직원서를 내봐야 될따 싶더라고. 우리나라 시험에 당락이란 게 흔히 그렇잖아, 운수지. 물론 1등과 10등이야 차이가 엄청 크지만 나머지야 거기서 거기잖아.

아무튼 승진에 가슴 졸이고, 그 후유증이야 적당히 땜질한다 하더라도 법관 월급으로는 애 셋 과외공부 시키기도 벅차, 겨우 연명하는 수준인데 머. 또 내가 집사람 몰래 돈 쓸 데가 좀 있어. 속속 손 벌리는 일이 생기대. 내가 돈 쓸 데야 뻔하지, 우리집 할마씨가 나한테 해준 것만치 나도 누군가에게 그 빚을 갚아야지."

그날 지하 노래방 '생이별'의 밝은 계단을 올라오며 전가는 언제 다시 날을 잡아 형님의 리사이틀을 들어야겠는데 운운하자, 전 변호사는 또 잠시 배호 타령을 흘렸다. 배호가 일설에는 3백 곡 이상을 육성으로 남겼는데, 그 반 이상이 되다만 엉터리 곡이지만 덜 알려진 것 중에 명곡이 많다면서 그중에서 7, 80곡은 어느 자리에서든 따라 부를 수 있지만, 배호 자신이 작사, 작곡에 손을 댄 작품에는 어딘가 향수, 피곤기, 체념, 미련의 기운이 비쳐서, 그 겸손한 가락이, 자신을 내팽개치듯이 허물어지는 그 처량한 포즈가 들을 만하다고 했다. 그래서 지금도 마이크를 잡았다 하면 자기 신세타령 하는 셈이라 저절로 진지해진다는 것이었다.

8

스스로도 인복으로 잘 살아왔다 싶게 전가는 직업운과 직장복도 좋아서 20년쯤 국내 굴지의 제약회사에서 밥을 먹었고, 자식들 뒷바라지도 남들이 하는 만큼은 할 수 있었다. 그동안 회사 창업자의 출퇴근 승용차를 몰고 다니는 업무에서부터 온갖 잡일을 맡기는 대로 성실히 엉구어내는 데 성심성의와 미력을 다해온 것은 사실이었다. 그런데 그가 40대 중반에 이르렀을 때, 정 회장이 주체할 수 없을 정도로 넘쳐나는 개인 돈을, 그것은 대체로 상속세와 양도세까지 뜯겨서 반 이상을 국세청에 갖다 바쳐야 하는 억울감을 미리 막아버리려고 여러 건의 부동산과 주식 일체를 육영재단의 재원으로 돌려놓았는데, 그것으로 두 딸자식이 선대로부터 물려받아 엄벙부렁하니 꾸려오다 미국으로 이민을 간다며 내놓은 학교법인을 인수하면서 전가에게 그 살림을 맡으라는 하명을 떨구었다. 기왕의 장학사업이나 확충해 나가겠다더니 그 전통만 짱짱한 사학재단을 인수한 배경에는 미국에서 10년 이상 유학생활을 영위한 맏아들 내외의 역할이라기보다 강청이 주효했으며, 교육청의 승인을 받는데도 자부의 인척이 정회장에게 양도한다는 형식을 밟았다고, 적어도 서류상으로는 그렇게 되어 있다. 전주(錢主)의 그런 사업적 의욕과 꿍꿍이속이야 월급쟁이가 몰라도 될 일이라서, 속으로 왜 하필 불초소생에게 그 중임을 맡깁니까라고 자문해보니 남들보다 다소 정직한 심성 때문이 아닌가 싶었다. 궁금해서 정 회장에게 속셈이 무엇이냐니까 의외의 좀 껄끄러운 대답이 제법 길었다.

"우선 자네 틀거지가 듬직하잖아. 때 이르게 훤히 벗겨지는 그 대머리도 쓸 만하고. 선생들이 남을 가르치는 직업상 아무나 깔보는 못난 습성이 있을 낀데 자네를 만만이는 못 볼 것 같애. 내 짐작이 맞을 끼라. 선생을 다룰라면 안식(眼識)이 엄정해야 할 거로. 그것들이 좀 배앗다고, 그래서 선생이지만서도, 사람을 무시하고 심성이 배배 꼬였을 거로. 요새처럼 공교육이 천대 받고 교장 이하 선생들이 먼저 우왕좌왕 개판치고 있으니, 또 입시망국 같은 힘 빠지는 세태를 불식은커녕 조장, 사주하는 무리들이 교육청 관리들이고 하니 그것들 심성이 오죽 정상이겠나. 내 말이 벨로 안 틀렸을 거로. 원래 장사치와 선생 똥은 개도 안 처묵는다 캤잖아. 지가끔 성질이 다른 사람을 상대하다본이 속부터 속속들이 썩은이까 그 배설물이 온통 엉망진창이란 소리지. 맞는 말이지 싶어. 암튼 우리 둘이서 전직하는 셈치고 인사권과 재정권을 나하고 자네가 독식해보지 머."

"그 참, 회장님도 연세 때문에 인자는 사람을 영 잘못 보는 갑심더. 그라다가 참말로 큰일 낼까봐 조마조마해진다 카이요. 소생이 무학에 무자격자라는 거는 회장님이 누구보다, 첫 면접 때부터 잘 아시면서 그카니 참 알다가도 모를 꿍심입니더."

"그래서? 우옛다 말이고. 나도 무학이다. 심상소학교 졸업장이 다다. 우짤 낀데, 머시 잘못됐나."

"한참 잘못됐지요. 요새사 웬만한 직장치고 부장부터 사장까지 다 야간 경영대학원에 댕기는 세상인데, 심상소학교가 경영대학원 보고 키 대보자 카면 서당 개도 웃심더."

"경영학? 그것도 무신 학문이가? 지들 똥구녕이나 야무치기 닦고 시시덕거리면 밉지나 덜하지. 꼴란 경영학 석사학위로 대가리에 금테 두리겠다 이 말이가? 그 휘황찬란한 학벌에 눈이 부시가 고개나 제대로 들 수 있을라. 포부 한분 장하다, 떠그랄."

"성인(聖人)도 시속을 좇는다 캤는데 회장님 혼자서만 빡빡 우기신이 속이 터져서 해보는 소리지요 머."

"여가 중국이가? 성인은 고사하고 어른이라도 옳은 기 하나라도 있어 바라, 내가 만다꼬 귀한 돈 내빼리가민서 장학사업 육영사업 벌리까바."

"허참, 말이 이상한 골로 굴러갑니더. 제가 무자격자인까 이왕 귀한 돈을 쓰시기로 했으만 훌륭한 인재를 뽑아서 재단을 꾸리시라 카이 영 말이 안 통하네요.”

　“내가 언제 학력, 학벌 떠받드는 거 봤더나. 나는 천성이 그런 거 안 믿고 또 모린다. 배운 것들은 배운 기 그기라고 죽어도 지 생각만 옳다 카고, 남우 말은 안 듣고실랑 빡빡 씨아대는 오구랭이들이다. 그기 그것들 생업이다, 그런이 발전이 없는 기지. 지지리도 못나빠진 시에미 맨쿠로 변덕스러븐 교육부가 있는 한, 꼭 그런 기 시방 우리 머리 우에도 하나 더 있다, 주체사상인지 먼지 엉터리 수작만 부리고 나라를 꽁꽁 쳐닫아놓고실랑 김씨 일가 저끼리만 호의호식할라 카는 무리들 말이다. 우옛든 그런 것들이 있는 한 머시든 제대로 바까볼 수야 있을까만서도 선생들이라도 좀 올바른 것들을 뽑아 써봐야지. 나는 벨 욕심도 없다. 내 혼자 힘으로 되는 기 빤하다 카는 것도 알만치는 안다. 그런이 돈도 많이 안 쓸라 칸다, 또 함부로 쓸 수도 없는 세상이다. 하기사 학교법인 채리놓고 공금이든 찬조금이든 지멋대로 후무리고 돈까지 버는 것들도 있는갑더라마는 나는 머리도 나뿌고 간도 작아서 그런 얼빠진 지랄은 죽었다 깨나도 모한다. 나라든 교육청이든 지원비 내리 보내주만 그대로 다 쓰고 보라 카미 영수증 제출해뿌고 말 끼다. 여러 소리 더 할 거 있나. 내 소견은 여까지다. 자네가 앞장서지 머. 만사가 내 힘에는 과치만서도 우야겠노, 한분 부닥치보는 기지. 정 안 되만 손 털고 나가자빠지면 그뿐 아이가. 깨진 돈이사 공부한 월사금이라 카먼 배짱이 편할 끼고.”

　“회장님이 시방 머쎄 단단이 쐬인 거는 틀림없는 거 같심더. 정신을 채리셔야지, 장차 우얄랴고 이랍니꺼. 사표를 내든지 해야지 저처럼 어물어빠진 인간을 이래 한데다 매달아놓고 족치가사 어데 지 명대로 살겠심니꺼.”

"엄살 떨지 마라. 해보지도 않고실랑 한데다, 춥다 카는데 그기 말이 되까, 안 글나? 사표? 글 모리는 내한테 그거로 머하라꼬. 뒤지로 쓰까. 일언이폐지하고 내 나이가 내일 모레로 희수(稀壽)다. 아죽도 정신머리 하나는 멀쩡하다. 세상도 과히 틀리게 보지는 않지 시푸다. 아들 두 놈보다 내 판단이 바른 거는 자네도 짐작이 있을 거로. 돈보기야 끼지만서도 삐딱한 세상도 볼만치는 보고 귀도 아죽 안 어두번이까."

사학 법인 일에 조금씩 문리가 트이자 재정은 장부에다 기록하는 대로 집행했다고 이사장에게 보고하면 그뿐이었다. 이를테면 매년 짓고 허물고 뜯어고치는 교내 시설물의 수주에 따르는 크고 작은 말썽으로써의 뒷돈 받아먹기, 향응 받기, 남의 카드로 생색내고 물건 사기 등을 밀막는 수단은 시공업자와의 거래라기보다 그들의 어떤 수작질을 멀찌감치 떼놓으며, 그 거리만큼 냉랭한 시선을 부라리는 것이었다. 교육용 기자재나 비품 구매에서의 대금 수수, 학교 운영이나 교사(校舍) 및 교정의 관리에 따르는 각종의 노무, 용역, 이용에서 금전의 입출도 마찬가지였다. 한마디로 줄이면 1원 한 장도 무하기(無下記)만은 엄금한다는 철칙을 교장 이하 여러 교직원에게 시범하면서 가급적이면 말을 줄이고 눈만 껌뻑거리고 있는 행실이 재단 살림꾼의 할 몫이었다.

그런 처신 챙기기야 어려울 것도 없는 것이 전가의 주위에 몇몇 실례가 있었다. 말할 나위도 없이 전가 자신의 모주꾼 선친부터 지프차의 선탑자 구 장군을 비롯하여 같은 단지 안에서 두 배나 큰 평수의 아파트로 이사 간 당신 집도 어디인지 몰라서 운전기사에게, 저 경비원한테 한분 물어봐라, 오늘 이사하는 거야 알았어도 멫 동 멫

혼지는 일러주는 대로 외아났는데도 잊아뿟네, 이런 망신이 어덧겠노, 우리집 박색 할마씨가 또 메칠 내내 왈왈대겠다라고 중얼거리며 난감해하던 정 회장도 있었다.

그러나 역시 어려운 일은 매년 1월 말쯤에 실시하는 신입교원의 공채를 얼마나 방정하게 전형하느냐는 것이었다. 물론 예의 정 회장 겸 법인 이사장을 가운데 모시고 양쪽에 한 명 이상씩의 면접관을 배석시키는 그 면접시험에서의 판단력이 늘 오락가락해서 탈이었다. 다른 면접관의 경우는 어떤지 몰라도 전가는 피면접자의 정직, 성실, 근면에 더하여 그만의 인생관과 세태관을 알아보는 대목에서 어떤 정답을 바라고, 그것에 집착하고 있는 자신의 심리적 갈등이 자주 거슬렸다.

학벌, 학력이야, 적어도 서류상의 그것은 다들 출중했으므로 더 따질 것도 없고, 실은 그 평가를 재단할 수 있는 방법도 마땅찮았다. 그들에게 대기업체처럼 입사시험을 치르게 할 수도 없는 데다 세칭 명문대 출신자가 3류 대학 졸업생보다 과연 속실력과 학생을 지도하는 교권 제고력에서 얼마나 앞설지를 무슨 재주로 알아낸단 말인가. 그럴 수밖에 없는 것이 그들의 대학 및 대학원의 이수학점 명세서에는 대개 다 올 비 이상이거나 올 에이였는데 그 수치가 도무지 믿기지 않아서였다. 그래서 그렇지 않을까 싶게 학력 콤플렉스가 없다는 이사장도 졸업장 같은 서류는 건성으로 힐끔거리는 정도였다. 다만 고지식한 양반이긴 했어도 연거푸 세 학교에서 쓸 여남은 명을 선발하고 나서는 다른 면접관의 평점을 대체로 존중하는 낌새가 역력했다. 피면접자들의 그 나무랄 데 없는 대답에 질려서 성에 차지 않지만 자신의 그런 불만 너머에는 오늘날 우리의 요령 좋은 '정답 맞추기'식 학교교육 제도가 버티고 있을 터이므로 내 힘으로는 어쩔 수 없다는 한숨이 서려 있었다. 그러니 누구를 뽑아도 중고등학교 학생들을 가르치는 학력에서는 부족함이 없는 셈인데, 그것 이상의 무언가를 요구하고 있는 이사장 자신의 욕심을 떨어버린 것이었다. 역시 돈복을 타고난 사람답게 이사장은 세상의 추세를 즉각 파악하고, 그것에 보조를 맞춰버리는 일종의 장사 수완을 육영사업에도 능소능대하게 적용하고 있는 셈이었다.

그런데 지금껏 전가의 기억에 명멸하는 한 인물의 교사 채용건은 상당히 의미심장했다. 그날따라 재단에다 이름만 걸어놓고 있는 회장의 두 아들과 사위와 딸 들은 일찌감치 이런저런 핑계를 대고 면접관 노릇을 사양했으므로 이사장과 전가가 고정배기로 나서야 할 판이었다. 두 사람으로는 소위 객관성 확보에 미흡할 수 있었다. 그렇긴 해도 이사장은 학교 쪽의 교장이나 교감은 면접관으로 부릴 생각이 추호도 없는 듯했다. 아마도 그들의 선입관, 고정관념이 지레 못마땅하다는 낌새였고, 그 차출이 공식화되면 이내 그쪽으로의 청탁질이 공공연해질 게 뻔하며, 그런 치졸한 거래로 망외의 말썽이 불거지는 것에는 넌더리를 내는 양반이었다. 게다가 그저 무던하고 반듯하며 고분고분한 순응자를 골라낼 그들의 납작한 교사상이야 익히 알고 있는데, 굳이 그것을 확인하려고 그 바쁜 체하는 양반들을 참석하라 마라 할 것 있냐는 속셈의 노골적인 현시였다. 제약회사 쪽 감사든 전무를 형편이 되는 대로 데리고 가겠다고, 관례대로 지원자들에게 주는 소정의 거마비를 챙기라는 이사장의 당부를 받들고 그는 기다려야 했다.

거두절미하면 그 지원자는 말솜씨가 아주 그럴듯했다. 외양도 반듯해서 연애질로 여념이 없는 여느 연속극 중의 젊은 탤런트 같은 그 곱살한 눈매가 오히려 거슬릴 정도였다. 그러나 마나 구두시험에서의 점수 매기기는 엄연해서 그는 5 대 1의 경쟁률쯤은 무난히 뚫을 만한 인재였다. 무엇보다도 일류대학 졸업생에다 교직과목도 이수했고, 교육대학원도 마친 학력이 다른 지원자들보다 월등해서였다. 면접에서의 채점이야 그런저런 선입관 때문에 좋을 수밖에 없으나, 무슨 사안에서든 간단명료한 일처리를 좋아하는 이사장의 지침을 좇아 인성, 학력, 언행 등에 대한 20가지의 품평에 수우미양가를, 곧 5점에서 1점까지를 매겨 백 점에 가까울수록 채용자로 낙점될 확률이 높은 전형 채점에서는 더러 이변이 없지 않았다.

이사장은 대체로 신문 읽기를 하루에 몇 시간쯤씩 하느냐, 사설은 읽는가에 이어 그때그때마다의 세론(世論)을 들고 나와 지원자의 의견을 듣고자 한다. 이를테면 공무원이 노조를 결성하여 단체협상권을 행사하는 것에 대해 고견을 털어놓아 보라든지, 전임교원이 전교조 활동을 계속하는 게 옳은지, 무노동무임금제가 맞는지, 모든 노조에서 구성원들로부터 회비를 갹출하는 모양인데 그 적정액은 얼마여야 하는가 따위를 꼬치꼬치 묻는다. 그런 질문들에 대한 모범답안도 있게 마련이고, 그것마저 여느 지원자나 거의 근사(近似)한 대답을 내놓지만, 주로 그것을 풀어내는 말솜씨에서 평점은 엄청나게 달라진다. 똑같은 대답을 했는데도 3, 4점이나 점수 차가 벌어져서 채용 여부가 갈리고 마는 것이다. 이사장의 반응은 늘 시무룩한 쪽이었다. 더 들어서 뭣하겠냐는, 어째서 우리 사회는 이토록 단답안을 가르치고 배우냐는 불평을 안면에다 북북 그어대는 그 양반의 심통을 이해하지 못할 천치야 학교 사회 전반에 있을 리 만무하나, 그런 만큼 그이가 스스로 그 울화를 적당히 소화해낼 수밖에 없는 것이었다.

아무튼 이사장의 그런 신문이 끝나자 이제는 법인의 사무국장 전가가 뭔가를 알아볼 차례였다. 소정의 지원서 양식을 주시하며 그는 지원자의 체면을 고려하며 다소곳하게 물었다.

"여기 보니 부친의 성씨가 지원자 성과 다릅니다. 혹시 의부신가요?"

이사장은 그것을 소홀히 봤네라는 눈치였다.

기다렸다는 듯이 지원자의 막힘없는 대답이 술술 이어졌다. 몇 번이나 면접관들이 되묻고 피면접인이 대답한 그 내용을 요약하면 대체로 이런 것이었다.

의부가 맞다. 친모가 상부(喪夫) 후 3년이 지나 재혼했다. 내가 한 살 때 교통사고로 사별했으니 우리 엄마는 유복자나 다름없는 자식과 농촌에서 살아내기가 실로 딱해 개가할 수밖에 없었다. 의부 쪽도 초취(初娶)가 다른 남자에게 살러 가버려서 쌍둥이 두 딸을 데리고 재혼해야 했다. 당연히 두 재혼부부는 슬하에 딸자식 하나와 아들자식 하나를 차례로 두었다. 이런 가족관계가 복잡하다고 할지 모르나 우리집은 일곱 식구가 아주 화목하게 살아왔다. 내 위의 두 누나는 나보다 네 살씩 손위인데 연전에 앞서거니 뒤서거니로 출가해서 지금까지 잘 살고 있다. 의부는 그 소생을 말썽 없이 잘 키워서 시집보내준 우리 엄마의 공을 기리는 편이다. 우리집은 개울 옆 둔치에다 일군 사과나무 5백 주가 지금 한창 성목이라서 수확량이 착실하며, 채전밭 3백 평쯤에서는 고추농사를 짓고 있을 뿐만 아니라 그밖에도 다른 소득이 좀 있다. 그런데 사과농사야 수확철에 놉을 쓰면 되지만, 고추농사는 처음부터 끝까지 앉은걸음으로 땡볕에서 품을 팔아야 하니 정말 힘들다. 아무리 일당을 곱으로 준다고 해도 놉으로 나서는 사람도 없다. 그래서일 텐데 우리 엄마는 오래 전부터 류머티스성 관절염을 앓아왔다. 동통이 덮칠 때면 사나흘쯤씩 끙끙 앓는데 그때마다 우리 엄마는 의부에게, 내가 죽고 나거든 당신은 큰애 곧 나한테 의탁하라고, 요즘 세상에 어느 며느리가 시아비를 모실라 카겠나만서도 후사야 그렇게 맡겨야 편하지 않겠냐는 당부를 노래처럼 되뇌고 있다. 물론 나는 미혼인데, 직장이 잡히는 대로 결혼할 생각이고, 의부의 작심에 달린 일이지만 그 양반을 내가 모실 테고, 향후 20년쯤 후에는 우리집의 농사일이든 세전지물의 처분이든 그이가 하자는 대로 할 생각이다.

그런 인생살이에 대해서는 누구보다 말귀가 빠른 이사장이 물었다.

"생가네, 우리 학교 지원자의 친조부모께서는 아직 구존해 계신가요?"

"그럼요, 삼촌도 둘에 고모도 한 분 계시고요. 아무래도 성만 물려주고 우리 엄마를 고생시킨 죄밑인지 그쪽 분들은 좀 어정쩡하달까 데면데면해서 제 발길이 뜸한 편입니다. 앞으로는 어떨지 몰라도 지금까지는 저도 그렇고 그쪽도 자꾸 눈치를 보게 돼서 좀 거북한 게 사실입니다."

그쯤에서 면접이 끝났는데 이사장은 뭔가 못마땅한 낌새였다. 나중에 알고 보니 그 지원자의 막힘없는 언변에는 어딘가 가식이 배어 있다는 것이었다. 그 나무랄 데 없는 가족관계가 믿기지 않는다고 했다. 당연히 복잡한 갈등이 서너 개 이상 있을 텐데, 그걸 말끔하게 지우고 어느 쪽이나 두루두루 감싸고 돌며 칭송하려드는 그 말버릇이 결국 자기 자랑으로까지 이어진 꼴이 아닌가라고 이사장은 전가에게 되물었다. 곰곰이 따져보니 그럴 것 같기도 했고, 그러고 보니 그 지원자의 두루뭉술한 말씨가 죄다 지어낸 이야기일지도 모른다는 생각도 들었다.

좋게 말하면 그 의붓자식은 원만주의자인데 그런 심성이라면 우리 사회는, 우리의 모든 인간관계는 끝없이 둥글둥글 잘 굴러가고 있는 것이 되고 말며, 더 이상의 불평, 불만이 없다는 말이니, 실상을 잘못 보고 있거나 어떤 개선의지도 없다는 것이 아닌가. 그런 세계관의 연장선상에는 세금 없는 천국을 만들었다면서도 이밥에 고깃국 타령이나 늘어놓는 이북도 논외일 수 없을 것 같다, 모든 게 영도력대로 잘 굴러가고 있다니까. 그런 위인들과 옥신각신해봐야 서로가 둥근 구멍에다 모난 자루를 쑤셔 박으려는 것처럼 이가 맞을 리가 있겠느냐는 것이 이사장의 확고부당한 주장이었다.

"원만주의? 아이다, 그럴 리가 있나. 세태영합주의다, 무사안일주의고. 인간이 무사무욕하다는 게 말이 되나? 지가 먼저 꼬리를 내리미 온갖 변명을 늘어놓고실랑. 좋게만 보겠다는 것은 결국 눈을 질끈 감아버리겠다는 수작이 아이고 머꼬. 학생들이야 잘 가르치겠지, 지처럼 뼈 없는 인간을 만들어놓겠지. 엉터리야, 그기 머꼬. 저런 인간들 반대편에 사사건건 찍자만 부리는 무리들이 있을 기라. 인간 말짜들이지, 지가 할 일을 못 찾고, 평생 할 일이 없은이 남이 하는 일마다 감 나라 배 나라 카민서 귀한 시간을, 한평생을 탕진하고 있은이까. 하이고, 무위도식하는 것들은 말도 마라, 입만 나불거리는 그것들하고 말 섞었다가는 아까븐 시간만 축내고 나중에는 결국 서먹한이 서로 안면 바까야 된다. 우리 동네에는 그 두 무리 빼뿌고 나면 막상 나머지가 한주먹도 안 돼서 탈일 거로, 안 글나? 한 주먹가 무신 일을 제대로 하겠노. 두 주먹 갖고서도 제대로 해낼지 말찐데. 그래서 내가 늘 과타 과타, 말아라 말아칸다."

9

전가는 이복형 전 변호사를 떠올릴 때마다 왠지 그 의붓자식이라던 지원자가 슬그머니 떠오르곤 했다. 두 쪽의 출신, 성장환경, 처지, 성격 등이 정확히 동서로 갈라져 있어서 그런지 몰랐다. 어느 쪽이 옳은지 그른지를 따지는 것은 무익하고, 어차피 세상은 그런저런 구색으로 꾸려져서 굴러가게 되어 있다고 보면 그만이었다. 그렇긴 해도 어느 한쪽이 연방 씩씩거리며 어떤 대상에 대들고 있는데도 다른 한쪽은 다 그런 거지 뭐 식으로 청처짐해짐으로써 서로를 경원해서야 이 세상이 어느 세월에 제대로 굴러갈까 하는 의문은 남았다.

노래방 주점 '생이별'에서 그렇게 헤어지고 난 후 1년쯤 지나 전가는 자신의 첫 저서를 전 변호사의 사무실 '청률'로 부쳤다. 조마조마하니 기다린 보람이 있어서 닷새쯤 후, 그러니까 주말을 보내고 그다음 주 월요일 오전 중에 전 변호사의 내전이 있었다. 독후감치고는 좀 엉뚱하게, 거 주인공 중 하나가 열심히 메모하고, 비망록을 차기(箚記)라 캤대, 그 공책을 불려가는 대목은 그럴듯하대, 요즘에는 내남없이 사회생활을 시작하자마자 제 생각을 글로 정리할 줄 모리고 사니 참으로 막가는 풍조 아인가, 다들 일기 쓰는 버릇부터 길러야 하는데 인자 그런 세상이 오기는 날 샌 기지라고 했다. 텔레비전의 동영상이 모든 시청자의 의식, 생각, 언행을 대변하고 있으니 누군들 글로 무엇인가를 표현해볼 엄두를 내겠냐는 것이었다. 그러니 절대다수가 주거니 받거니 하는 말, 의사소통은 천편일률적일 수밖에 없다고도 했다. 대리인으로나 변호인으로 법정에서 시시비비를 가리는 중에도 판사, 검사, 의뢰인, 피의자 등이 자기들 말만 열심히 떠들까 남의 의사를 들을 줄 모르는데, 이런 일종의 범사회적 증후군이 어디서 나왔겠느냐, 간접경험의 공유 곧 전자문명이 쏘아대는 동영상의 시청을 통해 세뇌된 탓이 아니겠느냐는 다변을 풀어놓기도 했다. 요컨대 읽히는 글의 중요성을 알고 있다는 그 취지가 소설가 전가의 작업에 대한 간접적인 격려인 셈이었다. 그러나 마나 어떤 화제를 잡더라도 자신의 해박한 논조로 덮어씌워서 청산유수로 풀어가는 그 달변을 듣다 보면 변호사란 궤변가 소질을 타고나든가 그쪽 과외공부를 파고들어야 하지 않을까 싶기도 했다.

그러나 한편으로 생각하면 그런 독후감에는 전 변호사만의 특별한 체취가 묻어 있기도 했다. 물론 전가도 저자로서 그 점을 모를 리 없었다. 곧 읽는 즉시, 보는 것마다, 듣자마자 무엇이든, 어떤 관계나 인과든, 무슨 이해타산이든 그 자리서 이해하고 간추리는 전 변호사의 그 탁월한 감식력에는 '그럴 수밖에 더 있겠냐'는 자부가 넉넉했다. 세상만사를 다 안다는 그런 자부심이 그의 다변에 실리면 어떤 청자라도, 그참 명쾌하다, 그 쉬운 걸 모르고 여태 맹하니 법당 뒤에서 우물쭈물거렸네 같은 속내를 내비치지 않을 수 없게 만들었다. 그의 그 명민을 나무랐다가는 공연히 이쪽의 시기심을 토로하는 꼴이 되고 말며, 이제는 법무법인의 대표 변호사로서 각계각층의 '억울한 호소'를 귀담아들어야 하는 자신의 천직이 그런 재단(裁斷)을 점점 더 강화시키고 있을 것은 자명해 보였다. 그래서 민완의 변호사일수록, 의뢰인이 몰려들어 눈먼 돈이 마구 쌓이는 율사일수록 수임료를 시간당으로 계산한다는 준칙도 통할 것이었다.

전가는 두 번째 저서도, 약종상에서 입신출세하여 어의(御醫)에 이르는 주인공의 일대기를 그린 그 역사소설도 출간 즉시 부쳤고, 전변호사로부터 앞서와 어슷비슷한 독후감을 전화로 들었다. 이를테면 조선조 말쯤에는 양반들의 의식이 후져빠진 경지를 훌쩍 뛰어넘어 앉으나 서나 골골거리는 병적허언을 일삼았으므로 그들보다는 중인 계급의 시국관, 세태관이 훨씬 양호했을 게 확실하며, 그들의 본심에는 소위 실학파가 공상으로만 떠들었던 애민(愛民) 사상보다 더 진정에서 우러나온 우국충정이 있었을 것이므로 그것을 작의로 골랐으니 상당한 안목이라는 덕담을 들었다. 그런 편의적 해석은 실로 타당하려니와 그것이 전 변호사의 국가관 내지는 역사관이라면 그의 의뢰인들은 불원간 좀 비싸더라도 수임료를 잘 썼다는 말을 내놓지 않을까 싶었다.

　그런 통화가 있을 때마다 전 변호사는 예의 그 상투어, 대구사범 나온 너거 새이는 요새 우예 지내노라는 안부를 빠뜨리지 않았다. 그 말씨에는 어느 특정학교를 거명함으로써 그쪽 출신자들의 인생행로야 대체로 정해져 있고, 그들마다의 성품도 고만고만하지 않냐는 해학도 비치고, 안 봐도 다 안다, 짐작만으로도 그쪽 형편이야 훤하다는 그 안부 묻기에서 어떤 대답을 기다리지 않고 다른 말로 옮겨가는 전 변호사의 언변에서 율사들의 그 알량한 자만을 읽어내기는 어렵지 않았다. 재판 중에 의례적으로 어떤 조목을, 예컨대 피의자나 원고의 이름, 주소, 직업 따위를 꼭 물어야 하는 그 직업 근성까지 가타부타할 수는 없는 일이었다. 그런 겉치레 안부 챙기기를 적당히 따돌릴 줄 아는 전가는, 언제 배호의 명곡 리사이틀을 꼭 한번은 더 들어야 할 텐데 영 귀가 짠해서 운운하면 저쪽에서는 대뜸 말귀를 바로 잡아채고서는 수럭수럭하니 늘어놓았다.

"글쎄 말이야, 상경 걸음이 영 안 나서네. 이래저래 바쁘기도 하고, 그렇다고 내 노래 들어랍시고 글쓰기에 바쁜 자네를 부산으로까지 초청하기도 좀 머쓱하고. 이래 헉헉거리며 살다가 좋은 세월 다 허비하고 마는 기지 머."

그 덥절덥절한 말에는 예의 삼단논법식 해명이 깔려 있지 않나 싶었다. 나도 바쁘고 자네 형편도 그런 데다 서울과 부산 사이가 오죽 머냐는 식으로 말이다. 양쪽의 생활세계가 이처럼 판이하게 다르니 이때껏 살아온 대로 이렇게 살아가자는, 우리 사이는 어차피 피는 나눴을지언정 생후 내내 원촌(遠寸)이었지 않냐는 자의식이 훤히 비쳤다.

그렇긴 해도 전가는 문득문득 전 변호사의 안부가 그려지곤 해서 클클하기 이를 데 없었다. 명절 전후에는 특히나 그랬다. 어느 피붙이도 찾아볼 수 없는 처지가 되고만 이제는 나잇살 때문에 한탄도 시르죽었다. 혼사나 상사가 아니면 한 부모 슬하의 형제자매도 사는 환경과 처지가 너무 떨어져서 만날 수도 없게 되었는데 하물며 다른 그늘에서 자란 이복형이야 대수랴. 친지와의 인정 나누기도 마음이나 성의라는 상수보다 시공간이라는 함수에 끌려다닐 수밖에 없는데야.

그런데 인연이란 역시 끈질겼다. 어느덧 3년이나 흘러가버린 2015년 들머리의 겨울철 끝판이었다. 설날을 그렇게 시름없이 보내고 보름쯤 지나 한강변으로 산책을 나갔더니 아직도 사방에서 한기가 마구 몰려왔다. 봄은 아직도 저 멀리서 꾸물거리고 있었다. 게다가 하늘까지 잔뜩 흐려서 빗방울이 한두 점씩 얼굴에 달라붙기도 하는 날씨였다. 겨울 가뭄이 길었으므로 비가 주룩주룩 쏟아져도 우산 없이 마냥 걷고 싶을 정도로 심정적 헛헛증이 심하던 계제이기도 했다. 직장생활을 그만두면 시력 보호를 위해 연 날리기를 해보려고, 그것도 꽝꽝 얼어붙은 한강 위의 겨울 하늘에다 까무룩히 멀어지는 가오리연의 꽁지를 걸어놓으면 제격일 것이라는 공상만 여투곤 했었는데, 성질이 이렇게나 심심답답하고 뻑뻑해서 무엇 하나 냅뜨지 못하고 허송세월한다는 자격지심조차 너무 만만했다.

전가는 그런저런 생각 가마리를 두어 시간 내내 들쑤시고 뒤적거리며 한강 둔치의 산책길을 마냥 걸었다. 잠실대교에서 시작한 걸음이 어느새 올림픽대교와 천호대교를 지나 강동대교를 향해 터벅터벅 나아가고 있던 때였다. 혹시나 싶어 지니고 나선 휴대폰이 뜬금없이 울어서 전가는 적이 놀랐다. 집사람이나 자식들이 그를 호출한다면 성가신 일로 '어떻게 할까'를 알아보는 내전이기 십상이었다. 나중에 사달이 났을 때 반쯤의 책임전가를 위해 값싼 보험을 들어놓는 듯한 그런 전화질에 '알아서 하지 머'로 일관하는 그의 무능은 이미 호가 나 있었다.

뜻밖에도 낯선 여자의 음성인데, 전화 받는 사람을 확인하는 말투는 서걱서걱했다. 더욱이나 부산 사투리 특유의 억센 억양과 좀 도전적인 어감이 이내 어떤 위화감을 눙쳐버렸다.

"저는 부산에 사는 전 변호사 집사람인데요, 아시지요? 촌수로 따지면 그쪽이 시아주비네요."

전가는 일순간 속이 뜨끔했으나 이내 무슨 횡액을 당한 기별은 아닌갑다고, 저쪽의 음성도 그렇고, 마침 토요일 오후의, 그것도 해거름녘의 한강변이라는 시공간이 그 점을 보장하고 있다는 단정이 떠올랐다.

"아, 아, 그럼요, 알다마다지요. 형님은 여전히 일 많이 하며 잘 지내시지요?"

말이란 묘해서 그 흔한 안부를 묻고 나니 섬뜩한 기운이 바람처럼 휙 지나갔다. 아무리 고령화 시대라 해도 일흔 살 안팎은 상노인이고, 조심한다 하더라도 사고는 언제라도 터질 수 있는 법이니까. 더욱이나 어느 날 아침에 수학여행 가던 어린 학생들 수백 명을 수장시켜놓고도 나 몰라라 하는 집권자가 있는가 하면, 그 여객선을 운영하는 회사의 총수가 사이비 종교를 전도하면서 긁어모은 헌금으로 치부했다는 요지경 같은 시속에서야 무슨 날벼락이 떨어져도 당장에는, 어쩌다가 이 지경까지 되고 말았나라는 체념 말고 더 되뇔 게 무엇일까. 그런 기분에 휩싸였기 때문인지 패딩 덧옷의 높다란 깃 사이로 살얼음처럼 섬뜩해지는 기운이 목덜미 밑으로 파고들었다. 칙칙한 하늘에서는 얼음기가 섞인 듯한 찬 빗방울이 한두 점씩 떨어지고 있었다.

"예, 여태 잘 지내다가 일주일 전부터 여기 서울에 와 있어요."

"은퇴해서요? 변호사하고 의사는 평생 자유업으로……."

"그렇지 않고요. 흔한 중병에 걸려서 대수술을 받느라고 지금 병원에 누워 있어요."

그제서야 전가는 무언가 올 것이 왔다는 생각과 아울러 말 그대로 가슴 언저리가 먹먹해져옴을 새록새록 새겼다.

"거기가 어딥니까? 저도 지금 집밖에 나와 있어서 바로 나서기는 좀 그런데, 아무튼 일단 어느 병원인지나……."

전 변호사는 서울의 모 대학병원에서 장장 다섯 시간에 걸쳐 대장암 제거를 위한 복강경(腹腔鏡) 수술을 받았다고 했다. 생업 현장도, 조리하기 편한 집도 부산인데 왜 하필 서울까지 와서 수술을 받은 것은 예의 첫딸 시아버지이자 흉부외과 전문의인 사돈이 권해서 어쩔 수 없었다는 것이었다. 거기서는 안 된다고, 요즘 의술은 모든 정보의 즉시 공유체제로 어슷비슷하다고 하지만, 집도의의 칼솜씨에 따라 실력이 엄청나게 다르고, 시술 횟수가 많은 의사에게 맡겨야 안심도 되고 그 결과도 차이가 난다는 전문가의 조언을 곱다시 섬길 수밖에 없었다고 했다. 아무튼 사흘 전에 그 대수술을 무사히 치른 전 변호사는 앞으로 사나흘 더 경과를 보아가며 퇴원을 기다리고 있는 처지였다.

전화 속 음성이 자주 '우리가'를 들먹이는 것으로 보아 지금 그쪽은 병원 안의 입원실이거나 그 주변에서 여러 가족과 함께 있는 듯했다. 가족이래야 전 변호사의 처가 쪽을 논외로 친다면 세 딸과 '우리는 안 가다'를 세뇌시킨 예의 그 각성바지 세 여동생들이 고작일 것이었다. 병 문안차 들른 그들이 이제는 한고비 넘겼다고, 다소 안도할 만해지자 남자 꼭지로서의 일가붙이를 찾다가 전가를 떠올린 모양이었다.

나중에 알고 보니 전 변호사의 집사람은 서울에 사는 첫딸을 비롯한 나머지 직계비속 중 몇몇과 함께 성당을 찾아가 예배를 드리기로 했으므로 그동안 입원환자를 혼자 내버려두어야겠기에 그 지킴이로서 전가를 불러들인 것이었다. 미상불 그런 구실로서는 전가가 안성맞춤이었고, 두 피붙이에게 그만큼 오붓한 자리가 베풀어진 것도 조물주의 음덕이라기보다는 현대의학의 사통팔달하는 능력과 입원환자의 사회적 지위나 재력 덕분임은 더 말할 나위도 없었다.

이튿날, 전가는 정년퇴직 전의 출근 때처럼 아침 밥숟가락을 놓자마자 잣 봉다리를 들고 단걸음에 나섰다. 택시 요금으로 만 원짜리를 한 장 건넸더니 거스름돈을 몇 장이나 내주던 서울 강남의 한 대형병원까지는 사실상 지척이나 마찬가지였다. 일요일이라서 또 이른 시간이어서 병원 건물 안의 기다란 복도에는 정적이 자욱했다. 일러준 대로 11층의 1인용 특실로 찾아갔더니 의외로 출입문짝이 활짝 열려 있었다. 복도의 끝자락 방이라 통행인의 시선이 드물고 실내 온도가 너무 더워서 낮 동안에는 늘 열어두고 있다고 했다.

막 환자용 식기를 들고 복도로 나서는 전 변호사의 집사람이 전가를 낮가림 없이 맞았다. 나이도 지긋하고 몸피도 부하며 지아비의 신분이 상당한 지어미들이 대체로 그렇듯이 전 변호사의 부인도 상대방의 행색이나 언동을 보자마자 그 주제꼴과 소양 일체를 알 만하다는, 그 일방적인 뒷귀 밝은 자태를 스스럼없이 드러내는 데 빈틈이 없었다.

팔뚝에 링거 주삿바늘을 꽂고 있는 환자는 노곤하니 널부러져 있었다. 널찍한 이마에서부터 그 너머의 훤히 벗겨진 정수리까지 빤질빤질하던 그 윤기가 몰라볼 정도로 탈색되어 살갗이 푸석하니 들떠 있고, 제법 짙은 눈썹도 어느새 희끗희끗한 미설(眉雪)로 바뀌었으며, 틀림없이 수술 후유증이겠는데 뺨도 홀쭉하고 혈색도 파리했다.

"여태 주무시는가요?"

환자의 보호자가 즉답을 내놓았다.

"아니요, 아까까지 눈을 번히 뜨고 있더니만 저렇게 자주 비몽사몽이네요."

"연세도 있으니까, 옛날이면 수술은 엄두도 못 냈지요. 올해 일흔 살이지요, 호적상 집엣나이로요."

"그 말을 하대요. 일흔 고개만 무사히 넘기면 명대로 살다가 갈 거라면서…….”

“어쩌다가 갑자기 중병을…….”

그제서야 낯선 음성을, 그것도 남자의 말소리를 들었는지 환자가 뒤척이더니 한쪽 다리를 홑이불 밖으로 드러내며 문병객을 알은 체 했다.

“저 양반은 평소에 운동이라면 아주 질색이었어요. 그걸 힘들게 왜 하냐고, 귀한 시간 허비하며 땀까지 뻘뻘 흘리는 게 무슨 자랑이냐고, 참 이상한 풍조가 세계를 뒤덮고 있다고, 의학계와 건강정보를 팔아 먹는 매스컴이 짜고서 세상을 공연히 수선스럽게 만들고 있다면서 자기는 배구공도 못 받아내고 자전거도 못 탄다고, 이게 자랑일리는 만무하지만 그렇다고 챙피해할 것까지는 없지 않냐 그랬거든요. 대신에 자기 몸을 알아서 잘 챙긴다면서 웬만한 거리는 걸어다니고, 학교 다닐 때도 일부러 많이 걸어다닐라고 하숙집도 멀찌감치 잡았다고 그러대요. 음식도 주는 대로 아무거나 잘 먹고, 자기 엄마 담배질에 아주 데서 평생 담배를 한모금도 안 피웠으니 암 걸릴 확률도 상대적으로 낮을 거라고 자랑하더니만, 그 말에 쉬가 슬었다고, 자기 엄마처럼 자랑은 함부로 하는 게 아니라고 이번에 다시 한번 뼈저리게 느꼈다고 그러더니…….”

“그만해도 다행이네요. 어째 그래도 조기에 발견한 모양이네요?”

그때까지 병상을 가운데 두고 전가는 창틀 너머의 희끄무레한 햇살을 등진 채 의자에 앉아 있었고, 전 변호사의 집사람은 출입구 쪽과 엇비스듬히 앉아서 말을 나누고 있었는데, 그 두런거리는 소리에 환자가 인기척을 드러냈다. 전가가 벌떡 일어나 환자의 눈을 찾았고, 이내 헌팅캡을 벗었다. 환자는 눈으로만, 왔는가, 내 꼴이 이렇네, 어째 시간이 나던가 같은 말을 느럭느럭 주워섬겼다.

"식사는 아직 못하는가요?"

"어제부터 뻑뻑한 영양제 주사는 끊고 미음은 먹어도 된다고 주는데 못 먹네요."

보호자가 환자 곁으로 바싹 다가가서 좀 큰소리로 말했다.

"전 애들하고 성당에 가려고요. 그동안 여기 시아주비하고 계세요. 아까 회진 온 의사가 여기 수술 자국 보더니 양호하다고, 아주 잘됐다고, 이번 주 주중에 퇴원해도 되겠다고 그러대요."

그날 오후 늦게까지 전가는 그 병실을 지켰다. 전 변호사가 뜸직뜸직 들려준 발병의 내력은 대체로 이랬다.

자기관리가 철저한 사람답게 전 변호사는 그동안 규칙적인 생활을 거르는 법 없이 착실히 꾸려왔다고 했다. 판사 시절에도 가급적이면 사무실까지는 전철과 도보로 출퇴근했고, 법무법인을 개업한 후에도 점심은 직원들과 함께 인근의 중국음식점을 비롯하여 소문난 설렁탕집이나 돼지국밥집을 찾아가 먹었고, 소파에 누워서 낮잠을 꼭 30분씩 잤으며, 법정에 출두할 때만 운전기사가 모는 승용차를 이용했고, 퇴근 후에는 여덟 시까지 텔레비전의 뉴스를 시청한 후 서재로 들어가서 열한 시까지 책을 읽거나 재판 관련 서류나 참고자료를 뒤적이다가 취침하면 새벽 다섯 시에 자명종 시계 소리에 맞춰 일어났다.

그런데 큰일을 무난히 해치운 후거나 어떤 계제가 닿아 술을 마시게 되면 반드시 폭음하는 버릇이 있었다고 했다. 그것도 폭탄주가 맛있어서 그것만 마시는데 아주 고주망태가 되도록 마셔야 속이 시원하다는 것이었다. 성장기간 동안 생생히 겪어낸 일종의 외상이, 잊을래야 잊히지 않는 몇몇 장면이 얼핏얼핏 떠오르는 증상도 폭음 중에

주로 그런데, 그럴 때 술을 벌컥벌컥 들이켜면 묵직하니 고여 있던 뭔가가 풀어지고, 그야말로 찌든 스트레스 해소책으로 자기만큼 술을 잘 이용하는 사람도 드물 것이라는 자위에 겨워 지냈다고 했다. 그리고 나서 택시로 귀가하여 아파트 현관에 들어서자마자 가방을 내던지고 그 자리에서 쓰러져버려 집사람과 자식들의 혹독한 핀잔을 듣기도 했으며, 그때부터 주독이 완전히 빠져나가는 만 하루 동안 서글퍼서 온갖 찜부럭을 다 부리긴 해도 이때껏 건강만큼은 별 말썽 없이 유지해왔다는 것이었다. 혈압약과 아스피린은 매일 복용하지만 당뇨도 없었고, 간질환 증상을 예고하는 혈액의 수치도 늘 정상이었다고 했다.

"그 자만과 주벽이 대장암을 불러왔지 싶어. 내 자가진단이 맞을 거야. 한 달이나 두 달에 한번 꼴로 마시는 그 폭음벽 말고는 어떤 잡술도 입에 대지 않았으니까. 딴에는 자부가 심했다고 봐야지. 물론 다른 증세 같은 것도 없었으니 술만 마셨다 하면 기고만장이었고, 그럴거 아냐, 교만이 만판이었지. 술만 깨면 내 할 일에 열심히 매달리고, 상투어대로 산더미같이 밀린 소송서류 점검만으로도 분초를 다투며 눈을 팔고 말을 맞춰가야 하는 판인데, 무슨 잡념 잡병이 엉겨 붙을 여지가 생기겠어. 건강? 건강이야말로 엄살을 떨수록 점점 더 알랑거리라고, 조공을 바치듯이 온갖 아첨을 다 떨어도 시큰둥하니 돌아앉으며 온갖 까탈을 다 떤다는 거 아냐. 몰라, 나는 그렇게 살았어. 다른 직종은 어떤지 몰라도 판사는 말할 것도 없고 변호사 노릇도 제대로 하기로 들면 정말이지 너무 바빠. 너덜너덜 늘어놓는 의뢰인들의 온갖 하소연을 가려가며 들어야지, 서류를 요령껏 잘 꾸며야지, 판례집도 뒤적거리고, 지법 고법 구치소 감방도 수시로 들락거려야지. 한마디로 눈코 뜰 새야 있지만 분초를 다투며 산다는 말이 맞아. 일반인이 보기에는 법조인들이 쌀쌀맞다고, 남의 말을 건성으로 듣고 혼자 떠들기나 한다며, 아무에게나 이래라 저래라 한다고 나무라지만, 실상 법이 그러라고 시켜. 제도가 그렇게 굴러가는데 어째. 사람이야 그 문 앞에서 꼼짝도 못 하잖아, 불퉁거렸다가는 문을 닫아걸고 다시는 안 열어주는데. 그러니 그 제도에 치여서라도 건강을 챙길 여유가 없어. 정신적으로나 심정적으로나 그래. 세상을 다 아는 것처럼 설쳐도 법조인만큼 무식한 인간들도 드물 거야. 법이 세상의 질서나 관행과 한참이나 동떨어져 있는 걸 모를 수밖에 없게 돼 있어. 그래도 내 성질에는 천직이었는데 막판에 이렇게 된통 당하네. 어제 아침부터 겨우 정신을 채리고 나니 역시 자부, 자만, 자랑은 금물이구나 싶대. 아주 뼈서리게 느껴져. 이 나이에 그걸 몸으로 깨달았으니 나도 머리가 한참 둔해빠졌는가봐. 그러고 본이 우리집 할마씨는 진짜로 머리가 좋았던 게 틀림없어. 자기든 자식이든 자랑이라고는 입도 뻥긋 안 했거든."

대충 그런 말을 뜸직뜸직, 한참씩 숨을 돌려가며 흘려내다가도 환자복의 윗자락을 걷어올리며 움푹 파인 수술자국을 보랍시고 내밀며, 실밥을 뽑았더니 그나마 살 만하다는 말을 내놓기도 했다.

"그동안 무슨 증세도 없었나 보네요?"

"증세? 아무렇지도 않았어. 식욕도 좋아서 식사량은 좀 줄여야겠다 싶었는데 하루는 출근 전에 대변을 봤더니 변기 속이 온통 새빨갛대. 이틀 전에 또 그 폭음을 하고 그 다음날 뜨거운 물을 두 주전자쯤 마시며 웬만큼 다스렸는데 그 모양이니 더럭 겁이 나고 온몸에 소름이 쫙 끼쳐. 부랴부랴 종합병원으로 달려가서 온갖 검진을 다 받았더니 대장암이라고, 다행히 다른 장기로 전이한 흔적은 없다고 수술해야 한다대."

그런저런 말을 주고받는 중에 전가는 또 전 변호사의 집사람에게서 걸려온 전화를 받았다. 보호자답게 환자의 동태를 물었고, 병실 지킴이는 1층의 외부인용 식당으로 내려가 점심을 사 먹으라고 했다. 전 변호사는 여전히 미음조차 먹을 염이 없다면서 머리를 흔들었다. 양쪽에서 다 전화를 바꿔달라고 해서 전가는 자신의 휴대폰을 환자에게 건넸더니, 저쪽에서는 자식들과 오랜만에 서울의 한 백화점에서 쇼핑을 하고 오후 늦게나 돌아오겠다는 통보를 들이미는 모양이었다. 전가는 그러라고, 의무교대를 할 때까지 기다리겠다며 머리를 끄떡였다.

그제서야 전 변호사는 전가에게 잣 봉다리는 웬 거냐고 물었다. 거의 반 말쯤 되는 잣이 투명 비닐에 담겨 있었으므로 어디서 그 많은 양을 사왔느냐는 것이었다. 한때의 직장 동료가 조기명퇴하더니 가평으로 들어가 유실수 농사를 짓는다고, 해마다 그곳 명물 잣을 한 말씩 부쳐오는데, 받자마자 또 보냈네라고 인사하면, 그 다음날 은행 계좌로 잣 값 금일봉을 확인한 과수원 원장도 또 보냈네라고 한다는 일화를 들려주었다.

"자네는 어디 아픈 데는 없는가? 늙마에 다 데불고 사는 지병 말일세."

"고혈압 약이야 쉰 줄 들어서부터 먹지요. 영감의 풍이 결국 그거였을 테니까요. 실제로도 약을 안 먹으면 140 안팎을 오르락내리락하니까 먹는 게 낫겠다 싶대요."

"나도 고혈압 약은 먹다 말다 하다 10여 년 전부터 아스피린하고 장복하는데 끊어볼래도 가족력이 있나 없나고 물으면 말문이 막혀. 우리집 할마씨는 고혈압은 없었던 것 같애. 장사 접자 잔기침은 하더 라만서도. 그 연배야 건강검진도 모르고 오로지 천수에 순종하며 씩 씩하게 잘 살았지. 조심하는 사람은 오래 살고 지 성깔대로 살면 천 수를 못 채우고."

한쪽은 음주와 박봉과 격무로, 다른 한쪽은 담배로 각각 제 명대로 못 살았을 것이라는 뒷말을 전 변호사는 가다듬고 있는 성싶었다.

그런 말을 나누고 있는 중에도 전 변호사는 침대 머리맡에 붙여놓 은 탁자 위의 그 잣 봉다리에다 한참씩 시선을 고정시키곤 했다. 아 마도 성씨만 덜렁 물려준 전가 일족으로부터 처음으로 받는 무슨 은 덕이라는 생각을 어루더듬는 눈치였다.

"진기 빠진 환자들 원기 회복에는 잣죽이 제일 좋다니까 잡숴보세 요. 나이도 있고 어쨌든 장기를 끊어냈으니까 몸이 많이 상했을 긴데 조리를 잘 해야지요."

그날 오후 늦게사, 그새 해가 제법 길어져서 설핏한 기운이 이어질 때쯤에야 전가는 환자 곁을 벗어났다. 의무 교대자가 엘리베이터 앞 까지 배웅하느라고 긴 복도를 줄여가는 중에 전가는 반농조로 위로 의 말을 건넸다.

"그만해도 천만다행이라고 봐야지요. 인자 술도 끊어야 할 테니 무 슨 재미로 살란지. 그 성량 풍부한 노래 솜씨도 못 듣게 되었으니 참 아쉽네요. 형님이 배호 노래에 달인이라는 건 아시지요?"

"아다마다요. 바로 위에 친정 오빠가 니보다 노래 잘하는 친구가 있다고, 학교로 찾아가보라 하까 캐서 그래라 캤더마는 슬며시 나타 났대요. 보자마자 연습실이 어데냐 캐서 데리갔더마는 대뜸 비오는 남산인지 먼지 가사에 비가 쭈룩쭈룩 내린다 캐쌋는 노래를 부르는데 레가토에 가성이 좀 비치긴 해도 그 뽕짝 대중가요를 왜 저렇게나 청승맞게 부르는지, 참 이상하다 그랬는 기 바로 엊그제 같은데 벌써 영감 할마씨가 다 됐으니 참. 그때는 고시 합격생인 줄도 몰랐어요, 오빠하고 저 양반이 짜고서 그런 말을 절대로 하지 말자고 그랬다 카고시는. 머든 한번 물고 늘어지면 성의껏 알아보고 해서 전기공학과 같은데 나왔나 싶더마는. 곧 군대 가야 된다 카미 기다리줄래 캐서 나야 한눈 팔 재주도 없다 칸 지가 벌써 45년 저쪽으로 멀어졌으이 참 어이없네요."

10

퇴원하는 날, 전 변호사는 전화로 전가를 찾았다. 다 죽어가는 음성이었다. 지하 노래방에서의 그 나지막한 천장을 뚫어놓을 듯이 울려퍼지던 그 풍요로운 미성이 무색하게 음울하고, 꺽꺽거리는 목소리였다.

대장 중에서도 하행결장의 절제 부위를 정밀 검사한 결과, 다른 장기로의 전이 직전인, 아주 심한 3기라고, 그래서 다음 주부터 당장 항암 치료를 받아야 한다는 진단이 떨어졌다고 했다. 2주에 한 번씩 열두 번을 받아야 하는 그 항암 주사제는 현대의학이 개발한 공식적인 대장암 근치술(根治術)인 모양이었다.

"공연히 서울서 수술을 받아 이 고생을 사서 하게 됐네. 아주 망했어. 한번에 2박 3일씩 주사 맞을라고 오르락내리락해야 하니 이 무슨 사서 고생이야. 벌써 어질어질하네, 힘이 하나도 없고 맥도 못 추리겠어. 길에다 케이티엑스 차비깨나 깔게 생겼네."

"부산에서 받으면 안 된답니까?"

"그럴 수야 있다고, 정 불편하고 힘들면 그러라지만 찜찜하잖아. 수술한 병원에서 지들이 알아서 하도록 내버려둬야지. 사돈이 아니라 사자야, 저승사자 말이야. 술을 한방울도 못 마신다는 양반이 얼마나 호들갑스럽게 공갈을 잘 때리는지. 원래 속아도 전문가한테 속는 건 약과라고, 돈값을 한다지만 괜히 괘씸하고 남의 말을 두 손으로 받들어 모신 게 억울하네."

3, 4회 받고 나서부터는 전 변호사의 보호자가 따라오지 않을 경우도 더러 있었다. 그때마다 예의 의무교대를 요청해옴에 따라 전가도 병문안을 가서 항암제 주사 현장을 지키기도 했다. 대체로 그 일정은 전 변호사의 평소 일상처럼 반듯하게 규격화되어 있었다.

어깨가 꾸부정한 영감이 중절모를 푹 눌러쓰고 법무법인 사무실을 나선다. 항암제 주사를 맞고 두어 달 지나서부터 부석하던 옆머리칼과 뒤통수 머리털이 빠지기 시작하자 그 약물 부작용의 흔적이 거슬려서 환자는 아예 배코를 쳐버렸으므로 중절모를 비싼 걸로 사서 쓴 것이다. 방금 그는 인근의 식당가를 찾아가서 노처와 삼계탕 같은 영양식을 한 그릇 달게 먹고 난 후이다. 대기하고 있는 승용차가 그를 부산역까지 데려다준다. 플랫폼까지 배웅하려는 노처와 기사의 호의를 그는 극구 물리친다. 나약해지려는 자신의 심신을 다잡으려고 그러는데 그 고집이 몸에 좋을 것도 없다는 것도 알고는 있다. 그의 손에는 좀 후줄그레한 가죽가방이 들려 있고, 그것이 잠바에 운동화 같은 간편한 복장과 잘 어울린다. 케이티엑스에 올라타자마자 그는 눈을 질끈 감고 억지로 잠을 청한다. 대개의 노인이 그렇듯이 그도 불면증이 심해서 하루에 서너 시간을 자고도 이럭저럭 버티는 나날이기도 하기 때문이다. 신문이나 잡지 같은 읽을거리를 챙겨왔으나 병자에게 독서는 허영일 수 있다는 생각으로 가방을 뒤적거리기가 귀찮아서이다. 대신에 이런저런 상념을 뒤적인다기보다 떠오르는 대로 내버려둔다. 이윽고 수잠에 들었다가 깨어나면 서울역이다. 곧장 즐비하게 도열한 택시 행렬 중 맨 앞차에 몸을 싣고 병원으로 내달린다. 이제 서울의 달라지는, 점점 세련되게 꾸며지는 거대도시다운 길거리의 변모 따위에는 관심이 없다.

병원에 당도해서도 그의 행방은 자로 그어놓은 듯이 정해져 있다. 곁눈질이나 한눈팔기는 그의 직업상 또는 체질상, 연령상으로도 공연한 낭비인 줄 스스로 잘 안다. 간호사가 그를 알아보고 4인용 입원 환자실로 데려간다. 1인용 특실을 택할 만한 재력이야 있지만 혼자서 무료하게 주삿바늘을 꽂고 지내기도 견디기 힘들지만 다른 입원환자의 병력과 후유증, 그들 보호자들의 조리 경과 등을 말없이 주워듣고 있으면 의외로 배울 점이 많기 때문이다. 곧장 팔뚝을 걷고 피를 뽑아 가는데, 항암주사제를 맞을 체력이 되는지 검사하도록 되어 있어서이다. 다행히 집사람이 끼때마다 공궤하는 성실한 조양식 덕분인지, 아니면 평소에도 약 복용을 적극 기피해온 자신의 체질이 다소 부조가 되었는지 전 변호사는 이 피검사에서 열두 번 내내 무사통과했다. 여성 환자들이나 약골들 중에는 더러 부적격 판정을 받고 며칠씩 입원한 채 영양제 주사로 몸을 추스른 다음에 항암제를 투입하게 된다고 한다.

바로 그날 오후 여섯 시쯤에 암갈색 봉다리와 흰 봉다리를, 그것들은 거의 등받이용 쿠션만큼이나 큼직한 것들로서, 주사액걸이에 매달아놓고 팔뚝에다 천천히 투입하기 시작한다. 나이가 지긋할수록 체력을 감안하여 점액의 주입시간이 늘어날 수밖에 없으므로 그 다음날 한밤중이나 새벽녘에야 주삿바늘을 빼게 되어 있다.

그 약물만 몸에 들어갔다 하면 입맛이 당장 간곳없어지므로 어떤 음식도 먹지 못한다. 그래도 전 변호사는 견과류와 방울토마토와 파인애플 같은 먹을거리를 준비해와서 끼때마다 우물거린다. 입원 후 사흘째 오전 중에 퇴원하면 사위나 딸이 대기하고 있다가 서울역까지 승용차로 안동, 케이티엑스에 실어준다. 약물의 독성 때문이기도 하지만 그것보다는 다섯 끼니를 굶은 사람이라서 녹초가 되어 있다. 부산역에는 연락을 받은 사무장이 차를 갖고 나와 대기 중이고, 광안리 쪽의 아파트까지 기진맥진하는 환자를 고이 모셔다준다.

그때부터 일주일쯤은 식욕 부진으로 씹는 음식은 어떤 것이라도 모래나 나무토막 같아서 도저히 먹을 수 없고, 곰국, 우유, 미음 같은 유동식만 숟가락으로 떠먹다가 입맛이 돌아와서 밥술을 뜰 만해지면 다시 상경하여 또 꼬박 36시간 이상 피하주사액을 팔뚝에 달고 누워서 뭉그적거려야 한다.

전 변호사는 그 열두 번의 신고를, 그것도 부산에서 서울까지를 오르락내리락하며 견뎌냈으니 거의 초인적인 투병생활이었다. 그러는 중에도 한두 시간씩 일찍 조퇴하는 한이 있더라도 매일같이 사무실로 나가 변호사 업무를 감당했다니까 그의 근검노작(勤儉勞作)하는 평소의 성정을 알 만하다. 일에 미친 것이 아니라 어떤 틀, 규정, 나아가서 제도에 얽매인 사람으로서의 본분 지키기에 최선을 다하는 억척도 무슨 내림일까.

사복 근무자로서 밤새도록 '쥐구멍'의 동태를 시간 단위로 지키는 업무도, 니나놋집의 작부로서 손님에게 술을 따르고 그 기분을 맞춰 주는 세칭 화류계 인생도 일단 '사회적 삶'으로 정착되어버리면, 그 일과에의 성심성의껏 매진은 갸륵한 일상으로 승화된다. 할 일을 찾지 못해 빈둥거리는 원시적, 기생적, 몰아적 삶을, 요컨대 점점 늘어나는 그런 '반(反)사회적 삶'을 영위하는 무리에게 어떤 종류의 시혜를 베푼다는 것은 인간애를 빙자한 반(半)강제적인 '결격자 양성책'이 아닌가. 아니다, 그처럼 매인 일상적 삶을 선악으로 분별하는 시각이야말로 사람의 품성과 세상살이의 가치를 양반과 상놈의 그것으로 대별하는 그 고리타분한 잣대일 수도 있다.

11

아직 사흘이나 남은 설날 연휴를 어떻게 보내야 할지 전가는 막연하다. 속절없이 늙어버린 그 많은 세월이 원망스러운 게 아니라 자기 자신을 위해서든 가까운 피붙이를 위해서든 어떤 생색내기는커녕 그런 엄두조차 낼 수 없게 된 이 무능이 통탄스러울 뿐이다.

전 변호사 같은 사람의 속성을 어떻게 그려야 할까. 아무리 늘려 잡더라도 함께 보낸 시간이 일주일 남짓에 불과한 그 피붙이의 살아온 내력을 본인의 육성으로, 그 막힘없는 다변을 새겨들었건만 그 소상(塑像)은 윤곽조차 흐릿하다. 그러니 그 소묘는 아예 불가능하다.

자기 모친과의 수작질에 재미를 들여 초저녁부터 뻔질나게 들락거리는 사내들과 얼굴을 마주치지 않으려고 해가 지기도 전에 집밖으로 나와 가로등 불빛 밑에서 밤늦도록 책을 읽었다는 소년의 모습이 풍경화 속의 작은 형상처럼 가물가물 멀어진다. 배호의 노래가사 중 '낙엽송 고목'이 왠지 섬뜩해서 오래 묵은 나무의 의젓한 자태 앞에서는 늘 경외감에 젖는다는 그 감상의 연원은 무엇일까. 젊은 시절의 그 정체성 혼란과 시커멓고 고루할뿐더러 권위주의적이기도 한 법복(法服)과의 상관관계는 극과 극이 통한다는 그 이치를 따른 것일까. 원래 자기비하와 외부의 권위에 대한 순종은 의외로 공감대가 쉽게 형성되어 빳빳한 권위적 성격을 도출시킨다고 하니 말이다. 하기야 철두철미하게 우리의 역사를, 아니 기왕의 모든 역사 읽기를 매도함으로써 결국에는 이 땅의 제반 풍속과 나라'꼴' 자체가 보기 싫다면서도 '더 이상 말을 섞기조차 거슬려서' 세금 고지서를 받는 즉시 납세 의무를 마쳐버린다는 전 변호사 특유의 처신도 모순의 극치이긴 하다.

그밖에도 병문안 중에 새겨들은 전 변호사의 좀 별난 처신은 한두 가지가 아니다.

우선 그는 반공주의자가 아니지만 이씨 조선보다 더 철통같은 쇄국정책으로 나라를 꽁꽁 처닫아놓고 있는 김씨 왕조의 세습체제를 사갈시, 타기시한다면서 전가의 눈을 한참이나 붙들고 놓아주지 않기도 했다. '이씨, 김씨, 세습'에 강단을 싣던 그 웅변의 골자가 무엇인지를 전가는 즉석에서 알아챘다. 그 부정이 어떤 근본에 대한 도전이고, 고식(姑息)과 상투와 기성관념을 거부하는 그만의 처세술임은 분명했다. 바로 그런 처신을 보여준다는 듯이 전 변호사는 동료나 직원들과의 어떤 회식 자리에서라도 한쪽 귀퉁이를 골라 앉는데, 좌우로 시선을 내돌리기 싫어서도 그럴 수밖에 없지만 전 좌석을 두루 살필 수 있는 그 선택권을 양보할 수 없어서라고 했다. 그런 자기 자리지키기가 권위주의에서 나왔다고 한다면 수박 겉핥기 같은 발상이고, 자기로서는 오로지 한 좌석의 전모라도 알고 싶어서 그런다는 것이었다. 원고든 피고든 한쪽만 보지 않겠다는 그런 입지가 우리 사회 특유의 한 풍조, 이를테면 어느 쪽으로든 쏠림 현상이 드센 그 세태영합적 민심의 압력에서 얼마나 초연할 수 있을지는 미지수이나, 좌고우면만은 않겠다는 나름의 결기일 터이므로 기릴 만한 공적 처신임에는 틀림없었다.

명색 무명작가일망정, 아니 그러니까 더 전가로서는 의심스러운 대목이 안전에 쉴 새 없이 떠오른다. 가칭이 아니라 아예 안가로 통칭한다던 예의 그 세 자매 중 한 매제가 무슨 말 끝에, 형님이 왜 우리 내외 일에 나섭니까라고 대드는 사단이 벌어지자 전 변호사는 즉각, 이런 싸가지 없는 놈, 내가 니 마누라한테는 대부 이상 가는 보호자다, 와 떽냐, 필시 성이 다르다고 깔보는 모양인데 니 같은 놈한테 기 죽고 살 내가 아니다, 쌍놈의 새끼, 이혼하든지 의절하든지 둘 중에 하나를 골라, 더 이상 꼴도 안 볼 테니라고 내쳤다는 그 완력의 연원도 선뜻 짚이는 데가 있긴 하다. 예의 그 싸늘한 결기로 여러 차례나 생이별 수를 수습했을 니나놋집 주모에게서 그 뿌리가 뻗어 나왔을 테니까. 아마도 그 뿌리로부터 나라를, 더불어 아비까지도 부정하는 반골정신의 자양분을 무제한으로 빨아들였을 것이다. 그렇긴 해도 '우리는 안가다'라는 그 카덴차는 필시 이런 가락으로 목청껏 부를 수밖에 없다는 어떤 한탄의 토로였을 게 틀림없을 것이다. 성씨 같은 거야 '장식적 경과악구(裝飾的 經過樂句)'라고 옮겨지는 그 카덴차에 불과할 수도 있을 테니까.

하기야 나라나 아비의 권위를, 그 허상을, 그 무언의 강박에 얽매여 있는 시각을 무던히 수습하는 그런 시류영합적인 어림쟁이들에게 과연 이 세상의 허실을 제대로 당당하게 읽어낼 눈이 있겠는가. 그들이 만든 법과 제도가 영일 없이 삐꺽거리는 것도 그 드레진 틀거지 슬하에서 내놓은 임시방편책이기 때문임은 의심의 여지가 없다. 그러니 법, 관습, 제도 등의 잘잘못을 따져봐야 백해무익할뿐더러 그 관행 일체와 풍속 일반을 태동시킨 완고한 사고방식 내지는 고정관념부터 뜯어보아야 할 것 아닌가.

적어도 생리적 부성(父性)만큼은 조물주의 뜻대로 마지못해 인정했으나 더 이상의 어떤 사회적 부상(父像)에도 승복하지 않은 전 변호사를 괴짜라고, 또는 인간말짜라고 지탄할 자격이 누구에게 있을까. 군이 밝히려 든다면 씨만 뿌려놓고 거두지 않아도 된다는 통념이 통하는 '남성적' 시속을 매도해봐야 시정이 될 리도 만무할 터이므로, 온갖 수모와 고생을 감내하면서도 자식 뒷바라지에 온몸을 내던지는 '모성적' 정성을 당연시하는 풍속 일반에 승복해야 할지 모른다. 그 자신의 암 발병까지도 모친의 유전형질을 물려받았다고 자임할 그에게 무엇을 더 강요할 수 있을까. 그럼에도 불구하고 나라가 억지스럽게 만들어놓은 법을 팔아먹고 사는 그의 생업 집착벽을 자가당착이라고 지탄한다면 본인은 당연히, 내가 신주로 모시는 것은 달리 있다고 말할 게 틀림없다.

원래 대장암 치료는 수술 후 5년 동안 초반에는 3개월마다, 중반부터는 6개월에 한 번씩 종합검사를 받도록 되어 있다고 한다. 이른바 추적검사이다. 그 다섯 해 동안 재발의 예후가 비치지 않으면 일단 반쯤 완치되었다는 진단을 내리게 되어 있는데, 이 경과는 거의 세계 공통의 교범으로 알려져 있다. 그후부터는 2년에 한 번씩 여느 정상적 노인들이 받는 그 정기검진만 받아도 된다는 것이다. 그 5년 동안은 항시 암 발병에 노출되어 있는 예비환자이므로 조리에 조심조심

최선을 다해야 함은 물론이다.

　전 변호사는 아직도 그 시한이 2년 후로 멀찍이 잡혀 있다. 그런데도 여전히 법무법인 '청률' 사무실 지킴이로서 평소와 다름없이 법에 호소하는 어리석은 백성의 등을 두드리는 그 고유 업무에 성심성의로 매진한다니까, 전가로서는 누구한테서보다 그에게서 세상 읽기의 진면목 한 가닥을 깨친 바 있으므로 그쪽에서 염탐질로 여기든 말든 이번 설날 연휴가 끝나기 전에 전화라도 한 차례 걸어볼 궁량이다. 사생아로서 우연히 물려받은 성씨를 더 이상 대물리지 않겠다는 양반의 예후 처신이 또 얼마나 유표할지를 꼭 알아둬야 할 것 같으니 말이다.

　명색 자기 알리기로써의 온갖 구지레한 잡음만 줄기차게 양산하는, 그런 실없는 인간들이 제 잘났다고 설쳐대는 신문 지면을 사나흘쯤 안 보고도 그냥저냥 살아지는 세상도 그렇게 나쁘지는 않은 듯한데, 자기 이름 세 자를 인사란의 그 깨알만 한 활자로만 몇 번 알린 그 인물의 부지런한 '사회적 삶'이 철저히 외면당하고 있는 것만으로도 보도의 선정성, 부실성, 지엽성, 편파성, 나아가서 '반사회적 삶'에 영일이 없는 건성꾼들의 동선만 주목하는 매스 미디어 고유의 허풍성이 너무나 여실하지 않은가. 도대체 신문은 이때껏 한번이라도 촛불처럼 어느 한쪽 구석에서 제 주의의 어둠만 간신히 물리치며 그 단정한 몸뚱이를 부지런히 사르는 초토막 같은 사생아를 주목한 적이나 있었던가. 실은 그처럼 버림받은 인물들이 각계각층에서 제 소임을 다하고 있으니 우리 사회가 이나마라도 굴러가고 있건만.

　연휴의 첫날이 저물어간다. 또 한 번 덧없는 새해의 아침을 맞으려면 긴긴 불면의 밤을 지새워야 한다.

작가 후기

　속물은 비록 그 용모와 행색이야 보잘것없어도 인간계의 절대다수
자로 군림하고 있다. 식물이 자연계를 과점하고 있는 것만큼이나 그
렇다. 누구라도 사람과 사람살이를 다소라도 나아지게 가꾸려는 원
망을 자나 깨나 쓰다듬고 있을 테지만, 뜻대로 되지 않는다. 속물의
근본, 위세, 생활력 따위를 휘어잡고 있는 막강한 환경 일체에 등한
해서 그렇지 않나 싶다. 그러니 인간 개조는 사람살이와 그 배경인
세상살이의 곡절과도 맞물려 있다는 말이다. 인간 개조든 나라 개혁
이든 그것의 대상은 결국 자연환경이기도 하고 제도, 풍속, 풍진 같
은 풍토성 일체일 수 있다. 그 특유의 풍토성 전반이 단숨에 고쳐질
리는 만무할 텐데, 그 내림을 톺아보지 않고서 눈앞의 구지레한 몰꼴
을 지탄해봐야 무슨 소용이 닿겠는가.

　똑같은 발상을 연장시키면 우리의 일상에는 통속이 질펀하게 깔려
있다기보다 속속들이 배어 있다. 실은 우리의 의식 일반이 반속(反
俗)을 밀쳐내려고 버둥거리고 있기도 하다. 그것이 너무 뻣뻣하기도
하려니와 써먹기에는 당장 불편하고 거북하니까 그럴 수밖에 없다.
그러면서도 만만한 통속성 일체에는 신물을 켜고 있는 것이 인간이
기도 하다. 따라서 소설은 통속과 반속의 비율을 나름대로 저울질하
는 유희일 수 있다. 개별성을 드러낸다면서도 특정인물의 별나지 않

은 생활상을 과장스럽게 엉구느라고 안간힘을 쓰고 있으니까. 이 과
장성의 해독에 소설은 생리적으로 무심한 듯하다. 실감을 살린다는
구실 때문이 아니라 망상을 즐겨 버릇하는 인간의 고질적 허영기가
과장을 파먹고 살아가는 게 아닐지 하는 생각을 자주 곱씹게 되는
것이다.

그런저런 생각거리를 작금에 유독 삐딱해빠진 우리의 현재사와 견
주고, 더러는 그 배경을 찾느라고 과거사부터 가까운 지난날까지를
훑어본 것이 이 졸작 장편의 겉모습이다. 밥상머리에서도, 길을 걸어
가면서도, 대화중에도 다들 스마트폰만 애무하고 사는 요즘 같은 세
상에 이런 현재사 / 과거사 공글리기 작업을 누가 곁눈질이라도 할까
싶지만, 그래도 자연이든 인간이든 어차피 개발해서 쓰기로 되어 있
는 만큼 가옥, 도로, 경작지 같은 지적도가 어떻게 꾸려졌는지는 알
아야 할 것 아닌가.

딴에는 풍자소설을 겨냥하며 원고지 매수를 불려갔으나, 댓글 달
기가 다른 형식의 언론 자유를 구가하고 있다는 말도 들리고, 블로그,
페이스 북, 트위터로 글쓰기가 표현의 자유를 최대한으로 행사하는
요즘의 시속이야말로 역설적이게도 이제는 소설이 무엇이어야 하며,
무엇을 표적으로 삼아야 하는지도 점점 여실해지고 있다는 분별이
저절로 떠오르기도 했다. 그런 분별이 맞든 틀리든 내 나름대로 풀어
내는 반소설적 운김이 소설 자체의 상투성을 그나마 한 발자국쯤 벗
어나는 길이었다. 음풍농월과 천석고황이 오늘날 소설의 화두가 될
수 없음은 분명하지 싶은데, 우리의 집단심성에 어룽거리는 그런 정
서 일체를 돌라보는 시각이야말로 이야깃거리일 수 있다는 게 내 생
각이다.

여기서 이 장편소설의 작의를 굳이 밝힌다면 한때 적발해둔 '부단한 노동만이 모든 것을 정복한다'와 '정부가 사람들을 부도덕하게 만든다'는 금언이다. 보다시피 작금의 우리 현실은 워낙 수렁 같아서 정직하고 부지런한 사람일수록 시대착오적인 인물이 되고, 떼 지어 팔뚝 끄떡거리기와 구이지학(口耳之學)의 선창들이 모든 사상(事象)을 선점, 좌지우지하고 있다. 적어도 어떤 현상과 사태의 근원을 돌아보지 않는 한 그런 과시적 사회참여와 그 의식은 위선에 값하는 만큼 신 신고 발바닥 긁기에 지나지 않는다. 그러나 마나 이처럼 후텁지근한 시속을 여전히 자본주의 / 불평등 / 소외 / 인간해방 같은 상투적 잣대로 호도하려는 수작은 얼마나 후안무치한가. 후자의 경우는 아직도 그 단언의 시효성이 착실하지 않나 싶다. 정보가 또는 모든 제도가 줄기차게 만들어내는 여러 제재와 압력이 인간성은 물론이거니와 '역사 바로 알기'조차 왜곡시키고 있는 듯하니 말이다. 내 주인공들도 그런저런 양가감정에 적잖이 시달리고 있지만, 그 정경에 굳이 실감을 덧대려고 애쓰지 않았다. 나름의 풍자적 가락이 웬만큼 내 소의를 들려주리라고 생각해서 그랬는데, 역시 미흡한 대목이 많아 민망스럽다.

제1장부터 3장까지는 연전에 지방의 계간지들 청탁에 부응한 작품인데, 애초에 연작을 겨냥하면서 제한 매수에 맞추느라고 고심했던 터이라 이번에 크게 다듬어서 외양이 많이 달라졌다. 제4장과 5장은 작년 9월부터 올해 4월까지 매일 일정한 분량을 쓰고 지우고 덧붙이기를 반복했다. 세태의 이모저모를 한껏 비판, 조롱, 야유, 풍자하겠다면서도 오해를 줄이기 위해 막말을 가급적 피해가느라고, 또 사심, 사의, 사언을 최대한 자제하느라고 그럴 수밖에 없기도 했다. 같잖은

체질상 원만주의, 타협주의 따위가 거슬리는데도 문투와 문맥에서 바른말을 눅이고 있는, 내 속과 외부의 무언의 압력을 의식하는 나잇살이 딱하기 짝이 없었다. 다행하게도 컴퓨터가 그 여러 차례의 가필과 매번 성가신 퇴고 작업을 활수하게 도와주었다.

　이번에사 내 졸작을 받아준 까치글방의 성심성의에 진심으로 감사할 따름이다.

2018년 7월 7일
서울의 길동 작업실에서

참고 문헌

1. 『역사서설』(이븐 할둔, 김호동 옮김, 까치글방, 2014)

2. 『1789년의 대공포』(조르주 르페브르, 최갑수 옮김, 까치글방, 2002)

3. 『조각난 역사』(프랑수아 도스, 김복래 옮김, 푸른역사, 1998)

4. 『역사론』(에릭 홉스봄, 강성호 옮김, 민음사, 2014)

5. 『역사를 위한 변명』(마르크 블로크, 고봉만 옮김, 한길사, 2016)

→ 위의 책들에서는 '연대의식, 집단심리, 집단심성, 집단이념, 집단의식, 혁명적 심성, 집단적 망상, 최면 암시' 같은 번역어가 자주 쓰이고 있다. 굳이 대비하자면 '민심, 민의, 민정(民情)'과는 그 쓰임새나 말뜻의 무늬가 다소 다른 듯하다. 적절히 골라서 쓰기가 여간 어렵지 않은데, 요즘 매스컴에서 더러 쓰고 있는 '집단지성'은 그 말뜻도 애매할뿐더러 과장어로서 곡해할 소지도 다분하다. 물론 우리말 '한마음 한뜻'도 특정 집단의 한시적 규모에 따라 허풍스러울 수 있다.

6. 『부르주아전(傳)』(피터 게이, 고유경 옮김, 서해문집, 2005)

7. "초창기 한국경찰의 성장과정과 그 성격에 관한 연구; 1945-1950"(류상영, 1989)

8. "한국경찰성격연구; 1945-1960"(김일자, 1991)

→ 그밖에도 『난중일기』, 『북학의』, 『윤치호 일기』 등의 몇몇 번역본을 비롯

하여 세칭 실학사상, 을미사변, 갑오경장, 대한제국사의 전말을 소상히 다룬 여러 참고서적들을 활용했으나, 그 저작물들은 대개 다 널리 알려져 있기도 하려니와 본 책의 풍자적 서술은 한낱 군말로서 그 연구 실적과는 무관하므로 일일이 병기하지 않는다. 양해를 바란다.

9. 『우리가 알아야 할 우리 꽃 백가지』(김태정 지음, 현암사, 1990)

10. 『산과 들의 계절식물』(주상우 지음, 참한출판사, 1992)

11. 『문화와 역사로 보는 우리 나무의 세계』 1. 2권(박상진 지음, 김영사, 2011)

12. 『한국의 나무』(김진석, 김태영 지음, 돌베개, 2012)

→ 그밖에도 나무와 풀에 관한 서적들은 항목별로 참조한 것이 많은데, 그 내용이 대동소이한 데다 번거로움으로 일일이 다 병기하지 않는다. 양해를 바란다.